BASTEI
LÜBBE

Gina B. Nahai

wurde als Tochter jüdischer Eltern im Iran geboren. Sie lebt heute mit Mann und Kindern im Exil in Kalifornien. Dort hält sie Vorträge über iranisch-jüdische Geschichte. Das Schicksal ihrer Großmutter, einer engen Vertrauten des Schahs, inspirierte die Autorin zur Gestalt ihrer Heldin, der »Pfauentochter«.

Gina B. Nahai

Der Ruf der Pfauentochter

Roman

Aus dem Amerikanischen
von Angelika Bardeleben

BASTEI
LÜBBE

BASTEI LÜBBE TASCHENBUCH
Band 14436

1. Auflage: November 2000

Vollständige Taschenbuchausgabe
der im Gustav Lübbe Verlag erschienenen Hardcoverausgabe

Bastei Lübbe Taschenbücher ist ein Imprint
der Verlagsgruppe Lübbe

Neuauflage
Titel der amerikanischen Originalausgabe: CRY OF THE PEACOCK

Umschlaggestaltung: QuadroGrafik, Bensberg
Titelfoto: Produktionsagentur Martinez
Satz: Kremerdruck, Hartegasse/Lindlar
Druck und Verarbeitung: Ebner Ulm
Printed in Germany
ISBN 3-404-14436-8

Für meine Eltern,
die mir Mut machten,
meinen Mann,
der sagte, daß ich schreiben sollte,
meine Kinder,
die den persischen Himmel nie gesehen haben.

Zum Gedenken
an meine Großmutter, Heshmat Nik-Fahm Meraj,
die in Amerika starb,
vom Iran träumend.

DIE FAMILIE DER PFAUENTOCHTER

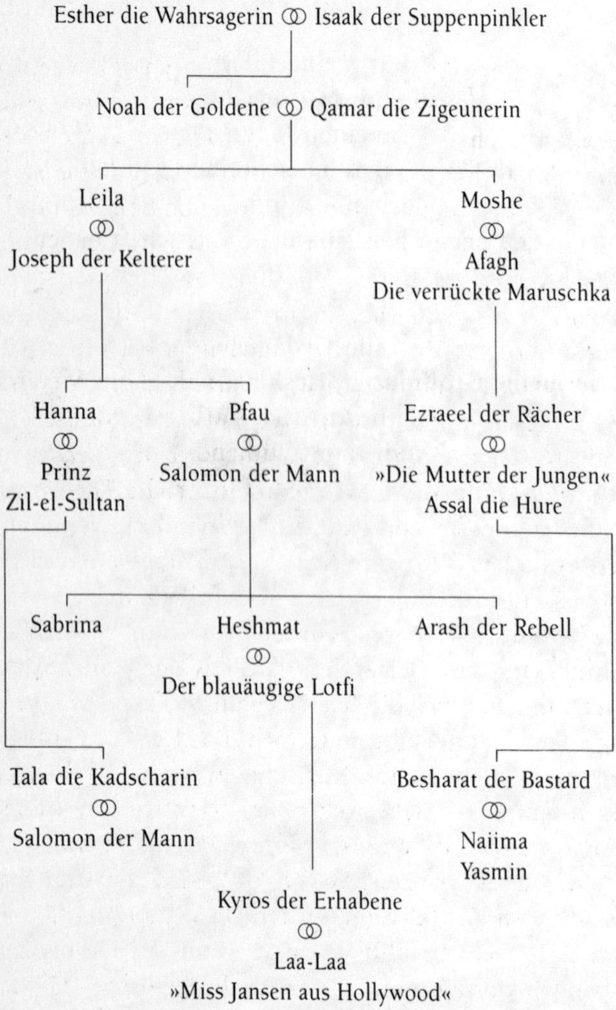

PROLOG

1982

IM FRAUENGEFÄNGNIS, in das Pfau von den Revolutionswächtern gebracht worden war, schliefen sechs Personen in einer winzigen Zelle. Zusammengepfercht hockten sie auf dem Boden, unfähig, sich zu rühren, und zwischen ihren angezogenen Beinen huschten die Ratten hin und her. Viele Wochen lang ließ man die Gefangenen mit verbundenen Augen und in Handschellen warten, bis sie schließlich krank wurden und man sie hinrichtete oder entließ. Zweimal täglich gab es etwas zu essen – Brot und Walnüsse, die die Wärter auf den mit Exkrementen beschmutzten Boden warfen. Jeden Morgen führten die Wachen einige der Frauen nach draußen vor das Exekutionskommando. Man nahm ihnen die Augenbinden ab und stellte sie vor eine blutverschmierte Betonwand. Dort wurden sie hingerichtet – manchmal mit richtigen Geschossen, manchmal auch nur zum Schein.

Scheinhinrichtungen wurden von den Mullahs angeordnet, um ein Geständnis zu erzwingen oder um die Bestechungssumme, die jeder Gefangene für seine Entlassung anbot, in die Höhe zu treiben. Das Regime Gottes war habgierig und gnadenlos. Menschen wurden wahllos gefangengenommen – nicht wegen irgendwelcher Verbrechen, die man ihnen anlastete, sondern weil man sie im Gefängnis unter Druck setzen konnte, das Geld herauszugeben, das sie versteckt oder im Ausland investiert hatten. Erst wenn alles Geld bezahlt war und wenn alle Geständnisse erzwungen worden waren, lud man die Gewehre und stellte die Gefangenen zum letzten Mal vor die Wand.

Eingesperrt in ihrer Zelle, mit einer Binde vor Augen, hörte Pfau das Gewehrfeuer des Exekutionskommandos und lauschte auf die Schritte der Gefangenen, die lebend zurückkamen. Drei Wochen lang hielt man sie nun schon gefangen, und bis jetzt war über ihr Schicksal noch nicht entschieden worden. Sie war an einem Sommernachmittag hierhergekommen, umringt von Wachen, auf dem Rücksitz eines Militärjeeps, unverschleiert und ohne eine Kopfbedeckung. Stolz saß sie da, in ihren auffälligen Gewändern, die allen muslimischen Regeln für Sitte und Anstand trotzten – eingehüllt in leuchtende Chiffonstoffe und feurige Seide, mit gelben Halstüchern, einer glitzernden Bluse und einem goldenen, bestickten Gürtel, der einen zerdrückten Samtrock zusammenhielt. Sie trug weiße Schulmädchenstrümpfe und Schuhe aus Satin, die mit Bergkristallen und Perlen verziert waren, ein Dutzend goldener Armreifen, zahllose Perlenketten, Ringe an jedem Finger. Ihre Taschen waren mit Gold und wertvollen Edelsteinen vollgestopft. In ihren Schuhen steckten Rechnungen über Tausende von Rial. Aber es war nicht ihre Kleidung, die das Aufsehen der Mullahs erregte – es war ihr Alter. Pfau die Jüdin war so alt, sagte man, daß sie sich an die Zeit erinnern konnte, als Gott ein Kind war.

In den Revolutionsgefängnissen gab es Gefangene, die erst sechs, und auch solche, die neunzig Jahre alt waren. Die Mullahs hatten Frauen verhaftet, die versucht hatten, eine Gegenrevolution zu organisieren, und solche, die Nagellack und Make-up benutzten. Sie steckten Kommunisten und Nationalisten ins Gefängnis, ebenso Juden und Bahais, und vor allem Moslems, die es ablehnten, den Gesetzen der Mullahs zu gehorchen. Doch niemals hatten sie jemanden vor sich gehabt, der so alt war wie Pfau, und nun waren sie ratlos, was sie mit ihr anfangen sollten.

Die Wächter brachten Pfau in eine Untersuchungszelle. Eine verschleierte Frau in einem bodenlangen Gewand mit langen Ärmeln durchsuchte die alte Frau und nahm ihr alle Juwelen und alles Geld ab. Dann schickte man sie zum Verhör.

»Wie alt bist du?« fragte ein junger Mullah, ohne Pfau anzusehen.

Sie starrte ihn wortlos an.

»Antworte!« befahl er.

Er hatte ihr noch immer keinen Blick geschenkt.

»Wie alt bist du?«

»Ich wurde im Jahr der Pest geboren.« Ihre Stimme schwankte nicht.

Er schaute auf.

»*Welche* Pest?«

Er wußte nichts über die Vergangenheit.

»*Welche* Pest?« Er stand auf und kam so dicht an sie heran, daß sie seinen Atem spürte. »Antworte!« Er roch nach Schweiß und amerikanischem Whiskey.

Ich wurde im Jahr der Pest geboren, wollte Pfau sagen, *in einer unterirdischen Höhle, wo Läuse an den Wänden entlangkrochen, wo Skorpione im Dunkeln lauerten und Würmer in jedem Schluck Wasser wimmelten, den ich trank.*

»*Welche* Pest?«

Die Wächter brachten sie in eine Zelle. Wochen verstrichen. Jeden Tag hörte sie das Gewehrfeuer des Exekutionskommandos. Die anderen Gefangenen stellten ihr immer dieselbe Frage.

»Wie alt bist du?«

Die Frau, die rechts von Pfau hockte, war eine Kommunistin, die zu ihrer Linken eine Hausfrau, die niemals erfuhr, warum man sie gefangengenommen hatte. Mehr-Allah, der Revolutionswächter, der draußen auf dem Flur stand, war ein Vater, der seine Kinder in den Krieg geschickt hatte, weil er hoffte, sie würden sterben und dann in den Himmel kommen.

»Pfau!« brüllte er eines Morgens, als Gewehrschüsse im Hof krachten. Er war gekommen, um sie zu holen. Man hatte über ihr Schicksal entschieden.

»Pfau!« brüllte er nochmals, und sie erhob sich mühsam.

Die Tür öffnete sich. Mehr-Allah, der Wächter, nahm Pfau die Augenbinde ab. Sie schwankte, versuchte, sich gerade aufzurichten, und lehnte sich an die Wand, um das Gleichgewicht nicht zu verlieren. Als sich ihre Augen an das Licht gewöhnt hatten, bemerkte sie, daß Mehr-Allah sie prüfend betrachtete.

»Also, wie alt *warst* du?« fragte er, als sei ihr Leben beendet.

Pfau stand jetzt frei und aufrecht da.

»Ich bin einhundertsechzehn Jahre alt«, erwiderte sie, »und ich will noch weiter leben.«

Die Kommunistin, die neben ihr auf dem Boden hockte, starrte Pfau ungläubig an. Dann brach sie in ein schrilles Gelächter aus, das nicht enden wollte.

ESTHER DIE WAHRSAGERIN war groß und breitschultrig, ihre Haut glänzte dunkel wie das Öl, mit dem sie ihren Bauch und ihre Hände einrieb, um sie geschmeidig zu halten. Ihre Augen, schwarz wie das Wasser des Golfstroms, waren immer mit einem glänzenden silbrigen Puder umrahmt. Ihre Lippen waren voll und rot wie das Herz eines jungen Vogels. Ihr langes Haar glänzte dunkel wie ihre Augen, und in ihrer tiefen Stimme lag ein geheimnisvoller Klang.

Sie war im Süden aufgewachsen, in der Hafenstadt Bandar Abbas am Persischen Golf. Wie viele jüdische Frauen in jener Gegend hatte sie als Mädchen den Frauen reicher Araber und Perser als Haremsmagd gedient. Sie nähte den Frauen die Kleider, flocht ihnen das Haar zu Zöpfen und half ihnen bei der Geburt ihrer Kinder. Und sie war der Zauberei und der Hexenkünste kundig.

Sie behauptete, sie könne aus der Handfläche eines neugeborenen Kindes sein Schicksal vorhersagen und Zaubertränke brauen, die unfruchtbare Frauen fruchtbar machten. Sie könne, so sagte sie, die Furcht von den Herzen alter Männer fernhalten und untreu gewordene Ehemänner in die Arme ihrer Ehefrauen zurückführen. Überall sammelte sie ihre Zauberrequisiten zusammen: Stoffetzen, Tierskelette, Schwänze von Eidechsen und Katzen und Haarsträhnen toter Jungfrauen. Sie hielt alle ihre Schätze in einer Kommode verschlossen, bis eine der Frauen kam und sie bat, eine rivalisierende Ehefrau zu vergiften oder einen angeheirateten Verwandten durch die Blatternkrankheit unauffällig beiseite zu schaffen.

»Ich bringe Euch Zauber und Glück und das Wissen der Toten«, flüsterte sie den Haremsdamen in dem arabischen Akzent zu, den sie sich statt ihrer eigenen Getto-Sprache angewöhnt hatte.

»Ich kann in Eure Vergangenheit schauen, die Geheimnisse Eures Kummers entschleiern. Ich kenne all Eure Sehnsüchte. Ich kann Eure Wünsche wahr werden lassen.«

Esther die Wahrsagerin sah die Zukunft in ihren Träumen.

Als sie noch ein Kind war, hatte sie den Tod der Seeleute prophezeit, deren Schiff in den tosenden Wassern des Persischen Golfes untergegangen war. Und lange bevor die ersten englischen Schiffe in Bandar Abbas angelegt hatten, hatte sie ganze Nächte damit verbracht, den Haremsfrauen die Ankunft der Fremden zu beschreiben.

»Sie werden über den Golf kommen – riesige Schiffe aus Holz –, und an Bord werden Fremde sein mit Augen von der Farbe des Meeres und mit einer Haut, die wie der Mond schimmert.«

Atemlos hatten die Frauen ihren Prophezeiungen gelauscht.

»Die Männer werden die Schiffe verlassen und in die Stadt kommen. Sie werden sich mit unseren Frauen zusammentun und ihnen Kinder zeugen, deren Augen verschleiert sind und die von fernen Bergen träumen. Sie werden die Reichen ihres Reichtums und die Armen ihrer Ehre berauben. Doch dafür werden sie uns ein Geschenk dalassen, das bei weitem kostbarer ist als das, was sie genommen haben: das Wissen« – ihre Stimme hallte laut von den Wänden der Haremsgemächer wider – »der Welt, die hinter diesen Mauern liegt.«

Esther wußte mehr, als sie sagte – Geschichten, so seltsam und so unwahrscheinlich, daß niemand sie geglaubt hätte, Geheimnisse, so dunkel und erschreckend, daß sie sie lieber bei sich behielt. Sie wußte, wie man in den Augen von Menschen lesen konnte, wie man in ihre Träume eindrang, wenn sie schliefen, und wie man ihren Geist erkundete.

Aber trotz all ihrer zauberischen Macht blieb Esther die Wahrsagerin in einem Leben von Einsamkeit und Sklaverei gefangen. Sie war eine Jüdin, Tochter einer Frau, die bis zu ihrem Tod im Dienst der Scheichfamilie gearbeitet hatte. Der Scheich hatte Esther in seinen Harem als Dienerin übernommen, und so war sie verdammt dazu, ihre Jugend und ihr Feuer als gesichtslose Sklavin zu vergeuden, bis sie zu alt war, um zu arbeiten, und man sie zum Sterben in ein Getto außerhalb von Bandar Abbas zurückschickte. Sie konnte nicht heiraten. Niemand außer einem Juden würde sie heiraten – und kein Jude würde ein Mädchen zur Frau nehmen, das in einem Harem aufgezogen worden war. Sie würde niemals Kinder haben, kein eigenes Heim, niemals frei sein.

Des Abends beobachtete sie im Harem, wie die Frauen ihre Gesichter bemalten und darauf warteten, daß ihr Ehemann eine von ihnen erwählte. Später lag sie im Bett und stellte sich vor, wie diese Frau in den Armen des Scheiches lag, wie sich ihre Körper wie die zweier Schlangen ineinanderwanden, wie das Geräusch ihres Atems der Zeit einen eigenen Rhythmus gab. Sie dachte an die Welt außerhalb des Harems, außerhalb von Bandar Abbas. Sie dachte an Orte, die sie in ihren Träumen gesehen hatte. Sie war fünfzehn Jahre alt, und ihr Fleisch brannte von unerfüllter Sehnsucht.

Sie begann, sich nachts heimlich aus dem Harem zu stehlen. Sie wartete, bis die Frauen in ihren Betten lagen und die Eunuchen schliefen. Dann schlich sie durch die großen, von der Sonne ausgetrockneten Gärten hinaus in die Straßen von Bandar Abbas. Sie trug den dünnen weißen Schleier, der den arabischen Frauen vorbehalten war, und löste den Flicken gelben Tuchs ab, den alle Juden auf ihre Kleidung aufnähten. Sie ging zum Hafen, gierig die Luft einsaugend, die nach verbranntem Holz roch und nach den Schreien der Fischer, die in den Wellen ertrunken waren, und sie beobachtete die Schatten der Fischerboote und Palmen, die schemenhaft wie Geister auf den dunklen Wassern tanzten. Sie wartete; ihr Körper war naß von der erbarmungslosen Hitze des Südens, ihr Haar feucht und salzig, ihre Ohren lauschten dem leisen Scharren kleiner Ratten, die die Bäume hinauf- und hinunterliefen. Manchmal näherte sich ihr ein Mann.

»Nimm mich mit«, flüsterte sie ihm dann zu, und ihre Augen waren schwärzer als die Nacht. »Lieb mich, bis ich alt bin.«

Der Fischer nahm sie mit zu seiner Holzhütte am Meer und bettete sie nackt auf seinen schäbigen Teppich. Dann schloß Esther die Wahrsagerin die Augen und betete darum, geliebt zu werden. Im Schweiß ihres Liebhabers roch sie den Wodka, in seinem Atem die Furcht vor dem Meer. In der Dämmerung ging sie mit ihm zum Hafen zurück und sah zu, wie er langsam zu den Haien hinausruderte.

Sie ging wieder und wieder ans Wasser, jeden Abend, und wartete, hoffte auf den Mann, der ihr sein Herz öffnen würde, der ihre Wärme spüren und sie bitten würde zu bleiben. Sie setzte all ihre Kraft ein, um die Liebe der Männer zu gewinnen, schrieb Zaubersprüche auf und versteckte die Papierröllchen in ihrem Haar, hängte Talismane über die Betten. Wenn die Männer schliefen, drang sie in deren Träume ein und beschwor die Liebe, die sie von sich aus niemals für sie empfinden würden. Aber die Zauberkünste schlugen fehl, und ihre Hoffnungen erfüllten sich nicht. Esther die Wahrsagerin blieb allein.

Drei Jahre lang hielt sie in Bandar Abbas nach einem Mann Ausschau. Stets kam sie allein zurück, einsamer als zuvor. Eines Nachts weinte sie und betete in die Dunkelheit hinein um einen Ausweg: »Rettet mich«, flehte sie die Geister an, die sie so gut kannte. »Helft mir, mein Schicksal zu ändern.«

Sie schlief ein und träumte von einem Land, das sie nie zuvor gesehen und von dem sie nie zuvor gehört hatte: eine Welt der Ruhe und der Fülle, ein Ort, wo Menschen eine größere Rolle spielten als Gott und wo auf jedem Feld goldene Halme wogten. Sie sah einen Palast, ein Gebäude, das ganz und gar aus Glas gebaut war und in dem ein König ohne Furcht vor den Dolchen der Mörder schlafen konnte. Sie sah Männer, die die Macht eines Gottes hatten, Frauen, die stolz und mutig waren, sie sah Gold und Juwelen und eine Pracht und Schönheit ringsumher, wie sie sie sich niemals vorzustellen gewagt hatte.

»Ich werde dorthin gehen«, schwor sie der Dunkelheit. »Ich werde dorthin wandern und nicht rasten, bis ich dies Land gefunden habe.«

Am nächsten Tag nahm sie all ihr Geld und kaufte sich einen Platz in einer Karawane, die nach Norden zog. Drei Wochen lang währte die Reise. Die Männer ritten voraus. Sie saßen mit gekreuzten Beinen in hölzernen Kästen, die von den Rücken der Kamele und Maultiere herunterhingen. Die Frauen gingen zu Fuß hinter den Tieren her. Nachts schlugen sie unter freiem Himmel ihr Lager auf, oder sie übernachteten in Karawansereien, die auf dem Weg lagen. Esther die Wahrsagerin hielt sich immer ein wenig abseits und gab vor, eine Araberin zu sein. Als sie Isfahan erreichten, verließ sie die Karawane, um das jüdische Getto zu suchen. Jetzt, so glaubte sie, war sie weit genug gekommen. Das Schicksal hatte ihre Spur aus den Augen verloren.

DAS JÜDISCHE GETTO von Isfahan wurde Juyy Bar genannt. Es gab dort einige Häuser und Läden, einen alten Marktplatz, vier Synagogen und drei öffentliche Bäder. Juyy Bar lag auf unfruchtbarem Grund – der Boden bestand aus undurchdringlichem Ton, der sehr gutes Material für den Hausbau abgab, in den man aber nur sehr flache Brunnen hineinbohren konnte, die bald austrockneten. Die Brunnen waren mit Würmern verseucht – lange, milchigweiße Tiere, die massenhaft aus einer nie versiegenden Quelle in der Erde herauskrochen. Sie schlängelten sich die Brunnenwände entlang in das Wasser hinein, wo sie dann ihre Eier legten.

Gegenüber dem Getto von Isfahan bewässerte der Fluß Zayandeh-Rud – der Lebensspender – Hunderte Quadratkilometer Land, und der Boden gab einige der besten Ernten im Lande her. Doch das Wasser wurde von den Mullahs kontrolliert, und sie enthielten es den Juden vor.

In Juyy Bar lebten die Juden wie Ameisen, die in einem unterirdischen Loch gefangensaßen. Die Häuser waren ein Stockwerk hoch und aus Schlamm und Ton gebaut. Die Zimmer waren klein, dunkel und ohne Fenster. Schiefe Säulen aus rötlichem Schlamm, die an einigen Stellen abbröckelten und fast zusammenfielen, trennten die Räume vom Innenhof, wo es einen kleinen Wassertümpel gab, in dem die Frauen die Wäsche und das schmutzige Geschirr wuschen, in dem Kinder im Sommer badeten und die Frösche die ganze Nacht hindurch quakten. In einer Ecke des Hofs befand sich die einzige Toilette – ein offenes Loch im Erdboden. Neben der Toilette war ein Steinofen, den alle Hausbewohner gemeinsam benutzten.

Die Juden von Juyy Bar galten – wie überall in Persien – als unrein und unberührbar. Sie durften nicht außerhalb des Gettos wohnen und arbeiten, sie durften keine eigenen

Felder bestellen oder aus den öffentlichen Brunnen trinken. Die Männer trugen rote oder gelbe Flicken auf ihrer Kleidung, die Frauen bedeckten ihre Gesichter mit Schleiern, die dichter waren als jene, die den moslemischen Frauen vorbehalten waren. Was auch immer ein Jude berührte, wurde für alle Zeiten unrein. Wessen er auch angeklagt sein mochte, ein Jude durfte nichts zu seiner Verteidigung vorbringen. An einem Regentag durfte er das Getto nicht verlassen – aus Angst, daß der Regen die Unreinheit von seinem Körper fort und auf den Körper eines Moslems spülen könnte. Esther die Wahrsagerin erblickte das Getto, und es wurde ihr kalt ums Herz. Sie war der Enge des Harems entkommen, nicht aber der Gefangenschaft des Gettos.

Sie versuchte, für sich einen Platz zum Wohnen zu finden, aber man begegnete ihr mit ablehnenden Blicken und bohrenden Fragen. Die Juden hatten seit dem Augenblick ihrer Ankunft über sie gesprochen. Sie sagten, sie sei eine Hure, weil sie ohne einen Mann gereist sei, und sie sei gottlos, weil sie behauptete, die Zukunft zu kennen. Sie waren voller Mißtrauen, weil sie einen anderen Dialekt sprach und anderes Essen aß. Sie wollten unbedingt wissen, warum sie Bandar Abbas verlassen hatte.

»Ich bin gekommen, um mein Schicksal selbst zu gestalten«, antwortete Esther die Wahrsagerin, als sei sie Gottvater persönlich. »Ich bin gekommen, um meine Vergangenheit hinter mir zu lassen und ein neues Leben zu beginnen.«

Niemand verstand sie.

Gewiß war die Fremde fortgejagt worden, entschieden sie – gestraft von ihren eigenen Leuten und verbannt wegen eines Verbrechens, das zu verbergen sie hierhergekommen war. Sie mußte eine Diebin, eine Ehebrecherin, eine Hure sein. Solch eine verdorbene Person durfte in Juyy Bar nicht geduldet werden.

»Geh!« donnerte Rabbi Yehuda der Gerechte Esther in seiner Predigt entgegen. »Geh, und nimm deine Talismane und deine Zaubersprüche mit dir fort!«

Esther die Wahrsagerin konnte nicht gegen das ganze Getto ankämpfen. Doch sie war aus einem bestimmten Grund nach Isfahan gekommen, und dieser Grund gebot ihr zu bleiben. Draußen, im Herzen der Stadt, die einst die Hauptstadt von Persien gewesen war, stand, so hatte man ihr erzählt, ein Palast, der ganz und gar aus Glas erbaut war. Sie war fest davon überzeugt, daß ihr Traum sie nach Isfahan gerufen hatte.

Sie mußte einen Mann finden, der sie heiratete.

Als verheiratete Frau würden die Juden es nicht wagen, sie fortzujagen. Sie schaute sich im Getto um und entdeckte einen Mann, den man Isaak den Suppenpinkler nannte. Isaak war ein kräftiger, kahlköpfiger Bursche, so schüchtern, daß er jedesmal, wenn sie vorbeiging, in eine andere Richtung sah. Er war Besitzer des Teehauses, das am Rande des Gettos lag, und lebte allein. Einst, als Kind, hatte er einmal mit seinen Freunden zusammengesessen, um eine Schale Suppe zu essen. Es war nicht genug für alle da, und die Jungen hatten begonnen, miteinander zu raufen und zu streiten. Verzweifelt vor Hunger und zu ängstlich, um sich mit der Faust zu behaupten, war Isaak mitten im Streit aufgestanden und hatte ins Essen gepinkelt. Dann hatte er sich weinend niedergesetzt und die Suppe aufgegessen.

Esther gefiel die Geschichte von Isaak und seiner Suppe. Sie liebte seine Augen, die es niemals wagten, sie anzuschauen, und seine Einsamkeit, in der sie sich selbst wiederfand.

So ging sie, um ihn für sich zu gewinnen – zunächst in seinen Träumen, in denen sie jede Nacht erschien und seinen Namen flüsterte. Und als sie dann schließlich eines Nachts, während ganz Juyy Bar in tiefem Schlaf lag, sehr spät an seine Tür klopfte, da wußte sie, daß er sie nicht abweisen würde.

ISAAK DER SUPPENPINKLER lag wie gelähmt in seinem Bett. Mitternacht war lange vorbei, und er lag da, hellwach, und wartete darauf, daß Esther ihn riefe. Er hatte jetzt viele Nächte lang von ihr geträumt – von einer groß gewachsenen Frau, die er schon einmal gesehen zu haben meinte, ohne zu wissen, wo. Im Schlaf hatte er versucht, sich daran zu erinnern, wer sie war. Sie stand so dicht neben ihm, daß er den Duft ihrer Haut wahrnahm. Dann hatte sie endlich zu ihm gesprochen, und ihre Stimme hatte ihn geweckt.

So ging er zu ihr, wie magisch angezogen von ihrem leisen Rufen, getrieben von dem Bedürfnis, ihren Körper zu umfassen. Dort stand sie an seiner Tür, ein Schatten in der Nacht, und noch bevor er sie berührt hatte, wußte er, daß sie unter ihrem schwarzen Tschador nackt war, daß ihr Haar in weichen Wellen über ihre Schultern fiel und dunkel war wie ihre Augen, daß ihre Haut weich war und ihre Lippen brennend rot.

Sie trat herein und schlüpfte in Isaaks Bett, unter die alte Steppdecke, die nach Tabak und Staub roch, und sie lehrte ihn, was sie in den langen und finsteren Nächten von Bandar Abbas über die Liebe gelernt hatte. Von dieser Nacht an ging sie jeden Abend im Schutze der Dunkelheit zu ihm.

Voller Angst, daß seine Nachbarn die Fremde hereinschlüpfen sehen könnten, wartete Isaak beim Schein einer Kerze auf sie, schloß dann rasch die Tür und betete, daß niemand ihr Flüstern hören möge. Er bot ihr Tee und Datteln und alles Eßbare an, das er im Hause hatte. Er war zutiefst von ihrer Leidenschaft bewegt, erfüllt von tausend Fragen, die er nicht zu stellen wagte. Er wartete darauf, daß sie als erste spräche.

»Heirate mich«, sagte sie eines Abends zu ihm, »und ich werde dir einen Sohn schenken. Ich werde für alle Zeiten in deinem Hause bleiben und alles Leid von dir fernhalten.«

Isaak lag mit unbewegter Miene neben ihr und schwieg. Er hatte ihre Bitte erwartet und sich gefragt, was er sagen sollte, wenn sie geäußert würde. Wenn er Esther heiratete, dann würde er für alle Zeiten in Schande leben müssen, unfähig, in die Augen anderer Männer zu schauen, von seinen Freunden verlacht und ausgestoßen. Niemand heiratete eine Frau, von der er wußte, daß sie keine Jungfrau war.

»Sie ist alt«, überlegte er, »vielleicht achtzehn, vielleicht noch älter. Ihr Leib ist abgenutzt und verseucht vom Samen anderer Männer. Wer weiß, ob sie mir jemals ein Kind schenken kann – und wenn sie es tut, dann werde ich nicht wissen, ob es mein eigenes ist.«

In dem langen Schweigen, das sich zwischen ihnen ausbreitete, spürte Esther die Wahrsagerin Isaaks Zweifel und wurde zornig. Sie zog ihn heftig an sich, umfing ihn mit einer Leidenschaft, in die sich Wut und Verzweiflung mischten, und als sie sich jetzt noch einmal liebten, wagte es Isaak nicht, in ihre Augen zu schauen. Dann verließ sie sein Haus und sagte, sie würde nie mehr zurückkehren.

In langen, qualvollen, einsamen Nächten träumte Isaak nur noch von ihr.

Im Traum sah er Esther neben sich liegen, doch wenn er aufwachte, war er allein. Er stand den ganzen Tag vor dem Teehaus in der Hoffnung, sie möge dort vorbeigehen. Er konnte nicht aufhören, sie zu begehren; dort, wo sie ihn zuletzt berührt hatte, brannte sein Fleisch wie Feuer. Er ging im Getto umher, um nach ihr zu suchen.

»Komm zurück«, schluchzte er.

Einen Tag später waren sie verheiratet.

IN DER HOCHZEITSNACHT empfing Esther die Wahrsagerin ein Kind. Sie träumte von einem Vogel mit blinden Augen und silbernen Flügeln, einem riesigen Tier, das aus dem roten Wüstenhimmel auf sie herunterschwebte. Auf der Suche nach einem Unterschlupf gruben Ratten und Skorpione in wildem Eifer die Erde auf. Der Vogel kam näher, seine Flügel schimmerten im Licht, und als die Sonne gerade aufging, landete er in Esthers Händen. Er hatte die Brüste einer Frau.

Esther die Wahrsagerin wachte auf und betastete ihre Haut. Ihr Gesicht und ihr Hals waren schweißnaß. Ihr langes Haar hatte sich so eng um ihren Hals gewunden, daß sie das Gefühl hatte, erwürgt zu werden. Sie strich sich über Bauch und Hüften und schloß die Augen. Es war dunkel. Sie sah ihr Kind genau vor sich.

Sie sagte Isaak, daß sie einen Sohn haben würden, der anders aussehen werde als jeder andere Junge, den er jemals in seinem Leben gesehen habe. Sie sagte ihm, sein Sohn werde weise sein und ihrem Namen Ehre machen. Aufrecht und stolz würde er daherschreiten, im hellen Glanz der Sonne, von Ruhm und Ehre umgeben. Isaak hätte ihr zu gerne geglaubt, aber ganz Juyy Bar lachte.

Das Kind, so erzählte man sich, würde vor der Zeit

geboren werden. Es würde aussehen wie ein Araber oder wie ein Fremder, auf jeden Fall nicht wie Isaak. Es müsse unehelich empfangen worden sein – wahrscheinlich von einem anderen Mann. Esther sei gewiß schon schwanger nach Isfahan gekommen, mutmaßte man. Sie sei aus ihrer eigenen Stadt fortgelaufen, um ihre Schande zu verbergen und einen Mann zu finden, der dumm genug war, sie zu heiraten.

»Gebt nur acht«, warnte Rabbi Yehuda der Gerechte die Frauen von Juyy Bar in seinen Predigten. »Ein Kind, das in Sünde empfangen wurde, wird das Zeichen der Schande tragen.«

Isaak der Suppenpinkler wurde mehr und mehr von Zweifeln geplagt. Er liebte Esther, liebte den Geruch ihres Körpers, den Klang ihrer Stimme. Er wollte sie, und er wollte den Sohn, den sie ihm versprochen hatte, und er wäre glücklich und zufrieden gewesen, wenn die Bewohner des Gettos es zugelassen hätten. Es fiel ihm schwer, sich ihren Reden zu entziehen, und allmählich begann er, Esther mit anderen Augen zu sehen. Er suchte Yehuda den Gerechten auf.

»Bevor du urteilst, mußt du abwarten«, riet der Rabbi ihm. Er versuchte, sich den Anschein von Besonnenheit zu geben, aber in seinen Augen, so erinnerte sich Isaak später, glänzte wilde Erregung. »Zähl nach, wie viele Wochen lang deine Frau schwanger war, und merk dir den Tag, an dem sie niederkommt. Wenn ihre Schwangerschaft kürzer ist als neun Monate und neun Tage, dann trägt sie einen Bastard unter dem Herzen. Dann komm zu mir, und wir werden ihr ihre gerechte Strafe zukommen lassen.«

Ein Monat verstrich, und dann noch einer. Jeden Abend, wenn er im Bett lag, legte Isaak die Hände auf den Bauch seiner Frau und betete, daß das Kind, das sie unter dem

Herzen trug, sein eigenes sein möge. Dann schlief er ein und ließ Esther hellwach, in ihren Ängsten gefangen, zurück. Sie kannte die Gerüchte über sich und das Kind. Sie kannte das Schicksal von Ehebrecherinnen. Sie hatte ihrem Sohn den Namen Noah gegeben. Sie flehte ihn an, neun Monate zu warten, bevor er sich seinen Platz in der Welt erkämpfte.

Aber im siebten Monat ihrer Ehe wachte Esther die Wahrsagerin eines Nachts auf und entdeckte, daß ihr Bett voller Blut war. Sie rannte in den Keller und schloß sich ein.

Sie durchlitt die Wehen allein, ohne auch nur einen einzigen Laut von sich zu geben. Drei Tage lang verließ sie den Keller nicht. Sie kauerte sich über ein mit Asche gefülltes Tablett, grub ihre Nägel in den harten Boden und würgte im Schmerz der Wehen, bis alle Dunkelheit und alle Ängste wichen und sie nichts anderes fühlte als die Wärme des Kindes, das zwischen ihren Schenkeln hinausglitt.

Esther die Wahrsagerin hüllte ihren Sohn in ihren Tschador und vergrub die Nachgeburt. Draußen wartete Yehuda der Gerechte. Sie öffnete die Kellertür und stellte sich ihrem Schicksal.

SEIT DEM MORGENGRAUEN waren sie herbeigeströmt, und jetzt standen sie in Gruppen um den Marktplatz herum, vor den Türen der Läden und Häuser, auf den Dächern über dem Platz. Eine Stunde vor Mittag wurde die Hitze unerträglich. Schweißgebadet unter ihren schweren Tschadors und dichten Schleiern drückten die Frauen ihre Kinder an sich und seufzten erwartungsvoll. Männer standen beisammen und spuckten, während sie die neuesten Neuigkeiten austauschten, hier und da auf den Boden. Doch mit ihren Gedanken waren sie schon bei dem großen Ereignis, das zu sehen sie hierhergekommen waren. Seit dem Tod von Sabyah der Ehebrecherin vor fünfzig Jahren war in Juyy Bar keine Frau mehr bestraft worden.

Um die Mittagszeit tönte der klagende Ruf der Muezzins von den Minaretten von Isfahan. Wenige Minuten später brachte man Esther die Wahrsagerin. Ihr Gesicht war unverschleiert, ihr Körper nicht wie üblich von langen schwarzen Tüchern verhüllt, ihre Beine nackt. Eine Frau, die ihre Ehre verloren habe, so hatte Rabbi Yehuda der Gerechte angeordnet, dürfe nicht in ehrenhaftem Gewand erscheinen.

Esther ging zur Mitte des Platzes, setzte sich im Schneidersitz auf den Boden und versuchte, die Beine mit ihrem Rock zu bedecken. Sie war von der Geburt noch immer blaß und blutete so stark, daß sie sich dick in Tücher hatte einwickeln müssen. Ihre Brüste sonderten eine klare Flüssigkeit ab, bitter, scharf und ungenießbar. Das Kind, das sie geboren hatte – Noah der Goldene –, mußte von fremden Frauen gestillt werden. Esther die Wahrsagerin hatte den Willen zu kämpfen verloren, selbst die Erinnerung daran, was sie in Isfahan hatte suchen wollen, war verblaßt. Ihre Augen waren glanzlos, ihre Stimme monoton und ohne Klang.

Yehuda der Gerechte ließ einen angemessenen Zeitraum verstreichen; dann begann sein großer Auftritt. Trotz der Hitze trug er einen langen schwarzen Mantel, ein weißes, bis oben hin zugeknöpftes Hemd und einen schwarzen Hut. Sein rotes Haar schimmerte in der Sonne und ließ seine sommersprossige Haut noch gelblicher erscheinen als sonst. Er stellte sich vor Esther, schaute auf die Zuhörer und atmete tief ein. Dies war der Augenblick, auf den er sein Leben lang gewartet hatte.

Er begann seine Rede.

»Es heißt in der Thora, eine böse Frau ähnelt einer Schlange«, begann er ruhig und wandte sich dann von den Zuhörern ab, um Esther direkt ins Gesicht zu sehen. »Sie vergiftet das Leben ihres Mannes und ihrer Kinder und pflanzt, nachdem sie selbst schon lange tot ist, ihre Samen noch viele Jahrzehnte lang fort, so daß in ihrem Haus für alle Zeiten die Frucht der Verdammung wächst.«

Er sah Esther zittern, und Freude durchströmte ihn. Er hatte von diesem Tag geträumt, er hatte darum gebetet. Zwanzig Jahre lang war er der führende Rabbi seines Gettos gewesen. Er hatte jede Predigt gesprochen, alle Feiertage streng eingehalten, jede Hochzeit und jedes Begräbnis begleitet, und die ganze Zeit über hatte er auf den Augenblick gewartet, in dem er zum Richter berufen wurde, in dem er selbst die Gesetze machen und über das Schicksal eines anderen bestimmen konnte.

»Die Verfehlungen einer Frau wiegen schwerer als ein persönliches Vergehen!« donnerte er. »Es geht nicht nur um den Schaden, den sie einer einzelnen Person zufügt, nein, die Folgen ihrer Sünde werden die ganze Familie über Generationen heimsuchen und ziehen nichts anderes nach sich als Gotteslästerung und die Früchte alles dessen, was verdammt ist. Ein einzelner Akt der Sünde wird die Gesellschaft bis in ihre Wurzeln hinein verderben. Der Verrat eines einzelnen wird den Niedergang einer ganzen Sippe nach sich ziehen.«

Er hielt inne, und sein Blick richtete sich anklagend auf Esther. Wie sie dort vor ihm saß, wirkte sie so unendlich zart und zerbrechlich, kleiner als ein Kind, durchscheinender als die Feen, die in den Erzählungen verrückter Dichter aus den Seufzern alter Frauen und den Tränen jungfräulicher Bräute geboren werden.

Er hätte durchaus etwas zu Esthers Verteidigung vorbringen können. Er hätte von Isaak einen Beweis für Esthers Untreue fordern und die Möglichkeit in Erwägung ziehen können, daß das Kind vorzeitig geboren worden war. Er hätte die wahren Lehren der Thora befolgen können – er hätte Nachsicht und Vergebung predigen können statt Rache und Vergeltung. Er hätte Esther und ihr Kind retten können. Dann jedoch hätte er seine einzige Chance, Unsterblichkeit zu erlangen, verpaßt.

»So soll das Schicksal der einen allen anderen eine Lehre sein«, sprach er.

»Die *Hure*« – bei diesen Worten zeigte er auf Esther – »soll nicht zum Tode verurteilt werden, denn die Botschaft der Thora ist nicht Rache. Statt dessen soll man sie der öffentlichen Schande aussetzen, so daß alle, die sie kennen, zu Zeugen ihres Verbrechens werden und die Folgen ihres Vergehens kennenlernen. So daß …«, er hielt inne. Die Stille lastete schwer über dem Platz. »So daß sie weiterleben muß, geächtet und ehrlos, ohne den Mut, ihr Gesicht zu zeigen, ohne die Möglichkeit, es zu verstecken.«

In seinem Teehaus, am anderen Ende des Gettos, dort, wo er immer noch Esthers Schatten an den Wänden wähnte, preßte Isaak die Hände gegen die Ohren und weinte wie ein Kind.

Als der Rabbi seine Rede beendet hatte, trat David der Schlachter mit seiner Klinge vor. Er packte Esthers Haar mit seiner linken Hand und riß es nach hinten, so daß ihr Kinn nach oben zeigte und er das schnelle Pulsieren des Blutes in einer Ader erkennen konnte, die seitlich ihres Halses entlanglief. Dann begann er, ihr das Haar abzuschneiden.

David wäre froh gewesen, diese Aufgabe nicht übernehmen zu müssen. Er war ein guter Schlachter: schnell und ehrlich und sauberer als die meisten anderen. In seinem Laden konnte er fünf Hühner zugleich rupfen: Er hielt ihre Beine zwischen seinen Fingern fest, schlitzte ihnen die Hälse auf und riß ihnen so schnell die Federn aus, daß sie mit nackter Haut und zur Seite hängenden Köpfen durch den Laden rannten, bis der letzte Tropfen Blutes aus ihnen herausgeflossen war und sie zu Boden sanken. Schneller als jeder andere Mann im Getto konnte er ein Schaf häuten und den Magen und die Eingeweide herausziehen, noch bevor das Wasser für das Eintopfgericht zu kochen begonnen hatte. Doch niemals zuvor hatte er den Kopf einer Frau geschoren. Sobald er die Klinge an Esthers Kopf hielt, verfing sie sich in ihren dichten Haarsträhnen. Er mußte sie gewaltsam wieder herauszerren und verletzte dabei Esthers Kopfhaut. Von jedem Quadratzentimeter Haut, den er kahlgeschoren hatte, tropfte das Blut.

Nach einer Stunde hatte er seine grausige Arbeit getan. Auf dem Boden lagen große Büschel von Haaren. Blut rann über Esthers Schädel, ihr Gesicht, ihren Hals. Jetzt, da ihr Haar abgeschnitten war, wirkten ihre Augen noch größer als gewöhnlich. Ihr Gesicht war blaß, schmal und spitz, so, als sei sie eine lebendig gewordene Federzeichnung. David schaute sie an und wußte, daß er sich versündigt hatte. Sein Leben lang würde ihn der Blick dieser übergroßen Augen verfolgen.

Er band Esther die Hände hinter dem Rücken zusammen und half ihr auf die Füße. Er langte in eine Tasche am Boden, zog den Magen eines Lammes heraus – weiß, glitschig, vor Feuchtigkeit glänzend – und legte ihn über Esthers kahlgeschorenen Kopf. Dann hob er sie an der Taille hoch und setzte sie auf den Rücken eines Maultiers.

Er führte das Maultier von dem Platz fort. Die Menge

wich unwillig einige Schritte zurück. Am Ende der Straße, die in den Platz einmündete, wartete Parvaneh das Klageweib auf sie. Siebenunddreißig Jahre lang war sie mit einem Mann verheiratet gewesen, der sich auf zwei Stümpfen, die niemals zu Beinen herangewachsen waren, vorwärts bewegte. Sie trat vor, blickte mit verächtlich zukkenden Mundwinkeln in Esthers Gesicht und spuckte sie an.

»*Ich* bin keusch geblieben.«

Den ganzen Tag lang führte David Esther in Juyy Bar herum. Er schlug mit einem Holzstock auf eine Blechbüchse und sang im Gehen laut vor sich hin: »Kommt her, und seht die Hure von Juyy Bar!«

Seine Stimme wurde rauh, seine Arme schmerzten, und er hatte Blasen an den Füßen, während er immer weiterlief. Spät in der Nacht, als die Sünderin endlich genügend bestraft worden war, blieb er stehen. Er band Esthers Hände los und gab ihr ihren Tschador zurück.

»Geh!« sagte er, ohne sie anzuschauen.

NOCH VIELE STUNDEN, nachdem sie Juyy Bar verlassen hatte, hatte Esther die Wahrsagerin das Gefühl, die Gegend ganz genau zu kennen. Einoder zweimal drehte sie sich sogar um, um einen Blick zurück auf das Getto zu werfen. Hinter ihr schrumpfte Juyy Bar unter der gleißenden Sonne zusammen; kleiner und kleiner wurden die Tore und die geschwungenen Dächer, während Esther auf die Stadt zuging, die so viele Jahrhunderte lang der Stolz Persiens gewesen war.

Doch auch hier waren die Häuser schmutzig und überfüllt und halb verfallen. Die Straßen waren schmal und dunkel, die Kinder ausgemergelt und hungrig. Die alten Männer saßen auf den Türschwellen und sogen mit zahnlosen Mündern an ihren Opiumpfeifen. Ihre Haut war gelb und ihre Augen entzündet. Ihre Gesichter waren gezeichnet von der Pockenkrankheit, die sie als Kinder überlebt hatten.

Esther ging durch eine lange und sehr enge Gasse. Aus den Häusern drang kein Laut; alle Türen waren geschlossen, und in der Luft lastete ein unbehagliches Schweigen. Hier waren keine Menschen, niemand lief auf der Straße herum, nirgendwo sah man spielende Kinder. Die Türen waren alle in derselben blaßgrauen Farbe gestrichen. Hinter einigen Türen meinte Esther das leise Flüstern von Frauen und die erstickten Schreie kleiner Kinder zu hören. Sie hielt an, unfähig, sich zu bewegen, überwältigt von der Angst, die sie aus Juyy Bar mitgebracht hatte; instinktiv spürte sie eine Gefahr, die sie nicht näher beschreiben konnte. Durch den Schleier des Schweigens, der über der Straße und ihren Häusern ausgebreitet lag, drang leise das rhythmische metallische Glockenläuten einer Kamelherde, die sich langsam näherte.

Plötzlich hatte Esther das Gefühl, daß sie beobachtet wurde. Hinter den Türen zu beiden Seiten der Gasse schienen viele Augenpaare sie anzustarren. Sie malte sich die Gesichter aus, vermeinte, Atmen und Flüstern zu hören. Sie war am »Schloß« angelangt.

Dies war die Straße, in der die Prostituierten von Isfahan mit ihren Zuhältern und ihren unehelichen Kindern lebten. Die meiste Zeit blieben die Frauen in ihren Häusern und warteten, die Gesichter verschleiert und die Körper in lange Gewänder eingehüllt, darauf, daß die Nacht hereinbrach und Araber, die sich in der Dunkelheit versteckt hielten, nach ihnen verlangten. Die Männer schlüpften dann durch namenlose Türen in irgendwelche Kammern hinein und warteten zusammen mit einem Dutzend anderer Männer, bis sie an der Reihe waren. Einer nach dem anderen krochen sie in Betten, die nach Schweiß und Schmutz und nach den Ausdünstungen der anderen Freier rochen. Von den Körpern der Frauen holten sie sich ihre vielen Krankheiten und ließen in ihnen die Samen der Kinder zurück, die dann ohne Vater aufwuchsen, dazu verdammt, ihre Mutter jede Nacht mit Fremden zusammenliegen zu sehen, bis die Jungen alt genug waren, um das Haus zu verlassen, und die Mädchen soweit herangewachsen, um als Jungfrauen verkauft zu werden.

Für jüdische Männer war das »Schloß« ein verbotener Ort. Die Prostituierte, die den Körper eines Juden in ihren eigenen Leib aufnahm, würde, so sagte man, für alle Zeiten befleckt sein und die Moslems, die danach zu ihr kamen, allesamt verseuchen. Isaak hatte Esther über das »Schloß« erzählt. Vor Jahren hatte ein Jude den gelben Flicken von seinem Gewand entfernt und mit einer der Prostituierten geschlafen. Sein Körper hatte ihn nicht verraten, denn die muslimischen Jungen wurden ebenso wie die Judenjungen beschnitten. Doch in der Euphorie seiner ersten Erfahrung mit der Liebe hatte er sich selbst vergessen und es gewagt, mit der Frau zu sprechen. Sie hatte seinen Akzent erkannt, der typisch für die Juden von Isfahan war und aus einer Mischung von altem Farsi, Arabisch und fehlerhaftem Hebräisch bestand. Sie hatte ihren Luden gerufen, der mit drei anderen Zuhältern gekommen war, den Juden an einen Baum gebunden und ihm den Penis abgeschnitten hatte.

Esther hörte Schritte und wandte sich um. Hinter ihr in der Gasse, unter dem Bogen eines geschwungenen Daches, in das das Sonnenlicht fiel, meinte sie, Yehuda den Gerechten zu erblicken.

Sie begann wieder zu laufen, fort von Yehuda, hin zu dem in der Ferne hörbaren Glockenklang. Sie rannte die Gasse hinunter, an den Häusern vorbei in Richtung auf einen bogenförmigen Tunnel, der dort anfing, wo das »Schloß« endete. Als sie näher gekommen war, erkannte sie, daß der Tunnel unter die Erde führte; er war schwarz wie die Nacht. Die stickige Luft ließ die Schweißtropfen auf ihrem Gesicht erstarren. Sie ging einen Trampelpfad entlang, der sich zunächst tiefer in die Erde hineinsenkte, dann langsam anstieg und schließlich sieben Stufen hinaufführte, die sie aus dem Tunnel hinausbrachten und in den verlassenen Basar der Flickschuster hinein, an den kleinen verrammelten und vergessenen Läden vorbei in Richtung auf eine Öffnung am Ende eines Durchgangs, wo sie ein wenig Tageslicht erblicken konnte. Ihre Augen waren auf das Licht fixiert, ihr Körper wurde nach vorn getrieben. Noch ein Schritt, und sie war draußen.

Sie blieb stehen, zog sich den Magen des Schafes vom Kopf und warf ihren Tschador fort. In Persien brach die Abenddämmerung herein. Esther die Wahrsagerin war endlich frei.

ÜBERALL UM SIE HERUM erstreckte sich eine endlos weite Ebene. Die Straße war breit und lang, gepflastert mit Steinen und gesäumt von alten Weiden, die im Wind des frühen Abends leise zitterten. Die Luft, blaßblau und süß, duftete nach Jasmin und Äpfeln. Im Rinnstein floß Wasser, klar wie Kristall. Weiter fort, hinter den Bäumen, erstreckten sich Backsteinmauern bis ans Ende der Straße.

Der Himmel über ihr war ruhig und klar, ein luftiges Zelt von Licht und Farben, das sich über die Häuserdächer spannte – rote Steine und Marmor und Dachziegel. Der Horizont war gemustert von braunen Minaretten und den blauen Kuppeln der Moscheen. In weiter Ferne konnte sie die grünen Jadesäulen des Schahplatzes sehen: Die Sonne stand rot am Himmel und sank in die Glaswände des Palastes der Vierzig Säulen.

Esther die Wahrsagerin blieb ein wenig eingeschüchtert stehen. Sie hörte Trompetenschall und dumpfes Trommeln, die Schreie von Frauen und die Jubelrufe von Männern. Am Ende der Straße entstand Unruhe: Menschen, Farben und Geräusche verschmolzen zu einer aufgeregten Menge. Esther stieg auf den kleinen Absatz, der sich an einer Mauer entlang erstreckte, und schaute sich um: Aga Mohammed Schah war nach Isfahan gekommen. Sein Reiterzug passierte gerade die Char-Bagh-Straße.

Esthers Blick fiel auf ein zweihöckriges Kamel, das über und über mit purpurfarben bestickten Decken behängt war und auf dessen Rücken der Oberhofmarschall der königlichen Kameltreiber saß und voranritt. Ihm folgte eine Karawane arabischer Kamele, die Fuder von Holzstämmen auf ihren Rücken trugen; zu beiden Seiten der Tiere hingen an schweren silbernen Ketten zwei Glocken herab. Den Kamelen folgte – mit schönen Tüchern und Schmuck prächtig herausgeputzt – das königliche Maultier, geritten vom obersten Maultiertreiber des Schahs. Er führte dreihundert andere Maultiere an, die mit Zelten, Geräten und Glocken verschiedener Formen und Größen beladen waren.

Danach kam eine Weile gar nichts. Schließlich nahte eine Schar bewaffneter Männer. Sie trugen schwarze Umhänge und Reitstiefel, Gewehre, die über die Schulter hingen, und jeweils zwei Gürtel mit Patronen. Hinter ihnen ritten die Krieger des Schahs, die außer ihren Schmuckschwertern keine Waffen trugen.

Eine bunte Parade von hohen Beamten und königlichem Gefolge, von Höflingen und Pagen, von Sehern, Astrologen und Spionen zog an Esther vorbei. Die Männer trugen alle kostbare Uniformen aus Samt und bestickter Seide und ritten arabische Pferde, deren Schweife man zum Zeichen ihrer Reinrassigkeit rot gefärbt hatte.

Schließlich kamen die Eunuchen – schöne Jünglinge mit blassen Gesichtern und geschwungenen Augenbrauen, die in ihren schweren juwelenbesetzten Gewändern nostalgisch und ein wenig verloren aussahen.

Esther stieg von ihrem Mauervorsprung und ging auf die Prozession zu. Die drängelnde Menge umringte den Zug der Reiter, Leiber drückten sich nach vorn, bettelnde Hände ragten aus der Menschenmasse. Aga Mohammed, der König der Könige, das Abbild Gottes, war in ihre Stadt gekommen. Er war gekommen, und das Leben der Menschen, die ihn erblickt hatten, würde nie mehr so sein wie zuvor.

Ein weiteres Heer von Kriegern folgte, dann eine Reihe von kleinen Jungen und Mädchen mit glücklichen Gesichtern; der Schah glaubte daran, daß die bloße Gegenwart der Kinder alles Böse abwenden könne. Ein einzelner Reiter preschte heran.

»Macht Platz für den Schah!« rief er mit lauter Stimme. »Platz da für den Beherrscher der Gläubigen!«

Über Esther ergoß sich ein goldener Regen. Sie schaute nach oben: Die Sonne zerbarst in Millionen kleine Teilchen – winzige Scheiben schimmernden Goldes tanzten in der schillernden Luft. Zwei Dutzend Reiter warfen Hände voller Goldstücke in die Menge.

Die Kutsche des Schahs rollte langsam heran – ein riesiges, juwelengeschmücktes Gefährt mit glänzend bemalten Wänden und goldgeränderten Türen. Neben dem Wagen schritten junge Frauen mit weißen Spitzentschadors und goldenen Schleiern. Sie warfen kleine Kostbarkeiten in die Luft, die auf die Kutsche des Schahs niederregneten – Kirsch- und Apfelblüten, Zuckerzeug aus Mandeln, Pfefferminzblätter und Zimt, Granatapfelkerne in der Farbe der Rubine auf den Gewändern der Eunuchen, Veilchen und Rosen und Jasminblüten – Hunderte weißer Jasminblüten.

Die Kutsche rollte langsamer und blieb dann stehen. Eine weiße Hand zog den Vorhang, der die gläserne Tür vor Blicken schützte, ein wenig zurück. Kleine heiße Flammen züngelten von Esthers Beinen herauf in ihre Schenkel, in ihren Magen, ihren Brustkorb. Sie kannte Aga Mohammed Khan. In ihren Träumen hatte sie ihn oft gesehen.

DIE DUNKELHEIT breitete sich über die Stadt aus wie ein riesiger schwarzer Schleier. Aufgeregt drängten die Menschen hinter der Karawane her zum Platz vor dem Palast der Vierzig Säulen. Esther die Wahrsagerin folgte ihnen, um den Eunuchen-Schah zu treffen.

Sie kannte Aga Mohammed Khans Zukunft. Sie hatte die Stunde seines Todes vorhergesehen. Vor langer Zeit, als sie noch im Harem und er noch nicht Herrscher gewesen war, hatte sie von seinen Schlachten und von seinem Kampf um den Thron gehört. Einmal hatte sie nachts die blinde Tochter des Scheichs betreut; sie hatte ihr Goldstaub in die Augen gerieben, damit sie ihr Augenlicht wiederfände. Sie hatte das Kind zu Bett gebracht und war gegangen, um sich die Hände zu waschen, und als sie in ihre glänzende, golden gefärbte Handfläche schaute, hatte sie den Schah sterben sehen.

Esther war von ihrer Vision zutiefst erschreckt; sie

wußte: wenn sie ihr Wissen weitergab, würde sie es mit dem Leben bezahlen. Jahrelang hatte sie das Geheimnis bei sich behalten, aber heute abend fürchtete sie sich nicht mehr: sie würde sprechen.

Im Jahre 1794 war in Persien eine neue Dynastie an die Macht gekommen. Vorher war das Land viele Jahre lang im Krieg gewesen, zerrissen zwischen rivalisierenden Stämmen und Kriegern und den Erben alter, erloschener Dynastien, die in den Provinzen Macht ausübten, aber nicht das gesamte Reich zu vereinen vermochten. Dann war Aga Mohammed Khan zum stärksten Mann im Lande geworden.

Er war ein junger Mann, Erbe des Thrones einer Splittergruppe des türkischen Kadscharenstammes, der im nordwestlichen Teil von Persien herrschte. Er war häßlich und grausam und gnadenlos, getrieben von einem unbändigen Haß, der aus seiner tiefsten Seele emporstieg und seinen Thron mit Blut besudelte. Als Kind war er vom Führer des Stammes der Zand gefangengenommen und an dessen Hof in Schiras als Geisel gefangengehalten worden. Er wurde kastriert – um sicherzugehen, daß er keinen Sohn zeugte, der ihn eines Tages rächen würde –, aber ansonsten mit allem Respekt, den man einem königlichen Gefangenen entgegenbringt, aufgezogen. Doch mit jedem Tag, der vorüberging, fühlte Aga Mohammed Khan den Haß in seinem Herzen wachsen.

1794 floh Aga Mohammed Khan vom Hof des Zand-Stammes und proklamierte sich selbst zum Führer der Kadscharen. Er wartete, bis der Anführer der Zand starb. Dann führte er eine Armee nach Schiras, ließ den rechtmäßigen Erben zuerst blenden und dann durch Folter töten. In Schiras begann sein Eroberungsfeldzug durch Persien.

Er kämpfte gegen Herrscher kleinerer Provinzen und

gegen kriegerische Stämme, gegen Rebellen, Diebe und gewöhnliche Männer, die er des Verrates verdächtigte. In Kerman erlaubte er seinen Truppen, alle Frauen zu vergewaltigen, ließ zwanzigtausend Männer blenden und baute aus den Schädeln der Opfer eine Pyramide. In Tiflis ließ er die Kranken und die Alten töten und versklavte alle anderen. In Teheran versprach er seinem Bruder die Regierungsgewalt über Isfahan, lockte ihn mit diesem Versprechen in den Palast und befahl dann, ihn zu töten. Er ließ wehrlose Bauern ins Gefängnis werfen, drohte, sie hinzurichten, und gab sie schließlich gegen ein Lösegeld wieder frei. Ganz Persien erzitterte bei der Erwähnung seines Namens.

Aus der Entfernung konnte Esther die Wahrsagerin den Platz vor dem Palast des Schahs erkennen; er war umgeben von zweistöckigen Backsteingebäuden mit kleinen Balkonen aus grünem Marmor. Die Nacht brach herein, und alle Umrisse begannen in der Dunkelheit zu verschwimmen. Wenige Augenblicke später leuchtete an einer Stelle des Platzes ein winziges Licht auf. Kurze Zeit flackerte es hin und her, dann brannte die Flamme ruhig vor sich hin. Noch eine Flamme wurde entzündet, und dann noch eine. Bald leuchteten auf dem ganzen Platz Lichter auf, bis die gesamte Häuserfront in ihrem Schein erstrahlte.

Fünftausend Öllampen brannten auf einem Platz, der nicht viel größer war als hundert Quadratmeter – fünftausend winzige Lampen mit Schirmen aus feinem Kristall, die Schah Abbas der Große vor zweihundert Jahren in Isfahan in Auftrag gegeben hatte. Sie hingen von den Wänden, den Säulen, den Balkonen, von Hand bemalt, allesamt in sanften rosafarbenen und roten Farbtönen – das Vermächtnis des alten Schahs, unter dessen Herrschaft Persien einst ein blühendes Reich gewesen war.

Als die Kavalkade des Schahs sich dem Platz näherte, verbeugten sich lange Reihen von vornehm gekleideten Männern vor Seiner Majestät: Sie waren wegen ihrer Schönheit ausgewählt worden und hatten sich für des Schahs Einzug auf beiden Seiten der Straße aufstellen müssen. Dann und wann hielt die königliche Kutsche an, und der Schah rief einen der jungen Männer heran, der dann – erschreckt und geehrt zugleich – zu ihm hinstürzte und sich Seiner Majestät vorstellte.

Nachdem er die Reihen der jungen Männer hinter sich gelassen hatte, wurde der Schah von einer Gruppe von Mullahs empfangen, die Lieder und Sprüche sangen und für die Gesundheit des Herrschers beteten. Während sie sangen, opferten sie Dutzende von Hammeln und warfen die blutenden Köpfe der Tiere unter die Hufe der Pferde des Schahs. Auch die Derwische sangen ihre Gebete für den Schah. Sie hielten mit Zucker gefüllte Glasgefäße in der Hand, die sie auf den Boden warfen, so daß sie vor der Kutsche zersplitterten.

Auf dem Platz hatten Straßenhändler und Künstler ihre Ware ausgebreitet. Dichter rezitierten mit wohlklingenden Stimmen und großartigen Gesten aus dem Buch der Könige. Akrobaten tanzten inmitten der Menge, Schauspieler ließen die Schlacht von Kerbela noch einmal erstehen, in der Hussein, der dritte Schüler des Propheten Mohammed, zum Märtyrer geworden war:

Während der Schlacht, als seine Truppen schon in Gefahr waren zu unterliegen, hatte Hussein versucht, seinen verwundeten Soldaten Wasser zu bringen. Er war ein junger Mann mit unschuldigen Augen und dem Gesicht eines Engels.

Der General der feindlichen Truppen, Jazid, war groß und breit; sein häßliches Gesicht war mit langen schwarzen Strichen bemalt, die ihm ein teuflisches Aussehen verliehen.

»Halt!« Jazid warf sich Hussein entgegen. »Die Lippen deiner sterbenden Männer sollen von keinem Tropfen Wasser benetzt werden.«

Ohne Jazid zu beachten, setzte Hussein seinen Weg fort.

»Halt, habe ich befohlen!« Jazid schwang sein Schwert und hieb Husseins rechten Arm ab. Wasser, gemischt mit Blut, spritzte auf den Boden.

Hussein stieß einen lauten Schrei aus. Dann nahm er den Wasserbeutel mit der linken Hand und setzte den Weg zu seinen durstigen Soldaten fort.

Wieder sauste Jazids Schwert durch die Luft. Diesmal hieb er Husseins linken Arm ab.

Kein Laut kam mehr über Husseins Lippen. Er kniete sich nieder und hob den Wasserbeutel mit den Zähnen auf.

Zutiefst bewegt von Husseins Mut zögerte Jazid einen Augenblick lang. Dann schwang er ein drittes Mal sein Schwert und köpfte den dritten Imam mit einem einzigen Hieb. Hussein wurde der erste Märtyrer unter den Schiiten. Er starb für seinen Glauben, opferte sein Leben, um gegen die Ungerechtigkeit zu kämpfen.

Am Rande des Platzes verkauften Bauern Schafe und Pferde, Heilkundige priesen ihre Künste gegen Rheumatismus und das Alter an, Ärzte saßen auf kleinen Teppichen im Schneidersitz auf dem Boden und warteten auf Patienten. In einem Winkel des Platzes wurden vor Zelten Prostituierte zur Schau gestellt; ihre Zuhälter warteten auf einen zahlungskräftigen Freier. Im Islam war die Prostitution verboten. Um sie indirekt doch zu ermöglichen, erlaubten schiitische Mullahs einem Mann, drei »lebenslängliche« Ehefrauen zu nehmen und so viele Ehefrauen »auf Zeit«, wie er es wollte. Er konnte sie für fünf Minuten oder auch für neunundneunzig Jahre heiraten.

Irgend jemand streckte die Hand nach Esther aus. Es war eine Bettlerin – eine junge Frau mit einem Kind, das an ihrer Brust eingeschlafen war. Ihre entblößte Brust war von blutigem Schorf und Fliegen bedeckt.

An der Nordseite des Platzes erhob sich die Moschee des Schahs – groß und eindrucksvoll und ehrfurchtgebietend wie Gott selbst. Direkt gegenüber der Moschee war der Ali Ghapoo – der Eingang zum Palast der Vierzig Säulen, der als so heilig galt, daß niemand, nicht einmal der Schah, diese Schwelle jemals zu Pferd überqueren würde. An dieser geheiligten Stätte hatten einst, zu Zeiten des mächtigen Schah Abbas, Schwerverbrecher und kleine Diebe Zuflucht gesucht. Niemand außer dem Schah selbst hätte ihnen hier etwas zuleide tun können. Sie blieben dort und warteten auf einen königlichen Gnadenerlaß. Selbst wenn dieser nicht bewilligt wurde, konnten sie doch nicht aus dem Ali Ghapoo vertrieben werden. Man verweigerte ihnen allerdings Wasser und Nahrungsmittel, und man ließ ihnen die Wahl, entweder im königlichen Refugium zu verhungern oder durch die Hände der Verfolger draußen zu sterben.

Zu beiden Seiten des Ali Ghapoo standen Podeste; sie waren etwa einen Meter hoch und ganz und gar aus grünem Jadegestein. Hier hatten sich die besten Juweliere und Seidenhändler des Landes versammelt. Angelockt durch Erzählungen über Aga Mohammeds Gier hatten sie ihre Ware auf schwarzem Samt ausgebreitet, in der Hoffnung, daß der Schah auf seinem Weg zum Palast einen Blick darauf werfen würde.

Aga Mohammed hatte eigentlich gar nicht anhalten wollen. Er wollte so schnell wie möglich den Palast erreichen und die schweren Königsgewänder und seinen Hofstaat loswerden. Aber als er die funkelnden Juwelen erblickte, wurde er erneut von seiner Gier gepackt, und er befahl seiner Karawane anzuhalten. Wenn er an einem oder sogar an allen Steinen Interesse zeigte, dann würden die Juweliere ihn darum anflehen, sie ihm als Geschenk darbieten zu dürfen. Andere Herrscher würden das Geschenk annehmen und den Verkäufer mit Gold belohnen, das den zehnfachen Wert des Steines hatte. Doch Aga Mohammed nahm, was man ihm anbot, und gab dafür nichts zurück.

So ließ er die Kutsche und sein Gefolge anhalten. Die Minister verbeugten sich, die Verkäufer warfen sich auf den Boden, und die Soldaten umringten die Kutsche des Schahs, um ihn vor der Menge zu schützen. Schließlich öffnete sich die Tür des Wagens, und ein kleiner Mann mit verschrumpeltem Gesicht und winzigen mißtrauischen Augen stieg aus. Seine Haut war blaß, welk und unbehaart, sein Mund schmal und verkniffen. Er trug Soldatenkleidung: einen langen Mantel und dunkle Stiefel. An seinem juwelenbesetzten Gürtel prangte ein königlicher Säbel. Statt Knöpfen funkelten Diamanten an seinem Gewand.

Ein Raunen ging durch die Menge. Aga Mohammed winkte Fath Ali Mirza heran – seinen Neffen und Kronprinzen, der ihn auf der Reise begleitet hatte. Gemeinsam traten sie an die juwelenbelegten Podeste heran und bewunderten alles, was dort ausgestellt war.

»All mein Besitz gehört Euch.« Mit diesen Worten trat ein alter Mann mit weißem Bart auf den Schah zu. Es war Schaaban, einst Isfahans größter Juwelenhändler, der jetzt aufgrund seiner Opiumsucht vollkommen verarmt war. Zitternd bot er dem Schah einen riesigen Rubin an und versicherte, daß er unbezahlbar sei.

»Dies ist der größte Stein, den ich Unwürdiger jemals

besessen habe«, beteuerte er. »Selbst für den niedrigsten Eurer Diener wäre er nicht wertvoll genug; dennoch wäre ich für alle Zeiten dankbar, wenn Eure Majestät ihn als kleines Geschenk annehmen würde.« Dem alten Mann versagte fast die Stimme.

Aga Mohammed erblickte den glühendroten Rubin, und seine Augen strahlten. Er hatte schon die Hand ausgestreckt, um das Geschenk zu ergreifen, als er hinter sich einen Tumult hörte und sich umwandte.

»Zurück!« Eine Frauenstimme schallte über den Platz. »Laßt mich durch, oder ich werde eure Seelen verdammen, auf daß sie in die Hölle kommen.«

Esther die Wahrsagerin hatte sich ihren Weg durch die Menschenmenge gebahnt und den Kreis der Soldaten um den Schah herum durchbrochen. Sie war kahl und unverschleiert; ihre Kopfhaut war mit Schnittwunden bedeckt, und auf ihrem Gesicht klebte verkrustetes Blut.

Sie schritt auf Aga Mohammed zu, hob drohend den Finger und sagte ihm seinen Tod voraus.

»Hütet Euch«, warnte sie ihn, »hütet Euch vor der Rache der Sklaven.«

Aga Mohammed zog sein Schwert, aber Esther fürchtete sich nicht.

»Hände werden Euch aus der Dunkelheit heraus ergreifen«, sprach sie, »in Eurem kühlen, stillen, unschuldigen Bett, und wenn Ihr die Augen schließt, um von Eroberungen zu träumen, dann werden sie Euer Leben nehmen, um ihr eigenes zu retten.«

Mit einem teuflischen Schrei schwang Aga Mohammed sein Schwert, um Esther niederzustechen, aber die Klinge traf nur einen Soldaten, der geköpft zu Boden fiel. Dort, wo noch eine Sekunde zuvor Esther die Wahrsagerin gestanden hatte, war jetzt nur noch Dunkelheit.

NOCH VIELE MONATE nach diesem Vorfall auf dem Platz des Schahs ließ Aga Mohammed ganz Isfahan nach der kahlköpfigen Wahrsagerin mit der scharfen Zunge durchsuchen. Seine Truppen durchkämmten die gesamte Umgebung und alle Häuser; sie kamen sogar nach Juyy Bar und suchten in den Kellern und auf den Dachböden. Sie beschrieben den Bewohnern des Gettos die Frau, die der Schah gesehen hatte.

»Das war Esther die Wahrsagerin«, erklärte Rabbi Yehuda der Gerechte selbstzufrieden. »In diesem Getto braucht ihr nicht nach ihr zu suchen. Sie ist von hier verbannt worden und wird niemals zurückkehren.«

Entschlossen, Esther zu finden, teilten die Soldaten sich in kleine Gruppen auf und durchsuchten jede Provinz und jeden Ort innerhalb eines Umkreises von hundert Kilometern um Juyy Bar herum. Sie suchten in den Höhlen des Zagross-Gebirges, in den Weinkellern von Schiras. Sie durchsuchten die Ruinen von Persepolis und die Zeltlager der Nomadenstämme, die überall in der Persischen Wüste verstreut waren. Jedem erzählten sie die Geschichte von Esther der Wahrsagerin und verbreiteten ihren Namen.

Am Ende kehrten sie zitternd zum Schah zurück und bekannten, daß ihre Suche erfolglos geblieben war. Die Frau auf dem Platz, so beteuerten sie, sei überhaupt kein Mensch gewesen. Sie sei ein Gespenst, ein böser Geist, der von den Juden geschickt worden war, um dem Schah Unglück zu bringen. Selbst der Kronprinz, Fath Ali Mirza, hatte vergeblich auf eigene Faust nach Esther gesucht. Dennoch war Aga Mohammed nicht befriedigt. Er befahl den Tod aller Soldaten, deren Suche erfolglos geblieben war; dann verließ er Isfahan.

»Ich werde Eurer Stadt meine Aufmerksamkeit und

mein Wohlwollen entziehen, bis Ihr diese Wahrsagerin gefunden habt«, ließ er den Statthalter von Isfahan wissen.

Auf der Suche nach einem alten Feind ritt Aga Mohammed nach Khorasan. Dort lebte der sechzigjährige Sharuk, Thronerbe einer erloschenen Dynastie. Er besaß keine politische Macht, hatte aber einen großen Schatz an Juwelen geerbt, den er für den Fall eines feindlichen Angriffes immer versteckt hielt. Aga Mohammed nahm Sharuk gefangen und forderte seinen Schatz. Sharuk leugnete, daß es einen solchen Schatz überhaupt gab. Der Schah ließ ihn foltern. Schließlich gab Sharuk die Steine, einen nach dem anderen, heraus.

»Nichts mehr da«, winselte er, als man ihm heißes Öl in die Augen goß. »Es ist nichts mehr da.«

Doch Aga Mohammed war noch nicht zufrieden. Er wollte den größten Edelstein von allen, den berühmten Aurangzeb-Rubin, den Sharuk mit seinem Leben verteidigte.

Der Schah zwang Sharuk aufzustehen, ließ einen Ring von Kleister um seinen Kopf herumschmieren und darauf geschmolzenes Blei schütten. Sharuk gab den Rubin heraus – und starb.

Seit dem Zwischenfall in Isfahan war ein Jahr vergangen. 1797 zog Aga Mohammed nach Georgien, um einen alten Feind anzugreifen. Auf seiner Reise wurde er eines Nachts von dem Geschrei zweier Diener geweckt, die sich lauthals stritten. Über die Störung verärgert, ordnete er an, daß die Männer am nächsten Morgen gehängt werden sollten. Dann schlief er sogleich wieder ein und ließ die beiden unbewacht zurück.

Eine Stunde, bevor der Morgen dämmerte, begingen sie ihre Tat.

Sie schlüpften in sein Zelt und töteten ihn.

IN TEHERAN brach der Krieg aus. Nach der Ermordung von Aga Mohammed Khan kämpften die Erben des Schahs um den leerstehenden Thron und weigerten sich, die Autorität des Kronprinzen, Fath Ali Mirza, anzuerkennen. Erst ein Jahr später, 1798, wurde Fath Ali endlich zum Schah gekrönt.

Er war jung, gutaussehend und eitel und interessierte sich mehr für Reichtum und Frauen als für Politik. Er hatte vier ständige Ehefrauen und vierundachtzig Nebenfrauen. Er war Herr über dreitausend Eunuchen, hundert Schneider, Dutzende von Juwelieren und Schriftgelehrten. Der Palast der Kadscharen gefiel ihm nicht. Er baute einen neuen – den Palast der Rosen – und füllte dessen Harem mit tausend Frauen auf Zeit. Er verbrachte seine Tage damit, für Porträts zu posieren, dem Vortrag seiner Lieblingsoden zu lauschen und für sich selbst und seine Höflinge neue Kleider zu entwerfen. Er saß auf seinem Thron, umgeben von fünf seiner Lieblingseunuchen, und ließ die Prozession der Jungfrauen an sich vorüberziehen, nach denen er überall im Lande ausgesandt hatte.

Dennoch verging kaum ein Tag, an dem Fath Ali Schah nicht über die Ermordung seines Onkels und die Genauigkeit der Vorhersage der Wahrsagerin nachgrübelte.

Aga Mohammed Schah, so glaubte Fath Ali, hätte seinem Schicksal entrinnen und sich vor dem Todesengel verstecken können. Er hätte nur der Prophezeiung Glauben schenken müssen, aber er war zu selbstgefällig gewesen.

Fath Ali Schah hingegen glaubte so sehr an die Weisheit

der Seher, daß er bei sämtlichen Alltagsproblemen seine Astrologen konsultierte. Der Tag war geteilt in günstige und schlechte Zeiten, und die Astrologen warnten den Schah vor jedem ungünstigen Augenblick. Er besaß eine Uhr, die er überallhin mitnahm: Jedes Kommen und jedes Gehen, jede Handlung und jedes Wort mußte ganz genau zu der Stunde stattfinden, die von den Astrologen festgelegt worden war.

Der Kronprinz, Abbas Mirza, und sein Wesir, Qa'im Maqam, erkannten bald, daß Fath Ali der Astrologie ganz und gar verfallen war, und sie versuchten vergeblich, ihn von der Absurdität seines blinden Glaubens zu überzeugen. Sie warnten ihn vor der Gefahr, Sehern und Wahrsagern sein ganzes Vertrauen zu schenken, aber Fath Ali hatte das letzte Wort: Abbas Mirza starb vor dem Schah. Sein Wesir lernte es, seine Einwände hinunterzuschlucken und seinen Zorn zu beherrschen. Inzwischen ließ Fath Ali seine Berater kommen, damit sie die wichtigste Frage von allen, die Frage nach der Todesstunde des Schahs, beantworteten. Doch niemand wagte es, den Zorn des Schahs herauszufordern, indem er die Art und Weise und die Zeit seines Todes vorhersagte. Mit dem Unvermögen seiner Untergebenen konfrontiert, befahl Fath Ali Schah noch einmal, nach Esther der Wahrsagerin zu suchen.

Überall in Persien riefen die Boten ihren Namen aus – und bekamen nur Schweigen zur Antwort. Überzeugt, daß Esther ein Geist wäre, wandten sich die Boten des Schahs an Zauberer und Mullahs – ohne Ergebnis.

»Prophezeit mir die Stunde meines Todes«, flehte Fath Ali Schah, und obwohl sie seine Stimme und seine Bitte deutlich vernahm, gab Esther die Wahrsagerin keine Antwort.

ESTHER DIE WAHRSAGERIN reiste nach Norden, durch Persien und über die Grenzen von Persien hinaus, und mit ihren Augen sah sie, was ihr schon ihre Träume prophezeit hatten. Sie wurde alt und weise, und obwohl sie niemals ein Heim oder einen Mann fand, fand sie am Ende doch den Frieden. Sie hatte gegen ihr Schicksal rebelliert und die Schatten ihrer Träume in das Herz ihres Kindes geworfen – und schon dadurch, das wußte sie, hatte sie gesiegt.

Nach ihrer Vertreibung aus Juyy Bar trug sie niemals wieder einen Tschador und ließ ihr Haar nie mehr wachsen. Sie blieb kahlköpfig und schweigsam. Ihre Augen waren schwarz, ihre Haut glänzte dunkel, und sie sah so befremdlich aus, daß niemand es wagte, sie anzuhalten, um sie nach ihrem Namen zu fragen. Man sah sie kommen und begegnete ihr mit Ehrfurcht. Dort, wo sie hintrat, erzitterte der Boden unter ihren Füßen.

Es war das Zittern des Erdbodens – die Schritte von Esther der Wahrsagerin, die in Freiheit lebte –, das Isaak in den Wahnsinn trieb. Er spürte es zuerst eine Woche nach ihrer Bestrafung und dachte, es wäre wirklich.

»Erdbeben!« schrie er und rannte aus seinem Teehaus hinaus, aber niemand reagierte.

»Erdbeben!« schrie er noch einmal. »Kommt heraus, oder ihr werdet begraben.«

Die Menschen im Getto blieben ruhig und starrten ihn voller Erstaunen an. Isaak der Suppenpinkler war verwirrt und beschämt.

»Ich habe etwas *gespürt*«, versuchte er zu erklären, als der Boden schon wieder unter seinen Füßen erzitterte. »Da! Da! Die Erde bebt!« Die Leute sahen ihn mit mitleidigen Blicken an.

Isaak sagte sich, dies sei ein vorübergehender Zustand,

eine Folge der vielen Aufregungen der letzten Monate, und er würde sich, wenn seine Nerven sich erst einmal beruhigt hätten und er Esther endlich vergessen könnte, gewiß erholen. Er schloß das Teehaus und zog sich in sein Schlafzimmer zurück, wo er sich auszuruhen versuchte. Aber im Haus wurde das Beben stärker, und der Lärm der vermeintlich berstenden Erde versetzte ihn in Panik. Er begann, sich vor den Wänden zu fürchten, von denen er glaubte, daß sie jeden Moment auf ihn einstürzten. Er sehnte sich nach dem Trost, den er in Esthers Armen gefunden hatte.

Esther war nach der öffentlichen Bestrafung so rasch verschwunden, daß die Leute in Juyy Bar annahmen, sie sei gestorben. Sie habe sich selbst getötet, so sagten sie, habe ein Loch in den Wüstensand gescharrt und ihr Gesicht so lange darin vergraben, bis sie zu atmen aufgehört habe. Dann hätten wilde Tiere sie zerrissen. Oder sie sei von Banditen entführt worden, die sie vergewaltigt und dann irgendwo sterbend zurückgelassen hätten. Vielleicht sei sie heimgegangen, nach Bandar Abbas, und habe sich im Golfstrom ertränkt.

Isaak sehnte sich jetzt voller Verzweiflung nach ihr. Er sehnte sich danach, mit geschlossenen Augen im Dunkeln zu liegen und sie von der Vergangenheit und der Zukunft sprechen zu hören. Er wollte den Duft ihrer Haut einatmen, an ihrer Brust weinen und sie fragen – sie so lange fragen, bis sich seine Zweifel zerstreut hatten, das Gelächter seiner Freunde verstummt war und er ihr endlich glauben konnte. Jetzt hätte er sie nie mehr hergegeben – aber es war zu spät. Er selbst hatte sie verraten; das erkannte er jetzt. Er würde keinen Frieden und kein Glück finden, bis er ihren Zorn beschwichtigt hätte.

Er ging zu Mama der Hebamme, die sich um Esthers Kind kümmerte. Isaak hatte die Leute über Noah reden hören –

es gab viele, die jeden Tag das Haus von Mama der Hebamme aufsuchten und darum baten, den Jungen zu sehen. Sie kehrten verwirrt und erstaunt heim – um dann am nächsten und am übernächsten Tag noch einmal wiederzukommen. Isaak selbst hatte den Jungen niemals gesehen. Er bat darum, ihn jetzt anschauen zu dürfen.

»Warum?« protestierte Mama die Hebamme.

»Bring ihn zu mir.«

Sie ging ins Hinterzimmer und kehrte mit Noah, der noch immer in Esthers Tschador eingehüllt war, zurück. Sie zog das Tuch, das das Gesicht des Kindes bedeckte, zurück und sah, wie Isaak blaß wurde.

Noah der Goldene war ein strahlender Stern. Er hatte schimmernde Haut, goldenes Haar, Augen in der Farbe gelber Achatsteine. Seine Gliedmaßen waren lang und zart, seine Gesichtszüge schön und ausgeprägt und sein Lächeln bezaubernd. Als sie ihn am Tag seiner Geburt zu ihr brachten, hatte die Hebamme geglaubt, er sei ein Engel. Sie hatte ihn auf das Dach ihres Hauses getragen und ihn dort unter einem umgestülpten Korb liegengelassen, damit Gott seine Seele zu sich nähme. Drei Tage lang hatte sie neben ihm gewacht. Jedesmal, wenn der Wind blies oder das Wetter umschlug, glaubte sie, Noahs Seele sei davongetragen worden. Aber als sie den Korb schließlich lüftete, sah sie, daß Noah noch immer am Leben war. Danach war sie überzeugt, Gott habe ihr das Kind gesandt, um ihr Leben zu verändern.

»Laß ihn bei mir«, bat sie Isaak. »Ich will ihn großziehen.«

Doch Isaak schüttelte den Kopf und entgegnete: »Es wird *meine* Strafe sein, dies Kind großzuziehen, dem ich die Mutter genommen habe.«

Und so wuchs Noah der Goldene bei Isaak auf und lernte, mit dem Leid zu leben. Als er älter wurde, begriff er, daß sein Vater sich mit Schuldgefühlen quälte und mit der grauenvollen Vision, daß die Welt auseinanderbreche, daß sein Haus in Schutt und Asche zerfalle und der Himmel einstürze, wann immer Esther die Wahrsagerin einen Schritt machte. Noah erfuhr die Geschichte seiner Geburt, das Schicksal seiner Mutter. Er kannte Esther. Jede Nacht, wenn er schlief, erschien sie in seinen Träumen.

»ZU ANFANG WAR EIN TRAUM«, flüsterte Esther in der Wärme des Lichtes, das sie in Noahs Dunkelheit hineingetragen hatte. Sie nahm seine Hand und führte ihn einen Weg entlang, der sonnenüberflutet war. Gemeinsam schritten sie durch das warme gleißende Licht, und am Ende des Wegs blieb Esther stehen und malte eine Geschichte an den Himmel.

»Astyages, der König der Meder, träumte, daß aus der Hüfte seiner Tochter eine Weinranke sproß und Asien verschlang. Er rief seine Seher zusammen, damit sie ihm den Traum deuteten.

›Die Götter wollen Euch warnen‹, sagten die Seher zum König. ›Eure Tochter wird einmal einen Sohn haben, der Euch vom Thron vertreiben und Asien erobern wird.‹

Astyages glaubte ihnen.

Er verheiratete seine Tochter und schickte sie fort, damit sie in einem benachbarten Königreich lebe. Als sie einen Sohn bekam, nahm Astyages den Säugling und befahl, daß er getötet werden solle, aber ein Diener rettete den Jungen.

Er brachte das Kind in die Berge und ließ es von einem

Schäfer aufziehen. Der Schäfer des Königs gab dem Kind den Namen Kyros.

Kyros wurde Soldat, rebellierte gegen Astyages und eroberte Babylon. Dort traf er auf einen Stamm von Juden – Nachfahren der Sklaven, die einst von Nebukadnezar gebracht worden waren. Kyros befreite die Juden. Er war Befehlshaber des ganzen persischen Stammes und der Begründer des Persischen Reiches.

›Ich bin Kyros‹, sprach er, ›König der Welt.‹«

Noah der Goldene war drei Jahre alt, als er die Geschichte von Kyros zum erstenmal hörte. Er war ein kräftiger Junge, lebhaft und ausgelassen, Angst kannte er keine. Den ganzen Tag lang war er draußen und spielte mit den anderen Jungen, rannte auf der Straße hinter ihnen her und bezauberte sie mit seinem Lächeln, bis die Mütter es schließlich aufgaben, ihre Söhne vor dem Bastard von Esther der Wahrsagerin zu warnen. Er saß bei Isaak im Weinkeller und verwickelte die Kunden in ein Gespräch, bis sie vergaßen, daß Noah der Grund für Isaaks Fall gewesen war. Noah ging sogar in den Tempel – in den Tempel von Yehuda dem Gerechten –, und nach jeder Sonntagspredigt stellte er sich so lange auf den Hof, bis der Rabbi ihn fortjagte.

»Das Kind ist von Grund auf verdorben«, warnte Yehuda seine Gemeinde, aber nach einer Weile hörten die Juden nicht mehr auf ihn. Noah der Goldene wurde vom Getto wie ein Sohn aufgenommen.

»Die Nachkommen des Kyros verehrten einen Gott.«

Esther die Wahrsagerin brachte einen Hauch von Licht und Lachen mit sich, den sanften Schein einer Flamme, die sich in die Nacht brannte und den schwarzen Himmel mit Blau überflutete.

»Ahura Mazda, Gott der Perser, zeugte Zwillingssöhne. Er ließ beide eine Wahl treffen. Der eine, Ohrmazd, wählte das Licht, das Leben und das Gute. Der andere, Ahriman, wählte den Tod, die Dunkelheit und das Böse. Ahura Mazda teilte die Welt zwischen seinen Söhnen auf. Ohrmazd erschuf den Himmel und die Erde. Ahriman erschuf die Dämonen und den Tod.

›Es ist nicht so‹, sagte Ahriman zu seinem Vater, ›daß ich zum Guten nicht *fähig* wäre. Es ist so, daß ich das Böse *gewählt* habe.‹

Und um der Welt zu zeigen, daß auch er großmütig sein konnte, erschuf Ahriman den Pfau.«

In seinem Teehaus am Rande des Gettos lebte Isaak der Suppenpinkler von Jahr zu Jahr in größerer Furcht. Eine Furcht, die ihn lähmte und seinen Lebensmut zerstörte. Seine Welt hatte so lange gebebt und gezittert, daß er nach einiger Zeit selbst zu zittern begann. Sein Schritt wurde unsicher, seine Hände unruhig, und es schüttelte ihn so häufig, daß er aus Angst, etwas zu verschütten und sich zu verbrennen, kaum noch eine Tasse Tee in die Hand nahm. Noah der Goldene bot ihm an, arbeiten zu gehen. Er war erst sechs Jahre alt, aber er würde schon etwas finden, und obwohl Isaak das Kind bisher immer verabscheut hatte, blieb ihm jetzt keine Wahl, als das Angebot anzunehmen.

»Gleich nach dem Tod des großen Herrschers kamen die großen Eroberer ins Land.« Irgendwo in der Ferne, in die Esther mit der Hand deutete, sah Noah die Armeen Alexanders des Großen auf Persien zumarschieren.

In Persepolis, der Hauptstadt von Kyros, heiratete Alexander eine persische Prinzessin, Roxana, und nahm sich tausend persische Frauen für seine Soldaten. In einer

Nacht der Ausschweifung betrank er sich mit dem Wein von Schiras und ließ Persepolis bis auf die Grundfesten niederbrennen.

Nach ihm kamen die Türken, dann die Moslems.

Da kam auf der arabischen Halbinsel ein Mann an die Macht, ein Prophet und Krieger namens Mohammed. Er sprach von einem neuen Gott, und er erschuf ein neues Reich.«

Als Noah der Goldene zehn Jahre alt war, führte er das Teehaus allein. Er verdiente den Lebensunterhalt für sich selbst und für Isaak, der fortwährend zitterte wie ein alter Hund. Isaak hatten alle Kraft und aller Wille verlassen. »*Erdbeben, Erdbeben, Erdbeben*«, flüsterte er in einem fort. Um sein Zittern zu mindern, trank Isaak Kamillentee und nahm Kräuter, die seine Nerven beruhigten und ihn schläfrig machten. So lief er immer wie im Traum herum, benommen vom Schlaf, aber dennoch zitternd wie ein Suchtkranker. Dann schließlich begann er, Opium zu rauchen. Dadurch wurde er zeitweise ruhig und konnte endlich schlafen, ohne daß sich unter seinem Bett ein Abgrund auftat, der ihn zu verschlingen drohte. Um sich den Zustand der Ruhe weiter zu erhalten, rauchte er immer häufiger und immer höhere Dosen, bis er schließlich so abhängig wurde, daß er sich nicht mehr von der Kohlenpfanne entfernte, in der er das Opium erhitzte.

»Siebenhundert Jahre lang wurde Persien von den Arabern beherrscht, und in Bagdad regierten die Kalifen.

Der Islam brachte ein Zeitalter der Aufklärung, eine Wiederbelebung der Künste und Wissenschaften, und er übte gegen andere Religionen eine große Toleranz.

Doch zu Beginn des sechzehnten Jahrhunderts wurde Ismael I. König von Persien und erklärte seine Unabhängigkeit vom Arabischen Reich. Die Araber waren vor allem sunnitische Muslime. Um ein Zeichen des Neubeginns zu setzen, zwang Ismael I. Persien den schiitischen Glauben auf.

Im schiitischen Glauben regieren die Mullahs – Gottesboten, die unmittelbare Verbindung zu Allah halten und den Gläubigen sein Wort überbringen.

Die Mullahs erklärten die Anhänger aller anderen Glaubensrichtungen, selbst die sunnitischen Muslime, für unrein und unberührbar. Die Welt, so sagten sie, solle ausschließlich von schiitischen Muslimen regiert werden. Alle anderen, vor allem die Schahs, hätten sich den Namen Gottes unrechtmäßig angeeignet und verdienten ihren Reichtum und ihre Macht nicht.«

Bei Isaak dem Suppenpinkler ließ die Wirkung des Opiums immer mehr nach. Er ging dazu über, Shireh zu rauchen – ein sehr viel stärkeres Rauschmittel, das aus den verbrannten Resten von Opium gemacht wurde, die Isaak zu einer Paste zusammenkochte und rauchte. Aber nach einigen Jahren zeigte auch das Shireh keine Wirkung mehr.

»Ruf deine Mutter«, flehte er Noah in den Tagen vor seinem Tode an. »Sag ihr, sie möge mir vergeben.«

MULLAH MIRZA war Juyy Bars ältester Arzt, und jedermann fürchtete ihn. Man nannte ihn Mullah – eigentlich der Titel der muslimischen Priester, den aber die Juden jedem zu geben pflegten, der ein spezielles Wissen hatte – und Mirza, was »Arzt« bedeutete und eine Bezeichnung für alle war, die lesen konnten. Er war klein und knochig; sein hageres Gesicht war umrahmt von einem strähnigen Bart, den er bis zum Bauchnabel hatte herabwachsen lassen. Vor langer Zeit war dieser Bart schwarz gewesen, dann grau, weiß, silbern – bis er sich schließlich gelb verfärbte und auch so blieb. Mullah Mirzas dicke buschige Augenbrauen waren den Farbveränderungen des Bartes nicht gefolgt. Sie waren dunkel geblieben und standen in erschreckendem Kontrast zum Rest des Gesichts. Seine Augen funkelten listig, in seinem scharfen Blick lag grenzenlose Gier und ein Ehrgeiz, der schon immer die treibende Kraft in Mirzas Leben gewesen war und der, je mehr er sich dem Grabe näherte, immer verbissener wurde. Mirza hatte nur noch drei gelbe Zähne im Mund – zwei oben und einen unten –, er hatte Rheumatismus in den Beinen und ein schlimmes Zucken, durch das sein Kopf, wann immer er sich aufregte, nach rechts ausschlug. Doch seine Hände mit den knochigen Fingern, die gelb vom Rauchen waren, wirkten noch erstaunlich kräftig und ruhig. Fortwährend betastete Mirza alle Gegenstände, die ihn umgaben, wie getrieben von einem Zwang, ihre Geheimnisse zu entdecken oder sie zu besitzen.

Die Leute erzählten sich, daß Mullah Mirza in seiner Jugend Wissenschaftler hatte werden wollen. Sein Vater, ein unbedeutender Arzt in Juyy Bar, hatte eines Tages einen dicken Wälzer mit nach Hause gebracht, der teilweise in Persisch, teilweise in Arabisch geschrieben war. Er schrieb das Buch dem großen persischen Wissenschaftler Zakarayah Razi zu.

»In diesem Buch«, so sagte er seinem Sohn, »das gewöhnliche Menschen nicht zu begreifen vermögen, liegt das Geheimnis von unendlichem Reichtum und ewig währender Macht.«

Dichter, Philosoph, Mathematiker und Wissenschaftler in einem, hatte Razi sein Leben dem Studium der Alchemie gewidmet und dabei statt dessen den Alkohol entdeckt. Nie mit seinen Entdeckungen zufrieden, hatte er immer das Gefühl gehabt, nur einen Schritt von der Formel entfernt zu sein, durch die jedes gewöhnliche Metall in Gold verwandelt wird. Er starb blind und verarmt und hinterließ viele in Leder gebundene Bücher, in denen er die Ergebnisse seiner Experimente aufgezeichnet hatte.

Mullah Mirza war von Razis Geschichte fasziniert. Er hatte das Buch geöffnet und war mit seinen Fingern über die Symbole gestrichen, die er nicht entziffern konnte.

»Mein Gott«, hatte er geflüstert, »all dies Gold zu besitzen …«

Am nächsten Tag hatte er erklärt, daß er Persisch und Arabisch lesen lernen wollte. Sein Vater lachte nur.

»Juden lernen außer Hebräisch gar nichts«, erklärte er seinem Sohn. »Arabisch ist die Sprache des Korans. Die Mullahs behaupten, wenn wir es lernten, dann würden wir ihr heiliges Buch entweihen. Die Sprache der Perser ist Persisch. Sie sagen, wir seien nur dann Perser, wenn wir Muslime würden. Wenn du lesen lernen willst, dann mußt du in den Thora-Unterricht des Rabbis gehen.«

Mullah Mirza hatte kein Interesse an der Thora. Er wollte Razis Geheimnisse entdecken.

»Ich möchte Wissenschaftler werden«, hatte er erklärt, »möchte Reichtum, Ehre, Unsterblichkeit erlangen.«

Eine Zeitlang hatte er mit dem Gedanken gespielt, zum Islam überzutreten, damit er die Erlaubnis bekäme, Persisch zu lernen. Dann entdeckte er einen besseren Weg.

Er ging zu dem muslimischen Schreiber, der auf einem zerbrochenen Schemel vor der Karawanserei des Schahs in Isfahan saß. Gegen eine geringe Gebühr schrieb dieser Schreiber die Briefe nieder, die ihm die Leute diktierten. Am Ende jeden Tages steckte er das verdiente Geld ein und ging nach Juyy Bar, um sich Wein zu kaufen.

In Persien besaßen die Juden das Monopol auf die Herstellung von Wein. Der Islam verbot seinen Anhängern das Trinken von Alkohol. Muslime, die der Versuchung nicht widerstehen konnten, gingen deshalb ins Getto, um Wein zu kaufen. Die Sünde, so beruhigten sie ihr schlechtes Gewissen, beging der Mensch, der das minderwertige Gebräu herstellte – und nicht der, der es trank. In schlechten Zeiten hielten die Mullahs häufig ihre Leute dazu an, die Welt von »Wein produzierenden Ungläubigen« zu reinigen, und sie schickten Horden von Menschen ins Getto, die in jedes Haus einbrachen und jeden Keller in Brand setzten, in dem die Juden Wein gelagert hatten.

»Ich werde dir jede Woche einen Krug mit fünf Jahre altem Wein bringen, wenn du mir das Lesen beibringst«, bot Mullah Mirza dem Schreiber an. »Und ich werde niemals jemandem von unserer Vereinbarung erzählen. Wenn jemand herausfindet, daß ich lesen kann, dann werde ich einen anderen Schreiber beschuldigen, es mir beigebracht zu haben. Wenn du meinen Wein nimmst und mich verrätst, dann werde ich dich vergiften.«

Der Schreiber schlug Mirzas Angebot nicht aus.

Drei Jahre, nachdem er Razis Buch zum ersten Mal gesehen hatte, hatte Mullah Mirza gelernt, Persisch und Arabisch zu lesen. Er zog aus seinem Elternhaus aus, lieh sich Geld, um die Miete für den Keller unter dem Laden Davids des Schlachters zu bezahlen, und begann seine Laufbahn als Wissenschaftler.

Von Stund an konnte Juyy Bar beobachten, wie Mullah Mirza von seiner Besessenheit mehr und mehr aufgefressen wurde. Er schloß sich Tag und Nacht im Keller ein, ewig über dampfende Töpfe gebeugt, beschäftigte sich mit Razis Buch, bis er jede Zeile auswendig wußte, und wiederholte jedes mißlungene Experiment, bis er keine Metalle, keinen Brennstoff und keine Säure mehr besaß. Dann plötzlich tauchte er wieder auf. David der Schlachter nutzte die Gelegenheit, um ihn an seine Miete zu erinnern; Mullah Mirza hatte seit dem Tag, an dem er den Keller bezogen hatte, nichts mehr bezahlt.

»Fort mit dir!« fuhr er David selbstgerecht an. »Wie wagst du es, wie *kannst* du es wagen, von Geld zu sprechen, wenn ich gerade dabei bin, die Welt neu zu erschaffen!«

Eine Zeitlang durchstöberte er dann die Antiquitätenläden von Isfahan auf der Suche nach Büchern, die von anderen Alchemisten geschrieben worden waren. Er fiel Ladenbesitzern und Hausfrauen so lange auf die Nerven, bis sie ihm die Zutaten schenkten, die er für seine Experimente brauchte. Er reiste in weitentfernte Städte und Dörfer, von denen er gehört hatte, daß dort andere Wissenschaftler an ähnlichen Versuchen arbeiteten. Endlich mit dem, wie er meinte, entscheidenden Wissen ausgerüstet, eilte er zurück in seinen Keller und begann noch einmal von vorn.

Mit der Zeit zeigte sein Körper Zeichen der Erschöpfung. Seine Hände waren über und über mit Warzen, Schürfwunden und Narben bedeckt. Doch er gönnte sich keine Pause. Die Lehmwände seines Kellerlaboratoriums waren von der ständigen Hitze schon ganz ausgetrocknet und vom Geruch seiner Mixturen durchdrungen, und die Metallschatulle, die er gebaut hatte, war mit winzigen Papierfetzen vollgestopft, auf die er wie ein Besessener seine Erkenntnisse gekritzelt hatte.

Eifersüchtig bewachte er die Schatulle und fürchtete immerfort, daß ein mit ihm konkurrierender Wissenschaftler versuchen würde, seine Geheimnisse zu stehlen; er beschuldigte sogar Leute, die nicht lesen konnten, ihm nachzuspionieren.

Einmal, als die Decke des Kellers unter den Füßen von David dem Schlachter einstürzte und David zusammen mit einem Haufen Mauersteinen im Laboratorium landete, begrüßte ihn Mullah Mirza mit einem spitzen Fleischspieß, den er auf Davids Augen richtete.

»Dieb!« schrie er. »Ehe ich dich meine Schatulle stehlen lasse, werde ich dir dieses Metall durch die Augäpfel stoßen und sie den Hunden zum Fraß vorwerfen!«

Von da an kettete Mullah Mirza sich im Schlaf mit der Hand an seiner Schatulle fest.

Er war so sehr mit seinem Bemühen um die Herstellung von Gold beschäftigt, daß er den Zeitpunkt verpaßte, an dem er eigentlich hätte heiraten sollen. Er arbeitete immer: als Junge, als junger Mann und später, nachdem seine Eltern gestorben waren. Er zahlte dem Schlachter niemals seine Miete. Nie kaufte er sich ein neues Paar Segeltuchschuhe oder ein neues Hemd. Die Menschen traten an ihn heran, um Ratschläge und bestimmte Behandlungen zu erbitten, im Vertrauen darauf, daß er Zugang zu Heilmethoden habe, die gewöhnliche Ärzte nicht kannten, beeindruckt von seiner extravaganten Art, seinen großspurigen Plänen, dem Selbstbewußtsein, mit dem er sich »Herr der Naturgewalten, Bezwinger irdischer Übel« nannte.

Mirza seinerseits hatte seine Anhänger niemals enttäuscht. Er stellte unglaublich hohe Rechnungen aus und bot fremdartige, spektakuläre Heilmethoden an, die mehr darauf abzielen sollten, sein Wissen zur Schau zu stellen, als den Patienten von seinem Leiden zu erlösen. Wenn er einen Hausbesuch machte, dann ließen die Menschen in der Nachbarschaft alles stehen und liegen und rannten herbei, um dem Meister bei der Arbeit zuzuschauen. Er wandte sein gesamtes Einkommen für Bücher und Metalle auf und war dennoch nicht zufrieden. In all den entbehrungsreichen Jahren, so wußte Mullah Mirza, war er dem Geheimnis der Herstellung von Gold nicht einen Schritt näher gekommen.

Als Mullah Mirza älter wurde und seine Bemühungen nach wie vor keinen Erfolg zeigten, da wurden seine Heilmethoden immer ungewöhnlicher. Er beschränkte sich nicht länger auf harmlose Demonstrationen seiner überspannten Ideen – Durchfall mit einem köchelnden Gebräu zu kurieren, das eine vollkommene Verstopfung zur Folge hatte, oder das Einführen eines langen Metalldrahtes durch den Hals in den Magen des Patienten, um seine »inneren Organe« wieder zu ordnen. Jetzt probierte er neue Formeln aus, die er in qualvollen Nächten des Experimentierens entwickelt hatte, schlug grausame und bisher nie durchgeführte Operationen vor, durch die zumindest drei seiner Patienten dauerhaft geschädigt wurden, oder bekam, während er einen einfachen Bruch behandelte, einen so gräßlichen Wutanfall, daß seine Hand zu zittern begann, sein Geist sich umnachtete und sein Patient für eine gewisse Zeit vor Angst wie gelähmt war.

Und dennoch, obwohl er es niemals offen zugab, wußte Mullah Mirza, daß er niemals zu Größe und Reichtum gelangen würde.

»Es ist nicht mein Geist, der mich im Stich läßt«, fluchte er spät in der Nacht in der Einsamkeit seines Laboratoriums, wenn er erkennen mußte, daß ihm auch die neueste Formel keinen Erfolg brachte, »es ist mein Schicksal. Mir fehlt einfach der Segen.«

Er warf sich auf die Knie und betete zu Gott.

»Gib mir einen Hinweis, damit ich mein Werk vollenden kann«, flehte er. »Gib mir eine Antwort auf alles, was du mir bisher verschwiegen hast.«

Doch als sein Flehen nicht erhört wurde, verfluchte er

alles, was heilig war, und erklärte dem Himmel und der Erde den Krieg.

»Ich verfluche deine Kleinlichkeit!« schrie er haßerfüllt. »Ich spucke auf deinen Geiz. Ich verfluche deinen Neid, der dich davon abhält, mir das zu geben, was mich größer machen würde als dich.«

Ihm fiel auf, daß einige Leute ihn nicht mehr aufsuchten und sich an unwissendere, aber weniger bedrohliche Ärzte wandten. Er schäumte vor Wut, daß irgend jemand es wagte, an seiner Arbeit zu zweifeln, seine Methoden in Frage zu stellen. Diese Menschen waren aus Furcht und Unwissenheit gegen die »Wissenschaft« voreingenommen und verließen sich aus Angst vor Mullah Mirzas fortschrittlichen – und deshalb zugegebenermaßen riskanten – Methoden auf die veralteten und nutzlosen Methoden der anderen Ärzte; sie wandten sich *jetzt,* gerade jetzt von ihm ab – in einem Augenblick, in dem er drauf und dran war, einen Fehlschlag zu erleiden und alle Hoffnung zu verlieren.

Eines Morgens stieg er die Leiter hinauf, die in den Laden des Schlachters führte, und forderte Davids Kunden auf, ihm aufmerksam zuzuhören. Er stand dort, während die Kunden ihn anstarrten, in seiner langen schwarzen Robe und in seinen zerrissenen Segeltuchschuhen, richtete seinen Blick auf das blutige Messer, das David in der Hand hielt, und verkündete:

»Ihr sollt wissen, daß Mullah Mirza der beste Arzt in diesem verdammten Getto ist. Von jetzt an wird jeder, der einen anderen Arzt als mich aufsucht, zum Sterben verdammt sein.«

Niemand sagte ein Wort. Mullah Mirzas Ohnmacht war offensichtlich. Er war verzweifelt, war sich endlich seiner Grenzen bewußt geworden.

Jahre vergingen. Niemals erholte sich Mullah Mirza von den schlimmen Minuten im Laden des Schlachters. Mit der Zeit machte er immer weniger Experimente, und auch seine Bücher las er nicht mehr. Nach einer Weile stellte er fest, daß ihn die gleichen Sorgen quälten wie andere Leute auch. Er litt unter Rheumatismus und Magengeschwüren. Seine Augen ließen nach. Er war einsam, enttäuscht, arm. Er hatte geglaubt, er könne ein Wunder bewirken – und es war ihm nicht möglich, mit einem Mißerfolg zu leben. Er war drauf und dran, die Hoffnung aufzugeben, als Isaak der Suppenpinkler starb und Yehuda der Gerechte das Teehaus versiegeln ließ. Da Noah nicht Isaaks Kind sei, so erklärte der Rabbi, könne er auch dessen Besitz nicht erben. Im Alter von fünfzehn Jahren ganz und gar auf sich allein gestellt, suchte Noah der Goldene nach einer Arbeit.

An einem Morgen im Sommer 1811 klopfte er ganz früh an Mullah Mirzas Tür und bot dem »großen Meister« seine Dienste an. Er wolle arbeiten, so sagte er, wenn er dafür zu essen bekäme.

Mullah Mirza starrte den Jungen an, der plötzlich auf seiner Schwelle stand, und meinte – wie Mama die Hebamme fünfzehneinhalb Jahre zuvor –, daß man ihm einen Engel gesandt habe. Er zog Noah zu sich ins Laboratorium, setzte ihn vor einen Kessel, in dem das Gebräu seiner am besten entwickelten Formel brodelte, und gab ihm ein Stück verrostetes Metall.

»Mach Gold!«, so befahl er ihm, als sei Noah Gottvater selbst. »Verwandle die Welt in Gold.«

IN MULLAH MIRZAS LABOR glänzten die Wände. Der Boden war mit Gold gepflastert. Alle Truhen quollen davon über; die Decke stand nahe davor, unter dem Gewicht der Schätze, die davon herunterbaumelten, einzubrechen. Jeden Tag brachte Mullah Mirza neue Ladungen von Blech und Metall für Noah herbei, damit er Gold daraus mache. Jeden Tag lachte er wie ein Verrückter und umarmte Noah voller Dankbarkeit.

»*Endlich*!« schrie er. »*Endlich*!«

Noah der Goldene schaute auf die Berge von Müll, die sich um ihn herum auftürmten, und vor Entsetzen über Mirzas Wahnsinn blieb ihm der Mund offenstehen.

»Aber es hat sich doch gar nichts verändert«, beharrte er vergeblich. Aus Angst, daß die Juden kommen und seinen Reichtum stehlen könnten, hatte Mullah Mirza elf Schlösser an die Kellertür gehängt, und er weigerte sich, Noah auch nur eine Stunde lang hinauszulassen. Er wollte die Entdeckung geheimhalten, die Formel nachmachen, von Noahs Methoden etwas lernen.

»Du arbeitest für *mich*«, so schärfte er Noah jeden Tag aufs neue ein. »Du machst nur für *mich* Gold.«

Er kaufte den gesamten Warenbestand aller Schrotthändler auf und leerte die Kellerräume seiner Nachbarn. Er durchsuchte die Küchen aller möglichen fremden Leute, stritt und feilschte mit den Besitzern, nahm ihnen die Kochutensilien und Gartengeräte fort. Die Juden hatten Mullah Mirza niemals so aufgeregt gesehen. Als er die Schlösser an seiner Tür befestigte, fragten sie sich, ob er vielleicht wirklich eine wichtige Entdeckung gemacht hätte. Als er die Metallgegenstände auf einem Karren heimbrachte, liefen die Leute vor seinem Labor zusammen und fragten ihn nach seinen Experimenten. Mullah Mirza verrammelte die Tür mit weiteren Holzbalken und gab sein vermeintliches Geheimnis nicht preis. Irgendwann, das war ihm vollkommen klar, mußte er Noah töten, um das Geheimnis der Formel zu schützen.

Ein- oder zweimal stellte er sich sogar vor, den Jungen in den Kessel mit dem Lösungsmittel hineinzuwerfen, um ihn – dieses strahlende Kind der Gnade Gottes – in eine goldene Statue zu verwandeln, die ihre Schönheit für alle Zeiten bewahren würde. Doch bevor er das tun konnte, mußte Mullah Mirza die Formel selbst ausprobieren. Einmal, an einem Spätnachmittag, nahm er all seinen Mut zusammen und setzte sich auf Noahs Platz vor den Kessel mit der metallveredelnden Flüssigkeit.

»Im Namen Gottes«, begann er.

Er zitterte, so bewegt von der Bedeutung des Augenblicks, daß ihm die Tränen übers Gesicht rannen, so begeistert darüber, daß sein Traum wahr werden würde, daß er es nicht wagte, weiterzumachen, bis Noah ihn dazu drängte.

Schließlich tauchte er einen Säbel in den Topf, hielt ihn einen Augenblick lang in der Hand und zog ihn mit einem Schrei des Triumphs wieder heraus. Aber sein Triumphschrei verwandelte sich sogleich in ein verzweifeltes Geheul. Irgend etwas war schiefgelaufen.

Mullah Mirza war außer sich. »Du hast die Formel geändert«, beschuldigte er Noah.

Noah der Goldene beteuerte seine Unschuld.

»Versuch es noch einmal«, beschwor er seinen Meister, aber das Metall blieb unverändert. Mirza reichte Noah den Säbel. Diesmal verwandelte es sich vor seinen Augen zu Gold.

An jenem Tag wiederholte Mullah Mirza das Experiment wohl tausendmal. Am nächsten Morgen, bei Tagesanbruch, war er erschöpft und wie von Sinnen. Schluchzend vor Enttäuschung und Wut flehte er Noah an, ihm des Rätsels Lösung zu nennen.

»Aber es ist doch gar kein Gold da«, beschwor Noah ihn ein letztes Mal. »Es ist überhaupt niemals Gold dagewesen.«

In dem Augenblick, als er vor dem Jungen stand, der das Wunder auch nicht hatte bewirken können, und angesichts der riesigen Haufen wertlosen Metalls, die er für Gold gehalten hatte, erkannte, daß sein Leben ein einziger Fehlschlag gewesen war, wurde Mullah Mirza endlich die Wahrheit bewußt.

»Bei Gott«, flüsterte er. »Ich habe alles geträumt.«

Und er lachte, lachte so sehr, daß sein Körper sich zu Boden neigte und sein Bart die Füße berührte, lachte, bis ihm die Tränen über die Wangen liefen. Er stand dort – eine kleine, verschrumpelte Gestalt, die alle Bitterkeit verloren hatte, nicht länger bedrohlich, ein zerbrechlicher alter Mann, der sich mitten im Zimmer zusammenkrümmte und die Absurdität seines Lebens fortlachte, die vielen Jahre des Suchens und die Nächte der Gebete. Er lachte mit einer solchen Unschuld und einer solchen Hingabe, daß er selbst Noah zum Lächeln brachte, lachte und lachte, bis plötzlich seine Gliedmaßen steif wurden, der Atem in seiner Brust stockte und er vornüberfiel, mit dem Kopf auf den Boden aufschlug und starb.

IM JAHRE 1801 hatte Rußland die Vorherrschaft über die persische Provinz Georgien angestrebt. Vier Jahre später hatte der Zar die Provinzen Baku und Derbent annektiert. Da er die Möglichkeit eines bewaffneten Widerstandes in Erwägung zog, erkundigte sich Fath Ali Schah nach dem Zustand seiner Armee und entdeckte, daß er gar keine besaß: Seine Soldaten hatten seit Jahren keinen Sold mehr bekommen. Wer sich nicht einfach davongemacht hatte, war opiumsüchtig oder ein Bauer, der niemals eine militärische Ausbildung erhalten hatte. Die Armee des Schahs besaß keine Uniformen, keine Waffen, keine Generäle. Im Arsenal von Täbris – eine Gegend, die aufgrund ihrer Nähe zu Rußland eine sehr große strategische Bedeutung hatte – fanden die Boten des Schahs einige Kanonenkugeln, aber die paßten nicht in die Kanonen. Man wollte neues Blei kaufen, mußte aber feststellen, daß der Schah alles Geld aus der Staatskasse verbraucht hatte. Man bat Seine Majestät um Geld, um neue Waffen anschaffen zu können, aber es wurde verweigert. Fath Ali Schah werde sein Geld nicht dafür vergeuden, mit den Russen um ein paar Provinzen zu kämpfen, erklärte er. Wenn er die Gebiete wieder zurückhaben müßte, dann würde er ganz einfach den Zaren so weit einschüchtern, daß dieser sie freiwillig zurückgäbe. Er berief eine Audienz ein und bestellte tausend Edle in den Garten des Marmorthrones des gerade fertiggestellten Rosenpalastes.

Sie kamen in prächtigen Gewändern; jeder der Herren war von seiner eigenen Truppe und seinen Wachen und Pagen umgeben. Die Pferde mit ihren rotgefärbten Schweifen waren mit bestickten Seidentüchern bedeckt und hatten goldenes Zaumzeug. Neben jedem dieser Edlen schritt ein Zaumzeugmeister, der, sorgfältig auf seiner Schulter gefaltet, die Sattelhülle trug. Sie war aus besticktem purpurrotem und schwarzem Stoff.

Vor dem Tupkhaneh-Platz, dem Platz der Kanonen, der zum Palast der Rosen führte, erwarteten königliche Pagen mit kunstvollem Kopfschmuck die Gäste. Sie geleiteten die Herren durch die Portale des Palastes, an die sich ein schmaler Gartenstreifen schloß, unter einem kunstvoll verzierten Torbogen hindurch in den Garten des Marmorthrons. Die Edlen begannen, miteinander zu flüstern. Die Terrasse, gewöhnlich von einem riesigen Vorhang verhüllt, war jetzt den Blicken preisgegeben. Auf ihr stand ein riesiger Thron aus grünem Marmor; lebensgroße Statuen von Dschinngeistern und Feen bildeten seine Säulen.

Als alle Edlen sich im Garten versammelt hatten, traten Fath Ali Schahs Lieblingseunuchen hervor. Es waren fünf weiße Männer. Sie trugen lange Mäntel, die um die Taille herum eng anlagen und zu den Füßen hin weit wurden. Neben jeder Thronsäule stand ein Eunuch. Der fünfte und schönste hatte seinen Platz davor eingenommen. In seinen Händen hielt er ein juwelenbesetztes Kissen, auf dem das Heilige Schwert lag.

Der Königliche Page kam und rief: »Seine Majestät! Der König der Könige! Der Führer des Islam! Der Gesandte Allahs! Der Schah von Persien!«

Trompeten schmetterten. Trommeln dröhnten. Fath Ali Schah erschien, gekleidet in seine »Gewänder des Zorns«.

Er trug einen bodenlangen Mantel aus rotem Samt, der über und über mit Rubinen besetzt war. Auf seinem Kopf prangte eine dreizackige Krone mit Rubinen. Dazu passend hatte er einen rubinbesetzten Säbel, Schuhe, die mit Rubinen bestickt waren, Halsketten, Ringe und Armbänder aus Rubinen.

Im Garten des Marmorthrons zitterten die Edlen: Fath Ali Schah trug seine »Gewänder des Zorns« nur, wenn er ein Todesurteil gegen einen wichtigen Feind aussprechen wollte. In diesen Gewändern und von eben diesem Thron aus hatte er die Blendung und Hinrichtung seines eigenen Bruders befohlen. Ein anderes Mal hatte er zugesehen, wie einer seiner Minister bei lebendigem Leibe in einem Topf siedenden Öls gekocht wurde.

Fath Ali stieg die drei Stufen hinauf und lehnte sich dann auf dem Marmorthron zurück.

»Die unseligen Russen«, sprach er, »haben die geheiligte Erde unseres Landes geschändet. Was, meint Ihr, würde geschehen, wenn wir unsere private Reitertruppe aussenden würden, um sie anzugreifen?«

Die Kavallerie des Schahs hatte, wie jedermann wußte, nur die Aufgabe, die Person des Herrschers zu schützen. Sie würde in wenigen Stunden von den Soldaten des Zaren geschlagen werden. Dennoch – um Seiner Majestät eine Freude zu machen, stießen die Adligen Begeisterungsschreie aus und malten genußvoll die schweren Verluste aus, die die Kavallerie den Russen beibringen würde.

»Bei meiner Ehre«, sagte ein Mann und trat vor. »Eure Kavallerie würde die Eindringlinge bis nach Moskau zurückschlagen.«

Der Schah stimmte ihm zu.

»Und was wäre«, fuhr er dann fort, »wenn *Wir* selbst an die Front gingen?«

Dies überstieg die Vorstellungskraft aller Anwesenden – das entsetzliche Elend, das Fath Ali Schah höchstpersönlich über den Zaren bringen könnte.

»So ist es also geregelt«, schloß er, bereits jetzt tief befriedigt über seinen zukünftigen Triumph. »Verbreitet die Nachricht, und laßt die Russen nicht ohne Warnung!«

Der Krieg in Aserbaidschan dauerte dreizehn Jahre lang und endete mit einer Niederlage. Der Zar hatte sich durch Fath Ali Schahs Zorn durchaus nicht erschüttern lassen. Die persische Armee hatte noch nicht ein einziges Mal einen wirklichen Kampf für sich entschieden. Der Widerstand, mit dem der Zar fertig werden mußte, kam von vaterlandsliebenden Männern und Frauen, die ohne die üblichen Waffen kämpften und sich weigerten, die russische Vorherrschaft anzuerkennen. Letztendlich überließ Fath Ali Schah im Jahre 1813 dem Zaren die Provinzen, die dieser bereits besetzt hielt. Um seinen siegreichen Nachbarn noch weiter zu beschwichtigen, war Fath Ali sogar einverstanden, erhebliche Reparationszahlungen zu leisten. Überall in Persien herrschte Trauer. Mullahs und Geistliche nannten den Schah einen Verräter und erhoben Anspruch auf seinen Thron. Sie sagten, der Schah sei schwach und korrupt, er habe Persiens Reichtum vergeudet und sei vor der Stärke der Ungläubigen zurückgewichen. Um seinen Thron bangend, voller Angst, daß die Mullahs den Heiligen Krieg gegen die Krone ausrufen würden, rief Fath Ali Schah noch einmal nach der jüdischen Wahrsagerin aus Isfahan. Diesmal sollte sein Rufen nicht vergeblich sein.

EINES TAGES STAND ESTHER auf dem Platz der Kanonen neben der berühmten Perlenkanone. Dorthin flüchteten Diebe und Mörder vor dem Gesetz. Alte Jungfern setzten sich an diesen Platz, bis das Schicksal ihnen einen Mann geschickt hatte, und Liebespaare ketteten sich dort in der Hoffnung auf ewige Verbundenheit aneinander. Durch den Nebel von Opium hindurch, der ihnen den Blick verschleierte, sahen die Männer der Kavallerie des Schahs Esther herankommen und erkannten sofort die Wahrsagerin aus Fath Ali Schahs Träumen: Sie war kahlköpfig und unverschleiert, ihre Haut hatte die Farbe von Öl, und sie war umgeben von Erinnerungen an unbekannte Wege und fremde Orte.

»Allah-u-akbar!« Die Soldaten fielen auf die Knie. Sie waren sicher, daß sie einen Geist vor sich hatten. »Allah-u-akbar! Gott ist groß!«

Sie brachten Esther in den Palast und ließen den obersten Eunuchen holen. Er stürzte, zusammen mit hundert anderen Eunuchen, auf Esther zu, aus Angst vor dem Bösen ihren Blicken ausweichend, und führte die Wahrsagerin in die Halle der Spiegel. Hier waren die Wände und die Decke aus einem Mosaik kleiner Splitter zusammengesetzt, die das Licht, das durch die Torbögen hereinflutete, reflektierten. Spiegel, so wußte jeder, waren ein Schutz gegen Dämonen.

Der oberste Eunuch ging hinaus, um den Schah zu rufen. Auf dem Weg von der Spiegelhalle zu den königlichen Gemächern betete er laut um sein Leben: Fath Ali Schah ließ die, die seinen Schlaf störten, mit gnadenloser Härte bestrafen. In der Nacht zuvor hatte er, wie jedermann wußte, einige zornerfüllte Stunden damit verbracht, Zugang zu seinem eigenen Harem zu erlangen. Er hatte mit seiner neuesten Erwerbung das Lager teilen wollen – einer Frau namens Miriam, die überall in dem Verdacht stand, Jüdin zu sein. Früh am Tage hatte der Schah den obersten Eunuchen ausgesandt, das Mädchen auf seine Ankunft vorzubereiten. Miriam hatte in Ziegenmilch gebadet und sich mit Rosenwasser abgerieben, sie hatte ihre Augen mit Antimon umrandet und ihre Wangen mit einem Puder gerötet, der durch das Zerreiben eines getrockneten Insekts gewonnen wurde. Sie hatte in einem Bett von Rosen und Chiffon auf den Schah gewartet, aber in dem Augenblick, als Seine Majestät sie berühren wollte, hatte jemand im Nebenzimmer geniest.

Der Schah entfernte sich sofort. Ein Niesen war bekanntlich ein Zeichen Gottes, daß man von dem, was man gerade tat oder tun wollte, ablassen solle. In seinen Gemächern hatte Fath Ali Schah dann eine Stunde lang gewartet, war wieder in den Harem zurückgekehrt und hatte dort erneut ein Niesen vernommen.

Er wartete noch eine Stunde. Dann wieder ein Niesen. Jetzt wurde dem Schah klar, daß eine seiner Frauen eine der hauptberuflichen »Nieserinnen« beauftragt haben mußte – Frauen, die sich als Haremsdamen verkleideten und von eifersüchtigen Ehefrauen gemietet wurden, um Seine Majestät davon abzuhalten, mit neu erworbenen Jungfrauen zu schlafen. Die Strafe für ein vorgetäuschtes Niesen war, wie jedermann wußte, der Tod. Fath Ali Schah befahl die Exekution aller Dienstmädchen und verstieß alle Ehefrauen in den Zimmern, die in Hörweite von Miriams Gemächern lagen. Doch er wagte es nicht, das Niesen zu ignorieren. So entschloß er sich, noch eine weitere Stunde zu warten, schlief dann aber ein, ohne bei Miriam seine Befriedigung gefunden zu haben.

Vor den Gemächern des Schahs begrüßten drei Wächter den obersten Eunuchen. Er durchschritt die Räume der übrigen Eunuchen und ging zunächst in ein vorgelagertes Schlafzimmer, in dem der Befehlshaber der Palastwache jede Nacht, ein blankes Schwert an seiner Seite, in Uniform schlief. Von dort aus betrat er Fath Ali Schahs Schlafzimmer.

»Euer Majestät untertänigster Diener«, versuchte er den Schah zu wecken. Dieser reagierte jedoch nicht. Der oberste Eunuch biß sich auf die Unterlippe und nahm seinen ganzen Mut zusammen.

»Euer untertänigster Diener«, sagte er noch einmal. »Es scheint, als sei der Dämon Eures Schicksals gekommen, um Euch zu rufen.«

Fath Ali Schah wurde so weiß wie das Kissen, auf dem er ruhte. Er war wie erstarrt; seine Augen blieben geschlossen. Dann setzte er sich auf und ergriff mit beiden Händen sein Bettzeug. Zu jeder anderen Zeit hätte er sich über

Esthers Ankunft gefreut. Jetzt, da der Zar an seiner Schwelle stand und die Mullahs seinen Sturz verlangten, fürchtete er, daß Esther gekommen war, seinen Untergang zu verkünden. Er schaute den Eunuchen mit starrem Blick an. Dieser spürte seinen Ärger und fiel auf die Knie.

»Vergebt mir, Eure Majestät«, flehte er. »Es war ein unseliger Fehler, Euch die Nachricht zu überbringen. Wenn Ihr es mir erlaubt, werde ich die Frau auspeitschen und sie dann in Stücke reißen lassen, um sie Euren wildesten Hunden zum Fraß vorzuwerfen.«

Fath Ali Schah erhob sich. Seine Hände zitterten sichtbar. Er winkte seine Ankleidejungen zu sich heran.

»Bewacht sie!« befahl er dem Eunuchen. »Laßt Uns ein wenig Zeit, Uns auf sie vorzubereiten.«

Eine Stunde nach Mittag betrat der König der Könige die Spiegelhalle. Er trug ein Diadem mit drei Zacken, das ganz und gar aus riesigen Diamanten zusammengesetzt war. Er war in eine lange Jacke aus Goldstoff gehüllt, die mit Diamanten und Perlen bestickt war. An seinem Gürtel funkelten Diamanten, am Handgelenk trug er doppelreihige Diamantarmbänder. Selbst der Griff seines Säbels war mit einem großen Diamanten besetzt. Er rief die Wahrsagerin zu sich. Als sie ihm ihr Gesicht zuwandte, erkannte er an ihren strahlenden Augen, daß sie tatsächlich ein Geist war.

»Sprich!« befahl er, und alle Eunuchen, die Esther bewachten, rannten davon, um sich in Sicherheit zu bringen. Sie wußten: Wenn der Schah mit Esthers Prophezeiung nicht zufrieden war, würde er für alle, die ihren Worten zugehört hatten, einen qualvollen Tod anordnen.

»Sprich, was ist Unser Schicksal?«

Esther die Wahrsagerin lächelte den Schah mit geschwärzten Lippen an und sprach dann leise und sanft wie ein Engel: »Ihr werdet sehr alt sterben, zufrieden auf Eurem Thron, zwanzig Jahre und tausend Kinder von heute an gerechnet.«

ESTHER DIE WAHRSAGERIN schlief, und in ihren Träumen erschuf sie eine Frau, eine Kreatur des Lichts wie Noah selbst, seltsam schön und mit der Stimme einer Muse. Dies war ihr letztes Geschenk an Noah. Dann verließ sie ihn und sank so tief in die Welt der Mythen und Phantasien, daß von ihr außer einer immer schwächer werdenden Stimme und Träumen voller Sonnenuntergänge nichts blieb. Ohne sie war Noah verloren. Seine Tage und Nächte gingen ineinander über, bis er Schlaf und Wachen nicht mehr voneinander zu unterscheiden wußte und ihm selbst die Schatten an den Wänden wie Träume erschienen.

Noah der Goldene hatte Mullah Mirza begraben, aber das Vermächtnis des alten Mannes hatte er nicht vergessen können. Noch viele Jahre nach Mirzas Tod war jedermann in Juyy Bar zu Noah gekommen und hatte die Wahrheit über das Gold herauszufinden versucht. Was war es, so fragten sie, das Mullah Mirza so in Ekstase versetzt hatte? Hatte er die Formel gefunden? Hatte er sein Geheimnis mit Noah geteilt?

Selbst Yehuda der Gerechte kam, um Noah einen Besuch abzustatten.

»Ich bin der Wächter aller Seelen«, sagte er zu Noah. »Ich muß alle Geheimnisse wissen.«

Um Noah von seinen guten Absichten zu überzeugen und sein Vertrauen zu gewinnen, hatte Yehuda der Gerechte sogar das einst versiegelte Teehaus wieder geöffnet und dem Jungen die Rückkehr in Isaaks Heim erlaubt. Doch jedesmal, wenn er sich nach dem Elixier erkundigte, schüttelte Noah der Goldene bedauernd den Kopf.

Das Teehaus wurde von Noah wiedereröffnet, und er versuchte, seine alten Kunden zurückzugewinnen. Sie kamen in der Hoffnung, etwas über das kostbare Elixier zu erfahren, und als Noah ihnen nichts sagen konnte, verweigerten sie ihm ihre Freundschaft und blieben aus.

Zwanzig Jahre waren seit dem Tod von Mullah Mirza vergangen. In Juyy Bar litt Noah der Goldene unter bitterer Armut und Einsamkeit. Eines Nachts, im Frühling des Jahres 1831, rief er Esther die Wahrsagerin.

»Ich brauche eine Frau«, sagte er ihr. »Ich muß mich vor den Dämonen der Zeit schützen.«

1831 war in Täbris ein muslimischer Junge verschwunden. Seine Eltern hatten vergeblich nach ihm gesucht und waren schließlich zu dem Schluß gekommen, daß er von Zigeunern gestohlen oder von Wölfen gefressen worden sei. Dann brachte ein junger Mann aus dem Basar ihnen eine Nachricht.

»Shokr-Allah, der Jude, hat euren Sohn ermordet«, erzählte er den Eltern des Kindes. »Er hat den Jungen geraubt und ihn mit nach Haus genommen, weil er sein Blut für das jüdische Passahfest haben wollte. Die Leiche des Kindes liegt noch in Shokr-Allahs Keller.«

Die Eltern waren ins Judengetto geeilt und hatten Shokr-Allahs Haus durchsucht. Im Keller fanden sie die – fast schon verweste – Leiche ihres Sohnes.

Shokr-Allah, der Jude, beteuerte seine Unschuld. Er schwor, den Jungen niemals zuvor gesehen zu haben, erst, als die Eltern selbst ihn entdeckt hätten. Zum Passahfest trinke er nur Wein. Der junge Mann, der ihn beschuldigt habe, schulde ihm Geld, und er habe wahrscheinlich versuchen wollen, um die Bezahlung seiner Schulden herumzukommen, indem er die Mullahs auf seinen Gläubiger hetzte.

Niemand glaubte ihm. Die Mullahs forderten eine Bestrafung, nicht nur für Shokr-Allah, sondern auch für seine Glaubensgenossen. Für das Verbrechen eines einzelnen wurden immer alle Juden gemeinsam verantwortlich gemacht. Die Mullahs riefen zu einem Massaker auf.

Diesmal, so sagten sie, würden sie den Juden nicht mehr die Wahl lassen, zum Islam zu konvertieren und dem Tod zu entrinnen. Diesmal wollten sie Rache – das Blut jüdischer Kinder gegen das des muslimischen Jungen, der Schmerz ihrer Eltern als Bezahlung für den Kummer, den Shokr-Allah den Muslimen zugefügt hatte. Sie hetzten eine blutrünstige Horde ins Getto, die alle jüdischen Kinder einfangen sollte. Auf dem großen Platz rammten sie hundert Säbel in die Erde, die Klingen nach oben, um dort alle jüdischen Kinder wie Schlachttiere aufzuspießen. Dann fielen sie über die Erwachsenen her. Wer sich in seinem Keller versteckt hatte, wurde eingeschlossen und verbrannt. Allen, die Goldschmuck um das Handgelenk oder um den Hals trugen, wurde der Schmuck aus dem Körper herausgeschnitten. Wer um Gnade bettelte, dem wurde die Zunge abgeschnitten. Tag für Tag kehrte der Mob ins Getto zurück, durchsuchte jedes Haus und jeden Tempel, plünderte die Läden, prügelte die Männer, vergewaltigte die Frauen.

In Qamars Haus waren alle außer ihr selbst ermordet worden. Das Mädchen hatte sich auf den Boden geworfen und sich totgestellt. Zweimal kehrte der Mob zurück, um das Haus nach Überlebenden zu durchsuchen. Qamar zerrte die Leiche ihrer Schwester über ihren eigenen Körper und hielt den Atem an, bis sie gegangen waren. Eines Nachts, als sie meinte, das Massaker sei endlich vorbei, machte sie sich auf die Flucht. In den Straßen lagen die Leichen kalt und starr in der eisigen Winterluft. Auf dem großen Platz starb das letzte der Kinder im Feld der Säbel. In den Rinnsteinen würde das Regenwasser für alle Zeiten die Farbe des Blutes haben. Und in der Geschichte Persiens würde es unter den Bewohnern von Täbris nie wieder einen Juden geben.

Qamar die Zigeunerin war nach Osten geflohen, nach Rasht an der Küste des Kaspischen Meeres. Sie wanderte über die Berge, die Täbris umgaben, über gefährliche Höhenwege, die nur von Banditen bereist wurden, durchquerte Täler, die so tief waren, daß sie ganze Karawanen verschlangen. Um Rasht herum waren die Wälder grün und dicht. Sie rochen nach frischgefallenem Regen, und die Stimmen von Panthern und Leoparden hallten in ihnen wider. Hinter den Wäldern lag das Flachland; bis ans Kaspische Meer dehnten sich die zartgrünen Reisfelder, die am Abend im Licht der untergehenden Sonne silbrig schimmerten. Qamar hielt inne. Sie hatte die Stimme von Esther der Wahrsagerin vernommen.

»In Juyy Bar gibt es einen jungen Mann mit Augen so golden wie Achatsteine«, sagte Esther. »Suche ihn. Schenk ihm Kinder des Lichts und des Lachens.«

Qamar die Zigeunerin machte sich auf den Weg nach Teheran und dann zur heiligen Stadt Qom, wo die bedeutendsten Mullahs ihre religiöse Unterweisung erhielten. Dort traf sie auf eine Pilgerkarawane, die nach Süden zog, und schloß sich dieser unauffällig an. Die Pilger waren fast alle sehr arm; sie reisten zu Fuß, oder sie ritten auf dürren Maultieren und Eseln. Auf dem Rücken trug jeder von ihnen einen großen Leinensack mit den sterblichen Überresten eines Verwandten oder Freundes, der darum gebeten hatte, in den heiligen muslimischen Städten Najaf und Kerbela begraben zu werden. Dort befanden sich die Schreine: geheiligte Orte, an denen seit vielen Jahrhunderten die Toten begraben worden waren. Man hatte sie dichter und dichter übereinander gebettet, und so warteten sie auf den Tag, an dem Allah herunterkommen und sie alle in den Himmel geleiten würde.

Qamar die Zigeunerin folgte den Pilgern in großer Entfernung. Dies waren Männer mit einem heiligen Auftrag; sie würden es nicht zulassen, daß durch die Gegenwart eines Juden die Reinheit ihrer Gebete beeinträchtigt werden könnte. Sie wanderten am frühen Morgen und am späten Nachmittag und ruhten sich mittags, wenn die Sonne zu heiß brannte, aus – und ebenso in der Nacht, wenn es in der Wüste eiskalt wurde. Aus Angst, von den Männern gesehen zu werden, versteckte sich Qamar den ganzen Tag über und folgte ihrer Spur nur nachts im Licht des Mondes, geleitet vom Geräusch der Kamelglocken und der Stimme Esthers. Doch selbst aus dieser Entfernung wehte der Gestank der Leichen, die die Pilger in ihren Säcken trugen, zu ihr herüber. Die Gesetze Persiens und des Ottomanischen Reiches verlangten, daß der Körper eines Toten ein Jahr lang unter der Erde begraben sein müßte, bevor man ihn an einen anderen Ort schaffte; so wollte man die Gefahr der Verbreitung einer Seuche verringern. Doch im Land des Islams befolgte man nur das Gesetz Gottes. Die Männer trugen die frischen Leichen auf dem Rücken. Um sie sauberzuhalten, wuschen die Pilger sie in Bächen und Flüssen, aus denen andere tranken. Um den Geruch der

Verwesung zu überdecken, legte man grüne Äpfel zu den Leichen in die Säcke. In jedem Dorf machten die Pilger Rast, um neue Äpfel zu kaufen; die alten Früchte gaben sie dann den Kindern, die dankbar hineinbissen.

NOAH DER GOLDENE pfiff in der Dunkelheit. Er stand spät am Abend, nachdem seine Kunden gegangen waren, vor dem Teehaus und ließ die Melodie ertönen, die ihm bereits den ganzen Tag im Kopf herumging. Die Nachbarn waren entsetzt. »Hör auf zu pfeifen!« schrien sie. »Die Geister der Dunkelheit werden es hören und uns alle erwürgen.«

Noah der Goldene wußte um die Dämonen, die auf Pfeifen in der Dunkelheit reagierten. Doch die Melodie in seinem Kopf wollte nicht verstummen, und er pfiff sein Lied, bis Qamar die Zigeunerin es hörte.

Sie war klein und zart, hatte eine zierliche Taille und die Füße einer Porzellanpuppe. Sie hatte eine dunkle Haut, tränenförmige Augen, und um ihren Kopf wogte ein flammender Kranz rotbraunen Haars, der wie die untergehende Sonne glühte. Sie war ohne Geld und mutterseelenallein nach Juyy Bar gekommen – auf der Flucht, so behauptete sie, vor einem Massaker im Getto von Täbris, im Herzen der Provinz Aserbaidschan. Sie sprach eine Mischung aus Persisch und Türkisch, und sie verstand von dem Dialekt in Juyy Bar nur sehr wenig. Sie kam, als das Wetter mild war, und mit ihr kam die kalte Luft von Täbris, die den Sommer in Isfahan in einen Winter mit eisigen Stürmen und festgefrorenem Schnee verwandelte.

»Ich bin der Grausamkeit der Menschen entflohen«, sagte sie zu Noah, und ihre Stimme war ebenso kühl und gleichmäßig wie der Wind, den sie mit sich gebracht hatte.

»Ich komme von jenseits der Berge, und auf meinem Weg habe ich eine Welt der Wunder gesehen.«

Noah der Goldene nahm Qamar mit in sein Haus und ließ sie nicht wieder fort. Er klammerte sich an sie, als ginge es um Leben oder Tod. Er berührte ihre Haut und atmete den Duft von Kiefernholz und Regen ein, der ihrem Haar entströmte. Qamars Hände waren nicht hastig, ihre Augen blickten niemals forschend, ihre Lippen – geduldig und ruhig – ließen an jeder Stelle, die sie berührten, ein kühles Mal zurück.

Erbost über den Skandal, daß ein Mann und eine Frau zusammen schliefen, ohne verheiratet zu sein, erzwang sich Yehuda der Gerechte einige Wochen später Zugang zu Noahs Haus und zelebrierte die Riten der Hochzeit. Selbst während der Zeremonie hörten die beiden Liebenden nicht auf, einander in den Armen zu halten. Sie liebten sich zur Mittagszeit in einem verdunkelten Raum, während der Wind an der Türschwelle heulte. Nachts, wenn das Haus ganz still war, saßen sie im Mondlicht und sprachen miteinander, während ihre Gesichter sich fast berührten. An den Säulen aus rotem Lehm, die den Hof umgaben, bewegten sich sanft und leise ihre Schatten – zwei Figuren, die zu einer Melodie tanzten, die nur sie allein hören konnten –, und alle, die sie sahen, glaubten, sie seien Geschöpfe einer Zauberwelt.

IM SOMMER 1834 reiste Fath Ali Schah nach Isfahan. Als er sich eines Abends im Palast, umgeben von seinen königlichen Ankleidehelfern, sein juwelenbesetztes Gewand anzog, das er zum Abendessen tragen wollte, fiel er plötzlich zu Boden.

Genau zwanzig Jahre, nachdem er Esther der Wahrsagerin in der Spiegelhalle des Rosenpalastes entgegengetreten war, starb der Schah. Er hatte über dreihundert Söhne und über tausend Enkelkinder.

Wenige Stunden nach seinem Tod brach in Teheran ein Krieg aus: Jeder seiner dreihundert Söhne erhob Anspruch auf den Thron. Jeder von ihnen wurde von einer anderen Gruppe von Adligen oder von einer ausländischen Macht unterstützt. Der Kronprinz, Abbas Mirza, war vor seinem Vater gestorben. Schließlich wurde Abbas' Sohn, Mohammed Khan, durch Intervention der britischen Militärmission in Aserbaidschan auf den Thron gehoben. Die Russen gaben dem neuen Schah ebenfalls ihren Segen. Er war ein Schwächling – körperlich und geistig gleichermaßen –, und er versprach den Ausländern bei ihren Unternehmungen in Persien keine Schwierigkeiten zu machen.

Mohammeds Premierminister, Hadschi Mirza Aghassi, erkannte, daß der neue Schah den Glauben seines Großvaters an mystische Kräfte übernommen hatte, und machte sich sofort daran, dies zu seinem eigenen Vorteil zu nutzen. Anstatt eine neue Suche nach Esther der Wahrsagerin in die Wege zu leiten, lehrte Aghassi den Schah die Grundlagen des Sufismus und verbrachte einen Großteil seiner Zeit damit, mit dem König spirituale Sitzungen durchzuführen. Der Wesir des verstorbenen Abbas Mirza, Qa'im Maqam, erkannte die Gefahr, die darin lag, daß der Regent den Bezug zur Realität verlieren könnte, und er versuchte, den Schah vor der List seines Ministers zu warnen. Er schrieb Briefe an Mohammed, die voller Belehrungen waren, so als wäre der Schah noch immer ein Schulkind; er zählte alle Schwierigkeiten und Nöte des Staates auf, ohne auch nur das Geringste zu beschönigen. Er ließ den Schah wissen, daß die ganze Nation ihn und seinen Premierminister als

»Derwische« verspottete, die, anstatt zu regieren, spirituale Übungen abhielten. Er behauptete, daß Aghassi den Schah nur deshalb auf den Weg der Askese gedrängt habe, weil er ihn seiner Macht berauben wollte.

Mohammed Schah fühlte sich durch diese Briefe belästigt, ja, sie weckten seinen Zorn. Qa'im Maqam mußte doch einsehen, daß ein König das Privileg hatte, nur das Schöne zu sehen und nur das Angenehme zu hören. Offensichtlich wurden diese Briefe geschrieben, um ihn, den Schah, zu quälen und ihn seines Seelenfriedens zu berauben.

Mohammed Schah bestellte den Wesir seines Vaters in einen Garten in Teheran und ließ ihn dort erwürgen. Befreit von der einzigen Stimme der Vernunft, die seinen Frieden hätte stören können, ging Mohammed Schah weiter den Weg der Sufis, bis er, mehr als ein Jahrzehnt später, im Sommer 1848 starb.

IM JAHRE 1837 wurde Qamar die Zigeunerin schwanger. In einer kalten Nacht, inmitten eines Schneesturms, der Dutzende von Menschenleben forderte, gebar sie ihr Kind. Der Winter, den sie von Täbris mit nach Isfahan gebracht hatte, dauerte schon sehr lange und war sogar noch härter geworden. Jeden Tag erfroren Kinder an der Brust ihrer Mütter; junge Männer verließen das Haus und kamen nicht mehr zurück. Irgendwann, spät in der Nacht, wurden sie dann gefunden – erfroren in klirrendem Eis.

Qamar hatte noch nie unter Kälte gelitten. Als die Geburt bevorstand, ging sie in den Hof, und unter ihren warmen Füßen schmolz der Schnee. Sie stieg in den Keller, wo vor Jahren Esther die Wahrsagerin Noah geboren hatte, und holte das große Kupfertablett hervor, das alle Frauen benutzten. Sie füllte es mit Asche aus dem Kohlenofen und stellte es dann neben den Teich auf den Boden. Das Wasser war gefroren, die Frösche unter einer Eisschicht gefangen. Qamar hockte sich über das Tablett und erduldete still ihre Schmerzen.

Es war Nacht, aber in Qamars Augen strahlte die Sonne. Als es dämmerte, brachte sie ihr Kind zur Welt. Zwischen ihren Beinen zog Qamar einen Knaben hervor – mit weißer Haut, goldenem Haar und den Augen der Seeleute, die vor langer Zeit in den Nächten von Bandar Abbas als erste den Samen des Lebens in Esthers Leib versenkt hatten. Wenige Sekunden später kam noch ein zweiter Kopf zum Vorschein – diesmal der eines Mädchens, das dieselben Gesichtszüge hatte, aber im Unterschied zu seinem Bruder weder weinte noch zitterte. Die Neugeborenen lagen auf dem Aschetablett, und ihre kleinen Körper fingen an zu glühen, als die Schneeflocken auf ihre nackte Haut fielen.

Endlich hielt in Juyy Bar der Frühling Einzug. Qamar nannte ihren Sohn Moshe und ihre Tochter Leila. Jeden Tag badete sie die Kinder in der Sonne und kämmte ihr Haar mit Fingern, die noch vom Morgentau feucht waren. Sie ließ die Kleinen auf der Veranda schlafen, wo alle Nachbarn sie sehen konnten. Sie erzählte ihnen Geschichten über die Welt außerhalb des Gettos. Als sie laufen konnten, faßte sie sie an den Händen und nahm sie mit zum Rand des Dorfes, dorthin, wo die Wüste noch nicht erobert war, und weckte in ihnen die Sehnsucht, Juyy Bar eines Tages zu verlassen.

»Ihr müßt irgendwann fortgehen«, sagte sie ihnen, »tausend Meilen, tausend Tage weit. Ihr müßt gehen und gehen und nicht stehenbleiben, bis ihr eure Freiheit gefunden habt.«

Die Kinder wuchsen heran. Als sie acht Jahre alt waren, kam Moshe eines Tages vom Hof des Nachbarn nach Hause gelaufen und rief seinen Vater.

»Ist es wahr«, fragte er, »daß du Gold machen kannst?«

Noah der Goldene wurde blaß. Er wußte, daß die Zeiten, in denen sein Sohn ruhig und zufrieden gewesen war, vorüber waren. In Moshes Augen erkannte er dasselbe Verlangen, das auch Mullah Mirza in den Ruin geführt hatte.

Er leugnete alles. Moshe wollte ihm nicht glauben. Er brachte den Jungen in Mullah Mirzas Keller.

»Schau«, sagte er zu ihm, »nirgendwo ist auch nur eine Spur von Gold.«

Dennoch spürte Noah, wie die Zweifel, die an seinem Sohn nagten, jeden Tag größer wurden.

Moshe war von der Idee, zu Gold und Reichtum zu gelangen, geradezu besessen; er wurde sich plötzlich seiner Armut und seiner niedrigen sozialen Stellung als Jude bewußt. Er erkannte, daß die meisten Juden häßlich, klein und deformiert waren, weil es ihnen an nahrhaftem, gutem Essen fehlte; sie gaben, da sie nur untereinander heirateten, die Makel und die Krankheiten ihrer Väter weiter, so daß sich das Elend von Generation zu Generation fortsetzte. Er sah, daß die Juden schmutziger waren als die Moslems, daß ihre Wohnungen kleiner waren und daß sie wenig Nachsicht füreinander zeigten. Er fühlte sich von den Beschränkungen, die das schiitische Gesetz ihm auferlegte, gedemütigt, aber statt die Mullahs anzuklagen, gab er den Juden die Schuld dafür, daß er einer der ihren sein mußte. Ihm wurde klar, daß er als Jude niemals zu Ansehen oder Geld gelangen würde, daß er niemals in Frieden leben könnte, aber anstatt sein Schicksal zu akzeptieren, träumte er davon, zum Islam überzutreten. Als er zwölf Jahre alt war, hörte er die Geschichte von Esther der Wahrsagerin. Dieselben Kinder, die ihm alles über Mullah Mirza erzählt hatten, schworen jetzt, daß die Mutter Noahs ihres Schleiers beraubt und wegen Ehebruchs bestraft worden war. Nachdem er von dieser Schande gehört hatte, weigerte Moshe sich viele Wochen lang, das Haus zu verlassen.

Er blieb zu Hause, und nach und nach, so, als wolle er sich an seinem Vater rächen, bekam er immer häufiger Fieberanfälle, die schließlich so schlimm wurden, daß sich auf seiner Haut Blasen zeigten. Eines Morgens sah Noah, daß Moshe sich die Augen rieb und sie so fest zusammenkniff, als wolle er dem hellen Licht entfliehen. Noah berührte die Stirn des Kindes und zog seine Hand entsetzt zurück.

»Schnell, hilf mir!« rief er, und Qamar eilte herbei.

Sie setzten Moshe auf Noahs Rücken und trugen ihn bis zum Hause Yehudas des Gerechten, wo es einen Wasserspeicher gab. Sie banden ein Tau um Moshes Leib und senkten ihn in das Wasser hinein, durch die Klappe hindurch, auf der vor Jahren der einzige Sohn des Rabbis ausgerutscht und ertrunken war. Moshe blieb den ganzen Tag lang im Speicher. Er zitterte am ganzen Körper. Das Wasser war dunkel und abgestanden, voller Schmutz und Tierkadaver, die tagelang in den trockenen Rinnsteinen des Gettos gelegen hatten und in der Sonne verwesten, bis die Mullahs zweimal in der Woche die Schleusen öffneten und Isfahans Fluß nach Juyy Bar hineinfließen ließen. Dann rannte jedermann zu den Rinnsteinen und füllte seine Eimer und Kürbisflaschen. Wer einen Wasserspeicher hatte, leitete das Wasser zu sich nach Haus und ließ den Tank vollaufen. In schlimmen Zeiten, wenn die Mullahs den Juden das Wasser vorenthielten, verkauften sie den Dürstenden das Wasser aus ihrem Tank zu Preisen, mit denen man Gold hätte erwerben können.

Moshe saß ganz ruhig im Wasser und wartete auf die Geister, die den Tank bewohnten – Dämonen, so hatte man ihm, als er kleiner war, erzählt, einäugige Giganten, die Kinder verschlangen. Er hatte keine Angst vor ihnen. Er saß auf einer schmalen Plattform unter der Klappe und ließ das Wasser bis zu seinem Kinn hochsteigen. Weit fort von seinem Heim und seiner Qual war er sicher. Er konnte die Knie unter das Kinn hochziehen, die Dunkelheit um sich herum in sich aufnehmen und schlafen.

Die Dämonen weckten ihn.

»Du hast das Fieber des Wahnsinns«, sagten sie mit Stimmen, die verzerrt und bedrohlich klangen. »Wenn du wieder herauskommst, dann wird der Rabbi dich holen. Er wird dich zu einem Doktor bringen und dein Blut waschen lassen.«

Die Dämonen waren überall um ihn herum; ihre Formen veränderten sich mit jeder Bewegung des Wassers.

»Du mußt fortlaufen. Geh, bevor er kommt.«

Moshe stand auf. Die Dämonen verschwanden. Nur Dunkelheit hüllte ihn ein und der Gestank verwesender Katzen.

»RUFT EINEN BADER!«
Moshe erkannte die Stimme von Yehuda dem Gerechten. Die Sonne blendete seine Augen. Er lag auf dem Boden vor dem Wasserspeicher. Viele Menschen standen um ihn herum – sie wirkten groß und bedrohlich. Die Frau des Rabbis beugte sich über ihn, um ihn anzuschauen. Ein Geruch von Verwesung ging von ihr aus, so, als hätte das Alter an ihren Knochen genagt. Seit Jahren hatte sie sich aus dem Hof ihres Hauses nicht fortbewegt. Tag und Nacht saß sie da, um, wie sie sagte, Wache zum Schutz

gegen den Tod zu halten, der, als sie einen Moment nicht aufgepaßt hatte, gekommen war, um ihren Sohn mitzunehmen.

»Der Junge hat das Fieber des Wahnsinns«, erklärte Yehuda der Gerechte seiner Frau. »Er muß zur Ader gelassen werden, damit er von dem bösen Blut befreit wird, das sein Gehirn überflutet und das Fieber verursacht hat.«

Moshe geriet in Panik. Er richtete sich trotz des gleißenden Lichtes auf, halb geblendet von weißen Flecken, die vor seinen Augen tanzten. Er stand auf und begann zu rennen. Der Rabbi versuchte noch, ihn zu packen, aber es war zu spät. Moshe lief über den Hof und zur Tür hinaus. Während er lief, verdunstete das Wasser aus seinen Kleidern und umgab ihn wie ein Nebel.

Er lief, dicht gefolgt von Yehuda, die Gassen entlang und versuchte, den Weg nach Hause zu finden. Noch immer halb blind, rempelte er Passanten an und zertrampelte die Waren der Händler.

»Mama!« heulte er laut vor sich hin.

Yehuda stürmte hinter ihm her und kam immer näher.

»Haltet das Kind!« rief er, und Moshe wußte, daß man ihn gleich fangen würde.

Er lief schneller, aber jetzt kannte er den Weg nicht mehr. Andere jagten hinter ihm her – Kinder, deren Gesichter von Haß und Schadenfreude verzerrt zu sein schienen.

»Mama!« Er rannte noch schneller. Die Kinder kreisten ihn ein und sangen einen Reim, den sie ständig wiederholten.

»Verrückt, verrückt, Moshe ist verrückt!«

»Mama!« Das Licht war unerträglich.

Er stolperte, fast wäre er gestürzt.

»Verrückt, verrückt, Moshe ist verrückt!«

Er schaute durch die weißen Flecken, die vor seinen Augen tanzten. Er sah die Kinder – ihre Gesichter waren riesengroß; die Augen traten hervor, die Finger berührten fast seinen Körper. Yehuda kam immer näher.

Yehuda, die Kinder, alles drehte sich um ihn – schneller und schneller, bis sich die tanzende, kreischende Menge, die ihn einkreiste, plötzlich in einen Wirbel von Licht verwandelte, der ihn verschlang.

MOSHE wachte im Dunkeln auf. Das Zimmer war voller Geräusche. Man hörte das leise Murmeln einer Frau; es roch leicht verbrannt. Moshe richtete sich ein wenig auf, gerade genug, daß er sich an die Wand lehnen und um sich schauen konnte. Auf dem Boden brannte Kohle in einer kleinen Pfanne, die im Winter als Öfchen benutzt wurde. Qamar stand daneben und sang eine monotone Melodie vor sich hin. Yehuda der Gerechte hatte Moshe zurückgebracht, und nun hielt man ihn im Zimmer seiner Eltern gefangen.

»Es ist das Fieber des Wahnsinns«, hatte Yehuda verkündet, zufrieden, weil ihn Moshes Erkrankung in seiner Prophezeiung bestätigte. An dem Tag, als Moshe und Leila geboren wurden, hatte er vorhergesagt, daß die Enkelkinder von Esther der Wahrsagerin im Leben nichts als Katastrophen und Krankheiten auf sich ziehen würden. »Ihr müßt einen Bader rufen.«

Qamar hatte sich zunächst widersetzt. Aber Moshes Fieber stieg immer höher, und sie erkannten, daß sie ihn wahrscheinlich bald verlieren würden. Sie schickten also nach dem Bader, aber vorher hielt Qamar in einem letzten Versuch, ihrem Sohn die Qual der Behandlung zu ersparen, das Ritual des »Kampfes gegen das böse Auge« ab.

Sie beugte sich über die Feuerpfanne und warf die Samen der wilden Gartenraute auf die Kohle.

»Verdammt sei das Böse!« rief sie, und in dem Moment, als die Samen in der Hitze zerplatzten, erhellten die züngelnden Flammen ihr Gesicht. Dunkel blieben allein die Schatten unter ihren Augen und ihren Wangenknochen und das schwarze Loch ihres Mundes, in dem die weißen Zähne glänzten.

Sie kniete sich, ein rohes Ei in einer Hand, auf den Boden und faßte in den Kohlenkasten. Mit ihren Fingern zeichnete sie in die glühende Asche winzige Kreise, die Augen darstellen sollten. Als sie die ganze Oberfläche bemalt hatte, legte sie ein Ei in die Glut. Wenn es platzte, würde ihr Sohn vom Fluch der bösen Augen befreit sein. Sie wartete. Doch das Böse war stärker als Qamars Gebet. Das Ei blieb ganz.

Sie versuchte es noch einmal mit einem anderen Ei. Sie sang lauter, malte noch mehr Kreise in die Asche, hätte das Ei fast eigenhändig zerbrochen. Doch noch immer geschah nichts.

In diesem Augenblick klopfte jemand an die Tür – sehr leise, so, als wolle er vor etwas warnen – und ging dann fort. Moshe richtete sich voller Entsetzen auf. Qamar berührte seine Stirn, um das Fieber zu bezwingen. Ihre Finger lagen eiskalt auf seiner glühenden Haut.

»Der Bader kommt«, sagte sie. »Hab keine Angst.«

Moshe sah sich hilfesuchend um, aber es gab niemand, der helfen konnte. Im Hof hörte er Schritte.

Eins. Zwei.

Drei. Danach eine Pause – der Bruchteil einer Sekunde, in der Moshe das Ausmaß der Gefahr erkannte, die sich ihm näherte.

Eins. Zwei. Der Bader ging am Teich entlang.

Er näherte sich der Tür.

Er stieg die Treppe hinauf.

Er hielt an.

»Bitte, Mama, nicht!« Moshe griff nach der Hand seiner Mutter. Von seiner Stirn perlte der Schweiß. Seine Augen waren fast ohne Farbe, seine Haut grau. Weinend zog Qamar ihre Hand von ihm fort – dies würde ihr Moshe niemals verzeihen – und ging zur Tür.

Draußen stand Lotf-Allah der Bader. In einer Hand hielt er eine Peitsche. In der anderen ein Glas voll schwarzer Blutegel.

»Bindet ihn fest!« Mit diesen Worten wies Lotf-Allah auf Moshe. Zwei Männer kamen vom Hof herein, um zu helfen. Auf Lotf-Allahs Geheiß zogen sie Moshe aus und banden seine Hand- und Fußgelenke zusammen. Moshe leistete keinen Widerstand. Er weinte nur still vor sich hin – große Tränen des Schreckens und des Zorns, die auf das Bett tropften und in das Herz von Qamar Löcher brannten. Der Raum hatte sich mit Zuschauern gefüllt. Lotf-Allah begann sein Werk. Er nahm die Peitsche und atmete tief ein.

»Böse und üble Geister, seht euch vor. Der Herr der Seelen ist gekommen, um euch auszulöschen.«

Er ließ die Peitsche auf Moshes nackte Fußsohlen sausen. Zunächst schlug er nur langsam, zählte jeden Streich. Dann schlug er schneller und schneller; es war wie das heftige Ticken einer wütenden Uhr. Jedesmal, wenn er die Peitsche niedersausen ließ, stieß er einen Schrei aus – einen Schrei der Wut und des Triumphs, der das Haus erschütterte und Moshe die Kraft zum Widerstand nahm.

»Oh, ihr irregeführten und besessenen Geister! Verschwindet aus dem Körper dieses Kindes. Fort mit euch!«

Er schlug ein letztes Mal zu. Blut spritzte auf sein Gesicht und auf sein Hemd. Dann war alles still.

Lotf-Allah der Bader wartete, bis sein Herz wieder langsamer schlug. Dann nahm er das Glas mit Blutegeln zur Hand. Er hatte die Tiere seit Wochen hungern lassen. Mit feierlicher Geste zeigte er Moshe die Blutegel.

»Sie werden dein Blut reinigen«, erklärte er. Er nahm die Tiere eines nach dem anderen heraus und setzte sie auf Moshes nackten Rücken. Sie gruben sich gierig in die Haut und begannen zu saugen. Moshe schrie laut auf und mußte sich in sein Bett hinein übergeben. Dann wurde er ohnmächtig.

Als die Blutegel auf das Sechsfache ihrer ursprünglichen Größe angeschwollen waren, ließen sie endlich von Moshes Fleisch ab, um ihre Mahlzeit zu verdauen. Lotf-Allah sammelte sie wieder in sein Glas ein.

»Morgen komme ich wieder.«

Im Sommer des Jahres 1848 kehrte der Bader zwei Wochen lang jeden Abend zum Hause Noahs des Goldenen zurück. Er gab Moshe Medizin zu trinken und quälte ihn, indem er seine Fußsohlen peitschte. Neben der Blutsaugeprozedur probierte er im Wechsel etwas aus, was er als »Luftsaugen« bezeichnete.

Er erhitzte fünf Gläser, bis sie rot glühten, und ließ sie dann gerade eben so lange abkühlen, daß sie die Haut nicht verbrannten. Dann hielt er das jeweilige Glas mit einem Handtuch fest und stülpte es auf Moshes nackten und von Blasen übersäten Rücken, bis die Haut rötlich anlief. Er ließ die Gläser eine Weile stecken und riß sie nach einer Weile plötzlich wieder hoch – das würde helfen, so behauptete er, die »faule Luft« aus Moshes Seele herauszuziehen. Nach Stunden verließ er dann das Haus des Kranken, erschöpft und geschwächt von der heiligen Wut, die ihn verzehrte, während er mit den Dämonen kämpfte, die von Moshe Besitz ergriffen hatten. Am Ende der zweiten Woche ließ das Fieber nach. Lotf-Allah der Bader erklärte Moshe für geheilt, strich seine Bezahlung ein und ging seiner Wege.

Im Hause Noahs kehrte wieder Ruhe ein. Moshe lag kalt und still im Bett; seine Lippen waren weiß und seine Augen so hell, daß sie fast gläsern erschienen. Mit seinem Vater sprach er kein Wort mehr. Doch sein Verlangen nach Ansehen und Reichtum war nur noch größer geworden. Er blieb zwei Monate lang im Bett, erholte sich von der Kur und plante in jeder Sekunde seine Flucht. Er wollte nach Isfahan gehen und Moslem werden. Er würde den Namen wechseln, leugnen, daß er jemals Jude gewesen war. Er würde reich, angesehen und mächtig werden – und eines Tages würde er nach Juyy Bar zurückkommen, um allen seinen großen Erfolg vor Augen zu führen. Eines Tages stand er auf und verließ das Haus.

Er war vierzehn Jahre alt. Er ging durch das Getto und fragte nach einer Arbeit. Er klopfte an jede Tür und bot für eine Tagesmahlzeit seine Dienste an. Fast alle wiesen ihn ab: Er war der verrückte Sohn Noahs des Goldenen, der Enkel von Esther der Wahrsagerin, und niemand wußte, ob er nicht irgendein Unheil anrichten würde. Er bekam ein einziges Angebot – den Kot, der aus den Toiletten aller Häuser in den Rinnstein geschwemmt wurde, aufzusammeln –, aber er nahm es nicht an. Moshe wußte, welche Arbeit er haben wollte: Es zog ihn zum Laden von Honest dem Antiquitätenhändler, der im Ruf stand, einen Schatz versteckt zu haben. Doch um dort anfangen zu können, durfte er nicht allzu deutlich zeigen, was er eigentlich wollte.

IM SOMMER 1848 starb Mohammed Schah, der Derwisch. Sein Kronprinz, der sechzehnjährige Nasser-ed-Din, lebte damals in Täbris, weit fort von der Hauptstadt. In seiner Abwesenheit brachen in Teheran und Isfahan wegen der Thronfolge Unruhen aus. Wieder einmal halfen britische und russische Gesandtschaften in Teheran dem Kronprinzen, in die Hauptstadt zu gelangen und die Regentschaft zu übernehmen. Nasser-ed-Din Schah regierte ein halbes Jahrhundert lang. Die Hilfsbereitschaft seiner Freunde vergaß er nie.

Er war ein großer Mann mit einem breiten Schnauzbart und einem Gesicht, in dem keine Schwäche zu erkennen war. Er hatte einen starken Willen, ehrgeizige Pläne und einen wachen Sinn für Diplomatie. Er befaßte sich mit Geschichte – vor allem mit der Rolle, die er in den Augen der Nachwelt spielen würde. Er glaubte an Anstand, an Größe, an Reichtum.

In Teheran stellte er Künstler und Bildhauer ein, damit sie seinen Palast verschönerten, und verbrachte ganze Tage damit, in seinen königlichen Gewändern, mit Juwelen geschmückt, für Porträts zu posieren. Später, als er aus Europa die Kunst der Fotografie mitbrachte, hatte er zu jeder Zeit einen Fotografen im Palast und versäumte keine Gelegenheit, sich ablichten zu lassen.

Nasser-ed-Din bezahlte Biographen und Geschichtswissenschaftler dafür, daß sie alles über seine Regierung aufzeichneten, und pflegte einen regen Schriftwechsel mit anderen Staatsoberhäuptern, um sicherzugehen, daß niemand ihn vergessen würde. Er hielt Hof für ausländische Gesandte und andere Könige, die er nach Teheran einlud, und sorgte für einen nachhaltigen Eindruck und dafür, daß seine Gäste gern wiederkamen. Er wandte ein Vermögen für extravagante Reisen nach Europa auf, nahm jedesmal fast hundert Mann Gefolgschaft mit und blieb so lange fort, daß er, wenn er zurückkam, in seinem eigenen Land ein Fremder zu sein schien. Die Reisen, so meinte er, seien unumgänglich und den Aufwand wert. Persien müsse mit Hilfe des Westens modernisiert werden. Er, der Schah, reise ins Ausland, um dort sein Land zu repräsentieren und für seine Landsleute zu sprechen.

Dennoch waren in all den Jahren, in denen er das Ziel der Modernisierung verfolgte, im Grunde die Prophezeiungen der Seher die Antriebskraft für Nasser-ed-Dins Unternehmungen. Eine Weile zog er sogar in Erwägung, Esther die Wahrsagerin suchen zu lassen. Dann überzeugte ihn ein tüchtiger Minister, daß seine Suche mit großer Gewißheit zum Scheitern verurteilt sei: Die Frau auf dem Platz des Schahs in Isfahan sei ein Geist gewesen – das sei selbst von Fath Ali Schah bestätigt worden, der Esther von nahem gesehen und sogar einige Worte mit ihr gewechselt habe. Geister traten nicht immer nur in einer einzigen Form in Erscheinung. Anstatt eine weltweite Suche nach der Jüdin von Isfahan in die Wege zu leiten – und auf diese Weise das Ausland auf seinen Sinn für das Übernatürliche aufmerksam zu machen –, solle der Schah lieber die Ratschläge seiner eigenen Hofastrologen beachten.

Nasser-ed-Din stimmte zu, aber nur unter einer Bedingung: Der Mensch, der seinen Tod vorhersagte, müsse eine Frau sein – denn selbst ein weiblicher *Geist* könne sich nicht in einen Mann verwandeln – und zudem eine Jüdin, denn Juden hatten Fähigkeiten, die den Gläubigen unbekannt waren.

Der Minister brachte dem Schah eine Jüdin, versprach ihr Schutz vor dem königlichen Zorn und befahl ihr, die Zukunft Seiner Majestät vorherzusagen.

»Du wirst von einer deiner Ehefrauen vergiftet werden«, sagte die Frau voraus, »und früh sterben.«

Zufrieden, sein Schicksal selbst in der Hand zu haben, stellte Nasser-ed-Din dreihundert Vorkoster ein, die jeden einzelnen Bissen, der für den königlichen Gaumen bestimmt war, probieren mußten. Er verdoppelte die Anzahl von Spionen und Eunuchen, die die Frauen in seinem Harem bewachten, und gab die Suche nach Esther der Wahrsagerin auf.

DHONEST DER ANTIQUITÄTENHÄNDLER war Isfahans führender Archäologe und der reichste Mann in Juyy Bar. Er arbeitete in einem winzigen Laden am Ende der schmalsten Gasse des Gettos. Siebenundvierzig Jahre lang hatte er dort gewohnt, hatte geheiratet und im Hinterstübchen des Ladens seine Kinder aufgezogen – und in all den Jahren hatte er seinen Verkaufsraum nicht einmal geputzt. Der Staub, so meinte er, gebe seinen Waren den Anschein von Authentizität. Bei Staub und Schmutz denke man aber auch an Armut – dadurch würden die Muslime davon abgehalten, seinen Laden zu plündern. Er hatte so viel Ramsch in seinem Geschäft angesammelt, daß es unmöglich war, die echten Antiquitäten von den gefälschten zu unterscheiden. Honest kaufte billig ein und verkaufte teuer, und was er verkaufte, war oft nicht wirklich antik. 1796 hatte Honest den Schädel Alexanders des Großen dreimal an drei verschiedene Engländer aus derselben Reisegesellschaft verkauft. Mit dem Geld, erzählte man sich im Getto, hatte er einen einzelnen, sehr wertvollen Stein erworben – den Rubin, den Shaaban, der Juwelier, Aga Mohammed Schah einst angeboten hatte. Jedermann hatte von dem Kauf gehört, aber der Rubin selbst war niemals gesehen worden. Honest schwor beim Grab seiner Mutter, daß er in seinem ganzen Leben noch niemals etwas derart Wertvolles besessen habe.

Er verbrachte sein ganzes Leben damit, auf einem Stuhl im Hinterzimmer des Ladens zu sitzen, seine Kunden zu beobachten und um die kleinsten Preisvorteile zu schachern. Er blieb so lange im Haus, bis er schließlich vom Staub und vom Mangel an Licht Asthma bekam. Als er älter wurde, boten seine Söhne ihm an, ihm im Geschäft zu helfen. Das aber lehnte er ab.

»Ihr werdet allen Gewinn für euch selbst beiseite schaffen«, hatte er ihnen geantwortet, »und ich werde mich nicht rächen können, weil ihr mein eigen Fleisch und Blut seid.«

Die Geschichte von dem kostbaren Rubin verlor für die Menschen in Juyy Bar bald an Anziehungskraft. Noch viele Jahre lang weigerte sich Honest, eine Hilfskraft einzustellen oder seine Söhne im Geschäft arbeiten zu lassen. Doch als er fast achtzig wurde, konnte er sich kaum noch rühren. Sein Asthma war so stark, daß jeder Atemzug eine Anstrengung wurde. Seine Gelenke schwollen so sehr an, daß er sich kaum bewegen konnte. Er brauchte dringend Hilfe. Als Moshe bei ihm nach Arbeit fragte, erinnerte er sich daran, daß der Junge bekanntermaßen verrückt war, und hielt dies für einen großen Vorteil – ein Schwachsinniger hätte gewiß nicht genügend Verstand, ihn auszurauben. Er stellte Moshe ein.

Moshe arbeitete drei Jahre lang für Honest, und in dieser ganzen Zeit trachtete er nur danach, wie er den kostbaren Rubin in seinen Besitz bekommen konnte. Er versuchte, Honests Denkweise nachzuvollziehen, zu raten, wo aller Wahrscheinlichkeit nach der alte Mann den Stein wohl versteckt haben mochte. Wenn er den Stein erst hatte, würde er nach Isfahan fliehen und Moslem werden. Seinen Eltern gegenüber empfand er keine Schuldgefühle. In ihm war keine Liebe, nicht einmal für seine Zwillingsschwester Leila. Sie alle hatten ihn den Händen des grausamen Baders überlassen, und jetzt würde Moshe sie ihrer Armut überlassen.

Schon bald fand er heraus, daß der Rubin irgendwo im Laden versteckt lag. Hier verbrachte Honest jede Minute. Und als seine Gelenke so steif wurden, daß man ihn nicht mehr in sein Hinterzimmer tragen konnte, saß er hier sogar in der Nacht auf seinem Stuhl. Er ging nicht einmal mehr in die Synagoge – nicht am Sabbat und nicht am Jom Kippur. Er behauptete, er könne nicht laufen, aber Moshe glaubte ihm nicht: Seit die Geschichten über den Rubin im Getto herumerzählt wurden, hatte Honest immer auf seinem Stuhl an der hinteren Wand gesessen.

Als Moshe siebzehn Jahre alt wurde, verriet Honest einmal ganz unwillkürlich das große Geheimnis.

Es war Sommer, und drei Wochen lang waren keine Kunden in den Laden gekommen. Freitag abend hatte Honest den Laden früh geschlossen und die Rolläden heruntergezogen; er ließ nur einen winzigen Luftspalt offen, durch den Moshe hereinlugen konnte. Honest saß auf seinem Stuhl und nahm das Abendessen ein, das seine Frau ihm gebracht hatte. Als sie gegangen war, blieb er, die Augen geschlossen und die Füße wie angenagelt, in seinem Stuhl sitzen, hustete heftig und verfluchte Gott. Die Hitze verschlimmerte sein Asthma. Er stand auf und ging, sich mühselig durch das Gerümpel und den Staub seinen Weg bahnend, in seinem Laden hin und her in der Hoffnung, den Husten loszuwerden, den Schmerz in seinen Gelenken zu betäuben und den Schlaf herbeizulocken. Dann plötzlich blieb er vor der hinteren Wand stehen – vor dem Stapel silberner Pokale, die, so behauptete er, nur ein einziges Mal benutzt worden waren – bei der Hochzeit Alexanders des Großen mit der Prinzessin Roxane. Er starrte ohne eine Bewegung ausdruckslos gegen die Wand, setzte sich dann wieder und schlief ein.

Moshe schlich leise durch die Hintertür in den Laden, nahm das antike Schwert und stieß es an der Stelle in die Wand, auf die Honest zuvor gestarrt hatte. Der Lehm sprang ab – und gab den Blick auf einen kleinen Hohlraum frei. Hier hatte Honest seinen Schatz versteckt.

Als Honest der Antiquitätenhändler erwachte, entdeckte er, daß die Wand aufgebrochen und sein Rubin fort war. Er erhob sich mühsam aus seinem Stuhl und versuchte zu schreien, aber seine Lungen waren wie mit Blei gefüllt und seine Beine ließen sich nicht bewegen.

»Dieb!« krächzte er, aber Moshe war bereits fortgelaufen – aus dem Laden und aus dem Getto hinaus nach Isfahan – der Stadt, in der er sein Glück machen wollte.

ES WAR MOSHE, der das Massaker in Juyy Bar veranlaßte.

Am dritten Tag des Ashurafestes, als die Moslems den Tod des dritten Jüngers Mohammeds betrauerten, am Morgen des Sabbat, als Honest der Antiquitätenhändler einmal mehr seinem geliebten Stein nachtrauerte und Noah der Goldene aufhörte, nach seinem Sohn zu suchen, schickte Moshe Männer aus, die mit Säbeln, Stöcken und brennenden Fackeln bewaffnet waren, damit sie zerstörten, was er hinter sich gelassen hatte.

Er war nach Isfahan gegangen, hatte seinen Namen geändert und war Moslem geworden. Dann hatte er den Freitagsimam aufgesucht und ihm eine Geschichte erzählt: von den Juden, die sich insgeheim verschworen hatten, reich zu werden, von Mullah Mirza, der Persisch und Arabisch lesen lernte, von Noah dem Goldenen, der einen Pakt mit dem Teufel geschlossen hatte, mit dessen Hilfe er Gold machen konnte. Der Imam hatte nicht das Bedürfnis, Moshes Behauptungen auf ihre Wahrheit hin zu überprüfen. Er rief zu einem Massaker auf.

So kamen sie, zogen im Sommer 1853 drei Tage lang durch Juyy Bar und brannten die Tempel, die Läden und die Häuser nieder. Sie schleiften Noah aus seinem Teehaus und zündeten sein Haar an. Sie fanden die Ehefrau von Yehuda dem Gerechten, die immer noch in ihrem Hinterhof hockte, und zerrten sie hinaus auf die Straße, wo sie tagelang sitzen blieb und schließlich starb. Am ersten Tag gelang es ihnen, elf Juden zu bekehren, und später noch viele mehr, und jeden Tag kamen sie zurück, bis sie alle Häuser durchsucht und jedem Schaden zugefügt hatten, aber noch immer waren sie nicht zufrieden. Sie wollten Yehuda den Gerechten, den Führer der Juden – aber er war nirgends zu finden.

Yehuda hatte sich ein Loch in der Erde gegraben und blieb dort hocken; er ließ seine Familie und seine Gemeinde einfach im Unglück allein und widerstand dem Hunger und dem Durst, bis er sicher war, daß er sterben würde. Dann schließlich gab er sich selbst auf. An dem Tag, an dem er dem Tod ins Auge blickte, war Yehuda der Gerechte neunzig Jahre alt und allein. Er hatte fast ein Jahrhundert gelebt und niemals einen Moment der Größe erlebt – außer damals, als er Esther die Wahrsagerin verurteilt hatte. Er hatte sie zu Unrecht verdammt, hatte sich in den Augen seiner Gemeinde fast in die Position eines Gottes erhoben, aber am Ende war er doch nur ein Rabbi in einem verdammten Getto, das schon seit langem von Gott vergessen worden war. Er würde sterben, und niemand würde sich an seinen Namen erinnern.

So ging er auf den Platz vor dem Getto und stellte sich vor seine Henker. Seine Augen waren fast weiß, seine Haut gelb vor Angst. Sie zeigten ihm die Klinge, mit der sie ihn aufschlitzen würden, und er begann zu weinen. Aber er weigerte sich dennoch, die Augen zu schließen. Sie brachten ihm eine Thora und befahlen, daß er darauf spucken solle. Yehuda der Gerechte schaute auf die Männer, die vor ihm standen, und zum ersten Mal in seinem Leben zeigte er wahre Größe: Er spuckte statt dessen auf seine Henker.

Jemand hob sein Schwert und schlitzte Yehuda den Gerechten vom Hals bis zum Magen hinunter auf, so daß seine Eingeweide hervorquollen; sein Kopf schrie noch, selbst, nachdem er vom Körper getrennt worden war.

Die Männer hingen die beiden Hälften seiner Leiche an Juyy Bars Tore. Dort ließen sie ihn sieben Tage lang hängen und in der Sonne verwesen. Nachts bellten die Hunde den Kadaver an, bevor sie sein Fleisch fraßen.

DIE VERRÜCKTE MARUSCHKA hatte sich immer gewünscht, einmal reich zu werden. Als junges Mädchen hatte sie davon geträumt, einen Mann zu heiraten, der sie aus ihrer Behausung in Baku fortbringen würde – nach Moskau und St. Petersburg und nach Europa. Sie hatte sich vorgestellt, an der Seite ihres Liebsten über alle Grenzen zu reiten, auf Dampfern und Zügen in eine neue Welt zu reisen. Sie hatte sich Leidenschaft und Abenteuer und ewig währende Liebe gewünscht.

Mit sechzehn hatte sie einen Händler geheiratet, der Antiquitäten verkaufte und diese wie Kunstwerke studierte. Er war ein guter Mann, freundlich und sanft und ohne große Ansprüche, aber er hatte keinen Sinn für Maruschkas wilde Leidenschaft. Er hatte eine weiße Haut, blasse Lippen, die sich auch dann, wenn er nicht sprach, leise flüsternd bewegten, und ein Holzbein, das er jeden Abend neben sein Bett stellte und am Morgen wieder an seinem Knie befestigte. Dreiundzwanzig Jahre lang hatte die verrückte Maruschka jeden Abend auf ihrem Lager gelegen und die kühlen Finger ihres Ehemannes auf ihrer Haut gespürt. Sie hatte an die Welt gedacht, die sie niemals sehen würde. In ihrer Phantasie sah sie die Hautstelle, wo er sie berührt hatte, weiß werden. Jede Nacht hatte sie gebetet, daß er im Schlaf sterben möge.

Sie war eine zierliche Frau mit dunkler Haut, lockigem schwarzem Haar und Knochen, die spitz hervorstanden und sie dämonisch aussehen ließen. Als sie noch klein war, hatte ihre Mutter immer gesagt, daß sie den Körper eines Jungen hätte, und in ihr glühte eine Leidenschaft, wie sie nur Männer empfinden. Maruschka war an der persisch-russischen Grenze aufgewachsen und sprach beide Sprachen. Sie war jüdisch wie ihr Mann, aber sie kümmerte sich nicht um Gott und seine Propheten. Die verrückte Maruschka war nur ihren eigenen Leidenschaften ergeben.

Sie hatte drei Söhne, die im Zorn empfangen worden waren und die niemals die Kälte Bakus und die Gleichgültigkeit der Frau vergaßen, die sie eigentlich hätte lieben sollen. Mit vierzig Jahren, als ihre Söhne alle erwachsen und verheiratet waren, öffnete die verrückte Maruschka eines Tages die Tür und begegnete der Liebe.

Draußen stand Moshe – jetzt Mohammed –, der auf seinem Wege nach Rußland durch Baku reiste. Er suchte einen Platz, wo er die Nacht verbringen konnte. Er war achtzehn Jahre alt, müde und hungrig und strahlend schön. Die verrückte Maruschka las in seinem Gesicht dieselbe Sehnsucht, von der auch sie sich in ihrem ganzen Leben getrieben gefühlt hatte. Sie nahm ihn auf.

Trotz der Einwände ihres Mannes ließ sie Mohammed an ihrem Tisch essen und machte ihm dann in dem alten Schlafzimmer ihres Sohnes sein Bett. Als er sich schlafen gelegt hatte, stand sie plötzlich nackt auf seiner Türschwelle.

Es war dunkel, und sie liebte ihn im Stehen, bei geöffneter Tür. Im Licht der Kerze klammerte sie sich in dem Zimmer, in dem ihre Jugend verflossen war, an Mohammed. Jeden Abend war sie in dieses Zimmer gekommen, um nach ihren Kindern zu sehen, und hatte darum gebetet, daß sie einfach verschwinden sollten – wie Schatten, die durch Licht vertrieben werden –, damit sie selbst in die Welt hinausziehen und ihre Träume wahr machen konnte.

Hinterher nahm sie Mohammed an die Hand, und lief mit ihm nach draußen in die klirrende Kälte und malte mit der Zunge überall auf seinem Brustkorb, seinem Bauch und seinem Penis kleine Kreise, bis er sie wieder ins Haus zurückzog, die Treppe hinauf, ins Schlafzimmer ihres Sohnes, und sie erneut liebte, während der Ehemann, der im angrenzenden Zimmer schlief, alles mitanhören mußte.

Wochenlang trieben es die beiden miteinander, schamlos und wild, bis Maruschkas Söhne die Schmach nicht länger ertragen konnten und herbeischlichen, um den Liebhaber ihrer Mutter zu töten. Doch die verrückte Maruschka stellte sich schützend vor Mohammed.

»Wenn ihr ihn berührt«, so zischte sie ihre Söhne an, »dann, das schwöre ich, werde ich euch mit meinen eigenen Händen erwürgen.« Ihre Grausamkeit erschreckte Mohammed. Er wußte, daß es besser für ihn gewesen wäre, sie zu verlassen. Doch am nächsten Tag starb ihr Ehemann – und für Mohammed gab es kein Entrinnen mehr.

Maruschkas Mann starb in aller Stille; er erstickte ohne einen Laut und ohne ein Jammern im Schlaf. Als Maruschka ihn am nächsten Morgen fand, sah er wie immer blaß und leblos aus wie der Tod; nur seine kreideweißen und steifen Gelenke machten sie stutzig. Sie rief ihre Söhne nicht herbei, sondern bestellte einen Totengräber und ließ die Leiche sofort begraben, ohne die Rituale zu beachten oder auch nur die Totenwache zu halten. Dann verkaufte sie ihren Besitz.

Sie verkaufte alles – das Haus, den Laden, die Antiquitäten, selbst das Erbteil ihrer Söhne. Sie machte alles zu Bargeld, kaufte ein Pferd und eine Kutsche und erklärte Mohammed, sie würde ihn nach Rußland bringen.

Erst als sie Baku verlassen hatten, stellte sie ihm Fragen.

Sie wußte, daß Mohammed ein Geheimnis hatte, daß er vor irgend etwas davonlief. Sie wußte, daß er Jude war – sein Akzent und sein Benehmen, aber auch seine Essensgewohnheiten hatten ihn verraten. Sie wußte auch von dem Stein, den er sich, in ein Tuch gewickelt, an sein Bein gebunden hatte.

»Laß ihn mich auch einmal sehen«, verlangte sie, und er hatte Angst, ihr den Wunsch abzuschlagen. Beim Anblick des Rubins stieß sie einen Schrei des Entzückens aus.

»Er wird uns reich machen«, flüsterte sie mit leuchtenden Augen.

Mohammed der Jude spürte, wie sich sein Magen vor Ärger verkrampfte: Die verrückte Maruschka, das wurde ihm plötzlich erschreckend klar, würde nie von ihm ablassen.

Sie war alt, bemerkte er plötzlich; ihre Haut war faltig. Als sie ihn küßte, mußte er daran denken, wie sie gedroht hatte, ihre Söhne zu töten, um ihren Liebhaber zu verteidigen. Als sie sich über ihn beugte, um ihn zu lieben, fiel ihm ein, mit welcher Hast sie ihren Mann begraben ließ: Der Leichengräber hatte nicht einmal Zeit gehabt, den Körper des Toten mit Baumwolle auszustopfen. Bei der Beerdigung waren die Eingeweide des Mannes geplatzt und hatten das Leichentuch befleckt. Dennoch hatte die verrückte Maruschka sich geweigert, den Toten, bevor er zur letzten Ruhe gebettet wurde, auszuwickeln und zu säubern.

Die verrückte Maruschka spürte Mohammeds Veränderung und durchschaute, daß er an Flucht dachte. Wenn sie sich liebten, dann bemerkte sie sein Zögern, schmeckte seine Bitterkeit, wenn sie mit ihm über die Zukunft sprach. Dennoch forderte sie immer wieder seine Liebe und seine Leidenschaft. Sie ritt mit ihm über ein Dutzend gefrorene Straßen in die einstmals glorreichen Städte des zusammenbrechenden Zarenreiches. Sie lenkte eigenhändig die Pferde; ihr Gesicht war unverschleiert, und ihr Haar flatterte im Wind. Bei jeder zerstörten Stadt, an der sie vorbeikamen, und an jedem durch einen Erdrutsch versperrten Weg hielt sie an und forderte Mohammed auf, sie so lange zu lieben, bis sie vor Erschöpfung zitterte.

»Wenn du mich je verläßt«, sagte sie einmal zu ihm, »dann werde ich dir bis ans Ende der Welt folgen und deine Tränen in Blut verwandeln.«

Von Moskau brachte sie ihn nach St. Petersburg und von dort zurück nach Persien. Zwei Jahre lang reisten sie von Ort zu Ort und verpraßten ihr Geld, ohne sich jemals um die Zukunft zu sorgen. Bei jedem Aufenthalt schwor sich Mohammed, daß er Maruschka in der nächstbesten Stadt zurücklassen würde. Aber in jeder Stadt hinderte ihn seine unersättliche Gier, alles auszukosten, und die Furcht vor Maruschkas Rache.

1855 verkündete die verrückte Maruschka, ihr Geld sei fast verbraucht.

»Wir müssen den Rubin verkaufen«, sagte sie, und Mohammed der Jude wußte, daß das Ende gekommen war. Sie waren in der Provinz Khorasan an der nordöstlichen Grenze Persiens angelangt. Die verrückte Maruschka war hierhergekommen, um nach einem der abgeschiedenen Totengräberdörfer Ausschau zu halten.

Die Anhänger des Zarathustra feierten das Leben und hielten den Tod für schlecht. Wer auch immer die Toten berührte – das betraf vor allem die Totengräber –, wurde als unrein betrachtet und aus der Gemeinde ausgestoßen. Die Totengräber lebten weit fort von den anderen Menschen, erbten ihren Beruf von ihren Vätern und heirateten ausschließlich untereinander. Sie begruben die Toten nicht, da die Erde heilig war und durch ein Begräbnis geschändet werden würde. Sie bauten Begräbnistürme, wo die Toten der – angeblich reinigenden – Sonne ausgesetzt wurden. Und den Geiern.

Auf dem Begräbnisturm von Khorasan rief die verrückte Maruschka Mohammed zu sich und liebte ihn im wild heulenden Wind.

Er lag unter ihr auf dem Boden. Die Kälte ihrer Haut berührte ihn unangenehm, und ihr Atem war ihm ekelhaft. Er wiederholte den Liebesakt, wie er ihn seit drei Jahren mit ihr vollzogen hatte, und als alles vorbei war, schlief sie in seinen Armen ein. Mohammed stand auf und zog sich an. Er verbrannte Maruschkas Kleider und ergriff den Sack mit dem restlichen Geld ihres Mannes. Er nahm seinen Rubin, die Pferde, den Wagen, ihre Nahrung und ihr Wasser. Dann ritt er davon und ließ Maruschka zum Sterben allein zurück.

JOSEPH DER KELTERER war dreißig Jahre alt und auf der Suche nach einer Frau. Er war schon früher einmal verheiratet gewesen, mit der Tochter des Fünfköpfigen Moses, die er für zwei Goldmünzen und zwölf Goldreifen geehelicht hatte. Er war damals achtzehn und seine Braut sieben Jahre alt gewesen. In der Hochzeitsnacht hatte er sie zu Tode gequält.

Sie hieß Khatoun, und sie war klein und zart und so unschuldig, daß sie nicht wußte, was es bedeutete, verheiratet zu sein – bis es zu spät war. Sie hatte schwarze Augen, schwarzes Haar und eine Haut von der Farbe weißer Tulpen. In der Hochzeitsnacht mußte sie, in neue Gewänder und in einen weißen Tschador gekleidet, in Josephs Haus gehen. Voll Aufregung darüber, daß sie im Mittelpunkt stand, hatte sie mit den anderen Kindern gespielt und war dann auf dem Schoß ihrer Mutter eingeschlafen. Als die Gäste aufbrachen, war Khatoun aufgewacht und hatte darum gebettelt, mit ihrer Mutter heimgehen zu dürfen.

Man erklärte ihr, daß sie jetzt mit Joseph dem Kelterer verheiratet sei, daß sie in ihrem eigenen Haus wohnen und »unter« ihrem Ehemann schlafen müsse. Dann brachte man sie in Josephs Schlafzimmer über dem Weinkeller, befahl ihr, die Kleider abzulegen und darauf zu warten, daß ihr Mann nach ihr riefe. Khatoun weinte bitterlich und flehte die Erwachsenen an, nach Hause gehen zu dürfen.

Joseph der Kelterer hatte noch nie mit einer Frau geschlafen. Er kam an jenem Abend ins Schlafzimmer, um seine Ehefrau zu betrachten, und fand in seinem Bett ein schluchzendes Kind. Hinter der Tür hatten sich ein Dutzend Leute versammelt, die gespannt auf den Vollzug der Ehe warteten. Dort standen die Eltern der Braut und des Bräutigams, der Rabbi, der sie vermählt hatte, und die Dorfältesten, die auf Grund ihres Alters und vieler Jahre leidvollen Lebens als Zeugen berufen worden waren. Sie wollten dort warten, bis Joseph seine Braut erobert und seine Männlichkeit und ihre Jungfräulichkeit unter Beweis gestellt hatte. Wenn sich der Vollzug zu lange hinauszögerte, würden sie ihn der Schwäche bezichtigen. Wenn er es gar nicht schaffte, dann war er impotent.

Joseph versuchte, Khatoun zu beruhigen und ihren Widerstand mit Freundlichkeit zu überwinden. Er nahm ihre Hand, streichelte ihr übers Haar und versprach, ihr nicht weh zu tun. Er spürte, wie er sich später erinnerte, keinen Funken Begierde, nur die Furcht, zu versagen und vom ganzen Getto dafür verlacht zu werden. Aber die Zeit ging dahin, die Leute vor der Tür begannen, ungeduldig zu tuscheln, und in jeder Sekunde weinte die kleine Khatoun lauter und heftiger nach ihrer Mutter.

Joseph dem Kelterer stand der Schweiß auf der Stirn. Er drückte Khatoun auf den Boden und legte sich auf sie. Er würde jetzt in sie eindringen, so dachte er, und den Wall ihrer Jungfräulichkeit gewaltsam durchbrechen. Und wenn die Zuhörer draußen gegangen waren, würde er sich um ihre Furcht kümmern.

Aber Khatoun kämpfte und spuckte und strampelte um ihr Leben. Joseph den Kelterer packte die Wut. Er konnte die Leute draußen flüstern hören, sah im Geist ihre Gesichter, wie sie einander erzählten, daß Joseph mit seiner Frau nicht fertig geworden, daß er gewiß schwach und unmännlich und impotent sei. Er fühlte seine Knie zittern, seinen Penis bei dem Bemühen, Khatoun zu bezwingen, weich und unbrauchbar werden. Er schlug sie ins Gesicht, so heftig, daß sie sich auf die Lippe biß. Sie schrie laut auf, wand sich unter Josephs schwerem Körper hervor, riß die Tür auf und warf sich ihrer Mutter in die Arme.

Jetzt war alles aus. Joseph der Kelterer bangte um seinen

Ruf als zeugungsfähiger Mann und verlor die Beherrschung. Er zerrte Khatoun aus den Armen ihrer Mutter zurück ins Schlafzimmer, riß ihren weißen Tschador in Streifen und band mit dem Stoff ihre Handgelenke hinter dem Rücken zusammen. Dann nahm er einen längeren Stoffstreifen und band ihre Knie hoch oben am Hals fest – so, daß sie wie auseinandergefaltet vor ihm dalag. Jetzt endlich konnte er in sie eindringen.

Hinterher wischte er das Blut ihrer Jungfräulichkeit mit einem weißen Taschentuch fort und trug das Tuch nach draußen, damit jeder es anschauen könne. Nachdem die Wartenden sich von der Jungfräulichkeit der Braut und der Manneskraft des Bräutigams überzeugt hatten, zerstreuten sie sich. Joseph der Kelterer war entschlossen, seiner Ehefrau eine Lektion zu erteilen. Er ließ sie die ganze Nacht gefesselt liegen und schloß vor ihrem Weinen die Tür. Am nächsten Morgen fand er sie tot – mit gebrochenem Rückgrat und blutleeren Adern.

Er verbrachte die nächsten zehn Jahre vor allem damit, die Erinnerung an Khatoun zu verdrängen. Er beteuerte immer wieder, daß er aus Unwissenheit, nicht aus Bosheit gehandelt habe, daß Khatouns Tod ein Unglücksfall gewesen sei, daß er, Joseph, in diesem Leben nichts anderes gewollt habe, als Herr in seinem eigenen Haus zu sein und von seiner Ehefrau respektiert zu werden. Er sei nicht der erste Mann gewesen, der seine Ehefrau ins Grab gebracht habe – so versuchte er allen klarzumachen. Ruh-Allah der Kupferschmied habe zwei Ehefrauen umgebracht, indem er sie während ihrer Schwangerschaft im Streit in den Magen getreten habe. Naiim der Blinde habe seine Frau so laut angebrüllt, daß plötzlich ihr Herz stehengeblieben sei.

Aber unter allen Männern, die ihre Frauen gequält hatten, wurde nur Joseph der Kelterer als Verbrecher angesehen. Seine eigene Familie wollte nichts mehr von ihm wissen, seine Freunde besuchten ihn nicht mehr, und der Weinkeller war immer leer, wenn man von den Muslimen absah, die Wein nach Isfahan brachten. Es war vor allem Khatouns Zartheit und Unschuld, die jedermann bis in die Seele gerührt hatte.

Selbst nach dem Massaker, das Mohammed der Jude angestiftet hatte, konnten die Überlebenden Joseph nicht verzeihen. Schließlich begann er, seine Außenseiterrolle zu akzeptieren. Er könne sich mit dem Haß der Welt abfinden, so entschied er, aber er werde sich nicht um seine Zukunft betrügen lassen. Nachdem er das Massaker überlebt hatte, versuchte er noch einmal, eine Frau zu finden.

Er suchte alle Heiratsvermittler im Getto auf und versprach ihnen Geld, wenn sie ihm Angebote machten. Er erzählte überall, daß er nicht nach einer Mitgift suche, daß er seiner Braut sein ganzes Geld schenken werde, als »Preis für die Milch ihrer Mutter«. Er trug sogar den Reisenden, die aus anderen Gettos nach Isfahan kamen, sein Anliegen vor.

»Sucht mir ein Mädchen in eurer Stadt«, bat er sie, »und ich werde dorthin gehen.«

Er könne sich sogar mit einem älteren Mädchen abfinden, so versicherte er, selbst mit einem häßlichen. Er werde eine kleine Behinderung, einen schlechten Ruf tolerieren. Er werde sogar eine Ehefrau akzeptieren, die ihre Jungfräulichkeit bereits verloren hatte – vorausgesetzt, sie sei fruchtbar und ehrenwert. Drei Jahre nachdem er seine Suche begonnen hatte, war Joseph der Kelterer noch immer allein.

1854 war er nach eigener Schätzung dreiunddreißig

Jahre alt und sehnte sich immer noch verzweifelt nach einer Frau. Da er bei allen Heiratsvermittlern erfolglos geblieben war, ging er noch einmal zu Taraneh der Tulpe.

»Such mir eine Frau«, bat er, »oder ich schwöre, ich werde Moslem und ziehe meine Kinder als Judenhasser groß.«

Taraneh die Tulpe zwinkerte ihm lächelnd zu.

»Es *gibt* jemanden«, sagte sie. »Die Zwillingsschwester von Moshe, der uns das Massaker gebracht hat. Sie wird dich heiraten, weil sie allein ist, achtzehn Jahre alt, und weil niemand anders als du sie jemals berühren wird.«

IN DER HOCHZEITSNACHT saß Joseph der Kelterer trinkend in seinem Weinkeller und wartete darauf, daß seine Braut zu ihm ins Haus käme. Eine Stunde nach Einbruch der Dunkelheit hörte er Raab Yahya im Hinterhof leise mit den Nachbarn flüstern. Der Rabbi hatte Leila geholt. Er führte sie in Josephs Zimmer – in das Zimmer, in dem mehr als ein Jahrzehnt zuvor Khatoun elend gestorben war – und ließ sie dort warten. Dann stieg er in den Weinkeller hinab und öffnete die Tür. Josephs Gesicht glühte im Dämmerlicht, die Augen waren geweitet, und sein Blick war voller Zweifel und Fragen. Raab Yahya atmete den säuerlichen Duft des Weins ein und schloß die Tür.

Als der Rabbi gegangen war, schüttete Joseph ein letztes Glas Wein herunter und stieg die Kellertreppe hinauf. In seinem Kopf rauschte das Blut. Auf dem Hof kniete er vor dem Teich nieder und wusch sich das Gesicht. Die Nachbarn beobachteten ihn. Draußen, vor dem Schlafzimmer, blieb er stehen. Das Haus war so still, daß er die Ratten in den weit entfernten Ecken des Hofes rascheln hörte.

Er öffnete die Tür. Vor ihm stand, an eine Wand gelehnt, eine junge Frau. Neben ihr, auf einem Regal, brannte hell eine Öllampe. Joseph blickte zu Boden, sah seine alte Wolldecke und betete, daß das Schicksal ihm gnädig sein möge.

»Also gut«, meinte er leise und zwang sich, näher zu treten. Er wußte nichts zu sagen. Er sah, daß Leila leicht erschauderte, und betete, daß er sie nicht erschrecken möge. Er hoffte, daß sie die Geschichte mit Khatoun verstehen, daß sie – diese Fremde, die plötzlich seine Ehefrau geworden war – ihm seine Vergangenheit vergeben, seinen Fehler übersehen möge. »Ich war damals noch sehr jung …«, wollte er zu ihr sagen, und: »Niemand hatte mich gelehrt, zärtlich zu sein.«

Joseph der Kelterer wartete darauf, daß Leila den Schleier abnahm. Um sie zu ermutigen, begann er, seine Kleider abzulegen.

Er zog die Segeltuchschuhe aus, die ihm an den Fußsohlen klebten. Er löste den Gebetsschal, der um seine Taille geschlungen war, und legte sein Gewand ab. Schweiß rann ihm über Hals und Nacken.

Er vermutete, daß Leila blaß und leblos wäre, vorzeitig gealtert, gehemmt. Er stellte sich vor, daß er neben ihr läge, daß er beim Versuch, sie zu lieben, an ihrer Sprachlosigkeit ersticken würde.

Er ließ seine Hosen zu Boden fallen und öffnete die Bänder seiner Unterwäsche. Jetzt war er nackt. Vor ihm stand Leila, noch immer in ihren Tschador gehüllt.

Joseph der Kelterer nahm die Öllampe vom Regal und hielt sie vor Leilas verschleiertes Gesicht.

»Wenn du dich nicht sofort ausziehst, dann werde ich dir nichts Böses antun. Aber ich werde Raab Yahya rufen, sagen, daß du keine Jungfrau bist, und die Ehe annullieren lassen.«

Sie nahm ihren Schleier ab: Ihre Augen hatten die Farbe von Kiefernzweigen im Frühling.

Sie zog den Tschador vom Kopf: Ihre Haut war weiß, ihr Haar lang und glänzend und wie in Gold getaucht.

Sie legte ihr Kleid ab; ihr Hals war lang und zart, ihr Körper vollkommen und ihre Haut schimmernd weiß.

Joseph der Kelterer fühlte die Lampe in seiner Hand zittern; kleine Wellen gelben Lichtes tanzten über Leilas Körper.

MOHAMMED DER JUDE ritt nach Westen, immer weiter fort von der verrückten Maruschka. Selbst als er die Grenze Persiens erreichte, den Übergang zum Ottomanischen Reich, wagte er es immer noch nicht, Rast zu machen. Er ritt bis nach Bagdad, suchte Prinz Kazim auf, den Liebhaber junger Männer, und stellte sich ihm vor. Er wollte der Geliebte des Prinzen werden, ein Jahr lang mit ihm schlafen und dann am Ende die übliche Belohnung an Bargeld und Juwelen einstreichen, um damit ein Geschäft aufzubauen. Dies war seiner Meinung nach die einzige Möglichkeit, um reich zu werden; den Rubin hätte er niemals verkaufen können. Er brauchte ihn zur Erinnerung daran, daß er Juyy Bar verlassen hatte.

Prinz Kazim, der Liebhaber junger Männer, war über Mohammeds Aussehen entzückt. Er betastete den jungen Mann, als wolle er mit den Fingern die Zartheit seines Fleisches prüfen, und fragte, ob Mohammed Jungfrau sei. Mohammed der Jude erschauderte vor Ekel und antwortete tapfer: »Ja.«

Er wurde zum Geliebten des Prinzen, zu seinem engsten Gefährten und seiner großen Liebe. Von einem Tag zum anderen lebte er ein völlig neues Leben, lernte vom

Prinzen die arabische und von dessen Ärzten und Beratern die englische Sprache. Er versuchte sogar, die verrückte Maruschka zu vergessen, aber jede Nacht hörte er ihre Stimme, die seinen Namen rief.

Er ermahnte sich selbst, seine Angst zu überwinden, so wie er scheinbar die Erinnerung an Juyy Bar überwunden hatte. Er versuchte sich einzureden, daß Maruschka gestorben sei, daß niemand überleben könne, der so hilflos in der Wüste zurückgelassen worden war, und daß sie selbst dann, wenn sie noch lebte, jetzt ihren eigenen Weg ginge, daß sie ihn inzwischen vergessen hätte und überhaupt nicht mehr an ihn dächte. Er hüllte sich über seine Vergangenheit in Schweigen und vertraute sich niemandem an, nicht einmal seinem Liebhaber. Aber insgeheim erwartete Mohammed der Jude jedesmal, wenn er auf die Straße hinausritt, daß er der verrückten Maruschka begegnete, und jedesmal, wenn er seinen Namen hörte, hatte er das Gefühl, Maruschka würde ihn rufen.

Als er ein Jahr lang am Hof gelebt hatte, bat Mohammed den Prinzen um Erlaubnis, ihn wieder verlassen zu dürfen. Kazim, der Liebhaber junger Männer, wollte den Aufenthalt seines Geliebten unbedingt verlängern. Er bot Mohammed Geld und Land an, Juwelen und Pferde und alle Sklaven in Bagdad. Mohammed der Jude blieb; während sein Leben immer enger und eingeschränkter wurde, häufte er immer mehr Reichtum an. Im Laufe der Jahre mußte er zusehen, wie der Prinz alle seine anderen Liebhaber entließ – er gab sie an Freunde weiter, schickte sie fort oder ließ sie von seinen Eunuchen vergiften. Kazim verbrachte jede freie Minute mit Mohammed, weigerte sich zu essen, wenn Mohammed nicht mit ihm aß, und konnte nicht schlafen, wenn Mohammed nicht bei ihm schlief. Aus Angst, daß Mohammed sich eines Tages davonmachen könnte, beauftragte der Prinz seine Wachen, ihn von morgens bis abends zu beobachten, und kaufte Frauen, die mit ihm schlafen sollten, damit ihn die homosexuelle Beziehung nicht langweilte. Schließlich versprach er Mohammed sein ganzes Vermögen, wenn dieser bis zu seinem Tode bei ihm bliebe.

Zehn Jahre nachdem er Mohammed den Juden zum ersten Mal berührt hatte, schrieb Prinz Kazim, der Liebhaber junger Männer, sein Testament und machte Mohammed zu seinem einzigen Erben. Eines Morgens badete er in seiner honiggesüßten Ziegenmilch und bat Mohammed um das gewohnte Löffelchen Stiersperma, das er in der Hoffnung auf ein langes Leben täglich zu schlucken pflegte. Dann schloß er die Augen, lehnte sich in der Wanne zurück und spürte nicht einmal die Klinge, die seine Kehle durchschnitt.

Mohammed der Jude begrub den Prinzen, nahm sein Erbe an sich und verließ eiligst Bagdad. Er war vierunddreißig Jahre alt und reich. Er kehrte zurück nach Isfahan.

IM JAHRE 1866 wurde Juyy Bar von einer Tragödie heimgesucht. Der Winter im Jahr zuvor war kurz und trocken gewesen, und die Erde blieb unfruchtbar. Joseph der Kelterer begann, die bösen Omen des Unglücks zu zählen. Embryos starben im Bauch ihrer Mütter. Die Angst ließ selbst kleine Kinder nicht ruhig schlafen. Gift wuchs aus dem Boden, und das Vieh lag sterbend auf Feldern und Straßen. Dann kam die Pest.

Es war Sommer, und an jedem Tag breiteten sich Tod und Zerstörung weiter in Isfahan aus. Im Norden, wo die Menschen zuerst an der Pest erkrankt waren, wuchs die Zahl der Toten so schnell, daß nicht einmal genügend Massengräber ausgehoben werden konnten. In Teheran floh Nasser-ed-Din Schah aus seinem Palast und ließ seine Ehefrauen zurück. Er stellte die Gegend um sein Sommerhaus in den Bergen unter Quarantäne und befahl, daß seine Soldaten gnadenlos alle vertreiben sollten, die sich Hilfe von ihm erhofften.

Unter den Mullahs gab es viele, die es dem Schah gleichtaten und die Städte verließen. Die Zurückbleibenden waren zutiefst überzeugt, daß die Seuche von Juden und Ausländern verursacht worden sei. Am Jahrestag der Schlacht von Kerbela, in der der Dritte Jünger, Hussein, durch die Hand Jazids gestorben war, waren die Menschen in Stadt und Land von Sorge und Trauer erfüllt. In den traditionellen Prozessionszügen der Männer und Jungen, die sich selbst geißelten, um ein mehr als tausend Jahre altes Unglück zu betrauern, trat mehr Fanatismus als gewöhnlich zutage. Während der symbolischen Totenwachen weinten die Frauen heftig und rissen sich das Haar büschelweise aus. Täglich forderte die Seuche weitere Opfer, aber die Ohren Gottes blieben für alle Gebete taub.

In Isfahan packten die reichen Muslime ihre Schätze zusammen und verließen die Stadt. Die ersten Krankheitsfälle waren im Norden aufgetreten – jetzt breitete die Seuche sich auch nach Süden hin aus. Viele Menschen blieben zurück, hörten die immer lauter werdende Stille und mußten zusehen, wie der Schatten des Todes sich ihnen näherte.

In Juyy Bar versuchte Leila, sich gegen die Seuche zu schützen. 1865 hatte sie ihr erstes Kind geboren – ein Mädchen, Hanna, mit blondem Haar, goldenen Augen und Händen, zart wie weiße Schmetterlinge. Jetzt war sie wieder schwanger und wußte, daß die Juden keinen Ort hatten, an den sie vor der Seuche flüchten konnten: Die schiitischen Gesetze schrieben ihnen vor, daß sie in ihren Gettos bleiben mußten. Leila hortete alles, was sie an Eßbarem fand, und wartete.

Im Norden und Osten siechten ganze Dörfer dahin; die Einwohner wurden so plötzlich von der Seuche dahingerafft, daß es nicht einmal ausreichend Zeit und Überlebende gab, um die Toten zu begraben. Die Städte verwandelten sich in schmerzende, blutige Geschwüre. Es war, als ginge die Erde mit Leichen schwanger.

Jeden Tag zogen durch die Tore von Isfahan lange Flüchtlingskarawanen – Menschen, die, von der Seuche verfolgt, ihre Familien, ihr Heim, ihr Land hinter sich ließen und um sich herum den Geruch des Todes verbreiteten. Sie trugen die Leichen derer auf dem Rücken, die auf dem Wege gestorben waren. Die mitgeschleppten Toten verwesten in Segeltuchsäcken, in denen die Hitze und die Würmer der Wüste alles zerstörten, was die Krankheit ganz gelassen hatte. In den Basaren, die sie auf ihrer Reise passierten, hielten die Flüchtlinge an und verkauften die Kleidung der Toten für ein paar Münzen. Das Geld wurde dann für das Begräbnis gespart. An den Flüssen, an denen sie vorbeikamen, ließen sie sich nieder und wuschen die Leichen in der Hoffnung, die Krankheit mit dem Wasser davonzuspülen. Dann kam die Seuche nach Isfahan.

Jedermann war auf der Flucht. Alle Bewohner, vom Statthalter Isfahans bis zu dem einzigen Arzt der Stadt, einem Engländer, der viele Jahre zuvor aus dem Süden gekommen war, flohen in die Wüste. Frauen und Kinder, Priester, Soldaten und Greise reisten auf den staubigen Straßen der Angst, hasteten immer weiter voran in der Hoffnung, die Seuche hinter sich lassen zu können. Weit fort von ihren Häusern, inmitten von Schlangen und Skorpionen, unter einer sengenden Sonne, die keine Gnade kannte, holte der Tod sie dann schließlich doch ein.

Um sich und ihre Kinder zu schützen, versteckte sich Leila in einer unterirdischen Höhle außerhalb des Gettos. Vor Hunderten von Jahren waren diese Höhlen von Juden gegraben worden, die sich vor den Mullahs verstecken wollten. Joseph der Kelterer weigerte sich, das Getto zu verlassen. Er stieg in seinen Weinkeller, um seine Krüge und seinen alten Samowar zu bewachen, verrammelte die Tür von innen und blieb ganz allein dort sitzen, die Hände an die Ohren gepreßt, um die Schmerzensschreie der Kinder nicht hören zu müssen. Sein Herz klopfte laut und ängstlich, und in seinem Kopf schien eine Stimme wieder und wieder zu flüstern: »Das nächste Mal, wenn du einatmest …«

In der Höhle wuchs das Kind in Leilas Leib heran. Sie trank das Wasser, das sie gesammelt, aß die Vorräte, die sie in den ersten Wochen der Pest angelegt hatte. Nachts erschien ihr in ihren Träumen Esther die Wahrsagerin.

Sie schien aus der Dunkelheit zu kommen, die Leila umgab, so wie sie Jahre zuvor die Dunkelheit von Noahs Nächten erhellt hatte, und wachte über Leilas Kind wie ein Schutzengel. Als es geboren wurde, zeigte sich auf Esthers Gesicht ein Lächeln.

Joseph der Kelterer kam in die Höhle, um seine zweite Tochter anzuschauen.

»Wenn sie die Pest nicht überlebt, dann ist es auch gut«, meinte er kalt und traurig. »Ich könnte ohnehin kein weiteres Weib ernähren.«

Leila glaubte, daß er recht hatte. Das Mädchen war klein, schwach und unterernährt. Die Kleine würde die erste sein, die der Krankheit und der Dunkelheit der Höhle zum Opfer fiel. Leila hielt den Säugling in den Armen und wartete darauf, daß er sterben würde.

Sie wartete einen Tag, eine Woche, einen Monat lang. Sie gab dem Mädchen keinen Namen, weil es ihr gewiß schwerfallen würde, ein Kind zu begraben, von dem sie geglaubt hatte, daß es leben würde. Aber täglich hörte sie sein Weinen und beobachtete die Bewegung seiner winzigen Hände, die nach jedem schwachen Lichtstrahl griffen. Als das Kind dann schließlich vom Fieber gepackt wurde, hatte Leila den Kampf gegen sich selbst verloren: »Ich habe sie zu lange bei mir gehabt«, versuchte sie ihren Gott zu überreden, »bitte laß sie mir.«

Eine Woche lang schlief sie nicht und hielt ihr Kind ununterbrochen im Arm. Am achten Tag nickte sie ein und träumte vom Tod. Sie wachte auf und ging zum Eingang der Höhle: Die Wüste strahlte und glänzte im Licht der Morgensonne. Esther die Wahrsagerin schritt auf sie zu.

ESTHER DIE WAHRSAGERIN erschien im Licht der Morgensonne wie eine Vision. Sie hatte die Wüste leichtfüßig und tänzelnd wie eine Araberstute durchquert. In Juyy Bar war ihr die Seuche nur um wenige Schritte zuvorgekommen.

»Das ist der Tod«, flüsterte Leila, als sie Esther erblickte. »Er ist gekommen, um mir das Kind fortzunehmen.«

Sie betete, daß Esther nicht an ihrer Türschwelle stehenbleiben, daß sie weitergehen und einer anderen Mutter das Kind fortnehmen möge. Sie starrte auf die hölzerne Klappe am Ende der Leiter und lauschte.

Esther die Wahrsagerin kam immer näher. Endlich blieb sie neben der Höhle stehen. Leila hörte, wie die Wüste um Esther herum lebendig wurde. Sie erschrak vom Geräusch ihres eigenen heftigen Atmens. Sie erkannte die Umrisse von Esthers Gestalt – schattenlos und blaß, wie Traumfetzen, die durch die Ritzen der Klappe hindurchglitten. Plötzlich stieß Esther die Tür auf.

»Ich bin gekommen, um deinem Kind einen Namen zu geben.«

Sie stand im grauen Licht der Dämmerung wie ein strahlender Stern. Ihre Stimme, leise und weit entfernt, war wie die qualvolle Erinnerung an einen lange vergessenen Schmerz. Leila starrte sie an und drückte das Kind fester an die Brust.

Esther die Wahrsagerin blickte auf das Kind. Der Himmel hinter ihr hatte sich silberblau verfärbt, und die Luft erzitterte von dem Singsang der Morgengebete, die aus den Minaretten von Isfahan schallten.

»Geh fort«, hörte Leila sich flüstern. Sie konnte spüren, wie das Fieber im Körper ihres Kindes wütete. Sie fühlte sein kleines Leben in ihren Händen pulsieren.

Esther die Wahrsagerin lachte, und der Sand um sie herum begann wie silbriges Wasser zu fließen. Die Wüste schimmerte wie ein Ozean blauen Lichts. Die alte Frau griff mit ihren knorrigen Händen in die Höhle hinein und nahm das Kind in die Arme.

»Durch die Dämmerung der Zeit wird ein Weg führen«, flüsterte sie. »Das Licht in den Augen dieses Kindes wird die Welt der Schattenbilder erleuchten. Es wird in eine Zeit schauen können, wo jedes Kind alt ist und wo jeder Kreis sich schließt.«

Das Kind in Esthers Armen war so still, als sei das Fieber plötzlich von ihm gewichen.

»Ein Mann wird kommen, der von Norden heranreitet, mit Blut an den Händen und dem Zorn Gottes in den Augen.

Er wird auf dem Pfauenthron sitzen, und mit einer Bewegung seiner Hand wird er unser Volk befreien.

Sein Sohn wird sich König der Könige nennen, Erbe des Reiches von Kyros. Er wird dies Mädchen aus dem Staub heben und ihm wahrhaft königlichen Stolz eingeben.

Aber gebt acht! Denn der König der Könige wird fallen, sein Thron wird abbröckeln, und die Männer Gottes werden die Himmel Persiens mit Blut bemalen.«

Sie hielt das Kind empor, hoch in die Strahlen der Sonne hinein, und gab ihm seinen Namen:

»Pfau.«

TARANEH DIE TULPE konnte die Tänze zweiundzwanzig persischer Stämme tanzen. Sie war eine begnadete Santourspielerin, konnte Musik nach dem Gehör wiedergeben und schrieb ihre eigenen Lieder. Sie arbeitete mit zwei Männern, einem Tar-Spieler und einem Donbaki zusammen. Sie tanzte bei Hochzeiten und bei Beschneidungsfesten, am Neujahrstag und am Abend des Festes von Yalda. Am Ende jeder Vorführung bemalte Taraneh die Tulpe ihr Gesicht, hüllte sich in ein leuchtendes Gewand und gab eine kleine Einzeldarbietung.

Sie war die Tochter eines Rabbi aus Schiras, und bis zu ihrer Hochzeit hatte sie nicht gewußt, wie sie aussah. Ihr Vater hatte aus seinem Haus alle Spiegel verbannt: Eine Frau, die ihr eigenes Spiegelbild sah, so meinte er, würde eitel werden, ihre eigene Schönheit anbeten und den Versuchungen der Sünde erliegen. Taraneh die Tulpe bekam eine Vorstellung von der Form ihres Körpers, als sie ihrer älteren Schwester beim Auskleiden zusah. Die Schwester war zwanzig Jahre alt, aber unverheiratet. Sie lebte in einem abgelegenen Zimmer, nahm ihre Mahlzeiten niemals mit der Familie gemeinsam ein und sprach nie, nicht ein einziges Mal mit ihrem Vater.

»Deine Schwester hat gesündigt«, antwortete die Mutter, wenn Taraneh versuchte, die Gründe für das abgeschiedene Leben der jungen Frau herauszufinden. Mehr wollte die Mutter nicht sagen. Taraneh die Tulpe fragte sich immer wieder, ob es wohl die Schönheit ihrer Schwester gewesen sei, die diese zur Sünde verleitet habe. Sie fragte sich, ob sie selbst auch schön sei. Einmal, als sie sechs Jahre alt gewesen war, hatte sie in der Wintersonne gesessen und versucht, ihr Spiegelbild in einem Eisstückchen zu erkennen. Der Rabbi hatte sie dabei ertappt. Um sie Gehorsam zu lehren, rasierte er ihr den Schädel kahl.

Taraneh schloß sich im Keller ein und schwor, niemals wieder herauszukommen. Sie dachte, sie würde für immer kahl bleiben, weinte und schluchzte und bereute alle ihre Missetaten. Aber als das Haar dann zu wachsen begann und die Erinnerung an die Bestrafung verblaßte, da begann sie zum ersten Mal, den Keller des Hauses zu erkunden. Sie durchwühlte den Ramsch, der dort angehäuft war, und malte sich aus, wozu die Dinge, die sie fand, wohl gebraucht worden waren. Sie entdeckte das Hochzeitskleid ihrer Mutter und den ersten Gebetsschal ihres Vaters. Sie fand die Thora, in die ihr Urgroßvater alle Geburtstage seiner Kinder eingetragen hatte, und den Tränenkrug, in den ihre Großmutter beim Tod des Großvaters hineingeweint hatte. Und in einem Alkoven fand Taraneh die Tulpe schließlich eine Aussteuertruhe.

»Nicht anfassen!« schrie die Mutter, als sie sah, daß Taraneh sich an der Truhe zu schaffen machte. Sie war gekommen, um ihrer Tochter das Essen zu bringen. Sie ließ die Schüsseln auf den Boden fallen, riß ihre Tochter von der Truhe fort und stieß das Möbel mit den Füßen in den Alkoven zurück. In ihren Augen stand blankes Entsetzen.

»Das verfluchte Ding bringt *Unglück*.«

Später hörte Taraneh, wie ihre Mutter einer Nachbarin eine Geschichte erzählte. Während sie sprach, schluchzte sie laut und heftig in ihren Tschador hinein. Jedesmal, wenn Taraneh in die Nähe kam, unterbrach die Mutter ihre Erzählung. Irgendwann früher einmal hatte eine Hochzeit stattgefunden. Am Morgen danach war die Mutter des Bräutigams gekommen, um die Mitgift in Augenschein zu nehmen. Sie hatte die Truhe geöffnet, wenig später die Braut wach gerüttelt und sie dann wieder zu ihrem Vater zurückgeschickt.

»Es war die *Truhe*«, flüsterte Taranehs Mutter wieder und wieder. »Die Truhe ist verhext.«

Plötzlich wußte Taraneh die Tulpe, daß die Braut in der Geschichte ihre eigene Schwester war.

In dem Monat, den sie zur Strafe für ihre Eitelkeit im Keller verbrachte, versuchte Taraneh zehn Tage lang ihre Neugierde zu bezwingen. Vom Morgen bis zum Abend lief sie die ersten Töne hörte, wußte sie, daß sie verloren war. um nicht in Versuchung geführt zu werden, und starrte auf die Truhe, die ihrer Schwester soviel Unglück gebracht hatte. Schließlich brach sie das Schloß auf; sie fand ein Paar silberner Kerzenleuchter, einige bestickte Tücher, ein Tischtuch, eine Bettdecke und einen kleinen Teppich. Aber das Wichtigste war sorgfältig verhüllt, in Leinen gewickelt und mit einem dicken Band verschnürt. Als sie das Bündel öffnete, entdeckte Taraneh eine Santour.

Sie legte die Santour vor sich auf den Boden, nahm die beiden dünnen Metallstöcke, die man brauchte, um das Instrument erklingen zu lassen, zwischen Daumen und Zeigefinger und ließ sie über das Instrument gleiten. Als sie die ersten Töne hörte, wußte sie, daß sie verloren war.

Zehn Jahre lang spielte sie heimlich im Hause ihres Vaters, wo ihre Schwester sie unterwies, und später im Hause ihres Mannes. Sie heiratete einen Rabbi, den Bruder ihres Vaters, und als sie die Santour in ihrer Mitgifttruhe versteckte, da wußte Taraneh die Tulpe bereits, daß sie ihr Unglück bringen würde. Zwei Jahre später entdeckte ihr Ehemann das Instrument. Bevor er sie zu ihrem Vater zurückschicken würde, wo sie ein ähnliches Schicksal wie ihre Schwester zu erwarten hatte, verließ sie Schiras und kehrte nie mehr zurück.

Sie bereiste auf ihrer Flucht durch Persien alle jüdischen Gettos, und überall lernte sie die Musik und die Tänze der Menschen kennen. Als sie in Juyy Bar ankam, war sie sechsundzwanzig Jahre alt und entschlossen, für immer dort zu bleiben. Als Raab Yahya sie in seiner Sonntagspredigt beschimpfte und seine Zuhörer vor der »Fremden mit dem verruchten Instrument« warnte, erkannte Taraneh die Tulpe, daß sie kämpfen mußte. Am Abend erschien sie, gekleidet in ein feuerrotes Gewand, auf dem Platz des Gettos, Hände und Gesicht karminrot bemalt, und ihr Haar glänzte rot wie die untergehende Sonne. Sie wartete, bis einige Zuschauer sich eingefunden hatten, verbeugte sich und begann zu tanzen – einen langsamen, graziösen Tanz, der zwölf Minuten lang dauerte und das Leben einer Tulpe darstellte.

Danach kam niemand mehr auf die Idee, Taraneh als Hure zu beschimpfen.

So blieb sie also in Juyy Bar und verdiente sich ihren Lebensunterhalt als Heiratsvermittlerin, Köchin und Dienstmagd. Sie adoptierte einen Jungen, Salman den Kohlenverkäufer, der im Alter von drei Jahren zum Waisen geworden war und keine Verwandten hatte, die ihn großzogen. Nach einer Weile wurde sie eingeladen, in Isfahan aufzutreten. 1869 rief man sie zu der Hochzeit zwischen dem Sohn des Statthalters und der Tochter des Freitagsimams, um dort zu tanzen. Aber Taraneh die Tulpe verdarb das Hochzeitsfest und stahl die Liebe des Bräutigams.

Es war ein Fest, wie Isfahan es nie zuvor gesehen hatte, die prächtigste Hochzeit seit einem Jahrhundert, und jeder, der einen besonderen Rang oder einen besonderen Ruf hatte, war dazu eingeladen. Der Bräutigam war zwanzig Jahre alt, in Bagdad erzogen und so reich, daß er auf eine Mitgift verzichtet hatte. Die Familie der Braut war eifrig darum bemüht, daß die Hochzeit stattfände; schon zwei Wochen nach Beginn der Brautwerbung hatte sie den Termin festgelegt. Am Abend des Festes waren die Angehörigen der Braut zutiefst schockiert darüber, eine Jüdin unter den Tänzerinnen zu finden. Um einen Skandal zu vermeiden, hatte man Taraneh dann jedoch nicht fortgeschickt. Nachdem sie den Tulpentanz zur Hälfte vorgeführt hatte, ließ der Sohn des Statthalters das Fest abbrechen: Er habe sich, so erklärte er, in die Jüdin in dem feuerroten Gewand verliebt.

Ein Jahr lang war das Leben in Isfahan von Verleumdung und Klatsch vergiftet. Schließlich heiratete Taraneh die Tulpe den Sohn des Statthalters, verließ Juyy Bar und lebte danach in einem Haus, in dem Musik und Tanz willkommen waren.

ALS ER NACH ISFAHAN ZURÜCKKEHRTE, baute sich Mohammed der Jude ein Haus in der Char-Bagh-Straße und stellte Diener, Mägde und Gärtner ein. Er mietete fünf nebeneinanderliegende Läden im Basar des Schahs und füllte sie mit Antiquitäten, persischen Teppichen und Silberwaren. Gekleidet in Seide und Samt, ritt er auf einem Araberpferd durch die Stadt und trug auf dem Kopf einen spitzen, goldbestickten Hut. Der Hut war mit einem Rubin geschmückt, der so groß und leuchtend war, daß die Leute auf der Straße stehenblieben.

Mohammed der Jude war aus dem Nichts aufgetaucht, ein Fremder mit einem unermeßlichen Vermögen, einem Gesicht, so schön wie ein Traum, und Augen, so dunkel und schwermütig, daß nur wenige Menschen es wagten, ihn direkt anzuschauen. Er reiste die meiste Zeit des Jahres umher und handelte mit Antiquitäten, kleinen Teppichen und wertvollen Steinen. Er lebte allein, umgeben von den hohen Steinmauern seines Hauses und den alten Bäumen, die es vor dem Sonnenlicht schützten. Er bekam niemals Besuch, plauderte niemals mit seinen Nachbarn im Basar. Des Nachts, so schworen seine Mägde, tat er kein Auge zu.

Sie hörten ihn von Einbruch der Dunkelheit bis zur Morgendämmerung in seinem Zimmer hin und her laufen. Bisweilen starrte er in den Garten, der von den Schatten und Geistern der Toten erfüllt war. Schließlich, beim Morgengrauen, nickte er ein und erwachte dann wenig später von den Rufen der Händler, die auf der Straße ihre Waren feilboten. Am Tage war er wachsam und mißtrauisch, immer bereit, einen Diener über dessen Absichten und Vorhaben auszufragen oder mit Kunden und Nachbarn einen Streit anzuzetteln. Mohammed der Jude, so erzählte man sich, war ein Mann, der ständig auf der Flucht lebte.

1871 reiste Mohammed nach Kurdistan, um sich mit Firooz Khan, einem Stammeshäuptling, zu treffen, der Juwelen kaufen wollte. Mohammed der Jude ritt über kahle, schroffe Berge und durch staubige Täler, die von den Betten ausgetrockneter Flüsse und Bäche tief eingekerbt waren. Er entdeckte eine verlassene Ebene, auf der hier und dort die schwarzen Zelte der Nomaden aufgeschlagen waren, und ritt durch Herden durstiger Schafe und Kamele hindurch, die vergeblich nach einem grünen Flecken suchten. Am Rande der Kurdensiedlung kläfften zahllose Hunde und versperrten ihm den Weg. Eine junge Frau saß unverschleiert vor ihrem Zelt und webte einen Teppich, während ihr Vater im Schatten eines Baumes schlief. Die Kurdinnen pflegten ihre Gesichter nicht zu verhüllen. Das Mädchen erblickte Mohammed und begriff, daß er der Gast war, den ihr Vater erwartet hatte. Sie rief die Hunde zurück.

Firooz Khan empfing seinen Gast mit verbitterter Miene. Er hatte die schönsten Juwelen kaufen wollen, aber nur wenige Wochen zuvor hatten Heuschrecken die Gegend verwüstet, wo sein Stamm jedes Jahr sein Lager aufschlug, und jetzt mußten die Rinder des Khans in der Hitze verhungern. Er hatte kein Bargeld und keine Rinder, die er im Austausch für die Juwelen hätte anbieten können.

Mohammed aß mit dem Stammesführer zu Abend, dann ging er ins Zelt, um zu schlafen. Gegen Mitternacht trat er, wie so oft von einem Gefühl der Gefahr getrieben, ins Freie und ging zu einer Lichtung hinter dem Lager. Er sah ein Mädchen mit dunkler Haut und schwarzem Haar, das nackt auf einem Pferd umhergaloppierte; die Haut des Mädchens war von glänzendem Schweiß bedeckt. Nach einer Weile spürte es Mohammeds Blicke, drehte sich um, sah ihn an und ritt davon. Mohammed der Jude erkannte das Mädchen, das ihn am Morgen begrüßt hatte.

»Gib mir deine Tochter«, bat er Firooz Khan am nächsten Tag. »Mit ihr sollen alle Juwelen bezahlt sein, die dein Herz begehrt.«

Ihr Name war Afagh. Sie war vierzehn Jahre alt und strahlte eine solche Freundlichkeit aus, daß sie selbst ihre Feinde bezauberte. Mohammed der Jude liebte sie so sehr, daß er warmherzig und geduldig wurde. Er stellte sieben Mädchen ein, die Afagh bedienten, schmückte ihr Schlafzimmer mit seidenen Vorhängen und perlenbestickten Kissen und pflanzte Jasminsträucher auf dem Balkon vor ihrem Fenster. Er brachte ihr französisches Parfüm, das an Bord europäischer Schiffe nach Bandar Abbas geschmuggelt worden war, und ließ Künstler aus Teheran kommen, damit sie ihr Porträt malten. Er gab Feste, lud dazu alle Würdenträger in Isfahan ein, ließ ihnen Wein in goldenen Bechern und Lamm auf juwelenbesetzten Tellern servieren. Dann lehnte er sich zurück und genoß die allgemeine Bewunderung für das Mädchen, das er in den Bergen von Kurdistan gefunden hatte.

Schon bald war sie schwanger.

Mohammed wurde blaß, als er die Nachricht erfuhr, und flehte Afagh an, das Kind nicht zur Welt zu bringen.

»Ich möchte keine Erben«, beschwor er sie. »Ich möchte auf dieser Welt keine Spuren zurücklassen.«

Monatelang kämpften sie miteinander. Am Ende schenkte sie einem Sohn das Leben. Mohammed der Jude warf einen Blick auf sein Kind und verfluchte es.

Afagh bat ihn, dem Kind einen Namen zu geben. Mohammed wählte den Namen Ezraeel – der Todesengel – und weigerte sich, den Jungen auch nur zu berühren.

PERSIEN WURDE 1871 von einer Hungersnot heimgesucht. Sie dauerte so viele Jahre, daß niemand mehr nachzählen wollte, und als sie schließlich vorüber war, war mehr als ein Viertel der Bevölkerung gestorben. Zuerst aßen die Menschen tote Tiere. Sie suchten nach Schnecken, Heuschrecken und Fliegen, sogar nach Skorpionen. Sie aßen die Blätter, Wurzeln und getrockneten Zweige der Bäume. Kinder stopften sich Erde in den Mund, um den nagenden Hunger zu stillen. Schwangere Frauen kratzten den Lehm von den Wänden und kauten darauf. Wer nichts anderes fand, aß heimlich die Leichen.

Es vergingen viele Jahrzehnte, bevor einer der Überlebenden zugab, daß er Menschenfleisch gegessen hatte. In normalen Zeiten aßen Muslime weder Schweinefleisch noch irgendeine Speise, die von einem Ungläubigen berührt worden war. Armenier durften am Freitag nur Fisch essen, und Juden berührten kein Fleisch, das nicht koscher war. Jetzt brieten sich selbst die Strenggläubigsten dünne Streifen Menschenfleisch und würgten es voller Ekel hinunter, um zu überleben.

Jeden Tag lauerten die ausgehungerten Menschen wie Raubtiere auf den Friedhöfen. Sie versteckten sich hinter den Grabsteinen, um die Unglücklichen zu beobachten, die ihre verhungerten Verwandten begruben. Wenn das Begräbnis vorbei war, holten sie die Körper wieder aus der Erde und schnitten sich die Arme, die Beine und die Gesäßbacken heraus. War der Körper zu mager, dann schnitten sie den Bauch auf und nahmen Herz und Leber heraus. Meist wurden die Leichen wieder begraben, aber oft blieben sie auch neben den Gräbern liegen – den Geiern zum Fraß.

Im zweiten Jahr der Hungersnot verfaßten die Juden des Teheraner Gettos einen Brief in Hebräisch, in dem sie die jüdischen Führer Europas um Unterstützung baten.

»Helft uns«, so drängten sie, »diesem Glutofen Persien zu entfliehen und ins Heilige Land zu gelangen, oder helft uns, in andere Länder auszuwandern.«

Ein Jahr ging vorüber, bevor der Brief, der einem Boten

übergeben worden war, sein Ziel erreichte. Sehr bald gelang es europäischen und amerikanischen Juden, neunzehntausend englische Pfund zu sammeln, die nach Persien geschickt und an Juden und Nichtjuden gleichermaßen verteilt werden sollten. Die Räte von Nasser-ed-Din, die sich gerade bemühten, die nächste Reise des Schahs nach Europa zu finanzieren, kämpften hart darum, das Geld hoch zu besteuern, und ließen nur auf Grund des politischen Drucks aus Europa von diesem Vorhaben ab.

In Isfahan machte die Aussicht auf das Geld den Menschen wieder ein wenig Hoffnung. Jetzt würden Karawanen mit Nahrungsmitteln kommen, so dachten die Leute, und alle Hungernden würden gespeist werden. Die Mullahs, die immer vor den Ungläubigen gewarnt hatten, taten sich nun schwer, die Großzügigkeit der europäischen und amerikanischen Juden zu erklären. Sie antworteten auf die Anfrage des Freitagsimams von Isfahan, daß das Essen von Gott gesandt worden sei und daß die Behauptung der Europäer, sie selbst hätten die Spenden geschickt, wahrhaft anmaßend wäre. Mitglieder der königlichen Familie, die nichts getan hatten, um ihren Untertanen zu helfen, fühlten sich ebenfalls peinlich berührt. Sie behaupteten, daß die Nahrung aus der Küche des Schahs geschickt worden sei und daß Seine Majestät dafür aus seinem königlichen Vermögen bezahlt habe. Den Juden, die die Wahrheit kannten, war nur wichtig, daß ihr Leiden jetzt ein Ende haben würde.

Aber Monate vergingen, täglich verhungerten zahllose Menschen, und nach wie vor kamen keine Lebensmittel in Isfahan an. Allmählich erkannten die Juden, daß alle Vorräte Persiens aufgebraucht waren. Das Wenige, was ins Land kam, blieb in den Händen der Reichen, und das Geld, welches aus Europa geschickt worden war, hatte unter den persischen Beamten die Runde gemacht und war schließlich in ihren eigenen und in den Taschen der Mullahs verschwunden. Dennoch hielten die Juden an ihrer Hoffnung fest. Noch viele Jahre, nachdem sie den Betrug entdeckt hatten, brachten Mütter in Juyy Bar ihre Kinder mit dem Versprechen zu Bett, daß am nächsten Morgen gewiß die Karawane mit Lebensmitteln an den Toren der Stadt ankommen würde.

Im Hause Josephs des Kelterers wartete die kleine Pfau Tag für Tag auf die rettende Karawane. Jeden Morgen beim Aufwachen bestand sie darauf, daß ihre Familie zu den Toren der Stadt gehen sollte.

»Sie hat den Weg verfehlt«, weinte das Kind in Leilas Armen, und niemand konnte es trösten.

»Wenn die Karawane uns nicht bald findet, dann wird sie nach Teheran zurückkehren, und wir werden sie niemals zu Gesicht bekommen.«

Pfau war sieben Jahre alt, klein und zierlich und so mager, daß Leila jeden Tag aufs neue verwundert war, daß das Kind überhaupt laufen konnte. Pfaus Haut war dunkel und ihr Körper ausgemergelt. Ihre Zähne waren schon schadhaft, bevor sie jemals richtig aus dem Gaumen gewachsen waren. Aber sie hatte Leilas Augen, jene grünen Augen, die die Herzen der Männer schneller schlagen ließen, und ihr Geist war stark und mutig und ungebrochen. Manchmal, wenn Pfau in Leilas Armen eingeschlafen war, dann schaute Leila ihre Tochter an und wußte, daß sie eigentlich hätte schön sein sollen und in besseren Zeiten ihrer Mutter sehr ähnlich gewesen wäre.

Genau wie Esther die Wahrsagerin es vorhergesagt hatte, hatte das Schicksal dem Kind einen besseren Platz im Leben zugewiesen.

JOSEPH DER KELTERER brachte Pfau zum Betteln nach Isfahan. Auf dem Weg in die Stadt hatte er das Kind fast die ganze Zeit tragen müssen, da es vom Hunger geschwächt war und keine langen Strecken gehen konnte. Die Kleine war acht Jahre alt. Bis zuletzt hatte sie gekämpft und geschrien und geschworen, daß sie nicht gehen würde.

»Sie werden uns sowieso nichts geben«, jammerte sie. »Sie geben Juden nichts zu essen.«

Joseph der Kelterer bezwang seine schlechte Laune und betete, daß er Glück haben möge. Seit Mohammed der Jude nach Isfahan zurückgekehrt war, hörte man in Juyy Bar Gerüchte, daß er der Sohn Noahs des Goldenen sei – Leilas Zwillingsbruder, der das Massaker von 1853 über das Getto gebracht hatte. Einige Neugierige waren sogar in die Stadt gereist und hatten vor Mohammeds Haus und vor seinem Laden darauf gewartet, ihn einmal anschauen zu können; später war jedermann überzeugt, daß Mohammed in der Tat der Sohn Noahs des Goldenen sei. Im Laufe der Jahre hatte Mohammed seiner Schwester im Getto nicht eine einzige Nachricht zukommen lassen. Als die Hungersnot begann, kaufte er im Ausland Lebensmittel, stellte bewaffnete Männer ein, die die Karawanen gegen Banditen und Diebe verteidigen sollten, und gab alles fort, was er und seine Diener nicht selbst aßen. Zwei Jahre lang wurden in seiner Küche jeden Tag Dutzende von Bettlern gespeist – ausschließlich Muslime, denn Mohammed der Jude hatte strengstens befohlen, bettelnde Juden davonzujagen.

Dennoch bestand Joseph der Kelterer darauf, daß Leila ihren Bruder um Hilfe bitten müsse. »Du bist seine *Schwester*!« schrie er sie an. »Du bist aus demselben Samen gezeugt, im selben Leib herangewachsen. Ein Mann darf nicht sein eigen Fleisch und Blut zurückweisen.«

Doch Leila ging niemals in das Haus ihres Bruders, und Mohammed ließ niemals nach ihr schicken.

In den ersten beiden Jahren der Hungersnot überlebten sie nur, weil Taraneh die Tulpe sich ihrer annahm. Taraneh ritt einmal im Monat auf einer arabischen Stute nach Juyy Bar. Sie brachte Leila einen Beutel Reis, ein Fäßchen Öl, eine Kürbisflasche voll Wasser, sang den Kindern vor und spielte in Josephs Weinkeller auf der Santour. Doch 1873 zog Taraneh aus Isfahan fort; der Vater ihres Mannes hatte den Statthalterposten in diesem Distrikt verloren. Er ging nach Teheran und versammelte dort seine Kinder um sich, damit er sich in der Hauptstadt nicht einsam fühle. Taraneh die Tulpe kam noch einmal nach Juyy Bar, um sich zu verabschieden. Joseph der Kelterer weinte, als er sie fortgehen sah. Er wußte, daß die Familie ohne Taraneh verhungern würde. Noch einmal dachte er voller Hoffnung an Mohammed den Juden.

Vor dem Hause Mohammeds in Isfahan wartete bereits eine riesige Menschenschlange, und Joseph schloß sich ihr an. Es war früher Morgen, und Mohammeds Küche war für Bettler noch nicht geöffnet. Joseph suchte sich einen Platz in der Nähe des Hauptportals und setzte Pfau auf den Boden.

»Wenn die Pforten geöffnet werden«, hämmerte er ihr ein, »dann dräng dich einfach hinein, und bleib nicht stehen, bis du die Küche findest.«

Er drückte ihr einen Segeltuchbeutel in die Hand. »Gib diesen Beutel einem Diener und sag, daß er ihn füllen möge. Sag ihm, du seist die Nichte Mohammeds des Juden, Leilas Tochter, und du würdest *sterben*, wenn sie dir nichts zu essen geben.«

Gegen Mittag wurden die Türen geöffnet, und alle Bettler drängten ins Haus. Joseph schubste Pfau vorwärts.

»Geh«, sagte er, aber seine Stimme schwankte. »Komm mit Essen zurück.«

Pfau drückte den Beutel gegen den gelben Stoffflicken an ihrer Brust und drängte sich mit den anderen Menschen ins Haus. Sie folgte den Bettlern durch einen ausgedörrten Garten und in einen Hof hinein, der so groß war wie der große Platz in Juyy Bar. Dann stellte sie sich in die Schlange und wartete mit gesenktem Blick, bis sie an der Reihe war. Gerade als sie ihre Tasche vor dem Mädchen, das die Rationen austeilte, öffnen wollte, wurde sie zur Seite gestoßen.

»Keine Juden!« rief jemand.

Es war ein Junge, der sie wegstieß: Ezraeel, der Sohn Mohammeds des Juden. Er war jünger als Pfau, aber sie war schwach und hungrig und in Not, und er machte ihr angst.

»Keine Juden, hab' ich gesagt.« Er versetzte ihr noch einen Stoß, und sie stürzte zu Boden. Dann riß er ihr den Beutel aus der Hand und warf ihn beiseite. Pfau wollte ihn aufheben, aber Ezraeel hinderte sie daran. »Hau ab!« schrie er und versetzte ihr einen Tritt. Sie schaute zu ihm auf. Seine Augen waren golden. Sie sah in diese Augen, und plötzlich wußte sie, daß sein Herz voller Angst und Einsamkeit war.

Sie stand auf und schlug den Jungen so hart gegen die Brust, daß er nach Luft schnappte und auf den Rücken fiel. Die Diener wollten die Kämpfenden trennen, aber Pfau raffte schnell ihren Tschador zusammen und wollte gerade davonlaufen, als jemand sie am Arm packte.

»Sie hat mich geschlagen«, heulte der Junge. »Das Judenmädchen hat mich geschlagen.«

Eine Frau kniete neben Pfau nieder und blickte ihr ins Gesicht. »Das Kind ist halb verhungert«, sagte sie, und

Pfau spürte, wie ihr Zorn schwand. »Wir müssen ihm zu essen geben, bevor Mohammed heimkommt.«

Der Junge begann lauthals zu protestieren. Die Frau nahm Pfau bei der Hand und führte sie in eine hintere Kammer, fort von den neidischen Blicken der anderen Bettler und den bedrohlich funkelnden Augen der Dienstmägde.

Der Junge lief hinter ihnen her: »Aber Vater hat gesagt, keine Juden!«

Pfau wurde in ein helles, sonniges Haus geführt, in Zimmer voller Duft und Leben, gefüllt mit Seide und Spitze und Samt, mit persischen Teppichen und schweren Eichenschränken, in denen, so dachte Pfau, gewiß alle Schätze der Welt versteckt waren. Sie traten in einen Vorratsraum.

Die Frau beugte sich nieder und zog sanft den Beutel aus Pfaus Hand. »Du kannst hierherkommen, wann immer du willst«, flüsterte sie der Kleinen zu und öffnete eine Tür in der Wand.

Dort standen Säcke mit Reis und Mehl, Platten mit Mandeln, süßem Gebäck und Datteln, Körbe mit getrocknetem Gemüse und Obst. Die Frau füllte Pfaus Tasche. Sie nahm eine Dattel von einem Tablett und steckte sie dem Mädchen in den Mund.

»Da«, sagte sie. »Iß das jetzt.«

Pfau schmeckte den Zucker auf ihrer Zunge und versuchte zu schlucken, aber die Süße der Frucht erschien ihr so stark, daß sie sich übergeben mußte.

»Sie ist krank!« rief der Junge voller Ekel, als sich die grüne Galle über Pfaus Tschador und Schuhe ergoß. Afagh beugte sich nieder, um ihr zu helfen, aber Pfau ließ beschämt den Beutel fallen und rannte davon.

»Warte!« rief Afagh, aber Pfau flüchtete aus dem Haus

und hinaus auf die Straße, wo Joseph der Kelterer sie bestürzt in Empfang nahm.

Ihr Leben lang würde Pfau dem Essen nachtrauern, das sie zurückgelassen hatte.

TARANEH DIE TULPE kam aus Teheran angereist, um Leila zu besuchen. Sie brachte Essen mit, einen Hauch von Hoffnung und den Optimismus, der sie immer vor den zerstörerischen Kräften des Lebens bewahrt hatte. Sie saß im Hof des Hauses von Joseph dem Kelterer über der Treppe, die in den Weinkeller hinabführte, und hielt Pfau auf dem Schoß. Die neunjährige Hanna schlief im Schatten einer Säule vor der Veranda. Sie war klein und mager und zitterte selbst im Schlaf, aber sie war dennoch wunderschön. Taraneh die Tulpe erkannte, daß Hanna sehr bald verhungern würde.

»Du solltest deine Töchter verheiraten«, sagte sie zu Leila. »Wenn du sie nicht selbst ernähren kannst, dann gib sie jemandem, der dazu in der Lage ist.«

Leila lächelte traurig und schüttelte den Kopf. Selbst ohne die Hungersnot, so sagte sie, gäbe es kaum Männer, die die Töchter Josephs des Kelterers heiraten würden. Wer wollte schon die Nachfahren von Esther der Wahrsagerin, die wegen Ehebruchs aus dem Getto gejagt worden war?

Taraneh die Tulpe ließ sich von ihrer Idee nicht abbringen. »Dann gib sie einem Moslem«, beharrte sie. »Suche einen reichen Moslem und bete darum, daß er sie lieben wird.«

Sie erzählte Leila von Zil-el-Sultan: Er war der einflußreichste von Nasser-ed-Din Schahs Kindern, beliebter als der Kronprinz, und der Schah hatte ihm die Macht über die gesamte südliche Hälfte Persiens übertragen. Sein Titel, Zil-el-Sultan, bedeutete »Schatten des Königs« und deutete an, daß er fast soviel Autorität wie der Schah beanspruchen durfte. Er kam zum Palast der Vierzig Säulen und ersetzte somit auch Taranehs Schwiegervater in seiner Rolle als Isfahans Statthalter. Die Juden schöpften ein wenig Hoffnung: Wenn der Schah oder seine Kinder in ihrer Nähe residierten, dann hatten die Mullahs weniger Macht. In Teheran, wo der Schah lebte, und in einigen anderen Städten, in denen seine Söhne Statthalterposten hatten, waren die Massaker und Verfolgungen erheblich zurückgegangen. Dennoch war Zil-el-Sultan ein sehr gefürchteter Mann: er war großzügig, aber zugleich grausam, stark, wild und ungestüm. Seine vier ständigen Ehefrauen waren allesamt aus alten Adelsfamilien. Er hatte sie nur geheiratet, um sich seine Stellung unter den mächtigen Familien Teherans zu sichern, und verbrachte die meiste Zeit lieber mit den Hunderten von Zeitehefrauen, die er auf der Grundlage eines begrenzten Vertrages heiratete und – wenn sie ihn langweilten – wieder fortschickte.

»Bring Hanna zu Zil-el-Sultan«, versuchte Taraneh die Tulpe Leila zu überreden. »Sag nicht, daß sie Jüdin ist, denn wenn sie es herausfinden, dann wird sie gewiß von den Haremseunuchen vergiftet werden. Gib sie dem Prinzen und bete darum, daß sie ihm gefällt.«

Leila wußte, daß sie keine Wahl hatte. Ihre Töchter würden an Unterernährung sterben, oder sie selbst würde verhungern und die Mädchen im Elend zurücklassen müssen. Eines Nachts, als Joseph der Kelterer schlief, schaufelte sie ein Loch in den Boden des Weinkellers und holte den kleinen Schatz heraus, den er für den Fall eines Massakers dort versteckt hatte: Es waren zwölf goldene Armreifen und zwei Goldmünzen – Geschenke, die er den Eltern Khatouns gegeben und nach dem Tode seiner jungen Braut wieder zurückgefordert hatte. Leila schaufelte das Loch in der Erde wieder zu und bedeckte es dann mit einem kleinen Teppich. Am nächsten Tag erklärte sie Joseph dem Kelterer, daß sie nach Isfahan gehen werde, um Nahrung zu erbetteln. Statt dessen ging sie in den Basar.

Dort verkaufte sie die Armreifen und erwarb mit dem Geld schöne Spitzenstoffe. Sie suchte Seidenstoff und Bergkristalle und ein Paar weißer Schuhe aus, die mit seidenen Stiefmütterchen bestickt waren. Sie schmuggelte die Stoffe ins Haus und arbeitete täglich daran. Sie nähte Bahnen von Spitzen und Seidenstoffe zusammen und schnitt aus fünf Lagen Stoff einen Rock, eine kurze Jacke und einen langen Schleier zu. Auf den Schleier nähte sie so viele Bergkristalle, daß er über und über glitzerte. Auch eine kleine Tiara wurde mit glitzernden Steinen bestückt. Als Joseph der Kelterer schließlich entdeckte, daß die Armreifen fort waren, hatte Leila ihre Arbeit beendet.

»Diebin!« schrie er und rannte wutentbrannt durch das Haus. Leila packte Hanna an der Hand, warf sich das Bündel Kleider über die Schultern und lief zur Tür hinaus.

Es war dunkel, und Hanna fürchtete sich. Sie gingen zu Fuß nach Isfahan, versteckten sich im Schatten der Stadtmauern und blieben an jeder Ecke stehen. Niemand, und am allerwenigsten eine Jüdin, durfte nachts auf den Straßen von Isfahan sein. Der Schah und seine Erben verdächtigten jedermann der Verschwörung und hatten deshalb eine nächtliche Ausgangssperre verhängt.

Ein Nachtwächter ging langsam die Char-Bagh-Straße entlang; am Ende seines hölzernen Stabes baumelte eine Laterne. Er hatte den Befehl, jedermann festzunehmen, der das Kennwort der Nacht nicht kannte. Dies wurde nur den engsten und zuverlässigsten Freunden des Zil mitgeteilt. Doch wie immer war der Nachtwächter ziemlich betrunken. Als er an Leila vorbeiging, waren seine Augen vom Arak verschleiert.

»Alles ist sicher im Schatten des Königs«, lallte er, als er am Ende der Straße verschwand.

Leila und Hanna erreichten den Platz des Schahs. Leila wartete auf die Morgendämmerung und auf die Klänge des Namaz – des muslimischen Gebets, das fünfmal am Tag öffentlich vom Minarett der Moschee des Schahs ausgerufen wurde. Dann zeigte sie Hanna ihr Brautkleid.

»Muß ich heiraten?« fragte das Kind entsetzt.

Leila umschloß das Gesicht ihrer Tochter mit beiden Händen. Sie kniete nieder und küßte Hannas Augenlider.

»Du mußt es versuchen«, sagte sie.

Sie schaute zu, wie Hanna das Gewand anzog. Sie gab ihr die Schuhe, setzte ihr die Tiara auf den Kopf, hüllte sie in den Schleier. Dann legte sie die Hand auf Hannas Kopf und segnete sie. »Öffne deine Hände«, sagte sie dann und legte zwei Goldstücke in Hannas Hände. »Halt die Münzen ganz fest. Zeig sie niemandem außer deinem Mann.«

Sie traten auf die überfüllte Straße: eine Frau in einem verblaßten Tschador, die ein Mädchen in einem prächtigen Hochzeitskleid an der Hand hielt. Sie gingen die Char-Bagh-Straße entlang, überquerten den Platz des Schahs und erreichten dann das Ali Ghapoo, wohin Diebe und Mörder sich flüchteten. Unzählige Augen starrten sie an. Zahllose Menschen drehten sich nach ihnen um. Männer verließen ihre Läden und liefen ihnen hinterher. Frauen rannten mit ihren Kindern herbei, um die beiden seltsamen Gestalten zu betrachten. Am Ali Ghapoo blieb Leila stehen und schaute in Hannas Augen.

»Bleib hier«, flüsterte sie, und das Herz wurde ihr schwer. »Rühr dich nicht von der Stelle, bevor nicht jemand aus dem Palast dich holen kommt.«

Sie wandte sich ab. Sie sollte ihre Tochter niemals wiedersehen.

So stand Hanna am ersten Tag des ersten Monats im Sommer des Jahres 1875 in der glühenden Mittagssonne und starrte in den Garten des Palastes der Vierzig Säulen. Sie funkelte wie ein Diamant im Licht, ihr Kleid war weich und weiß und wunderschön, und ihr Schleier reflektierte die Sonnenstrahlen und blendete die Augen selbst der gleichgültigsten Passanten, bis sie stehenblieben, ihr Fragen stellten, die sie nicht beantworten konnte, und sie betrachteten. Niemand wagte es, sie zu berühren. Sie stand dort, umringt von einer neugierigen Menschenmenge, und wartete, so wie ihre Mutter es ihr befohlen hatte. Sie wartete, bis endlich der Abend kam und die Sonne in den schattigen Winkeln des Palastes der Vierzig Säulen unterging. Endlich erfuhr auch Zil-el-Sultan von der kindlichen Braut mit dem Bergkristalldiadem, die dort am Ali Ghapoo wartete.

»Bringt sie zu mir!« befahl er.

Die Wachen brachten Hanna in die Innenhöfe des Palastes und nahmen ihr vor Zil-el-Sultans Augen den Schleier ab. Er lächelte vor Freude über ihre Schönheit. Er ahnte, daß ihr kleines zartes Gesicht ihm Glück bringen würde.

»Wer hat dich dort zurückgelassen?« fragte er, aber Hanna wagte es nicht, ihm zu antworten.

»Wie heißt du?«

»Woher bist du gekommen?«

Sie sagte kein Wort. Sie stand vor ihm, verängstigt wie ein kleiner Vogel, und streckte ihm zitternd ihre Hände entgegen, um ihm die beiden Goldmünzen zu zeigen, die sie die ganze Zeit mit ihren kleinen Fäusten umklammert hatte. Zil-el-Sultan war überrascht und tief bewegt.

Er schickte das Mädchen zu seiner Lieblingsharemsfrau. Diese musterte die Kleine von Kopf bis Fuß und erklärte, daß sie mit ihr zufrieden sei. Sie rief einen Mullah, der Hanna zur Muslimin erklärte und sie mit Zil-el-Sultan auf Zeit verheiratete. Sie gaben ihr einen neuen Namen: Taj-Banoo – die Krone der Frauen. Niemand fragte jemals nach ihrer Familie. Es war, als habe man ihre Vergangenheit ausgelöscht. Die Türen schlossen sich hinter ihr, die Erinnerungen verblaßten, und ohne daß man es ihr jemals gesagt hätte, wußte Hanna genau, daß sie niemals zurückschauen durfte.

Im Harem wurde Hanna von den anderen Ehefrauen zuerst einmal entkleidet. Sie begutachteten ihr Haar und ihren Körper, rieben ihre Haut mit reinigenden Pflanzen ein und schrubbten sie ab. Sie parfümierten ihr Haar und setzten sie in ein flaches, blau gekacheltes Becken, das mit Quellwasser gefüllt war und von einer dauernd brennenden Flamme erwärmt wurde. Sie wuschen sie, trockneten sie ab und rieben sie mit Yasminblüten ein. Sie umrahmten ihre Augen mit Silberpuder, färbten ihre Lippen und Wangen mit Rosenblättern, flochten ihr Perlen ins Haar und hängten ihr Diamanten um den Hals. Sie zeigten ihr, wie sie vor dem Prinzen hin- und herschreiten und wie sie sprechen müsse.

Dann brachten sie Hanna in das königliche Schlafgemach. Sie war zehn Jahre alt. Als Zil-el-Sultan sie in jener Nacht küßte, spürte er den lockeren Milchzahn in ihrem Mund.

MOHAMMED DER JUDE wurde in seinem eigenen Haus zu einem unerwünschten Gast. Die Geburt seines Sohnes hatte zwischen Afagh und ihm eine tiefe Entfremdung bewirkt. Wenn er seine Frau mit dem Säugling sah, konnte er nur noch an Noah den Goldenen und an Qamar die Zigeunerin denken und an das dunkle Zimmer im Getto, wo die Würmer in sein Trinkwasser krochen. Er konnte Afagh von seinem Schmerz nichts erzählen, aber er erwartete, daß sie ihn verstünde. Da das nicht möglich war, verhielt er sich ihr gegenüber so kalt und abweisend wie gegenüber einer Fremden. Er ließ sie mit dem Kind zurück und machte unzählige Reisen; jedesmal blieb er länger fort und kehrte mit einem noch größeren Zorn zurück. Er schlief nur noch ein einziges Mal mit ihr, und wieder wurde sie schwanger. 1875 verließ er Isfahan und drohte, nie wieder zurückzukommen. Aber da war er bereits verloren: Die verrückte Maruschka hatte ihn endlich gefunden.

Eines frühen Morgens trommelte sie mit den Fäusten so laut gegen die Pforten seines Hauses, daß jedermann aufwachte. Es war noch dunkel, aber die Diener öffneten die Tür. Sie sahen eine alte Frau; ihr Haar war lang und verfilzt, ihre Haut von Narben entstellt und so dicht mit Schorf und Schmutz bedeckt, daß man den Gestank kaum ertragen konnte.

»Ruft eure Herrin!« schnauzte Maruschka die Dienstboten an. Sie wußte, daß Mohammed gerade auf Reisen war. Sie warf sich zu Boden und küßte Afaghs Knie.

»Bitte«, jammerte sie, »ich brauche eine Arbeit.«

Afagh benötigte keine weiteren Dienstboten, und sie durfte niemanden ohne die Zustimmung ihres Mannes einstellen. Aber Maruschkas Armut erschütterte sie, ebenso ihr Alter und der ekelhafte Geruch ihrer Haut. Deshalb erlaubte sie ihr zu bleiben.

»Ich werde alle deine Befehle befolgen.« Die verrückte Maruschka vergoß heiße Tränen an Afaghs Hand. »Ich werde dir sogar helfen, dein Kind zur Welt zu bringen.«

Maruschka begegnete ihrer Herrin mit der Warmherzigkeit einer Mutter. Sie war immer für Afagh da, wurde ihre Freundin und gewann ihr Vertrauen. Als bei Afagh die ersten Wehen einsetzten, führte Maruschka sie in das Schlafzimmer und breitete ein Lager aus Laken und Kissen auf dem Boden aus. Sie ließ Afagh auf dem Laken niederknien, verschloß die Tür von innen und verbot den Dienern, eine Hebamme holen zu lassen.

Die Wehen dauerten den ganzen Tag über und bis in die Nacht hinein. Afagh kam nur langsam voran. Die verrückte Maruschka setzte sich neben die Gebärende und massierte ihren Rücken, wusch ihr Gesicht mit kaltem Wasser und stützte sie, wenn sie nicht mehr die Kraft hatte, in Hockstellung zu sitzen, unter den Achseln. Am folgenden Morgen, zur Zeit der Morgendämmerung, griff sie tief in Afagh hinein und verkündete, daß die Zeit gekommen sei.

»Pressen«, befahl sie ihr, »es ist gleich da.«

Afagh preßte mit ihrer ganzen Kraft. Blut überströmte Maruschkas Handgelenk. Der Schädel des Kindes war bereits sichtbar. Die verrückte Maruschka drückte ihn mit Gewalt zurück.

»Pressen!« schrie sie noch einmal. »Fest pressen.«

Sie fühlte, wie das Köpfchen sich in ihrer Hand verbog.

»Pressen!«

Sie krümmte die Finger und drehte den winzigen Hals zur Seite.

Da erkannte Afagh mit Entsetzen, daß sie zusammen

mit ihrem Kind umgebracht werden sollte. Sie kämpfte und überließ sich dann dem Schmerz einer letzten Wehe. Von Kopf bis Fuß in Schweiß gebadet, schaute die verrückte Maruschka auf. Draußen auf dem Balkon stand Ezraeel, das Gesicht von einem stummen Schrei verzerrt. Einen Augenblick lang war Maruschkas Aufmerksamkeit abgelenkt; ihre Hand ließ los und erlaubte dem Kind, auf die Laken zu gleiten.

Afagh brachte den Säugling zur Welt, sank in ihre Kissen zurück und starb.

DAS ERSTE MAL, als sie Salomon den Mann singen hörte, spät in der Nacht, als ganz Juyy Bar schlief und sogar die streunenden Katzen zur Ruhe gekommen waren, setzte sich Pfau zitternd in ihrem Bett auf und dachte plötzlich daran, aus ihres Vaters Haus zu fliehen.

Es war die Nacht des Festes von Yalda, die längste Nacht des Jahres, die die Perser früher mit Musik und Liedern gefeiert hatten und in der den Kindern am Feuer alte Geschichten erzählt wurden. Vor langer Zeit, noch vor der Seuche von 1866, pflegte Joseph der Kelterer in dieser Nacht den Weinkeller offenzulassen. Er holte seine Violine hervor und sang seinen Kunden mit seiner rauhen und lauten Stimme etwas vor, so lange, bis jemand ihn bat, doch endlich leise zu sein.

»Es ist nicht sehr eindrucksvoll«, gab er dann kleinlaut zu, »aber die Lieder wären sehr schön, wenn ich wüßte, wie man sie richtig singt.«

Der Wohllaut schöner Musik war jedoch in Juyy Bar schon seit langer Zeit verhallt. In all den Jahren seit Pfaus Geburt hatte Joseph der Kelterer seine Geige niemals hervorgeholt. Musik war – wie der Regen – nur noch eine blasse Erinnerung in den Träumen der Menschen.

Als Pfau in dieser Nacht Salomons Lied hörte, hatte sie das Gefühl zu träumen. Sie schloß die Augen und schlief wieder ein. Da sie die bittere Galle des Hungers in ihrem Hals aufsteigen fühlte, zog sie die Beine an die Brust und tastete in der Dunkelheit nach der Wärme von Hannas Körper. Aber da war nur ein nacktes Laken, und sie erinnerte sich wieder daran, daß ihre Schwester plötzlich verschwunden war, so, als hätte es sie niemals gegeben. Sie versuchte, wieder zu schlafen, aber die klangvolle Stimme hinderte sie daran. Es war die Stimme eines Mannes – eine Stimme, wie sie sie niemals zuvor gehört hatte. Sie wurde begleitet von den samtweichen Klängen einer Flöte und war erfüllt von einem tiefen Schmerz. Es war eine Melodie des Kummers, die Geschichte einer verlorenen Liebe, die Stimme der Wehmut, die von kalten und leeren Nächten erzählte, die nur vom Wein und von den Klängen der Einsamkeit erfüllt waren.

Zwischen den einzelnen Strophen ließ der Sänger die Flöte erklingen. Die Melodien schwangen sich in die Luft empor und verwandelte die leere Wüste, die Pfau in ihren Träumen sah, in ein Meer von Veilchen. Auch Leila war aufgewacht. Verwirrt von der Musik, von der Stimme, die die langjährige Stille durchdrang, erhob sie sich von ihrem Bett und schlich zur Tür. Durch einen Spalt schaute sie in den Hof hinaus und sah, wie auch andere Türen sich öffneten.

Pfau folgte ihrer Mutter zur Tür. Einen Augenblick später wachte auch Joseph auf.

»Zurück mit euch!« fuhr er sie an. »Was fällt euch ein, mitten in der Nacht den Kopf aus der Haustür zu strekken?«

Er zog sich die Hosen an der Taille fest und schlüpfte

in seine Segeltuchschuhe. Er wolle hinausgehen, murmelte er, um die Störung zu unterbinden. Pfau beobachtete ihn. Er war so mager, daß die Haut von seinem Körper herunterzuhängen schien. Er konnte sich nur unter Schmerzen bewegen. Sie betete insgeheim, daß er den Eindringling nicht entdecken, daß er es nicht schaffen möge, die Stimme davonzujagen. Als er gegangen war, schlich sie noch einmal zur Tür zurück und schaute hinaus.

Auf dem Hof standen die Menschen und lauschten – Männer und Frauen und Kinder mit verträumten Augen, die in den abgezehrten Gesichtern unnatürlich groß wirkten. Seit Jahren schon hatten die Menschen von Juyy Bar keinen geruhsamen Schlaf mehr gefunden. Hunger nagte an den Kräften der Lebenden, Krankheiten brachten Leiden und Schmerz. Die ausgehungerten Menschen waren wie Geister, die dennoch den Schmerz und die Erinnerung kannten und dann und wann, wenn alles Leben aus ihnen gewichen war, auch einmal einschliefen. Niemals fanden sie einen Grund, in ihre Häuser zurückzukehren, dorthin, wo ihre Lieben in ihren Armen gestorben waren und wo es kein Feuer, kein Essen und keine Ruhe gab.

»Es kommt vom anderen Ende der Gasse«, sagte einer der Männer zu den anderen. »Das muß ein Reisender sein, der sich verlaufen hat.«

Die Musik verstummte. Dann hörten sie lautes Lachen – plötzlich und spontan und fast unwirklich. Es klang ebenso phantastisch wie das Lied, das Juyy Bar wach gesungen hatte.

Pfau öffnete die Tür und trat hinaus. Sie lehnte sich gegen eine Säule im Hof, hüllte sich fest in ihren Tschador und schloß die Augen. Sie lauschte in der Hoffnung, die letzten Töne der Musik für alle Zeiten in ihrem Herzen bewahren zu können. Aber die Melodie war verklungen.

Pfau hörte nur noch ein sanftes, rhythmisches Summen, das eine Erinnerung an lang vergangene Zeiten wachrief. Sie öffnete die Augen. Die Luft roch nach feuchtem Staub – dem betörenden Duft des Lebens. Ein Tropfen fiel auf ihre Wange.

Er hatte gesungen, der Fremde mit der Flöte, und den Regen nach Juyy Bar gebracht.

DIE VERRÜCKTE MARUSCHKA hatte ihr Ziel erreicht. Ihre Verbrechen machten sich bald bezahlt. Sie zog in Afaghs Schlafzimmer ein und übernahm alles, was die Tote jemals an Kleidern und Schmuck besessen hatte. Sie besetzte das Haus Mohammeds des Juden, lud Gäste ein, gab üppige Feste, kaufte Männer, die in ihrem Bett schliefen und in ihrer Küche aßen. Sie gab bei den Schneidern, Juwelieren und Händlern Bestellungen auf und stand jeden Tag viele Stunden lang vor dem Spiegel. Sie bemalte sich Wangen und Augenlider, kämmte sich das Haar und flocht sich Afaghs Ketten hinein. Sie versuchte, die Jugend wiederzufinden, die sie seit langem verloren hatte. Gefühle von Schuld kannte sie nicht, und an Afagh, ihr Opfer, verschwendete sie keinen Gedanken mehr. Selbst die Furcht und der Haß, die sich in Ezraeels Gesicht widerspiegelten, konnten ihr Glück nicht stören.

Viele Monate nach der Geburt seiner Tochter kehrte Mohammed der Jude nach Isfahan zurück. Er ritt auf seinem arabischen Pferd durch die Stadt; der gestohlene Rubin schimmerte noch immer auf seiner Stirn. Eine Karawane von Eseln, vollbeladen mit antiken Schätzen, folgte ihm hinterher. Gegen Mittag erreichte er Isfahan. Außer dem Echo des mittäglichen Namazgebets war auf den Straßen kein Laut zu vernehmen. Mohammed hielt nicht an, um zu beten. Er ritt durch die eiserne Eingangspforte seines Hauses, an den vertrockneten Rosenbeeten vorbei und in den Obstgarten.

Er ließ sein Pferd im Stall und ging zum Hauptgebäude. Die Tür war offen. Der Gang, der vom Garten in den Hof führte, roch nach Pferden und Männerschweiß. Auf dem Balkon standen zwei Dienstmägde mit halbbedecktem Kopf und scherzten mit einem jungen Mann, den Mohammed nicht kannte. Als sie ihn sahen, zogen sie ihre Tschadors übers Gesicht und liefen davon. Der Fremde blieb stehen und starrte Mohammed erstaunt an.

Mohammed der Jude betrat die Frauengemächer des Hauses und stieg die Treppen hinauf. Die Türen aller Zimmer standen offen, die Möbel, einst tadellos gepflegt, waren verschrammt und staubig. Dann und wann hörte man helles Lachen. Eine Frau kam unverschleiert zur Tür und schaute ihn mißtrauisch an.

Mohammed ging in den dritten Stock, wo sich Afaghs Schlafzimmer befand. Das Sonnenlicht strömte in den Raum und beschien das zerwühlte Bett, das von einem Moskitonetz umhüllt war, welches sich wie eine Spitzenpyramide auftürmte. Es war heiß, ein penetranter Geruch hing in der Luft. In diesem Zimmer, so erkannte Mohammed sofort, lebte die verrückte Maruschka.

Sie stand, in Afaghs Gewänder gekleidet, wie eine Königin auf dem Balkon. Sie hatte Afaghs Schuhe und deren Juwelen übernommen; in ihrem Haar steckten perlenbesetzte Kämme. Dann sah sie Mohammed und trat herein.

»Deine Frau ist tot«, erklärte sie. »Ich habe sie eigenhändig umgebracht.«

Mohammed der Jude war nicht mehr in der Lage, sich von Maruschka zu befreien. Die Trauer drückte ihn nieder, und ein Gefühl von Schuld, daß er Afagh allein und ohne Warnung zurückgelassen hatte, ließ ihn nicht mehr los. Er gab seiner Tochter den Namen Sanam, nahm sie zu sich und richtete ihr ein Zimmer in einem abgelegenen Teil des Hauses ein. Wenn Ezraeel an seiner Türe klopfte, dann machte ihm niemand auf.

Sanam war mißgebildet und schwachsinnig. Ihr Kopf war verformt, ihr Hals verbogen, und in ihren Augen malte sich blankes Entsetzen. Als Säugling schrie sie so laut, daß die Ammen Opium rauchten in der Hoffnung, daß die betäubende Milch das Mädchen beruhigen würde. Später, noch bevor sie richtig laufen konnte, bekam sie so schreckliche Wutanfälle, daß man sie auf den Boden drücken und ihr gewaltsam den Mund öffnen mußte, damit sie atmete. Sprechen lernte sie gar nicht. Sie gab vielmehr seltsame Laute von sich, schrille, heisere Schreie, die ihren Kindermädchen einen Schauder über den Rücken jagten. Sie erkannte niemanden, nicht einmal Mohammed, und niemand durfte sie berühren. Wenn man sie anfaßte, dann begann sie zu schreien und rannte wie eine Verfolgte durchs Haus. Die Mägde liefen ihr hinterher in den Garten; dort kletterte sie auf einen Baum und versteckte sich wie eine Katze in den Zweigen

Mohammed der Jude ließ Ärzte aus Teheran, Bagdad und Rußland herbeiholen. Er schrieb an einen Engländer, den er in Indien getroffen hatte, und selbst an einige Kapazitäten in Europa. Jeder sagte dasselbe: Sanams Zustand würde sich niemals bessern. Es wäre für alle am besten, wenn sie stürbe.

»Gebt ihr Rattengift!« rief Maruschka heiter, wenn sie sah, daß die Mägde Sanam einzufangen versuchten. »Steckt sie in einen Segeltuchsack und werft sie in den Fluß.«

Im Alter von vier Jahren war Sanam für sich und andere zu einer Gefahr geworden. Sie kämpfte sogar gegen Mohammed und rannte so heftig mit dem Kopf gegen die Wand, daß sie sich einen Schädelbruch zuzog. Sie hielt ihre Hände so lange an heiße Kohlen, bis ihre Finger verbrannten. Sie riß die Töpfe mit kochendem Wasser vom Feuer und schleuderte sie den Küchenmädchen entgegen. Einmal saß sie auf einer Feuerstelle und spürte die Glut erst, als es schon viel zu spät war. Danach fesselte Mohammed sie ständig ans Bett. Nach und nach kamen auch die Ärzte nicht mehr, und die Kindermädchen wollten Sanam um keinen Preis der Welt mehr betreuen. Die Mägde, die die Schmerzen des Mädchens nicht mehr mitansehen konnten, versuchten, wenn möglich, ihr aus dem Weg zu gehen.

»Töte sie«, lagen sie Mohammed jedes Jahr in den Ohren. »Erlöse sie von ihrem Leiden.«

Mohammed wußte, daß sie recht hatten, daß es gewiß das humanste gewesen wäre – und dennoch weigerte er sich. Manchmal, wenn Sanam gerade einen ihrer Anfälle hinter sich hatte, betrachtete er sie, während sie festgebunden auf ihrem Bett lag. Dann war sie ganz still, und ihr Gesicht wurde weich und entspannt. In solchen Momenten wirkte sie nicht mehr bedrohlich – nicht einmal häßlich. Ihre Haut schimmerte hell und rosig, Tränen liefen aus ihren Augen, und sie begann zu lächeln.

Mohammed wußte, daß er fähig war, so manchen Menschen zu töten, aber nicht den Engel, der dort träumend in seinen Ketten lag.

SALOMON DER MANN war der Enkel Elias' des Schönen, der einst der Geliebte von Schah Abbas dem Zweiten gewesen war. Im siebzehnten Jahrhundert hatte dieser Schah bei der Werbung um Elias den Schönen einmal gedroht, die ganze Stadt Kaschan zu zerstören. Schließlich war er mit seinen Reitern in einem Zug von Löwen und Elefanten nach Kaschan und zu den Toren der Stadt geritten; dort war er von einer Abordnung junger, hübscher Männer begrüßt worden, die der Statthalter persönlich ausgesucht hatte, um Seiner Majestät eine Freude zu bereiten. Während der Schah die Männer begutachtete, beteten die Mullahs laut für seine Gesundheit, armenische Priester rezitierten Stellen des Neuen Testaments, und der große Rabbi von Kaschan sang hebräische Lieder. Schah Abbas der Zweite hatte jedoch nur für eines Augen und Ohren.

»Ein Jude«, so sagte der Schah später zu seinen Soldaten, »mit einem Gesicht, das so schön ist wie der Mond, und einem winzigen Leberflecken über der Lippe. Bringt ihn herbei, oder ich werde keine Nacht mehr ruhig schlafen können.«

Aber Elias der Schöne hatte sich im Getto von Kaschan vor den Soldaten des Schahs versteckt; er war ein verheirateter Mann und der stolze Vater eines Sohnes, und er hatte durchaus keine Lust, der Geliebte des Schahs zu werden.

»Gib auf!« Mit diesen Worten hatte Schah Abbas der Zweite seine Truppen zum Getto geschickt. »Komm zu mir, oder ich werde Kaschan zerstören und alle seine Kinder lebendig begraben lassen.«

Salomon der Mann war groß und kräftig und schlank. Seine Haut schien kein Alter zu kennen. Er hatte glänzendes schwarzes Haar, einen dunklen Teint und strahlende helle Augen. Er war heiter und offen, konnte mit Fremden sprechen, als wären sie alte Freunde, und beherrschte die Kunst, selbst im Kummer das Lächeln seiner Augen zu bewahren. Wo immer Salomon war, war auch das Glück. Das Schicksal war ihm gewogen; er war ein Günstling Gottes.

1875 kam er in Isfahan an – bettelarm und allein, nur mit einer Flöte, die zu spielen er sich selbst beigebracht hatte. Er sei gekommen, um ein Vermögen zu machen, erklärte er, um den Prinzen Zil-el-Sultan, den Beherrscher Isfahans, aufzusuchen und ihm eine Probe seiner Talente zu geben. Die Juden fühlten sich durch seine Gegenwart gestört. Sie hatten so lange getrauert, daß sie keinen Grund zur Freude fanden. Im Laufe der Jahrhunderte hatte man in Persien den Glauben der Mullahs übernommen, daß Musik und Gesang das Werk des Teufels sei und daß nur solche Menschen sich damit befaßten, die so tief standen wie Joseph der Kelterer.

»Du mußt mit diesem Singen aufhören«, hatte Raab Yahya zu Salomon gesagt, als dieser drei Nächte im Getto war. »Singen ist etwas für Huren. Musik ist die Sache der Hofnarren. Such dir eine Arbeit, und lebe wie ein anständiger Mann.«

Salomon der Mann lächelte Raab Yahya freundlich zu und hielt ihm einen Becher Wein hin. Am nächsten Tag ging er zum Palast von Zil-el-Sultan und klopfte ans Tor.

Die Wächter baten ihn, wieder zu gehen. Seine Königliche Hoheit, der Prinz Zil-el-Sultan, empfange keine Juden, erklärten sie. Salomon der Mann blieb beharrlich am Tor stehen und bezauberte die Wächter mit seiner Schönheit und seinem Lächeln. Dann nahm er die Flöte heraus und trug ihnen seine Musik vor. Beim dritten Vers drang seine Stimme in die Gemächer des Palastes. Zil-el-Sultan kam heraus, um den Spieler zu sehen. Danach durfte Salomon der Mann den Prinzen immer wieder besuchen.

Er führte ein Leben voll Freude und Überfluß. Er bezauberte jedermann, ob König, ob Narr, ob Muslim oder Jude. Nie verleugnete er, daß er ein Jude war, aber niemand, mit dem er sich anfreundete, glaubte, daß er unrein sei. Huren schliefen ohne Bezahlung mit ihm, untadelige Ehefrauen bezahlten ihn für seine Zärtlichkeiten, und reiche adlige Männer legten auf seinen Namen einen Eid ab.

Einmal im Monat lud Salomon der Mann ein Dutzend Huren ein und spielte mit ihnen ein Liebesspiel: Er lag, umringt von den nackten Frauen, auf dem Rücken; auf der Spitze seines erigierten Penis funkelte eine goldene Münze. Eine nach der anderen kamen die Huren zu ihm, um die Münze, ohne die Hände zu benutzen, mit dem Munde aufzuheben. Hatten sie Erfolg, dann konnten sie die Münze behalten. Klappte es nicht, dann gab Salomon der Mann ihnen großzügig eine zweite Chance.

Er hatte ein Wesen, das jedermann bezauberte – eine unbändige Freude an allem, was wohltuend und schön war, ein zwanghaftes Bedürfnis nach Liebe, eine Bereitschaft, alles für einen Moment der Freude zu opfern. Er war als Kind armer Eltern aufgewachsen, und dennoch verschleuderte er sein Geld, als wäre er als König zur Welt gekommen. Er sang die ganze Nacht lang im Palast und gab am Morgen all sein Geld für eine Maultierladung Lebensmittel aus, die er nach Juyy Bar bringen ließ und den hungrigen Kindern schenkte. Er erhielt von seinen reichen Liebhabern Geschenke und gab sie sofort an andere weiter. Der Prinz schenkte ihm einen Sack voll Geld, und Salomon gab alles bis auf das letzte Goldstück in wenigen Stunden aus.

»Auf mir lastet ein Fluch«, sagte er lachend zu Raab Yahya, der gekommen war, um ihn vor der Sünde der Völlerei zu warnen. »Ich bin geboren worden, um gut zu leben.«

Salomon wurde so schnell reich, daß er nie wußte, was er mit seinem Geld anfangen sollte. Er würde ein Haus bauen, so entschied er, ein weißes Gebäude mit Fenstern und einem Garten und einer Küche, die groß genug war, um an einem Tag hundert Menschen zu speisen. Er wollte Land kaufen, aber im Getto war der Boden knapp, und die Mullahs erlaubten den Juden nur, einstöckige Häuser zu bauen. Ungläubige, so sagten sie, dürften sich auch räumlich niemals über die Schiiten erheben. Ein Jude dürfe nicht im zweiten Stockwerk eines Hauses leben, wenn einige Meter unter ihm Muslime ihren Geschäften nachgingen.

Salomon der Mann wußte dies alles ganz genau. Dennoch kaufte er das größte Haus im Getto und ließ es abreißen. An seiner Stelle baute er ein neues Gebäude. Es war zwei Stockwerke hoch und hatte riesige Fenster. Raab Yahya war entsetzt.

»Laß das Gerüst noch *heute* abbrechen!« schrie er Salomon an, als er sah, wie hoch das Haus gebaut werden sollte. »Laß es abreißen, bevor sie es sehen und kommen, um dich durch den Schmutz zu schleifen.«

Salomon der Mann behielt sein Haus, und die Einwände der Mullahs störten ihn nicht. Zil-el-Sultan selbst gab ein Dekret heraus, in dem er den Bau jenes Hauses für legitim erklärte. Als das Haus fertiggestellt war, kam Zil-el-Sultan in das Getto und brachte Salomon Geschenke aus Gold und ein Dutzend Huren. Dann saßen beide Männer zusammen und tranken so lange von Josephs ältestem Wein, bis sie über ihren Gläsern einschliefen.

»Das ist das Ende der Welt«, erklärte Raab Yahya, als er Zil-el-Sultan am Morgen das Haus verlassen sah. »Lamm und Löwe haben zusammen in derselben Höhle gelegen.«

Salomon der Mann lebte viele Jahre lang in Juyy Bar.

Für alle, die ihn kannten, bedeutete seine Ankunft im Getto den Beginn einer neuen Zeit. Bei seinem Gesang waren die ersten Regentropfen gefallen, und der Regen versiegte erst viele Jahre später, als die Hungersnot überstanden war und die Flüsse sich mit Wasser und Leben gefüllt hatten. Am Tage schwelgte Salomon im Genuß, und die Nächte waren erfüllt vom Klang seiner Musik. Jedesmal, wenn er lachte, waren die Menschen im Getto im tiefsten Herzen bewegt. Sie wurden so still, als hätten sie gerade etwas wunderbar Schönes erlebt, als habe man ihnen etwas geschenkt, was sie ihr ganzes Leben lang nicht vergessen würden.

TARANEH DIE TULPE brachte Leila Nachrichten über ihre Tochter. Sie kam einmal im Jahr nach Isfahan und besuchte bei der Gelegenheit den Harem, um Zil-el-Sultans Ehefrauen ihre Aufwartung zu machen. Sie suchte die Lieblingsfrau des Sultans auf, gab ihr und den anderen Ehefrauen Geschenke und saß dann einen Nachmittag lang mit ihnen zusammen, um zu schwatzen. Mit Hanna sprach sie kein Wort. Sie hatte Angst, sie allzulange anzuschauen und sich so in einer Weise zu verraten, die den hundert Haremsspioninnen einen Hinweis auf Hannas Herkunft geben könnte. Nach jedem Besuch im Harem ging Taraneh zu Leila.

»Deine Tochter ist gewachsen«, berichtete sie im ersten Jahr. »Ihre Augen sind noch voller Sehnsucht, aber sie wird ihr Zuhause schon bald vergessen, und dann wird sie gewiß zufrieden sein.«

Leila glaubte ihr nicht. Sie hatte Hanna am Ali Ghapoo zurückgelassen und sie im Palastgarten verschwinden sehen, und fortan quälte sie das Gefühl, daß sie Hanna ins

Unglück gestürzt hatte – daß Hanna vom Zil schlecht behandelt oder von seinen anderen Ehefrauen vergiftet werden würde, daß man ihr den Ehevertrag kündigen und sie ohne Geld oder Schutz aus dem Palast werfen könnte, ohne die Möglichkeit, zu ihren Glaubensgenossen, den Juden, die Konvertiten nicht wieder in ihren Reihen aufnahmen, zurückzukehren, verfolgt von Muslimen, die Konkubinen als Prostituierte betrachteten.

»Du kannst stolz sein«, versuchte Taraneh ihr vergeblich einzureden. »Deine Tochter ist die Frau des Prinzen. Wenn sie es lernt, sich vor den anderen Ehefrauen zu schützen, dann kann sie sich vielleicht sehr lange dort halten. Vielleicht wird ihr Ehevertrag erneuert. Vielleicht wird Zil-el-Sultan sie sogar auf Dauer heiraten.«

Selbst Joseph der Kelterer, der zunächst geschworen hatte, Leila wegen des Diebstahls der Armreifen zu töten, lobte sie jetzt.

»Meine Tochter«, prahlte er vor den Juden, »*Josephs* Tochter ist die Frau von Zil-el-Sultan.«

Und dennoch wachte Leila noch viele Jahre, nachdem sie Hanna zum letzten Mal gesehen hatte, nachts auf und schaute nach, ob ihre Tochter im Bett läge. Täglich wartete sie darauf, daß das Mädchen am Abend wieder nach Hause käme. Dann plötzlich fiel ihr Zil-el-Sultan wieder ein. Ihr Herz wurde schwer, und sie weinte sich in den Schlaf. In ihren Träumen erschien ihr ein kindlicher Racheengel: »Du hast Hanna gezwungen, ihren Glauben zu wechseln«, beschuldigte er Leila. »Wenn sie stirbt, dann wird weder ein Jude noch ein Moslem sie begraben.«

Hanna wuchs im Harem auf. Sie lernte es, zu lächeln und sich gegen die anderen Ehefrauen zu behaupten. Sie verlor ihren jüdischen Akzent und den erschrockenen Gesichtsausdruck, den sie in den ersten Wochen gehabt hatte. Als sie in die Pubertät kam, schenkte ihr die Lieblingsfrau des Sultans einen Beutel voller Diamanten. Als sie ihr erstes Kind gebar – ein Mädchen mit Leilas Haar und den Augen von Noah dem Goldenen –, bot ihr Zil-el-Sultan einen eigenen Palast an. Er erlaubte ihr, den Harem zu verlassen – was für eine Haremsdame eine besondere Auszeichnung war –, und ließ dann sofort nach ihr schicken.

»Ich habe dich vermißt«, flüsterte er ihr ins Ohr, als sie zu ihm kam, und viele, viele Nächte lang teilte Hanna sein Lager.

Als Taraneh die Tulpe wieder einmal einen Besuch im Harem machte, würdigte Hanna sie keines Blickes. So wußte Taraneh, daß Hanna die Vergangenheit vergessen hatte. Sie glaubte inzwischen selbst, daß sie eine Prinzessin sei.

»ES WIRD EINE ZEIT KOMMEN, da du eine Frau werden wirst. Dein Körper wird unrein sein. Du wirst mehrere Tage lang zwischen den Beinen bluten. Das wird sich jeden Monat wiederholen, und von dem Tag an, an dem es beginnt, bis fünfzehn Tage danach, wirst du unrein sein. Wenn du etwas berührst, was dein Mann berührt, oder wenn du etwas kochst, was jemand anders ißt, dann werden die anderen auch verseucht sein. Wenn du in dieser Zeit mit deinem Mann zusammenliegst, dann versündigst du dich. Wenn du in dieser Zeit ein Kind empfängst, dann wird dein Mann sich weigern, ihm seinen Namen zu geben. Jeder wird dich verfluchen, und Gott wird sich von dir abwenden.«

Leila stand in der Mitte des Raumes – ihre große, schlanke Figur ein Schatten im geheimnisvollen Schein der Öllampe. Sie unterwies Pfau in den Ritualen der Reinheit.

»Wenn du fünfzehn Tage gezählt hast, dann wirst du zum Brunnen gehen und baden. Du wirst deinen Körper in kaltes Wasser tauchen und wieder rein werden. Dann kannst du alles berühren, im Bett deines Mannes liegen und Kinder empfangen.«

Leilas Stimme zitterte bei der Erwähnung des Brunnens. Sie wandte sich von Pfau ab, schaute einen Moment lang zu Boden und ging dann fort.

Während der ganzen Nacht stand Leila an der Tür und starrte wie ein Kind, das auf einen Engel wartet, in den leeren Hof. Pfau sah sie, das Herz voller unbeantworteter Fragen, die sie nicht zu stellen wagte. Gegen Mitternacht verließ Joseph der Kelterer den leeren Weinkeller und kletterte die Stufen in sein Zimmer hinauf. Er schlief, und die Luft war erfüllt von der Bitterkeit seiner Träume.

»Es gibt Frauen, die in dem Brunnen gestorben sind«, erzählte Leila, nachdem Joseph eingeschlafen war. »Manchmal steigt eine von ihnen dort hinab und kommt erst zurück, wenn das Wasser sie viele Stunden später wieder freigibt. Manchmal kommt sie überhaupt nicht zurück.« Pfau setzte sich auf. Außer Josephs lautem Atmen war in dieser Nacht kein Laut zu hören. Sie lauschte noch einmal. Es war, als klänge aus Josephs Kehle das erstickte Kreischen von Dämonen. Pfau ging zu Leila hinüber und berührte ihre Hand.

Sie verließen das Haus noch vor der Morgendämmerung. Auf der Straße gingen die Türen einiger Häuser langsam und knarrend auf, und andere, in Schwarz gekleidete Frauen schlüpften heraus, um dieselbe Straße wie Leila und Pfau entlangzugehen. Im Mondlicht, unter den tausend Sternen, sahen sie aus wie tanzende Schatten, die ins Leben gerufen worden waren, um ein altes und geheimnisvolles Ritual zu vollziehen, das nur sie allein kannten.

Straßenhändler trugen ihre Waren zu kleinen Bündeln gebunden auf den Schultern. Sie waren auf dem Weg in nahe gelegene Dörfer, wo sie, wie sie wußten, kaum einen Kunden finden würden. Jungen mit geschorenen Köpfen und verträumten Augen fegten vor den Läden die Straße sauber, auf denen sie nachts geschlafen hatten, um Diebe abzuschrecken. Alte Männer mit zahnlosen Mündern und Körpern, die von Schlaflosigkeit geplagt waren, saßen am ausgetrockneten Rinnstein am Rande der Straße und warteten auf den Morgen – oder auf den Tod.

Die Frauen gingen an dem verlassenen Keller vorbei, in dem Mullah Mirza sich einst auf der Suche nach Gold so sehr gequält hatte, vorbei an dem unterirdischen Tempel, in dem die Juden sich in jenen Jahren heimlich zum Gebet versammelt hatten, als man sie gezwungen hatte, zum Islam zu konvertieren. In der Nähe der Tore von Juyy Bar erblickten sie das große Backsteingebäude mit seinen schiefen Wänden und einer hölzernen Tür, die in leuchtendem Blau bemalt war und im Dunkeln schimmerte. Sie führte zum Bad.

Pfau wollte umkehren, sich im Schutz der samtweichen Nacht verstecken. Doch jemand hielt sie fest an der Hand. Ihre Füße waren kraftlos, ihre Stimme wie erstickt.

Sie hörte Leila klopfen, hörte, wie ein hölzerner Riegel beiseite geschoben wurde, mit dem die Tür von innen verrammelt war. Sie starrte auf die länglichen Risse im Holz, von denen die Farbe abgeblättert war, und sah, wie diese sich langsam entfernten, während die Tür sich öffnete. Vor ihr stand eine alte Frau – blaß, knochig, mit tief eingekerbten Falten und glänzenden Augen; ihr Haar war silberblau und hing zottig bis auf ihre Schultern herab.

»*Du* bist es wieder«, fauchte die Alte Leila an. »Du schuldest mir noch etwas vom letztenmal.«

Die Alte war Mama die Hebamme. Ihr Mann war der Bademeister des Gettos.

Leila ging hinein, an der alten Frau vorbei, und versicherte flüsternd, daß sie ihre Schulden bald bezahlen werde. Sie zog Pfau hinter sich her. Sie gingen in einen großen Raum mit Backsteinwänden, einer hohen Decke und einem Wasserteich in der Mitte, wohin die Frauen nach dem Besuch des Brunnens zum Waschen gingen. Der Raum war jetzt dunkel und leer, aber in zwei Stunden würde er von nackten Frauenkörpern wimmeln und von ihren vielen Stimmen widerhallen. Jeden Morgen füllte Mamas Ehemann das Becken mit kaltem, aber sauberem Brunnenwasser. Die Frauen beeilten sich, recht früh hierherzukommen, bevor allzu viele andere Leiber im Wasser gebadet hatten. Sie kletterten an einer Leiter hinunter und setzten sich dann auf einen schmalen Absatz, um dort den zwei Wochen alten Schmutz von ihren Körpern abzuwaschen. Wenn die Badeanstalt schloß und Mamas Ehemann den Teich auslaufen ließ, war das Wasser pechschwarz.

Leila führte Pfau zu einer schmalen Tür am Ende des Raumes, ging durch die Tür hindurch und trat in den kargen Hinterhof, der zu dem Brunnen gehörte. Dort blieb sie stehen. Die Hebamme kam auf sie zu. In der einen Hand hielt sie eine Laterne, die ein grelles Licht um sie herum verbreitete, das die Falten in ihrem Gesicht noch tiefer erscheinen ließ. Die andere Hand legte sie auf Leilas Stirn.

»Auf daß du wieder rein und unschuldig wirst«, sagte sie. »Auf daß alle deine Sünden fortgewaschen werden und dein Körper so rein sei wie der eines neugeborenen Kindes.«

Sie wies mit dem Kopf in Pfaus Richtung. »Geht sie mit dir?« fragte sie Leila.

»Nur, um zuzuschauen.«

Der Brunnen war dunkel und feucht. Die Oberfläche des Wassers lag etwa vierzig Schritte unter der Erdoberfläche. Die Stufen waren schmal und glitschig und gaben nach, weil der Boden weich geworden war.

Am unteren Ende der Stufen, auf einer kleinen Plattform, die auf derselben Höhe wie das Wasser lag, begann Leila sich auszuziehen. Pfau schaute zu, wie ihre Mutter die Schichten ihrer dunklen Gewänder ablegte, nach und nach schälten sich die Formen ihres Körpers aus den dichten Stoffen heraus, die sie seit ihrer Kindheit umhüllt hatten. Pfau verschlug es den Atem: Leila leuchtete im Mondlicht wie ein Komet, ihr Haar glich einem Strom flüssigen Goldes, ihre Haut glänzte warm und weiß wie frische Milch, ihr Körper war mit Schönheit gesegnet und vollkommen. Pfau starrte ihre Mutter an, und noch bevor Leila das Wasser berührt hatte, sah sie sie im Brunnen untergehen und ertrinken.

Entsetzt schloß sie die Augen und versuchte, die schreckliche Vision zu verscheuchen. Als sie jetzt noch einmal zu Leila hinschaute, sehnte sie sich danach, mit den Händen durch die Nacht zu greifen, zurück zum Augenblick der Empfängnis, zurück zu den Zeiten, als sie im Körper ihrer Mutter Gestalt annahm – zurück an den Ort, wo es Frieden und Schönheit gab.

Sie preßte die Lippen zusammen und spürte, wie Tränen über ihre Wangen strömten. Leila tauchte die Füße ins Wasser. Die konzentrischen Kreise, die sie verursachte, dehnten sich immer weiter aus, bis sie die Ränder des Brunnens erreicht hatten, kehrten dann zurück und umschlossen ihre Beine, ihre Hüften, ihre Taille. Während sie sich mit beiden Händen am Rande der Sitzplanke festhielt, ließ sie das Wasser bis zu ihren Brüsten heraufsteigen. Es stieg immer höher, bis über ihre Schultern, und legte sich um ihren Hals herum.

Einen Augenblick lang blieb sie ganz ruhig und starrte mit ihren grünen Augen in die Dunkelheit. Dann war sie verschwunden.

Verschwunden bis zu den Spitzen ihres goldenen Haares. Pfau sah nicht einmal mehr Leilas Finger, die sich noch einen Augenblick zuvor ganz fest an die Sitzplanke geklammert hatten. Sie sah nur noch Kreise, die in dunklen Wellen bis zum Rande der Brunnenmauer tanzten.

Leila war von den Geistern der ertrunkenen Frauen gerufen worden. Das Wasser des Brunnens hatte sie verschlungen.

Pfau beugte sich aufgeregt vor und steckte die Arme ins Wasser. Ihre Augen suchten die Wasseroberfläche ab, ihr Arm ruderte hilflos im Wasser, reichte tiefer und tiefer hinein, bis sie plötzlich den kalten Griff des Todes spürte, der ihre Hand mit weißen Fingern packte.

Sie wich zurück und schrie laut auf.

Da tauchte Leilas Kopf wieder über dem Wasser auf; sie schnappte nach Luft. Ihre Lippen waren blau, ihre Augen durchsichtig wie Glas. Einen Augenblick später ergriff Leila mit ihrer freien Hand die Sitzplanke und ließ Pfau los.

Das Mädchen taumelte gegen die Wand zurück. Als sie sah, daß ihre Mutter atmete, spürte sie, wie ein Rinnsal warmen, brennenden Urins ihre Beine hinunterrann, der sich zu ihren Füßen in einer kleinen Lache sammelte.

In jener Nacht lag Leila, das Gesicht zur Decke gewandt, auf ihrem Lager und wartete darauf, daß ihr Mann käme und seine Rechte forderte. Durch den behelfsmäßigen Vorhang hindurch, der ihre Seite des Zimmers von der ihrer Eltern trennte, hörte Pfau, wie Joseph der Kelterer sich gierig über Leila wälzte. »Laß sehen, ob du das Warten wert warst«, flüsterte er ihr lüstern ins Ohr.

Pfau wußte, daß sich der Körper ihrer Mutter, wenn sie unter ihrem Ehemann lag, in Eis verwandelte. Sie wußte, daß das Geräusch von Josephs keuchendem Atem, wenn er seine Befriedigung erlangte, nicht anders war als in der Nacht zuvor, als er allein geschlafen hatte.

Und sie wußte, daß sie ihr ganzes Leben lang unter dem Wissen vom Tod ihrer Mutter leiden würde.

TARANEH DIE TULPE kam für immer nach Juyy Bar zurück.

Sie war fünfunddreißig Jahre lang verheiratet gewesen, als ihr Mann ein Glas vergifteten Tees trank und im Schlaf starb; eine Schlange war in den Teekessel gekrochen, und die Magd hatte, ohne es zu wissen, das Reptil mitgekocht und den vergifteten Trank ihrem Herrn vorgesetzt.

Ein Jahr lang hielt Taraneh Totenwache in Teheran. Sie stellte ein Dutzend Klageweiber ein, die bei der Beerdigung weinten und bezahlte einen Mullah dafür, daß er in ihrem Haus lebte und fortwährend für die Seele ihres Mannes betete. Sie trug schwarze Kleidung, hing in ihrem Haus schwarze Tücher und Tischtücher auf, bedeckte ihre Möbel und ihr Bett mit schwarzem Stoff. Vierzig Tage lang öffnete sie das Haus für Freunde und Verwandte. Nach dieser Zeit lud sie jeden Monat an die hundert Frauen zum Mittagessen und zum Gebet.

Als das Trauerjahr vorüber war, packte Taraneh die Tulpe ihre schwarze Kleidung zusammen und entließ das gesamte Personal. Als sie dann allein im Haus war, verbrannte sie alle Musikinstrumente, die sie jemals gespielt hatte. Sie ließ die Familie ihres Mannes kommen und teilte jedermann mit, sie würde Teheran verlassen. Dann fuhr sie nach Juyy Bar zurück, um dort zu sterben.

In der Trauerzeit war sie krank geworden. Sie war alt und litt unter Rheumatismus; fortwährend hatte sie Schmerzen. Ihre Gelenke waren geschwollen, ihre Hände und Füße deformiert, ihr Rücken krumm. Taraneh – die Frau, die in allen Städten und Dörfern des Reiches getanzt hatte – humpelte nun an einem Stock daher, und alle paar Schritte mußte sie stehenbleiben und sich ausruhen. Die Juden beobachteten, wie sie langsam verfiel, und beklagten, daß sie sie verlieren würden. Taraneh die Tulpe, so sagten sie, habe sich seelisch bereits auf ihren Tod eingestellt.

Sie kaufte ein Zimmer im Getto, in einem Haus in der Nähe von Salomons Herrenhaus, und lebte dort wie eine Einsiedlerin. Sie sprach mit niemandem, wies Einladungen, selbst die ihrer Zimmernachbarinnen, zurück, ließ keinen Besuch herein. Zweimal im Monat ging sie hinaus zum öffentlichen Bad, und auf dem Heimweg kaufte sie sich auf dem Marktplatz des Gettos eine Schale Linseneintopf. Während der restlichen Zeit saß sie in ihrem Zimmer oder auf der Balustrade über dem Hof und lauschte den Geräuschen des Gettos.

Jeden Abend gab Salomon der Mann in seinem Haus ein Fest und lud an die hundert Gäste dazu ein. Er mietete sich Huren aus Isfahan, holte Tänzer und Musiker von den angrenzenden Städten dazu, forderte Juden und Muslime auf, seinen Wein zu trinken. Er ließ eine blinde Donbaki aus Ahwas kommen, deren Stimme schöner war als die einer Göttin, und präsentierte seinen Freunden eine weibliche

Geigenspielerin aus Schiras, die immer nur nackt vorspielte. Er holte auch einen alten Tar-Spieler, der inmitten einer Aufführung mit der nackten Geigenspielerin vor lauter Aufregung starb, bestellte einen russischen Klavierspieler – einen Gast von Nasser-ed-Din Schah in Teheran, der nach Juyy Bar kam und feststellen mußte, daß sein Klavier nicht durch die enge Gasse paßte, die zu Salomons Haus hinführte. Er mietete eine indische Tänzerin, die von den Ehefrauen der Männer, die sie verführte, aus der Stadt gejagt wurde, und eine ägyptische Sängerin, deren Stimme Schildkröten aus dem Winterschlaf weckte. Für sein allerschönstes Fest holte sich Salomon der Mann einen Santourspieler herbei – einen jungen Mann mit gelblicher Haut und Mongolenaugen, der behauptete, ein Nachfahre Tamerlans des Lahmen zu sein, der überall in Asien wegen seiner Künste gerühmt wurde.

Der Santourspieler war auf Einladung von Zil-el-Sultan nach Isfahan gekommen. Er spielte elf Nächte lang, und am Ende jeder Darbietung verlangte er eine Kamelladung Gold. Als Salomon der Mann ihn in sein Haus in Juyy Bar einlud, forderte er einen zusätzlichen Batzen Goldes.

»Sieh dich vor, Sohn des Tamerlan«, hatte ihn Zil-el-Sultan im Zorn gewarnt. »Dein Talent wird durch deine Geldgier noch gänzlich zerstört werden. Spiel für meine Freunde, und ich werde deine Hände schonen. Verlange nach Gold, und ich werde sie in heißem Öl sieden lassen.«

Salomon der Mann lud das gesamte Getto ein, damit es den Sohn des Tamerlan in seinem Hause spielen sähe. An dem Tag, an dem der Mongole kam, schlossen die Männer schon früh ihre Läden und eilten in Salomons Haus, um sich einen Platz in seinem Hof zu sichern. Frauen nahmen ihre Kinder an der Hand und stiegen auf die Dächer der Häuser von Salomons Nachbarn. Bei Sonnenuntergang drängten sich in jeder Gasse, die zu Salomons Haus hinführte, die Zuschauer. Um zehn Uhr kam Zil-el-Sultan. Eine Stunde später marschierten zwölf Mongolen, die zum Gefolge des Santourspielers gehörten, durch die Türen von Salomons Haus und schlugen die Trommeln.

»Macht den Weg frei für den Himmlischen und Erhabenen!« riefen sie. »Den Sohn von Tamerlan, den größten Santourspieler aller Zeiten!«

Der Sohn von Tamerlan ritt, gekleidet in ein juwelenbesetztes Gewand, auf einem schwarzen Pferd heran und schien die Menschenmenge, die ihn erwartete, und selbst seinen Gastgeber, der ihn willkommen hieß, gar nicht wahrzunehmen. Er setzte sich mit gekreuzten Beinen auf einen seidenen Teppich, packte eine vergoldete, mit Rubinen geschmückte Santour aus und spielte genau eine Stunde lang. Als er geendet hatte, lobte ihn Zil-el-Sultan, und Salomon der Mann dankte ihm überschwenglich, aber der Mongole konnte es kaum erwarten, wieder zu gehen. Er wollte gerade seine Santour wieder einpacken, als alle um ihn herum plötzlich verstummten. Überrascht schaute er auf. Taraneh die Tulpe stand vor ihm – mit gebeugtem Rücken, die Hände runzlig und die Finger von der Gicht gekrümmt. Ihre Augen blitzten herausfordernd. Sie ergriff die Stöcke des Mongolen und hielt sie in ihren Krallenfingern fest. Dann lächelte sie weise, fast ein wenig nachsichtig.

»Und du denkst, du könntest *spielen*?« fragte sie leise und legte die Stöcke an die Santour.

Sie spielte zehn Minuten lang eine schnelle und verwirrende Melodie, die die Anwesenden berauschte und die sich unauslöschlich in ihre Erinnerung brannte, und als sie ihr Spiel beendete, hatte sie den Ruhm des Mongolen zerstört und die Vorstellung der Menschen von Musik verändert.

IM FRÜHLING DES JAHRES 1876 beschloß Zil-el-Sultan, daß in Isfahan eine Woche lang gefeiert werden sollte. Monatelang hatte es geregnet. Die Hungersnot, dessen war Zil-el-Sultan sich sicher, würde bald ein Ende haben. So ließ er den Palast der Vierzig Säulen schmücken, lud Musiker, Dichter und Künstler ein und ließ sieben Tage und Nächte lang Wein in juwelenbesetzte Becher gießen und Schafe über dem offenen Feuer braten. Während der ganzen Zeit durfte sein Freund Salomon ihm nicht von der Seite weichen.

In der sechsten Nacht des Festes rief Zil-el-Sultan seinen Harem in die Hauptgemächer und erlaubte den Ehefrauen, an der Feier teilzunehmen. Sie kamen, in juwelenbesetzte Schleier und bestickte Tschadors gehüllt – drei Dutzend Frauen mit ihren Dienerinnen und Kindern und Eunuchen –, und schwärmten kichernd und zu Schabernack aufgelegt durch die Empfangshalle. Zil-el-Sultan betrachtete seine Frauen voller Stolz, als sie durch die wabenartigen kleineren Zimmer, die zu beiden Seiten an die Halle angrenzten, herbeieilten: Ein großer Harem war ein Zeichen für Reichtum und Macht.

In jener Nacht trank er mehr als gewöhnlich und sprach mit Salomon über seine Ehefrauen. Er zeigte ihm seine neueste Braut – die Prinzessin Samira mit den feingeschwungenen Augenbrauen und dem winzigen schwarzen Leberfleck im Nacken, genau in der Mitte zwischen Kopf und Leib. Jedesmal, wenn Zil-el-Sultan diese Stelle küßte, erschauerte er am ganzen Körper.

Er führte Salomon auch seine Cousine vor – eine häßliche Frau, die er geheiratet hatte, als sie schon ziemlich alt war, fast zwanzig, um mit ihrem kriegerischen Vater Frieden zu schließen. Zil-el-Sultan hatte sich lange Wochen nicht dazu durchringen können, mit ihr zu schlafen. Er überwand sich erst, als sein Onkel ihm mit einem Krieg drohte.

Er zeigte Salomon die Araberin mit der schwarzen Haut und dem goldenen Haar, von der er schwor, daß sie mehr über die Liebe wisse als irgendeine Hure des Schahs. Er zeigte ihm die Türkin, von der er glaubte, daß sie zwei mit ihr rivalisierende Ehefrauen im Teich des Harems ertränkt hatte.

»Und die da«, sagte er schließlich und wies auf eine verschleierte Gestalt, »die kam schon im Brautkleid zu mir.«

Salomon der Mann folgte dem Blick Zil-el-Sultans und sah in dem Nebenraum, der von der Halle am weitesten entfernt war, eine Frau sitzen. Sie trug einen smaragdfarbenen Tschador und golddurchwirkte Schleier und saß dort im Schneidersitz, umgeben von drei Dienerinnen, die hinter ihr standen und auf ihre Anweisungen warteten. Sie sprach mit niemandem. Sie sog nicht wie die anderen an einer Wasserpfeife.

Zum ersten Mal seit sechs Tagen war Salomon der Mann wirklich entzückt.

»Woher ist sie gekommen?« fragte er Zil-el-Sultan, ohne die Augen von Hanna zu wenden.

Der Prinz lachte.

»Ich weiß es nicht«, sagte er dann. »Die Eunuchen behaupten, sie sei eine Jüdin.«

Salomon der Mann ließ den Opiumrauch tief in seine Lungen strömen, um seine Aufregung zu verbergen. Er dachte an eine Geschichte, die er in Juyy Bar gehört und niemals geglaubt hatte: von der Tochter des Kelterers, die aus dem Getto verschwunden war und einen Prinzen geheiratet haben sollte. Die Frau des Kelterers, so wurde erzählt, habe eines Tages das Mädchen nach Isfahan gebracht.

Als sie zurückkam, erzählte sie, sie habe das Kind dort zurückgelassen, damit Zil-el-Sultan es heiraten möge. Wie alle anderen, die die Geschichte hörten, hatte auch Salomon geglaubt, Leila habe ihre Tochter an einen reichen Moslem verkauft und das Geld vor Joseph versteckt.

»Warum hast du sie am Hof behalten?« fragte er Zil-el-Sultan, da er seine Neugierde nicht bezähmen konnte. »War sie so schön?«

Zil-el-Sultan wollte schon antworten, dann aber hielt er inne. Er wollte sich noch einmal genau an den Tag erinnern, an dem er Hanna zum erstenmal gesehen hatte, den Augenblick ihrer ersten Begegnung noch einmal durchleben, verstehen, was ihn dazu gebracht hatte, sie zu heiraten.

»Sie war unbeschreiblich schön.« Er erinnerte sich an das Schimmern der beiden Goldmünzen in den winzigen Handflächen. Plötzlich wurde ihm warm ums Herz.

»Sie war wie ein Waisenkind«, versuchte er zu erklären, »und erschien mir wie ein Geschenk. Ich konnte es einfach nicht zurückweisen.«

Plötzlich bekam er Sehnsucht nach Hanna. Er rief einen Eunuchen, der herbeieilte und sich vor ihm zu Boden warf.

»Bring mir Taj-Banoo.« Er hatte den Namen selbst ausgewählt: Es schien, als habe der Name allein die Wirkung eines glückbringenden Zaubers.

Salomon der Mann sah dem Eunuchen nach, der zu der Frau eilte, um sie herbeizuholen. Er flüsterte ihr etwas zu, und sie stand auf und schritt durch die überfüllte Empfangshalle des Palastes der Vierzig Säulen, ohne in eine andere Richtung als die des Prinzen zu schauen. Wie ein Traumbild schritt sie durch den Nebel von Tabak und Opium auf ihn zu, unbeeindruckt von Musik und Gelächter.

Dann stand sie vor Zil-el-Sultan und küßte seine Hand. Der Prinz stellte sie Salomon dem Mann vor.

»Meine Frau«, sagte er, und sie schaute auf. Ihre Augen hinter dem Schleier leuchteten wie Saphire. Salomon betrachtete sie genauer, aber durch die Schleier konnte er nichts erkennen. Erst als sie sich zum Fortgehen wandte, bemerkte er, daß sie schwanger war. Er sah sie fortgehen und wußte, daß er verloren war.

SALOMON DER MANN war von Hanna wie besessen. Er verlangte mit einer Heftigkeit nach ihr, die ihn körperlich schmerzte und jeder Vernunft entbehrte. Er dachte nur noch an Hanna, begehrte keine andere Frau, wünschte sich nichts sehnlicher, als sie einmal ohne Schleier zu betrachten. Er wollte den Zauber ihrer Gegenwart ergründen und mit eigenen Augen die Braut sehen, die dem Prinzen sein Glück gebracht hatte. Er stellte sich vor, wie sie als Kind am Ali Ghapoo gestanden hatte, in der heißen Mittagssonne, in ein Hochzeitsgewand gekleidet, die Augen voller Tränen, hilfesuchend um sich sehend, und darum betete, daß ihre Mutter sie retten möge. Er stellte sich vor, wie sie in Zil-el-Sultans Bett lag, mit hellen Augen und ihrem wackeligen Milchzahn, und dachte daran, daß sie, die Tochter von Joseph dem Kelterer, jetzt im Palast der Vierzig Säulen lebte – in der Nähe ihres Elternhauses und doch ohne die Möglichkeit, jemals heimgehen zu dürfen, ihren Eltern ganz nahe, aber ohne eine Möglichkeit, sie zu sehen oder ihren Namen nur auszusprechen.

Er hielt im Palast nach ihr Ausschau und fragte die Eunuchen so schamlos über Taj-Banoo aus, daß sie sich zutiefst durch seine Taktlosigkeit gekränkt fühlten und es schließlich ablehnten, ihm zu antworten.

In Juyy Bar ging er zum Weinkeller und suchte Joseph auf, er fragte seine Freunde über Leila aus. Er ließ sich alle ihre Geschichten erzählen – von Esther der Wahrsagerin bis zu Noah dem Goldenen und Qamar der Zigeunerin, und selbst von Leilas moslemischem Bruder hörte er. Als er alle Geschichten vernommen und alle Fragen gestellt hatte, war sein Wissensdurst noch immer nicht gestillt. Vierzig Tage und Nächte lang tat er nichts anderes, als über Hanna nachzudenken. Dann endlich gelang es ihm eines Nachts, einen klaren Gedanken zu fassen, und am nächsten Morgen suchte er Joseph den Kelterer auf. Hanna, das hatte er eingesehen, war für ihn unerreichbar. Also hielt Salomon der Mann um die Hand ihrer Schwester an.

DIE NACHRICHT VON DER VERLOBUNG Salomons mit der Tochter Josephs des Kelterers verbreitete sich in Windeseile und rief mehr Feindseligkeit in Isfahan und Juyy Bar hervor als irgendein anderes Ereignis der letzten Jahre. Im Getto zerkratzten sich die Mütter heiratsfähiger junger Mädchen mit den Fingernägeln die Wangen und jammerten laut über die gute Partie, die ihnen entgangen war. Heiratsvermittler rannten wutentbrannt zu ihren Kollegen, um herauszufinden, welcher von ihnen den Handel abgeschlossen hatte. Junge Männer verzweifelten bei dem Gedanken, daß Salomon, der Gegenstand aller ihrer Phantasien, sich aus dem Kreis der Frauenhelden und der ausschweifenden Orgien zurückzog.

In Isfahan verfluchten die Huren ihr Pech und spuckten Gift und Galle. Vornehme Damen fühlten sich betrogen und schworen gekränkt und zornig, Salomon niemals wieder in ihre Nähe zu lassen. Selbst Zil-el-Sultan, der die Motive für Salomons Heirat nicht kannte, runzelte seine königliche Stirn und fragte seinen Freund, welche Vorteile ein monogames Leben ihm denn wohl bringen würde. Doch Salomon der Mann begegnete aller Kritik und allem Widerstand mit einem Lächeln und verfolgte weiter seine Heiratspläne, als wäre die ganze Welt auf seiner Seite.

Er ließ nach Kaschan schicken, damit seine Mutter anreiste und sich um die Feierlichkeiten kümmerte. Eine Woche später kam sie – eine dicke Frau mit heller Haut und nicht einer Spur des guten Aussehens, mit dem ihr Sohn gesegnet war. Sie kam in einer Kutsche, die sie mit Salomons Geld gemietet hatte, beklagte sich über die Hitze und den Wüstenstaub, und als sie an den Pforten der Stadt ankam und auszusteigen gezwungen war – denn kein Jude durfte durch eine Stadt hindurchfahren –, kam sie kaum aus der Kutsche; zehn Minuten lang dauerte es, bis sie sich mit ihren Massen durch die Kutschentür gezwängt hatte. Sie wurde von ihren elf häßlichen Töchtern begleitet. Dazu hatte sie noch ein weiteres Mädchen mitgenommen, eine Waise, wie sie behauptete, die noch häßlicher war als die anderen Mädchen und die sie als kleines Kind bei sich aufgenommen hatte. Salomon der Mann schwor, daß das Mädchen seine Schwester sei. Seine Mutter, so vermutete er, habe sie nicht als ihr eigenes Kind akzeptiert, weil sie es nicht ertragen konnte, noch ein weiteres häßliches Mädchen geboren zu haben.

Ghadereh Khanum – die Tüchtige – blieb eine Woche lang in Salomons Haus und hielt Hof. Sie saß mit ihren Töchtern an den Wänden des Empfangsraums aufgereiht wie Hühner auf der Stange. Die Mädchen lehnten sich gegen seidene Kissen, und ihre Hände strichen über bunte Wasserpfeifen, die zu rauchen sie sich zwangen: Dies war die Gewohnheit vornehmer Damen, in die sie sich, so meinten sie, aufgrund von Salomons Reichtum verwandelt hatten. In Kaschan waren sie Teppichweberinnen gewesen. Sie hatten in einer verfallenen Hütte gelebt und arbeiten müssen, seitdem sie drei Jahre alt waren; im Schneidersitz hatten sie vor einem hölzernen Rahmen gesessen, auf den sie Wolle und Seide in winzigen Knoten aufknüpften. Sie hätten so lange arbeiten müssen, bis ihre Augen blind und ihre Lungen vom Einatmen der Wolle krank gewesen wären. Doch Salomon der Mann hatte sie reich gemacht. Jetzt saßen sie in seinem Haus und ließen hochnäsig die Besucher, die kamen, um ihnen ihre Aufwartung zu machen, an sich vorüberziehen.

Am Ende der Begrüßungswoche marschierten die Tüchtige und ihre Töchter in das Haus von Pfaus Eltern. Wie üblich kamen sie sehr früh am Morgen, noch bevor Pfau sich die Haare kämmen oder ihre kleinen Schönheitsfehler in verführerischer Kleidung verstecken konnte. Ohne zu klopfen, rissen sie die Tür zum Hinterhof auf, begrüßten die Nachbarn mit einem distanzierten und hochmütigen Kopfnicken und fielen in Leilas und Josephs Zimmer ein.

»Willkommen.« Leila trat unverschleiert vor sie hin. Die Tüchtige runzelte beim Anblick ihrer Schönheit die Stirn. Sie griff mit ihren fetten Händen in Leilas Haar und zerrte daran, um sicherzugehen, daß es echt war. Sie strich mit den Fingern über Leilas Haut, kniff in ihre Arme und Oberschenkel, griff in ihre Bluse, um die Festigkeit ihrer Brüste zu prüfen. Angewidert von Leilas Vollkommenheit, wandte sie sich zu ihren Töchtern und sprach ihr erstes Urteil aus.

»Möge Gott uns behüten«, sagte sie. »Keine Frau wie sie kann auf dem Pfad der Tugend bleiben.«

Dann schaute sie sich im Zimmer um und bemängelte, daß es zu dunkel sei.

»Bring das Mädchen nach draußen!« befahl sie, während sie in den Hof hinaustrat. »In diesem Loch kann ich nicht atmen.«

Selbst als die ganze Sippe das Zimmer verlassen hatte, weigerte sich Pfau, unter ihrer Wolldecke hervorzukriechen, wo sie sich versteckt hielt.

»Schick sie fort«, flehte sie Leila an. »Bring sie dazu, das Haus zu verlassen.«

Seit dem Augenblick, als Joseph der Kelterer in ihre Verlobung mit Salomon eingewilligt hatte, hatte Pfau geweint und gebettelt. Sie hatte geschworen, daß sie niemals heiraten würde. Ihre Eltern waren ratlos. Es war einfach anmaßend – daß *Pfau* den Mann zurückzuweisen wagte, den jede Frau begehrte. Selbst Leila konnte das Verhalten ihrer Tochter nicht verstehen. Sie umschloß mit ihren Händen Pfaus kleine Finger und flehte: »Tu es um *meinetwillen*! Geh hinaus, und mach mir keine Schande.«

Die Tüchtige und ihre Töchter blieben den ganzen Morgen im Hause des Kelterers. Sie begutachteten Pfau, bemängelten, daß ihre Haut zu dick und die Färbung ihres Gaumens zu dunkel sei, und stellten fest, daß ihre Hüften so schmal wären, daß ein Kind niemals lebendig hindurchkommen könnte. Sie ließen Pfau von einer Seite des Hofes zur anderen schreiten, um ihren Gang zu begutachten, betasteten und beäugten ihre Knie und beklagten, daß sie zu mager sei und von ihren Eltern nicht ausreichend ernährt würde. Dann schenkten sie ihr ein Tablett voll roher Radieschen, Pfefferminze und Frühlingszwiebeln.

»Wir haben uns unser Essen selbst mitgebracht.« Die Tüchtige ließ es sich nicht nehmen, auf die Armut in Pfaus Elternhaus hinzuweisen. Sie stellte Pfau auf die Probe und schaute ihr aufmerksam zu: Wenn sie beim Putzen des Grünzeugs allzuviel fortwarf, dann würde sie wissen, daß sie eine

Verschwenderin war. Wenn sie zu wenig fortwarf, dann war sie geizig. Wenn sie zu schnell arbeitete, dann hatte sie keine Geduld. Wenn sie langsam arbeitete, dann war sie faul. Pfau fiel durch alle Prüfungen durch. Die Tüchtige rief ihre Töchter zusammen und verließ entrüstet das Haus.

»Bleibt doch zum Mittagessen«, bot Leila den Frauen an, aber die Tüchtige antwortete ihr nur mit einem spöttischen Lächeln. Sie wußte, daß gar nichts zu essen da war.

Am nächsten Tag begannen die Tüchtige und ihre Töchter damit, zur Hochzeit einzuladen. Sie statteten, alle zwölf, jedem Haus einen persönlichen Besuch ab. Überall hielten sie sich, Tee trinkend und schwatzend, einen halben Tag lang auf, bis es Zeit war, wieder zu gehen und die Tüchtige ganz zuletzt die Einladung für die Hochzeit ihres Sohnes aussprach. Bei diesen Worten stand die jeweilige Gastgeberin dann beflissen auf und lief in die hinteren Gemächer, wo getrocknete Früchte und andere Süßigkeiten aufbewahrt wurden. Sie brachte ein Tuch voller Rosinen und Nüsse herbei, um es den Frauen zu schenken. Die Besucherinnen versprachen, die Gabe während des Festes anzubieten. Haus für Haus und Zimmer für Zimmer machten sie ihre Besuchsrunde im Dorf. Bis zum Abend vor der Hochzeit waren sie unterwegs und ließen denen, die sie nicht persönlich besuchen konnten, eine schriftliche Einladung zukommen. Salomon der Mann, so versprachen sie, würde diesmal das Fest seines Lebens geben.

FÜR DIE MENSCHEN von Juyy Bar fiel die Heirat zwischen Pfau und Salomon mit dem Ende der großen Hungersnot zusammen, die seit Jahren geherrscht hatte. Denn obwohl der Boden noch ein weiteres Jahrzehnt lang unfruchtbar blieb und obwohl ihre Armut in den kommenden Jahren noch schlimmer werden würde, riefen die drei Tage und drei Nächte der Feiern in Salomons Haus selbst in den Köpfen der größten Pessimisten eine dauerhafte Illusion von Wohlstand und eine gemeinsame Erinnerung an niemals endenden, niemals versiegenden Reichtum hervor.

Das Fest begann an einem Montag in der Morgendämmerung und endete erst am Mittwoch nach Mitternacht. Während der ganzen Zeit strömten die Männer in Salomons Haus und aßen und tranken und tanzten zu den Klängen von sieben Musikgruppen, die Salomon von so weit entfernten Städten wie Teheran und Rasht hatte herbeiholen lassen. Sie aßen Eier und Honig und Bries zum Frühstück, tranken bis zum Mittag kühle Getränke aus Kirschen, Äpfeln und Rosenwasser, schmausten gebratenes Lamm, Brot und Reis und goldbraun gebackene Plätzchen zum Mittagessen. Am Nachmittag spielten die Musiker wieder zum Tanz, Akrobaten wirbelten über den Hof, und die alten Geschichtenerzähler erzählten Geschichten aus dem Buch der Könige, während Dichter die Verse von Omar Khayyam rezitierten. Vor Sonnenuntergang ging Joseph der Kelterer von Zimmer zu Zimmer und füllte alle Becher mit persischem Wein und russischem Wodka. Als Homa der Reiskoch das Abendessen servierte, waren alle Männer betrunken.

Bei den Frauen verlief das Fest ein wenig gesitteter, aber ebenso üppig. Wie die Tradition es vorschrieb, versammelten sie sich im Hause Josephs, wo Salomon für alles zahlte. Die Tüchtige und ihre elf Töchter spielten die Gastgeber. Am ersten der drei Festtage bereiteten sie Pfau das Hochzeitsbad.

Sie brachen bei Einbruch der Dunkelheit auf, beladen mit Nüssen und Süßigkeiten, Krügen voll kühler Getränke und, was am wichtigsten war, dicken Brocken von Henna. Im Bad geleitete die Tüchtige Pfau zum Brunnen und schaute zu, wie sie die rituellen Waschungen vollzog. Danach kamen alle anderen Frauen herein, stellten sich um das Becken herum und zogen sich aus. Eine Gruppe von Musikerinnen, die Salomon spaßeshalber herbeigeholt hatte, spielte nackt zum Tanz auf. Pari die Rote trat vor und trillerte mit der Zungenspitze so laut, daß ihr Jubelgeschrei von den Wänden des Bades ohrenbetäubend widerhallte. Sie schenkte Pfau ein herzliches Lächeln und klopfte ihr auf die Schulter, bewunderte ihre Schönheit und ihre strahlende Jugend und machte sich dann daran, sie »in eine Frau zu verwandeln«.

Sie band die Enden zweier langer Fäden um ihre Daumen und Zeigefinger, spannte sie und begann mit diesem Hilfsmittel Pfaus Augenbrauen zu zupfen, bis diese dünn und geschwungen waren. Dann zupfte sie die Haare an Pfaus Beinen und Oberschenkeln, ihre Schamhaare und die Haare unter ihren Achseln heraus. Schließlich mischte sie mit Hennapulver und Wasser einen Brei, den sie auf die Finger- und Zehennägel und auf das Haar der Braut auftrug. Die anderen Frauen begannen nun auch, sich unter freudigem Geschrei und Geschwätz das Haar zu färben.

Am Dienstag versammelten sich die Frauen im Haus des Kelterers, um die Braut zu segnen. Sie führten Pfau in den Hof und legten ihr einen halb durchsichtigen Tschador an, der aus goldenem Garn gewirkt war. Während ihre Töchter bittere Tränen des Neids vergossen, bot die Tüchtige Pfau grollend die Geschenke dar, die Salomon ihr hatte schicken lassen: ein Dutzend goldener Ketten, ein Halsband aus Saphiren, Ohrringe aus Türkisen und ein Diamantarmband. Den anderen Frauen stockte vor Neid und Verwunderung fast der Atem. Die Tüchtige zog einen Beutel mit Goldmünzen hervor und legte eine Kristallkugel in Pfaus Schoß. Sie drückte die Münzen, eine nach der anderen, gegen Pfaus Stirn und ließ sie einen Augenblick lang dort haften – als Glücksbringer, damit von diesem Augenblick an die Stirn der Braut von Freude und Wohlstand gezeichnet sei. Dann senkte Pfau den Kopf und ließ, während die Samen von Espand auf Kohlenöfen verbrannt wurden und Rauch die Luft erfüllte, die Münze in eine Schale fallen.

Am dritten Tag besuchte eine Gruppe ausgewählter Frauen Salomons Haus, um das Brautzimmer zu richten. Damit beim ersten Beischlaf ein Sohn gezeugt würde, wurde das Bett in Richtung auf Jerusalem aufgeschlagen. Zwischen die Tücher sprühten die Frauen Rosenwasser und streuten Jasmin und Rosenblätter aus. Auf die Kissen legten sie ein weißes Taschentuch, mit dem Salomon Pfaus Blut abwischen mußte, um es nach dem Vollzug der Ehe vorzuzeigen.

Am Nachmittag besuchte Raab Yahya Salomons Haus, um den ersten Teil des Rituals zu vollziehen. Salomon der Mann wurde gebadet und rasiert; zur Feier des Tages kleidete man ihn in einen westlichen Anzug und setzte ihm einen Hut auf den Kopf. Salomon wiederholte die Schwüre und erhob dann feierlich seinen Becher.

»Bringt sie zu mir«, sagte er.

Pari die Rote verließ das Haus Salomons, um der Braut das Brautgewand zu bringen.

Im Hause Joseph des Kelterers rannte Leila voller Aufregung und mit gerötetem Gesicht von Zimmer zu Zimmer. Auch die anderen Frauen durchsuchten jede Ecke und jeden Winkel. Kurz vor der Mittagszeit war die Braut verschwunden, und niemand hatte eine Idee, wo man nach ihr suchen sollte.

JOSEPH DER KELTERER durchsuchte jeden Winkel des Gettos. Schließlich fand er seine Tochter im Keller Mullah Mirzas, der seit dem Massaker Mohammeds des Juden leerstand. Dort kauerte Pfau, erschrokken über ihren eigenen Trotz, in einer Ecke und starrte mit ängstlich aufgerissenen Augen gegen die Wände des Kellergewölbes, das nach Gift roch und in dem sich der Geist Mullah Mirzas immer noch zu quälen schien. Als Joseph sie packte, umklammerte sie seine Hand und bettelte darum, daß er die Hochzeit absagen möge.

»Salomon der Mann«, schluchzte sie, »wird mich verlassen.«

Joseph schleifte seine Tochter mit nach Hause, ohne auf ihr Jammern zu hören, kleidete sie in ein perlenbesetztes Gewand und warf ihr einen kostbaren Schleier über – ein Geschenk aus Zil-el-Sultans Harem –, der gänzlich aus silbernen und goldenen Fäden gewebt war. Er sah, daß sie die Juwelen trug, die Salomon ihr gegeben hatte, und vor Freude traten ihm Tränen in die Augen.

»Glaub an das Glück«, flüsterte er Pfau ins Ohr, als er sie zu Raab Yahya brachte.

Als die Hochzeitszeremonie vorbei war, zog eine Prozession von Frauen vom Hause Josephs zum Hause Salomons. Pfau ritt auf Salomons Rappen voran. Am Ende der Gasse, die zum Haus ihres zukünftigen Mannes führte, blieb sie stehen und wartete darauf, daß Boten die Ankunft der Braut verkündeten.

»Was ist, wenn sie erfahren, daß sie fortgelaufen ist?« fragte Leila ihren Mann, der allein bei diesem Gedanken heftig zu zittern begann.

Doch in Salomons Haus waren Musik und Lachen nicht eine Sekunde verstummt, und die Tatsache, daß die Braut eine Zeitlang verschwunden gewesen war, geriet schon bald in Vergessenheit. Als bekannt wurde, daß Pfau gleich ankommen würde, stießen die Männer Freudenrufe aus, und alle sieben Musikkapellen schmetterten gleichzeitig ihre Melodien, während die Frauen der Braut mit Zucker glasierte Mandeln vor die Füße warfen. Pfau wurde ins Haus und direkt ins Brautgemach geführt, wo sie auf das Ende der Hochzeitsfeier warteten mußte. Leila selbst begleitete ihre Tochter bis zur Türe und gab ihr einen Abschiedskuß. Dann war Pfau allein.

Sehr aufrecht stand sie im Brautgemach, schaute starr vor sich hin und versuchte, den Mut wiederzufinden, den sie auf dem Weg in Salomons Haus verloren hatte. Sie versuchte beharrlich, sich einzureden, daß sie nicht bleiben würde, daß niemand sie zum Bleiben zwingen könne. Sie erinnerte sich an den Traum, den sie gehabt hatte: Sie hatte eine alte Frau gesehen, die einsam und mit gebrochenem Herzen durch die Straßen einer fremden Stadt lief und voller Sehnsucht Salomons Namen rief. Die alte Frau, das hatte Pfau schon im Traum gewußt, war sie selbst.

Sie schaute sich im Zimmer um. Die Wände waren weiß gekalkt, die Decke mit handbemaltem Stuck verziert. Durch ein Fenster fiel Licht herein.

»Aber ich werde nicht bleiben«, sagte sie noch einmal zu sich selbst.

Essensduft stieg ihr in die Nase.

»Wenn er hereinkommt, dann werde ich verlangen, daß er mich zurückschickt. Du hältst dir Huren, werde ich sagen, ich will keinen Mann, der sich Huren hält.«

Sie wartete. Mehrere Stunden vergingen, und noch immer war das Lachen im Hause nicht verklungen. Sie saß, in ihren kostbaren Tschador gehüllt, auf dem Boden und merkte, wie sie sich plötzlich selbst in den weichen Stoff ihrer seidenen Gewänder, das Schimmern ihrer Juwelen, die Schönheit ihres Schleiers verliebte. Sie legte den Kopf auf ein Kissen, das auf dem Boden lag, und schlief ein.

Sie träumte, daß die Tür sich öffnete und ein Mann ins Zimmer kam. Er war groß und feingliedrig, und an seinen Kleidern haftete der Geruch von Regen. Er brachte ein Stück des mondhellen Himmels mit ins Zimmer.

Sie träumte, er stehe über ihr, betrachte sie und trüge sie dann zum Bett. Als er ihren Schleier lösen wollte, dachte sie einen Moment daran, sich zu widersetzen, aber er berührte sie sanft, und alle Angst war vergessen. Er nahm ihr den Schleier ab.

Er betrachtete sie; die Farbe seiner Augen verschwamm im blauen Licht der Dämmerung. Dann griff er mit der Hand an das Fußende des Bettes, zog behutsam ein weißes Laken über sie, das kühl war wie der Wind vor dem Regen, und ging wieder hinaus. Ohne ihn erschien ihr das Zimmer riesengroß und leer.

Pfau setzte sich, vom Ruf des Morgengebets geweckt, auf und schaute sich um. Sie lag in einem fremden Bett, allein, aber ohne Schleier, und ihre Augen brannten noch jetzt von den zornigen Tränen der letzten Nacht. Sie erinnerte sich an ihren Traum. Dann sah sie das weiße Laken, das sie bedeckte. Salomon der Mann das wußte sie jetzt, hatte sie angeschaut.

Sie erhob sich vom Bett und suchte in ihren Kleidern nach Blutflecken. Sie schaute auf den Bettüchern nach. Alles war rein geblieben. Sie atmete erleichtert auf: Er hatte sie nicht angerührt. Plötzlich wußte sie, warum. Er hatte ihr Gesicht gesehen und entschieden, daß sie zu häßlich sei, um von ihm berührt zu werden. Sie hüllte sich in ihren Tschador und ging hinaus.

»Guten Morgen!« – eine Stimme begrüßte sie in der Verandahalle. Salomons Augen blickten noch schläfrig. Sein Gesicht war unrasiert. Er stand auf den Stufen, schmauchte seine Wasserpfeife und betrachtete den Sonnenaufgang.

»Du bist früh auf.«

Pfau erstarrte. Sie fühlte sich durch seine zwanglose Art und sein Lächeln entwaffnet. Sie meinte, ein vergnügtes Funkeln in seinen Augen zu sehen.

»Ich habe gestern abend alle nach Haus geschickt«, sagte er. »Ich habe ihnen gesagt, meine Frau schliefe schon, und ich würde auf sie warten. Dein Vater meinte, daß ich ›es‹ unbedingt hinter mich bringen müsse. Er hat Angst, ich könnte meine Meinung über die Ehe noch ändern.«

Pfau trat einen Schritt zurück.

»Das ist nicht nötig«, erklärte sie. »Ich werde selbst gehen.«

Er zog eine Augenbraue in die Höhe und lächelte.

»Wohin?«

»Irgendwohin«, entgegnete sie, aber ihre Entschlossenheit war bereits ins Wanken geraten. »Irgendwohin. Ich kann hier nicht bleiben. Du unterhältst Huren.«

Salomon der Mann lachte und streckte die Hand nach ihr aus. Sie wollte zurückweichen und blieb doch wie angewurzelt stehen.

»Du hast mich geheiratet.« Er hob sie vom Boden hoch. »Du kannst nicht so einfach den Menschen verlassen, den du geheiratet hast.«

Er öffnete die Tür und trug sie ins Schlafzimmer. Sie wollte ihm Widerstand leisten, aber er stellte sie sanft auf die Füße. Dann löste er ihr geflochtenes Haar, zog die Perlen heraus und ließ jede einzelne auf das Bett der verwelkenden Rosen- und Jasminblüten fallen. Schließlich zog er ihr die Schuhe und das Gewand aus, bettete sie nackt auf das Lager und liebte sie, als wäre sie schon eine Frau, als habe er sie unter allen anderen erwählt, als wäre sie schön und begehrenswert und würdig, von ihm berührt zu werden.

Hinterher lag er neben ihr und sah sie weinen – unter dem Schock der intimen Begegnung vielleicht oder aufgrund der Erleichterung, doch angenommen zu werden. Schließlich küßte er sie, deckte sie behutsam wieder zu und sagte ihr, sie solle noch ein wenig schlafen.

»Du bist schön.«

Sie hörte seine Stimme und fragte sich, ob er sie belog. Insgeheim flehte sie zum Himmel, daß sie es nie erfahren möge. Sie schlief ein, träumte von seinen Augen und liebte ihn ihr ganzes Leben lang.

SALOMON DER MANN blieb nach der Hochzeit hundert Tage lang zu Hause. Er liebte Pfau, bis die Sonne die ersten Strahlen des Lichts auf ihr Nachtlager malte, badete zusammen mit ihr in Eselsmilch und Rosenwasser, setzte sie dann in den Hof seines Hauses und malte mit einem Pinsel, den er in Henna getaucht hatte, winzige Figuren auf ihre Fußsohlen. Er hüllte sie in Gewänder, die er für sie ausgewählt hatte, flocht ihr Haar zu Zöpfen und zeigte ihr am Nachmittag Isfahan. Er zeigte ihr Char Bagh, den Platz des Schahs, den Ali Ghapoo. Er zeigte ihr die Häuser seiner Freunde und brachte sie in die Moscheen, die kein Jude betreten durfte. Er nahm sie mit zum Basar und kaufte handgefertigte Puppen mit seidiger Haut und kohlschwarzen Augen. Schließlich führte er sie in den Palast Zil-el-Sultans und stellte sie dem Prinzen vor. Um die Heirat gebührend zu würdigen, rief Zil-el-Sultan den

Palastfotografen und posierte für ein Bild mit Salomon und Pfau.

Nach den ersten drei Monaten seiner Ehe kehrte Salomon der Mann nach Isfahan zurück und sang wieder im Palast. Aber noch einige Zeit lang ging er nicht zum »Schloß« und schlug alle Einladungen seiner Freundinnen aus. Selbst später, als seine Willenskraft nachließ und er den Verführungen anderer Frauen wieder erlag, glaubte Salomon, seiner Frau doch auf seine Weise treu zu sein. Er behandelte sie gut, erfüllte ihr jeden Wunsch und ließ nicht ein einziges Mal Zweifel daran, daß sie in ihrem Haus die Königin sei. Als sie ihre erste Periode bekam, verhinderte er, daß sie sich im »Zimmer der Unreinheit« einschloß. Er ließ sie ein Schlafzimmer in der Wohnetage beziehen und bestand darauf, nur Mahlzeiten zu sich zu nehmen, die Pfau zubereitet hatte. Als seine Mutter, die Tüchtige, Einwände gegen die neue Ordnung erhob, mietete Salomon eine Kutsche und schickte sie mitsamt ihren Töchtern nach Kaschan zurück.

Aber noch zwei Jahre nachdem er die Ehe mit Pfau geschlossen hatte, erwachte Salomon der Mann morgens aus seinen Träumen von Zil-el-Sultans Ehefrau und schlief jede Nacht mit dem Gedanken an die saphiräugige Frau mit den schimmernden Handflächen ein.

Er brachte Pfau zu ihrem ersten Reinheitsbad und dann wieder heim und in sein Bett, wo er laut betete, daß sie ein Kind empfangen möge. Er benannte seine erste Tochter Sabrina – nach einer Russin, die er einstmals geliebt und bewundert hatte – und feierte ihre Geburt, als wäre sie ein Junge. Er nannte seine zweite Tochter Heshmat und erwähnte mit keinem Wort einen Sohn. Aber Joseph der Kelterer geriet allmählich in Panik.

»Das ist nicht gut!« schrie er Pfau beide Male, nachdem

sie eine Tochter geboren hatte, an. »Du kannst nicht dauernd nur Mädchen haben wie deine Mutter. Kein Mann, der seinen Penis wert ist, wird eine Ehefrau behalten, die die ›Mädchenkrankheit‹ hat.«

Wie um seinem Schwiegervater recht zu geben, schien Salomon Pfau nach Heshmats Geburt zu vergessen. 1882 begegnete er der Ehefrau des türkischen Botschafters in Isfahan und begann mit ihr eine Beziehung, die nach einem Jahr endete, weil sein guter Ruf in Gefahr geriet. Salomon verließ die Türkin unter dem Druck von Zil-el-Sultan, kam einen Monat lang nach Hause und fand dann eine armenische Jungfrau, die mit einem noch immer geschlossenen Keuschheitsgürtel aus ihrem Elternhaus geflohen war. 1884 schloß er einen Zeitehevertrag mit einem Mädchen, das entfernt mit dem Prinzen von Ägypten verwandt war, und reiste dann ganz plötzlich nach Indien, um mit eigenen Augen die Frau zu sehen, von der behauptet wurde, daß sie auf dem Kontinent die Schönste sei.

»Bring einen Sohn zur Welt!« beschimpfte Joseph der Kelterer Pfau jedesmal, wenn sich Salomon wieder neu verliebte. »Einen *Sohn*, oder du wirst deinen Mann für immer verlieren.«

Im Jahre 1885 starb Leila. Eines Morgens ging sie allein hinaus, um ein Reinheitsbad zu nehmen, und tauchte aus dem Brunnen nie wieder auf. Beunruhigt durch ihre lange Abwesenheit stieg Mama die Hebamme in den Brunnen hinab und stocherte im Wasser viele Stunden mit einem langen Eisenstab herum, den sie immer dann benutzte, wenn eine Frau verschwunden war. Schließlich kam sie verärgert und erschöpft wieder nach oben.

»Jemandem, der so schön war wie sie, war es nicht bestimmt, alt zu werden«, sagte sie zu Pfau, die ebenfalls gekommen war, um die Leiche zu suchen. Leila starb, ohne ein Zeichen ihrer Sterblichkeit zurückzulassen, ohne ein Begräbnis oder eine Woche der Trauer.

»Bring einen *Sohn* zur Welt«, sagte Joseph der Kelterer zu Pfau, die um ihre Mutter weinte wie ein Kind. »Einen Sohn – oder auch du wirst eines Tages sterben, ohne eine Leiche zurückzulassen.«

Pfau war zwanzig Jahre alt. Sie besuchte alle Ammen im Getto und kam mit Zaubertränken zurück, die ihr zu einem Sohn verhelfen sollten. Sie aß Datteln und Rosinen und Halva, stopfte sich mit Walnüssen und Safran voll. Sie ging zu jedem Beschneidungsfest und verschluckte die abgetrennte Vorhaut. Sie trank sogar Wein – alten Wein, den Joseph ihr heimlich brachte und den sie ohne Genuß zu sich nahm. Als Salomon der Mann aus Indien zurückkehrte, schlüpfte sie zu ihm ins Bett und bettelte um seine Liebe. Er öffnete die Arme, als hätte er immer nur sie begehrt.

Hinterher lag Pfau wach und betrachtete Salomon in seinem Schlaf: Sie liebte sein Profil, seine schöne Gestalt war ihr heilig, und sie wußte, daß sie ihm treu bleiben würde – durch Wochen und Jahre der Einsamkeit hindurch, in der Zeit ihrer Jugend, ihres Stolzes und ihrer Leidenschaft –, daß sie bei ihm bleiben würde, bis er jede Frau der Welt geliebt hätte und endlich seiner Eroberungen müde war. Dann würde er, zu alt für Eskapaden, zu ihr zurückkehren und auf ewig nur ihr gehören.

DIE VERRÜCKTE MARUSCHKA war in einem Meer von lodernden Flammen gefangen. Sie lag schlafend bei geschlossenem Fenster im Bett. Unter der Tür züngelten Flammen durch und sengten den Teppich an. Die Vorhänge begannen zu brennen und schickten Rauchsäulen zur Decke empor. Flammen leckten an den Bettpfosten und verfingen sich im Moskitonetz. Die verrückte Maruschka erwachte mit einem Schrei und schoß in die Höhe.

»Feuer!« schrie jemand im Flur. Die verrückte Maruschka sprang durch das brennende Netz hindurch, rannte zur Tür und riß am Griff. Das Metall war glühend rot.

»Feuer! Hilfe!« brüllte eine zweite Stimme.

Die verrückte Maruschka hustete schwarzen Rauch aus. Die Flammen hatten bereits überall auf ihrer Haut Blasen verursacht. Sie wischte ihre Handflächen an ihrem Nachtgewand ab und riß noch einmal am Türgriff. Die Tür war von außen verschlossen.

In Panik rannte sie zum Fenster – es war ebenfalls verriegelt. Sie packte einen Handspiegel, der auf ihrer Frisierkommode lag, und warf ihn durch die Scheiben. Sie hielt ihr Gesicht aus dem Fenster und atmete heftig ein und aus.

Das ganze Haus war von Feuer umgeben. Es war vom Hof her gekommen und loderte hell in dem Zimmer, in dem Mohammed der Jude mit seiner ans Bett geketteten Tochter schlief. Es hatte bereits die Mägde im Korridor zum Schweigen gebracht. Die verrückte Maruschka war allein, keiner konnte ihr mehr helfen.

Sie riß den Saum ihres Nachthemds ab und wickelte ihn sich vors Gesicht. Dann kletterte sie durch die brennenden Jasminsträucher hindurch über den Balkon und ergriff das Geländer. Das glühende Metall brannte sich tief in ihre Handflächen.

Sie ließ sich vom Balkon hinab, klammerte sich an das metallene Abflußrohr, das an der Seite der Wand entlanglief, und kletterte nach unten. Sie sah die Bäume im Hof brennen. Sie hörte das ängstliche Stampfen der Pferde, die im Stall gefangen waren. Als sie den Erdboden erreichte, bedeckte sie ihr Gesicht mit den Händen und rannte, so schnell sie konnte, davon.

Sie lief durch den Rauch und die Flammen, bis sie wußte, daß sie in Sicherheit war. Auf der Straße sank sie zusammen und mußte sich übergeben. Nachbarn starrten sie an, peinlich berührt von ihrer Nacktheit, entsetzt über den Anblick ihrer Handflächen, von denen rohe Hautfetzen hingen. Eine Frau bedeckte sie mit einem Tschador. Ein Kind reichte ihr Wasser.

Da fühlte die verrückte Maruschka einen brennenden Blick auf sich ruhen und sah auf. Vor ihr stand Ezraeel, mit unbeschädigter Kleidung, das Gesicht vom Rauch verschont, und starrte sie mit den Augen eines Henkers an.

Am nächsten Morgen hatte der Himmel die Farbe von Sand. Die verrückte Maruschka ging durch den verlassenen Garten zu der verkohlten Ruine des Hauses von Mohammed dem Juden. Sie fand sein Skelett in Sanams Zimmer: Die Knochen von Vater und Tochter waren miteinander verschmolzen, ihre Schädel waren im Feuer zersprungen. Die verrückte Maruschka durchsuchte das Haus nach ihrem Juwelenkästchen und nach den Antiquitäten, den Teppichen, dem Reichtum, den sie einst zu erobern gekommen war.

»Meine *Juwelen!*« schrie sie. »Ich will meine *Juwelen.*«

Sie stellte ein Dutzend Männer ein, die die Ruine durchsuchen sollten. Ganze Trupps durchkämmten das Haus. Junge Männer kampierten nachts im Garten und verbrachten den Tag damit, nach einem Schatz zu suchen. Kinder, die sich über Maruschkas Suche lustig machten, gaben im Spiel vor, das verlorene Vermögen gefunden zu haben.

»Findet meine Juwelen!«

Als die Goldsucher gingen, stellte sie gewöhnliche Arbeiter ein. Als die Arbeiter aufgaben, ging sie zum Palast Zil-el-Sultans und verlangte, daß die königlichen Truppen zu ihrer Unterstützung ausgesandt würden. Als niemand anders helfen wollte, durchwühlte sie mit ihren eigenen, wunden Händen die Asche.

»Man hat mich beraubt«, jammerte sie schließlich. »Ezraeel hat meine Juwelen genommen und das Haus abgebrannt, um mich zu töten.«

Der einzige Erbe, Ezraeel der Rächer, verkaufte sehr bald Mohammeds gesamten Besitz und hatte vor, so schnell wie möglich nach Teheran zu ziehen.

»Fangt ihn!« schrie die verrückte Maruschka jedesmal, wenn sie Ezraeels Schatten herannahen sah. »Fangt ihn, bevor er mich tötet.«

Sie war mehr und mehr davon überzeugt, daß Ezraeel hinter ihr her sei, daß er nicht ruhen würde, bevor er nicht seine Mutter gerächt hatte. Sie sah ihn in allen dunklen Ecken: Nachts wachte sie auf mit dem Gefühl, daß er um sie herumschlich. Sie hatte Angst, allein zu bleiben. Sie lief den ganzen Tag lang ruhelos in den Straßen umher und verbrachte die Nacht bei Freunden. Aber selbst dann blieb sie wach, um sich vor Ezraeel schützen zu können.

Die Leute flüsterten einander zu, daß Maruschka nun wirklich alt und vor Kummer halb verrückt geworden sei. Man hörte auf, sie zu sich ins Haus einzuladen, und schaute weg, wenn man von ihr auf der Straße gegrüßt wurde. Niemand räumte ihr noch irgendwo einen Platz ein. Niemand hatte Zeit, ihrem Gejammer über die verlorenen

Juwelen zuzuhören. Die verrückte Maruschka erkannte, daß es Zeit war zu gehen, und so verließ sie Isfahan.

Sie wußte nicht, wohin sie sich wenden sollte, hatte kein Geld, keine Pläne. Sie redete sich ein, daß sie es schon schaffen würde, daß sie von neuem beginnen könne. Doch selbst in der Wüste fühlte sie sich von Ezraeel dem Rächer verfolgt. Sie war nur einen Tag lang gelaufen, als sie endlich stehenblieb und begriff: Er machte sich ein Spiel daraus, sie mit ihrer eigenen Furcht zu quälen.

Sie wandte sich um und sah Ezraeel direkt ins Gesicht. In der Wüste brach die Morgendämmerung herein. Ezraeel der Rächer hielt ein Gewehr in der Hand.

»Tu's doch endlich!«, forderte die verrückte Maruschka ihn heraus. »Tu's doch, wenn du ein Mann bist.«

Ezraeel schoß zweimal – in Maruschkas rechten und linken Fußknöchel – und rannte davon.

»Zum Teufel mit dir!« kreischte Maruschka, als sie mit schmerzverzerrter Miene zu Boden sank. »Ich habe immerhin gut *gelebt.*«

IN ZIL-EL-SULTANS PALAST war Tala die unumschränkte Herrscherin. Sie war seine und Hannas Tochter, und der Prinz liebte sie mehr als alle seine Kinder – sogar mehr als seine Söhne. Als Kind hatte sie fast jede Minute zusammen mit dem Zil verbracht. Sie hatte bei ihm gesessen, als er die höchsten Würdenträger empfing, war barfuß in die Audienzhalle gelaufen, während er seine wichtigsten Berater konsultierte. Sie war spät am Abend in sein Zimmer gehuscht, und Zil-el-Sultan hatte bereitwillig seine Frauen davongeschickt, nur um Tala auf sein Bett zu setzen und zuzuschauen, wie sie lachte.

Ihr Haar war golden, daher der Name Tala – Gold. Sie

hatte grüne Augen, eine weiße Haut, einen Körper, der sanft gerundet und hochgewachsen war, ganz dazu angetan, einen Mann ins Unglück zu stürzen. Tala konnte lesen und schreiben, malen und Polo spielen und sprach Englisch, Französisch und Russisch. Sie war in dem Glauben aufgewachsen, daß die Welt ihr freundlich begegnete, daß nichts unerreichbar sei und ihr jeder Wunsch erfüllt werden würde. Als sie acht Jahre alt war, sagte sie ihrem Vater, daß sie gern Musikunterricht hätte.

Zil-el-Sultan zögerte, aber er konnte Tala nichts abschlagen, und so ließ er Salomon den Mann holen, damit er ihr Unterricht gebe.

Drei Jahre lang saß Tala einmal in der Woche im Palast der Vierzig Säulen in der Smaragdhalle Salomon gegenüber und spielte auf der Tar. Sie war immer verschleiert und wurde von zwei Eunuchen bewacht, die rechts und links neben ihr standen und sie, solange Salomon im Zimmer war, nicht einen Augenblick aus den Augen ließen. Tala übte sehr fleißig und versuchte, ihren Lehrer zu beeindrukken, aber Salomon schenkte ihr kaum einen Blick, und sie wußte, daß er, wenn der Unterricht zu Ende war, keinen Augenblick mehr an sie dachte.

Dann verschwand er ganz plötzlich. Er sei, so sagte man ihr, nach Indien gereist, um Schönheit zu suchen.

Als sie dies hörte, wurde Tala fast verrückt vor Zorn. Sie war so wütend, daß sie die Beine ihrer jungen Dienstmagd mit einem heißen Spieß verbrannte. Hinterher überhäufte sie die junge Frau mit Gold, damit sie sich neue Beine kaufen konnte. Als sie des Abends schluchzend im Bett lag, erkannte Tala plötzlich den Grund für ihre Wut. Sie begehrte Salomon über alles, und wenn sie ihn nicht haben konnte, dann würde sie sich selbst und alles um sich herum zerstören.

Sie wartete darauf, daß er aus Indien zurückkehrte. Als er wiederkam, war sie zwölf Jahre alt. Sie bestellte ihn in den Palast und schickte ihre Eunuchen hinaus.

»Sieh mich an«, sagte sie und legte ihre Schleier ab. »Schau mir ins Gesicht, und sag mir, daß ich nicht die Frau bin, die du suchst.«

Salomon der Mann sah die Prinzessin und verliebte sich unsterblich in sie. Am selben Tag noch ging er zu Zil-el-Sultan und hielt um Talas Hand an.

Der Prinz wurde blaß vor Zorn.

»Verflucht sei deine unverschämte Seele!« schrie er voller Haß. Er legte zitternd eine Hand an den Säbel, den er in seinen Gürtel gesteckt hatte. »Fort mit dir!« donnerte er. »Verschwinde, oder ich werde dich dafür blenden lassen, daß du meine Tochter beschmutzt und ihr die Ehre geraubt hast.«

Er verbannte Salomon aus dem Palast. Jeden anderen, der es gewagt hätte, Tala unverschleiert anzusehen, hätte er getötet. Doch Salomon schwor er nur ewigen Zorn und verbot für alle Zeiten, daß sein Name erwähnt wurde. Dann rief er Hanna, seine geliebte Taj-Banoo, zu sich und warf ihr vor, ein schamloses Kind großgezogen zu haben.

»*Deine* Tochter«, so wütete er gegen seine Lieblingsfrau, »*deine* Tochter hat Schande über mein Haus gebracht.«

Er ließ sich von Hanna scheiden und sie ins dunkelste Gefängnis werfen. Er befahl den Eunuchen, Tala im Harem eingeschlossen zu halten, befahl seinen Wachen, ihr, wenn sie es wagen sollte zu fliehen, den Kopf abzuschlagen. Er erklärte dem Adel von Isfahan gegenüber, daß Salomon der Mann Zil-el-Sultans Feind sei. Tala weinte zu seinen Füßen heiße Tränen und bettelte um die Erlaubnis, Salomon sehen zu dürfen. Hanna schickte jeden Tag Briefe, die von ihrem Wächter aufgezeichnet wurden. Die Tinte war von ihren Tränen verwischt. Hanna flehte um Milde. Trotz all dieser Bemühungen blieb Zil-el-Sultan rachsüchtig und unnachgiebig.

In Juyy Bar schloß sich Salomon der Mann monatelang in seinem Haus ein und verließ sein Zimmer nicht ein einziges Mal, nicht einmal, um Gäste zu empfangen. Es war, als sei ihm das Singen und Lachen vergangen. Er betrachtete Pfau, die im Haus umherging, das Gesicht häßlich vom Zorn, der zarte Körper entstellt – durch sein Kind, das sie unter dem Herzen trug, erinnerte er sich plötzlich mit schlechtem Gewissen.

»Gott gebe, daß es diesmal ein Junge ist«, sagte Joseph der Kelterer zu Pfau, als Salomons Liebe zu Tala bekannt wurde. Als das Kind kam, hörte Pfau die Hebamme vor Freude laut weinen und wußte, daß sie Salomon einen Erben geboren hatte. Aber dann nahm sie den Jungen in die Arme, sah, wie er nach ihrer Brust suchte, und fühlte ganz plötzlich die Schwermut des Todes in ihrer Seele.

»Er wird nicht mir gehören«, sagte sie weinend zu der Hebamme. »Ich werde dieses Kind zusammen mit seinem Vater verlieren.«

Sie nannte ihn Arash: nach dem persischen Helden, der der Retter seines Volkes gewesen war. Nach der Geburt versuchte sie ein ganzes Jahr lang die Angst zu verdrängen, daß sie Arash niemals aufwachsen sehen würde. Dann hörte sie eines Nachts Tala an ihrer Tür.

IN DER NACHT, als Tala nach Juyy Bar kam, lag Pfau wach und lauschte in die Dunkelheit hinein auf den Ruf ihres Schicksals. Nach Mitternacht hörte sie das Rascheln eines Frauengewandes und eilte zur Tür. Sie schaute hinaus. Sie sah nichts. Sie hatte sich das Geräusch wohl nur eingebildet.

Doch einen Augenblick später hörte sie Salomons Lachen – jenes unverwechselbare Lachen, das sie in der Nacht gehört hatte, als er Juyy Bar wach gesungen hatte. Es war sein Lachen, das die Herzen Gottes und seiner Engel öffnete und nach zehn langen Jahren der Dürre Regen gebracht hatte. Pfau öffnete die Tür und trat hinaus.

Sie sah ihre Rivalin auf den Stufen vor Salomons Schlafzimmer. Dort stand, mit dem Rücken zu Pfau, ein Mädchen mit hüftlangem Haar. Ihr Kleid aus fließender grüner Seide reflektierte bei jeder ihrer Bewegungen das Mondlicht. Sie stand ganz dicht bei Salomon und flüsterte ihm ein Wort zu, das Pfau nicht hören konnte. Dann schlang sie die Hände um seinen Hals und strebte an ihm hoch. Pfau sah die goldenen Reifen an den Handgelenken des jungen Mädchens. Sie sah, wie Salomon die schöne Gestalt hochhob und in sein Zimmer trug. Die Tür wurde geschlossen. Während der ganzen Nacht hörte Pfau im Dunkeln die goldenen Reifen klirren.

Sie schlich in ihr Zimmer und weinte in einen Tränenkrug hinein. Sabrina drängte sich an sie. Heshmat schreckte mit angstgeweiteten Augen in ihrem Bett hoch. Arash – der Sohn, der Salomon und Pfau wieder hätte zusammenbringen sollen – lag in tiefem Schlaf, still und unwissend in seiner Wiege. Pfau sah ihre Kinder nicht. Sie starrte in die Nacht hinaus und dachte an Hanna, ihre Schwester, die sie im Stich gelassen hatte, um den Sohn des Schahs zu heiraten. Pfau hatte tiefen Groll empfunden, weil ihre Schwester damals ohne ein Wort gegangen war. Sie dachte an Hanna, so, wie sie sie in ihrer Kindheit gekannt hatte – Hanna, die mit Pfau im selben Bett geschlafen hatte, die aus derselben Schüssel gegessen und sich im selben Wasser gewaschen hatte, Hanna, deren Tochter jetzt gekommen war, um Pfaus Leben zu zerstören. Sie fragte sich, ob Hanna wohl wisse, daß Salomon ihr Mann war, daß Tala ihrer eigenen Tante das Liebste auf Erden nahm.

»Sie *muß* es doch wissen«, überlegte Pfau zum hundertstenmal. »Jedermann weiß es. Sie weiß es, aber sie ist so geworden wie die Menschen um sie herum – im Glauben, sie sei besser als die anderen und habe ein Recht auf alles, was sie sich wünscht.«

Sie empfand eine tiefe Abneigung gegen Hanna, aber selbst während sie sie verfluchte, sehnte sich Pfau nach ihrer Wärme und ihrem Trost. Sie dachte an Hannas sanfte Hände, die in der Dunkelheit der Nacht nach Pfau tasteten, und hörte ihre Stimme, die durch den Hunger hindurch, unter dem sie beide litten, flüsterte: »Wenn der Morgen kommt, dann wird eine Karawane kommen, die uns Essen bringt.«

Als die Dämmerung hereinbrach, schlief Pfau endlich ein. Im Traum ging sie in Salomons Zimmer. Das Zimmer war groß und voller Licht. Es roch nach Tabak und Wein, nach Salomons Haut, nach dem Parfüm einer Frau. Große Kissen lehnten an den Wänden. Kleidung lag überall auf dem Boden verstreut. Eine Wasserpfeife brannte unbenutzt, bis alle Kohle sich in Asche verwandelt hatte. In einer Ecke, gegenüber den Glastüren, die auf den Balkon hinausführten, starrte das Bett sie an wie eine schamlose Hure: Die Laken waren weiß, die Kissen noch eingedrückt vom Gewicht derer, die darauf geschlafen hatten. Salomon der Mann war fortgegangen. Pfau suchte im Spiegel nach ihrem eigenen Bild, aber sie sah nur das Mädchen im grünen Seidenkleid.

»Schau in deine Handflächen!« ertönte plötzlich eine Stimme hinter ihr. Voller Entsetzen wandte Pfau sich um. Vor ihr stand eine kahlköpfige Frau mit bernsteinfarbenen Lippen und brennenden Augen. Sie nahm Pfaus Hände, deren Innenflächen plötzlich wie Glas spiegelten, und hielt sie ihr vor das Gesicht.

»Deine Hände sind der wahre Spiegel deines Schicksals.«

Sabrina rief ihren Namen. Pfau öffnete die Augen. Draußen war es hell.

»Sie sind noch immer oben«, weinte das Kind. Sabrina war acht Jahre alt. Sie begriff, daß Tala anders war als die anderen Frauen, die Salomon ab und zu bei sich empfangen hatte.

»Ich wollte in das Zimmer gehen, aber sie haben mich nicht hineingelassen.«

Pfau setzte sich auf. Sie griff an Sabrina vorbei zu dem Tränenkrug, in den sie in der Nacht zuvor hineingeweint hatte, und trank ihre eigenen Tränen bis zur Neige aus.

Sie hob Arash aus der Wiege und rief die Mädchen zu sich. Dann verließ sie Salomons Haus.

DER WINTER DES JAHRES 1888 dauerte so lange, daß am Ende niemand mehr wußte, wann die Erde zuletzt warm gewesen war. Kniehoher Schnee lag auf dem Boden und gefror. Der Wind wehte so kalt, daß das Wasser, das im Rinnstein floß, sich sofort in Eis verwandelte. Kinder schliefen in den Armen ihrer Mütter ein und wachten mit blaugefrorenen Händen auf. Die Schaufeln der Leichengräber konnten den Boden nicht aufbrechen, und so ließ man die Toten, nur in Tücher gehüllt, einfach draußen liegen.

In Juyy Bar kämpften Pfau und ihre Kinder ums Überleben. Sie verließen Salomons Haus und gingen zum einzigen Ort, an den sie gehen konnten – in Mullah Mirzas Keller, in dem sich Pfau zehn Jahre zuvor am Tage ihrer Hochzeit versteckt hatte. Schon damals hatte sie gewußt, daß Salomon sie verlassen würde. Sie hatte es gewußt und versucht, sich den Schmerz einer unglücklichen Liebe zu ersparen. Jetzt war sie zwanzig Jahre alt, Mutter dreier Kinder und saß wieder im selben Keller. Doch diesmal betete sie darum, daß Salomon zu ihr zurückkommen möge.

Ein Tag verging, und dann ein zweiter. Pfau drückte Arash an ihre Brust, setzte die Mädchen neben sich und ließ drei Tage lang die Tür nicht aus den Augen. Ihre Kinder jammerten; sie wollten nach Hause. Joseph der Kelterer hämmerte mit den Fäusten an die Tür und verlangte vergeblich, eingelassen zu werden. Regungslos saß Pfau da und wartete auf Salomon, auf das Geräusch seiner Schritte, den Klang seiner Stimme, das Licht seiner Augen. Er würde zur Tür hereinkommen – das wußte sie – und ihr sagen, daß Tala fort sei, daß er sie fortgeschickt habe, zurück zum Palast ihres Vaters, zurück zu Hanna, die einst das Getto verlassen und ihr eigen Blut verraten hatte. Er würde ihr sagen, daß er Tala fortgeschickt habe und daß nur Pfau – nur sie allein – die Frau sei, die er für immer lieben würde.

Am vierten Tag brach Joseph der Kelterer die Kellertür mit Gewalt auf.

»Du verdammte Närrin!« schrie er. »Er hat Tala heute morgen *geheiratet.*«

In diesem Moment verdunkelte sich der Himmel, und

alle Farben wurden grau. Die Welt war erfüllt von einem stummen Schrei, den nur Pfau hören konnte.

Sabrina hörte nicht auf zu schluchzen. Arash wurde vor Kälte und Hunger krank. Heshmat saß gegen die Wand gelehnt, das Gesicht vom Tschador verhüllt, und gab keinen einzigen Laut von sich.

»Es ist *deine* Schuld«, beschimpfte Joseph der Kelterer seine Tochter. »Du hast ihn verloren.«

Tag für Tag stieg er in den Keller hinab, von Mal zu Mal verzweifelter, drückte die Tür auf und brachte für Pfau und die Kinder etwas zu essen. Er sah hager und erschöpft aus, seine Knochen standen hervor, sein Atem klang beängstigend flach. Seit achtzehn Jahren, seit der großen Hungersnot, war er kränklich und mager, und nun wurde er immer noch magerer. Einst war er ein kräftiger, dicker Mann gewesen, dem der Bauch über den Hosenbund quoll; die bloße Anstrengung des Atmens brachte ihn ins Schwitzen. Aber die Jahre der Hungersnot hatten sein Fett sehr schnell schwinden lassen, und später konnte Joseph niemals mehr eine ganze Mahlzeit essen. Jedesmal, wenn er sich ein Stück Fleisch in den Mund schob, meinte er, Menschenfleisch zu essen.

Er setzte sich nieder und malte Pfaus Zukunft in den düstersten Farben.

»Es ist alles aus«, so lamentierte er jeden Tag, und seine Worte ließen Sabrina erschauern. »Salomon der Mann wird sich von dir scheiden lassen – das ist keine Frage. Was mich verblüfft, ist die Tatsache, daß der Kerl immer noch lebt, daß Zil-el-Sultan ihn noch nicht getötet hat. Aber so ist es eben mit Salomon. Was andere erleiden müssen, das bleibt ihm erspart.«

Pfau hörte ihm kaum zu. Sie aß das Essen, das Joseph

ihr brachte, und wiegte den weinenden Arash in ihrem Schoß, bis ihre Arme taub und ihre Beine gefühllos wurden.

»Er wird sich von dir scheiden lassen – das ist keine Frage.«

Drei Wochen vergingen. Joseph der Kelterer ging zu Salomons Haus, um ihn zu bitten, Pfau und die Kinder wieder aufzunehmen. Er wollte Salomon an sein Ehegelöbnis, an seine Pflicht als Vater erinnern. Er wollte Tala über ihre verwandtschaftlichen Beziehungen aufklären, wollte Hanna einen Brief schreiben und sie um Hilfe bitten. Aber wann immer auch Joseph an Salomons Tür klopfte – niemand machte ihm auf, und wie lange er auch davor Wache stehen mochte, niemand verließ jemals das Haus.

Er war sich plötzlich nicht mehr sicher, ob Salomon überhaupt noch lebte. Vielleicht hatten ihn Zil-el-Sultans Soldaten in seinem Schlafzimmer erstickt, gerade als er Tala umarmte. Schließlich brach Joseph der Kelterer die Haustür gewaltsam auf.

Er stand, benommen von der Stille, im Hof und ging dann die Stufen hinauf, die zu Salomons Schlafzimmer führten.

»Salomon!« rief er, aber seine Stimme verklang ungehört.

»Salomon!« rief er noch einmal, aber ohne Erfolg. Er packte das hölzerne Geländer und stieg noch ein paar Stufen höher. Er rief ein drittes Mal Salomons Namen, wartete auf eine Antwort und näherte sich dann dem Schlafzimmer.

Er klopfte an die Tür. »Salomon Khan, ich bin es, Euer Diener.«

Der Griff in seiner Hand fühlte sich kalt an. Er drückte ihn nieder und betrat das Zimmer.

Salomon kniete nackt in seinem Bett und umkreiste mit der Zungenspitze die Brustwarzen eines Mädchens mit goldenem Haar und weißer Haut. Als Joseph hereintrat, drehte er sich zu ihm um, aber sein Blick war verschwommen, und er schien Joseph nicht zu erkennen.

»Salomon Khan«, stotterte Joseph der Kelterer. Da stieg das Mädchen mit dem goldenen Haar vom Bett hinunter und drängte Joseph hinaus.

DAS GLÜCK hatte Zil-el-Sultan verlassen. Tala hatte sich über ihn hinweggesetzt, und Salomon der Mann hatte ihn betrogen. Zil-el-Sultan rächte sich, indem er Hanna verstieß. Doch in dem Augenblick, als er sie ins Gefängnis schickte, war es mit seinem Glück vorbei, und er verlor ein Königreich.

Er war der Tüchtigste von Nasser-ed-Din Schahs Söhnen, beim Volk beliebt und in den herrschenden Kreisen angesehen. Er hatte in Südpersien sehr erfolgreich regiert, seine Fähigkeit zu herrschen unter Beweis gestellt. Aber eben seine große Beliebtheit war es, die der Schah ihm übelnahm. Als die Zeit kam, einen Nachfolger zu bestimmen, wurde Zil-el-Sultan von Nasser-ed-Din Schah übergangen. Sein Bruder, Muzaffar-ed-Din Khan, wurde zum Kronprinzen ernannt. Gekränkt schmiedete der Zil ein Komplott gegen Muzaffar-ed-Dins Leben. Aber sein Plan wurde entdeckt. Nasser-ed-Din beraubte Zil-el-Sultan all seiner Macht und entzog ihm die Regierungsgewalt über Südpersien. Er ließ Zil nur noch die Herrschaft über Isfahan, aber selbst das war eine Bestrafung. Wenn der Zil die Grenzen der Stadt verließ, dann würde er von seinem Vater getötet werden.

Vollkommen niedergeschmettert rief Zil-el-Sultan seine Seher herbei und fragte nach dem Grund seines Untergangs. Sie berieten sich einen ganzen Tag lang und verlangten von dem Prinzen das Versprechen, sie selbst und ihre Familien nicht zu strafen für den Fall, daß er mit ihrer Antwort nicht zufrieden wäre. Am Ende kamen alle zum gleichen Schluß: Seine Königliche Hoheit, der Prinz, habe sich vor kurzem von einer glückbringenden Frau getrennt. Wenn er sie zurückhole, hätte seine Pechsträhne ein Ende.

Zil-el-Sultan rief seinen Hofminister.

»Laß Taj-Banoo frei!« befahl er. »Schicke meine Kutsche, und laß sie zurückbringen.«

Hanna kehrte in allen Ehren in den Palast zurück. Sie war fünfundzwanzig Jahre alt, eine eindrucksvolle Erscheinung, stark und voller Zuversicht, und jetzt, da Zil-el-Sultan glaubte, sie bestimme sein Schicksal, erkannte sie ihre Macht. Sie heiratete den Prinzen erneut und erhielt ihren Titel, ihre Reichtümer und ihre Vormachtstellung im Harem wieder zurück. Zil-el-Sultan schwor, daß er ihr jeden Wunsch erfüllen wolle. Sie bat darum, daß er Tala vergeben und ihr erlauben möge, Isfahan mit Salomon dem Mann zu verlassen. Auf den Gedanken, daß auch Pfau des Schutzes bedurfte, kam sie nicht. Sie selbst war im Alter von neun Jahren zu Zil-el-Sultan geschickt worden; man hatte sie ganz allein unter Fremden zurückgelassen, und sie mußte selbst sehen, wie sie ihr Leben schützen konnte. Man hatte ihr befohlen, ihre Vergangenheit, ihre Familie, ihre Sehnsüchte zu verleugnen. Pfau ebenso wie Leila und Joseph waren für Hanna nur noch Schatten der Vergangenheit, an die sie sich kaum erinnerte.

Sie schickte Talas altes Kindermädchen nach Juyy Bar.

»Geh nach Teheran«, wiederholte die alte Frau Hannas Botschaft. »Der Schah ist der Feind deines Vaters. Er wird dich an seinem Hof aufnehmen, und wenn es nur aus dem Grunde geschieht, um dem Zil zu trotzen.«

Die Dienerin kam aus Juyy Bar mit Neuigkeiten zurück: Tala sei schwanger, berichtete sie, und gemessen an dem Umfang ihres Leibes und der Länge ihrer Schritte würde sie einen Sohn bekommen. Salomon der Mann habe sich von seiner jüdischen Frau scheiden lassen und sei dabei, sein Haus in Juyy Bar zu verkaufen. Er habe die drei Kinder, die ihm Pfau geboren hatte, vergessen – und ebenso ihre Mutter. Er sei Tala mit Haut und Haaren verfallen, und er würde, so habe er versprochen, mit Tala nach Teheran gehen, sobald das Kind geboren sei.

JOSEPH DER KELTERER wollte Salomon unter allen Umständen daran hindern, Pfau zu verlassen. Er hatte von Talas Schwangerschaft erfahren und von Salomons Plan, nach Teheran zu gehen. Nach dem Tag, an dem Tala ihn hinausgeworfen hatte, war er dutzendemal zu Salomons Haus gekommen. Er hatte darum gebettelt, Salomon sehen zu dürfen, ihn anflehen wollen, daß er in Juyy Bar bleiben, Pfau wieder aufnehmen und seine Kinder retten möge. Jedesmal hatte Tala ihn an der Tür abgefangen und sich geweigert, ihn hereinzulassen.

»Meine allerverehrteste Dame«, mit diesen Worten verbeugte sich Joseph der Kelterer vor seinem Enkelkind, das ihn nicht kannte. Er erkannte Hanna in Talas Gesicht, sah Leila in ihren Augen. »Meine allerverehrteste Dame, Ihr könnt unseren Schmerz nicht ermessen. Salomon der Mann ist das Licht unseres Lebens. Als er hierherkam, hat er uns den Regen gebracht. Wenn er geht, werden wir alle verloren sein. Schande wird über meine Tochter kommen. Ihre Kinder werden verhungern. Meine allerverehrteste Dame, Salomon der Mann hat ein goldenes Herz. Er wird uns auch jetzt seine Gnade schenken.«

Doch Talas Liebe kannte kein Erbarmen. Sie hatte Salomons Leben, seinen Verstand, sein Herz an sich gerissen. Sie ließ ihn jegliche Verantwortung vergessen und sogar die Zuneigung, die er für seine Töchter empfunden hatte. Joseph dachte gründlich nach und kam zu dem Schluß, daß Tala Salomon verzaubert haben mußte. Er erzählte Raab Yahya von seiner Theorie. Dieser lachte über Josephs Einfalt und bot eine sehr viel einfachere Erklärung an.

»Der Mann wollte Liebe. Er hat Liebe gefunden.«

Joseph der Kelterer verfluchte Raab Yahya und alle anderen Rabbis der Welt. Er ging heim und sammelte seine gesamten Ersparnisse zusammen; dann suchte er Malekshah den Teufelsfänger auf.

Malekshah der Teufelsfänger verfügte über Kräfte, die größer waren als die jeder Hexe oder jedes Zauberers in Persien. Er hatte seine Jugend damit verbracht, in den Ruinen der Stadt Rei, der Hauptstadt des alten Persischen Reiches, der Residenz des mächtigen Kyros, der Heimat von Geisterprinzen und Dschinnkönigen zu meditieren. Durch seine Meditationen hatte Malekshah der Teufelsfänger enorme geistige Kräfte gewonnen, und es war ihm sogar einmal gelungen, den König eines Stammes der Dschinns zu fangen, der die Ruinen von Rei bewohnte. Er hatte den Dschinnkönig freigelassen, und dieser Akt der Gnade hatte Malekshah die Herrschaft über den gesamten Stamm gebracht. Mittlerweile arbeitete er von einem Laden aus, der mitten in Isfahan lag. Gegen eine Kuh oder den Kopf eines Juden befahl er den Dschinns, die in seinen Diensten standen, Aufgaben zu erfüllen, die für gewöhnliche Sterbliche nicht zu bewältigen waren.

Joseph der Kelterer hatte eine furchtbare Angst vor Malekshah, und er scheute den Preis, den dieser für seine

Dienste verlangen würde. Dennoch ging er zu ihm und brachte unter Seelenqualen sein Anliegen vor, während er dem Teufelsfänger einen Beutel mit Silbermünzen reichte.

»Der Schweiß meines Lebens«, sagte er, als Malekshahs Finger sich um den Hals des Beutels schlossen. »Hier hast du das Geld, das ich für mein Leichentuch beiseite gelegt hatte.«

Malekshah der Teufelsfänger wog den Beutel in seiner Hand und rümpfte mißbilligend die Nase.

»Ich kann keinen Erfolg garantieren«, meinte er leichthin. »Dies hier reicht nur aus, um die Lichtdschinns zu beschäftigen. Die Dschinns der Dunkelheit sind wirksamer, aber auch teurer.«

Die Dschinns der Dunkelheit handelten, wie Joseph wußte, schneller und arbeiteten auf sofortige Ergebnisse hin. Sie bevölkerten unsichtbar die Nacht, und wenn man sie nicht gerade rief, um eine Aufgabe zu erfüllen, dann waren sie weitgehend harmlos. Wer ihnen zufällig auf den Schwanz trat oder wer über ihre Kinder stolperte, die auf den Straßen schliefen, den erwürgten sie schnell und unauffällig. Die Dschinns des Lichtes waren im Gegensatz dazu verspielt und voller Bosheit – deshalb auch weniger zuverlässig. Es machte ihnen Spaß, ahnungslose Menschen in Fallen zu locken, aus denen man sich unmöglich befreien konnte. Häufig verloren sie ihr eigentliches Ziel aus dem Auge und ließen eine angefangene Arbeit einfach liegen.

Joseph der Kelterer war bestürzt darüber, daß sein Wunsch vielleicht nicht seinen Vorstellungen entsprechend erfüllt werden könnte. Früher hätte er mit Malekshah gefeilscht, hätte geschworen, daß er arm sei, und um Nachsicht gefleht. Heute beschränkte er sich auf das, was ihm sein Geldbeutel ermöglichte.

»Bring Salomon den Mann zu meiner Tochter und in das Getto zurück«, bat er Malekshah und sah, wie der Beutel mit den Münzen in einer verschließbaren Truhe verschwand.

Salomon der Mann träumte von seinen Kindern. In der Nacht, in der Joseph der Kelterer den Teufelsfänger traf, schlief er in Talas Armen. Immer wieder sah er in seinen Träumen Heshmat und Sabrina, die über einen sonnenbeschienenen Hof auf ihn zuliefen, mit ausgestreckten Armen und nackten Füßen. Sie waren zierlich und schön – die Augen goldfarben, das Haar hell, die Haut makellos. Sie stürzten sich in seine Arme, und als sie sich an ihn schmiegten, fühlte er in seinem Herzen die Sonne aufgehen.

Er wachte auf und erklärte Tala, er wolle seine Kinder zurückhaben.

»Unmöglich«, entgegnete sie gereizt. »Dann mußt du mich verlassen.«

Zum erstenmal in vier Monaten begannen sie miteinander zu streiten. Tala wollte Salomon ganz für sich allein haben. Sie nahm es ihm übel, daß er andere Menschen liebte, haßte jeden Tag und jede Stunde, die er jemals ohne sie gelebt hatte, verabscheute alle, die er außer ihr jemals geliebt hatte. Es war nicht Pfau, auf die sie eifersüchtig war – Salomon sprach nie von ihr –, es waren die Kinder.

Jetzt, da er jeden Tag in der Gasse vor Salomons Haus stand, hörte Joseph der Kelterer oft Talas verbitterte Stimme.

»Für *dich*, nur für *dich*!« schrie sie Salomon an. »Ich habe meine Mutter ins Gefängnis werfen lassen. Ich habe meines Vaters Stolz gebrochen, habe den Palast der Vierzig Säulen verlassen, um hier unter *Juden* zu leben. Für *dich* habe ich mein Heim und meine Rechte aufgegeben!«

Joseph der Kelterer dachte zufrieden, daß sein Geld beim Teufelsfänger gewiß gut angelegt sei.

»Bald«, so berichtete er Pfau, »sehr bald wird dein Mann zu dir und den Kindern zurückkommen.«

SALOMON DER MANN machte sich irgendwann im Morgengrauen auf den Weg zu seinen Kindern, und das Geräusch seiner Schritte weckte Pfau aus ihren Alpträumen. Sie ging zur Tür, öffnete sie und lief hinaus in die kalte Morgenluft.

»Salomon«, flüsterte sie, und da stand er auch plötzlich wie eine Erscheinung vor ihr. Sie sahen sich in die Augen.

»Salomon.«

Sie stand dort ohne Schleier, ihr dunkles Haar fiel weich und schimmernd bis zur Taille hinab. Ihre Haut hatte die Farbe der Nacht, die Augen glänzten wie zwei strahlende Sterne. Sie hob die Hände zu ihm empor, und er berührte sie, tief bewegt von ihrer Schönheit, als wolle er sich selbst beweisen, daß sie echt war. Sie weinte, und er wollte ihr Gesicht berühren, aber er fürchtete sich.

»Vergib mir«, flüsterte er.

Sie antwortete nicht. Sie hatte den Sinn seiner Worte nicht verstanden.

Sie nahm seine Hand und führte ihn in den Keller. Er sah seine Kinder ohne Decken auf dem Boden liegen, eng aneinandergeschmiegt, vor Kälte im Schlaf zitternd. Er fiel auf die Knie und weinte.

Tala war einverstanden gewesen, eines von Salomons Kindern mitzunehmen. Sie hatte sich für Arash entschieden, weil er ein Junge war und weil er seines Vaters Namen trug. So sagte sie jedenfalls. Doch Salomon der Mann wußte, obwohl er es niemals offen zuzugeben wagte, selbst am besten, daß Arash derjenige war, den er am wenigsten gewollt hatte, das Kind, das er kaum kannte und auf das Pfau ihre größten Hoffnungen gesetzt hatte. Tala wollte Arash, und nur Arash, und wenn Salomon darauf bestand, die Mädchen zu sich zu nehmen, dann würde sie ihn verlassen und irgendwohin fliehen, wo er sie niemals wiederfinden würde.

Pfau sah Salomon ins Gesicht. Sie konnte seine Gedanken lesen.

»Nein.« Ihre Augen flackerten.

Ihre Stimme machte Salomon angst. Er fürchtete, daß seine Töchter aufwachen könnten und sehen würden, wie er Arash mit sich nahm und den Rest der Familie im Stich ließ.

»Ich werde euch Geld schicken«, sagte er entschuldigend zu Pfau. »Ich werde Geld schicken und zurückkommen und euch besuchen.«

Pfau wußte, daß sie Salomon nicht aufhalten konnte. Selbst im Tode noch gehörten die Kinder dem Vater. Sie sah zu, wie er Arash auf die Arme nahm. Dann ging er hinaus und ließ die beiden Mädchen zurück. Auf dem Boden träumte Sabrina von ihrem Vater, der gewiß kommen und sie vor Pfau retten würde.

JOSEPH DER KELTERER wurde an dem Tag, an dem Salomon Juyy Bar verließ, sehr krank. Er blieb traurig und enttäuscht im Bett und verlor gänzlich den Appetit. Jeden Tag magerte er mehr ab, und das Gefühl der Verzweiflung wurde immer stärker. Sehr bald ließen sein Augenlicht, seine Stimme und sein Gehör nach. Sein Rücken krümmte sich immer stärker, und seine Haut spannte sich so straff über die Knochen, daß er fast wie ein

Skelett aussah. Schließlich wuchsen ihm wie einem neugeborenen Kätzchen unzählige weiche Haare auf der Haut. Da wußte er, daß sein Ende nahte.

»Mir ist ein Teufelspelz gewachsen«, flüsterte er seiner Tochter ins Ohr, die seine Worte nicht verstehen konnte. »Ich werde sterben und in die Hölle fahren.«

Joseph der Kelterer starb im Jahre 1890. An seinem Todestag glich er einem verhungerten Kind – glich auf merkwürdige Weise der zarten Braut Khatoun, die er vor einem halben Jahrhundert besessen hatte und die in der Nacht ihrer Hochzeit sieben Jahre alt gewesen war. Pfau begrub ihn und lebte eine Zeitlang von den Erträgen aus dem Verkauf seiner Weinkellerei. Gerade als ihr Geld knapp zu werden drohte, kam ein Bote aus Teheran. Er brachte Lebensmittel und Gold und Grüße von Salomon dem Mann.

»Von Salomon«, sagte er, als er die Säcke voller Reis und Mehl vor Mullah Mirzas Keller ablud. Sabrina und Heshmat tanzten um das Pferd des Boten herum, berührten die Säcke mit Lebensmitteln und sprachen den Namen ihres Vaters so ehrfürchtig aus, als wäre er heilig. Der Bote setzte den letzten Sack zu Boden und reichte Pfau dann einen Beutel voller Goldmünzen.

»Es wird noch mehr geben«, versprach er, zufrieden mit sich und seiner Aufgabe. Pfau sah sein Lächeln und spürte, wie der Sturm der Empörung in ihr tobte.

»Er sei verflucht!« schrie sie so heftig, daß die Mädchen vor Schreck erstarrten. Sie riß dem Boten das Säckchen aus der Hand und warf es ihm ins Gesicht.

»Er sei verflucht, und auch du seist verflucht, wenn du jemals zurückzukommen wagst!«

Mit beiden Fäusten ging sie auf den Boten los, gab seinem Pferd einen Tritt und schrie ihre Töchter an, daß sie das Essen nur ja nicht anrühren sollten. Sie hob den Deckel des Kohlenofens, der im Hof stand, und warf vor den entsetzten Augen ihrer Kinder einen Sack Mehl nach dem anderen ins Feuer.

»Sag Salomon dem Mann, daß wir seine milden Gaben nicht brauchen!«

Erst später, als sie sich beruhigt hatte und durch ihren Tränenschleier hindurch die Gesichter ihrer Kinder wieder zu sehen vermochte, erkannte Pfau das Ausmaß des Elends, das sie verursacht hatte. Tagelang saßen die Mädchen unglücklich neben dem Ofen und versuchten, die Nahrungsmittel, die ihre Mutter verbrannt hatte, von den Flammen wieder zurückzuerbetteln.

Vergeblich versuchte Pfau, ihnen alles zu erklären.

»Salomon der Mann«, sagte sie zu ihren Töchtern, »hat mir mein Leben, meine Jugend, meinen Sohn genommen.«

Sabrina vergab ihrer Mutter nie. Heshmat verstand sie erst viele Jahrzehnte später – als sie alt war und das Leben auch ihr Wunden geschlagen hatte.

»Du bist schuld«, sagten die Mädchen zu Pfau, wenn sie in der Nacht nach ihrem Vater weinten. »Du bist schuld, daß er uns verlassen hat.«

Das nächste Mal, als Salomons Bote aus Teheran kam, stand Pfau mit einem Schlachtermesser in der Hand im Türrahmen. Der Mann kehrte um, ohne die Lebensmittel abgeladen zu haben. Die Nachbarn wagten es nicht, sich einzumischen. Heshmat und Sabrina weinten nicht mehr.

»Ich werde selbst Arbeit finden«, sagte Pfau zu den Gaffern, die vor Mullah Mirzas Keller standen und sie anstarrten. »Ich werde arbeiten gehen und reich werden, meine Kinder selbst ernähren und mein eigenes Haus kaufen.«

Sie kämpften Tag für Tag ums Überleben, kämpften gegen die Verachtung und den Spott des Gettos und ebenso gegeneinander. Sabrina hatte ihrer Mutter den Krieg erklärt und angekündigt, daß sie sie bald verlassen werde. Sie wolle, wie sie sagte, eine Hure werden oder einen Moslem heiraten und Pfau bis ans Ende ihrer Tage Schande bereiten. Sie lief auf der Suche nach Nahrung den ganzen Tag lang auf den Straßen umher, durchwühlte den Müll vor den Häusern der Nachbarn und bettelte in Isfahan. Sie kam erschöpft und verängstigt zurück, tat so, als sei Pfau ihr gleichgültig, und bestand darauf, daß Heshmat am nächsten Tag mit ihr gehen solle. Pfau schluckte ihren Ärger hinunter und sagte sich, daß sie dem Elend bald ein Ende setzen würde – daß sie Arbeit fände, ein Zimmer in einem anständigen Haus mieten würde, ihre Töchter ernähren und sie von der Straße fernhalten könnte.

Sie ging in alle Läden des Gettos und fragte nach Arbeit. Dann suchte sie den Basar in Isfahan auf und klopfte schließlich an den Türen von Salomons reichen muslimischen Freunden. Überall wurde sie abgewiesen.

Schließlich fand sie einen Haufen wertloser Lumpen, die jemand achtlos vor einen Laden geworfen hatte. Sie band die Stoffetzen zu einem Bündel zusammen und nahm sich vor, sie in Juyy Bar zu verkaufen. Sie ging von Haus zu Haus, rief alle Frauen herbei und bat sie, ihr etwas abzukaufen. Jeden Morgen verließ sie das Haus mit dem Versprechen, mit Bries und Halva zurückzukehren. Und jeden Abend stand Heshmat in der Gasse vor dem Keller und wartete auf sie. Wenn sie Pfau mit leeren Händen zurückkehren sah, brach sie in Tränen aus.

»Schau dich doch an«, meinten die Nachbarn verächtlich zu Pfau. »Du warst die Frau Salomons des Mannes, alle Welt beneidete dich. Und was bist du jetzt?«

HESHMAT hatte eine Freundin gefunden. Sie hieß Saba und wohnte drei Straßen entfernt in einem Haus voller Licht und Wärme. Sie war das einzige Kind aus der Ehe von Ismael dem Rinnsteinreiniger mit einer verkrüppelten Waise aus Yazd. Ismael der Rinnsteinreiniger war zum Zeitpunkt der Hochzeit neunundachtzig Jahre alt gewesen und hatte bereits elf Enkelkinder. Er hatte sein Leben damit verbracht, menschliche Exkremente aus den Abflußrinnen auf die Straße zu schaufeln und dann die Haufen in einer hölzernen Kiepe davonzutragen. Was er gesammelt hatte, verkaufte er den Bauern, die es als Düngemittel benutzten. Er und seine Kinder konnten ganz gut davon leben, doch dann starb seine Frau und ließ ihn allein zurück. Ismael der Rinnsteinreiniger überlegte sich, daß eine Ehefrau billiger sei als eine Dienstmagd, und schickte nach dem lahmen Mädchen von Yazd. Aber selbst der Rabbi, der sie traute, schwor, daß Ismael den ehelichen Pflichten nicht nachkommen könne. Ismael der Rinnsteinreiniger nahm die Herausforderung an. In der Nacht seiner Hochzeit ließ er eine Schale mit drei Dutzend rohen Eidottern füllen, die er mit einem Krug voll Safran und zweihundertfünfzig Gramm gemahlenen Kümmels vermischte. Dann trank er das Gebräu in einem einzigen Zug aus. Eine halbe Stunde später war er – geplagt von heftigen Leibschmerzen, die ihn von nun an bis ans Ende seiner Tage quälen sollten – zum Bett seiner Braut gestürmt. Mit einem Penis, der so hart war wie an dem Tag, an dem er zum ersten Mal eine Frau besaß, war er in sie eingedrungen. Er hatte dem lahmen Mädchen die Jungfernschaft genommen, hatte ihr Saba gegeben, und fortan dämmerte er in einer Ecke des Hauses vor sich hin.

Dennoch – das lahme Mädchen aus Yazd war zufrieden und dankbar mit dem Leben, das sie nun führte. Sie hätte auch eine alte Jungfer werden können, verdammt, bis zum Tag ihres Todes im Haus ihres Vaters zu leben. Statt dessen hatte sie einen Ehemann, ein eigenes Heim und eine Tochter, die sie mehr liebte als Gott. Sie verwöhnte Saba mit zärtlicher Zuwendung, sang sie in den Schlaf, kochte jeden Tag für sie. Sie lud Sabas Freunde zu sich ein und bewirtete sie großzügig, bat sie, den Tag über zu bleiben und am nächsten Tag wiederzukommen. Nachdem Heshmat das erste Mal im Hause Sabas gewesen war, dachte sie sich Phantasiespiele aus, in denen sie Saba war und Pfau das lahme Mädchen aus Yazd.

Aber als Heshmat wieder einmal zu Besuch kam, fand sie Saba im Bett, umringt von ihrer Mutter und ihren Tanten. Sie wuschen Sabas Augen mit kaltem Tee aus und ließen sie kurz an der Opiumpfeife saugen. Sie schütteten ihr Zuckerwasser in den Hals und drückten sie, wenn sie schrie, auf ihr Lager hinab. Saba litt unter Schmerzen, so hatte das lahme Mädchen aus Yazd Heshmat erzählt. An ihrem Auge war ein Trachom gewachsen.

»Gib acht, daß du nicht ihre Wunden berührst«, warnte sie Heshmat. »Du könntest dich anstecken.«

Heshmat sah sich Saba an jenem Tag an und malte sich aus, daß auch sie krank geworden wäre: Sie würde im Bett bleiben, Pfau an ihrer Seite, und selbst Salomon der Mann würde aus Teheran zurückkommen, um seine kranke Tochter zu besuchen. Als niemand zuschaute, strich Heshmat mit ihren Fingern über Sabas Auge und betupfte dann ihr eigenes Auge.

In jener Nacht hatte sie ein Gefühl, als hätte man Salz in ihre Augen gestreut. Sie schlief sehr unruhig und betastete die kleinen Geschwüre – Sandkörnchen, die von Sekunde zu Sekunde härter wurden und auf der Innenseite ihrer

Augenlider entstanden. Am Morgen fühlte sie einen pulsierenden Schmerz, der sich über das ganze Gesicht hinzog, und sah alles durch einen dicken, eitrigen Nebel.

Mühsam erhob sie sich aus dem Bett und rief nach Pfau.

»Mama! Meine Augen tun mir weh.«

Sie erhielt keine Antwort.

Sie tastete mit den Händen nach Pfau, suchte dann nach Sabrina. Die Betten waren leer, das Haus verlassen.

»Mama! Sabrina! Meine Augen!«

Sie kroch hinaus. Die Sonne schien warm auf ihr Gesicht. Es war, wie sie spürte, heller Vormittag. Niemand würde bis zum späten Abend wieder daheim sein.

»Mama«, jammerte sie, aber niemand konnte sie hören. »Meine Augen!«

Heshmats Tage dehnten sich zu Stunden und die Stunden zu Minuten, die unendlich lang und leer waren, mit Ausnahme der Schmerzen und des Brennens in ihren Augen und der Angst vor der Dunkelheit, in der man sie zurückließ, um allein zu leiden. Sabrina saß an ihrem Bett und wusch ihr die Augen aus, aber Heshmat hörte vor Schmerzen nicht einmal ihr Weinen. Eine Woche verging, und der Schmerz wurde stärker. Pfau rieb junge Weizenkörner in Heshmats Augen, um die Qualen zu lindern. Am Jom Kippur fastete sie achtundvierzig Stunden lang. »Damit Gott meinen Hilferuf erhört«, erklärte sie Raab Yahya, »und mir gnädig antwortet.«

Sie hatten tagelang nicht gegessen. Sabrina bettelte in Isfahan und brachte eine Schale mit ranzigen Fleischbällchen und verdorbenem Gemüse mit. Pfau wußte, daß das Fleisch nicht koscher war. Sie nahm es dennoch an.

»Iß das.« Sabrina führte einen Löffel an Heshmats Mund, aber der Schmerz verschloß ihr die Lippen.

Sabrina schob den Teller in ein Holzregal in der Wand. »Schon gut«, meinte sie. »Morgen früh ist es auch noch da.«

Als der Morgen dämmerte, wachte Heshmat hungrig auf und erinnerte sich an die Fleischbällchen. Sie tastete sich ihren Weg durch die Dunkelheit und fand das Regal. Sie griff auf den Teller: die Fleischbällchen waren feucht und rund. Sie steckte sich einen davon in den Mund. Im selben Moment schrie sie mit offenem Mund lauthals heraus und wagte es nicht, die Lippen zu schließen: das Fleisch war lebendig geworden. Es hatte Beine, die sich bewegten.

Sabrina wurde vom Schrei ihrer kleinen Schwester wach und sprang aus dem Bett. Sie sah Heshmat würgen.

»Skorpion.«

Ohne nachzudenken, griff Sabrina mit der Hand in Heshmats Hals und packte das Insekt. Es stach sie in die Handfläche. Jetzt war es Sabrina, die vor Schmerz weinte.

Pfau erwachte, erfaßte mit einem Blick die Situation, ergriff Sabrinas Hand, öffnete sie und schleuderte den Skorpion zu Boden. Sie schüttete das Kerosin aus der Öllampe auf den Skorpion und zündete ihn an. Dann legte sie das verkohlte Insekt wieder über Sabrinas Wunde: Ein gefangener und getöteter Skorpion ist das beste Heilmittel gegen sein eigenes Gift.

Minuten vergingen. Sabrinas Hand schwoll an, und ihr Gesicht wurde grau. Als Pfau erkannte, daß das Gift in Sabrinas Blutbahn eingedrungen war, nahm sie ihr Kind auf den Rücken und rannte zum Haus des nächsten Arztes.

»Ein Messer!« rief der Mann, aber das Licht in Sabrinas Augen wurde schon schwächer. Er schnitt um die Bißstelle herum ein Loch aus.

Es war zu spät. Sabrina bewegte sich nicht mehr.

Pfau hielt Sabrinas leblosen Körper in den Armen, bis die Totenstarre eingesetzt hatte und ihre Arme steinhart waren. Sie wusch Sabrina, begleitete sie zum Grab und bedeckte ihr Leichentuch mit wilden Veilchen, die sie gepflückt hatte. Dann ging sie heim und pflegte Heshmats Augen.

»Wir sollten diese Stadt verlassen«, hörte sie die halbblinde Heshmat in der Dunkelheit flüstern. »Wir sollten dorthin gehen, wo die Menschen nicht sterben.«

Am nächsten Morgen waren sie fort.

IM SOMMER 1892 machten sie sich auf die Reise nach Teheran. Sie zogen mehrere Wochen lang durch die Wüste. Auf dem Weg wurden viele Reisende in der Karawane krank und starben vor Hitze. Eines Morgens erblickten sie am Horizont eine Stadt ohne Dome und Minarette, die von einem tiefen Graben und einer Mauer aus Lehm umgeben war. Dies war die Hauptstadt der Kadscharen, die Stadt, die sie der Stadt Isfahan – und auch Schiras und Kaschan – als Thronsitz vorgezogen hatten.

Die Mauer, die Teheran umgab, war durchbrochen von bogenförmigen Toren, die mit bunten Kacheln geschmückt waren. Durch die Tore hindurch zog Pfaus Karawane in eine lange Sandstraße hinein, die durch die Ruinen zerstörter und verlassener Häuser führte. Teheran war trocken und staubig und unfruchtbar. Etwas nördlicher, entlang der Küste des Kaspischen Meeres, war der Boden saftig und grün, aber Teheran war vom Kaspischen Meer durch die mächtige Gebirgskette des Elburs getrennt, dessen Gipfel so hoch waren, daß sie die Niederschläge und die Feuchtigkeit daran hinderten, die Wüste an der Südseite der Berge zu erreichen. Auf ihrer Reise durch das Ödland, das die Hauptstadt umgab, hatte Pfau den Schnee sehen können, der den Elburs das ganze Jahr bedeckte. Vor Tausenden von Jahren hatte Arash der Schütze in jenem eisigen Gebirge den Pfeil geworfen, der Persien rettete.

Die Karawane hielt auf dem Tekkyeh – auf Teherans Hauptplatz –, auf dem sich vier große Durchgangsstraßen kreuzten. Die Muslime konnten sich von hier aus auf einem flachen, offenen Pferdewagen weiterbefördern lassen. Große Viehherden blockierten auf ihrem Zug durch die Stadt einen großen Teil des Platzes. Dutzende von Maultieren, Kamelen und Eseln, Scharen von Hühnern und Truthähnen wühlten sich durch die Fußgängermenge hindurch. Verschleierte Frauen ritten ihres Weges. Mullahs mit weißen Turbanen saßen auf weichgepolsterten Sätteln. Bettelnde Kinder warfen sich jedem Reiter in den Weg.

Pfau und Heshmat verließen die Karawane und machten sich auf den Weg zum jüdischen Getto. Abseits des Tekkyeh wurden die Straßen immer schmaler und wanden sich zwischen hohen Lehmmauern hindurch. Die Wege waren ungepflastert, staubig, bedeckt mit den Abfällen, die aus den Häusern geworfen wurden, voll von Hunden, die mit den Bettlern um den Unrat kämpften. Die Luft, die sich unter den geschwungenen Dächern der Gassen staute, war schwer vor Hitze und dem Geruch der Verwesung. Es gab keine Bäume hier; nirgendwo war ein Garten zu sehen.

Pfau und Heshmat fühlten sich gänzlich verloren zwischen all den Straßenverkäufern und Kindern, Mullahs in braunen Roben und grünen Turbanen und Derwischen, die nur mit einem Lendentuch bekleidet waren. Sie sahen Araber in weißen Gewändern und blauäugige, sehr seltsam gekleidete Fremde in phantasievoll gestalteten Kutschen. Ein Herr in teurer Kleidung ritt auf einer arabischen Stute. Hinter ihm war ein Dutzend Diener damit beschäftigt, seinen »Narren« zu bewachen; das war der Verrückte, der immer in seiner Nähe war und der seinen Herrn mit seinem Wahnsinn amüsieren sollte. Alle feinen Herren in Teheran besaßen einen solchen Narren.

Soldaten ohne Waffen und mit zerrissenen Uniformen verkauften an einer Straßenecke verfaultes Obst. Palastwachen lungerten, Opium rauchend und Datteln kauend, im Schatten der Mauern herum.

Vor den Moscheen, den Regierungsgebäuden und den Häusern der Reichen standen die Bettler – viele von ihnen blind, verkrüppelt oder wahnsinnig. In jedem Stadtteil hatten sich die Diebe, Mörder und Strichjungen in Gruppen zusammengeschlossen: Sie hatten Bezirke und eigene Gesetze, die mit religiöser Strenge befolgt wurden.

Endlich fanden Pfau und Heshmat das Getto der Juden. Es war kleiner als in Isfahan, und es lebten weniger Menschen dort. Die Straßen – dick gepflastert mit Schlamm und Müll – waren überdeckt von geschwungenen Dächern, die im Sommer die Hitze speicherten und im Winter die Feuchtigkeit. Die Häuser des Gettos, die aus rohem, ungebranntem Ton bestanden, waren rissig und schief und fortwährend in Gefahr, bei einem der heftigen Teheraner Erdstöße einzustürzen. Immerhin lag das Getto in der Mitte der Stadt; seine sechs Tore öffneten sich zu den muslimischen Vierteln hin. Die Tore standen immer offen – außer zu Zeiten eines herannahenden Massakers: In der Nähe des Schahs waren die Muslime weniger mächtig und die Juden sicherer.

Es war fast dunkel, als Pfau und Heshmat sich aufmachten, ein Zimmer zu suchen. Sie klopften an verschiedene Türen und fragten, ob sie ein Zimmer auf Kredit mieten oder, bis sie eine Bleibe gefunden hätten, in einem Hof schlafen könnten. Sie gingen zur Hauptsynagoge des Gettos, dann zu den beiden kleineren. Selbst von den Rabbis wurden sie fortgeschickt.

»Geht zum Pit«, sagte man ihnen. »Dort könnt ihr auf der Straße schlafen.«

Der Pit war der Dorfplatz des Gettos, sein Schlachthof und zugleich der Müllabladeplatz. Er wurde nie gesäubert: Wann immer die Juden dies versuchten, wurden sie von den Mullahs daran gehindert. Der Pit war von allen Seiten von Läden und Wohnhäusern umgeben; an manchen Stellen überragte der Müll die Fassaden. Hier verkauften die ärmsten der Gettoverkäufer verfaultes Obst, gebratene Innereien vom Lamm und Linsensuppe. Die Türen aller Häuser waren schadhaft, die Fenster waren mit Stoffresten verhängt, die Zimmer voller Menschen und Krankheiten. Draußen erhitzte die Sonne das Blut der geschlachteten Tiere, während Fliegen auf den wenigen Abfällen saßen, die die Schlachter fortwarfen. Hunde kämpften mit hungrigen Kindern um die Reste, Läuse krochen die Beine der Fußgänger hinauf.

Pfau stand am Rande des Pits und hielt Heshmat fest an der Hand.

»Wir hätten niemals hierherkommen sollen.«

Es war fast dunkel. Sie schacherten mit einem Verkäufer um den Preis einer Schale Linsen, teilten sich dann das Essen und aßen es schweigend auf. Überall auf der Straße bereiteten Menschen sich ihr Nachtlager. Als das Essen verzehrt war, breitete Pfau einen alten Tschador auf dem Boden aus, benutzte ihren Stoffsack als Kissen für sich und Heshmat und setzte sich in Erwartung der Nacht neben ihre Tochter. Langsam stieg der Mond am Himmel empor. Die Geräusche des Gettos wurden allmählich leiser. Die Männer kehrten nach Hause zurück, und die Frauen legten die Kinder in die Nähe des wärmenden Feuers oder in ihre Betten.

Vom Tag verlassen, setzten sich die Pitbewohner an den Rand des Platzes und starrten auf den riesigen Müllberg, der ihr Zuhause war. Einer nach dem anderen hörten sie auf, gegen die Armut und die Schande ihres Lebens anzukämpfen, legten die Köpfe auf ihr dürftiges Lager und beteten um Schlaf. Wer wie Pfau erst vor kurzem angekommen war, weigerte sich zu schlafen. Mit blassem Gesicht saß Pfau mit dem Rücken gegen eine Wand gelehnt. Heshmats Kopf ruhte in ihrem Schoß, und sie hatte gerade für einen Moment die Augen geschlossen, als sie einen Ruf vernahm.

»Du da!«

Pfau schaute auf.

»Ja, du! Schlaf noch nicht.«

Von der anderen Seite des Platzes aus sah sie eine makellos weiße Wolke herannahen.

Es war eine Frau, die – in unendlich viele weiße Seidenstoffe gehüllt – auf sie zuzuschweben schien. Das Haar hing ihr, trocken wie Maisblätter, ungeflochten und lose über die Schultern. Als sie näher kam, erkannte Pfau, daß die Frau alt war – sie hatte das Gesicht weiß gepudert und die Lippen bernsteinfarben bemalt.

»Man hat mir gesagt, du würdest Stoffe verkaufen.«

Sie lächelte mit dem Charme eines dreijährigen Kindes.

»Mein Name ist Zilfa.« Sie streckte der verwirrten Pfau die Hand hin. »Ich besticke Taschentücher, und ich suche weiße Seide.«

ZILFA DIE ROSENFRAU war das einzige Kind ihres Vaters und die Alleinerbin seines Besitzes. Sie war wunderschön – vor langer Zeit, in den Tagen ihrer Jugend, bevor das Alter sie gezeichnet hatte. Ihr Haar leuchtete damals feuerrot, ihre Haut war schneeweiß, und ihre Augen schimmerten wie grüne Jade.

Als Zilfa drei Jahre alt war, hatten bereits Männer um sie geworben – Männer, die zunächst vom Reichtum ihres Vaters angelockt worden waren und später von den Erzählungen über ihre Schönheit. Ihr Vater, Mirza Davood, lebte in Teheran und hatte seine Tochter, noch bevor sie fünfzehn Jahre alt geworden war, für verlobt erklärt, aber jedesmal hatte Zilfa die Rosenfrau sich geweigert, den Mann, den er für sie gewählt hatte, zu heiraten. Viele Stunden lang ließ sie Mirza Davood verhandeln und die jeweiligen Anwärter ausfragen, erlaubte ihm, ihre Hand zu versprechen – bis sie dann schließlich, wenige Tage vor der Hochzeit, verkündete, daß sie mit der Wahl denn doch nicht zufrieden sei.

Mirza Davood war ein in seiner Gemeinde sehr angesehener Mann. Er war der reichste aller Händler und gebildeter als alle Rabbis zusammen. Er besaß den größeren der beiden Brunnen des Gettos und gab in Dürrezeiten immer kostenlos Wasser ab. Er wußte, daß er Zilfa zwingen sollte, einen Mann seiner Wahl zu heiraten – den Sohn des Geldverleihers beispielsweise, mit dem blonden Schnauzbart und dem langen Mantel, der wie ein Kosak aussah, oder den hübschen Sohn Salmans des Parfümverkäufers, der immer nach den Parfüms seines Vaters roch und sich jedesmal, wenn er ins Haus kam, vor Mirza Davood verbeugte. Aber Mirza Davood respektierte Zilfas Wünsche und erlaubte ihr, in Angelegenheiten, die ihre Zukunft betrafen, ein Wort mitzureden. Er sei ein aufgeklärter Mann, erklärte er seiner Frau jedesmal, wenn sie ihn wegen seiner Geduld verfluchte. Er habe Hebräisch und Arabisch und sogar drei Jahre lang in Bagdad Medizin studiert. Er könne mit Zilfa streiten und sie bitten, aber er wolle sie nicht zwingen, gegen ihren Willen zu heiraten. Er hielt an seinen liberalen Ansichten fest, bis Zilfa schließlich ihr Leben ruinierte und über ihre Eltern Schande brachte.

Eines Tages kam ein Mann zum Hause Mirza Davoods – ein Moslem auf einem großen schwarzen Pferd und mit Augen, die keinen Kummer kannten. Sein Name war Sardar Ali Khan, und er war ein Thronfolger der heruntergekommenen Zand-Dynastie in Schiras. Er lebte auf seinem Landsitz, der überall in Persien für seine Gärten und seine Architektur berühmt war. In seinem Haus gab es siebenundvierzig Zimmer, drei Tanzsäle, von denen jeder größer war als der Gettoplatz, und ein Polofeld. Die Decken und Wände waren allesamt mit winzigen Figuren legendärer Helden und magischer Feen bemalt. In seinen Ställen standen dreihundertfünfundsechzig Pferde – Ali Khan besaß für jeden Tag ein anderes. Zilfa die Rosenfrau sah den Gast ihres Vaters gleich am ersten Abend und entschied, daß nur er ihrer Liebe wert wäre.

»Ali Khan soll es sein«, sagte sie zu Mirza Davood, »und kein anderer.«

Mirza Davood war ein guter Jude, ein Vorbeter bei jedem Sonntagsgottesdienst und ein Gelehrter des Talmuds. Daß seine wählerische Tochter nun sogar davon sprach, außerhalb ihrer eigenen Religion zu heiraten, ließ ihn in seiner Seele verzweifeln. Er erkannte, daß ihre Erziehung gänzlich fehlgeschlagen war. Er beschwor Zilfa zu bedenken, daß Ali Khan bereits verheiratet sei – mit seiner Nichte, die er seit seiner Kindheit geliebt hatte – und mit einem Dutzend anderer, jüngerer Frauen, die die Nichte selbst ausgesucht und in den Harem gebracht hatte. Zilfa ließ sich durch diese Nachricht in keiner Weise abschrekken.

»Er muß sie alle verlassen«, bemerkte sie kühl. »Ich werde meinen Mann nicht mit einer anderen Frau teilen.«

Mirza Davood schlug Zilfa auf den Mund und schloß sich dann zum Gebet ein, um für seine Unbeherrschtheit zu büßen. Seine Frau saß im Hof des Hauses und streute sich mit beiden Händen Asche auf Gesicht und Haar. Zilfa die Rosenfrau plante inzwischen ihre Begegnung mit Ali Khan.

Sie müsse direkt vorgehen, so entschied sie, aber zugleich auch mit Feingefühl. Sie müsse einen starken Eindruck hinterlassen und sich seine ungeteilte Aufmerksamkeit sichern. Sie war sich des Risikos bewußt, das sie auf sich nahm, und meinte, daß es sich lohne.

Sie nahm ein Stück weißer Seide und nähte ein Taschentuch mit spitzenverziertem Rand und stickte weiße Rosen in jede Ecke. Sie betupfte die Rosen mit Parfüm, das sie vom Sohn Salmans des Parfümverkäufers erhalten hatte. Am Tag, an dem Ali Khan abreisen sollte, stand sie früh auf, um sich ihr Haar zu flechten und die Augen schwarz zu umrahmen. Sardar Ali Khan trat in den Hof, um sein Pferd zu satteln. Zilfa die Rosenfrau verließ unverschleiert ihr Zimmer und rief seinen Namen. Mit geröteten Wangen trat sie zu ihm und überreichte ihm das Taschentuch.

»Ein Zeichen der Bewunderung«, sagte sie, und Ali Khan war so bezaubert, daß er sich aus Dankbarkeit tief verbeugte. Doch dann ritt er aus Teheran fort und kehrte niemals zurück.

Zilfa die Rosenfrau hatte mit ihrem Leben gespielt und verloren. Sie trug fortan keinen Schleier mehr und wurde aus dem Haus ihres Vaters verbannt. Mirza Davood schickte sie fort zum Pit, in ein kleines Haus ohne Fenster mit einem winzigen Hof, in dem kein Grashalm wuchs. Aber Zilfa die Rosenfrau freute sich auf ihr neues Zuhause. Ali Khan, so beteuerte sie immer wieder, würde schon bald nach ihr aussenden. In der Zwischenzeit wollte sie ihr Haus für ihn verschönern.

Sie beschloß, in dem einzigen Zimmer des Häuschens zu schlafen und den Keller als einen Ort zu nutzen, »um die Künste zu pflegen«. Im Hof würde sie einen Garten anlegen und Rosen pflanzen. Die Nachbarn lachten sie aus; im Pit wuchs nichts außer Unkraut und Müll. Unbeirrt streute Zilfa die Rosenfrau Samen in den Garten und sah ihre Blumen in leuchtenden Farben heranwachsen.

Mit der kleinen Rente, die sie von Mirza Davood bekam, nahm sie sich einen Gesangs- und einen Zeichenlehrer. Samira die Schneiderin kam einmal im Monat vorbei und nähte für Zilfa Kleider aus dünnen, eng anliegenden Stoffen. Zilfa die Rosenfrau wollte unbedingt durchsichtige Ärmel und weigerte sich, einen Schleier zu tragen. Einmal im Monat ließ sie zum Basar schicken, damit man ihr aus Salmans Laden Cremes und Parfüms besorgte. Sie saß jeden Morgen in ihrem Rosengarten und bürstete in der Sonne ihr Haar. Sie entfernte die Haare von ihren Beinen mit einer Kerzenflamme, strich sich Pasten aus Gemüsemus und Rosenblättern aufs Gesicht, rieb sich die Hände mit Hammelfett ein und trug Schlangenöl auf ihre Augenwimpern auf, damit sie lang und seidig würden. Und Tag für Tag wartete sie auf Ali Khan.

Sie wartete fünf, zehn, fünfzehn Jahre lang. Mit Dreißig wurde sie sich ihres Alters bewußt. Angstvoll sah sie in den Spiegel, betrachtete ihre Haut, auf der die ersten Falten sichtbar wurden, und tauchte ihr Gesicht in Ziegenmilch, die sie schuldbewußt vor den hungrigen Kindern im Pit verbarg. Sie arbeitete weniger und schlief mehr und fragte die Frauen im Armenierviertel heimlich nach einem Mittel gegen das Alter.

»Schafsperma«, entgegneten sie lakonisch. »Trage es zweimal pro Woche auf die Haut auf.«

Zilfa die Rosenfrau war über den Vorschlag empört. Sie würde ihre eigene Medizin erfinden, so entschied sie, und rührte Kräutermasken und Schlammixturen. Sie gewöhnte sich an, mit zusammengepreßten Lippen zu lachen, damit sich um ihre Augen herum keine Falten zeigten. Wenn sie schlief, war ihr Kopf niedriger gelagert als ihr Körper – um den rosigen Schimmer ihrer Wangen zu bewahren. Sie wikkelte sich vom Kinn bis zu den Zehen in ein enges Tuch, damit ihre Haut nicht erschlaffte.

Mit Vierzig wurde sie schwach und schickte einen Boten nach Schiras – er sollte erkunden, welche Absichten Sardar Ali Khan in bezug auf ihre Person hege. Der Mann kam bald zurück: Ali Khan war während der Pest von 1866 gestorben. Seine Söhne waren bereits erwachsen und verheiratet, und sein Haus war von seinen Enkelkindern übernommen worden.

Zilfa die Rosenfrau warf den Boten hinaus und weinte sieben Tage lang. Dann kehrte sie ins Leben zurück und kümmerte sich um ihre Blumen.

Mit fünfzig Jahren ließ sie alle ihre einstigen Freier wissen, daß sie bereit sei zu heiraten. Sie wachte jetzt immer später auf, in der Hoffnung, den Augenblick, in dem sie der Welt und ihrem Alleinsein ins Auge blickte, hinauszuzögern. Wenn sie ihr Bett verließ, puderte sie sich als erstes das Gesicht, bemalte ihre Lippen und Augen und setzte sich dann in den Garten, um Rosen in die Ecken von weißen Taschentüchern zu sticken. Jeden Tag nähte sie zwei Dutzend Tücher, legte sie in ordentlichen Stapeln in einen

Winkel ihres Kellers und sagte ihren Besuchern, sie bewahre die Tücher für ihre Mitgift. Ein Jahr später war jeder Winkel ihres Kellers mit weißen Taschentüchern gefüllt, doch Zilfa kaufte immer noch mehr Seide ein.

»ICH WERDE IHNEN zunächst einmal meine Muster zeigen«, log Pfau die Rosenfrau an, während sie ihren Sack nach den besten Stoffetzen durchwühlte. »Ich möchte, daß Sie eine Vorstellung davon bekommen, welche Art von Ware ich anbiete.«

Sie wußte, daß sie sich durch ihren Akzent sofort als eine Fremde verriet, und versuchte, die verblaßten Stofffetzen zu verbergen, die aus der Tasche herausfielen. Sie nahm ein Stückchen grünen Taftstoff heraus, einst Teil eines Kleides, das der verrückten Maruschka gehört hatte.

»Dies ist ein antikes Stück«, erklärte sie Zilfa der Rosenfrau. »Es hat einem Mitglied der königlichen Familie in Isfahan gehört.«

Zilfa sah aus, als hätte man sie beleidigt. Sie wandte den Kopf ab und lächelte gezwungen.

»Danke.« Sie ging schon davon. »Vielleicht ein anderes Mal.«

»Warten Sie!« rief Pfau. »Ich habe mehr. Das war nicht mein bestes Stück.«

Sie entleerte den Beutel auf den Boden und begann, die Lumpen zu durchwühlen. Zögernd blieb Zilfa stehen. Sie wußte, daß sie zu der falschen Händlerin gekommen war.

»Weiß«, erinnerte sie Pfau. »Ich kann nur weißen Stoff gebrauchen.«

Pfau hielt ihr ein Stückchen brauner Seide hin.

»Ja, sehr schön«, sagte Zilfa zögernd und schüttelte bedauernd den Kopf. »Aber ich brauche *weiß*.«

Pfau zeigte ihr ein gelbes, fleckiges Stück Seide.

Zilfa die Rosenfrau wollte gerade protestieren, als sie Pfaus gerötetes, verwirrtes Gesicht sah und ihr bewußt wurde, wie dringend Pfau Hilfe brauchte. Sie strich über ihre Perlenkette und zwang sich zur Geduld.

»Woher kommst du?« fragte sie, ohne den Stoffetzen zu beachten, den Pfau ihr hinhielt.

»Aus Isfahan.«

Pfau war erleichtert, Zilfa immerhin aufgehalten zu haben. Sie zeigte auf Heshmat. »Dies ist meine Tochter.«

»Hübsch, hübsch«, bemerkte Zilfa voll Anerkennung. »Und wo ist dein Mann?«

Die Frage überraschte Pfau. Zum ersten Mal in ihrem Leben war sie unter Menschen, die ihre Vergangenheit nicht kannten.

»Ich habe keinen Mann«, entgegnete sie.

»Ist er tot?«

Pfau wußte nicht, wie sie es erklären sollte.

»Er ist nicht tot. Ich habe ihn verlassen«, sagte sie schließlich.

Zilfa die Rosenfrau reckte ungläubig ihr Kinn.

»Was soll das heißen, du hast ihn verlassen? Willst du damit sagen, er hat sich von dir *scheiden* lassen?«

»Ich will damit sagen, ich habe ihn *verlassen*.« Pfau war verwirrt und peinlich berührt.

»Du bist also fortgelaufen.« Zilfa versuchte es noch einmal. »Er hat dich mißhandelt, und du bist fortgelaufen, um dein Leben zu retten.«

Pfau stopfte den Fetzen gelben Stoffes zurück in ihr Bündel. Sie hatte jedes Interesse an diesem Handel verloren. Sie wollte auf keinen Fall die Erinnerungen an Salomon wieder lebendig werden lassen.

»Er hat jemand anderes geheiratet«, sagte sie. »Er hat

sich in ein dreizehnjähriges Mädchen verliebt und sie in mein Haus gebracht. Deshalb habe ich meine Kinder genommen und bin gegangen.«

Sie bedeutete Heshmat, daß sie jetzt gehen würden, zog sich den Tschador fester über den Kopf, befestigte die billige Metallspange, die die Zipfel ihres Schleiers hinter ihrem Kopf zusammenhielt, und wollte sich gerade davonmachen, als Zilfa sie aufhielt. Sie streckte den Arm aus und zog Pfaus Schleier zur Seite.

»Aber du bist schön!« rief sie aus und brachte Pfau dadurch noch mehr in Verlegenheit. »Warum hat er dich nur verlassen?«

Pfau ordnete ihren Schleier und wollte sich von Zilfa losmachen.

»Warte«, gebot Zilfa, so angestrengt bemüht, Pfaus Geheimnis zu enträtseln, daß sie die Regeln der Etikette vergaß, die sie sonst immer so sorgfältig beachtete. »Hast du ihn denn geliebt – diesen Mann, von dem du behauptest, du hättest ihn verlassen?«

Pfau antwortete nicht.

»Du mußt ihn sehr geliebt haben«, mutmaßte Zilfa, entzückt über die Vorstellung, einer Liebesgeschichte auf der Spur zu sein. »Du wärest nicht gegangen, wenn du nicht eifersüchtig gewesen wärest.«

Heshmat fand Zilfa sympathisch. Sie ließ Pfaus Hand los und näherte sich der alten Frau. »Mein Vater wohnt hier in Teheran«, erklärte sie. »Er ist mit Tala Khanum, der Tochter Zil-el-Sultans, verheiratet.«

Zilfa die Rosenfrau war von dieser Nachricht angenehm überrascht.

»So bist du also gekommen, um ihn zurückzugewinnen«, entschied sie für Pfau. »Du bist gekommen, um ihn von der Kadscharin zurückzufordern.« Nicht einen Moment lang kam ihr in den Sinn, daß die ganze Geschichte recht unwahrscheinlich klang.

Pfau zog Heshmat mit sich fort.

»Warte, habe ich gesagt«, befahl Zilfa jetzt ungeduldig. Sie nahm Heshmats Hand, räusperte sich und verkündete: »So etwas tue ich gewöhnlich nicht, aber du kannst eine Zeitlang bei mir bleiben, bis du deinen Mann zurückbekommst.«

Sie nahm Pfau und Heshmat mit in ihr Haus und ließ sie in ihrem Garten schlafen. Am Morgen verkündete sie, daß das Frühstück fertig sei.

Zilfa die Rosenfrau aß, wie sie selbst immer wieder betonte, äußerst gesittet: an einem Tisch mit Stühlen – sie hatte nur zwei davon – und einem weißen Leinentischtuch. Sie kam geschminkt, sorgfältig gekleidet und frisiert zu Tisch. Angewidert von der morgenländischen Sitte, das Essen gemeinsam aus ein und derselben Schale zu essen, stellte sie für jeden Gast einen Teller auf den Tisch, schmückte die Speisen mit Kräutern und Blumen und legte Rosenblätter auf die gefüllten Teetassen. Sie verlangte, daß ihre Gäste mit ihr über Dinge sprechen sollten, »die für vornehme Leute von Interesse sind« – über die Oper in Europa, die Mode am Hof des Zaren, die Kunst im Palast des Schahs. Pfau und Heshmat schauten einander verwirrt an und beschlossen zu schweigen. Zilfa sprach für alle. Erst als die Mahlzeit beendet war und sie den Tisch abräumte, kam sie auf Pfaus Schicksal zu sprechen.

»Ich denke, wir sollten warten, bevor wir deinem Mann einen Besuch abstatten«, schlug sie vor und musterte Pfau eingehend. »Es ist nicht gut, wenn er dich in diesem Zustand sieht. Du mußt ein wenig zunehmen, dir ein paar anständige Kleider nähen lassen und vernünftige Schminke benutzen.«

Pfau schluckte die Tränen hinunter.

»Ich bin nicht wegen Salomon hierhergekommen«, entgegnete sie und fragte sich zugleich, ob sie nicht doch seinetwegen gekommen war. »Ich bin hier, um Arbeit zu suchen.«

Zilfa die Rosenfrau zwinkerte Heshmat verschwörerisch zu und beschloß, so zu tun, als ginge sie auf Pfau ein.

»Welche Art von Arbeit?«

»Irgend etwas.«

Zilfa sagte, sie kenne einen Moslem im Basar, einen Juwelier mit dem Akzent von Isfahan, der eines Tages mit einer Truhe voller Edelsteine nach Teheran gekommen sei.

»Sein Name ist Ezraeel.« Sie lachte glucksend. »Ich weiß zufällig, daß er jüdische Frauen besonders mag.«

Sie beugte sich mit verschwörerischer Miene zu Pfau hinüber und senkte ihre Stimme. »Er ist verheiratet, aber man hat mir erzählt, daß er sich direkt hier, im Pit, eine Geliebte hält.«

Dann richtete sie sich plötzlich leicht entrüstet auf und trat wieder einen Schritt von Pfau zurück.

»Auf jeden Fall bin ich über solches Geschwätz erhaben. *Ich* kenne ihn, weil ich diese Perlen von ihm gekauft habe.« Sie zeigte Pfau ihre Perlen. »Er hat die besten Steine in der Stadt, und ich habe ihm gesagt, wenn ich heirate, würde ich ihm seinen reinsten Diamanten abkaufen.«

ZILFA DIE ROSENFRAU nahm Pfau mit zu einem Besuch bei Ezraeel. Sie gingen vom Getto zum Tekkyeh-Platz, bestachen dann einen Kutscher, der sich bereit erklärte, das Gesetz zu übertreten, das den Juden verbot, sich anders als zu Fuß durch die Stadt zu bewegen, und sie zum Basar fuhr. Pfau hatte entsetzliche Angst davor, erwischt zu werden, aber Zilfa bestand darauf, in einer Kutsche zu fahren: Sie wollte nicht wie eine Arme zu Fuß zum Basar gehen oder sich Ezraeel dem Rächer in staubiger Kleidung präsentieren. Trotzig und unerschrokken saß sie in der Kutsche, aber als sich das Gefährt dann in Bewegung setzte, zog sie die Vorhänge fest zu und verdeckte mit der Hand den gelben Stoffetzen auf ihrem Tschador.

Die Kutsche fuhr am Schrein der Sieben Töchter vorbei, durchquerte Emamzadeh Ismael – das älteste Viertel der Stadt – und hielt dann genau vor dem Tschar-Sou, dem Zentrum von Teherans vier größten Basaren und gleichzeitig die Stätte des Kaiserlichen Gefängnisses. In alten Zeiten, so hörte Pfau von Zilfa der Rosenfrau, als sie aus der Kutsche stiegen, hatten Helden im Tschar-Sou gesessen, auf einem Balkon, der höher war als alle anderen Gebäude in Teheran, und hatten von dort aus die Menschen beobachtet. Jetzt war der Balkon vom »Dorougheh« – dem obersten Wächter der Stadt – besetzt. Den ganzen Tag lang sandte der Dorougheh seine Männer aus, um die Stadt zu durchstreifen, hielt Ausschau nach Dieben und Gesetzlosen und vor allem nach denen, die als Umstürzler der Monarchie verdächtig waren. Nachts saß er auf dem »Balkon der Gerechtigkeit«, empfing die Gefangenen, die an jenem Tag festgenommen worden waren, und fällte seine Urteile. Er schickte die Männer in das Gefängnis, das geradewegs unter seinem Balkon lag.

»Schau!« rief Zilfa die Rosenfrau mit einem leichten Schauder, als sie sich dem Balkon der Gerechtigkeit näherten. »Das ist das Gefängnis.«

Pfau erblickte eine Falltür, die mit eisernen Stangen verstärkt war. Das Gefängnis war eine unterirdische Höhle ohne Fenster und ohne irgendeinen Zugang nach draußen, außer der Tür, durch die die Gefangenen hereinkamen. Es wimmelte von Ratten und Parasiten. Es herrschte vollkommene Dunkelheit, und überall lagen Leichen herum. Gefangene, denen von ihren Familien nicht täglich etwas zu essen gebracht wurde, mußten verhungern. Wer als eine Bedrohung für die Monarchie galt, wurde sehr schnell hingerichtet. Die restlichen Männer vegetierten in der Dunkelheit dahin, bis sie einer Krankheit erlagen oder erstickten. Es gab nur wenige Menschen, die das Gefängnis lebend verlassen hatten.

»Schnell!« Zilfa die Rosenfrau zitterte vor Widerwillen, als sie in großem Bogen um die Falltür herumlief. »Geh nicht in die Nähe der Tür.«

Pfau folgte Zilfa zögernd, gab dann aber ihrer Neugierde nach und bewegte sich näher an das vergitterte Loch heran. Sie beugte sich hinüber und spähte durch die eisernen Gitterstäbe hindurch in die Dunkelheit. Da sie nichts sah, kniete sie sich auf den Boden und starrte nach unten. Eine Hand packte sie. Sie schrie und wand sich, aber die Hand ließ sie nicht los. Durch die Stäbe der Falltür hindurch bettelte ein Mann mit einem schwarzen Gesicht und zottigem Haar Pfau um Geld an, damit er die Wachen bestechen und Lebensmittel kaufen könnte.

Er starrte vor Schmutz und stank wie eine Leiche; sein Mund war ein schwarzes, zahnloses Loch. Seine Füße waren an den Boden gekettet, aber er hatte sich mit einer Hand hochgezogen, und er ließ Pfaus Gewänder nicht los, bis einer von Doroughehs Männern herbeikam und mit einem Holzknüppel auf sein Handgelenk schlug. Da erst ließ er los, fiel auf den Boden zurück und begann zu schluchzen.

»Steh auf!« Zilfa die Rosenfrau beugte sich über Pfau. Sie war wütend, von dem Vorfall peinlich berührt, und schämte sich, mit Pfau in Verbindung gebracht zu werden. »Ich habe dir gesagt, du sollst nicht zu nahe herangehen. Jetzt steh auf.«

Etwas abseits von dem Gefängnis wimmelte der Tschar-Sou von Händlern und Käufern und Tieren. Herden von Maultieren und Eseln standen dicht an dicht mit Pferden und Schafen. Hausfrauen feilschten mit Straßenhändlern. Verkäufer boten die Innereien von Kühen und die Gehirne von Schafen feil. Auch Lammhoden, Innereien von Hühnchen und gebratene Heuschrecken wurden als Leckerbissen verkauft.

Der Basar war ein Wirrwarr aus schmalen, ungepflasterten Gassen, die von gewölbten Dächern überdeckt waren. Alle paar Meter fiel ein Lichtstrahl durch die Öffnungen im Dach, durchschnitt die Dunkelheit und traf die Menschen, die darunter entlanggingen. Im Hof der Weber saßen Verkäufer und rauchten neben großen Stapeln von Baumwollstoffen, die aus Manchester importiert worden waren, ihre Pfeifen. Im Hof der Buchhändler verkauften alte Männer handgeschriebene Manuskripte, die auf Tierhäute aufgemalt worden waren. In der Galerie der Metallarbeiter beugten sich halbnackte, vom Feuer beschienene junge Männer über heiße Ambosse. Zilfa die Rosenfrau schob sich durch die Menge und betrat, jetzt wieder besser gestimmt, den Basar der Juweliere. Sie begrüßte einige Ladenbesitzer, die sie kaum beachteten, und blieb dann ein paar Meter vor dem torbogenförmigen Eingang zum Laden Ezraeels des Rächers stehen: Juden durften die Läden der Gläubigen nicht betreten. Allein ihre Gegenwart bewirkte, daß die Umgebung auf Dauer geschändet wurde. Im Laden saß ein Junge, um die Kunden zu begrüßen.

»Zilfa von Davood!« rief die Rosenfrau dem Jungen von

ihrem Platz im Korridor aus zu. »Ich habe mit Ezraeel Khan ein Geschäft abzuschließen.«

Der Junge warf den Besucherinnen einen verächtlichen Blick zu und wandte sich ab. Er stand gar nicht erst auf, um seinen Herrn zu rufen. Ezraeel der Rächer empfing keine Juden.

Pfau schaute den Jungen und dann Zilfa an und fragte sich, was wohl als nächstes passieren würde. Im Laden waren Boden und Wände mit seidenen Teppichen geschmückt; ein schwerer Samtvorhang hing vom Säulengewölbe herab, ein großer vergoldeter Samowar dampfte neben Schalen mit Datteln und Süßigkeiten.

»Ruf deinen Herrn«, bat Zilfa sehr höflich, als ihr bewußt wurde, daß der Junge sie ignorierte. »Sag ihm, es sei die Rosenfrau, die die Perlen gekauft hat.«

Der Junge spuckte auf den Boden. »Hau ab, Jüdin!«

Zilfa die Rosenfrau ergriff ihre Perlenkette, als könnte sie dadurch ihr Gleichgewicht wahren. Sie zitterte und wurde so blaß, daß ihre Lippen blau erschienen, so verwirrt und gekränkt, daß Pfau die Tränen in ihrer Stimme hörte. Sie war in ihren besten Kleidern gekommen, vornehm gekleidet wie eine Königin, geschickt und kunstvoll aufgemacht, und jetzt wurde sie von einem Bauernburschen mit Segeltuchschuhen einfach ignoriert. Zilfa hatte das Gefühl, als würden tausend Augenpaare sie höhnisch anstarren.

»Ruf ihn«, versuchte sie zu befehlen, aber ihre Stimme klang wie ein Flehen. Im Hintergrund des Ladens öffnete sich ein Vorhang, und ein Mann mit einer Peitsche in der Hand trat hervor. Bei seinem Anblick fühlte Pfau sich plötzlich so verletzlich wie ein gefangener Vogel.

»Du bist ungeduldig, Jüdin.« Ezraeel der Rächer ließ die Peitsche in seine Handfläche knallen und ging ein paar Schritte auf Pfau zu. An der Tür des Ladens blieb er stehen.

Er war groß, sein Gesicht war blaß, feindselig und abweisend. Seine Augen leuchteten wie goldene Achate. Wenn er sprach, bewegten sich seine Lippen kaum.

Zilfa die Rosenfrau berührte ihre Wange mit den Fingerspitzen, so als wolle sie sich vergewissern, daß sie noch vorhanden war. Sie hob ihren Rock zu beiden Seiten leicht an, machte in ihren Seidenschuhen einen Schritt nach vorn und versuchte, so selbstbewußt wie nur irgend möglich zu sprechen.

»Seien Sie gegrüßt.« Ihre Hände, die den Rock hielten, zitterten. »Es ist nett von Ihnen, uns zu empfangen.«

Ezraeel der Rächer starrte sie so kalt an, daß sie die Augen niederschlug.

»Ich bin Zilfa«, sagte sie noch einmal. »Ich habe diese Perlen bei Ihnen gekauft.«

Ezraeel hatte sich schon auf den ersten Blick an Zilfa erinnert. Sie war mit einem Beutel voller Kleingeld zu ihm gekommen und hatte gesagt, sie wolle seinen besten Diamanten kaufen. Sie hatte all ihr Geld auf den Läufer vor dem Laden geschüttet und darauf bestanden, daß sie bei niemand anderem als bei Ezraeel kaufen wolle. »Für mich nur das Beste«, hatte sie gesagt. Nach vielem Bitten und Betteln hatte sie sich mit der billigsten seiner Perlenketten zufriedengegeben.

»Ich habe dir verboten, noch einmal zurückzukommen«, sagte Ezraeel. Zilfa die Rosenfrau wurde so rot wie die Farbe ihres Lippenstiftes.

»Ich habe eine Freundin mitgebracht.« Zilfa zeigte auf Pfau, froh, Ezraeels Aufmerksamkeit von sich selbst abzulenken. »Sie ist aus Isfahan – wie Sie, glaube ich –, und sie hat einen sehr guten Ruf – unter Juden, genauer gesagt – als Verkäuferin. Ich dachte, sie könnte Ihnen dienlich sein – irgendwie.«

Ezraeel der Rächer schaute auf die hilflos stammelnde Zilfa und wandte sich dann Pfau zu. Seine Blicke brannten auf ihrer Haut. Sie machte einen Schritt nach vorn und versuchte, sich durch Ezraeels abschätzenden Blick nicht einschüchtern zu lassen.

»Ich bin Straßenhändlerin«, erklärte sie. »Ich kann alles verkaufen. Geben Sie mir etwas Gold – eine Kette oder ein Armband. Ich werde es auf Kommission verkaufen.«

Ezraeel der Rächer wirkte, als sei er plötzlich vom Blitz getroffen worden. Er versuchte angestrengt, durch Pfaus Schleier hindurchzuspähen. Sie spürte, daß es ihr gelungen war, sein Interesse zu wecken.

»Ich weiß, daß Sie hier sehr gute Geschäfte machen«, versicherte sie. »Aber es könnte vielleicht noch besser laufen. Ich werde das verkaufen, was keiner Ihrer Kunden haben will.«

Ezraeel starrte sie an und machte dann eine Kopfbewegung, die anzeigte, daß Pfau in den Laden hereinkommen solle. Aufgeregt versuchte Zilfa die Rosenfrau sich ebenfalls hereinzudrängen.

»*Du* nicht«, sagte Ezraeel zu ihr, und Zilfa schien vor Scham im Erdboden zu versinken.

Im Laden stand Pfau vor Ezraeel und wartete. Er starrte sie schweigend an, und sie fühlte, wie ihr der Schweiß ausbrach.

»Nimm deinen Schleier ab.«

Selbst der junge Diener war schockiert. Er schaute zu seinem Herrn, sprach ein Gebet, um sich vor dem Bösen zu schützen und eilte zurück in den Laden, wo man ihn nicht sehen konnte. Pfau wandte sich hilfesuchend nach Zilfa um und sah, daß sie gegangen war – unfähig, die Demütigungen länger zu ertragen.

Ezraeel der Rächer trat näher an Pfau heran.

»Laß mich dein Gesicht sehen!« befahl er ihr.

Pfau wich einen Schritt zurück, aber Ezraeel packte sie am Arm und zerrte an ihrem Schleier. Die Spange hinter ihrem Kopf ging auseinander, und der Schleier glitt herab, und Ezraeel sah eine junge Frau vor sich, deren Schönheit ihn für immer bezauberte.

EZRAEEL DER RÄCHER war mit einem Kästchen voller Juwelen nach Teheran gekommen und mit dem großen Rubin, den Mohammed der Jude ein halbes Jahrhundert zuvor von Honest dem Antiquitätenhändler gestohlen hatte. In seinem Herzen trug Ezraeel zwei Bilder – das seiner Mutter, Afagh, die von den Bergen Kurdistans gekommen war, um im Hause Mohammeds des Juden zu sterben, und das seines Vaters, der den Körper von Sanam fest umklammert gehalten hatte, während sie beide von einer riesigen Flamme verschlungen wurden.

Ezraeel mietete den größten Laden im Basar und machte einen Juwelenhandel auf. Er suchte sich eine Frau – ein Mädchen, so blaß und ausdruckslos, daß er sich nie an ihren Namen erinnern konnte. Er nannte sie deshalb der Einfachheit halber »Die Mutter der Jungen«. Er suchte sich auch eine Geliebte, eine Jüdin aus dem Pit. Sie hieß Assal, und ihre Haut war so weiß, daß Ezraeel immer wieder mit dem Finger an ihrer Wange entlangstrich, um zu sehen, ob sie sich vielleicht gepudert hätte. Assal war schon zuvor einmal verheiratet gewesen, sieben Wochen lang. Ihr Mann hatte sie, kurz bevor er an Malaria starb, ihrer Jungfräulichkeit beraubt. Jetzt schlief sie mit Ezraeel in der Hoffnung, daß er sich im Laufe der Zeit in sie verlieben und sie dann heiraten würde. Er war reich, und Assal war es gleichgültig, daß er ein Moslem war. Er kam einmal in der Woche zu ihr – am Vorabend des Sabbat, als habe er es darauf abgesehen, den heiligen Tag zu entweihen –, und während der vielen Monate, die ihre Beziehung schon währte, hatte er ihr nicht ein einziges Mal Geld gegeben oder auch nur ein paar Datteln.

»Die Mutter der Jungen« schenkte Ezraeel fünf Söhne. Mit Assal hatte er nur einen Sohn – Besharat den Bastard, der im dritten Jahr ihrer Beziehung geboren wurde und dessen Ankunft zeitlich mit dem Ende von Ezraeels Interesse an Assal zusammenfiel. Als er hörte, daß sie schwanger war, überlegte sich Ezraeel, Assal zu heiraten, aber als dann ihr Sohn geboren wurde, verließ er sie und kam nicht ein einziges Mal zurück.

Doch auch zu Hause, umgeben von seinen Kindern und den Verwandten seiner Frau, fand Ezraeel der Rächer keinen Frieden. Seine Söhne sehnten sich nach seiner Liebe und bekamen nur seinen Unwillen zu spüren. »Die Mutter der Jungen« versuchte ihm zu gefallen, rief aber statt dessen bei ihm nur Verachtung hervor. Dabei war es nicht so, wie einige meinten, daß sein Herz in einem Panzer der Abwehr steckte, den man mit viel Verständnis hätte öffnen können. Es war einfach so, daß Ezraeel seine Familie haßte – ohne Grund und ohne Rückhalt.

Er war erst fünfundzwanzig Jahre alt und sah gut aus, aber seine Seele war von Grund auf durch Haß und Rachegefühle vergiftet. Er hatte das Haus seines Vaters in Flammen gelegt, Maruschkas Juwelen gestohlen, sie so lange verfolgt und gequält, bis sie vor Angst verrückt geworden war. Schließlich hatte er auf sie geschossen und sie in der Wüste qualvoll sterben lassen.

An dem Tag, an dem Zilfa die Rosenfrau ihm Pfau brachte, empfand Ezraeel der Rächer auf den ersten Blick nur Verachtung für sie. Er hätte Pfau weggeschickt, ihr mit der Peitsche ins Gesicht geschlagen und sie aus dem Basar, den sie mit ihrer Gegenwart beschmutzte, hinausgejagt. Es stimmte, daß er mit einer Jüdin schlief – aber er tat das mehr aus Haß als aus Lust: um Assal als die Hure bloßzustellen, die sie in Wirklichkeit war. Er haßte Juden, und er haßte Pfaus Isfahaner Akzent, der ihn an die Vergangenheit erinnerte. Als sie aber die ersten Worte gesprochen hatte, weckte ihre Stimme in ihm ein so tiefes Begehren, wie er es nie zuvor verspürt hatte. Er riß ihr den Schleier ab und sah sie – dunkel und hinreißend mit ihrem schwarzen Haar, den grünen Augen und einer Haut, die glatt und verführerisch war. Er streckte die Hand nach ihr aus und berührte ihre Wangen. Pfau hatte wie ein gefangener Vogel gezittert. Ezraeel schaute sie ein paar Sekunden lang an, wandte sich dann tiefbewegt von ihr ab und gab ihr den Schleier zurück. Er ging zu einem Alkoven in der Wand und nahm ein Kästchen mit Gold heraus. Er reichte Pfau ein Dutzend goldener Armreifen. Sie stand da, den Blick auf das Gold geheftet, voller Angst, es zu berühren, unfähig, es zurückzuweisen. Dann nahm sie den Goldschmuck und rannte aus dem Laden. Unter den tausend Geräuschen des Basars konnte Ezraeel der Rächer ihre Schritte heraushören.

Als Pfau an jenem Tag nach Hause ging und sich in der fremden Umgebung und in dem Gedränge in Teherans Straßen ein wenig verloren vorkam, dachte sie über Ezraeel nach und fragte sich, ob sie es jemals wagen würde, wieder zu ihm zurückzukehren. Sie zeigte Zilfa die Armreifen, erzählte aber über die Begegnung sonst nichts.

In jener Nacht lag sie im Keller von Zilfa der Rosenfrau und träumte, sie sei ein Mädchen, liefe durch einen fremden Garten mit vertrockneten Bäumen und einem Herrenhaus im Hintergrund, gejagt von einem rachsüchtigen Kind, das sie packte und zwang, in die grausame Welt des Hungers hinauszugehen. Dann wachte sie schreiend vor Entsetzen auf.

»PASS AUF DIE HUNDE AUF!« rief Zilfa die Rosenfrau Pfau nach, als diese sich auf den Weg in den Basar machte. Drei Wochen waren seit der Begegnung mit Ezraeel vergangen. Pfau wohnte noch immer bei Zilfa; sie hatte alle Armbänder verkaufen können und wollte nun ihren Anteil am Gewinn abholen.

»Die Läden machen bald zu!« rief Zilfa, als Pfau am Ende der Gasse entschwand. »Paß auf die Hunde auf!«

Die Basare von Teheran wurden von einem Rudel wilder Hunde bewacht. Am Tage lungerten die Tiere auf den Dächern der Gebäude herum. Am Abend, vier Stunden nach Sonnenuntergang, verkündete ein Jagdhorn die Schließung aller Läden und Straßen. Nur die Nachtwächter der Stadt und die wenigen Privilegierten, die die Nachtparole kannten, durften draußen umhergehen. Dann wurden die Hunde, wild wie Wölfe und aufs Töten abgerichtet, losgelassen, um den Basar gegen Diebe zu schützen.

Pfau erreichte den Basar in dem Augenblick, als das Nachthorn erklang. Einen Augenblick lang dachte sie daran, wieder umzukehren, aber sie erkannte, daß sie es niemals schaffen würde, rechtzeitig vor Schließung der Straßen zu Hause zu sein, und entschied, daß sie im Basar sicherer wäre. Sie lief durch den Tschar-Sou zum Basar der Juweliere. Vor Ezraeels Laden blieb sie stehen und horchte einen Moment lang auf die bellenden Hunde, bevor sie hineinging. Ezraeel erkannte sie sofort.

»Ich bringe das Geld«, sagte Pfau und hielt ihm einen

Beutel mit Münzen hin. Er sah ihre Hand – klein, aber kräftig, dunkel und rauh, aber feingliedrig. Er konnte schon an der Größe des Beutels sehen, daß das Geschäft schlecht gewesen war, daß Pfau die Armreifen weit unter Wert verkauft hatte. Er streckte die Hand nach dem Beutel aus und nahm dann, ohne es eigentlich gewollt zu haben, ihre Hand.

Diesmal zitterte sie nicht. Sie zog nur vorsichtig ihre Hand aus der seinen und blieb mit verschleiertem Gesicht vor Ezraeel stehen. Sie fürchtete sich nicht mehr vor ihm: Sie hatte den Jungen aus ihrem Traum erkannt.

Sie nahm den Schleier ab und sah ihn an. Diesmal erkannte er in ihrem Gesicht die Augen Mohammeds des Juden.

»Dein Vater«, sagte sie, »war der Bruder meiner Mutter.«

Ezraeel der Rächer konnte seine seltsame Sehnsucht nach Pfau nie mehr bezwingen. In seinem ganzen Leben berührte er sie nicht ein einziges Mal mehr. Er begehrte und verachtete sie gleichzeitig, und es gelang ihm nie, eines dieser beiden Gefühle zu beherrschen.

Er ließ sie weiterhin einen Teil seines Goldschmucks verkaufen und kümmerte sich nicht um die Verluste. Er lieh ihr Geld, so daß sie für sich und Heshmat ein Zimmer im Pit mieten konnte. Er brachte ihr alles über Steine bei – über Achate und Türkise zuerst, dann über Rubine und Diamanten und Saphire. Er schickte sie mit einem Empfehlungsbrief und einer Tasche voller Juwelen in die Häuser seiner reichen Kunden. Die Muslime empfingen sie nur, um Ezraeel einen Gefallen zu tun – danach wiesen sie ihr die Tür und baten sie, nie wieder zurückzukehren. Pfau kam aber doch wieder zurück; einmal im Monat ging sie in die Häuser der Reichen, wo blasierte Diener ihre Unreinheit beschimpften, hochnäsige Damen über ihr Aussehen spotteten, wo die Männer sie wie Luft behandelten und sich anschließend bei Ezraeel beklagten, daß er ihnen eine solche Plage aufgehalst habe. Nach und nach jedoch, mit Geduld und Anstrengung, eroberte Pfau sich ihren Platz.

»Mit dir verliert Ezraeel nur Geld«, erklärten ihr die Kunden jedesmal, wenn sie in ihr Haus kam. »Er könnte dieselben Steine für die doppelte Summe in seinem Laden verkaufen.«

Pfau wußte, daß sie recht hatten: Ezraeel der Rächer übervorteilte seine Geschäftspartner und zerstörte ganze Familien, indem er riskante Kredite zu unmäßigen Zinsen gab; ihr gegenüber war er jedoch freundlich und nachsichtig.

REZA KHAN wurde im Norden geboren, in dem Dorf Alascht, sechstausend Fuß oberhalb des Meeres, in einer strohgedeckten Lehmhütte, die am Rande eines steilen Abhangs klebte. Die Winter in Alascht waren kalt, die Sommer glutheiß. Viele Kinder starben bereits in den ersten Lebensjahren. Die meisten Erwachsenen waren über die Grenzen des Dorfes niemals hinausgekommen.

Ein Jahr nachdem sein Sohn geboren worden war, starb Reza Khans Vater. Seine Mutter, Nush Afarin Khanum, nahm Reza und zog ins Haus ihres Bruders in Teheran. Sie lernte einen anderen Mann kennen, heiratete ein zweites Mal und ließ Reza in der Obhut seines Onkels. Der Onkel wiederum gab Reza zu einem Freund – Amir Tuman Kazim Khan, der als General die kläglichen Reste der persischen Armee betreute. In seinem Haus begegnete Reza zum ersten Mal in seinem Leben einem Juden.

Amir Tuman Kazim Khan war ein reicher Mann mit hohen Verbindungen und Freunden in wichtigen Positionen. Er trug teure Kleidung, ritt edle Pferde und prahlte mit einer eindrucksvollen Sammlung schöner Teppiche und Juwelen: Die Porträts sämtlicher Kadscharenkönige waren in seidene Teppiche eingewoben, die die Wände seines Heims schmückten. Sein Familienwappen war in den großen Rubin seines Fingerrings eingeschliffen.

Jedes Jahr bestellte Kazim Khan zum Neujahrstag bei Ezraeel dem Rächer einen Beutel voller Goldmünzen und verteilte diese unter die Diener und Gönner, die ihn zu Hause besuchten. In dem Jahr, als Reza bei Kazim Khan wohnte, schickte Ezraeel Pfau aus, um die Münzen zu überbringen.

Sie kam in ihrem verblichenen Tschador mit der billigen Metallspange, die ihren Schleier zusammenhielt und an der jedermann sofort erkannte, daß sie arm war. Sie bringe den Beutel mit Münzen, sagte sie, und einige Ketten und Armbänder, an denen Kazim Khan Interesse haben könnte. Reza war von Pfaus Akzent verwirrt, aber Kazim Khan erkannte sofort, daß sie Jüdin war.

»Aus welcher Provinz kommst du?« fragte er.

»Aus Isfahan.« Sie wühlte in ihren Taschen herum und holte ein Empfehlungsschreiben mit dem Namenszug Ezraeels des Rächers hervor. »Lies selbst«, sagte sie voller Stolz. »Du wirst sehen, daß ich sehr gute Zeugnisse habe.«

Kazim Khan warf einen Blick auf den Brief und lächelte. Pfau legte derweil eine goldene Kette auf einem Stück schwarzen Samt aus und begann, das Schmuckstück anzupreisen.

»Schau her«, drängte sie Kazim Khan. »Ich denke, die wird dir gefallen.«

Nachdem sie gegangen war, erklärte Kazim Khan seinem Schützling, daß Pfau eine Jüdin sei.

»Aber du hast sie hereingelassen«, protestierte der Junge, entsetzt, daß er von einer Unreinen beschmutzt und entehrt worden war. »Du hast ihr Gold berührt. Die ganze Tasche voller Münzen da war in ihrer Hand.«

Amir Tuman Kazim Khan hielt Reza lächelnd seine Hände hin: Reza entdeckte keine Flecken, kein Zeichen von Entstellung oder plötzlicher Unreinheit. Dann setzte Kazim Khan sich nieder und erzählte dem Jungen von den Juden, von denen er wundersame Dinge gehört hatte. Er erzählte von Salomon dem Mann, dessen schöne Stimme die Natur anzurühren und Gottes Engel zu erwecken vermochte. Er erzählte von einer Frau, die mit Zil-el-Sultan verheiratet gewesen war und nie ihre Abstammung verraten habe; als sie gegangen war, sei es mit dem Glück des Prinzen vorbei gewesen. Und er erzählte von Esther der Wahrsagerin, die den Tod von Königen vorhersagen konnte.

»Man sollte niemals die Freundschaft eines Juden unterschätzen«, schloß Kazim Khan seine Erzählung.

Von diesem Tag an wurde Pfau, wenn sie ins Haus kam, von Reza Khan angestarrt, als wäre sie eine Erscheinung.

Reza Khan wuchs im Hause Kazim Khans auf, aber er blieb dort ein Fremder. Er hatte ein eigenes Zimmer, genügend zu essen, die Möglichkeit, zusammen mit Kazim Khans Kindern zu lernen. Aber er war sich seines niedrigen Status stets bewußt – ein Waisenjunge, zur Hälfte ein Gast, zur Hälfte ein Diener, dem die Großzügigkeit seiner Wohltäter Unbehagen bereitete und der sein Schicksal nicht annehmen wollte. Er war ein kluger Junge, war großer Gedanken und eines tiefen Verständnisses fähig, aber er blieb abweisend und verschlossen, hatte keine Freunde und nur wenige Bekannte. Eine Zeitlang versuchte er am Unterricht der Lehrer, die in das Haus kamen, teilzunehmen. Aber Reza war älter als die Kinder Kazim Khans, und jedesmal, wenn er einen Fehler machte, lachten sie über ihn. Einmal erlebte Pfau, während sie im Hause Kazim Khans wartete, wie die Kinder über Rezas Handschrift spotteten.

»Er schreibt sogar wie ein Bauer«, sagten sie, und Reza wurde bleich und starr und wandte sich ab. Nach der Unterrichtsstunde rief Pfau ihn herbei.

»Du bist wirklich groß geworden«, meinte sie. »Fast ein richtiger Mann und gutaussehend dazu. Als ich dich zum ersten Mal gesehen habe, warst du noch ein kleiner Junge.«

Er war dankbar, daß sie das, was sie gerade mitangesehen hatte, nicht zur Sprache brachte. Seine dunklen, trotzigen Augen füllten sich plötzlich mit Tränen. Pfau nahm seine Hand.

»Es ist gleichgültig, was sie sagen«, tröstete sie Reza. »Es ist gleichgültig, daß du ein Bauernjunge warst. Eines Tages wirst du der König sein.«

Reza Khan lernte bei dem Privatlehrer gerade so viel, daß er lesen konnte – dann hörte er auf, am Unterricht teilzunehmen. 1892, als er fünfzehn war, schrieb er sich im ersten Regiment der Kosakeninfanteriebrigade in Teheran ein. Dann verließ er die Obhut Kazim Khans und zog in das neuerrichtete Haus der Kosaken neben dem Übungsplatz in Teheran.

Er widmete sich mit Leib und Seele seiner Ausbildung und hoffte hier ein neues Zuhause zu finden. Er war tadellos diszipliniert, glaubte an Loyalität und Tapferkeit und sogar an Heldentum. Sehr bald zeichnete er sich vor den anderen Soldaten aus und wurde befördert. Die Soldaten der niederen Ränge fürchteten und bewunderten Reza

Khan. Seine Vorgesetzten stellten sein Verhalten und seine Einstellung als vorbildlich dar. Dennoch war Reza Khan jeden Tag mehr davon überzeugt, daß er im Dienste einer schlechten Sache kämpfe.

Die persische Kosakenbrigade war 1885 entstanden, unter der Führung eines russischen Kommandeurs – Baron Moadel – und mit der Aufgabe, den Schah und die ausländischen Gesandtschaften in Teheran zu schützen. Sie war auf Befehl von Nasser-ed-Din Schah gegründet worden, der 1878 nach Europa gereist war und bei Zar Alexander II. als Gast gewohnt hatte. Beeindruckt von dem Kosakenregiment, das den russischen Herrscher bewachte, hatte Nasser-ed-Din den Zaren gebeten, in Teheran ein ähnliches Regiment auf die Beine zu stellen. Er war stolz auf seine Kosaken, und ihm war klar, daß sie besser trainiert und ausgerüstet waren als seine eigene Armee.

Er wußte, daß die Kosaken dem Zaren gegenüber eine Verpflichtung hatten, daß ihre Führer ihnen deutlich sagten, daß sie den *russischen* Interessen in Persien zu dienen hätten. Er wußte, daß Rußland Persiens größter Feind war, daß die Kosaken, obwohl Perser, nur russisch und türkisch sprechen durften – die Sprache von Aserbeidschan. All dies wußte er, und dennoch empfing Nasser-ed-Din das russische Regiment mit offenen Armen und bat die Soldaten, mindestens vierzig Jahre in Persien zu bleiben.

»Das ist nicht gut«, sagte Reza Khan jedesmal zu Kazim Khan, wenn er auf Heimaturlaub war. Er war im Laufe der Jahre zu einem stattlichen Mann herangewachsen. Er hatte dunkles Haar, einen dichten Schnauzbart und gnadenlose Augen. »Der Schah hat sich selbst und Persien der Gnade des Zaren ausgeliefert. Er bildet eine Armee aus, die seinem Feind gegenüber loyal ist.«

Gekränkt durch Rezas Kritik, biß sich Kazim Khan auf die Lippen und schickte ein Gebet zum Himmel, das ihn davon abhalten sollte, zornig zu werden. Er erklärte, daß Nasser-ed-Din Schah ein großer Mann sei, daß er mit Persien Großes vorhabe, daß er auf dem Wege sei, sein Land zu modernisieren, es aus der finsteren Vergangenheit herauszuführen und mit dem Licht des Fortschritts zu erhellen. Er sagte Reza, daß der Schah ins Ausland reise, um Persien vor der Welt zu repräsentieren, und daß er von seinen Reisen glänzende Ideen heimbringe: Er habe schließlich in Persien die erste Universität und ein modernes Krankenhaus gegründet. Er habe Kunst, Theater und Fotografie nach Persien gebracht.

»Es ist wahr«, meinte er, »daß du dem Zaren dienst. Aber ohne die Kosaken hätten wir überhaupt keine Armee.«

Reza Khan war nach derartigen Diskussionen immer vollkommen verwirrt. Nasser-ed-Din Schah, entgegnete er, habe zwar Fortschritt gebracht, aber zu einem unannehmbaren Preis: Für jeden Berater und jede Anleihe, die er aus Europa holte, versprach Seine Majestät ein Stück persischer Erde, einen Teil der Bodenschätze oder den persischen Beistand. Auf diese Weise hatte er Persiens Mineralien, Wälder und Flüsse verkauft. Er hatte Fremden erlaubt, an seiner Statt zu regieren, Verträge für ihn zu unterschreiben, die Rohstoffe seines Landes zu kaufen und sie zum zehnfachen Preis dann wieder an Persien zu verkaufen.

Seine Unternehmungen untermauerten die Meinung jener Mullahs, die jeden Monarchen als einen Usurpator verdammten, der sich unrechtmäßig eine Macht angeeignet hatte, die ausschließlich Allah und seinen Getreuen vorbehalten sein sollte.

»Ein König hat die Pflicht, die Integrität seines Königreiches zu schützen«, sagte er zu Kazim Khan, der bei der bloßen Andeutung, daß Nasser-ed-Din Schah seiner Nation nicht gerecht würde, aus der Haut fuhr.

»Ohne einen König«, schrie er, und wandte sich ab, um zu demonstrieren, daß der Besuch zu Ende sei, »wird dieses Land von den Mullahs zerstört werden!«

Aufgewühlt verließ Reza Khan das Haus. Er ging zurück zu seiner Kosakenkaserne, schloß sich allein in einer Baracke ein und rätselte über eine ungewisse Zukunft nach, die sie alle ins Verderben stürzen konnte.

PFAU verlangte nach Ezraeels größtem Stein.

»Ich brauche einen Diamanten, der einer Königin würdig ist«, erklärte sie Ezraeel im Frühjahr 1895. Sie hatte mittlerweile drei Jahre für ihn gearbeitet und es verstanden, allen seinen Kunden etwas zu verkaufen. Jetzt, sagte sie, habe sie nur noch den Wunsch, die Königin selbst unter ihren Kundinnen zu haben.

Ezraeel der Rächer hob eine Augenbraue und lächelte belustigt. »Gibt es für deinen Ehrgeiz denn keine Grenzen?« fragte er. »Glaubst du, die Königin würde jeden, der an die Palasttüren klopft, empfangen?«

Pfau wurde rot. Ihre Augen – sie hatte aufgehört, ihr Gesicht vor Ezraeel zu verschleiern – füllten sich plötzlich mit Tränen, die er sich nicht erklären konnte.

»Ich habe einen Sohn im Palast«, sagte sie leise. »Er ist jetzt sieben Jahre alt. Vielleicht lebt er noch im Harem der Frauen.«

Ezraeel der Rächer war vollkommen verblüfft. Pfau sah ihn an, und über die Entfernung hinweg meinte er, die Hitze spüren zu können, die das Blut in ihre Wangen trieb. Er verlangte keine Erklärung.

»Und wenn du ihn findest?« fragte er nur. »Was dann?«

Pfau schüttelte unglücklich den Kopf. Seit dem Tag seiner Geburt hatte sie gewußt, daß sie Arash verlieren würde. Und jetzt, da er am königlichen Hof lebte, hatte sie jeden Anspruch auf ihn verloren.

»Ich möchte ihn nur einmal wiedersehen«, sagte sie.

Am Freitag, dem Tag der Audienzen und Empfänge, sandte Ezraeel der Rächer seine Kutsche, um Pfau im Getto abholen zu lassen. Er wartete vor seinem Haus in Sar Cheshmeh auf sie und war sehr förmlich gekleidet: Er trug ein weißes Leinenhemd, eine gesteppte Seidenweste und eine lange seidene Robe, die an der Taille zusammengebunden war und mit einem Knopf geschlossen wurde, der aus geknoteten Seidenfäden bestand. Er sah die Kutsche durch den dichten Vormittagsverkehr langsam heranrollen und ging ein Stück vor, um Pfau zu begrüßen. Der Kutscher stieg aus und öffnete ihm die Tür. Ezraeel der Rächer hätte die Dame, die in der Kutsche saß, beinahe nicht erkannt.

Pfau war wahrhaft königlich gekleidet; sie war geschminkt, parfümiert und so schön, daß es ihn schmerzte, sie anzusehen. Sie trug einen smaragdgrünen, bestickten Tschador, eine grüne Seidenbluse mit langen geschlitzten Ärmeln und dazu passend einen weiten Rock, der ihr bis zu den Knöcheln reichte. Ihre Füße steckten in weißen Baumwollstrümpfen und grüngoldenen Halbschuhen, und ihr Gesicht war hinter einem smaragdgrünen Schleier halb verborgen. Sie schenkte Ezraeel ein Lächeln.

»Zilfa die Rosenfrau meinte, ich müsse auf die Königin einen guten Eindruck machen«, erklärte sie schüchtern. Mit schwarzer Farbe umrahmt, erschienen ihre Augen größer, ausdrucksvoller und von einem tieferen Grün. Ezraeel der Rächer hörte während der Fahrt zum Palast nicht eine Sekunde lang auf, sie anzuschauen.

Von Sar Cheshmeh aus fuhren sie zur Gaslampenstraße – einer breiten Durchgangsstraße, die mit Abfällen übersät war und durch die in der Mitte die Spur eines Pferdewagens führte. Eine halbe Stunde später erreichten sie, gegen den Strom der Verkäufer und Fußgänger, der frei laufenden Maultiere, Kamele und Esel ankämpfend, den Platz der Perlenkanone vor dem Palast der Rosen. Der Platz war staubig und schmutzig, der Boden rissig und von der Sonne ausgebleicht. In der Mitte des Platzes befand sich – von einem Zaun aus alten, nebeneinander aufgereihten Gewehren umgeben – ein riesiges Becken, das mit Müll gefüllt war. An jeder Ecke des Beckens stand eine alte verwitterte Kanone – die Beute eines vor Hunderten von Jahren gegen das portugiesische Reich geführten siegreichen Krieges. Damals hatte Persien noch eine eigene Armee besessen.

Auf einer Seite des Platzes erblickte Pfau die Bank von Persien, die von den Engländern geleitet wurde. Hinter einem Fahnenmast erstreckte sich der Kasernenhof, wo halbnackte, unterernährte Soldaten saßen und ihre Opiumpfeifen rauchten.

Die Kutsche rollte über den Platz der Kanonen in eine andere Straße hinein, die zum bogenförmigen Portal des Rosenpalastes hinaufführte. Hier stand eine Gruppe von Staatsbeamten, die in ihren prunkvollen Uniformen einen krassen Gegensatz zu den heruntergekommenen Soldaten auf dem Kasernenhof boten.

Ezraeel begrüßte Djouhar – den schwarzen Eunuchen der Königin – und stellte dann Pfau vor. Der Eunuche musterte Pfau und schien zufrieden zu sein. Doch als er sie durch das Palastgelände führte, war er darauf bedacht, eine angemessene Distanz zu wahren und jede Berührung mit der Jüdin zu vermeiden.

Sie betraten einen großen Hof mit hohen, blau und gelb

gefliesten Mauern. In der Mitte war ein Marmorteich voller Goldfische. Dann kletterten sie eine steile Treppe hinauf und kamen in einen Raum, der dem Obersten Eunuchen vorbehalten war. Das Licht fiel durch bunte Glasfenster, und an den Wänden, die mit Miniaturfiguren bemalt waren, hing ein Ölgemälde von Seiner Majestät Nasser-ed-Din. Unter dem Bild an der Wand stand ein einzelner Stuhl mit einer hohen Lehne, auf dem nur der Schah sitzen durfte.

Djouhar durchquerte den Raum und führte Ezraeel und Pfau durch einen breiten Korridor hindurch in einen anderen Hof. Vor einem schweren Vorhang aus rotem Samt, der von vier Eunuchen bewacht wurde, blieben sie stehen. Djouhar sprach das Kennwort, und die Wächter öffneten den Vorhang. Dahinter befand sich ein dritter Hof; dieser war mit Backsteinen gepflastert und von Bäumen beschattet. Um den Hof herum sah Pfau die weitgeöffneten Fenster der Dienstmädchenzimmer.

»Ich werde euch hier verlassen«, verabschiedete sich Ezraeel der Rächer. Nachdem er Pfau vorgestellt und bis hierher begleitet hatte, übergab er sie jetzt der Obhut Djouhars, lächelte ermutigend und ging fort.

Djouhar führte Pfau zu einem anderen Vorhang.

»Melde dem Obersten Eunuchen, daß Ezraeels Dienerin angekommen ist«, befahl er einem der Männer, die den Vorhang bewachten. Der Mann verschwand hinter dem Vorhang und kam dann mit dem Obersten Eunuchen zurück. Sie fragten nach Pfaus Namen und Anliegen, ließen sich bestätigen, daß sie von Ezraeel dem Juwelier geschickt worden war, und erlaubten ihr dann einzutreten.

»Aufpassen! Vorsicht!« schrie Djouhar vor dem Vorhang. »Fremde nähern sich dem Haremsbereich. Alle Frauen müssen verschwinden.«

Der Vorhang öffnete sich und gab den Blick auf das Haremsgelände frei.

Man sah einen blumenübersäten Platz – einen unendlich großen Garten, der von einer Mauer umgeben war, mit Dutzenden von Teichen, Hunderten von Brunnen, Tausenden von Vögeln, die in den Zweigen von Zypressen sangen. Es gab kleine grüne Hügel, auf denen Narzissen und persische Hyazinthen blühten. Hunderte von Frauen und Kindern in bunten Kleidern stoben, da sie vor den Blicken des Eindringlings flüchteten, hektisch in alle Richtungen auseinander. Die Frauen waren allesamt in Ballettröcke gekleidet – die neueste Mode am Hofe Nasser-ed-Dins. Der Schah war nach Paris gereist, hatte die Oper besucht, und die Röcke der Ballerinas hatten ihm besonders gut gefallen. So brachte er ein Dutzend französische Näherinnen mit nach Persien, die die neuen Röcke für seine Frauen und Töchter nähten.

Pfau beobachtete die Frauen, die in alle Richtungen liefen und in ihren Gemächern, die um den Garten herum lagen, verschwanden. Auch nachdem der Garten sich geleert hatte, konnte sie ihre Stimmen hören, und sie spürte, daß sie viele Augenpaare durch die geschliffenen Glasfenster der Zimmer hindurch anstarrten. Sie folgte dem Obersten Eunuchen zu den Gemächern der Königin.

Sie stiegen die marmorne Treppe hinauf auf einen Balkon mit bunten Glastüren, wo Pfau von der Badji, der Herrin der Dienerinnen, empfangen wurde. Die Badji war eine alte Frau, energisch und schwierig und bekannt für ihre Grausamkeit.

Sie war sehr jung in den Harem gekommen – ein schönes Mädchen von dreizehn Jahren, entdeckt von Fath-Ali Schahs Eunuchen –, und der Schah hatte sie auf der Basis eines einjährigen Zeitehevertrages geheiratet. Am Ende ihres Vertrages, als sie des Harems verwiesen wurde, war die Badji von einer anderen Ehefrau als Dienerin eingestellt worden. Sie durfte also bleiben und hatte die Intrigen des Harems durchschauen gelernt und ihrer Herrin dadurch gedient, daß sie für sie spionierte, daß sie nieste, wenn der Schah eine Neuerwerbung besuchen wollte, Feinde vergiftete und Freunde belohnte. Dreimal, als die Königinnen des Schahs ihm Söhne geboren hatten, hatte Badji die Kinder getötet, indem sie in ihre Betten die Kissen gelegt hatte, auf denen andere, an Masern erkrankte Kinder gelegen hatten. Sie hatte zwei Dienerinnen, die ihr gefährlich zu werden drohten, getötet, indem sie bewirkte, daß sie sich mit Pocken infizierten: Sie hatte Badewasser aus den Wohnungen von Pockenkranken herbeigebracht und in das Bad der gesunden Dienerinnen hineingeschüttet. Auf diese Weise hatte Badji ihre Position im Harem gefestigt und war mächtiger geworden als irgendeine der Frauen, denen sie diente. Als Nasser-ed-Din Schah König wurde, machte man sie zur Dienerin der Königin Qamar-ol-Dowleh: Die Königin hatte den Schah gegen ihren Willen geheiratet, auf das beharrliche Drängen des Palastes hin, und jahrelang wurde im Harem darüber gesprochen, daß sie womöglich eine Flucht planen könnte.

»Folge mir«, sagte Badji und starrte Pfau mißtrauisch an. »Halt dich nicht zu lange auf.«

Sie betraten einen Raum, der mit Teppichen und schweren Vorhängen ausgestattet war, voller brokatbesetzter Kissen und Tücher aus Kaschmir. Ein riesiger Kandelaber aus buntem Kristall hing von der handbemalten Decke. Darunter stand ein Tisch aus schwarzweißen Mosaiksteinen, der mit weißen Narzissen bedeckt war.

Am Ende des Raumes war ein buntes Glasfenster in die Wand eingelassen. Daneben stand ein Bett mit vier hohen Pfosten und weißen Chiffonvorhängen.

Badji ließ Pfau neben dem Tisch stehen und ging aus dem Zimmer. Pfau schaute sich um und wartete auf die Königin.

»Salam-Aleikum«, erklang plötzlich eine Stimme von irgendwoher hinter den Vorhängen, die das Bett umgaben. »Komm näher, und laß dich anschauen.«

Pfau näherte sich dem Bett. Eine weiße Hand griff durch die vielen Lagen Chiffon und schob den Vorhang zurück. Dort lag Qamar-ol-Dowleh, die Königin von Persien, der Mond des Reiches.

DIE KÖNIGIN QAMAR-OL-DOWLEH war eine von Nasser-ed-Din Schahs vier offiziellen Ehefrauen. Sie war zwanzig Jahre alt und hinreißend schön. Ihr Gesicht war frei von Rouge und Augenschminke, ihre Gestalt klein, zart und kindlich. Ihr Vater, ein reicher Landbesitzer und Stammeskhan, besaß in seiner Region einen großen Einfluß und sehr viel Macht. Für seine Tochter, die damals den Namen Leila trug, hatte er bereits seit ihrem sechsten Lebensjahr sehr viele Eheangebote bekommen. Er hatte einen Heiratsantrag von Nasser-ed-Dins Onkel zurückgewiesen, der damals Statthalter von Schiras gewesen war, und ebenso einen Antrag des großen persischen Mullahs, eines alten Mannes, der sich von Leilas Besitz irdische Freuden und himmlische Rettung versprach. Der Khan ließ sich durch Reichtum nicht beeindrucken. Er wollte seine Tochter glücklich verheiratet sehen.

Aber die Zeit kam, als Nasser-ed-Din Schah, der immer danach trachtete, seinen Harem zu erweitern, von der schönen Tochter des Khans hörte und entschied, daß er gerade die eine, die für niemanden anders zu haben war, für sich gewinnen müsse.

Er schickte Boten zum Khan, die für ihn um Leilas Hand anhalten sollten. Doch der Khan gab eine abschlägige Antwort. Nasser-ed-Din Schah brachte sein Anliegen mehrmals vor, versprach einen Reichtum, der niemals enden würde, und verlor schließlich die Geduld: Er wolle Leila besitzen, erklärte er, oder er würde dem Stamm des Khans den Krieg erklären und alle seine Leute in einem furchtbaren Massaker niedermetzeln.

»Du sollst wählen«, sagte der Khan zu Leila, die gerade sechzehn war. »Wenn du dich gegen diese Ehe entscheidest, dann werden wir den Schah bis zum letzten Mann bekämpfen.«

Leila heiratete Nasser-ed-Din, ließ ihren Namen in Qamar-ol-Dowleh ändern und begab sich in den goldenen Käfig des Harems. Sie brachte ihr Kindermädchen mit, die Frau, die sie seit ihrer Geburt betreut hatte, aber der Schah ließ die Dienerin hinauswerfen und beauftragte statt dessen Badji, sich um die Königin zu kümmern. Wenig später fand er eine andere Ehefrau – Ayeshah – und vergaß das Mädchen, um dessen Hand er so eifrig geworben hatte. Er ließ Ayeshah im Palast der Sonne wohnen, der wenige Schritte vom Palast der Rosen entfernt war, und suchte Qamar-ol-Dowleh nur noch äußerst selten auf.

»Willkommen« – die Königin lächelte Pfau mit unendlicher Traurigkeit an. Sie saß in weiße Kissen gelehnt in ihrem Bett. »Unser Freund, Ezraeel Khan, sagt, du hättest Uns große Schätze gebracht.«

Schnell kniete Pfau vor dem Bett nieder, öffnete die Samttasche, in der sie ihre Steine aufbewahrte, und reihte die Edelsteine auf den Seidentüchern auf: Rubine und Smaragde, grüne und gelbe Saphire, geschliffene Diamanten in der Größe von Aprikosenkernen, riesige Perlen – die besten

Schmuckstücke aus Ezraeels Sammlung. Die Königin warf einen kurzen Blick auf die Steine und winkte dann ab.

»Nimm sie fort«, sagte sie. »Kein Juwel auf der ganzen Welt wird mir helfen, die Langeweile meines Lebens zu zerstreuen.«

Sie bemerkte den gelben Stoffetzen, der mit einer Nadel an Pfaus Gewand befestigt war. Plötzlich war ihr Interesse geweckt, und sie bat Pfau, ihren Schleier zu lüften.

»Du bist also Jüdin«, sagte sie aufgeregt wie ein Kind. »Ich glaube, ich habe noch niemals zuvor in meinem Leben eine Jüdin gesehen.«

Sie sprang barfuß aus ihrem Bett und ging neugierig um Pfau herum. Sie starrte ihr ins Gesicht, berührte dann ihr Haar, ihre Stirn.

»Aber du hast keine Hörner«, meinte sie erstaunt und ohne jede Bosheit. »Man sagte mir, Juden hätten Hörner, kleine Hörner, weißt du, so wie der Teufel.« Sie begann nach einem Schwanz zu suchen. Dann plötzlich schaute sie, sichtbar verängstigt, auf und wurde blaß: Badji hatte vor dem Raum gewacht und stürzte jetzt mit wütendem Gesicht und mißbilligendem Blick herein.

»Eure Majestät darf das Bett nicht verlassen«, sagte sie, nahm Qamar-ol-Dowlehs Hand und führte sie auf ihr Lager zurück. Die Königin gehorchte ihr widerwillig, stieg ins Bett und wartete, bis Badji wieder das Zimmer verließ. Dann bedeutete sie Pfau, sie möge näher kommen.

»Die Frau da spioniert fortwährend hinter mir her«, flüsterte sie mit Tränen in der Stimme. »Es scheint, daß ich schwanger bin, weißt du. Meine erste Schwangerschaft endete mit einer Fehlgeburt. Dieses Mal hat Hakim Bashi, der Hofarzt, mir strenge Bettruhe verordnet.« Sie schluckte ihre aufsteigenden Tränen hinunter und zwang sich zu einem Lächeln.

»Du mußt zurückkommen«, flüsterte sie in der Hoffnung, daß Badji sie nicht hören würde. »Die Eunuchen sehen es nicht gern, wenn ich eine Freundin habe, aber ich werde den Schah um seine spezielle Erlaubnis ersuchen. Jetzt, da ich schwanger bin, wird er mir meinen Wunsch erfüllen.«

Ihre Augen glänzten dunkel, und sie beugte sich näher zu Pfau hinüber.

»Sag mir«, fragte sie, »ist es wahr, daß ihr das Blut moslemischer Kinder trinkt?«

Nach ihrem ersten Besuch im Harem wurde Pfau einmal im Monat zum Palast der Rosen gebeten. Unter dem Vorwand, ihre Juwelen sehen zu wollen, ließ die Königin sie zu sich rufen. Zunächst einmal mußte Pfau Qamar-ol-Dowlehs neugierige Fragen über die Juden beantworten, doch nach einer Weile wurde sie Qamars einzige Freundin. Die meiste Zeit traf sie die Königin allein in ihrem Bett, weinend vor Heimweh und gefangen in hilflosem Zorn.

»Das schlimmste an meiner Lage«, so gestand Qamar-ol-Dowleh Pfau einmal, »ist das Wissen, daß sich niemals etwas daran ändern wird.«

Allmählich begann man sich im Harem an Pfaus Besuche zu gewöhnen. Man erlaubte ihr den Kontakt mit den anderen Haremsdamen – aber Badjis mißtrauische Blicke folgten ihr überall hin. Sie wurde die Freundin der vielen tausend Eunuchen und Pagen, der Höflinge, der Lauscher an der Tür und der Spione. Sie lernte die Mullahs kennen, die professionellen Sündenbekenner und die Sterndeuter, die fortwährend im Harem residierten. Sie kannte die Glücksbringer und die Traumdeuter, die Jungen und Mädchen mit den glückbringenden Gesichtern, die Nieser und die Essenvorkoster. Und überall hielt Pfau Ausschau nach Arash.

Sie konnte nicht nach ihm fragen; Badji hätte sie getötet, wenn sie gewußt hätte, daß Pfau gekommen war, um Anspruch auf ein königliches Kind zu erheben. Pfau belauschte jedes Gespräch in der Hoffnung, daß Arashs Name erwähnt würde, aber er wurde nie genannt. Sie fragte sich, ob Tala seinen Namen geändert habe. Sie erfuhr, daß Tala mit Salomon in einem Haus in Shemiran lebte, daß sie viele eigene Kinder hatten, daß Salomon der Mann ein enger Freund Nasser-ed-Dins geworden war. Das Wohlwollen des Schahs ging so weit, daß er Salomon davon freisprach, sich vor seinen eigenen Kindern verbeugen zu müssen, die durch Tala königliches Blut in den Adern hatten.

Nach einer Weile faßte Pfau sich ein Herz und fragte Qamar-ol-Dowleh nach ihrem Sohn.

»Ich sehe wenig Hoffnung für dich«, seufzte die Königin. Sie war von Pfaus Erzählung sehr bewegt und hätte ihr gerne geholfen, aber sie hatte wenig Macht und noch weniger Wissen über den Harem. »In diesen Mauern gibt es Hunderte von Kindern. Von keinem weiß ich den Namen.«

Sie sah Pfaus enttäuschtes Gesicht und ergriff die Hand ihrer Freundin.

»Nehmen wir einmal an, du würdest ihn finden«, sagte sie, und ihre Worte klangen wie ein Echo der Frage, die auch Ezraeel der Rächer ihr schon gestellt hatte. »Was dann?«

NASSER-ED-DIN SCHAH plante die Feier des Jahrhunderts. Er regierte jetzt bereits fünfzig Jahre und war bei weitem der mächtigste der Kadscharenkönige. Nun wollte er das halbe Jahrhundert seiner Herrschaft feiern lassen und setzte für den Sommer des Jahres 1896 ein Jubiläumsfest an, an dem das ganze Reich teilhaben sollte.

Ganz Persien begann, sich auf die Festivitäten vorzubereiten. Die Statthalter aller Provinzen wurden gebeten, im Monat Mai nach Teheran zu kommen, und jedem Regiment Soldaten und jeder Kavallerie von Nomaden wurde befohlen, in der Truppenparade mitzumarschieren. Sich selbst zu Ehren befreite der Schah alle Bauern für zwei Jahre von den Steuerzahlungen. Er schickte die wenigen jungen Berufssoldaten, die es noch gab, nach Hause und versprach allen Gefangenen eine Amnestie.

In Teheran wurden über jeder Straße Triumphbögen errichtet, Ladenbesitzer schmückten ihre Geschäfte, und die Palastküche erhielt Anweisung, alle Armen zu speisen. Die Eunuchen des Schahs schenkten den Kindern auf der Straße neue Kleidung. An den Gräbern der Heiligen und an allen heiligen Plätzen wurde verkündet, daß man dort jedem Pilger Unterkunft gewähren würde. Den Mullahs bot man Medizin gegen den Husten an, damit ihr Hals frei würde und sie zum Lob des Schahs lauter singen könnten. Die heiligen Brunnen wurden vergrößert, damit sie größere Mengen des kostbaren Wassers fassen konnten, denn es war vorhergesagt worden, daß am Tag des Jubiläums Wunder geschehen würden. Nasser-ed-Din Schah selbst, der fast siebzig Jahre alt war, verkündete, daß er tausend Haremsdamen aus seinem Palast entlassen würde, um sie durch neue zu ersetzen.

Pfau ging mittlerweile täglich zum Palast. Qamar-ol-

Dowleh wollte an den Feiern nicht teilnehmen, aber Badji bestand darauf, daß die Königin am Tag des Jubiläums an der Seite ihres Ehemannes erscheinen müsse. Sie hatte Weber und Schneiderinnen herbeigerufen, die ein besonders prächtiges Gewand für die Königin herstellen sollten, hatte den Stallmeistern befohlen, eine neue Kutsche für die Königin zu bauen, und Pfau aufgetragen, die größten Edelsteine zu bringen, die sie in Teheran finden konnte.

Pfau hatte bereits aufgehört, nach Arash Ausschau zu halten, und nun, da die aufregenden Vorbereitungen für das Fest ihren Höhepunkt erreicht hatten, entdeckte sie plötzlich ihren Sohn.

Sie hatte den Palast an einem Spätnachmittag verlassen und ging langsam durch die Tore des Platzes der Kanonen. An jenem Abend hatte sie es nicht eilig heimzukommen: Im Zuge der Feierlichkeiten hatte Nasser-ed-Din das Verbot, nach Einbruch der Dunkelheit auszugehen, aufgehoben und jedermann erlaubt, sich auch nachts frei auf den Straßen zu bewegen. Am Eingang des Platzes trat Pfau einen Schritt zurück, um ein Regiment der Jugendabteilung der persischen Kosakenbrigade passieren zu lassen. Sie sah die Jungen in einer Staubwolke neben sich her reiten und rührte sich nicht, bis alle vorbei waren. Sie wollte sich gerade wieder auf den Weg machen, als sie bemerkte, daß jemand sie anstarrte. Sie drehte sich um: Dort saß auf einem Pferd ein Junge in einer Kosakenuniform, der den gelben Flicken auf ihrem Tschador musterte. Im Dämmerlicht erschien er blaß und verloren, aber seine Augen waren dunkel und seine Gesichtszüge schön. Der Junge mußte im selben Alter wie Arash sein, ging es ihr durch den Kopf, und sie lächelte ihn an. Dann plötzlich schien ihr Herz einen Moment lang stillzustehen: Der Junge, so erkannte sie, war das Abbild Salomons des Mannes.

Sie hob eine Hand und winkte Arash zu sich. Er ritt auf seinem Pferd heran, eine Hand an dem Gewehr, das er noch nicht zu benutzen gelernt hatte.

»Verbeug dich«, befahl er und legte die Spitze seiner Peitsche auf Pfaus Schulter. Pfau streckte die Hand nach ihm aus. Erschreckt wich Arash zurück.

»Nimm den Schleier ab«, befahl er, als wolle er einen Feind identifizieren. »Nimm den Schleier ab, und nenn deinen Namen.«

Pfau löste den Schleier. Arash fing an zu zittern. Seine Augen füllten sich mit Tränen. Pfau hob eine Hand, um ihn zu berühren, aber in dem Augenblick, in dem sie sich bewegte, zog er sein Gewehr und wich zurück.

»Stirb!« schrie er voller Haß, und in seinem Schrei lagen die vielen Jahre der Sehnsucht und der Einsamkeit. »Du sollst sterben!«

ARASH DER REBELL war knapp zwei Jahre alt, als er an den Hof Nasser-ed-Din Schahs in Teheran kam. Er war mit Tala und Salomon dem Mann dort angereist, erschöpft von der langen Reise aus Isfahan, zitternd vor Angst und Verwirrung in seinem weißen gestärkten Hemd und dem wattierten Seidenjackett, in das er, darauf hatte Tala bestanden, gekleidet werden mußte. Er fürchtete sich vor Tala, vor ihren heftigen Stimmungen und unmöglichen Forderungen, und er fürchtete sich auch vor Salomon, diesem Vater, den er zuerst nie zu Gesicht bekommen hatte und der ihn dann plötzlich von seiner Mutter entfernt hatte. Die Reise hatte er allein machen müssen, in einer Kutsche, begleitet von einer Dienstmagd. Und auch später wußte Tala die Kadscharin geschickt zu verhindern, daß Salomon mit seinem Sohn zusammenkam. Arash der

Rebell hatte zusammen mit der Dienstmagd in der Kutsche gesessen und mit seinen großen Kinderaugen auf die endlose gelbe Wüste hinausgeschaut; dort draußen zogen Nomadenkarawanen mit ihren Kamelen, Schafen und Eseln vorbei, die Männer in lose weiße und graue Gewänder gekleidet, die Frauen in leuchtend roten und gelben Röcken oder in schwarzen Tschadors. Die Reise hatte doppelt so lang wie erwartet gedauert: Tala weigerte sich, noch vor Anbruch des Tages, wenn die Karawane sich normalerweise in Bewegung setzte, aufzustehen. Und wenn sie endlich zur Abfahrt bereit war, stand die Sonne längst hoch am Himmel, und die Reisenden mußten im Schatten der Zelte auf den Sonnenuntergang warten. Endlich erreichten sie Teheran; die Tiere waren krank und die Diener von der Hitze schwach und erschöpft.

Arash der Rebell erinnerte sich daran, wie er am Tag seiner Ankunft auf einem fremden Hof gestanden hatte und an seinem gestärkten Hemd gezerrt hatte, so als wolle er die unerträgliche Hitze herauslassen. Er erinnerte sich daran, daß er in einem kühlen, fensterlosen Raum lag – in einer Art Kellergewölbe mit Steinmauern und einem Bekken voll frischen Wassers, das durch einen unterirdischen Brunnen gespeist wurde. Er blieb viele Tage lang dort, vielleicht waren es sogar Wochen. Er hatte hohes Fieber und weigerte sich zu essen. Zwei Dienerinnen sorgten für ihn. Einmal am Tag kam Salomon der Mann ihn besuchen.

Aber das Fieber ließ nicht nach, und nach zwei Wochen breitete sich ein übler Geruch im Keller aus – so, als läge dort ein Kadaver. Die Dienerin, die die Nachtwache gehalten hatte, schwor, daß sie ein Kind gesehen habe, einen Jungen wie Arash, aber mit eisiger Haut und gefrorenem Haar, der in der Ecke des Kellers hockte und auf das Krankenbett starrte.

»Es ist Jebreel«, verkündete Hakim Bashi, der Hofarzt. »Es ist der Engel, der über den Tod der Kinder wacht.«

Hakim Bashis Diagnose lautete, daß Arash das Herz breche – zweifellos aus Sehnsucht nach seiner Mutter –, und er forderte, daß Pfau auf der Stelle herbeigeholt werden müsse. Man entgegnete ihm, Pfau sei in Isfahan, und es würde gewiß noch wochenlang dauern, bevor man sie finden und in die Hauptstadt bringen könnte.

»Dann also«, erklärte Hakim Bashi, »muß der Vater des Jungen die Last seines Todes tragen.«

In jener Nacht kam Salomon der Mann in das kühle Zimmer und brachte Arash ein Bild, das ihn selbst zusammen mit Zil-el-Sultan und Pfau zeigte: Man sah einen Mann, Zil-el-Sultan, groß, mit breiter Brust. Er war in ein juwelenbesetztes Gewand gekleidet. Neben ihm stand Salomon und daneben wiederum ein Mädchen – dunkel und zart und mit angstvollen Augen.

»Deine Mutter«, hatte Salomon zu Arash gesagt, nicht ganz sicher, ob dieser ihn verstehen würde.

Arash der Rebell starrte mit offenem Mund auf das Bild und sprach, zum ersten Mal in seinem jungen Leben, Pfaus Namen aus. Nach und nach wich der faule Geruch aus dem Keller, die Besuche des Todesengels blieben aus, und Hakim Bashi erklärte, es sei ein Wunder geschehen.

Später, so erinnerte Arash sich, verlief er sich oft im Palast Nasser-ed-Dins – in den riesigen Räumen und endlosen Gängen, die ihn wie ein tückisches Labyrinth umgaben. Sie führten in reichverzierte Hallen mit Spiegeldecken und Wänden, die mit winzigen Spiegelscherben besetzt waren und alles tausendfach zersplittert widergaben, in denen Hunderte von Kristalleuchtern in hellem Glanz erstrahlten.

Er lebte im Palast der Rosen, bis er fünf Jahre alt war;

dann zog er in den Palast der Sonne um. Seinen Vater oder Tala sah er nur selten – sie lebten in einem anderen Gebäude, und Tala war, seitdem die Familie nach Teheran gekommen war, in jedem Jahr schwanger gewesen.

Im Palast der Sonne wies man Arash seine eigenen Gemächer und Diener zu; er sei nun dem Harem entwachsen, sagte man ihm, er sei ein Mann und könne nicht mehr mit Frauen zusammenleben.

Arash schlief allein in einem riesigen, prächtigen Zimmer; sein Bett war so groß, daß Arash fortwährend fürchtete, es werde ihn im Schlaf verschlingen. Am Morgen wurde er von einem Lehrer unterrichtet, studierte Persisch, Französisch und Arabisch, Schönschrift, Kunst und Mathematik, Reiten, Polo und Bogenschießen. Einmal im Jahr ging er mit dem königlichen Ordou zur Jagd.

Das war das aufregendste Ereignis des Jahres, das einzige Mal, daß die ganze Familie des Schahs gemeinsam reiste. Sie fuhren nach Norden, in die Dschungel von Mazandaran, um Wildschweine zu jagen. Arash der Rebell wohnte zusammen mit Salomon dem Mann in einem Zelt. Tala wurde das Frauenlager zugewiesen, aber sie ging gemeinsam mit den Männern zur Jagd und weigerte sich, irgendwo anders zu schlafen als bei ihrem eigenen Mann. Arash beobachtete jedesmal bei Einbruch der Morgendämmerung, wie Tala auf ihrem schwarzen Pferd davonritt. Sie galoppierte hinter einem Dutzend Jagdhunden her, ein Gewehr in der Hand und einer Kaskade goldenen Haares auf den Schultern, und kam erschöpft, aber begeistert zurück, das Gesicht zerschunden und zerkratzt von den Zweigen, die Haut glänzend vom Schweiß und von der Aufregung. Die Beute des Tages hinter sich herschleifend, kehrte sie immer als letzte zum Lager zurück. Sie stieg von ihrem Pferd, fand Salomon den Mann in seinem Zelt und warf sich, während Arash draußen vor dem Zelt warten mußte, lustvoll in seine Arme – mit einer solchen Begierde, daß sie noch stundenlang nach dem Liebesakt am ganzen Leib zitterte. Und jedesmal, wenn Salomon der Mann sie lächelnd anschaute, wurde Tala die Kadscharin vor Freude rot und senkte die Lider, um ihre Leidenschaft zu verbergen.

Als er älter wurde, lernte Arash der Rebell allmählich die Sehnsucht nach seiner Mutter zu überwinden. Er schloß mit seiner Umgebung Frieden und akzeptierte Salomon den Mann als einen entfernten Verwandten, von dem er manchmal auch geliebt wurde. Er hielt Pfaus Bild in einer geheimen Schublade verschlossen, aber er schaute es weniger häufig an, und so begann es allmählich zu verblassen. Als er sieben Jahre alt war, meldeten seine Lehrer ihn in der Jugendabteilung der persischen Kosakenbrigade an. Arash der Rebell lernte Türkisch und Russisch und erhielt seine militärische Ausbildung von einem jungen Mann namens Reza Khan. Er lebte noch immer im Palast, aber er verbrachte jeden Tag im Hause der Kosaken neben dem Übungsplatz in Teheran. Zum ersten Mal in seinem jungen Leben begann er, sich mit anderen anzufreunden und sich in seiner Umgebung zu Hause zu fühlen. Außerhalb des Palastes konnte er sein Leben vergessen, sich im anonymen Soldatendasein verlieren und dem Gefühl der Ausgestoßenheit entrinnen, das ihn jedesmal überkam, wenn er Tala und ihre Kinder mit Salomon dem Mann sah. Er strengte sich an und gehorchte der Disziplin, die ihm von Reza aufgezwungen wurde. Am Ende des Jahres war er der erste seiner Klasse, der die Prüfung ablegte. Als der Hofmarschall ankündigte, daß einer der jungen Kosaken am Jahrestag der Begleiter des Schahs sein solle, war es Arash der

Rebell, dem diese Ehre zuteil wurde. Er war von dieser Aufgabe begeistert und so stolz, daß er allein zum Hause Salomons ritt und die Neuigkeit hinausschrie, während er durch die Flure rannte. Selbst Tala war erfreut. Sie nahm Arash in die Arme und lächelte ihn mit strahlenden Augen an. Und zum ersten Mal in seinem Leben glaubte Arash der Rebell, er könne Tala verzeihen, in Salomon dem Mann seinen Vater sehen und die Frau auf dem Bild mit den grünen Augen, die ihn wieder und wieder verfolgt hatten, endlich vergessen.

VIER TAGE VOR SEINER GROSSEN JUBILÄUMSFEIER pilgerte Nasser-ed-Din zum heiligen Schrein von Schah Abdol-Azzim in der Nähe von Teheran. Es solle ein historischer Besuch sein, so hatte der Schah versprochen, denn unmittelbar nach der Pilgerfahrt wolle er auf seine despotischen Rechte verzichten und sich selbst zur »Majestät« und zum »Herrscher aller Perser« erklären. In diesem Sinne hatte er den Beamten der Stadt erlaubt, die Überwachung der Bürger weniger streng zu handhaben und nicht mehr wie üblich ein schriftliches Protokoll über die Fremden zu führen, die in Scharen in die Karawansereien strömten. Zur Feier des Tages sollte es jedermann erlaubt werden, an der Pilgerfahrt des Schahs teilzunehmen.

Der Beginn der Pilgerfahrt war um die Mittagszeit angesetzt. Arash der Rebell ritt als Mitglied der königlichen Eskorte der Kavalkade voran. Er wurde von seinem Laleh – dem Herrn der männlichen Diener – und von seinem Obersten Stallmeister begleitet. Auf dem Weg von Teheran zur heiligen Grabstätte war die Straße von Männern und Frauen verstopft, die zu Fuß gingen oder die Reise auf

Maultieren und Eseln zurücklegten, nur um den Schah einmal zu Gesicht zu bekommen. Die Stadt war so überfüllt, daß Arash keinen Platz finden konnte, wo er sein Pferd hätte lassen können. Die heilige Stätte selbst war voller Pilger, die den heiligen Mann hatten besuchen wollen, bevor ihr König kam.

Arash der Rebell gab sein Pferd dem Obersten Stallmeister und machte sich auf, an der Begrüßungszeremonie teilzunehmen. Eine Gruppe von Eunuchen in der farbigsten und ausgefallendsten Kleidung hatte sich vor der heiligen Stätte aufgestellt. Hinter ihnen war ein Regiment der königlichen Armee aufmarschiert, und direkt vor der heiligen Stätte selbst postierte eine Reihe junger Kosaken.

Um genau halb zwei galoppierte ein Reiter zum Schrein und verkündete dem Anführer der Kosaken, daß Seine Majestät sich nähere. Der Kosakenführer sandte Arash und einen anderen Jungen aus, damit sie die heilige Stätte von allen Pilgern räumten.

Als er seine Aufgabe erfüllt hatte, nahm Arash seinen Platz im Empfangskomitee ein. Vor seinen Augen zog der Reiterzug des Schahs vorbei.

Ein Dutzend Krieger ritten voran. Dann kamen zwölf Eunuchen auf Araberpferden mit bemalten Sätteln und goldenem und silbernem Zaumzeug.

Ein einzelner Reiter versuchte seinen weißen Hengst zu zügeln, der sich wild aufbäumte. »Zurück mit euch!« rief er, als sein Pferd ausschlug. »Zurück mit euch, und seht euch vor!«

Hinter ihm her schritten paarweise weiße Pferde mit bestickten goldenen Decken. Ihr Zaumzeug war mit Juwelen besetzt, und auf ihren Köpfen prangte ein roter Federschmuck. Dann endlich rollte die königliche Kutsche heran.

Die Kutscher des Schahs trugen purpurrote Uniformen. Von ihren Schultern und Handgelenken baumelten goldene Kordeln. Die Kutsche war ebenfalls golden, ausgeschlagen mit purpurrotem Samt. Die Wächter, die zu Fuß neben dem Wagen gingen, trugen purpurrote Kronen, weiße Reithosen und rote Schuhe. Fünfhundert berittene Männer bildeten den Schluß des Zuges.

Vor der heiligen Grabstätte stürzte Nasser-ed-Dins Premierminister Atabak Amin-al-Sultan nach vorn, um die Kutschentür zu öffnen. Zwei hohe Beamte reichten Seiner Majestät die Hand und halfen ihm auszusteigen. Beim Anblick des Schahs ging ein Raunen durch die Menge.

Nasser-ed-Din war ein großer Mann mit einem runden Gesicht, einem stolzen Blick und einem kräftigen Schnauzbart. Er war in einen Mantel aus grauem und orangefarbenem Brokat gekleidet, der einen westlichen Kragen hatte. Ein schwarzer Schlips ruhte auf einem weißen Hemd. Darüber trug er einen purpurroten Schal, einen Ledergürtel, der mit riesigen Diamanten besetzt war, schwarze Hosen und Militärstiefel. Sein Hut aus Schafleder war mit einem einzelnen, eigroßen Diamanten geschmückt. Trotz der sengenden Sommerhitze trug er einen langen Überwurf, der mit Zobel gefüttert war.

Er begrüßte seinen Premierminister und die Beamten; dann wandte er sich der heiligen Stätte zu. »Laßt uns gehen!« befahl er, und der Premierminister schritt voran. Sie wurden nur von einem königlichen Wachmann, von Arash dem Rebellen und einem anderen jungen Kosaken begleitet.

Das Heiligtum war klein und dunkel, und jedes Wort hallte laut wider. Es gab schmale, stickige Gänge, in denen die Hitze sich staute und jeder Schritt eine Staubwolke aufwirbelte. In einem kleinen Raum mit einer niedrigen

Decke lag der Heilige begraben. Der Schah schritt durch die Grabstätte hindurch, geradewegs auf das Mausoleum zu, und berührte mit seiner Stirn das silberne Geländer, das das Grab umgab. Er flüsterte gerade ein Gebet, als Arash der Rebell einen Fremden herankommen sah.

Der Fremde – ein blasser Mann mit unerschrockenem Gesicht – trat auf Arash zu und hielt ihm einen Brief hin, der offenbar für den Schah bestimmt war. Atabak Amin-al-Sultan trat dazwischen, um dem Mann den Brief abzunehmen und ihn selbst dem Schah auszuhändigen. Der Fremde sollte dem Schah nicht zu nahe kommen. Nasser-ed-Din jedoch winkte ihn heran: Er war in leutseliger Stimmung und wollte seine Untertanen persönlich empfangen. Der Mann trat direkt an den Schah heran. Statt des Briefes zog er ein Gewehr hervor. Arash der Rebell hörte einen Knall, und die Welt um ihn herum schien zu bersten.

In dem Tumult und der Panik, die den Schüssen folgten, sah Arash, wie Nasser-ed-Din Schah auf den Boden niedersank; der königliche Pelzmantel war über und über mit Blut befleckt. Der Kosakenführer und die königlichen Wachen stürzten sich auf den Angreifer, rissen ihm sein Gewehr fort und fesselten ihm die Hände. Der Mann leistete nicht einen einzigen Augenblick Widerstand.

Atabak Amin-al-Sultan eilte zitternd zum Schah und legte ein Ohr an dessen Brust. Alles, was er hören konnte, war das Lärmen der Menge vor dem Mausoleum – die Menschen, die den Schuß gehört hatten, schrien wild durcheinander. Sie wollten wissen, ob dem Monarchen etwas geschehen war. Atabak Amin-al-Sultan wußte, daß es unklug wäre, den Tod des Schahs sofort bekanntzugeben. Er stand mit fleckigem Gesicht über die Leiche gebeugt. Plötzlich erkannte er den Mörder: Es war Mirza Reza von Kerman, ein Mann mit engen Beziehungen zur Geistlichkeit, der sein ganzes Leben damit verbracht hatte, gegen Nasser-ed-Din zu opponieren.

Viele Jahre lang hatte Mirza Reza in den Gefängnissen des Schahs Mißhandlungen und Folterungen erdulden müssen, war aber immer wieder unter dem Druck des einen oder anderen Mullahs freigelassen worden. Er hatte die Willkür und den Despotismus der Kadscharen kritisiert – die Tatsache, daß Nasser-ed-Din ein halbes Dutzend Männer töten ließ, nur weil sie sich seiner Karawane zu einer Zeit genähert hatten, als er niemanden zu empfangen wünschte. Er hatte den Sohn des Schahs angeklagt, der an hilflosen Bauern wissenschaftliche Experimente durchführte und der einem Gärtner befohlen hatte, sein Gesicht in einen Topf mit kochendem Rosenwasser zu tauchen, um die Wirkungen einer schweren Verbrennung zu beobachten. Das letzte Mal, als er aus dem Gefängnis entlassen worden war, hatte Mirza Reza von Kerman einen Mullah aufgesucht.

»Der Schah ist ungerecht«, hatte er geklagt.

»Dann mußt du deine eigene Gerechtigkeit schaffen«, hatte der Mullah ihm geraten.

Atabak Amin-al-Sultan befahl den Wachen, Mirza Reza an der heiligen Stätte festzuhalten. Dann ging er hinaus, um zu der Menge zu sprechen.

»Dem Himmel sei Dank«, sagte er mit fester Stimme. »Seine Majestät, der König der Könige, ist am Leben und unverletzt.«

Sobald er wieder zur heiligen Grabstätte zurückgekehrt war, befahl er, den Mörder fortzubringen. Mirza Reza wurde, die Hände noch immer gefesselt, in eine offene Kutsche gesetzt. Als er nach Teheran und seinem Tod entgegenfuhr, schaute er die Menschen freundlich an und lächelte sanft und würdevoll.

Atabak Amin-al-Sultan rief nach dem königlichen Tragesessel. Er ergriff die Leiche des Schahs und setzte sie wie eine Puppe darauf; die Augen des toten Herrschers waren noch immer geöffnet. Mit Arashs Hilfe gelang es ihm, die Leiche eine Weile aufrecht zu halten; er wollte warten, bis die Leichenstarre einsetzte. Arash stand viele Stunden lang in der Grabstätte; er bekam kaum noch Luft, während der Schweiß von seiner Stirn tropfte und in seine Kleider und Stiefel rann. Fortwährend stellte er sich vor, wie die Zukunft ohne Nasser-ed-Din aussehen würde. Dann meinte Atabak, daß es Zeit sei, den Schrein zu verlassen.

»Du hältst Seiner Majestät Hand«, befahl er. »Und während du gehst, sprichst du mit ihm.«

Sie bahnten sich ihren Weg durch die Menge der Zuschauer, die vor Schah Abdol-Azzims Grab warteten, und während der ganzen Fahrt zurück nach Teheran sprach Arash der Rebell mit dem toten Nasser-ed-Din, den sie in die Kutsche gesetzt hatten. Als sie zum Schrein auszogen, war er noch ein Kind gewesen. Er kehrte als Mann nach Teheran zurück.

Am nächsten Tag wurde dem Thronfolger Nasser-ed-Dins, Muzzaffar-ed-Din Khan, der Eid abgenommen. Erst jetzt ließ Atabak die Kunde von der Ermordung des alten Schahs ausrufen. Wenig später wurde Mirza Reza Kermani vor den Augen der aufgebrachten Menge gehängt.

Als er hoch oben vor dem Galgen stand, schaute er seinen Henker an und sprach: »Ich habe getan, was richtig war.«

SALMAN DER KOHLENVERKÄUFER hatte schon mit drei Jahren arbeiten müssen. Er war immer pechschwarz – wie die Schauspieler, die an den Straßenecken von Teheran ihre Stücke aufführten und ihre Gesichter und Hände mit Kohlenstaub färbten –, und er hatte einen so schlimmen Husten, daß jedermann ihn von weitem am Rasseln seines Atems erkannte. Er trug einen langen, rußbedeckten Mantel und transportierte die Kohlen in einem riesigen Beutel, den er ächzend hinter sich herschleifte. Selbst in seiner Jugend, noch bevor er geheiratet hatte, wußte Salman der Kohlenverkäufer schon, daß er einmal an Schwindsucht sterben würde.

Er wurde in eine Familie von Gelehrten hineingeboren, aber er lernte niemals lesen. Sein Vater, ein Lehrer des Talmud, war dem Massaker in einem russischen Getto entflohen, um dann endlich in Juyy Bar Fuß zu fassen. Als er dort ankam, war er noch jung. Er war mit großen Erwartungen gekommen, und der Schock der Realität enttäuschte alle seine Hoffnungen und nahm ihm den Lebensmut. Er wußte nichts über die persische Sprache und schien unfähig, sie zu lernen. Er konnte nicht unterrichten, konnte keine andere Arbeit finden und vor allem Juyy Bar nicht als seine neue Heimat akzeptieren – hatte er doch sein Leben riskiert und das Grab seiner Vorfahren verlassen, um der Unterdrückung zu entfliehen. In Juyy Bar war er ein Opfer nicht nur der Mullahs, sondern auch der Juden, die ihn als einen Außenseiter behandelten und ihm jedes Entgegenkommen verweigerten. Seine Frau, die einzige gebildete Frau ihrer Zeit, war gezwungen, als Dienstmagd im armenischen Viertel zu arbeiten. Sie war schön, aber sehr zart, und nachdem sie einige Jahre im Getto von Isfahan gelebt hatte, wurde sie krank und starb in einem sehr kalten Winter. Am Jahrestag ihres

Todes nahm Salmans Vater Gift und starb aus freiem Willen.

Salman wäre in jenem ersten Jahr fast gestorben, aber Taraneh die Tulpe nahm ihn zu sich und zog ihn auf, als wäre er ihr eigenes Kind. Sie schickte Salman zur Arbeit, brachte ihm bei, die Kohlen einzukaufen, sie vor jedem Haus, bei dem er anhielt, auszuladen, sein Wechselgeld zu zählen und um jeden Pfennig zu schachern. Abends, wenn er heimkam, badete sie ihn, wechselte seine Kleidung und legte ihn in ein sauberes Bett, das nach frischem Bleichmittel duftete. Salman der Kohlenverkäufer liebte Taraneh mehr als sein Leben – liebte sie mehr, als er jemals seine Mutter und seinen Vater geliebt hätte. Er wuchs auf mit dem Gedanken, daß sie seine Mutter sei, in dem Glauben, daß sie für ihn dasein würde. Aber dann begegnete Taraneh dem Sohn des Statthalters von Isfahan und sagte zu Salman, er müsse nun allein zurechtkommen. Als sie ging, verfiel Salman der Kohlenverkäufer gänzlich der Dunkelheit.

Er begann, riesige Mengen Kohlen in seinem Zimmer zu horten; es war ihm gleichgültig, daß die Wände allmählich schwarz wurden, daß der Teppich Flecken bekam und das Wasser nach Ruß schmeckte. Jeden Abend aß er sein Brot und seinen Käse, wusch niemals seine Kleidung, wechselte sie auch nicht, schlief auf dem Boden und benutzte den Kohlensack als Kissen. So lebte er viele Jahre lang und wäre zweimal fast an Lungenentzündung gestorben. Aber als er zwanzig Jahre alt war, kam Taraneh die Tulpe zurück. Sie schleifte ihn aus dem Haus und zwang ihn, ein lahmes Mädchen zu heiraten.

»Du mußt ein Kind haben«, sagte sie zu ihm. »Du mußt wieder leben.«

Salman zeugte den blauäugigen Lotfi: einen Jungen mit weißer Haut und kristallfarbenen Augen. Er kam im Jahre

1882 zur Welt und veränderte Salmans Leben von Grund auf. Dieses Kind, so glaubte Salman der Kohlenverkäufer, hatte ihm Gott zu seinem Segen geschickt.

Außer Lotfi zeugte er sechs weitere Söhne. Sie wuchsen alle in einem sauberen Haus auf, und er schickte sie in die Thoraschule von Raab Yahya. Niemals erlaubte er seinen Kindern, die Kohlen zu berühren, die ihn selbst in seiner Jugend fast umgebracht hatte. 1898 kam ihm zu Ohren, daß im Teheraner Getto eine Schule für Juden eröffnet worden sei. Salman der Kohlenverkäufer verließ sein Haus, gab seine Kohlen fort und zog mit seinen Söhnen nach Teheran.

Ein Fremder war zum Pit gekommen – Monsieur Jean, ein Franzose mit einem ergrauenden Spitzbart und einem dreiteiligen Anzug. Er trug diesen Anzug jeden Tag, und der Stoff schien selbst in der glühenden Sommerhitze niemals zu knittern. Monsieur Jean kam als Gast an den Hof Muzaffar-ed-Din Schahs. Er sei, so sagte er, ein Sendbote der europäischen Juden.

1878 war Nasser-ed-Din Schah nach London gereist und hatte sich mit den Führern der Alliance Israélite Universelle getroffen. Sie hatten ihm Berichte über Massaker an Juden vorgelegt, über ihre vor dem Gesetz ungleiche Behandlung und ihre unendlich große Armut. Man hatte ihn mit der Geschichte der Mullahs konfrontiert, die sehr viel mehr Macht hatten als der Schah und ihren Haß an den Juden ausließen.

»Lügen!« hatte Nasser-ed-Din wütend ausgerufen. »Alle meine Untertanen werden gleichwertig und mit Würde behandelt.«

Die Herren von der Alliance fragten nach dem Grund, warum man den Juden in Persien verbot, die Landessprache zu schreiben und zu lesen. Zutiefst verwirrt hatte Nasser-ed-Din behauptet, darüber nichts zu wissen. Sie fragten, ob Seine Majestät eine Verbesserung der Verhältnisse anstrebe – ob er beispielsweise erlauben würde, daß man für die Teheraner Juden eine Schule eröffne.

»Natürlich!« hatte Nasser-ed-Din geantwortet. »Wir werden sogar die Lehrergehälter aus eigener Tasche bezahlen.«

Er war nach Teheran zurückgekommen und hatte gehofft, den ganzen Vorfall vergessen zu können. Zwanzig Jahre lang wurde die Alliance nicht ein einziges Mal wieder erwähnt. Dann kam – kurz nach Nasser-ed-Dins Ermordung – Monsieur Jean.

»Eure Majestät«, sagte Monsieur Jean zum neuen Schah, »Euer Vater ist dem europäischen Volk gegenüber eine Verpflichtung eingegangen. Es liegt jetzt an Ihnen, sein Wort zu halten.«

Muzzaffar-ed-Din saß in einer Zwickmühle: sich Monsieur Jeans Wunsch zu verweigern würde bedeuten, Europa vor den Kopf zu stoßen. Ihn zu akzeptieren würde bedeuten, die Mullahs von Persien zu verärgern. Er wog die Möglichkeiten gegeneinander ab und erlaubte schließlich, daß die Schule gebaut wurde.

»Die Teheraner Juden«, so schrieb Monsieur Jean in seinem ersten Bericht an die Alliance in London, »haben mich empfangen, als wäre ich der Messias. ›Jetzt, da du gekommen bist‹, sagen sie, ›können wir in Frieden sterben, in dem Bewußtsein, daß unsere Kinder gerettet werden!‹«

An seinem ersten Tag im Pit erwachte Monsieur Jean in der Dunkelheit und zog seinen Anzug an, den er zum Glätten unter der Matratze aufbewahrt hatte. Er trat in den Hof hinaus, um die Toilette zu benutzen, und hatte plötzlich das Gefühl, belagert zu werden: schon mehrere Stunden, bevor der Unterricht begann, war das Haus bereits mit Schülern gefüllt. Dort standen Jungen mit ihren Schuhen unter dem Arm, mit fragenden, schmutzverschmierten Gesichtern, wie eine Gruppe von Verfolgten, die auf ihre Rettung warteten, auf das Wort, das den Zauber brechen und die Menschen aus der Sklaverei befreien würde.

Salman der Kohlenverkäufer trat auf Monsieur Jean zu. Er hatte seine sieben Söhne mitgebracht.

Der blauäugige Lotfi besuchte alle Unterrichtsstunden, die Monsieur Jean gab: am Morgen für die Jungen, am Abend für die Mädchen und die Erwachsenen. In jedem Jahr bekam er ein Zeugnis mit Auszeichnung, und als er achtzehn war, bot ihm Monsieur Jean das erste Stipendium an, das seine Schule für Frankreich vergab.

Salman der Kohlenverkäufer war fasziniert von Lotfis Erfolg. Zusammen mit seiner Frau vergoß er heiße Freudentränen, prahlte vor allen seinen Freunden und verschenkte, um das Ereignis zu feiern, einen ganzen Sack voller Kohlen. Dann fand er heraus, daß der Junge das Stipendium zurückgewiesen hatte: Er habe sich verliebt, so erklärte Lotfi seinem Vater ohne jedes Zögern, und beabsichtige zu heiraten.

Aus der Schule kannte er ein Mädchen – Heshmat, die Tochter von Pfau, der Frau aus Isfahan, die mit Gold handelte. Sie war zwei Jahre älter als Lotfi, aber sie hatten sich seit dem Tag der Schuleinweihung gegenübergesessen, und der blauäugige Lotfi hatte immer gewußt, daß er sie heiraten würde – und zwar an dem Tag, an dem er beginnen würde zu arbeiten, um sich seinen Lebensunterhalt selbst zu verdienen.

Trotz der Proteste seiner Eltern ließ der blauäugige Lotfi die Chance, die ihm in Europa geboten wurde, ungenutzt und heiratete statt dessen Heshmat. Die Hochzeit fand im Hause von Zilfa der Rosenfrau statt, in ihrem Garten, in dem sie für diesen Anlaß nur weiße Blumen gepflanzt hatte, an einem Tag, an dem die Luft von Funken sprühte und die Welt von Farben leuchtete. Die Neuvermählten waren so arm, daß sie in Salmans Zimmer lebten und während des ersten Jahres auf einer geborgten Matratze schliefen. Dann nahm der blauäugige Lotfi eine Arbeit als Assistent von Monsieur Jean an und wurde der erste jüdische Lehrer. Salman der Kohlenverkäufer war so stolz auf Lotfi, daß er ihm verzieh. Seine anderen Söhne wurden älter und zogen nach Europa, um Ärzte zu werden, aber Lotfi blieb immer seines Vaters Liebling; er war in den dunkelsten Jahren von Salmans Leben geboren worden, und allein das Licht seiner Augen hatte im Herzen des Kohlenhändlers eine Flamme der Hoffnung entzündet.

ARASH DER REBELL war fünfzehn Jahre alt, als er den Palast verließ, um in der Kaserne der Kosaken in Teheran zu leben. Man schrieb das Jahr 1903, und Muzaffar-ed-Din hatte gerade eine Handvoll Maschinengewehre für seine Armee erworben. Die Gewehre wurden »Maxims« genannt, und man übergab sie den treuen Händen eines Kosakenoffiziers namens Reza Khan. Er hatte seine Ausbildung bei einer Gruppe europäischer Berater erhalten und ließ nun Arash und neun andere Kosaken für die Arbeit mit den Maschinengewehren abstellen. Gemeinsam zogen sie mit ihren Waffen durch Persien und bildeten in jeder Stadt und in jeder Provinz, in der sie Rast machten, neue Kosaken aus. Zum ersten Mal in seinem Leben sah Arash der Rebell Persien so, wie es wirklich war. Nach und nach, während er in den Diensten von Muzaffar-ed-Din und Reza Khan stand, begriff Arash, daß die Kadscharendynastie kurz vor dem Zusammenbruch stand.

Im dem Jahr, in dem er König wurde, hatte Muzaffar-ed-Din an Griechenland die alleinigen Rechte verkauft, Persiens reiche nördliche Wälder auszubeuten. Eineinhalb Jahre später hatte er den Franzosen die Rechte auf die Ausgrabung und den Besitz der gesamten archäologischen Funde in Persien überlassen. Dann entschied er, daß er Urlaub brauche – in Europa natürlich, da er der Sohn von Nasser-ed-Din Schah war und dem Ruf seines Vaters entsprechend zu leben wünschte. Um Geld für die Reise flüssig zu machen, verkaufte er alle Zolleinkünfte an Belgien.

In Teheran, und vor allem in den Basaren, wo die Mullahs den größten Einfluß hatten, sprachen die Menschen davon, die Macht des Schahs zu beschneiden. Von Europa und Rußland hatten sie den Gedanken des Nationalismus übernommen – die Vorstellung eines Volkes, das nicht durch Rasse oder Religion zusammengehalten wurde, sondern durch eine gemeinsame Grenze. Sie sprachen von der Pflicht des Schahs, den Boden und die Integrität ihres Landes zu schützen. Weltlich gesonnene Nationalisten hatten sich mit den religiösen Führern zusammengeschlossen, und gemeinsam verlangten sie ein Parlament und eine Verfassung. Jede der beiden Gruppen verfolgte eigene Interessen: Die Nationalisten stellten sich ein Gesetzeswerk vor, das auf modernem weltlichem Denken basieren sollte. Die Mullahs planten eine Verfassung, die auf dem Koran aufbaute und die Geistlichkeit über den Schah stellte. Trotz dieser unterschiedlichen Zielsetzungen schlossen sich beide Parteien gegen die Krone zusammen, wobei jede Gruppe überzeugt war, die andere überwältigen zu können, sobald sie erst einmal den gemeinsamen Sieg davongetragen hatten.

Muzaffar-ed-Din hörte zwar von dem Zusammenschluß der oppositionellen Gruppen, aber er war nicht in der Stimmung, sich mit Problemen zu befassen. Er fuhr nach Europa und blieb dort viele Monate lang; erst als er den gesamten belgischen Kredit verbraucht hatte und seine Taschen leer waren, kehrte er zurück. Er schmollte: Es war nicht gerecht, daß seine Mittel so begrenzt waren, daß Geld ein so wichtiges Thema sein sollte. Er hatte ein Recht auf sehr viel mehr Spesen, als man ihm zugestand. Er hätte das Recht haben sollen, mehr als die dreihundert Bediensteten und deren Ehefrauen, die ihn auf der letzten Reise begleitet hatten, mitzunehmen; man hätte ihm erlauben sollen, länger zu bleiben, mehr Spielereien für sich selbst zu kaufen. Schließlich war er der Schah.

Er versuchte sich dadurch zu trösten, daß er einen Palast baute – ein prächtiges Gebäude hoch oben auf dem Hyssophügel nördlich der Hauptstadt. Das Gebäude sollte den Namen »Palast der Freude« bekommen; es war als ein weißer, halbkreisförmiger Komplex angelegt, mit Reihen offener Veranden, und darum herum wollte er eine königliche Menagerie bauen, in der er Exemplare von in Persien lebenden Löwen, Tigern und Leoparden und exotische Pflanzen zu halten gedachte. Um das Unternehmen zu finanzieren und Geld für seine nächste Reise aufzutreiben, entschloß er sich, mehr Kredite aufzunehmen.

Von Rußland – dem größten Feind seines Reiches – lieh er 22,5 Millionen Rubel. Dafür versprach er, in seinem eigenen Land niemals eine Eisenbahn zu bauen. Die Briten wurden neidisch und verlangten ebenfalls nach einer Konzession. Der Schah überließ Lord Darsay die Exklusivrechte auf die Bohrung und den Besitz des gesamten persischen Öls.

1904 wurde Teheran von einer Seuche heimgesucht.

Es war nur ein harmloser Ausbruch von kurzer Dauer, aber in der Atmosphäre von Zorn und Unzufriedenheit, die in Persien vorherrschte, wurde durch die sich ausbreitende Krankheit Öl ins Feuer gegossen. In der Gewißheit, wieder einmal den Zorn Gottes auf sich gezogen zu haben, flehten die Menschen von Teheran um Hilfe und rannten fort, um sich zu verstecken. Sie hatten keine Ärzte, keinen Platz, wohin sie die Kranken hätten bringen können, niemanden, der ihnen die Grundregeln der Hygiene erklärte. Unangenehm berührt von dem allgemeinen Elend, das sich in seiner Hauptstadt ausbreitete, nahm Muzaffar-ed-Din Schah einen weiteren Kredit auf und reiste zurück nach Europa.

Die beiden obersten Geistlichen Teherans, Seyyed Behbahani und Seyyed Tabataba'i verkündeten, daß sie jetzt einen Pakt geschlossen hätten, und machten gemeinsame Sache mit den Nationalisten: Der Schah, so forderten sie, müsse es erlauben, daß eine Verfassung auf der Grundlage schiitischer Regeln geschrieben werde, daß islamische Gerichte eingerichtet und islamische Richter berufen würden, die sogar mehr Autorität als die Krone hätten.

Muzaffar-ed-Din Schah kam zurück nach Persien und hörte den Bericht seines Premierministers über die Forderungen der Mullahs. Er empfand die ganze Angelegenheit als so kompliziert, daß ihm die Lust verging, sich damit zu befassen. Er wolle seinen Geist nicht dadurch ermüden, daß er den Bedürfnissen von Rebellen Gehör schenke, sagte er. Er ließ jedermann wissen, daß er den Russen gerade eine weitere Konzession überlassen hatte: Sie durften im Zentrum des Amir-Basars in Teheran eine Bank bauen und verwalten. Der für diese Bank vorgesehene Bauplatz war ein Friedhof, auf dem die Opfer der letzten Seuche begraben lagen.

Die Mullahs riefen den Jihad, den Heiligen Krieg aus. Der Schah, so sagten sie, verkaufe das Land an den Feind. Die Banken arbeiteten nach dem Prinzip des Wuchers – sie würden Zinsen auf geborgtes Geld verlangen, und das stehe in direktem Widerspruch zu den schiitischen Gesetzen. Um ihre Bank zu bauen, würden die Russen muslimische Gräber schänden, die Leichen der Gläubigen davontragen und sie an unheiligen Plätzen und namenlosen Orten begraben.

An dem Tag, an dem die Russen den Bauplatz an der Stelle des Friedhofs zu erschließen begannen, befahlen die Mullahs von Teheran, daß der gesamte Amir-Basar wegen Streik geschlossen werden müsse. Eine riesige Menschenmenge wälzte sich, Fackeln schleudernd, durch die Straßen und forderte, daß der Schah die Russen vertreiben müsse. Gläubige saßen in allen Moscheen und lauschten den Worten, mit denen die Geistlichen den Verrat der Kadscharen verfluchten. Nationalisten versammelten sich in jedem Regierungsbezirk und schlossen sich den Menschen auf den Straßen an.

Von seiner Kaserne aus, von wo er mit Reza Khan zurückgekehrt war, verfolgte Arash der Rebell die Unruhen und entdeckte, daß er in seinem tiefsten Herzen auf seiten des Widerstandes war.

Muzzaffar-ed-Din fühlte sich durch die Unruhen in seiner Hauptstadt unangenehm gestört. Da er sich vor allem wünschte, seinen Seelenfrieden wiederzufinden und in sein geliebtes Europa zurückzukehren, gab er den Forderungen der Rebellen sofort nach. Er ersetzte dem Zaren die finanziellen Ausfälle, stellte den Friedhof im Amir-Basar wieder her und fragte die Mullahs, ob sie den ganzen Vorfall zu vergessen bereit wären.

Leider sei es zu spät, antworteten die Mullahs. Die Rebellion habe sich bereits im ganzen Land ausgebreitet. Der Schah müsse einer verfassungsmäßigen Regierung zustimmen oder mit einem Krieg rechnen. An einem Freitag kamen dreitausend Mullahs von Teheran auf einem Platz zusammen und verließen die Stadt. Sie zogen nach Qom, ließen sich an einer Moschee zu einem Sitzstreik nieder und schworen, nicht zurückzukehren, bevor der Schah sich nicht mit ihren Forderungen einverstanden erklärte.

Teheran war wie gelähmt. Die Menschen gerieten in Panik. Die schiitische Geistlichkeit war das einzige Verbindungsglied zwischen Gott und den Gläubigen. Von den Mullahs verlassen zu werden war mit einem Bannfluch von Gott gleichzusetzen. Selbst die Toten konnten nicht ohne den Segen eines Mullahs begraben werden. Noch einmal kehrte der Mob auf die Straßen zurück und drängte den Schah, die heiligen Männer zurückzuholen. Ein-al-Dulah, der Premierminister, schlug vor, Kosaken auszuschicken, um die Mullahs mit Gewalt wieder zur Rückkehr zu bewegen. Aber Muzaffar-ed-Din fürchtete die Auseinandersetzung.

»Schicke sie nach Qom«, befahl er Ein-al-Dulah. »Sag ihnen, sie könnten ihr verdammtes Parlament haben.«

Und so kehrten die Mullahs in einem Triumphzug zurück. Sie fuhren in königlichen Kutschen, die vom Palast ausgesandt worden waren, durch Teheran und wurden von jubelnden Menschenmengen begrüßt. Es war ein schicksalhaftes Schauspiel, das den Kampf widerspiegelte, der seit ewigen Zeiten der Fluch Persiens gewesen war: Die Männer mit dem Turban erhoben den Anspruch, die Männer mit der Krone zu ersetzen.

Zilfa die Rosenfrau beschloß, Französisch zu lernen. Sie besaß ein ganzes Zimmer voller bestickter Taschentücher, hatte bis zum Überdruß Gesangs- und Malstunden genommen und die Stunden des Schminkens und der Körperpflege bis ins Unendliche ausgedehnt, und noch immer gab es an jedem Tag viele Stunden, in denen sie nichts anderes tat, als die Verwüstungen zu betrachten, die die Zeit auf ihrer Haut anzurichten begann. Deshalb ging sie eines Morgens los, um sich in die Erwachsenenklasse der Gettoschule einzutragen.

»Ich bin gekommen, um etwas zu lernen«, erklärte sie Monsieur Jean. Sie strahlte soviel Selbstvertrauen aus, daß er keine andere Wahl hatte, als ihr Alter zu übersehen und sie anzunehmen. »Teilen Sie mich für Ihre schwierigste Klasse ein«, bat sie. »Ich werde dennoch Ihre klügste Schülerin sein.«

Sie ging mit einem nahezu religiösen Eifer zum Unterricht, wiederholte eifrig alles, was sie aufgezeichnet hatte, und stellte lange, nachdem die Schüler gegangen waren, noch Fragen. Ihre ganze freie Zeit war jetzt mit Lernen ausgefüllt; sie hörte sogar mit dem Malen und Sticken auf, um ihrem Französisch mehr Zeit widmen zu können. Jeden Tag zog sie für den Schulbesuch ein neues Kleid an und schminkte sich mit ganz besonderer Hingabe. Sie kaufte sich neue Juwelen. Nach einer Weile leugnete sie einfach ihr Alter und behauptete, sie sei nicht einen Tag älter als vierzig. Schließlich lud sie Monsieur Jean zum Mittagessen in ihr Haus ein.

»Kommen Sie nur.« Sie lächelte ihn an wie ein kleines Mädchen. »Wir werden gemeinsam einen sehr kultivierten Nachmittag verbringen.«

Am Ende des Jahres, als die Alliance ihre besten Schüler auszeichnete, kam Zilfa die Rosenfrau in ihrer Klasse auf den dritten Platz. Hochrot vor Freude stand sie vor der Klasse, und als Monsieur Jean sich ihr näherte, um ihr die bronzefarbene Medaille um den Hals zu hängen, beugte sie den Kopf, ohne die Augen zu senken, und schenkte Monsieur Jean einen solch seelenvollen Blick, daß sich dieser – verwirrt und seltsam berührt zugleich – abwenden mußte.

Als Monsieur Jean an jenem Abend allein in der leeren Schule saß, ließ Zilfa ihm eine Nachricht zukommen: Sie lud ihn in ihr Haus ein, diesmal, um mit ihr zu Abend zu essen und mit ihr in der Sprache der Dichter und Liebenden Konversation zu machen. Den ganzen Sommer über trafen sie sich regelmäßig in Zilfas Haus. Sie erschienen gemeinsam auf der Straße: Monsieur Jean in seinem gestärkten Anzug, mit Spazierstock und Hut, Zilfa immer ohne Schleier, in weiße Kleider mit durchsichtigen Ärmeln gehüllt. Er reichte ihr seinen Arm und ging zu ihrer Linken, half ihr, zierlich um jedes Schlagloch herumzutrippeln, und trug sie über jeden Graben. Sie diskutierten angeregt über Dichtung, Kunst und Musik. Monsieur Jean war immer eher ernst und nachdenklich. Zilfa liebte es, mit aller Leidenschaft ihre Meinung vorzutragen, beugte sich schließlich aber immer seinem Urteil. Abends kehrten sie in Zilfas Haus zurück, um Brot und Käse zu essen und dazu ein Glas Wein zu trinken.

Als im Herbst die Schule ihre Pforten wieder öffnete, kam Zilfa die Rosenfrau mit einem Rosenkranz auf dem Kopf in die Klasse und gab ihre Verlobung mit dem Schulleiter bekannt.

Sie kaufte für sich selbst einen Diamantring und eine goldene Uhr für Monsieur Jean. Sie lud ihre Freunde zur Hochzeit ein. Sie würde einen Empfang im westlichen Stil geben, ließ sie all ihre Freunde wissen, damit sich niemand vor den Kopf gestoßen fühlte: Die Braut und der Bräutigam würden zunächst von einem katholischen Priester getraut werden und dann von einem Rabbi. Danach würde man feiern, und alle Gäste, Männer und Frauen, würden sich im selben Zimmer aufhalten.

Eine Woche lang ließ Zilfa die Rosenfrau ihr Haus auf das festliche Ereignis vorbereiten. Sie ließ die Wände neu streichen und alle Teppiche reinigen. Sie beschnitt die Rosen und bestellte eine kleine Gartenlaube aus Holz, die sie mit weißen Gazeschleiern behängte. Am Tag ihrer Hochzeit wachte sie noch vor der Morgendämmerung auf und zog – einer plötzlichen Eingebung folgend – ihren Malerkittel an. Dann nahm sie einen Pinsel und bemalte das ganze Haus mit blauen Sternen.

Und so, wie sie sie an jenem frühen Morgen von ihren Dächern aus sahen, sollten die Menschen des Pit Zilfa die Rosenfrau in Erinnerung behalten. Sie stand in ihrem Garten vor der Mauer, einen Pinsel in der Hand, und spürte weder Kälte noch Wind, während sie versuchte, das tiefe Blau der Morgendämmerung und das Funkeln der Sterne in dem Augenblick, bevor sie verblaßten, einzufangen. Sie wollte Licht in ihr Haus bringen und sich selbst von der Dunkelheit befreien, in der sie allein und von allen gemieden gelebt hatte. Sie wollte die vielen Jahre vergessen, in denen sie die Stunden und Tage gezählt hatte in Erwartung des Mannes, der, wie sie wußte, einmal kommen würde, um sie zur Königin seiner Träume zu machen und ihr Kinder zu schenken, die sie in Weiß kleiden, denen sie Rosen ins Haar und Süßigkeiten in die Taschen stecken würde. Sie wollte die Sonne in ihrer Hand halten, den Atem der wachenden Engel tief einatmen und das Licht in ihren Augen, das während der langen, endlosen Reise der Hoffnung nicht erloschen war, für alle Zeiten bewahren.

IM OKTOBER 1906 tagte das Parlament in Teheran zum ersten Mal. Es setzte sich aus Geistlichen und Nationalisten zusammen, und man wollte jetzt darangehen, eine Verfassung zu schreiben. Sofort begannen heftige Kämpfe über die Form der neuen Gesetzgebung.

Die Nationalisten konnten sich schließlich durchsetzen. Persiens erste Verfassung umging Gott und seine Schüler. Nach dem Vorbild der belgischen Verfassung von 1830 wurden allen Bürgern gleiche Rechte vor dem Gesetz zugestanden. Das Parlament verpflichtete sich, das Leben, den Besitz und die Integrität aller Perser zu schützen, ungeachtet der Religion oder Rasse. Man ging sogar soweit, die Existenz von Gettos gesetzlich zu verbieten – es wurde für illegal erklärt, irgendeinem Menschen einen bestimmten Wohnort oder eine bestimmte Umgebung zum Leben zuzuweisen oder auf Grund der Religion irgend jemandem das Wohnrecht zu verweigern.

Sobald die Verfassung ratifiziert worden war, erklärten die Mullahs sie für null und nichtig. Sie hatten sich den Nationalisten nur angeschlossen, um ihr eigenes Anliegen durchsetzen zu können, und geplant, sich von ihnen zu trennen, wenn der Schah ihren Wünschen erst einmal zugestimmt hatte. Statt dessen mußten sie nun entdecken, daß die neuen Gesetze des Landes sie ihrer Macht fast völlig beraubten. Sie fühlten sich betrogen und riefen die Gläubigen zu einem Rachefeldzug auf.

Am Vorabend des Passahfestes, im Jahre 1906, befahlen die Mullahs die Zerstörung des Gettos von Kermanschah.

In Persien war der Frühling eingezogen, aber in Kermanschah blieb der Boden immer gefroren. Eine blutrünstige Meute tötete Tausende von Juden, legte das ganze Getto in Staub und Asche und ließ die Verwundeten auf den Straßen erfrieren. Die Mullahs gaben ein »Fatwah« –

einen heiligen Befehl – heraus, das allen Gläubigen verbot, Lebensmittel oder Kleidung an Juden zu verkaufen. Ohne Nahrung und Feuer verhungerten und erfroren jede Nacht Dutzende von Menschen auf den Straßen.

Die Nationalisten in Teheran hörten von dem Massaker und ersuchten den Schah um Hilfe. Sie wurden abgewiesen. Die Mullahs hielten an ihrem Fatwah fest, und täglich starben Juden an Unterernährung und Kälte.

Endlich erreichte eine Karawane mit Lebensmitteln das Getto von Kermanschah. Die Karawane war von einem Moslem geschickt worden, einem Führer der Gemeinde Kermanschah, einem Mann mit festem Glauben an den Islam. Er hatte alle Lebensmittel gekauft, die in den Basaren von Kermanschah angeboten wurden, seine treuesten Diener zusammengerufen und sie zum Getto geschickt, um die Überlebenden des Massakers zu speisen. Am nächsten Tag schickte er Kleidung und Wolldecken, Kohlen, Milch für die Kinder und Medikamente für die Verletzten.

Von jetzt an kam jeden Tag Hilfe. Der Retter ignorierte die Warnungen seiner Freunde und betonte, daß der Islam eine Religion des Mitgefühls sei, daß der Prophet Mohammed Menschlichkeit und Nächstenliebe gepredigt habe und daß der Koran, wenn man ihn richtig auslegte, Frieden und Fortschritt lehre. Wochenlang speiste er die Juden von Kermanschah und bot ihnen Unterkunft, bis die Mullahs endlich ein Einsehen hatten. Sie hoben den Bann auf und erlaubten den Händlern, den Boykott zu beenden.

Und all dies, so meinte Zilfa die Rosenfrau in den Tagen nach dem Massaker von Kermanschah zu Pfau, habe die neue Verfassung bewirkt: Sie habe dem Mitleid und der Menschlichkeit Raum gegeben, die die Mullahs bei ihren Anhängern erstickt hatten. Sie habe den Gläubigen die wahre Bedeutung des Islam nahegebracht und die Größe einer Religion gefeiert, die in ihrer Blütezeit eine Kultur geschaffen hatte, die größer und menschlicher war als irgendeine andere ihrer Tage.

ZWEI MONATE NACH DER SCHAFFUNG des ersten Parlaments starb Muzzaffar-ed-Din. Sein Erbe, Schah Mohammed Ali, bestieg den Thron mit dem Schwur, die neue Verfassung wiederaufzuheben. Er beauftragte den Premierminister vor allem damit, das Parlament unterwandern zu lassen, den Graben zwischen den Mullahs und den Nationalisten weiter aufzureißen und dann beide Gruppen zu besiegen. Sodann schloß er einen Handel mit den Russen und den Engländern ab. Als Gegenleistung für ihre Hilfe gegen die Rebellen unterschrieb der Schah 1907 den Vertrag von Petersburg, der eine Aufteilung Persiens in Interessenzonen beinhaltete: Er überließ die nördliche Hälfte Persiens den Russen und die südliche Hälfte den Briten, der mittlere Teil blieb als neutrale Pufferzone bestehen. 1908 machte der Schah, ermutigt durch die internen Kämpfe der Rebellen und der russischen Unterstützung gewiß, seinen letzten Schachzug.

Er berief General Liachoff, den Kommandeur der Kosaken, zum Palast und befahl, daß er das Parlament an einem Tag, an dem es gerade Sitzung hielt und alle Mitglieder darin versammelt waren, mit seinen Soldaten umstellen sollte. Als die Kanonen und die Kosaken mit ihren Gewehren bereit standen, befahl Schah Mohammed Ali, das Feuer auf das Parlament zu eröffnen.

In dem darauffolgenden Massaker wurden Hunderte unbewaffneter Männer verwundet. Viele flehten um Gnade, die ihnen aber nicht gewährt wurde. Der Schah ruhte nicht eher, als bis das Parlament zerstört war und die Kosaken kein Blei mehr zu verschießen hatten. Befriedigt ließ Mohammed Ali dann Teheran unter Kriegsrecht stellen, ernannte Liachoff zum Militärkommandeur und forderte die Oppositionellen zu einer Stellungnahme heraus.

Teheran verstummte. Die Rebellen ergaben sich ohne ein Wort des Widerspruchs. Es war in jener Nacht der Kapitulation, daß Arash der Rebell sein Kosakenregiment verließ.

An einem Abend im Juni des Jahres 1908 saß Salomon der Mann in seinem Herrenhaus in Sultanabad. Er war dabei, seine Buchführung zu überprüfen, als er aufschaute und seinen Sohn hereintreten sah.

»Ich bin gekommen, um mich zu verabschieden.«

Salomon der Mann fühlte, wie seine Hand auf dem Rechengestell zitterte. Er hatte immer gewußt, daß Arash ihn einmal verlassen würde. Jetzt sah er ihn im Halbdunkel des Zimmers – blaß und ängstlich, aber wild entschlossen –, und er begriff.

»Wohin wirst du gehen?« fragte er ihn.

»Nach Täbris.« Arash sah die Verzweiflung in Salomons Augen. »Ich will mich Sattar Khan anschließen.«

In diesem Moment erkannte Salomon, daß Arash ein Mann war und daß er, Salomon, ihn niemals hatte aufwachsen sehen. Er hatte das Kind, das er einst aus Isfahan geholt hatte, verloren. Und der Mann, der ihn jetzt verließ, würde immer ein Fremder für ihn sein.

»Alle Deserteure«, seufzte er, »werden von den Kosaken hingerichtet.« Plötzlich wünschte er sich, die vergangenen Jahre seines Lebens rückgängig machen zu können.

Sie standen einander gegenüber und schauten sich schweigend an. Salomon der Mann erinnerte sich an den Tag in Juyy Bar, als Arash in seinem Haus geboren wurde –

als die Hebamme mit hochrotem Gesicht und blutigen Händen zu ihm gerannt war und nach dem Gold griff, das Salomon jedem versprochen hatte, der gute Nachrichten brachte.

»Ein Junge!« hatte sie gerufen. »Du hast einen Sohn.«

Arash der Rebell küßte den Ring seines Vaters. »Verzeih mir«, bat er.

Salomon ergriff seine Hände. »Du bist es«, sagte er, »der verzeihen muß.«

Er sah Arash zur Tür hinausgehen. Er sollte ihn niemals wiedersehen.

IN DER STADT TÄBRIS, in der Geburtsstadt von Qamar der Zigeunerin, wo im Jahre 1831 das große Massaker stattgefunden hatte, bereitete sich Sattar Khan darauf vor, in den Krieg zu ziehen. Die Nachricht, daß das Parlament beschossen worden war, hatte alle größeren Provinzen Persiens erreicht und bewirkt, daß die Rebellen sich ergaben. In Täbris entflammte diese Nachricht ein Feuer, das die Monarchie bis auf ihre Grundfesten verbrennen sollte.

Viele Jahre lang hatte Sattar Khan die Rebellentruppen im Norden und Nordwesten des Landes angeführt. Sie nannten sich »Mujahedin« – Kämpfer für die gute Sache –, aber sie wußten niemals, worum es in ihrem Kampf eigentlich ging. Sie waren ihr Leben lang Rebellen gewesen – Banditen und Pferdezüchter und Gebirgsreiter, aufgewachsen in der kargen Umgebung von Aserbeidschan, den Stürmen und den Schatten ausgesetzt, die sie von allen Seiten umgaben. Durch die Weite ihres Landes dem Einfluß der Mullahs entzogen, hatten sie sich den Ruf großen Mutes und einer großen Unabhängigkeit erworben.

Sattar Khan war auf dem Pferderücken mit dem Gewehr in der Hand aufgewachsen. Als junger Mann war er von der königlichen Palastwache in Muzaffar-ed-Dins Armee eingezogen worden und hatte dort voller Stolz gedient, bis der Schah seinen Bruder tötete: Man hatte ihn angeklagt, Lebensmittel aus der Palastküche gestohlen zu haben, und Sattars Bruder hatte vergeblich seine Unschuld beteuert. Er wurde sofort hingerichtet.

»Räche meinen Sohn« – das waren die Worte von Sattars Vater, als er die Nachricht vom Tod seines Sohnes erhielt. »Räche dein Blut und meinen Namen.«

Sattar Khan desertierte von der Armee und versammelte eine Gruppe von Freunden um sich. Sie ritten von Stadt zu Stadt und suchten Streit mit den Truppen des Schahs. Sie bestahlen die Reichen, gaben den Armen, und wo immer sie einen Soldaten sahen, griffen sie ihn an. Es gab für sie keinen Krieg zu gewinnen, sie wollten ihren Zorn in einem Aufschrei kundtun, den der Schah endlich hören sollte.

In jenen Jahren wurde Sattar Khan viele Male gefangengenommen und ins Gefängnis geworfen. Er wurde gefoltert und geschlagen, man ließ ihn hungern, verhörte ihn und steckte ihn in Einzelhaft, bis er verlernt hatte zu sprechen. Doch sein Name war überall in Aserbeidschan bekannt, und der Schah wollte auf keinen Fall einen Märtyrer aus ihm machen.

So entließ man Sattar, abgemagert und blaß, aus dem Gefängnis, und eine Zeitlang beschränkte er sich darauf, ein unauffälliges Leben zu führen. Er arbeitete als Pferdeschätzer oder diente als Führer bei der Jagd. Aber bald begann er wieder, seine Freunde um sich zu sammeln und ritt, auf der Suche nach Händeln, durch das Land. Als Sattar Khan um die Jahrhundertwende von den Bestrebungen zur Einführung einer Verfassung hörte, schloß er sich dieser Bewegung an.

Und so kam es, daß an dem Tag, an dem Schah Mohammed Ali das Parlament in Teheran beschießen ließ, Sattar Khans Truppen Aserbeidschan besetzten. Zu der Zeit, als Arash der Rebell sich ihm in Täbris anschloß, kämpfte Sattar Khan nicht nur gegen die Soldaten des Schahs, sondern auch gegen die russischen Truppen. Mohammed Ali wollte Täbris von den Rebellen zurückerobern, und der Zar, der fürchtete, daß eine Revolution in Persien Unzufriedenheit in seinem eigenen, zusammenbrechenden Imperium auslösen könnte, hatte zur Unterstützung des Schahs Truppen entsandt.

Arash der Rebell schloß sich der Sache Sattar Khans an und kämpfte gegen die Kosaken, die früher seine Freunde gewesen waren. Von Rußland und Teheran aus wurden neue Truppen entsandt. Täbris wurde umzingelt und belagert. Die Rebellen waren vom Umland abgeschnitten und alle Versorgungslinien unterbrochen.

Im Winter des Jahres 1908 mußte Arash der Rebell mit ansehen, wie seine neuen Verbündeten an Hunger und Krankheit starben, während sie zugleich von den Truppen des Schahs angegriffen wurden. Die Männer waren von der Kälte wie gelähmt. Eine Niederlage schien unausweichlich. Jetzt, da er sein Ende herannahen sah, fragte sich Arash der Rebell warum er am Kampf teilgenommen hatte, und fand keine Antwort. Kämpfte er für Persien oder gegen Tala? Wollte er Gerechtigkeit – wie jener Mann, Mirza Reza von Kerman, der sein Leben dafür hingegeben hatte, um Nasser-ed-Din zu vernichten –, oder waren es nur persönliche Rachegefühle, die ihn erfüllten?

»*Dein* Sohn«, hörte er im Geiste Talas Stimme durch die Hallen des Palastes hallen, wo man sich versammelte, um die neuesten Nachrichten vom Krieg zu verfolgen, »*dein* Sohn hat mein Fleisch und Blut verraten.«

In Täbris wurde die Belagerung aufgegeben. Sattar Khan hatte fast alle seine Männer verloren, aber er ging dennoch als Sieger aus dem Kampf hervor und führte den Rest seiner Truppen zur Hauptstadt. Überall in Persien wurden die Rebellen durch diesen Triumph zu neuem Widerstand aufgestachelt. Im Süden versammelte Samsam der Bakhtiari seine Truppen, nahm Isfahan ein und ritt gen Norden, um sich Sattar Khan anzuschließen. Und plötzlich wollte Mohammed Ali den Waffenstillstand.

Zusammen mit Samsam ritt Sattar Khan in die Hauptstadt ein. Der Schah verließ, um sein Leben zu retten, den Palast und suchte Zuflucht im Haus des russischen Botschafters in Teheran.

»*Dein* Sohn«, schluchzte Tala vor Salomon dem Mann, »*dein* Sohn hat uns alle zerstört.«

Sie packte ihre Habseligkeiten zusammen und schloß sich dem Schah in der russischen Botschaft an. Salomon der Mann begleitete sie nicht. Er sei Perser, sagte er, und er sei nicht bereit, beim Feind Unterstützung zu suchen.

Man schrieb den Juli des Jahres 1908. Ein Königreich war untergegangen.

ARASH DER REBELL war vom Nationalrat bestellt worden, um über die Bedingungen von Schah Mohammed Alis Ausreise aus Persien zu verhandeln. Er ging zur russischen Botschaft, in die die Kadscharen sich geflüchtet hatten, und sah dort die Königin schluchzend zwischen ihren Koffern und Dienern sitzen. Sie erkannte Arash nicht – sie war vor allem damit beschäftigt, die Engländer zu verfluchen. Diese hatten dem Schah ihre Unterstützung gegen die Rebellen versprochen und ihn auf diese Weise zu der Unterzeichnung eines Vertrages gebracht, der britische Interessen verfolgte. Nun, da sie ein Drittel Persiens besaßen, ließen sie Mohammed Ali im Stich und bereiteten seinen Rücktritt vor.

Der Schah war blaß und verwirrt, ganz in Schwarz gekleidet wie eine Frau in Trauer, und schlich mit hängenden Schultern in der russischen Botschaft herum. Er empfing Arash nicht. Er wollte nicht mit Verrätern sprechen. Man verhandelte also durch einen Mittelsmann.

Bei seiner Flucht aus dem Palast am 16. Juli 1908 hatte Mohammed Ali den gesamten Familienschatz mitgenommen, dazu enorme Vorräte an Bargeld und alles, was er an persischen Kronjuwelen tragen konnte. Unter diesen Juwelen befand sich auch der berühmte Darya-ye-Nur – Meer des Lichtes –, ein Diamant von einhundertundachtzig Karat, auf den der Schah einen Anspruch zu haben glaubte. Zudem war Mohammed Ali bei den russischen und britischen Regierungen außerordentlich hoch verschuldet; als Sicherheit hatte er dafür Hunderte von Morgen Land im nördlichen Persien verpfändet.

Arash der Rebell verlangte, daß der Schah die Kronjuwelen zurückgeben, die Teile des Landes, die er als Pfand an Rußland und Großbritannien gegeben hatte, wieder an Persien überschreiben und seinen Kronprinzen Ahmad, der zwölf Jahre alt war und auf dem Schoß seiner Mutter bitterlich weinte, als Geisel in Teheran zurücklassen solle. Dafür, so sagte er, würde der Nationalrat dem Schah ein sicheres Exil garantieren, einen Platz auf der Krim und fünftausend Pfund Sterling im Jahr.

Mohammed Ali wies das Angebot zurück. Fünftausend Pfund, so meinte er, sei das Gehalt eines Sklaven. Die Insel

Krim sei für einen König kein passender Wohnort. Kronprinz Ahmad sei zu jung zum Regieren und müsse seinen Vater ins Exil begleiten. Die Kronjuwelen gehörten ihm, und er sähe nicht ein, sie zurückzugeben.

Wochen vergingen, und die Verhandlungen führten zu nichts. Im September hatte der Nationalrat das Gehalt des Schahs auf 16.666 Pfund Sterling pro Jahr angehoben und statt der Insel Krim die Stadt Odessa als zukünftigen königlichen Wohnsitz vorgeschlagen. Man war sich einig, daß Ahmad in Teheran zurückgelassen werden sollte – als Repräsentant der neuen Regierung und als Sicherheit, daß sein Vater niemals einen Gegenschlag gegen die Rebellen einleiten würde. Aber Mohammed Ali wollte die Kronjuwelen nicht aufgeben. Im Glauben, daß der russische Botschafter mit den Rebellen gegen ihn konspiriere, telegraphierte er dem Zaren und bat diesen, seine Rechte zu schützen. Die Antwort des Zaren kam prompt: Mohammed Ali, so telegraphierte er, solle die Bedingungen sofort akzeptieren.

Zwei Tage nachdem er das Telegramm erhalten hatte, verließ Mohammed Ali Teheran, um nach Odessa überzusiedeln. Er nahm seinen Kriegsminister mit, fünfhundert treue Soldaten und die Ehefrau Salomons des Mannes.

Arash der Rebell sah zu, wie Tala in die Kutsche stieg, die sie aus Teheran hinausbringen sollte. Sie war von ihren elf Kindern umringt, und als sie in der Kutsche saß und die Vorhänge fest zuzog, wandte sie sich nicht einmal um, um einen Blick auf Arash zu werfen. Arash fragte sich, wie sie ohne Salomon den Mann wohl leben würde. Er fragte sich auch, ob er das Leben seines Vaters nicht absichtlich zerstört hatte.

AM MORGEN DES TAGES, an dem Ahmad zum Schah gekrönt werden sollte, ritt Arash der Rebell zur russischen Botschaft, um den neuen Schah zu seinem Palast zu begleiten.

Die Palastwachen sagten ihm, er solle draußen auf den Kronprinzen warten.

Eine Stunde verging; dann noch eine Stunde. Endlich schwangen die Pforten der Botschaft auf: Irgendwo in weiter Ferne, am Ende der gepflasterten Straße, die durch den Garten hindurchführte, sah Arash der Rebell, wie sich ihm eine schimmernde Gestalt näherte.

Er sah einen kleinen Jungen mit schwarzem Haar und einem runden Gesicht, gekleidet in eine dicke Militäruniform und einen türkischen Fez. Seine Jacke war mit verschiedenförmigen Diamanten besetzt, von denen jeder so groß war wie eine Walnuß. Die Augen des Kindes waren geschwollen und von Tränen gerötet.

Ahmad hatte tagelang geweint – von dem Augenblick an, als sein Vater vom Thron vertrieben und er selbst zum König ernannt worden war. Er war zwölf Jahre alt, und alles, was er sich vom Leben wünschte, war, zu Hause bei seiner Mutter zu sein.

Arash der Rebell fühlte sich beim Anblick des Kindes seltsam berührt. Er kannte Ahmad von klein auf. Er hatte während der ganzen Zeit seiner Verhandlungen mit Mohammed Ali immer gewußt, daß Ahmad noch ein Kind war. Aber als er ihn jetzt langsam herankommen sah, mit Tränen in den großen Kinderaugen, erinnerte er sich plötzlich daran, wie er selbst als kleiner Junge fiebrig und verlassen im Keller gelegen und schluchzend das Bild seiner Mutter angestarrt hatte.

In Sultanabad – dem Palast der Könige – wurde der neue Schah von einer Delegation des Nationalrates begrüßt.

»Wir beten zu Gott, daß Eure Majestät seiner Nation mit Recht und Ehre dienen werde«, verkündete der Leiter der Delegation dem König.

»So Gott will«, antwortete Ahmad tapfer, aber sein Kinn zitterte, und er kämpfte darum, daß seine Stimme fest blieb, »werde ich dieses tun.«

IN TEHERAN herrschte das Chaos. Der Regierung, die die Monarchie ersetzt hatte, fehlte eine klare Führung und eine Vorstellung, wie es weitergehen sollte. Nachdem Sattar Khan und seine Truppen siegreich in Teheran eingezogen waren, entdeckten sie, daß es gar keinen Kampf zu kämpfen gab. Das Parlament verlangte, daß die Waffen niedergelegt werden sollten, aber die Rebellen weigerten sich. Mehrere Wochen lang herrschte ein Pattzustand. Am Ende sandte der Nationalrat Truppen aus, um Sattars Truppen zu belagern und deren Waffen zu beschlagnahmen. Die Rebellen leisteten erbittert Widerstand. In den darauffolgenden Kämpfen wurde Sattar Khan – der Held der Revolution und der Mann, der Persien von den Kadscharen befreit hatte – angeschossen und schwer verletzt. Wenig später starb er – an seinen Verletzungen und an gebrochenem Herzen.

Doch auch nachdem Sattar Khan tot war, mußte die neue Regierung mit schweren Herausforderungen fertig werden: Die Mullahs bekämpften die Nationalisten, und die britische Regierung untergrub die Macht des Parlaments. Es gab keine Armee, keine Polizei, niemanden, der Ruhe und Ordnung wiederhergestellt hätte. Im Palast jammerte der Schah Tag und Nacht nach seinen Eltern. Einmal, als er den Schmerz der Trennung nicht länger ertragen konnte, stahl er ein Pferd aus seinen eigenen Ställen und ritt durch die Dunkelheit auf die nördlichen Tore der Hauptstadt zu. Von Spionen alarmiert, sandte der russische Reitlehrer des Schahs Arash aus, damit er Ahmad zurückbringe. Der junge Schah gestand Arash, daß er sich auf den Weg zur Grenze hatte machen wollen, nach Odessa, wo sein Vater zusammen mit seinen zehn Ehefrauen lebte.

In jener Nacht weinte Arash der Rebell zusammen mit dem jungen Schah: Er erkannte, daß er aus einem Gefühl der Rache heraus Salomons und Talas Verbrechen wiederholt hatte. Er wußte, daß seine Revolution fehlgeschlagen war. 1910 gab er seinen Posten im Nationalrat auf und verschwand für alle Zeiten aus Persien. Da der Rat fürchtete, daß er von seinem jungen Verbündeten betrogen worden war, ließ man Teheran und alle anderen Provinzen durchsuchen. Aber Arash blieb verschwunden. Man erzählte sich allerlei Geschichten von Intrige und Verrat, von Tod und geisterhaftem Verschwinden, aber schließlich mußten die Mitglieder des Nationalrates einsehen, daß sie das Geheimnis von Arash dem Rebellen nie ergründen würden. Es war einfach so, daß Arash alles für den Kampf hingegeben hatte und plötzlich erkannte, daß er von der Beute nichts haben wollte.

In Sultanabad schrieb Ahmad jeden Tag an seinen Vater – liebevolle Briefe, in denen er seinem Kummer Worte verlieh und seine geheimsten Gedanken aussprach. Die Briefe gab er seinem engsten Vertrauten, damit dieser sie weiterleite. Er wartete täglich auf eine Antwort. Sein Warten dauerte viele Jahre lang: Die Briefe, so erfuhr er später, waren zur russischen Botschaft gebracht, geöffnet, genau durchgelesen und dann dem Institut für öffentliche Dokumente übergeben worden.

REZA KHAN sah die Revolution von 1908 und ihr Scheitern. Er sah die Zerstörung des alten Systems und dessen Übergang in eine Anarchie und fragte sich, ob Persien überleben würde.

Der Vertrag von Petersburg im Jahre 1907 hatte die Besetzung Persiens durch fremde Mächte zur Folge gehabt. Mit Hilfe ihrer Botschaften regierten die Fremden jede Provinz und weigerten sich, mit Teheran zusammenzuarbeiten. Zweimal im Jahr ernannte das Parlament einen Premierminister, um dann mit ansehen zu müssen, wie er in dem politischen Klima von Verwirrung und Unfähigkeit wieder abdankte. Überall hielten Banditen und Straßenräuber die Bevölkerung in Angst und Schrecken. Selbsternannte Statthalter weigerten sich, Befehle aus Teheran zu befolgen. Persien brauchte eine starke Armee, um den Kampf mit den Feinden von außen und innen aufnehmen zu können; nur so konnte der Frieden wiederhergestellt und das Parlament regierungsfähig gemacht werden. Unter den Kadscharen war Persiens Sicherheit unabhängigen Polizeieinheiten anvertraut worden – der russischen Kosakenbrigade, der von den Schweden angeführten Gendarmerie, der von den Briten angeführten Kampftruppe »South Persia Rifles« – und jede dieser Gruppen stand unter dem Befehl einer ausländischen Macht. Jetzt, ohne Geld oder Führung, war die Armee geschwächter als jemals zuvor.

1914 brach in Europa der Erste Weltkrieg aus. Britische und russische Armeen, die bereits Persien besetzt hielten, schafften das Parlament ab und übernahmen die Regierung des Landes. Wenig später drangen die deutschen Armeen bis nach Persien vor. Bei dem Versuch, den britischen Stützpunkt zu schwächen, infiltrierte der legendäre deutsche Spion Wassmus den Süden und brachte bestimmte Volksgruppen, die nach Unabhängigkeit strebten, auf seine Seite.

Er bezahlte sie dafür, daß sie gegen die Briten kämpften, und trug in ein Land, das schon vorher durch Besetzung, Unruhen und Armut zerstört worden war, den Bürgerkrieg.

Reza Khan war sechsunddreißig Jahre alt. Seine erste Frau, Hamdam, war von niederer Herkunft. Sie hatte für seinen Ehrgeiz kein Verständnis und gebar ihm nur ein Mädchen. Er hatte Hamdam und ihre Tochter verlassen und wieder geheiratet – diesmal eine Frau aus besserem Hause. Er hatte keine Freunde, nicht einmal unter den Kosaken, aber sein ganzes Leben lang hatte er die Bekanntschaft mit Pfau sehr hoch geschätzt. In den Tagen, als in Persien die größten Unruhen herrschten, als er meinte, am Rande des Untergangs zu stehen, machte sich Reza Khan auf die Suche nach der Jüdin von Isfahan.

»Du hast einmal gesagt, daß ich König sein könnte«, erinnerte er sie, als er in ihrem fensterlosen Zimmer im Pit saß. Ihre Worte hatten ihn damals tief beeindruckt, und jedesmal, wenn er sich an jene Begegnung erinnerte, brannte sein Herz vor Aufregung. Amir Tuman Kazim Khan hatte ihm von einer Jüdin erzählt, die den Tod von Königen vorhersah. Reza Khan fragte sich, ob Pfau wohl dieselben geheimnisvollen Kräfte hätte.

»Du mußt mir sagen, was du weißt«, beharrte er. »Sag mir meine Zukunft voraus.«

Pfau lächelte. Immer wieder im Laufe ihrer Kindheit, in den Zeiten der Entbehrung und Enttäuschung, hatte ihre Mutter ihr die Prophezeiung von Esther der Wahrsagerin zugeflüstert, die am Tag von Pfaus Geburt gemacht worden war. Jetzt wiederholte Pfau die Worte für Reza Khan:

»Ein Mann wird kommen, der vom Norden heranreitet, mit Blut an den Händen und dem Zorn Gottes in den Augen. Er wird auf dem Pfauenthron sitzen, und mit einer Bewegung seiner Hand wird er unser Volk befreien.«

Reza Khan hatte das Gefühl, daß die Adern in seinen Schläfen platzten.

»Woher weißt du, daß ich jener Mann bin?« fragte er.

Pfau legte die Fingerspitzen an seine Stirn. »Hier steht es geschrieben – dort, wo Kain sein Zeichen trug.«

SALOMON DER MANN war dreiundfünfzig Jahre alt, als Tala Persien verließ. Er ließ sie gehen und versuchte, seine eigene Haut zu retten, versuchte, einen Neuanfang in einem Land zu machen, das jetzt gegenüber allen Einflüssen und Spuren der Kadscharen nichts als Feindseligkeit und Abwehr zeigte. Er versuchte, Tala zu vergessen; sie war so spurlos verschwunden, wie sie gekommen war. Sie hatte Salomon den Mann für den Verrat von Arash angeklagt und ihn ohne ein Wort der Erklärung verlassen. Dennoch erschauerte Salomon jedesmal vor Verlangen, wenn er sich an Talas Lächeln erinnerte. Er schickte einen Brief nach Odessa.

»Komm zurück, Geliebte«, schrieb er. »Du bist allzu lange fort gewesen.«

Er schrieb noch einen weiteren Brief, und diesmal vertraute er ihn einem Boten an, dem er auftrug, auf eine Antwort zu warten. Er vermutete, daß Tala krank oder im Gefängnis von Odessa sei. Er stellte sich vor, daß sie die ganze Nacht in ihr Kissen hineinweinte, Salomons Namen rief, mit den Fäusten gegen die Wände des Zimmers schlug, das sie nicht verlassen durfte – wie sonst hätte sie so lange fortbleiben können? – und darum betete, daß Salomon kommen möge, in der Morgendämmerung, wenn der Himmel frisch und neu war, und sie in seinen Armen davontrüge. Bevor der Bote zurückgekommen war – ohne, wie Salomon in seinem tiefsten Herzen sehr wohl gewußt hatte, von Tala eine Nachricht mitzubringen –, hatte Salomon Teheran verlassen und war mit dem Schiff nach Rußland gefahren.

In Odessa mietete er ein unmöbliertes, unbeheiztes Zimmer und schickte eine Nachricht an die Residenz von Mohammed Ali.

Viele qualvolle Tage und Nächte lang wartete er auf Tala, verließ niemals das Zimmer, aus Angst, daß sie gerade dann kommen könnte, wenn er nicht da war, verfolgt von dem Gedanken, daß er sie vielleicht doch nicht wiedersehen würde. Er stellte sich vor, wie sie in der Dunkelheit auf ihn zurannte, sich schon, während sie ihm in die Arme fiel, die Kleider vom Leibe risse, wie er sie in die dunkelste Ecke seines Zimmers trüge und sie dort, an eine Steinmauer gelehnt, mit seinen Händen und Augen liebkoste, um sie in sein Bett zu tragen und ihren zarten Körper auf die Laken zu betten – wie immer erstaunt über den hellen Ton ihrer Haut –, daß er sie so sanft berührte, daß ihre Augen zu träumen anfingen, und daß sie zuletzt, wenn es vorüber wäre, neben ihm läge, das Gesicht hell und strahlend von erfüllter Leidenschaft, und ihm den Verrat von Arash verziehe.

Aber sie kam nicht.

Salomon der Mann blieb allein und ohne ein Ziel in Odessa. Als ihm das Geld ausgegangen war, versuchte er, in Kabaretts und Teehäusern zu singen, und mußte feststellen, daß seine Musik unbekannt war und nicht geschätzt wurde. Er suchte Liebe bei einer fremden Frau, bezahlte Prostituierte dafür, daß sie ihn besuchten und einen Abend mit ihm verbrachten, aber er fühlte, daß er am Ende alle enttäuschte. Er ging zum Palast von Mohammed Ali, wurde abgewiesen und kam beschämt und niedergeschlagen wieder zurück. Er begann immer mehr zu trinken, und als er schließlich erkannte, daß er nicht aufhören konnte, war er alt und krank und sah keinen Sinn darin, sich zu retten.

Er wurde krank; ein nagender Schmerz breitete sich von seinem Magen in seinen Brustkorb und in seine Arme hinein aus. Seine Haut verfärbte sich gelb; er konnte nicht mehr essen und nicht mehr schlafen. Er lag auf dem Boden seines gemieteten Zimmers. Von dem Geld, das er verdiente, indem er in Teehäusern sang, konnte er gerade eben überleben. Er dachte viel über das Leben nach, das er in Persien aufgegeben hatte.

Er dachte an die Frauen, die er geliebt, die Kinder, jetzt alle erwachsen, die er verlassen oder verloren hatte. Er dachte an die Fremden, mit denen er Freundschaft geschlossen hatte, und an seine Stimme, die ihm wie ein Geschenk der Engel gegeben worden war; aber nicht einmal die stand ihm jetzt noch zur Verfügung. Am Ende, als er Blut zu spucken begann, dachte er an Pfau.

Er erinnerte sich an das Mädchen, das er geheiratet hatte – dunkel und schüchtern und zitternd wie ein Vogel im Winter. Er erinnerte sich an ihre wunderbaren Augen, an die Hochzeitsnacht, als er, bis zu dem Augenblick, in dem er Pfaus Schleier hob, gehofft hatte, daß er in ihr Zil-el-Sultans Hanna finden würde. Er erinnerte sich auch an seine Töchter. Er wußte, daß Sabrina gestorben war.

Salomon der Mann saß aufrecht in seinem Bett, umgeben von den Schatten und den Geräuschen seiner in Armut lebenden Nachbarn, und zum ersten Mal begriff er den Grund für seinen Untergang: Er hatte sein Glück aufs Spiel gesetzt, seine Töchter verlassen und sich gegen seine Frau versündigt. Er hatte Pfaus Leben zerstört und ihr den Sohn fortgenommen. Deshalb, so erkannte Salomon jetzt, lastete ein Fluch auf ihm.

Er nahm all seine Kraft zusammen und zählte sein Geld: Er würde nach Persien zurückgehen, so entschied er, nach Juyy Bar, wo Sabrina begraben lag. Er würde das Grab seiner Tochter finden, sich auf die Erde werfen, in der sie begraben lag, und, bevor er starb, um Vergebung bitten.

VON RUSSLAND zog Salomon der Mann in die Türkei und dann hinunter nach Aserbeidschan. Nach zwei Monaten kam er in Sari an – einer Stadt in der persischen Provinz Masanderan an der Küste des Kaspischen Meeres. Vor der Revolution hatte Salomon der Mann die Schahs immer über ihre »unschlagbare Armee« in Sari reden hören: Sie sei, so hieß es immer, in der Lage, alle Provinzen, die im letzten Jahrhundert an Rußland verlorengegangen waren, wieder zurückzuerobern. Jetzt hielt Salomon bei seinem Gang durch die Stadt nach der Armee Ausschau, aber er sah keinen einzigen Soldaten. Statt dessen sah er Hunderte von Blinden – alte und junge und sogar Kinder, mehr als er jemals in irgendeiner Stadt oder Provinz, durch die er gereist war, gesehen hatte. In der ersten Zeit der Verfassungsrevolution hatte der Statthalter von Sari, ein überzeugter Monarchist, jeden blenden lassen, der auch nur revolutionärer Gedanken verdächtigt wurde.

Die berühmte Armee, so erfuhr Salomon schon sehr bald, bestand aus einer Handvoll Soldaten, die – halbnackt und dem Opium verfallen – ihren Lebensunterhalt durch harte Arbeit auf den Feldern verdienten. Ihr Arsenal – jenes legendäre Arsenal, dessen die Kadscharen sich so sehr gerühmt hatten – bestand aus zwei Kanonen. Die erste wurde nur einmal im Jahr benutzt, im Monat Ramadan, wenn die Soldaten sie abfeuerten, um kundzutun, daß das Ende der

Fastenzeit gekommen sei. Ihre Räder waren gebrochen, und sie stand auf einem Stapel von Backsteinen. Jedesmal, wenn eine Kugel abgefeuert wurde, rumpelte sie einige Meter zurück, und die Soldaten mußten sie wieder vorrollen, sie mit großer Mühe hochheben und auf einen neu aufgebauten Stapel Backsteine setzen.

Die andere Kanone wurde zum Buttern benutzt.

Salomon der Mann beschloß, den Kadscharenpalast aufzusuchen und darum zu bitten, dort übernachten zu dürfen. Der Palast war ein altes Gebäude, von Schah Abbas dem Großen im siebzehnten Jahrhundert erbaut. Er war von den Kadscharen ererbt worden, und man hatte ihn von Anfang an vernachlässigt; nach der Revolution war er gänzlich verfallen. Dennoch klopfte Salomon der Mann an die Pforten und hoffte, eingelassen zu werden.

»Fort mit dir!« donnerte eine Stimme durch das Baumdickicht auf dem Palastgelände. »Wir haben geschlossen.«

Salomon klopfte noch einmal.

»Fort mit dir, habe ich gesagt!« brüllte die Stimme wieder, aber Salomon in seiner Verzweiflung klopfte ein drittes Mal.

Jetzt klang die Stimme bedrohlich: »Wer wagt es, frage ich, wer wagt es, meinen Zorn herauszufordern!?«

Plötzlich tauchte ein Neger auf, fast zwei Meter groß, nackt bis zur Taille, mit Herkulesmuskeln und riesigen Händen. Er durchquerte das Palastgelände und warf sich mit dem Brustkorb gegen das Tor. Die Pforten sprangen auf, und er erhob sich vor Salomon wie ein Ungeheuer.

»Fort mit dir!« rief er noch einmal, aber dann plötzlich schaute er in Salomons Gesicht. Das Wort blieb ihm im Halse stecken. Er wich mit gesenkten Augen ein paar

Schritte zurück und fiel wie ein Sklave auf die Knie. Er ergriff Salomons Hand und legte sie sich auf die Augen.

»Mein Leben gehört dir«, sagte er. »Salomon Khan! Mein Herr! Verzeih meine Frechheit.«

Es war Rubi der Henker, Wächter des Kadscharenpalastes.

»Mein Leben gehört dir«, weinte er in Salomons Hand hinein. »Hätte ich gewußt, daß du deinen Fuß auf diese Erde setzen würdest, dann hätte ich sie mit meinen eigenen Augäpfeln gepflastert.«

Rubi der Henker war in Konstantinopel geboren und als Kind an einen Teppichhändler verkauft worden, der ihn als Sklave aufzog. Schon als Junge hatten Rubis gewaltige Gestalt und seine schwellenden Muskeln ihn zum stärksten aller Sklaven gemacht. Ein reicher Pascha kaufte ihn zu einem nie zuvor gezahlten Preis dem Teppichhändler ab. Aber während er in den Diensten des Paschas stand, verliebte sich Rubi in eine der Ehefrauen seines Herrn, eine Türkin, mit einer Haut, die so weiß war wie frischgefallener Schnee. Eines Nachts erzwang er sich den Weg ins Innere des Harems und überfiel sie. Er wurde gefangen und zum Tode verurteilt.

»Fesselt ihn an den Füßen, und werft ihn in den Bosporus«, hatte der Pascha seinen Dienern befohlen, aber in ganz Konstantinopel wollte es niemand mit Rubi aufnehmen. Monatelang hielt der Pascha Rubi gefangen und wartete auf einen Henker, der seinen Sklaven töten würde. Schließlich trat ein Freund an den Pascha heran.

»Verkauf mir den Neger«, bat er. »Er soll meine Feinde töten.«

Viele Jahre lang ermordete nun Rubi der Henker Menschen, die er nicht kannte. Als sein Herr sich von jedem möglichen Feind befreit hatte, verkaufte er Rubi an einen griechischen Sklavenhändler, der ihn nach Teheran mitnahm und ihn auf einer Auktion versteigern ließ.

Rubi der Henker war damals erst fünfundzwanzig Jahre alt. Er kannte sein Alter, weil Sklaven, wie Pferde und Kühe, eine Geburtsurkunde bekamen, während etwa die Geburtsstunde der eigenen Kinder niemals schriftlich festgehalten wurde. Er war auf dem Höhepunkt seiner Manneskraft, aber die Jahre des Tötens und der Gefangenschaft hatten seine Seele verletzt, und er war sensibel und labil wie ein kleines Kind geworden. Am Tag der Auktion stieg er vor den Käufern auf die Plattform, aber anstatt die Muskeln seines nackten Körpers anzuspannen, schaute er hilflos in die Zuschauermenge und brach in Tränen aus.

Es war ein schockierender Anblick, so wenig den Erwartungen der Käufer entsprechend, daß der griechische Händler die Auktion absagte und Rubi, dessen schlechte Seelenverfassung nutzend, schlug, was sich seit seinen Kindertagen niemand mehr getraut hatte. Er machte sich nicht die Mühe, eine weitere Auktion anzusetzen. Er wußte: Niemand würde einen Riesen mit der Seele einer Mimose kaufen, der unberechenbar war. Der Händler beschloß gerade, Teheran zusammen mit Rubi zu verlassen, als Salomon der Mann an ihn herantrat und den Sklaven kaufte. Dann schenkte er Rubi die Freiheit.

1892 nahm Rubi einen Sack Gold, seine Papiere und seine Geburtsurkunde von Salomon dem Mann entgegen. Er zog nach Norden, nach Masandaran, und fand Arbeit beim Statthalter von Sari. Man vertraute ihm das »Schwert der Gerechtigkeit« an und ernannte ihn zum Führer der Palastgarden. Im Laufe von zehn Jahren wurde sein Name in ganz Persien nur mit Schrecken in den Mund genommen: Er tötete seine Opfer durch Erwürgen, wobei er nur den Daumen und den kleinen Finger benutzte. Er enthauptete die Leichen, stopfte ihre Köpfe mit Stroh aus und dekorierte damit sein Haus.

Als der Statthalter von Sari während der Revolution gestürzt wurde, verlor Rubi der Henker sein »Schwert der Gerechtigkeit« und seinen Posten als Anführer der Palastwachen. Jetzt ohne Aufgabe und ohne besondere Bedeutung, bewachte er dennoch den Palast, lange nachdem man aufgehört hatte, ihm ein Gehalt zu zahlen. Er langweilte sich und wurde immer schwermütiger. Plötzlich verfolgten ihn die Bilder derer, die er im Laufe der Jahre getötet hatte, und die Erinnerung an all die Männer, Frauen und Kinder, die er auf Befehl des Statthalters geblendet hatte, verwirrte ihn. Er wurde zum Einsiedler, rauchte Opium, bis er abhängig und seelisch zerstört war, und als Salomon ihn traf, hatte er drei Jahre lang mit niemandem gesprochen.

»Mein Leben gehört dir«, sagte er zu Salomon, als er sich die Tränen von den Wangen wischte. »Du kannst nicht im Palast wohnen – die Ratten werden dich bei lebendigem Leibe auffressen.«

Er lachte, um seine Verlegenheit zu verbergen, und zeigte dabei scharfe, ungleichmäßige Zähne, vom dauernden Gebrauch des Sireh geschwärzt.

»Ein Mann deiner Statur verdient das größte aller Gebäude, und ich schäme mich, dir etwas Geringeres anzubieten. Aber alles, was ich habe, ist mein eigenes Heim, und ich kann nur beten, daß du mir meine Armut vergeben wirst.«

Rubi führte Salomon in eine dunkle Gasse in der Nähe des Palastes. Vor einer Tür, so niedrig, daß nicht einmal ein Kind aufrecht durch sie hindurchgehen konnte, blieb er stehen und stieß sie mit der Hand auf. Rubi der Henker brauchte sein Haus nie zu verschließen: Er wußte, daß niemand es ohne Erlaubnis zu betreten wagte.

Sie betraten ein Zimmer, das feucht und kahl war und in das kaum ein Lichtstrahl drang, außer durch ein winziges vergittertes Fenster. Auf dem Boden lag ein schmutziger Teppich. In einer Ecke häuften sich Laken und Wolldecken. An den Wänden, so erkannte Salomon der Mann voller Entsetzen, hatte Rubi der Henker menschliche Gliedmaßen aufgereiht.

Man sah dort Hunderte von Beinen und Armen, Händen und Ohren. Dreißig Köpfe, präpariert und ausgestopft, standen in Reih und Glied: turkmenische Führer, so erklärte Rubi Salomon, die gegen den Schah rebelliert hatten, dann gefangengenommen und dem Henker gebracht worden waren.

»Nimm mein Bett«, so wurde Salomon von Rubi bedrängt. »Du brauchst nur diese eine Nacht hier zu verbringen. Morgen werde ich dich höchstpersönlich nach Teheran begleiten.«

IN TEHERANS STRASSEN kämpften russische Besatzungstruppen gegen feindliche türkische Soldaten. Persien war zum Schlachtplatz des Ersten Weltkriegs geworden. Britische Truppen feuerten Tag für Tag auf deutsche Bataillone, und überall gerieten neutrale Perser ins Kreuzfeuer und mußten sterben. Rubi der Henker nahm Salomon mit an den sichersten Ort, den er finden konnte – die Karawanserei auf dem Tekkyeh –, und von dort aus machte er sich auf, um für Salomon einen Wagen zu suchen, der ihn nach Isfahan bringen könnte. Bald wurde ihm klar, daß die Straßen unpassierbar waren, besetzt von feindlichen Truppen, die Waffen und Nahrungsmittel zu ihren Stützpunkten transportierten. Aus Angst, von feindlichen Soldaten erschossen zu werden, wagte es niemand, Teheran zu verlassen.

Rubi der Henker gab seine Suche nicht auf. Er ging jeden Tag hinaus und versuchte, eine Kutsche zu kaufen, die er selbst lenken wollte. Überall verbreitete er die Nachricht von der Rückkehr Salomons des Mannes. Horden von Menschen kamen zur Karawanserei, um Salomon zu besuchen. Der Wächter von Teherans Huren vergoß an seinen Händen heiße Tränen und bot ihm seine schönste Jungfrau an. Schah Ahmad der Kadschar schickte seine Leute aus, um Salomon über seine Familie in Odessa zu befragen. Dann erschien plötzlich eine Fremde.

Sie war in einen schwarzen Tschador gekleidet und näherte sich zitternd dem Eingang der Karawanserei. Salomon der Mann achtete nicht auf sie: Er hatte den ganzen Nachmittag Blut gespuckt und befürchtete, jeden Augenblick ohnmächtig zu werden. Die Frau kam näher und blieb vor ihm stehen. Er dachte, sie sei eine Bettlerin, oder sie hätte ihn mit jemand anderem verwechselt. Er wollte fortschauen, aber sie hielt ihn mit ihren Blicken gefangen.

»Kann ich helfen?« fragte er schließlich.

Sie blieb ganz still stehen. Dann öffnete sie den Schleier. Salomon der Mann schaute in das Gesicht, das vor ihm auftauchte, und versuchte, sich zu erinnern, woher er es kannte. Er lächelte sie unsicher an und überlegte, wer sie wohl sein könnte – eine Hure vielleicht, die er einmal geliebt, eine Dienerin, die er zurückgelassen, eine Bettlerin, der er einst zu essen gegeben hatte. Langsam wie eine verrostete Maschine begann sein Gedächtnis zu arbeiten.

Pfau!

Er winkte sie fort wie eine Erscheinung, rieb sich die Augen mit der Hand und betete darum, daß sie nicht mehr dasein möge, wenn er noch einmal hinschaute. Alles verschwamm vor seinen Augen. In seinem Mund schmeckte er Blut. Dann gaben seine Beine unter ihm nach, und er glitt in eine Ohnmacht, die so tief und endlos war wie der Tod.

Sie brachte ihn heim und rief einen Arzt. Der Mann kam eineinhalb Tage später: Er war in einen europäischen Anzug gekleidet, duftete nach Kölnisch Wasser und ließ kein Zeichen des Mitgefühls für den Patienten erkennen. Pfau haßte ihn sofort.

Der Arzt nahm Salomons Puls, horchte sein Herz und seinen Magen ab. Dann schüttelte er den Kopf. Der Patient, so verkündete er unbeteiligt, würde binner kurzer Frist sterben.

Pfau geleitete den Arzt hinaus und schloß die Tür hinter ihm. In jener Nacht rief sie Heshmat, damit diese bei ihrem Vater wache. Sie wolle sich, so sagte sie, auf eine Pilgerfahrt zum Grab von Sara Beth Asher im Zagros-Gebirge machen. Gott schulde ihr noch etwas, und es sei Zeit, daß er seine Schuld einlöse.

SIE REISTE ELF TAGE LANG in einer Kutsche und zog dann zu Fuß durch trockene Wüsten und staubige Ebenen, um zum Grabmal zu gelangen. Bei Sonnenuntergang kam sie an und entdeckte, daß am Fuß des Berges eine Gruppe von Pilgern ihr Lager aufgeschlagen hatte. Bald würde es dunkel sein. Pfau mußte auf den Morgen warten.

Am nächsten Tag war sie die erste, die den Aufstieg wagte. Die anderen folgten ihr; jeder Mann und jede Frau trug ein kleines Kind auf dem Rücken: Das Grab von Sara

Beth Asher war eine lange und schmale Höhle – so schmal, daß nur kleine Kinder sicher hindurchkriechen konnten. Wer größer war, riskierte es, in dem engen Tunnel stekkenzubleiben, der so weit vom Ende der Höhle entfernt lag, daß man die Schreie des Opfers nicht hörte und es erstickte, bevor irgend jemand zu Hilfe kommen konnte.

Pfau ging ganz allein; sie wollte Gott selbst gegenübertreten. Sie wollte von ihm das Wunder fordern, das er ihr nie zuvor gewährt hatte. Sie erreichte die Höhle im Laufe des Vormittags und bereitete sich darauf vor, hineinzukriechen. Tausend Jahre zuvor war Sara, die Tochter von Asher, durch die Wüste hindurch von feindlichen Soldaten verfolgt worden. Sie war ins Zagros-Gebirge geflüchtet und hatte versucht, sich in der Höhle zu verstecken. Die Soldaten folgten ihr. Sara hatte sich, durch den gewundenen Tunnel kriechend, immer weiter vorwärts geschoben und um ihr Leben gebetet. Als Antwort auf das Gebet schuf Gott eine Öffnung, durch die hindurch sie in das Land der Verheißung hineingeschlüpft war. Danach hatte Gott den Durchgang mit einem Stein verschlossen, der so schwer war, daß seither kein Mensch ihn jemals hatte bewegen können. Aber Gott hatte Sara zu seiner Botin gemacht, und ihr Grabmal wurde zu einem Ziel vieler Pilgerfahrten. Als Beweis seiner Gegenwart hatte Er dafür gesorgt, daß Luft am Stein vorbei in die Höhle drang, so daß die Pilger in der Höhle nicht erstickten.

Am Eingang der Höhle legte Pfau ihren Tschador und ihre Schuhe ab, band die Zipfel ihres Rockes zusammen und steckte ihren Zopf zu einem Knoten im Nacken auf. Sie zündete eine Kerze an und hielt sie mit den Zähnen fest. Dann legte sie sich auf den Bauch, atmete so viel Sauerstoff ein, wie ihre Lungen zu fassen vermochten, und schob sich in die Höhle hinein.

Sie kroch durch die Dunkelheit und spürte, wie die Luft immer dünner wurde. Den Blick geradeaus gerichtet, versuchte sie, sich an den Weg zu erinnern, den sie jetzt entlangkroch. Die Höhle, das wußte sie, hatte viele Nebengänge. Auf dem Rückweg konnte sie wegen Mangel an Sauerstoff und wegen der Dunkelheit leicht die Orientierung verlieren und lief Gefahr, in einem Nebengang zu ersticken.

Als sie drei Minuten lang in der Höhle vorangekrochen war, atmete Pfau den letzten spärlichen Sauerstoff ein und bemerkte, daß die Kerze nahe daran war zu erlöschen. Sie kroch jedoch immer weiter voran, die Arme eng an den Körper gepreßt; nur mit den Füßen schob sie sich immer weiter voran. Schmutz und Staub füllten ihren Mund und ihre Nasenlöcher. Die Flamme flackerte und erlosch. Pfau hielt inne. Sie hatte einen falschen Gang gewählt.

In Panik preßte sie die Hände gegen den Leib und versuchte zurückzukriechen. Sie fühlte die Hitze, fühlte, wie ihr Kopf schwer und ihr Blut langsamer wurde. Sie war etwa um eine Körperlänge zurückgerobbt, als ihre Füße eine Steinmauer berührten.

Sie schloß die Augen. Schweiß tropfte von ihrer Stirn. Sie würde hier sterben, und Salomon würde es niemals wissen, würde niemals gerettet werden. Sie legte ihren Kopf auf den Boden und blieb liegen. Dann plötzlich schaute sie auf: Der Kerzendocht glimmte noch immer. Sie mußte in der Nähe eines Luftkanals sein.

Sie biß fester in das Wachs der Kerze hinein und schob sich in die einzig mögliche Richtung weiter voran. Sie fühlte einen Hauch – den Atem Saras vielleicht – auf ihrem Gesicht. Die Kerze begann wieder zu flackern. Weinend vor Erleichterung, legte Pfau den Kopf auf Saras Grabstein und flüsterte ihr Gebet.

»Bitte, Gott«, flehte sie, »rette meinen Mann.«

In Pfaus Haus erklang wieder Lachen. Türen wurden geöffnet, und Licht strömte herein. Die Bettücher rochen nach Rosenwasser und Bleichmittel, auf dem Boden lagen duftende Pfefferminz- und Limonenblätter. Salomon der Mann war wieder zum Leben erwacht und begann, sich zu erholen.

Auf dem Rückweg vom Grab Sara Beth Ashers sah Pfau schon von weitem Heshmat, die an der Tür auf sie wartete.

»Es hat gewirkt!« rief Heshmat glücklich. »Er ist wach.«

Pfau rannte ins Haus und sah Salomon auf seinem Bett sitzen. Er war deutlich gealtert. Sein Gesicht war nicht mehr atemberaubend schön, das Licht seiner Augen fast erloschen. Dennoch fühlte sich Pfau in seiner Gegenwart unbedeutend und seltsam befangen: Er war Salomon der Mann, und der Himmel weinte, und auf der Erde brachen tausend Veilchenblüten auf, wann immer er lächelte.

Salomon der Mann kam allmählich wieder zu Kräften, und die dunklen Schleier vor seinen Augen lichteten sich immer mehr. Jeden Morgen saß er im Bett und erzählte Pfau Geschichten von Rußland. Die Geschichten waren heiter, aber Salomon weinte, wenn er sie erzählte. Später erzählte er Pfau, ohne daß sie danach gefragt hatte, von Tala und von seinen anderen Kindern. Eines Tages wagte er es, Arashs Namen auszusprechen.

»Du hättest ihn geliebt«, sagte er zu Pfau. »Ich habe ihn geliebt.«

Pfau wandte ihren Blick ab und wartete auf den Schmerz, der ihr wie ein Messerstich in die Brust fahren würde. Sie fühlte nichts – nur eine Taubheit, dort, wo ihr Herz einst zerbrochen war. Zu viele Jahre waren vergangen.

Sie blieb zu Hause und weigerte sich fortan, Ezraeel den Rächer zu empfangen. In den Jahren, in denen sie mit Qamar-ol-Dowleh befreundet gewesen war, hatte Pfau sich einen Namen gemacht und sich einen immer größeren Kundenkreis geschaffen. Sie arbeitete für die reichsten und angesehensten Muslime und konnte im Laufe der Zeit ihr Vertrauen und schließlich ihre Freundschaft gewinnen. Aber sie eröffnete nie einen eigenen Laden – Juden war es nicht erlaubt, am Handel des Basars teilzunehmen. Sie blieb immer Ezraeels Partnerin: Jedermann wußte, daß er sie liebte, und obwohl er niemals mehr als ihre Freundschaft forderte, hätte er es nicht zugelassen, daß sie ihn verließe. Er wollte sie jeden Tag sehen, aber Pfau ging nicht darauf ein.

Sie kaufte Salomon neue Kleidung – Leinenhemden und Seidenhosen und Pelzmützen. Sie brachte ihn zweimal in der Woche zur Badeanstalt und bezahlte einen Wäscher dafür, daß er ihm bei der Säuberung half. Wenn er heimkam, begrüßte sie ihn mit Kirschnektar und geriebenen Äpfeln, die sie in gesüßtem Rosenwasser getränkt hatte. Auch für sich selbst kaufte sie neue Gewänder. Sie färbte ihr Haar mit Henna, benutzte Parfüm und zog weiße, bestickte Kleider an, in denen sie wie eine Braut aussah. Sie war eine alte Frau – fast fünfzig Jahre –, und plötzlich wollte sie leben.

Die Leute im Getto begannen, mitleidig und verächtlich über Pfau zu sprechen: »Schon Großmutter«, sagten sie, »und sie glaubt, sie sei eine Braut.«

Als sie Stoff für neue Kleider heimbrachte, kicherten ihre Nachbarn, zogen die Augenbrauen hoch und fragten, ob sie wieder zu heiraten gedenke. Pfau die Jüdin antwortete ihnen nicht, aber ihre Worte verletzten sie tief.

Salomon der Mann bemerkte ihre freudige Erregung, und ihm wurde klar, daß er Pfau nicht ein zweites Mal enttäuschen durfte.

»Pfau, ich werde nie mehr gesund werden«, sagte er eines Tages in seiner sanftesten Stimme zu ihr. »Es geht mir nur vorübergehend besser. Das habe ich schon zuvor erlebt. Wenn ich das nächste Mal krank werde, werde ich gewiß sterben.«

Pfau lachte und versuchte, seine Worte nicht ernst zu nehmen. An jenem Tag machte sie sich auf den Weg zum Basar, aber als sie draußen auf der Straße war, vergaß sie ihr eigentliches Ziel. Sie wußte, daß Ezraeel auf sie wartete, daß er nach ihr ausschickte und litt, wenn sie nicht kam, daß er sie begehrte, ebenso, wie er sie in der Vergangenheit begehrt hatte und wie er sie jeden Tag und jede Stunde, seit er ihren Schleier fortgerissen und in die Augen seines Vaters geblickt hatte, begehrt und zugleich verachtet hatte. Ezraeel der Rächer wollte sie sehen, aber auch an jenem Tag ging sie nicht zu ihm.

Ziellos lief sie durch Gassen voller Kinder und Hunde, in denen die Rauchschwaden brennender Kohle aufstiegen, an Häusern vorbei, die von dem Leben ihrer Bewohner zu bersten schienen; sie ging in heruntergekommene Läden, die nach Einbruch der Dunkelheit offenblieben und deren Besitzer jetzt noch zu verkaufen hofften, was den ganzen Tag über von niemandem gekauft worden war. Schließlich ging sie heim und stellte Salomon die Frage, die sie seit seiner Wiederkehr bewegt hatte.

»Sag mir, warum du zurückgekommen bist.«

Salomon der Mann starrte Pfau mit entsetzten Augen an und versuchte, sie zu beruhigen. Im sanften Licht der Öllampe war ihr Gesicht so schön wie damals, als er ihr in der Morgendämmerung den Brautschleier abgenommen hatte.

»*Deinetwegen* bin ich gekommen«, log er.

Er lebte noch zwei Monate. Als er starb, wußte Pfau, daß sie nie zuvor in ihrem Leben wahre Bitterkeit gekannt hatte.

SALOMON DER MANN starb während der letzten Tage des Krieges, in einer Zeit des Hungers, der Verzweiflung und der Hoffnungslosigkeit, aber an dem Tag, an dem Pfau ihn beerdigte, schwor sie, daß eine neue Zeit anbrechen würde. Er war 1875 gekommen, als die große Hungersnot auf ihrem Höhepunkt war, und als er kam, hatte alle Not ein Ende gehabt. Jetzt, da er tot war, würde Gott Erbarmen mit der Welt haben und den Lebenden Erleichterung bringen.

In Persien hatten die alliierten Besatzungstruppen Zehntausende von Bauerndörfern zerstört, Millionen Stück Vieh geraubt und jede Spur von Recht und Ordnung, die vorher bestanden haben mochte, ausgelöscht. Hunderttausend Perser waren bereits verhungert, bevor die Regierung offiziell von einer Hungersnot sprach. Epidemien breiteten sich im Lande aus, Verbrechen gehörten zur Tagesordnung, und selbst in der Hauptstadt wagte sich abends niemand auf die Straße. Die Reichen blieben zu Hause und überlebten mit Hilfe ihrer zusammengekauften Vorräte. Die Armen stahlen, töteten oder starben.

In Teheran war die Staatskasse so leer, daß Münzen aus den Kanonen geprägt wurden, die von den Russen zurückgelassen worden waren. In Gilan, am Kaspischen Meer, hatten russische Bolschewistentruppen eine Rebellion angezettelt, die darauf abzielte, Persien zum Kommunismus zu bekehren. In Aserbeidschan, Kurdistan und Khorasan erhob sich die Bevölkerung gegen die Monarchie und forderte die Unabhängigkeit.

Im Jahre 1920 wurde Reza Khan zum General befördert und zum Kommandeur der Kosaken in Kaswin in der Nähe von Teheran ernannt. Er ging zu den Briten, den Mullahs und zu seinen Truppen, um sie für seine Pläne zu gewinnen – einen Staatsstreich. Zwar läge ihm nichts daran, den Schah vom Thron zu vertreiben, teilte er ihnen mit, er sei nur daran interessiert, das Land vor dem Ruin zu bewahren. Er bekam von allen Seiten Unterstützung. Am 22. Februar 1921 zog er nach Teheran und nahm die Stadt ein, ohne auf Widerstand zu stoßen.

Er ließ Ahmad im Palast wohnen, erklärte seine Loyalität zur Krone und ernannte sich selbst zum Kriegsminister. Schnell sammelte er die verstreuten Truppen der persischen Kosakenbrigade um sich und stellte eine Armee auf, die er überall in Persien gegen die Separatistenbewegungen anführte. Als er Teheran verlassen hatte, war er nichts als einer unter vielen machthungrigen Soldaten gewesen. Nun wurde er als Held gefeiert.

Die Mullahs waren über Reza Khans Beliebtheit nicht erfreut. Um ihre Macht und Überlegenheit zu demonstrieren, forderten sie ein Massaker im Getto. Ein Zwischenfall, der später als »Maultiere des Mullahs« berüchtigt wurde, diente zum Vorwand für eines der schrecklichsten Blutbäder im Getto von Teheran.

Eine Gruppe von Kindern überquerte im Getto die Straße vor der Schule, als ein Mann auf seinem Maultier heranritt. Rücksichtslos und ohne auf die Kinder zu achten, bahnte sich der Mann, der wie ein Diener gekleidet war, seinen Weg durch die Gruppe. Der Lehrer der Schule, der blauäugige Lotfi, war in Zeiten relativer Sicherheit im Getto aufgewachsen und kannte daher die Verhaltensregeln nicht. Er hätte natürlich niemals einen Herrn angehalten, der durch das Getto ritt, aber diesen Diener erlaubte er sich doch anzusprechen und ihn zu bitten, sein Maultier anzuhalten, um die Kinder vorbeizulassen.

Der Diener war außer sich vor Wut; sein Maultier wurde wild. Dies war kein gewöhnlicher Diener, kein gewöhnliches Maultier. Sie standen im Dienste eines Geistlichen – eines berühmten Mullahs, eines heiligen Mannes. Der blauäugige Lotfi hatte das Maultier des Mullahs beleidigt, indem er verlangte, daß es ungläubigen Kindern den Vortritt lassen solle. Lotfi würde nicht ungestraft davonkommen, drohte der Diener. Das ganze Getto würde für seine Unverschämtheit büßen müssen.

Eine Stunde nach diesem Vorfall riefen die Mullahs von Teheran zu einem Massaker auf. Der blauäugige Lotfi, so sagten sie, habe ein Maultier beleidigt, das einem großen Mullah gehöre. Sein Vergehen sei im weitesten Sinne gegen den Islam gerichtet. Wie immer werde man auch in diesem Fall alle Juden zur Rechenschaft ziehen.

Am Mittwoch, dem 4. September 1922, stürmte eine blutrünstige Meute vor die Tore des Gettos. Die Juden versteckten sich in ihren Häusern und verrammelten die Türen. Die ganze Nacht über und während des folgenden Donnerstags wurde die Belagerung fortgesetzt. Da das Massaker im Grunde gegen Reza Khan gerichtet war, hofften die Mullahs darauf, daß sie für ihren Vernichtungsschlag noch mehr Anhänger finden würden. Am Freitag gaben sie den Befehl zum Angriff.

Irgend jemand schrie einen arabischen Gebetsruf, und Tausende von Männern stürmten durch die Tore in das Getto hinein. Sie attackierten die nächstliegenden Häuser, setzten den erstbesten Tempel in Brand und blieben plötzlich wie versteinert stehen, als Schüsse fielen.

Reza Khan war gekommen. Die Kosakentruppe hatte ihn begleitet und den Mob, der sich in das Getto drängte, eingekreist. Reza Khan hatte seinen Männern befohlen, geradewegs in die Menschenmenge hineinzuschießen.

»Verschwindet!« brüllte Reza Khan. Er mochte die Juden nicht besonders, aber er wollte es nicht zulassen, daß die Mullahs sich über das Gesetz erhoben.

»Verschwindet, oder ich werde das Feuer eröffnen.«

Es war, als hätte der Erdball aufgehört, sich zu drehen. Niemand brachte ein Wort heraus. Reza Khan war bereit, Gläubige zur Verteidigung von Ungläubigen zu töten. Jetzt blieb nur abzuwarten, ob seine Truppen diesem ungeheuerlichen Befehl gehorchen würden. In der Vergangenheit waren die Soldaten jedesmal desertiert, wenn ein Schah ihnen befohlen hatte, ein Massaker zu beenden, und hatten sich ihren Brüdern im Heiligen Krieg angeschlossen. Dies war wie ein Naturgesetz, der Grund, warum der Schah niemals etwas gegen den Willen der Mullahs erzwingen konnte. In diesem Augenblick, da der Mob zum Angriff bereit war, sah Reza Khan seine Autorität auf die schärfste Probe gestellt.

Doch seine Soldaten bewegten sich nicht. Sie hielten ihre Gewehre schußbereit im Anschlag.

»Auseinander mit euch!«

In den Friedhofsstraßen des Gettos, in die selbst die Geister sich nicht hinaustrauten, hörte Pfau die Jüdin das Echo von Reza Khans Stimme und erschauerte, als sie plötzlich das Gelächter von Esther der Wahrsagerin zu vernehmen glaubte.

Im Oktober 1925 ging Schah Ahmad, der Kadschar, für immer nach Europa. Reza Khan, das Waisenkind aus Alasht, wurde Regent von Persien.

Er begann seine Regentschaft mit einer Umbenennung. Persien war der Name des alten Reiches gewesen. Das neue

Königreich sollte Iran heißen. Er erfand auch einen Nachnamen für sich selbst, Pahlewi, konstruierte einen Adelsstammbaum für seinen toten Vater und wählte für sich einen Geburtstag: den 16. März 1878. Dann machte er sich daran, die Macht der Geistlichkeit einzuschränken.

Er entfernte die Mullahs aus Positionen, in denen sie weltliche Autorität besaßen. Scheidung und Eheschließung, die Aufzeichnung von Dokumenten und Eigentum, das Einziehen von Steuern für die Staatskasse – alles das fiel in den Kompetenzbereich der Zentralregierung. Das Straf- und das Zivilrecht wurden überarbeitet, weil moderne, weltliche Ideen darin aufgenommen werden sollten. Das Abhacken von Händen als Bestrafung für Diebstahl wurde abgeschafft. Vielweiberei war noch immer legal – Reza Khan selbst hatte sich drei Ehefrauen genommen –, aber Mädchen durften nicht mehr gegen ihren Willen zu einer Ehe gezwungen werden. Dann befreite Reza Khan die Juden.

Er schaffte die Gesetze der Unreinheit ab, öffnete die Gettos und ermöglichte es den Juden, am Leben ihrer Mitbürger teilzunehmen. Er erlaubte ihren Kindern den Zugang zu muslimischen Schulen, gab ihnen Posten auf den niederen Ebenen der Verwaltung und gestand ihnen das Recht zu, überall in der Stadt zu wohnen. Er wurde der größte Feind der Mullahs – und der Beschützer der Juden.

»Schau mich an«, sagte Reza Khan am Vorabend seiner Krönung zu Pfau. »Ich habe alle Prophezeiungen deiner Wahrsagerin erfüllt.«

PFAU machte sich auf, um Ezraeel den Rächer zu besuchen. Sie lenkte den Pferdekarren durch das Stadtzentrum und ging den Rest des Weges zu Fuß in den Basar. Die Läden hatten fast alle geschlossen, die Händler waren fort, die Theken leer. Der Nachbar Ezraeels des Rächers sah Pfau herankommen und ging ihr entgegen, um sie zu begrüßen.

»Du kommst spät«, sagte er. »Ezraeel ist gestern abend gestorben.«

Ezraeel der Rächer war in seinem Bett gestorben, wo er ein halbes Jahrhundert lang jede Nacht von Afagh geträumt hatte, die unter den grausamen Händen Maruschkas um ihr Leben kämpfte. Vor vielen Jahren hatte er sein Testament gemacht, es vor den Ältesten des Basars unterschrieben und dem berühmtesten Schreiber Teherans anvertraut. Hinterher hatte er seine Kinder in seinem Haus zusammengerufen und ihnen mitgeteilt, daß sie nichts von ihm zu erwarten hatten.

»Damit es nach meinem Tod zu keinen Streitereien kommt«, hatte er vor Zeugen zu ihnen gesagt, »habe ich meiner Familie nichts von meinem Reichtum überlassen.«

Sie glaubten ihm nicht. Bei seiner Beerdigung weinte »Die Mutter der Jungen« sich die Augen aus. Ezraeel der Rächer hatte darum gebeten, separat begraben zu werden, in einem Grab, das von einem Drahtzaun umgeben war. Seine Söhne, so hatte er befohlen, sollten an einem anderen Ort ihre letzte Ruhe finden, weit entfernt von ihm, der sie sein ganzes Leben lang nicht geliebt und alle Gedanken an sie verdrängt hatte. An dem Tag, an dem Ezraeels Testament verlesen wurde, versammelte sich die Familie mit gierigen Blicken und besorgten Gesichtern in seinem Haus in Teheran. Man setzte sich auf den Boden und wartete darauf, daß der Schreiber das Testament eröffnete.

Der Schreiber kaute an seinem Schnurrbart, spuckte die Tabakfasern aus, die sich in seinem Mund angesammelt hatten, und begann, mit langsamer und monotoner Stimme zu lesen. Die Männer reckten die Hälse und rückten näher, um besser hören zu können. Als der Schreiber die Hälfte des Dokumentes verlesen hatte, meinten sie, sie hätten ihn mißverstanden, und baten ihn, noch einmal von vorn zu beginnen. Wieder und wieder unterbrachen sie ihn. Bei jedem Vorlesen wurden die Zuhörer erregter, die Schreie des Protests und des Unglaubens hallten lauter durchs Haus, bis jedermann das Testament in der Hand gehalten, seine Echtheit überprüft und mit eigenen Augen gesehen hatte, was die Ohren sich zu hören weigerten: Ezraeel der Rächer hatte seiner Frau und seinen fünf Söhnen nichts hinterlassen. Er hatte sein ganzes Vermögen einem Fremden vererbt: einem Juden namens Besharat, Sohn einer Frau namens Assal, die im Pit lebte.

REZA KHAN ließ Pfau zum Palast der Rosen in Teheran rufen. Sie hatte ihn viele Jahre lang nicht gesehen, seit jenem Tag im Winter des Jahres 1910, als er gekommen war, um von ihr seine Zukunft zu erfahren. Jetzt war er älter – fast fünfzig –, und sein Haar begann grau zu werden. Seine Augen waren so hart wie immer – hart wie in den Tagen seiner Kindheit, als er allein und ohne Schutz im Hause von Fremden aufwachsen mußte. Aber in den Jahren der siegreichen Kämpfe war Reza Khan eitel, hochmütig und unduldsam gegen menschliche Schwächen geworden. Er war noch nicht Schah, aber er lebte in einem Palast und plante seine Krönung für den

April des Jahres 1926. Pfau, so befahl er, sollte ihm bei der Festigung der Monarchie helfen, bei der Restauration des Pfauenthrons, der in den Jahren der Kadscharenregierung beschmutzt und beschädigt worden war, und sie sollte die Diademe für die Königin und ihre Töchter auswählen helfen.

»Du wirst nachts arbeiten«, schrieb der Hofmarschall Pfau vor, nachdem die Audienz mit dem Schah beendet war. »Du mußt vollkommen im geheimen wirken und dich deiner Aufgabe mit aller Hingabe widmen. Reza Khan verlangt Perfektion. Fehler verzeiht er nicht.«

Am nächsten Abend kehrte Pfau zum Palast der Rosen zurück und wartete am Tor auf ihre Begleiter. Zwei Wächter in Armeeuniform führten sie durch den Garten in die inneren Räume des Palastes. Dort wurde sie von fünf Männern abgeholt: Reza Khans Justizminister, dem Hofmarschall, dem Kriegsminister, dem Zeremonienmeister und dem Schatzmeister. Die Männer führten Pfau zu einem Gewölbe. Die Tür war verschlossen und mit Wachs versiegelt. Nur wenn alle fünf Männer anwesend waren, durfte einer von ihnen die Siegel brechen.

Die Tür öffnete sich, und Pfau blickte in eine riesige Halle – leer und still und nur von den Strahlen des Mondlichts erleuchtet, das durch schmale Fenster in den Raum hineinschien. Die Wände waren mit kleinen Bildern legendärer persischer Helden bemalt. Auf dem Boden lag ein edelsteinbesetzter Teppich. Auf Regalen und in Glasbehältern, auf Tischen und in offenen Truhen schimmerten Persiens Kronjuwelen.

Pfau sah Diamantkronen, Schwerter mit rubinenbesetzten Scheiden, Zepter aus Smaragden. Sie sah Schränke voller Gold, Kriegerhelme, die mit kostbaren, funkelnden Steinen geschmückt waren, Schilde, die das Auge blendeten.

Sie sah Truhen, die mit Juwelen und Perlen gefüllt waren, riesige Schränke, in denen kostbares Emaillegeschirr stand. Ihr Blick fiel auf einen Globus, der auf einer massiven, diamantbesetzten Säule stand: Die Meere waren aus flachen Smaragden, die Kontinente aus Rubinen zusammengesetzt.

Der Schatzmeister seufzte leise und kniete ehrfurchtsvoll neben einer Truhe voller Edelsteine nieder.

»Welch ein Schatz!« rief er aus und vergrub seine Arme bis zu den Schultern in den Juwelenbergen. »Mein Gott, welche Schätze!«

Pfau arbeitete zwei Monate lang ununterbrochen. Jeden Abend wurde sie von den Ministern zum Gewölbezimmer begleitet. Wenn sie dort angekommen war, ließ man sie allein; sie sollte bis zum Morgengrauen arbeiten.

Nur der Schatzmeister bestand auf seinem Recht, dortzubleiben. Die ganze Nacht lang durchstreifte er die Hallen, probierte Schilde und Säbel und setzte sich verschiedene Kronen auf den Kopf. Am Abend des vierundzwanzigsten April 1926 hatte Pfau ihre Arbeit beendet. Am nächsten Tag wurde der neue Schah gekrönt.

Im Audienzsaal des Rosenpalastes herrschte atemlose Stille. Pfau stand inmitten eines Komitees von Würdenträgern, die von Schah Reza eingeladen worden waren, und wartete auf den Beginn der Zeremonie. Die Gäste standen zu beiden Seiten der langen Empfangshalle aufgereiht und blickten auf die Tür, durch die der Schah jeden Moment eintreten würde. Am anderen Ende der Empfangshalle stand der Pfauenthron. Als Zugeständnis an die Geistlichkeit, die jede Art Musik als unheilig betrachtete, sollte die Krönung in vollkommener Stille stattfinden.

Endlich wurde die Tür geöffnet, und ein kleiner Junge

in Uniform trat ein. Es war der Kronprinz Mohammed Reza. Der Blick des Siebenjährigen ruhte starr auf dem Pfauenthron, während er das Spalier der Gäste abschritt. Dicht hinter dem Kronprinzen folgte der Premierminister. Er hielt ein juwelenbesetztes Kissen in der Hand, auf dem die berühmte Kiyankrone lag. Ihm folgte der Hofmarschall mit der Pahlewikrone, und danach kam der Kriegsminister mit dem »Welteroberungsschwert« von Nadir Schah dem Großen.

Sardar Asad, der Bakhtiari, kam mit der Perlenkrone herbei. Der Justizminister trug ein juwelenbesetztes Zepter. Und der Minister für Öffentliche Angelegenheiten präsentierte den 180-Karat-Diamanten namens »Meer des Lichtes«.

Schließlich folgte eine Prozession von weniger wichtigen Ministern und Generälen, die allesamt die Schätze anderer Dynastien vor sich hertrugen: das Schwert von Schah Abbas, den Bogen von Schah Nadir, die Rüstung von Schah Ismael.

Die Prozession hielt an. Aller Augen blickten zur Tür. Reza Schah der Große betrat die Krönungshalle.

Er trug einen königlichen Umhang, der ganz und gar mit Perlen besetzt war, dazu eine Kopfbedeckung, die mit dem Diamantdiadem des Nadir verziert war. Reza schritt durch die lange Halle und setzte sich auf den Pfauenthron. Dann nahm er seine Kopfbedeckung ab und setzte die neue Pahlewikrone auf. Lichter strahlten. Trompeten schmetterten. In den Augen Reza Schahs sah Pfau den Triumph eines Mannes, der aus dem Nichts gekommen und nun König geworden war.

Eine Stunde später saß Reza Schah, noch immer in seine königliche Amtstracht gekleidet, in einer vergoldeten Kutsche, die von sechs weißen Pferden gezogen wurde, und rollte im Triumphzug durch die geschmückten Straßen seiner Hauptstadt. Seine Gäste und eine Armee von dreihundertfünfzig berittenen Nomadenkriegern, die alle in ihre Stammestracht gekleidet waren, folgten ihm. Den Schluß bildete eine Truppe von Reza Schahs neuer Armee.

Im Palast der Freude, seiner neugewählten Residenz, wurde Reza Schah von den höchsten persischen Geistlichen begrüßt. Im Rahmen der traditionellen religiösen Zeremonie brachte der Geistliche dem Schah einen Widder als Opfertier. Reza Schah packte das Geweih des Widders, drückte das Tier zu Boden und schlitzte ihm mit einer einzigen Bewegung seines Messers den Hals auf. Pfau sah zu, wie Reza den Widder tötete. Das Gesicht des Schahs war vollkommen ausdruckslos. Aber seine Hände, die in Blut getränkt waren, zitterten, und er zog sie hastig zurück. *Ein Mann, der von Norden herreitet, wird kommen, mit Blut an den Händen …*

BESHARAT DER BASTARD hatte von der Allianzorganisation ein Stipendium für Paris bekommen. Er studierte dort Architektur und hatte ein Zimmer über einem Friseurladen. Eines Tages erhielt er die Nachricht vom Tode seines Vaters.

»Ezraeel der Rächer, möge Gott seine Seele verfluchen, ist gestorben, und er hat dir all sein Geld überlassen«, hatte Assal dem Schreiber diktiert. »Wahrscheinlich hat er dich weniger gehaßt als seine anderen Söhne.«

Besharat der Bastard brach sein Studium ab und reiste mit dem Schiff zurück nach Persien.

Er übernahm den Laden, das Geldverleihergeschäft und das Haus, in dem die Ehefrau und die Söhne Ezraeels ihr ganzes Leben lang gewohnt hatten. Er entließ alle alten Angestellten und stellte neue ein, hob die Gehälter an, bezahlte Ezraeels gesamte offene Rechnungen, und er baute sich ein Haus. Es war drei Stockwerke hoch, mit Glasfenstern und Steinwänden und einem drei Quadratkilometer großen Garten, in denen lebensgroße Skulpturen von Menschen und Tieren im Schatten riesiger Bäume und bemalter Säulen standen. Es gab dort sieben gekachelte Becken, die einmal im Monat mit Wasser aus den Brunnen des Gartens gefüllt wurden. In der Mitte jedes Beckens standen Nachbildungen von Statuen, die Besharat in einem Museum in Paris gesehen hatte. Den ganzen Tag lang schien die Sonne gegen die großen Glasfenster des Hauses und blendete die Spaziergänger, die vorbeikamen. Abends stellten die Diener Fackeln in jede Ecke des Gartens, so daß selbst auf den Hügeln außerhalb von Teheran Bauern und Reisende die Lichter an der Tulpenstraße sehen konnten und wußten, daß Besharat der Bastard angekommen war. Besharat war von allem Modernen begeistert. Diese plötzliche Sehnsucht nach dem Fremdländischen und nach neuen Gedanken war typisch für die oberen Klassen zur Zeit der Jahrhundertwende. Unter den Muslimen hatte dies eine Abkehr von religiösem Fanatismus und ein plötzliches Nachahmen europäischer Sitten bewirkt. Unter den Juden, die kaum jemals aus dem Getto herausgekommen waren, breitete sich die Erkenntnis aus, daß man, um in der neuen Welt akzeptiert zu werden, die Zeichen der Vergangenheit abschütteln müsse. Sie veränderten ihren Akzent, legten viel Wert auf ihr Äußeres und lockerten die strengen Regeln ihrer Religion. Besharat der Bastard bestellte Stühle, um darauf zu sitzen, und Gabeln, um damit zu essen, sprach Französisch mit seinen Freunden und brach alle Verbindungen zum Getto ab. Doch als die Zeit zum Heiraten kam, schaffte auch er es nicht, sich über die Tradition hinwegzusetzen: Zweitausend Jahre lang, so hielt ihm seine Mutter immer wieder vor, waren die Ehen von Dritten gestiftet worden. Die Mädchen wurden von Heiratsvermittlern und Müttern ausgewählt. Eine Ehe war eine Entscheidung, die am besten der Weisheit anderer überlassen werden sollte. Besharat der Bastard hätte sehr gern ein Mädchen geheiratet, das er kannte – dessen Gesicht er gesehen, dessen Stimme er gehört hatte. Doch seine Mutter widersetzte sich diesen Wünschen.

»Wenn du ein Mädchen heiratest, das dir erlaubt, vor der Hochzeit sein Gesicht anzuschauen«, so warnte sie Besharat, »dann hast du dich mit einer Hure zusammengetan.«

Assal begann, mit Heiratsvermittlern Kontakt aufzunehmen. Diese sollten dann potentielle Ehefrauen auswählen. 1928 tat sie jedermann kund, sie habe ein Mädchen gefunden.

Besharat der Bastard heiratete Naiima, die einzige Tochter Jakobs des Teppichhändlers. Jakob hatte achtzehn Söhne gezeugt, bevor Gott ihm ein Mädchen schenkte. Die Hochzeit verlief in traditionellem Rahmen; Braut und Bräutigam legten getrennt ihr Ehegelöbnis ab.

Später ging Besharat der Bastard in das Brautzimmer und begegnete dort zum ersten Mal seiner Frau. Er zog den Schleier von Naiimas Gesicht und betete insgeheim, etwas darin zu finden, was er lieben könnte.

Sie war hellhäutig und mollig, ihr Haar war dick, und ihre Zähne glänzten wie Perlen. Sie hatte braune Augen und schmale Lippen. Sie bewegte sich nahezu lautlos. Sie huschte, selbst wenn sie Schuhe trug, über Steinflure oder Marmorstufen, ohne ein Geräusch zu machen. Sie ist, dachte Besharat, noch bevor er seine Braut berührt hatte, wie ein Schatten, der gekommen ist, um des Nachts in meinem Bett zu liegen, mir meine Geheimnisse zu stehlen und die ihren immer für sich zu behalten.

»Schenk mir einen Sohn«, bat er sie. »Das ist das einzige, was ich von dir will.«

Naiima versuchte verzweifelt, in Besharat ein wenig Zuneigung zu wecken. Sie erkannte, daß er sie nicht liebte, und spürte jedesmal, wenn sie allein waren, deutlich seine Enttäuschung. Aber sie war fest entschlossen, bei ihm zu bleiben, und sie wußte, wie man ein Ziel erreicht. Sie war unter achtzehn Brüdern aufgewachsen und hatte gelernt zu kämpfen und geduldiger und ausdauernder zu sein als der Gegner. Ihr oberstes Ziel war es, Besharat einen Sohn zu schenken.

Jedesmal nach dem Reinheitsbad ging sie in Besharats Schlafzimmer. Sie machte heimlich Reisen, um alte Hebammen zu treffen, an deren Macht sie zu glauben gelernt hatte, und bot den Rabbis großzügige Geschenke an, damit sie sie in ihre Gebete einschlössen. Sie wollte einen Sohn, sagte sie ihnen, einen Erben für Besharat Khan.

Zwei Jahre nachdem sie geheiratet hatten, war Naiima noch immer nicht schwanger. »Bring mich zu einem Arzt«, bat sie Besharat. »Ärzte wissen Dinge, die Hebammen nicht wissen.«

Besharat der Bastard war mit dem Vorschlag zunächst nicht einverstanden. Er wollte seine Probleme nicht vor Fremden ausbreiten. Er war nicht bereit, die Fruchtbarkeit seiner Frau mit anderen Männern zu diskutieren. Aber noch ein weiteres Jahr verfloß, und man begann in Teheran, hinter vorgehaltener Hand über Besharats kinderlose Ehe zu tuscheln. Aus Angst, daß man ihn der Impotenz verdächtigen könnte, gab Besharat Naiimas Drängen nach und brachte sie zu einem Arzt.

Im Krankenhaus erläuterte er das Problem und fragte

dann nach Möglichkeiten der Behandlung. Der Arzt wollte Naiima untersuchen, seine Finger – in einem Handschuh, so versicherte er Besharat, der darin jedoch keinen Vorteil erkennen konnte – in ihre Scheide bis hinauf zu ihrer Gebärmutter schieben. Zwar bemerkte der Arzt Besharats Verärgerung, setzte jedoch seinem befremdlichen Ansinnen noch dadurch die Krone auf, daß er darum bat, daß der Ehemann sein Sperma zur Untersuchung dalassen solle. Er solle es am besten gleich abgeben, damit man es zur Überprüfung in einem sterilisierten Behälter aufbewahren könne. Besharat der Bastard nahm seine Frau und brachte sie wieder nach Hause. Dies, so schwor er sich, sei in seinem Leben das letzte Mal, daß er einen Arzt aufsuche.

Statt dessen versuchte er es mit anderen Methoden, jahrhundertealten Rezepten, die niemals die Ehre eines Mannes verletzt hatten.

»Der böse Blick der Neidischen hat unsere Familie getroffen«, überzeugte ihn Assal und versuchte nach Kräften, den Zauber zu brechen. Sie rief Heilkundige und alte Frauen herbei, die wußten, wie der böse Blick zu bannen sei. Zweimal am Tag verbrannte sie Espandsamen und verräucherte Besharats Schlafzimmer mit dichten weißen Schwaden, bis seine Haut nach Espand roch und seine Augen tränten. Sie legte scharfe Gegenstände – Fleischspieße und Messer und Nägel – in jede Ecke des Hauses und des Gartens, füllte eine große Schale mit Salzwasser und ließ Besharats und Naiimas Unterhemden vierundzwanzig Stunden lang darin einweichen. Bevor Besucher kamen, sagte sie bestimmte Zaubersprüche auf, um sich vor ihrem Neid zu schützen. Sie kaufte Schafe, Hühner und Lämmer, schlachtete sie in Besharats Garten und tauchte dann Besharats Schuhsohlen in das frische Blut. Nichts fruchtete: Naiimas Leib blieb trocken wie eine Wüste.

Fünf Jahre nachdem er Naiima geheiratet hatte, sah Besharat der Bastard ein, daß seine Frau ihm niemals ein Kind gebären würde. Er wußte, was er tun konnte: sich von Naiima scheiden lassen oder eine zweite Frau heiraten.

Heiratete er eine zweite Frau, dann müßte er beide Frauen mit gleicher Fürsorge behandeln, in ihrer beider Betten schlafen, bis sie alt wären, und die natürliche Mutter seiner zukünftigen Söhne zwingen, ihre Kinder mit der unfruchtbaren Ehefrau zu teilen.

Besharat der Bastard kam zu dem Schluß, er könne es niemals mit zwei Ehefrauen zugleich aufnehmen. So teilte er Naiima mit, daß er sich von ihr scheiden lassen wolle.

Sie warf sich vor ihm auf die Knie.

»Heirate eine andere, wenn du willst«, flehte sie. »Heirate ein Dutzend Frauen, aber schick mich nicht fort.«

Besharat der Bastard war von Naiimas Verzweiflung in tiefster Seele berührt. Doch er blieb bei seinem Entschluß, bis sie ihre letzte Waffe gegen ihn einsetzte.

»Nun gut«, sagte sie, »trenn dich von mir, und ich werde mit anderen Männern schlafen. Ich werde eine Hure und jedem Mann erzählen, daß er dort liegt, wo einst nur du der Herr gewesen bist.«

Besharat der Bastard gab Naiima eine ordentliche Tracht Prügel – sie hatte gewußt, daß er das tun würde –, aber hinterher zog er kein einziges Mal mehr in Erwägung, sich scheiden zu lassen.

1933, kurz bevor er eine Reise nach Frankreich antrat, gab Besharat der Bastard seine Absicht bekannt, sich eine zweite Frau zu suchen. Er fuhr im Frühjahr los, als das Wetter mild war und man annehmen konnte, daß die lange Reise mit Schiffen und Zügen erträglich sein würde. Sieben Monate später kehrte er mit seiner neuen Frau zurück.

IHR NAME WAR YASMIN. Sie hatte veilchenblaue Augen, und ihr Haar schimmerte rot wie Kupfer. Sie bemalte ihre Lippen dunkelrot und lackierte ihre Fingernägel in der Farbe ihrer Lippen. Als Besharat sie zum ersten Mal sah, trug sie ein dunkelblaues Kleid, das ihre Taille so eng umspannte, daß sie sich auf ihrem Stuhl nicht zurücklehnen konnte. Noch bevor sie mit ihm ein Wort gewechselt hatte, hatte er sich schon überlegt, ob Yasmins Kinder wohl auch veilchenblaue Augen haben würden.

Sie war Sekretärin in der Zigarettenfabrik, mit der Besharat ins Geschäft kommen wollte – die Sekretärin des Chefs, wie sie bei jeder Gelegenheit betonte, die zweitwichtigste Person im ganzen Unternehmen und tüchtiger als die Männer, die höhere Positionen als sie selbst innehatten. Und sie war schwierig.

Sie schenkte dem nervösen jungen Mann, der ihr Pralinen brachte und Seidentücher, für die sie ein ganzes Wochengehalt hätte ausgeben müssen, nie ein Lächeln. Auch mit den anderen Sekretärinnen hatte sie kaum Kontakt. Sie las fortwährend Bücher – Romane und Reisebeschreibungen und historische Schriften über den Orient, Rußland und Afrika. Trotz der Vorhaltungen ihres Vaters rauchte sie Zigaretten, und sie verbrachte Stunden damit, die Landkarten von weit entfernten Gegenden zu betrachten, lernte die Namen von Flüssen und Meeren, fuhr mit den Fingern die Grenzen entlang, lernte Zahlen und Namen auswendig.

Besharat erzählte ihr, er sei ein reicher Mann, der mit europäischen Firmen geschäftlich zusammenarbeiten würde, er habe ein herrschaftliches Haus in Teheran, Diener, Köche und sogar ein Auto – eines der sieben Autos, die es in der Stadt gab. Er erzählte Yasmin von Persien, dem Land der Dichter und Krieger, wo die Luft blau schimmerte, der Nachthimmel voller Sterne war und die Erde vom Blut derer fruchtbar war, die gekommen waren, um das Land zu erobern, aber dann selbst besiegt worden waren. Er sprach das Französisch, das er in der Schule im Getto gelernt hatte. Er hatte einen starken Akzent; sein Vokabular war sehr begrenzt. Seit der Tabakkonzession von 1891, so erklärte er Yasmin, hätten immer mehr Perser die Gewohnheit des Tabakkauens aufgegeben und hielten sich statt dessen an die westliche Sitte, Zigaretten zu rauchen. Da er erkannt habe, daß es in Persien einen großen, ungenutzten Markt gebe, wolle er, Besharat, französische Zigaretten importieren.

Besharat kam jeden Tag in die Fabrik und stand, bevor er ins Büro des Direktors ging, eine Weile vor Yasmins Schreibtisch. Er prahlte mit seinem Reichtum und mit den Kontakten, die er im Orient hatte, und lud sie zum Abendessen ein – in sein Hotel, so erklärte er stolz, als würde die Tatsache, daß er ein Hotelzimmer und nicht einen Raum in einem Privathaus gemietet hatte, besonderen Eindruck machen. Während der ersten drei Tage redete Yasmin kein Wort mit ihm. Am vierten Tag schaute sie von ihrem Schreibtisch auf und lächelte.

Sie wolle mit ihm ins Kino gehen, sagte sie schließlich. Das Kino, so erklärte sie Besharat, sei ein dunkler Raum voller Menschen, in dem Männer und Frauen zusammensaßen und sich Bilder anschauten, die sich auf einer weißen Leinwand bewegten. Besharat dem Bastard machte diese Vorstellung angst. Er hatte das Gefühl, eine gotteslästerliche Tat zu begehen. Aber er wollte Yasmin unbedingt gefallen, und deshalb ging er auf ihren Vorschlag ein.

Im Kino kam er zu der Überzeugung, daß es einem Satanskult gleiche, jene Geister in Menschengestalt zu beobachten, die plötzlich auftauchten und ebenso schnell wieder verschwanden. Mitten in der Vorstellung stürzte er hinaus.

Er wartete in einer Gasse vor dem Theater auf Yasmin. Wenige Augenblicke später tauchte sie auf; sie sah besorgt und zugleich ein wenig amüsiert aus.

»Meine Augen schmerzen in der Dunkelheit«, schwindelte er.

Sie gingen nie wieder ins Kino.

Am Sonntag machten sie eine Kutschfahrt in die Wälder der Umgebung von Paris. Yasmin saß Besharat gegenüber und hielt ihre Handschuhe in der Hand. Zum ersten Mal erzählte sie ihm etwas über sich selbst.

Sie sei ein Einzelkind, sagte sie, die Tochter von Eltern, die erst spät eine Familie gegründet hatten und zu der Zeit, als sie geboren wurde, bereits alt waren. Als der Krieg ausbrach, war sie acht Jahre alt. Ihr Vater wurde eingezogen, ihre Mutter gezwungen, in einer Munitionsfabrik dreißig Kilometer von der Wohnung entfernt zu arbeiten. Es gab keine Verwandten, niemand, der sich um Yasmin hätte kümmern können. Das kleine Mädchen hatte in der Wohnung ihrer Eltern mitten in Paris allein leben müssen. Jeden Sonntag kam Yasmins Mutter, um sie zu besuchen.

»Ich bin mit den Kindern der Nachbarn zur Schule gegangen«, erzählte Yasmin Besharat. »Die ganze Nacht habe ich in einer Schlange nach Brot angestanden. Jedesmal fiel einer der Wartenden um, vor Hunger oder Erschöpfung. Dann traten zwei Männer vor und schleiften den Toten an die Seite, bevor sie selbst ihren Platz in der Schlange wieder einnahmen. Einmal täglich verbrannten die Soldaten die Leichen, um die Ausbreitung von Seuchen zu verhindern.«

Besharat der Bastard schaute Yasmin in der Dunkelheit an. Während sie sprach, war ihr Gesicht nahezu ausdruckslos, aber ihre Lippen zitterten. Ihre Wangen schimmerten so hell wie ihr Kleid. Plötzlich wurde Besharat bewußt, daß er sich niemals zuvor mit einer Frau unterhalten hatte.

»Das schlimmste waren die Ratten.« Ihre Stimme drang ihm bis ins Herz. »Wenn die Sirenen losheulten und wir wußten, daß die Bomben kamen, dann mußten wir in den Keller rennen. Er war stickig und voller Menschen, so dunkel, daß man nur hier und da ein weißes Gebiß schimmern sah. Und überall waren Ratten – jede so dick wie eine Katze. Wenn sie zubissen, dann rissen sie ein Stück deines Fleisches heraus. Zweimal wurde ich von ihnen angefallen; danach blieb ich auch bei Alarm in meinem Zimmer und sah zu, wie die Bomben explodierten.«

Als sie sich das dritte Mal trafen, hielt Besharat der Bastard um Yasmins Hand an. Sie lehnte seinen Antrag ab. Er sagte ihr, er würde sie so lange bitten, bis sie nachgegeben hätte.

Er blieb in Paris – aus keinem anderen Grund als dem, ihr nahe zu sein. Er begleitete sie jeden Morgen zur Arbeit und verbrachte den ganzen Tag in einem Café vor der Fabrik. Dort trank er viele Tassen Tee und rauchte persischen Tabak, den er sich selbst zu Zigaretten rollte. Am Nachmittag holte er Yasmin wieder ab und verbrachte den Abend mit ihr. Ihre Eltern waren entsetzt. Ihr Chef warnte sie vor dem Fremden mit den dunklen Lippen. Yasmin war von Besharat fasziniert.

»Vielleicht gehe ich mit dir nach Persien«, sagte sie eines Abends, nachdem er sie drei Monate umworben hatte. Sie saßen in einem überfüllten Tanzsaal, in dem die Menschen rauchten und lachten. »Ich glaube, ich werde dich heiraten.«

Besharat der Bastard machte ein Gesicht, als hätte man ihm einen Dolch mitten ins Herz gestoßen. In seinen Augen schimmerte Mitleid. Er nahm Yasmins Hand und führte sie aus dem Tanzsaal hinaus.

Auf der Straße verkaufte eine Frau mittleren Alters mit grotesk bemalten Lippen einzelne Rosen. Besharat kaufte ihr alle ab.

Dann gingen sie schweigend nebeneinander her; Yasmin drückte die Rosen an ihre Brust. Als sie in der Nähe ihres Appartements angekommen waren, begann Besharat plötzlich zu sprechen.

»Ich habe eine Frau im Iran.«

Yasmin ließ voller Entsetzen die Arme sinken; die Blumen, die im Mondlicht silbern schimmerten, entglitten ihren Händen und fielen auf die Straße.

YASMIN entschloß sich dennoch, mit Besharat nach Persien zu gehen. Sie wußte, daß der Iran zurückgeblieben und unterentwickelt war. Sie hatte vieles über die Armut in jenem Land gelesen. Aber sie fühlte, daß Europa kurz vor einem neuen Krieg stand, und sie hoffte, im Iran in Sicherheit leben zu können. Sie würde mitgehen, so entschied sie, und Besharats erste Frau einfach vertreiben. Sie würde Naiima mit ihrer Persönlichkeit und ihrer Schönheit an die Wand drängen. Als Herrin in Besharats Haus würde sie so leben wie die Ehefrauen der Kolonialherren in Afrika – sie würde sich in der kleinen Gemeinde der Ausländer, die die westliche Lebensart bis ins Detail nachahmten, vor dem häßlichen Leben draußen verstecken. Dies wäre ein lebenslanges Abenteuer, eine Chance, die aufregenden Geschichten, über die sie gelesen hatte, selbst zu erleben.

Sie half Besharat, an einen gefälschten Paß zu kommen, auf dem Naiimas Name nicht eingetragen war. Sie heirateten am Ende des Winters. Auf dem Rückweg vom Standesamt besuchte Yasmin ihre Eltern, um sich von ihnen zu verabschieden. Ihre Mutter weinte. Ihr Vater sprach kein Wort mit ihr.

Yasmin und Besharat fuhren auf einem Dampfer von den südlichen Küsten Frankreichs zur Türkei und dann eine lange Strecke mit dem Zug bis an die iranische Grenze. In Rezaijeh bestiegen sie die Transiranische Eisenbahn. In Teheran wurden sie am Hauptbahnhof von Besharats Chauffeur erwartet.

»Zieh dies an!« Besharat reichte seiner neuen Frau ein schwarzes Tuch. »Man darf dich hier nicht mit unbedecktem Kopf sehen.«

Teheran war grau und staubig, die Straßen voller Menschen, die Rinnsteine mit Unrat verstopft. Auf dem ganzen Weg vom Bahnhof bis zur Tulpenstraße rannten Kinder hinter dem Wagen her, drückten ihre pockennarbigen Gesichter gegen die Scheiben, kletterten jedesmal, wenn der Wagen anhielt, auf die Stoßstangen und trommelten mit den Fäusten auf das Dach. Yasmin schaute Besharat an. Er spürte ihre Frage und antwortete nicht.

Sie erkannte das Haus, von dem Besharat ihr schon soviel erzählt hatte. Ihr Herz wurde schwer: Sie würde von diesem Haus verschluckt werden, dachte sie. Sie würde hinter diesen Mauern in Vergessenheit geraten, bis keiner mehr nach ihr fragte.

Drei Männer standen am Gartenzaun und urinierten. Der Fahrer hupte, und sie rannten, den Penis in der Hand, lachend davon. Als der Wagen im Garten hielt, langte Besharat der Bastard zu Yasmin hinüber und öffnete ihre Tür. Sie stieg aus dem Auto und fühlte sich umzingelt. Um sie herum standen vier unverschleierte Frauen, die ungepflegt aussahen und stark nach Schweiß rochen. Sie zerrten an Yasmins Halstuch und beäugten sie kritisch. Yasmin überlegte, welche von ihnen wohl Naiima sein könnte. Drei waren alt, die vierte zu jung.

»Geh mit ihnen«, sagte Besharat zu Yasmin. »Sie werden dir zeigen, was du brauchst.«

Die Frauen geleiteten Yasmin über den Hof und ins Haus hinein, die schwarze Steintreppe hinauf und in Besharats Schlafzimmer im zweiten Stock. Der Raum war dunkel und mit Möbeln vollgestellt. Es gab Stühle mit Armlehnen in Form eines Löwenkopfes und dicke Samtvorhänge, die mit gewaltigen blutroten Blumen gemustert waren. Der Steinfußboden war mit persischen Teppichen bedeckt.

Assal kniff in Yasmins Arm, um ihr Fleisch zu prüfen.

»Zu dünn«, kommentierte sie.

Eine andere Frau, die fast blind zu sein schien, packte Yasmins Arm, und das junge Mädchen – eine Dienerin, wie Yasmin vermutete – riß kräftig an ihrem Haar.

»Laß los!« protestierte Yasmin. Die blinde Tante lockerte ihren Griff. Die Dienerin hielt ein Büschel Haare in der Hand.

»Das Haar ist echt«, verkündete sie den anderen. »Aber es scheint, als hätte ihr jemand mal wegen Ehebruch den Kopf geschoren.«

Assal packte mit beiden Händen Yasmins Brüste.

»Keine Titten.«

Voller Entsetzen stieß Yasmin sie zur Seite und rannte zur Tür.

»Besharat!« Ihre Stimme hallte durch das Treppenhaus. Eine Antwort blieb aus.

»Besharat!«

Assal kam hinter ihr her.

»Halt's Maul«, sagte sie in Persisch.

Yasmin ignorierte sie. »Besharat! Komm!«

Eine Hand traf Yasmins Mund. Es war Assal, die ihre neue Schwiegertochter schlug. Yasmin war entsetzt. Zitternd rang sie um Fassung. Dann begann sie, sich mit den Fäusten zu wehren.

Lange nach Einbruch der Dunkelheit hörte Yasmin endlich Besharats Stimme im Flur. Er kam ins Schlafzimmer und schloß die Tür hinter sich. Sein Gesicht war blaß, die Augen dunkel. Yasmin wollte sich in seine Arme stürzen, aber er schaute sie nicht an.

»Du kannst meine Mutter nicht schlagen«, sagte er ohne weitere Vorrede. »Du bist in diesem Haus die neue Frau. Du mußt allen anderen gehorchen. Selbst alte Dienerinnen haben mehr zu sagen als eine neue Frau.«

Yasmin richtete sich in ihrem Stuhl auf und starrte den Mann an, der ihr in Paris Rosen gekauft hatte. Er zog sich mit dem Rücken zu ihr im Dunkeln aus und schlüpfte ins Bett. Sie wollte ihn eigentlich nach Naiima fragen.

»Ich möchte ein Bad nehmen«, sagte sie statt dessen. »Ich konnte das Badezimmer nicht finden.«

Besharat der Bastard hörte ihr kaum zu. Er dachte an die Nachbarn und fragte sich, ob sie wohl mitbekommen hatten, daß Yasmin Assal geschlagen hatte.

»Ich möchte ein Bad nehmen«, wiederholte Yasmin.

Besharat der Bastard seufzte.

»Meine Mutter wird dich am fünfzehnten Tag deines Zyklus zum Brunnen mitnehmen«, antwortete er.

Yasmin verstand ihn nicht.

»Ich möchte *jetzt* baden«, entgegnete sie. »Ich muß mich waschen.«

Besharat der Bastard schloß die Augen.

»Du kannst zweimal im Monat baden«, erklärte er, »vor und nach deiner Menstruation. Ansonsten kannst du nicht ins Bad gehen, und du darfst niemals allein dorthin.«

Sie lagen nebeneinander im Bett, wach, aber schweigend. Es wurde ihnen bewußt, daß sie einen Fehler gemacht hatten. Stunden später, als sie gerade eingeschlafen war, fühlte Yasmin einen Lichtstrahl auf den Augen. Eine Frau stand neben ihr. Sie hatte ein rundes Gesicht; ihre dicken Zöpfe hingen ihr bis auf die Hüften hinab. Sie trug ein schweres weißes Gewand, und wenn sie atmete, zeichneten sich ihre Brüste darunter ab. Sie hielt das Licht näher an Yasmins Gesicht und starrte sie an. Es war Naiima, die gekommen war, um die Feindin und die Gefahr, die sie bedeuten konnte, einzuschätzen.

NAIIMA folgte Yasmin wie ein Schatten und lauschte, obwohl sie kein Französisch konnte, allen Gesprächen, die Yasmin und Besharat führten. Sie war immer da, wie eine Vision, durch den Atem einer Hexe herbeigezaubert. Sie schlich an geschlossenen Türen vorbei und hockte sich hinter Steinmauern. Spät in der Nacht erschien sie plötzlich in Yasmins Schlafzimmer, spähte am frühen Morgen durchs Schlüsselloch, durchsuchte ihre Kleidung, inspizierte die Bettwäsche. Sie nahm Yasmin sogar mit zum Bad. Sie stieg als erste ins Wasser und hielt sich am Rande des Brunnens fest. Das Wasser war eiskalt, aber Naiima blieb vollkommen ruhig. Sie sah Yasmin beim Auskleiden zu.

»Komm herein«, bedeutete sie ihr.

Yasmin schloß die Augen und tauchte ins Wasser. Als sie hochkam, um Luft zu holen, drückte eine Hand sie wieder hinab. Sie kämpfte mit aller Kraft dagegen an. Naiima hielt sie ein paar Sekunden zu lange fest und lockerte dann ihren Griff. Yasmin versuchte zu fliehen, aber Naiima packte sie am Arm.

»Noch sechsmal.«

Seit dem ersten Tag ihrer Ankunft drangen die Frauen im Morgengrauen in Yasmins Zimmer ein und jagten sie hinaus. In der Küche verlangte Assal, daß sie die niedrigsten Hausarbeiten verrichten solle. Yasmin weigerte sich zu arbeiten. Wenn man sie schlug, dann schlug sie zurück.

»Wirf sie hinaus«, lag Assal Besharat zweimal am Tag in den Ohren. »Wirf sie hinaus, oder ich schwöre, daß ich es selbst tun werde.«

Besharat der Bastard war verlegen und wütend über Yasmins Verhalten. Als er sie bat, sich zu ändern, schrie sie ihn empört an. Wenn er sie nicht beachtete, rannte sie hinter ihm her, verschaffte sich Zutritt zum Gästeempfangszimmer im ersten Stock und beklagte sich darüber, wie sie behandelt wurde. Wenn er sie schlug, setzte sie sich zur Wehr.

»Schließ sie ein«, schlug Naiima ihm vor, während sie Besharat aufwartete und ihm seine Mahlzeiten zubereitete. »Bring sie in ein Zimmer und schließ sie dort ein, bis sie endlich Gehorsam lernt.«

Aber sie wollte nicht, daß Besharat sich von Yasmin scheiden ließ. Sie wünschte sich Kinder mit europäischem Blut und veilchenfarbenen Augen.

Das Streiten hörte auf. Yasmin wurde ins Schlafzimmer im zweiten Stock gebracht und eingesperrt. Zweimal am Tag wurden ihr ihre Mahlzeiten serviert. Sie verlangte die Scheidung und eine Fahrkarte nach Paris. Besharat der Bastard weigerte sich. Sie drohte zu fliehen; Besharat der Bastard versteckte ihren Paß und weigerte sich, ihr Geld zu geben. Sie versuchte, sich zu beruhigen, Abstand zu gewinnen. Sie blieb in ihrem Zimmer und las. Besharat der Bastard verbrannte ihre Bücher.

Yasmin schrieb ihren Eltern – Lügen, erfundene Geschichten über das Leben in Persien, Liebesgeschichten, in denen Besharat der romantische Held war. Ihre Mutter schrieb zuerst zurück.

»Dein Vater hat sich geweigert, deinen Namen auszusprechen«, beklagte sie sich. »Nachts kann ich nicht schlafen, weil ich in seinem Atmen den Zorn höre und weil mein Magen wie Feuer brennt.«

Das Brennen in ihrem Magen wurde zu einem Geschwür. Bald kam keine Post mehr. Yasmins Briefe wurden ungeöffnet zurückgeschickt.

»Adressatin verstorben«, stand in der Handschrift ihres Vaters auf dem letzten Packen Briefe, die aus Paris zurückkamen.

Trotz der abgrundtiefen Abneigung, die sie mittlerweile empfand, ließ Yasmin es zu, daß Besharat in ihrem Bett schlief. Dies sei, so sagte sie sich, ihre einzige Waffe, die einzige Chance, die sie hatte, um Naiima zu schlagen und Besharats Vertrauen zu gewinnen, bis sie für sich selbst eine Möglichkeit gefunden hatte, ihn zu verlassen.

»Mein Gott«, flüsterte er in der Dunkelheit, wenn er seinen Samen in sie hinein entleerte und wie ein Stier schnaufte. Mit einem Gebet, daß Leben in ihr wachsen möge, wälzte er sich zur Seite. »Du hast die Haut eines Engels.«

Eines Morgens, im dritten Monat ihres Aufenthalts in Teheran, wachte Yasmin auf und entdeckte einen Blutflekken in ihrem Bett. Besharat der Bastard sprang wütend auf und schrie nach Naiima.

»Sie ist unrein«, schimpfte er. »Bring sie fort.«

Yasmin wurde in den Raum der Unreinheit im dritten Stock gebracht. Sie wurde fortwährend beobachtet, durfte außer ihrem eigenen Teller nichts berühren, sich nirgendwo hinsetzen als auf die beiden Kissen, die ausdrücklich für unreine Frauen gedacht waren. Als sie abends versuchte, den Raum zu verlassen, stellte sich ein Hausmädchen ihr entgegen.

Yasmin ließ sich auf einen Streit mit dem Mädchen nicht ein. Sie wartete, bis das Haus ruhig war. Dann schlich sie hinaus und stieg in den zweiten Stock hinab.

Sie öffnete die Tür von Besharats Zimmer: In seinem Bett lag Naiima, den Kopf auf Yasmins Kissen, in enger Umarmung mit Besharat, und starrte sie an.

DER BLAUÄUGIGE LOTFI war arbeitslos geworden. Als Reza Schah die Gettos öffnen ließ, durften Juden moslemische Schulen besuchen, und die Allianzorganisation kam zu der Ansicht, daß ihre Mission im Iran beendet sei. Langsam begann sie, sich aus dem Land zurückzuziehen. 1936 wurde die Schule in Teherans Getto geschlossen.

Der blauäugige Lotfi hatte eine Frau und sieben Kinder zu ernähren. Er war vom Pit fortgezogen und hatte zwei Zimmer in einem Haus auf Sar-Chesmeh ganz in der Nähe des Gettos gemietet. Es gab auch ein paar Ersparnisse – Geld, das Heshmat seit ihrer Heirat Jahr für Jahr beiseite gelegt hatte – aber die Miete war hoch, und Lotfi wußte, daß er sofort wieder Arbeit finden mußte. Er redete fortwährend davon, ein Geschäft aufzubauen, Güter aus Europa zu importieren und sie im Iran zu verkaufen, aber alle seine Freunde sagten, er sei verrückt. »So sehr haben die

Dinge sich denn *doch* nicht verändert«, sagten sie. »Niemand glaubt, daß ein Jude etwas haben könnte, was es wert sei, verkauft zu werden.«

Der blauäugige Lotfi diskutierte seine Pläne nicht mehr mit seinen Freunden – aber er gab sie nicht auf. Als er eine Anzeige in der Zeitung sah – das Innenministerium suchte Leute, die fließend Englisch sprechen konnten –, da ergriff er die Gelegenheit beim Schopf und machte sich sofort auf den Weg ins Ministerium.

Er war europäisch gekleidet, so wie Reza Schah es nur zwei Jahre zuvor den persischen Männern aufgezwungen hatte. Er trug einen Hut mit Krempe, ein vorne durchgeknöpftes Hemd mit einem Kragen, ein Jackett und Hosen. Als er die Straße hinunterging, sah er die anderen Männer, die auch nach der neuen Mode gekleidet waren und verlegen, ja fast ein wenig lächerlich ausschauten, während sie versuchten, in ihren wattierten Jacketts und gestärkten Hemden irgendein bequemes Plätzchen zu finden.

Als Reza Schah die neue Kleiderordnung befohlen hatte, hatte das ganze Land zuerst einmal protestiert. Niemand konnte verstehen, welchen Vorteil es haben sollte, statt der üblichen Seiden- und Kaschmirkleidung diese eckigen Anzüge zu tragen. Die Anzüge waren aus Baumwolle – das war das Material, aus dem die Stoffe armer Leute gemacht waren. Die Baumwolle wurde im Iran angepflanzt, in Manchester gewebt und dann den Persern wieder zu unverschämt hohen Preisen verkauft. Die Hüte mußten ganz genau passen, wurden sehr leicht fleckig und konnten nicht gewaschen werden. Beim geringsten Windstoß flogen sie davon, oder aber sie drückten einem auf die Schläfen und hinterließen einen weißen Ring um den Kopf herum, dort, wo das Blut abgedrückt worden war.

Aber seit dem Augenblick, in dem er zuerst das Gesetz

über die neue Kleiderordnung erlassen hatte, verlangte Reza Schah von allen Männern in Persien Gehorsam. Der blauäugige Lotfi lächelte, als er sich an einen Vorgang erinnerte, der selbst den Schah amüsiert hatte. Auf einer seiner vielen Inspektionsreisen durch sein Land hatte Reza Schah einen Aufenthalt in einem Dorf nahe seiner Heimatstadt Alasht geplant. Das ganze Dorf stand kopf: Wie immer, so wußte man, erwartete Reza Schah, von einer Delegation der Gemeinde empfangen zu werden. Allen Männern war klar, daß sie in europäischer Kleidung erscheinen mußten.

Doch niemand im Dorf besaß einen Anzug, und niemand hatte jemals zuvor einen europäischen Hut gesehen. Dennoch, das wußten die Dorfbewohner, müßte man versuchen, die Wünsche des Schahs zu erfüllen. Einer der Männer wurde in die nächste Stadt geschickt, um Stoff zu kaufen. Man besorgte sich Fotografien von Europäern in Hüten und Anzügen. Die Frauen im Dorf kümmerten sich kaum noch um Heim und Familie und beschäftigten sich vorwiegend damit, die auf den Bildern dargestellten Kleidungsstücke zu kopieren.

Die Arbeit ging nur sehr langsam und mühselig voran: Niemand hatte jemals zuvor Schultern und Kragen zugeschnitten. Es gab keine Nähmaschinen, und abends konnten die Frauen nur im Licht von Laternen arbeiten. Dennoch schafften sie es bis zum Vorabend des Schahbesuches, jedem Mitglied des Empfangskomitees einen Anzug zu nähen.

»Was ist mit *Hüten*?« brüllte der Dorfälteste, als er sah, daß die Männer die Anzüge für den folgenden Nachmittag anprobierten. »Woher sollen wir *Hüte* bekommen?«

Es war keine Zeit und kein Filzstoff vorhanden, um Hüte zu nähen. Verzweifelt wandten sich die Männer an den »Erfinder« im Dorf – den sechsunddreißigjährigen

Sohn eines Bauern, der zu faul war, um den ganzen Tag lang auf den Feldern zu schwitzen, und sich deshalb der Aufgabe widmete, »hervorragende Ideen zu entwickeln, die dazu geeignet waren, die Zukunft der Menschheit zu verbessern«. Seine Frau und seine Kinder mußten dafür länger arbeiten, um den Verdienstausfall wettzumachen. Der »Erfinder« dachte eine Weile über das Aussehen eines europäischen Hutes nach, dann gab er seine Idee bekannt. Er befahl den Männern, alle Blechdosen im Dorf zusammenzutragen. Er brachte die Dosen zum Blechschmied des Dorfes, der sie flach klopfte, sie dann in die Form von Hüten brachte und die einzelnen Teile zusammenschweißte und mit schwarzer Farbe bemalte. Als Reza Schah an jenem Nachmittag ankam, trugen alle Mitglieder des Empfangskomitees einen Zylinder im europäischen Stil.

Der Schah schritt an der Reihe der Männer, die ihn begrüßten, vorbei. Erfreut über ihr Aussehen blieb er stehen, um dem Dorfältesten zu gratulieren, daß er seine Leute dahin gebracht hatte, zum Fortschritt im Iran einen Beitrag zu leisten. In diesem Augenblick brach ein Unwetter aus, und dicke Hagelkörner prasselten vom Himmel. Kleine Eisbälle trommelten auf die Blechhüte nieder und erzeugten einen Lärm, der dem Rattern von Maschinengewehrfeuer sehr ähnlich war. Reza Schah zog seine Pistole und versuchte, in Deckung zu gehen. Dann schaute er auf und sah – durch den Hagelteppich hindurch, der ihn von den Dorfleuten trennte –, daß über die Gesichter der reglosen und gedemütigten Männer schwarze Farbe rann.

Im Innenministerium stellte sich der blauäugige Lotfi einem der Pförtner vor und bat darum, zu dem entsprechenden Beamten vorgelassen zu werden.

»Ich spreche Französisch, Englisch und Hebräisch«, sagte er. »Ich kann vier Sprachen lesen und schreiben. Ich bin gekommen, um mir Arbeit zu suchen.«

Er wurde von einem Raum in den anderen geführt und von verschiedenen Beamten zu seiner Person befragt. Dann konnte er heimgehen, niemand außer dem Innenminister durfte Personal einstellen. Der Minister selbst mußte Reza Schah um seine Zustimmung bitten.

Drei Wochen vergingen, ohne daß Lotfi irgendeine Nachricht bekam. Dann brachte eines Tages ein Bote einen Brief ins Haus in Sar-Chesmeh; Reza Schah hatte Lotfis Bewerbung durchgesehen und wollte ihm Arbeit geben. Lotfi sollte mit einer Handelsdelegation nach Paris fahren und Damenkleidung im Wert von fünfhunderttausend Rial einkaufen.

»Ich *wußte* es!« rief der blauäugige Lotfi freudig aus, sobald die Männer das Haus verlassen hatten. »Reza Schah wird den Schleier verbieten.«

Als er nach Frankreich fuhr, nahm er Heshmats gesamte Ersparnisse mit.

»Du wirst das Geld verlieren«, protestierte sie. »Du wirst es für wertlose Sachen ausgeben, die dir dann niemand abkaufen will.«

Sie hatte, seitdem er das erste Mal über das Schleierverbot gesprochen hatte, ihren Glauben an ihn verloren.

»Wie absurd«, sagte sie und biß sich vor Scham auf die Lippen. »Wenn die Nachbarn dich hören, werden sie denken, du hättest den Verstand verloren.«

Der blauäugige Lotfi mußte um sein Geld kämpfen, aber am Ende nutzte er seine Vormachtstellung als Mann im Hause und überwand Heshmats Widerstand. In Paris kaufte er die gewünschte Damenkleidung ein und machte sich dann daran, eine Kosmetikfabrik zu suchen: Er gab Heshmats Geld für eine Lastwagenladung Puder, Rouge und Lippenstifte aus, die er, stolz wie ein erfolgreicher Schatzsucher, nach Sar-Chesmeh brachte.

»Möge Gott uns beistehen.« Heshmat bekam beim Anblick der Kosmetika weiche Knie. Sie lehnte sich verwirrt gegen die Wand und schaute nicht ein einziges Mal in das enttäuschte Gesicht ihres Mannes.

»Ich muß diesen Müll verstecken, bevor die Nachbarn ihn sehen«, sagte sie. »Später, wenn es dunkel ist, können wir ihn in Säcke stopfen und in den Fluß werfen.«

Der blauäugige Lotfi hatte nicht die Absicht, seine Zukunft in den Fluß zu werfen. Reza Schah, so erklärte er Heshmat mit demselben Starrsinn, mit dem er vor einigen Jahren den Mullahs-Maulesel-Vorfall provoziert hatte, würde sehr bald den Schleier verbieten. Warum sonst sollte er wohl ein Vermögen von einer halben Millionen Rial in Damenkleidung investieren? Er wußte, daß der Schleier im Iran die Frauen der niederen Klassen dazu gebracht hatte, im Haus und auch außerhalb des Hauses gewohnheitsmäßig alte und unansehnliche Kleider zu tragen. Deshalb hatte er die französischen Kleider kaufen wollen: um sie als einen Ersatz für den Tschador anzubieten.

»Still«, flehte Heshmat Lotfi an und schloß eilig die Tür. »Die Leute werden denken, daß du hier Huren halten willst. Dann wirst du, mitten in Sar-Cheshmeh, ein Massaker auslösen.«

Wenn die Frauen erst einmal vom Schleier befreit wären – so schilderte Lotfi Heshmat seine Vision –, dann würden sie das Bedürfnis haben, auch auf der Straße attraktiv zu erscheinen. Die Tage von Antimon und Rouge, hergestellt aus zerstoßenen Insektenflügeln, seien gezählt.

»Schau dir dies an!« Er zeigte Heshmat einzelne

Schachteln mit Puder und Rouge. »Schau, wie schön das verpackt ist. Schnuppere einmal, wie gut es riecht. Wer möchte denn Insektenflügel, wenn er französisches Parfüm haben kann?«

So blieb die Kiste mit den Kosmetika im Hause des blauäugigen Lotfi. Um Heshmats Ängste zu beschwichtigen, wurde sie hinter einem Haufen Kissen und Wolldekken versteckt, die nur im Winter benutzt wurden. Immer wieder stiegen Duftschwaden von Puder und Parfüm daraus empor. Voller Angst vor der Reaktion ihrer Nachbarn – »du bestätigst damit nur ihre Vorbehalte gegen die Juden«, meinte sie – verbrannte Heshmat Weihrauch und benutzte das Zimmer, um getrocknete Kräuter darin aufzubewahren, die einen starken Eigenduft ausströmten. Doch als der Sommer kam und die Hitze sich im Haus staute, stiegen aus der Truhe mit den Kosmetika aus Frankreich so betäubende Düfte empor, daß jedermann schnüffelnd in das Zimmer der blauäugigen Lotfi ging und darum bat, die Truhe einmal anschauen zu können.

»Die Hilfsmittel der Huren«, schimpfte eine Frau, als sie die Truhe entdeckte. »Der Geruch des Teufels«, bestätigte eine andere.

Heshmat versuchte, Lotfi von seiner Idee abzubringen, aber es war vergeblich.

»Es wird nicht mehr lange dauern«, schluchzte sie, »bis der Mob hier außerhalb des Gettos auf uns losgeht.«

Er versicherte ihr, er würde sich gegen den Mob zur Wehr setzen.

»Was ist mit deinen Kindern?« nörgelte sie ein andermal. »Du hast Töchter, Lotfi, *Töchter*! Welcher Mann wird ein Mädchen heiraten, das mit den Teufelswerkzeugen einer Prostituierten aufgewachsen ist?«

Eines Morgens hörten Lotfi und Heshmat im Hof

Schritte und sahen, daß die Tür zu ihrem Schlafzimmer in der Dunkelheit aufsprang. Der blauäugige Lotfi ergriff das Schlachtermesser, das immer unter seinem Kopfkissen lag.

»Laß das, und komm nach draußen!« Obwohl sein Herz vor Schreck laut klopfte, erkannte Lotfi Pfaus Stimme. »Reza Schah hat den Schleier verboten.«

Die Mullahs von Persien drohten mit einem Krieg. Die Männer schworen, nun würde Blut fließen. Frauen jammerten, man habe sie ihrer Ehre beraubt: Nur Huren und Ehebrecherinnen gingen unverschleiert. Zum erstenmal seit dem Mullahs-Maultier-Vorfall wandte sich ganz Teheran gegen den Schah. Um gegen seine Vorschriften zu protestieren, wollten sich die Frauen weiterhin in ihre Tschadors hüllen.

Reza Schah ließ seine Soldaten auf der Straße patrouillieren. Sie sollten jede Frau anhalten, die einen Schleier trug. Die Soldaten rissen den Frauen den Tschador vom Kopf und zerfetzten ihn, verbrannten die Schleier und boten als Gegengabe ein Kleid und einen Hut an – Kleidungsstücke, die der blauäugige Lotfi in Paris erstanden hatte.

Plötzlich blieben alle Frauen daheim.

Der Kampf um den Schleier war das Vorspiel zu einer sehr viel größeren Konfrontation zwischen Reza Schah und den Mullahs. Viele Jahrhunderte lang hatten die persischen Herrscher das islamische Opferfest gefeiert. Am Jahrestag des Festes wurde auf dem Teheraner Kanonenplatz von einem Mullah ein Kamel geschlachtet. Danach stürzte sich eine große Gruppe von Gläubigen über das zuckende Tier und versuchte, Stücke rohen Fleisches herauszureißen. Mit blutigen Händen rannten die Gläubigen zum Palast der Rosen, wo der Schah auf der Terrasse des Marmorthrones auf sie wartete. Der erste, der Seiner Majestät ein Stück des Kamelfleisches überbrachte, erhielt eine königliche Belohnung.

In dem Jahr, in dem er den Schleier verbot, bezeichnete Reza Schah das rituelle Kamelschlachten als barbarisch und sagte die Feiern zum islamischen Opferfest ab.

Danach versetzte er der Geistlichkeit einen weiteren Schlag: Er ließ in Teheran eine Universität bauen und beraubte die Mullahs der Macht, die Seelen der jungen Leute zu beeinflussen. Diese Macht legte er statt dessen in die Hände weltlicher Professoren, die ihre Ausbildung im Westen erhalten hatten. Wenig später eröffnete die Universität auch noch eine medizinische Fakultät, in der – entgegen der geistlichen Lehre – menschliche Leichen seziert und untersucht wurden; Leben und Tod, so hatte Reza Schah angeordnet, sollten nicht länger die Domäne Gottes und seiner Mullahs sein.

Die Mullahs rebellierten. Um Reza Schahs Herrschaft ein Ende zu bereiten, setzten sie dasselbe Mittel ein, das auch schon die Kadscharen zu Fall gebracht hatte: Sie verließen Teheran und organisierten einen Sitzstreik in Irans heiligstem Tempel.

Dies, so wußten die Mullahs, würde seine Wirkung nicht verfehlen. Vor der Wahl, entweder ihren König oder ihre Mullahs zu verlieren, würden die Menschen sich dafür entscheiden, den Schah zu stürzen. Reza Schah konnte die Mullahs nicht dazu zwingen, in die Stadt zurückzukehren, ohne zugleich den Tempel stürmen zu lassen. Davor, so glaubte man, würde aber sogar der Schah zurückschrecken.

Reza Schah reagierte, indem er bewaffnete Truppen aussandte, die den Tempel umstellten. »Kommt heraus«, warnte der Kommandant, »sonst werde ich meinen Befehl ausführen und den Tempel unter Beschuß nehmen.«

Nachdem ihre Rebellion niedergeschlagen war, kehrten die Mullahs nach Teheran zurück. Die medizinische Fakultät der Universität sezierte weiterhin Leichen. Doch die Schleierfrage blieb ungelöst: Der Tschador war verschwunden, aber nicht abgeschafft. Reza Schah konnte den Frauen verbieten, sich verschleiert auf den Straßen zu zeigen, aber er konnte sie nicht dazu zwingen, ihre Häuser zu verlassen. Im Zimmer des blauäugigen Lotfi wurde das Parfüm allmählich ranzig, und das Rouge in den hübschen Kästchen war längst geschmolzen. Heshmat legte ihren Kindern nahe, sich von den Nachbarn fernzuhalten.

An einem Frühlingsmorgen des Jahres 1937 fuhr Reza Schah in einem neu erstandenen Rolls-Royce durch die Gaslampenallee und sah eine alte Frau, die stolz und ohne Schleier über die Straße ging und über das ganze Gesicht strahlte. Sie trug einen perlenbesetzten Rock und eine mit Bergkristallen bestickte Bluse, ein grünes Halstuch, weiße Strümpfe und Seidenschuhe. Um den Hals trug sie Perlenketten, von ihren Handgelenken baumelten Goldarmbänder, und in der Hand hielt sie Juwelen. Sie hatte rote und gelbe Bänder im Haar, und der Rahmen ihrer Brille war mit Edelsteinen besetzt. Wenn sie vorbeiging, blieben die Männer verdutzt stehen und starrten die Schamlose an. Frauen kamen unverschleiert an ihre Haustüren, schauten hinaus, sahen sich um, um die Reaktion der anderen zu beobachten, und gingen dann auf die Straße hinaus.

Reza Schah Pahlewi brachte seinen Wagen neben der edelsteingeschmückten Frau zum Stehen. Er kurbelte sein Fenster hinunter und erkannte Pfau.

Zum ersten Mal seit Menschengedenken sah man ihn lächeln.

PFAU DIE JÜDIN war siebzig Jahre alt und bot einen unvergeßlichen Anblick. Sie wohnte in einem Haus an der Schah-Reza-Straße und arbeitete länger und härter als irgendein anderer, jüngerer Mensch. Sie ging bei den reichsten und berühmtesten Persönlichkeiten im Iran ein und aus: bei Reza Schahs Töchtern, den Ehefrauen seiner Minister, den Bräuten der Söhne des Ministers. Sie ging von Haus zu Haus, bunt gekleidet wie ein Paradiesvogel – in Stoffen aus rotem und grünem und blauem Chiffon, mit verzierten Blusen und Seidenschuhen. Ihre Kleidung war überall mit Bergkristallen besetzt. Sie war mit dem Alter kleiner geworden, aber sie hielt den Rücken noch immer gerade, und ihre Augen strahlten. Ihr Haar schimmerte silbern, ihre Haut war fast schwarz.

Sie trug Edelsteine und Schmuck in ihren Taschen – eingewickelt in Stoff oder alte Zeitungen, die sie überall sammelte. Sie saß in den Schlafzimmern der Hofdamen oder in den Büros einflußreicher Männer. Aus den Falten ihrer Kleider holte sie viele Hände voller Juwelen heraus, die sie vor den Kunden ausbreitete.

»Faßt sie nur einmal an«, sagte sie dann manchmal, »haltet sie in der Hand, und werft einen Blick auf die Ewigkeit.«

Doch wenn der Tag zu Ende ging, die Arbeit getan war und man nur noch nach Hause gehen konnte, dann war Pfau allein. Heshmat wohnte ganz in der Nähe, aber jetzt, da das Tragen des Schleiers allmählich aufgegeben wurde, hatte der blauäugige Lotfi im Keller seines Hauses einen vielbesuchten Laden eröffnet. Er hatte sogar davon gesprochen, ein Geschäft in der Tulpenallee aufzumachen und von Sar-Cheshmeh in die Simorgh-Straße umzuziehen.

»Komm und wohn bei uns«, bat Heshmat, aber Pfau lehnte das ab. Sie saß abends in ihrem Schlafzimmer, hatte noch immer die Kleidung an, die sie tagsüber trug, und rechnete ihre Ein- und Ausgaben mit Hilfe eines Rechengerätes nach. Sie zog die Juwelen aus ihren Taschen, legte sie in ordentlichen Reihen auf den Tisch und wickelte jeden einzelnen Stein aus dem Zeitungspapier aus. Wenn sie allein war, hatte sie keinen Blick für die Steine: Sie starrte nur auf die Wörter in der Zeitung und wünschte sich, lesen zu können.

Die Zeitungen, das wußte Pfau, berichteten über wichtige Ereignisse, die jedermanns Schicksal beeinflußten. Sie hörte davon nur durch die Gespräche mit den Menschen, die sie tagsüber traf: die Händler auf dem Basar und auf der Straße und ihre Kunden. Die meisten von ihnen waren Analphabeten wie Pfau, und die Neuigkeiten, die sie erzählten, hatten sie selber irgendwo gehört. Sie sprachen von Orten, die sie selbst nicht kannten – von Rußland, Amerika und Europa, von Reza Schahs Verhandlungen mit fremden Ländern, von seiner Taktik, einen Feind gegen den anderen auszuspielen, um seinen eigenen Vorteil zu sichern, von dem Versuch, sich von den Briten zu befreien.

»Stellt euch vor«, riefen die Händler aus, »er beißt in die Hand, die ihn gefüttert hat! Ohne die Unterstützung der Engländer wäre Reza Schah niemals König geworden. Er hat mit ihnen verhandelt, und er hat mit ihrer Hilfe Ahmad Schah gestürzt. Jetzt stellt er sich auf die Seite der Deutschen, um die Engländer loszuwerden.«

Dies war eine verrückte Idee, so erkannte Pfau: die Vermutung, daß Reza Schah von den Engländern unabhängig werden könnte. Seit der Regierungszeit von Nasser-ed-Din, das war jedermann bekannt, gab es kein Ereignis im Iran, an dem die Spione des britischen Königshauses nicht irgendwie beteiligt waren. Pfau legte den Geschichten, die sie hörte, kein besonders großes Gewicht bei. Sie glaubte nicht an die Gerüchte über Deutschland, das angeblich Gesetze gegen die jüdische Bevölkerung einführte.

Die Händler behaupteten, Reza Schah habe sich mit Hitler gegen England verbündet. Reza Schah hatte die Juden *befreit*, so wiederholte Pfau immer und immer wieder. Er würde sich nicht auf die Seite eines Landes schlagen, das sie verfolgte.

Aber die Gerüchte hielten sich sehr hartnäckig, und auf Grund dieser Gerüchte wuchs bei Pfau der Wunsch, lesen zu können. Die Zeitungen, so meinte sie, enthielten den Schlüssel zur Wahrheit.

1937 wurden in Pfaus Straße Stromleitungen gelegt. Eines Abends kam der blauäugige Lotfi in ihr Haus und schraubte eine Glasbirne in die Decke ihres Zimmers. Dann zog er an einer Schnur. Licht flammte auf, so hell, daß Pfau sich geblendet fühlte.

Sie war über die neue Erfindung so erregt, daß sie nachts kaum schlafen konnte. Sie ging nach Einbruch der Dunkelheit in ihr Zimmer, zog an der Schnur und blieb lächelnd stehen, so als würde sie ihre Umgebung neu entdecken.

»Abends sieht alles ganz anders aus«, sagte sie schüchtern zu Heshmat. »Es ist einfach zu schön, wenn das Licht angeht.«

All das hat Reza Schah bewirkt, so dachte Pfau voller Dankbarkeit – der Strom, der ihre Abende hell machte, das Wasser, das aus den Hähnen von Heshmats neuem Haus in der Simorgh-Straße floß, das Krankenhaus, in das Heshmats Tochter ging, als sie ihr Kind bekam.

»Auf *Bettlaken*!« hatte Pfau gejubelt, als sie sah, daß die junge Frau aus dem Entbindungssaal gerollt wurde. »Mein Gott, du hast dein Kind auf *Laken* geboren!«

Reza Schah war ihr Held – der Junge, von dem sie gewußt hatte, daß er auserwählt war und der tatsächlich die Prophezeiungen von Esther der Wahrsagerin erfüllt hatte. Pfau konnte einfach nicht glauben, daß er die Juden verraten würde.

Der blauäugige Lotfi fuhr nach Frankreich, um ein neues Sortiment für seinen Laden einzukaufen, und kam mit einem Geschenk für Pfau zurück. Es war ein Radio – ein großer Kasten aus Holz und Glas. Beim Drehen eines Knopfes leuchtete es auf, und es konnte, wie Lotfi behauptete, sprechen. »Das ist Gotteslästerung«, hatte Pfau gesagt. Lotfi steckte eine Schnur in die Steckdose in der Wand und drehte an einem Knopf.

Plötzlich ertönte die Stimme eines Mannes aus dem Apparat. Sie war tief und rauh, und der Sprecher bediente sich einer sehr förmlichen Sprache, in der man gewöhnlich wichtige Leute anredet. Jetzt würde er die Nachrichten sprechen, verkündete er, als verfüge er über ein Wissen, das andere nicht hatten. Er wolle alles berichten, was an jenem Tag in der Welt geschehen war.

»Im Namen Gottes«, begann er. »Seine Majestät Reza Schah Pahlewi, König der Könige, hat heute einen Freundschaftsvertrag mit Deutschland unterschrieben.«

Der Radiosprecher redete weiter, um den Vertrag zu erläutern. Er sprach über Deutschlands Führer – einen Mann namens Hitler, der an die Überlegenheit der arischen Rasse glaubte. Die Iraner, mit Ausnahme der iranischen Juden, waren ebenfalls Arier. Bald, so versprach der Ansager, würde es einen Krieg geben, einen Krieg, schlimmer als der Erste Weltkrieg, aber diesmal würde Iran nicht besetzt werden.

Man würde Irans Wirtschaft nicht zerstören; die Menschen würden nicht hungern müssen. Diesmal hatte sich der Iran, dank der weisen Voraussicht von Reza Schah, auf die Seite der Mächtigen geschlagen, und seine Voraussicht werde sich lohnen. Deutschland werde die Engländer und die Russen besiegen. Als ein Zeichen der Wertschätzung habe Hitler versprochen, Iran die Provinzen zurückzugeben, die ihm vom russischen Zaren gestohlen worden waren.

Jedesmal, wenn der blauäugige Lotfi sich an Pfaus Gesicht erinnerte, als sie in jener Nacht vor dem Radio saßen, mußte er weinen.

PFAU bat um eine Audienz bei Reza Schah. Sie ging in sein Büro im Palast der Freude und hörte, wie er einen seiner Minister anschrie: Reza Schah schrie seine Untergebenen immer an. Der Mann stand vor ihm, den Kopf gesenkt und den Blick auf die Stiefel gerichtet und gab, bis man ihn entließ, keinen einzigen Laut von sich.

»Geh!« brüllte Seine Majestät endlich. »Du bist kein Mann der Tat. Du bist überhaupt kein Mann.«

Der Premierminister wankte mit kalkweißem Gesicht an Pfau vorbei. Als er den Raum verließ, zitterten seine Hände.

Reza Schah schritt in seinen Militärstiefeln, die er noch immer so blank wienerte wie zu der Zeit, als er bei den Kosaken gedient hatte, in seinem Büro auf und ab. Er grüßte Pfau nicht. Er gab niemals zu, daß er sie schon von früher kannte: Sie erinnerte ihn an die Tage seiner Demütigungen, und ihr bloßer Anblick gab ihm das Gefühl, als wäre er noch immer der Waisenjunge aus Alasht. Aber zu einer Zeit, als Tausende ein ganzes Leben lang darauf warteten, den Schah zu sprechen, ohne je Einlaß zu bekommen, wurde Pfau jederzeit empfangen.

»Beeil dich«, sagte er, während er hinter seinem Schreibtisch stand und Pfau anblickte. Reza Schah setzte sich niemals hin, wenn er einen Besucher empfing.

»Majestät ...«, Pfau machte einen Schritt nach vorn. Sie hatte qualvolle Tage und Nächte damit verbracht, das Rätsel von Reza Schahs Bündnis mit Hitler lösen zu wollen. Es waren zwei Fragen, die ihr immer wieder durch den Kopf gingen. »Was ist, wenn ein Krieg kommt? Was ist, wenn die Deutschen den Krieg gewinnen?« fragte sie jetzt.

Reza Schah tat so, als hätte er sie nicht verstanden.

»Was wird aus den Juden, die du einst gerettet hast?« fragte Pfau hartnäckig.

Plötzlich wurde Reza Schahs Blick traurig und sanft. Er schaute Pfau an, und einen winzigen Augenblick lang sah sie einen Mann, den die Entscheidungen, die zu treffen er gezwungen war, hart und verbittert gemacht hatten.

»Ich werde mich von den Juden lossagen«, sagte er. »Ich würde mich von jedermann lossagen, um den Iran vor seinen Feinden zu retten.«

REZA SCHAH hatte den Iran vor dem Zerfall gerettet. Er hatte die Mullahs besiegt, eine Armee aufgebaut, um die Grenzen zu verteidigen, und einen Polizeiapparat, um das innere Chaos der letzten drei Jahrhunderte zu überwinden. Er hatte die Russen in Schach gehalten – und die Briten in gebührendem Abstand. Er hatte die erste transiranische Eisenbahn bauen lassen, im Lande Schulen, Krankenhäuser und Impfstoffe eingeführt. Teherans Trinkwasser war noch immer von den Abwässern verseucht, die sich in den Fluß ergossen und in die Brunnen drangen, aber Malaria und ansteckende Magen-Darm-Krankheiten hatten dennoch abgenommen. Zehn Jahre nachdem er Herrscher des Iran geworden war, machte Reza Schah eine Bestandsaufnahme dessen, was er erreicht hatte, und hielt sich für unfehlbar.

Er war Infanteriesoldat in einer nicht existenten Armee gewesen und über Nacht König geworden. Er hatte seine Ausbildung unter fremder Besatzung erhalten, und er hatte trotzdem Unabhängigkeit erlangt. Er war ein armer Mann, der in einem Schuppen am Ende einer schmutzigen Dorfstraße geboren worden war und der jetzt in einem Palast mit Spiegelhallen und Zimmern voller Schätze lebte.

Jetzt war er eitel, intolerant und korrupt.

Er lebte sehr einfach in einem kargen Raum im Palast der Freude, mit einer Matratze auf dem Boden und ohne Luxus. Aber er reiste im Lande herum und erhob Anspruch auf das, was gut und wertvoll war – die am stärksten bevölkerten Dörfer, die saftigsten Täler, die üppigsten Wälder –, um es auf die Namen seiner Kinder überschreiben zu lassen. Er hatte einen Sohn, Kronprinz Mohammed Reza, der so schüchtern war, daß er es nicht wagte, in Gegenwart seines Vaters zu sprechen. Pfau hatte Mohammed Reza schon als Jungen gesehen, als er auf seinem arabischen Pferd um den Platz der Kanonen herumritt und eine Staubwolke aufwirbelte, die ihn fast unsichtbar machte. Schon damals, so erinnerte sich Pfau, hatte Mohammed Reza müde und traurig ausgesehen, und als er der Stute etwas zurief, schwankte seine Stimme vor Unschlüssigkeit. Er konnte nicht der Sohn sein, den Reza Schah sich gewünscht hatte.

Reza Schah hatte den Jungen in ein Internat in die Schweiz geschickt, in dem junge Adlige erzogen wurden. Mohammed Reza lernte das Skilaufen, und er lernte, ein

Flugzeug und schnelle Autos zu lenken. 1938, im Alter von neunzehn Jahren, kehrte er in den Iran zurück, um seinen Platz an der Seite seines Vaters einzunehmen.

Reza Schah, das mußte der junge Mann bald feststellen, war ein von allen Seiten belagerter und überarbeiteter Mann. Nichts im Iran entwickelte sich ausreichend schnell, so beklagte sich der Schah, niemand gab sich ausreichend Mühe. Finanzminister Davar hatte es nicht geschafft, die Mittel für ein Projekt der öffentlichen Hand sicherzustellen. Als er Reza Schahs flammenden Zorn spürte, hatte Davar noch bis spät in die Nacht hinein in seinem Büro gearbeitet und sich danach erschossen. Er hinterließ eine Nachricht.

»Ich bringe mich um«, so hatte er geschrieben, »weil ich erschöpft bin.«

Reza Schah hatte keine Zeit für Fehlschläge. Er ging nicht zu Davars Beerdigung.

Aber es gab ein noch größeres Problem: einen Mann namens Mossadegh – ein reicher Landbesitzer, der zum Nationalisten wurde und schon jahrzehntelang Reza Schahs Feind gewesen war. Reza Schah hatte Mossadegh ins Gefängnis werfen lassen, aber der Mann war alt, und die Ärzte hatten Seine Majestät gewarnt, daß Mossadegh im Gefängnis sterben könnte.

»Laß ihn lieber frei«, schlug der Kronprinz seinem Vater vorsichtig vor. »Wenn er stirbt, dann wird er zum Märtyrer, und wir werden sein Vermächtnis niemals loswerden.«

Reza Schah war müde, frustriert und enttäuscht. Zum erstenmal seit langer Zeit tat er das, was Mohammed Reza ihm vorschlug.

Dann erklärte er dem Jungen, daß er eine Frau für ihn gefunden habe – die Prinzessin Foziyeh, Tochter des ägyptischen Königs Faruk und der Königin Nazli. Mohammed

Reza hatte Foziyeh nie zuvor gesehen, aber seine ältere Schwester Shams versicherte ihm, daß er mit dem, was er bekäme, zufrieden sein würde. 1939 fuhr er nach Kairo, um die Braut für die Hochzeitsfeierlichkeiten abzuholen.

Die Hochzeit sollte ein Jahrhundertfest werden, ein Fest wie kein anderes im Osten, so üppig, daß es der königlichen Familie von Ägypten die Sprache verschlüge und allen Nachbarn Irans den großen Fortschritt vor Augen führte, den Reza Schah dem Iran gebracht hatte.

Im Palast stellte Reza Schah eine Reihe von Leuten ein, die sich ausschließlich um die Organisation des Festes kümmern sollten. Pfaus Aufgabe war es, eine Gruppe von Juwelieren anzuleiten – junge Männer, die zuvor nach Europa geschickt worden waren, um einen Schnellkurs in Edelsteinkunde und Goldschmiedekunst zu absolvieren –, damit sie für jedes weibliche Familienmitglied Schmuckstücke herstellen konnten.

Die Braut und der Bräutigam, so entschied man, sollten per Schiff von Ägypten zum Hafen von Khorramschar am Persischen Golf fahren, und dann mit einem Sonderzug nach Teheran weiterreisen. Der Zug war speziell für die Hochzeit gebaut worden und mit jedem nur vorstellbaren Luxus ausgestattet. In Teheran würde man zunächst einem festlichen Empfang im europäischen Stil beiwohnen, den Reza Schah zur Begrüßung von Königin Nazli gab. Die Hochzeit sollte dann am selben Abend stattfinden.

Plötzlich erfuhr Pfau, daß ein großes Unglück geschehen war: Die Braut und der Bräutigam, so berichtete der zitternde Eisenbahndirektor dem Schah, reisten also in dem Sonderzug. Die Braut wurde von ihrer Mutter begleitet, zudem von einem Gefolge persönlicher Dienst- und Kindermädchen und einem halben Dutzend Aufwartedamen. Aber als der Zug mitten durch die persische Wüste rollte, blieb die Lokomotive plötzlich stehen: Heizmaterial, Wasser und Strom waren ausgegangen.

Reza Schah ließ den Eisenbahndirektor ins Gefängnis werfen und entließ alle anderen, die die Reise in irgendeiner Form mit organisiert hatten. Ein zweiter Zug mußte die Reisenden abholen, und der Schah empfing die jungen Leute persönlich in seinem Palast. Mohammed Reza war wegen des unerwarteten Fiaskos noch immer wie betäubt. Foziyeh jammerte ihrer Mutter vor, sie wolle nach Hause. Königin Nazli sagte Reza Schah unverhohlen ins Gesicht, sein Land sei unzivilisiert.

Man verbrachte einen ganzen Tag damit, über Foziyehs Einkommen und Erbe zu schachern: Da sie unbedingt mit dem Kronprinzen des Iran verheiratet werden wollte, so betonte Reza Schah, sollte Foziyehs gesamtes Einkommen automatisch vom ägyptischen Hof in den Iran transferiert werden. Königin Nazli lehnte dies strikt ab und wollte darüber auch nicht verhandeln. Als die Streitereien endlich aufgehört hatten, war die Ehe bereits vergiftet.

Am selben Abend fand das im europäischen Stil geplante Essen statt. Irgend jemand hatte die Sitzordnung durcheinandergebracht, und die Gäste begannen als erstes damit, sich heftig zu streiten. Stehenden Fußes entließ Reza Schah seinen Zeremonienmeister und den Hofmarschall.

Königin Nazli war sehr unzufrieden. Der Schah befahl den Dienstmädchen, heimlich Nazlis Taschen zu packen. Am Morgen nach der Hochzeit wollte er Nazli zusammen mit Foziyehs persönlichen Dienerinnen per Schiff zurück nach Ägypten befördern lassen.

Er lehnte sich in seinem Stuhl zurück und sah der Zeremonie ohne jede Gefühlsregung zu. Als das Gebet, das seinen Sohn mit der ägyptischen Prinzessin ein Leben lang verbinden sollte, zur Hälfte gesprochen war, schaute Reza Schah auf und sah Pfau, die neben ihm saß, an. Er schüttelte den Kopf. In seinem Blick lag die Ahnung kommenden Unheils.

»Die Dinge«, sagte er leise, »sind nicht so, wie sie sein sollten.«

1939 begann in Europa der Zweite Weltkrieg. Offiziell erklärte der Iran in diesem Krieg seine Unabhängigkeit. In Wirklichkeit aber hatte der Schah deutsche Agenten in das Land gelassen, und später weigerte er sich, den Briten den Zugang zu gestatten, den sie brauchten, um den Russen den dringend benötigten Nachschub an Truppen zuzuführen. Der deutsche Minister Schacht besuchte das Land und versicherte, daß die Iraner »reine Arier« und von den Nürnberger Gesetzen ausgenommen seien.

»Das ist dein Ende«, sagten die persischen Händler zu Pfau, ohne ihre Aufregung zu verbergen. »Hitler unterwirft sich die ganze Welt, und die Juden sind so gut wie tot.«

Die Händler waren allesamt Pfaus Freunde. Sie hätten bei ihrem Tod sogar getrauert, aber ihr ganzes Leben lang hatten sie die Mullahs gegen die Ungläubigen wettern gehört, und jetzt waren sie unwillkürlich erfreut über die Aussicht, daß die Juden ein für allemal beseitigt werden sollten.

1941 griff Deutschland die Sowjetunion an. Churchill setzte, da er eine Route suchte, auf der er den Russen den dringend benötigten Truppennachschub zukommen lassen konnte, seine Hoffnungen noch einmal auf den Iran. Er bat Reza Schah, den alliierten Truppen freien Zugang zu gewähren und Lastwagen zur Verfügung zu stellen.

Reza Schah lehnte ab: Er konnte sich nicht vorstellen, daß Hitler den Krieg verlieren würde. Churchill drohte, daß die alliierten Truppen den Iran besetzen würden. Reza Schah ignorierte seine Drohung. Als er endlich erkannte, in welcher Gefahr er sich befand, rückten die Alliierten bereits gegen den Iran vor.

Am 24. August 1941 drangen indische Truppen unter britischem Kommando von Süden her in den Iran ein. Am nächsten Tag sah Pfau, wie aus den Flugzeugen der Alliierten Flugblätter abgeworfen wurden: Iran, so hieß es darin, sei ein besetztes Land. Reza Schah sei abgesetzt und werde per Schiff ins Exil nach Südafrika gebracht. Der Kronprinz, Mohammed Reza, sei von den Alliierten auf den Thron gesetzt worden und dürfe den Palast nicht verlassen.

Pfau aber glaubte dem, was sie im Radio hörte.

»Mit Hilfe unserer russischen Verbündeten«, so hieß es dort, »haben wir den Feind aus Teheran verjagt.«

ZUM HAUSE BESHARATS DES BASTARDS kam eine bettelnde Frau. Es war in den Tagen der Besatzung durch die Alliierten, als auf den Höfen nichts mehr erwirtschaftet wurde und die Maschinen in den Fabriken stillstanden, als es keine Importgüter mehr gab, die Armen verhungerten und die Russen den Reis und den Weizen der Provinzen im Norden für ihre eigenen Zwecke abzweigten und als die amerikanischen Soldaten ihre Dollars für Huren und Whiskey ausgaben. Die Straßen waren von alliierten Truppen besetzt, die in endlos langen Schlangen mit ihren Militärfahrzeugen voll Nahrung, Gewehren und Medizin mühselig über die Straßen von Reza Schahs gefallenem Königreich rumpelten, während persische Bauern, die ihre ganzen Habseligkeiten auf den Rükken von Eseln und Maultieren gepackt hatten, den ganzen Tag lang auf die Erlaubnis warteten, passieren zu dürfen. Die Menschen hatten auf der Suche nach Nahrung, die sie auch in der Stadt nicht finden würden, ihre zerstörten Höfe verlassen. Die Alliierten verlangten, daß jeder Perser, der in seinem Land reisen wollte, ein Visum bei sich trüge. Die Bauern kamen erschöpft und halb verhungert an den Kontrollposten an; die Kinder hatten sie sich auf den Rücken gebunden, oder sie wurden von ihren Müttern auf den Armen getragen. Die Gesichter der Flüchtlinge waren mit einer so dicken Staubschicht bedeckt, daß man das eine nicht von dem anderen unterscheiden konnte. Sie zeigten ihre Visa vor und sprachen mit lauter Stimme zu den Soldaten, die ihre Sprache nicht verstanden. »Auf Arbeitssuche«, beteuerten sie, optimistisch lächelnd.

In den Städten schlossen sich die Neuankömmlinge den Tausenden arbeitsloser Männer und Frauen an, die vor Bäkkereien und Lebensmittelläden Schlange standen, an den Türen der Reichen herumlungerten oder die ausländischen Soldaten um Lebensmittel und Geld anbettelten. Ihre Töchter gingen abends auf die Straße oder in Nachtclubs, wo sie sich für den Preis einer Mahlzeit verkauften. Ihre Söhne suchten nach einem Ventil für ihren Zorn und schlossen sich am Ende der einen oder der anderen politischen Organisation an – unter anderem der kommunistischen Tudehpartei, die von der Sowjetunion organisiert worden war und versprach, den Iran wieder in die Unabhängigkeit zurückzuführen.

Die Frau, die zum Betteln in Besharats Haus kam, war dunkelhäutig und mager. Ihre Augen lagen tief in den Höhlen, und ihre Hände waren wie die Klauen einer Krähe. Sie tauchte, immer in Witwenkleidung gehüllt, alle paar Wochen bei Besharat auf und trug unter dem Tschador eine

Einkaufstasche. Reza Schah war im Exil, sein Sohn war im Marmorpalast gefangen, und niemand achtete mehr auf das Schleierverbot.

Von ihrem Fenster im zweiten Stock des Hauses von Besharat dem Bastard aus sah Yasmin, wie die Frau sich dem Tor näherte und den Garten durchquerte. Je näher sie kam, desto kleiner schien sie zu werden. Als sie die Eingangstür erreichte, klopfte sie so zaghaft, daß niemand sie hörte. Sie blieb dort stehen, ein Schatten hinter dem staubigen Glasmosaik der Eingangstür, und wagte es nicht, noch ein zweites Mal zu klopfen. Irgendwann würde jemand sie sehen.

»*Die* schon wieder«, hörte Yasmin Naiimas abfälligen Kommentar in der Küche. »Wieder mal ›Die Mutter der Jungen‹.«

Gewöhnlich rief »Die Mutter der Jungen« dann nach Naiima und bat sie flehend um Einlaß.

»Nur ein paar Sekunden lang«, jammerte sie. »Nur um Besharat Khan ein letztes Mal sehen zu können.« Niemand antwortete ihr. Naiima und Assal gingen ihrer Arbeit nach, so, als existierte »Die Mutter der Jungen« nicht. Dann begann »Die Mutter der Jungen« eine Zeitlang zu jammern und zu betteln, schaute zu Yasmins Fenster hinauf und flehte Yasmin bisweilen sogar um Hilfe an: Ezraeel der Rächer, so wiederholte sie immer wieder, habe sie vollkommen arm zurückgelassen. Ihre Söhne hätten alle schlechte Frauen geheiratet, die sich jetzt in der Not weigerten, ihre Mutter zu unterstützen. Es sei nicht gerecht, daß es ihr so schlecht ginge. Sie sei schließlich die Frau von Teherans größtem Juwelenhändler – oder sie sei es zumindest gewesen.

Die alte Frau saß auf dem Boden und umklammerte ihre Einkaufstasche. Über ihre Wangen strömten die Tränen.

»Laß sie herein!« befahl Assal schließlich Naiima am

späten Nachmittag. »Die Leute werden das Gejammer auf der Straße hören und denken, wir seien unzivilisiert.«

Naiima öffnete die Tür.

»In die Küche mit dir!« befahl sie, und »Die Mutter der Jungen« rannte in die Küche.

Dort saß sie auf dem zerbrochenen Schemel, wo sonst die Bettler hockten, die mit drei Tage alten Essensresten abgespeist wurden, und sah zu, wie Assal das Abendessen für ihren Sohn zubereitete. Assals Kleidung war staubbedeckt, ihr Gesicht so schwarz, als sei es mit Ruß gepudert. »Die Mutter der Jungen« bat um einen Schluck Wasser oder ein Stück Brot.

»Geh und iß in deinem eigenen Haus«, sagte Assal achselzuckend, ohne sie eines Blickes zu würdigen. Dann suchte Assal alle Essensreste zusammen, die vom Vortag in der Küche übriggeblieben waren, und warf sie so auffällig fort, daß es »Der Mutter der Jungen« nicht entgehen konnte.

Während der Kriegsjahre hatte Besharat der Bastard den Reichtum, den Ezraeel ihm vererbt hatte, mehr als verdreifacht. Vor der Besatzung, sobald er von Deutschlands Einmarsch in die Sowjetunion erfuhr, hatte er den gesamten Zucker in Teheran und Kaswin und Yazd aufgekauft. Später, während der Hungersnot, verkaufte er jedes Pfund für das Zehnfache des ursprünglichen Preises. In seiner Küche ließ Besharat der Bastard – dieser gewöhnliche Judenjunge, der während seiner ganzen Kindheit barfuß durch den Pit gelaufen war, dieser uneheliche Sohn Assals der Hure, der jetzt »Die Mutter der Jungen« schlechter als einen Hund behandelte – übriggebliebenes Fleisch fortwerfen, das die hungernde Frau in der Küche für ihr Leben gern gegessen hätte.

Als sie die Essensreste sah, lief ihr das Wasser im Munde

zusammen. Kurz vor Beginn der abendlichen Ausgangssperre kam Besharat der Bastard nach Hause, um sein Abendessen zu essen und seinen Tee zu trinken. Er sprach mit seiner Mutter, sah seine Bücher durch und rauchte ein paar Zigaretten. Als es auf Mitternacht zuging, ließ er sich schließlich herab, »Die Mutter der Jungen« zu empfangen.

Als sie ins Zimmer kam, hielt sie noch immer ihre Einkaufstasche umklammert. Sie trat vor, als ginge es zur Hinrichtung; vor dem Eichenschreibtisch, der Besharat von der übrigen Welt trennte, blieb sie stehen. Sie wagte es nicht, ihm ins Gesicht zu schauen.

»Ich habe kein Geld für dich.« Besharat der Bastard blies den Staub von seinem Tisch. Die »Mutter der Jungen« blieb stumm. Unter ihren Füßen lag ein seidener Teppich, auf dem rosenwangige Mädchen abgebildet waren, die ihren von der Jagd heimgekehrten Liebhabern goldenen Wein einschenkten. Besharat der Bastard wartete einen Augenblick lang, dann entschied er, daß die Unterhaltung beendet sei.

»Geh heim«, sagte er und beugte sich wieder über seine Unterlagen.

Das war mehr, als die alte Frau ertragen konnte. Sie warf ihren Tschador ab, und streckte den Arm bettelnd über Besharats Schreibtisch.

»Schau dich doch an!« kreischte sie. »Schau, wie du dort so sauber und bequem im Stuhl meines Mannes sitzt, das Erbe meiner Kinder aufbrauchst und von meinem Blut dick und fett wirst. Du mußt mir etwas geben, etwas zu essen, genug, um leben zu können. Ich war dreißig Jahre lang die Frau deines Vaters, habe ihn geheiratet, als ich fünfzehn war, und ihm immer gehorcht. Ich habe ihm Söhne geboren! *Söhne!* Ich habe ein Anrecht auf Unterstützung.«

Die Sätze brachen in einem Atemzug aus ihr heraus. Plötzlich griff sie mit ihren Krähenhänden in die Einkaufstasche und ließ ein paar Hühnerfüße auf den Boden regnen, die schon schlecht waren. Sie hatte sie am selben Tag nach vielen Stunden des Schlangestehens gegen Gutscheine eintauschen können, die von den Alliierten herausgegeben wurden. Die Gutscheine hatte sie sich erbettelt oder auf dem schwarzen Markt gekauft. Als Besharat der Bastard die Hühnerfüße sah, krümmte er sich vor Ekel.

»Dies ist alles«, schluchzte »Die Mutter der Jungen«, grub die Hände in den Haufen roher Haut und Knochen und hielt sie Besharat vors Gesicht. »Dies ist alles, was ich esse.«

Doch Besharat kannte kein Mitleid. Als Ezraeel der Rächer noch lebte, damals, als »Die Mutter der Jungen« die Ehefrau von Teherans größtem Juwelier war, da war Assal die Hure häufig mit ihrem Sohn bettelnd in ihr Haus gekommen. »Die Mutter der Jungen« hatte sich damals sogar geweigert, Besharat ihren Abfall zu überlassen.

»Geh und iß in deinem eigenen Haus«, hatte sie gesagt.

BESHARAT DER BASTARD zog von der Straße der Tulpen in die nördlich gelegene Palaststraße um. Er wohnte gegenüber dem Haus des berühmten Mossadegh in einem vierstöckigen Gebäude, in dem Assal – gequält von Altersbeschwerden und überwältigt von dem neuen Reichtum – sich in den siebenunddreißig Zimmern mit den vielen Verbindungstüren verlief. Die drei verschiedenen Treppenflure führten jeweils in verschiedene Teile des Hauses, in die Garage, die vier Autos fassen konnte, und in die drei Kellergeschosse, in denen Besharat der Bastard seine kostbare neue Ware lagerte: Gummi, das benutzt wurde, um Reifen für die Lastwagen der Alliierten herzustellen und für das er in Pfund und Dollars bezahlt wurde.

Im Hause gab es fließendes Wasser, und die Dienstmädchen verbrachten viele Stunden damit, ihre Gesichter in Porzellanschüsseln zu spiegeln, die sich Toiletten nannten. Jeden Abend ging Naiima von Zimmer zu Zimmer und zog an einer Schnur, woraufhin eine kleine Glühbirne aufflammte und alles erhellte.

Aber selbst in diesem Haus war Yasmin eine Gefangene. Sie war jetzt neun Jahre lang mit Besharat verheiratet, aber noch immer war die Ehe kinderlos. Täglich bat sie ihn um die Scheidung.

»Laß mich gehen«, bettelte sie, und ihre Stimme zitterte vor Haß. Besharat der Bastard sprach nicht länger Französisch mit ihr. Sie hatte Persisch lernen müssen.

»Schick mich heim, und sag deinen Freunden, ich sei gestorben.«

Er ließ sie immerfort bewachen, erlaubte ihr nicht, das Haus zu verlassen, gab ihr niemals Geld. Sie wohnte in einem Zimmer im dritten Stock mit Blick auf die Palaststraße und auf Mossadeghs Haus. Besharat hatte ihr gesagt, er würde sie niemals gehen lassen: Er wollte Kinder, wollte *ihre* Kinder, und solange sie ihm keine Kinder schenkte, würde er sie in seinem Haus gefangenhalten.

»Keine Frau, die für meinen Samen unfruchtbar war«, so sagte er, »wird je das Kind eines anderen Mannes tragen.«

Assal ermahnte Besharat, er müsse nun aufgeben: Er hatte es zuerst mit Naiima versucht, dann mit Yasmin, dann mit einer Reihe anderer Frauen – Huren, mit denen er geschlafen hatte, ohne ihnen auch nur ihren Tschador abzunehmen, um in ihr Gesicht zu schauen. Der einzige Grund der Begegnung war, sie zu schwängern. Er hatte jede Gelegenheit genutzt und jede verfügbare Medizin ausprobiert, und am Ende war es in aller Munde, daß er selbst steril wäre und nicht seine Ehefrauen.

»Gib's auf«, sagte Assal zu ihm. Sie war im Alter blind geworden und fand sich im Laufe der Jahre leichter mit der Ungerechtigkeit des Lebens ab. »Akzeptiere doch endlich, daß du ohne Erben sterben wirst. Such dir jemanden, der dich begräbt, und dann ist es gut.«

Doch Besharat der Bastard hörte niemals auf, an seine Zeugungsfähigkeit zu glauben: Naiima, so betonte er immer wieder, sei unfruchtbar. Die Huren, mit denen er schlief, nähmen alle irgendwelche Mittel, um seinen Samen abzutöten. Yasmin verweigere sich ihm absichtlich

»Das ist ihre Art, sich zu rächen«, sagte er im Brustton der Überzeugung zu Assal. »Sie schläft mit mir und hindert sich daran, schwanger zu werden, nur, um mir zu zeigen, daß ich kein Mann bin.«

Jeden Monat ging er zwei Wochen lang zu ihr und liebte sie, ohne Leidenschaft und ohne Begehren, und sofort danach verließ er ihr Zimmer und verschloß die Tür hinter sich.

Allein in ihrem Zimmer öffnete Yasmin das Fenster, lag ruhig auf ihrem Bett und lauschte in die Dunkelheit hinaus. In Persien herrschte das Kriegsrecht; die Straßen waren ganz ruhig und hallten nur von den Schritten der nächtlichen Patrouillen und dem Lachen betrunkener ausländischer Soldaten wider, die aus den Bordellen kamen und in die Kaserne zurückgingen. Gegen zehn Uhr hörte Yasmin, wie eine Reihe von Autos – die eine spezielle Erlaubnis der alliierten Militärregierung in Teheran hatten – die Freunde und Verwandten des jungen Schahs in den

Marmorpalast brachten, wo er sie zusammen mit seiner ägyptischen Frau empfing. Die Gäste spielten mit Seiner Majestät Karten, schauten sich Filme an oder nahmen ein mitternächtliches Bad in einem der vielen Schwimmbecken des Palastes. Am nächsten Morgen fuhren sie mitten in der Hauptgeschäftszeit nach Hause, absurde Erscheinungen in ihren Abendanzügen und den langen, perlenbestickten Gewändern, die Männer verkatert vom Whiskey der Nacht, die Frauen mit dunkel umrandeten Augen und toupierten Haaren und unter der Schminke, die sie vom blauäugigen Lotfi gekauft hatten, blaß und vollkommen übermüdet. Sie kehrten vormittags in ihre Häuser zurück und schliefen dann bis zur Abenddämmerung. Die Dienstmädchen, die in den Häusern arbeiteten, belauschten die Gespräche ihrer Herrinnen und trugen einander allen möglichen Palastklatsch zu. Foziyeh, so hieß es, sei unzufrieden. Sie langweile sich, das tägliche Tennismatch falle ihr auf die Nerven, ebenso die mittäglichen Ausritte auf dem Palastgelände und die häßlichen Intrigen zwischen der älteren Schwester des Schahs, Shams, und ihrer Zwillingsschwester Ashraf. Vor einigen Jahren, als seine Töchter ins heiratsfähige Alter kamen, hatte Reza zwei junge Männer, der eine der Sohn des Premierministers, der andere ein Sohn einer machtvollen Familie in Schiras, zu seinen Schwiegersöhnen bestimmt. Er hatte die Männer zum Palast gebracht, um sie seinen Töchtern vorzustellen. Beide Mädchen hatten an dem Sohn des Premierministers Gefallen gefunden: Er sah besser aus, war größer und ritterlicher. Reza Schah steckte in einer Zwickmühle. Er gab Shams, der älteren Schwester, den Sohn des Premierministers zum Mann. Ashraf weinte eine Woche lang, heiratete dann den Jungen aus Schiras und haßte ihn und Shams dafür ihr ganzes Leben lang. Da Shams Mohammed Reza

Schahs Ehe mit Foziyeh befürwortet hatte, versuchte Ashraf, diese Ehe zu zerstören.

Jeden Abend lauschte Yasmin auf die Autos, die zum Palast fuhren. Wenn alle vorbeigerollt waren, wurde es ganz still, aber Yasmin konnte noch immer nicht schlafen. Sie wurde geplagt von der Schlaflosigkeit der Gefangenen. Die Ausweglosigkeit ihrer Situation erschöpfte sie, ohne daß sie wirklich zur Ruhe kam. Gegen Mitternacht kroch sie oft aus dem Bett, den Mund trocken vom Staub, der auf ihrem Kissen lag und in Nase und Lunge eindrang, und legte sich mit dem Gesicht nach unten auf den Balkon. Gegenüber auf der anderen Straßenseite saß der alte Mossadegh in seinem Wohnzimmer und hörte die Spätnachrichten.

Yasmin hörte dem Sprecher zu und versuchte, alle persischen Wörter zu verstehen. Sie wollte das Neueste über den Krieg erfahren, über Frankreich unter deutscher Besatzung, über die Amerikaner, die in Paris einmarschierten. Sie lag im Dunkeln, drückte ihren Körper gegen den kalten Steinboden, und sie versuchte, sich Paris nach den Bombenangriffen vorzustellen.

»Es ist zerstört«, murmelte sie, »es ist alles zerstört.«

Sie wollte nach Paris und begriff, daß sich dort alles geändert hatte, daß sie nicht zurückgehen konnte – daß es nichts gab, wohin sie hätte zurückgehen können. Sie redete sich ein, daß es besser sei, in Teheran zu bleiben und ihr Schicksal anzunehmen. Sie mußte Frieden mit Besharat und seiner Ehefrau schließen.

Eines Abends im Herbst des Jahres 1943 herrschte im Radio während der Nachrichtensendung plötzlich Funkstille. Am nächsten Morgen schloß Teherans Telegrafenbüro, die Straßen der Stadt wurden von Besatzungssoldaten in Lastwagen und Panzern blockiert. Naiima kam vom Schlachterladen zurück und verkündete, daß der Schah gefangengenommen worden sei. Eine Stunde später kam Besharat der Bastard mit weiteren Neuigkeiten: »Es ist Reza Schah«, verkündete er, und vor Aufregung blieb ihm die Stimme fast im Hals stecken. »Sie sagen, er sei gekommen, um einen Umsturz zu machen.«

Die Abendzeitung bestätigte die Vermutungen über Reza Schahs triumphale Rückkehr aus dem Exil. Am nächsten Morgen jedoch kursierten wiederum Gerüchte: Es sei nicht Reza Schah, sondern Hitler selbst, der Truppen in den Iran gesandt habe; die alliierten Truppen, so wurde behauptet, hätten Teheran umstellt, um die Hauptstadt zu retten. Die Juden waren vor Entsetzen wie gelähmt. Besharat der Bastard verriegelte sein Haus, um abzuwarten, welche Veränderungen der Krieg im Iran bewirken würde. An jenem Abend kam er zitternd vor Angst in Yasmins Bett und liebte sie hingebungsvoll und zärtlich. Auch danach blieb er noch bei ihr und lauschte auf einen Laut aus Mossadeghs Radio, das aber immer noch schwieg.

Drei Tage lang blieb die Hauptstadt von der Außenwelt abgeschnitten. Dann plötzlich wurden die Grenzen wieder geöffnet, und das Radio nahm seine abendlichen Sendungen wieder auf. Teheran, so hieß es, sei der Schauplatz einer Konferenz der mächtigsten Politiker der Welt gewesen: Sie hätten das Ende des Krieges herbeigeführt und Irans zukünftige Entwicklung festgelegt. Besharat der Bastard saß an jenem Abend im Dunkeln und betrachtete Yasmin: Unter all ihrer Kälte und ihrem Haß, so spürte er, wuchs plötzlich Leben heran.

IN DER GANZEN NACHBARSCHAFT verbreitete sich die Nachricht von Yasmins Schwangerschaft in Windeseile. Besharat der Bastard war, so erzählte man sich, so dankbar für das Wunder, daß er sich entschloß, auch seinerseits Gott eine Freude zu machen. Er rief »Die Mutter der Jungen« und gab ihr so viel Geld, daß sie für den Rest ihres Lebens davon leben konnte. Sie sagte ihm, sie wolle nach Israel gehen; dorthin seien bereits viele Juden aus dem Iran ausgewandert. Besharat der Bastard kaufte ihr eine Schiffspassage und schrieb sogar einen Brief an einen Freund, er möge der Frau helfen, sich in dem neuen Land niederzulassen. Dafür verlangte er, daß »Die Mutter der Jungen« sein ungeborenes Kind segnen solle.

»Die Mutter der Jungen« zuckte die Achseln. »Es ist nicht meine Aufgabe, irgend jemanden zu segnen. Du hast der Mutter des Kindes unrecht getan. Kein Kind, das in Bitternis empfangen wurde, wird jemals gesegnet sein.«

Besharat der Bastard spuckte hinter der alten Frau aus und fluchte, ihr Schiff möge auf dem Weg nach Jerusalem sinken. Er holte Yasmin aus ihrem Gefängnis und umgab sie mit allem erdenklichen Luxus. Er verwandelte das Wohnzimmer im ersten Stock in ein Schlafzimmer für Yasmin, stellte zwei persönliche Dienstmädchen und einen Spezialkoch ein, der gesunde Mahlzeiten zubereiten sollte. Er erlaubte es den Heiligen Schwestern der Jeanne-d'Arc-Missionsstation in Teheran, Yasmin zu besuchen, ließ sie Bücher herbeibringen und mit Yasmin Französisch sprechen. Er rief Pfau ins Haus und bestellte bei ihr Diamantschmuck – ein Paar Ohrringe, einen Ring, ein Halsband und einen Armreifen –, den Yasmin an dem Tag erhalten sollte, wenn ihr Sohn beschnitten wurde. Pfau erschien in ihrer schimmernden Gauklerkleidung und nahm Maß an Yasmins Hals, ihrem Handgelenk und ihren

Fingern, die trotz der Schwangerschaft nicht geschwollen waren.

»Dein Kind wird sehr schön werden«, sagte sie zu Yasmin. »Achte nur darauf, daß es nicht deine Traurigkeit erbt.«

Yasmin schaute sie an – diese alte Frau, bei der keine Spur von Jugend und Schönheit mehr zu erkennen war, die sie mit ihren verrunzelten Händen berührte und mit ihr wie mit einer alten Freundin sprach. Sie hatte kein Vertrauen zu Pfau und hörte ihr nicht wirklich zu. Vom ersten Augenblick ihrer Schwangerschaft bis zur Stunde der Geburt ihres Kindes verschloß Yasmin sich gegenüber der Welt und ließ keine Gefühle zu.

Dies sei ihr einziger Schutz, sagte sie sich, die einzige Chance, die sie hätte, um sich selbst zu retten: Wenn sie Besharat dem Bastard erst einmal ein Kind geschenkt hätte, dann würde er sie vielleicht gehen lassen. Sie könnte den Iran verlassen und nach Paris zurückkehren. Aber um das zu tun, mußte sie ihr Kind bei Besharat zurücklassen. Deshalb versuchte sie, alle Gefühle für das Kind, das in ihr wuchs, zu unterdrücken.

So war sie mit einem Kind schwanger, ohne über dessen Existenz nachzudenken, und konzentrierte sich statt dessen auf das eine, einzige Ziel: die Freiheit zurückzugewinnen. Von dem Zimmer aus, in dem sie jetzt wohnte, konnte man Mossadeghs Radio nicht mehr hören, aber Yasmin hörte niemals auf, an Paris zu denken: Sie sah ihre Mutter vor sich, und trotz allem, was ihr Vater auf die Briefumschläge geschrieben hatte, glaubte sie sie noch am Leben. Sie stand in dem Wohnzimmer, wo Yasmin sie zuletzt gesehen hatte, und trug ein weites – jetzt ein wenig verblichenes – olivfarbenes Seidenkleid, das sie gekauft hatte, als Yasmin noch ein Kind war. In jenen Tagen war sie größer und dicker gewesen, und sie hatte das Kleid bei besonderen Gelegenheiten getragen, wenn sie mit ihrem Mann tanzen ging. Sie hatte Yasmin abends allein gelassen und kam erst im Morgengrauen heim. Das Kind wachte vom Geräusch des Schlüssels im Schloß auf und sah die Mutter mit einem Lächeln hereinkommen. Sie duftete nach Parfüm und summte die Melodien, zu denen sie die ganze Nacht lang getanzt hatte.

An dem Tag, an dem Yasmin die Wohnung in Paris verlassen hatte, um mit Besharat in den Iran zu gehen, hatte ihre Mutter das olivfarbene Seidenkleid getragen und im Wohnzimmer bittere Tränen geweint. Ihr Vater hatte sich ans Fenster gestellt und Yasmin den Rücken zugewandt. Auf ihre Bitten um Vergebung und auf ihr Versprechen hin, daß sie bald zurückkommen würde, um einen ganzen Sommer lang bei ihren Eltern zu bleiben, hatte er kein Wort gesagt. Schließlich war Yasmin mit ihrem Koffer fortgegangen. Sie war mit zitternden Knien die Treppe hinuntergewankt, während ihre Mutter oben auf dem Treppenabsatz geschluchzt hatte: »Mein Kind, ich werde dich niemals wiedersehen.«

Draußen hatte die Sonne Yasmins Augen geblendet, so daß sie, als sie nach Besharat Ausschau hielt, an der Stelle, wo er stand, nur einen leeren weißen Flecken sah. Einen Augenblick lang fühlte sie sich erleichtert, da er anscheinend verschwunden war, bis ihre Augen sich an das Licht gewöhnten und sie sah, daß er ihr von der gegenüberliegenden Straßenseite aus zuwinkte.

Im letzten Monat von Yasmins Schwangerschaft hatte Besharat der Bastard einen Arzt aus dem russischen Krankenhaus bestellt, der ihr bei der Geburt helfen sollte, und zwei Hebammen geholt, falls der Arzt sich als unfähig erwiese.

Als die Wehen einsetzten, rief er Naiima und Assal und erlaubte dreiundzwanzig anderen Frauen, Verwandten und nahen Bekannten, bei der Geburt anwesend zu sein. Sie saßen aufgereiht an den Wänden von Yasmins Schlafzimmer und schauten zu, wie sie sich vor Schmerzen krümmte. Die Methoden des Arztes erschienen den Besucherinnen fragwürdig, und sie bestanden darauf, daß die Hebammen die Geburt betreuen sollten. Sobald der Arzt das Neugeborene geholt hatte, rannte Naiima zu ihm und packte, noch bevor er die Nabelschnur durchschneiden konnte, das Kind mit beiden Händen.

»Ein Sohn!« rief sie triumphierend und hob den Jungen hoch, damit alle ihn sehen konnten. »Wir haben einen *Sohn.*«

KYROS DER ERHABENE wollte wie ein Amerikaner sein. Er trug amerikanische Kleidung und fuhr einen amerikanischen Wagen. Er las amerikanische Romane und sprach Englisch selbst mit denen, die Englisch nicht verstanden. Er prägte sich die Landkarte der Vereinigten Staaten ein, die Präambel der Verfassung und die amerikanische Nationalhymne. Kyros der Erhabene war niemals über die Grenzen des Iran hinausgekommen, aber er lebte in seinen Träumen in Hollywood.

Er war ein gutaussehender Mann – »amerikanisch aussehend«, so beschrieb er sich selbst gern all denen, die nie einen Amerikaner gesehen hatten. Er war groß, hatte helle Haut und helles Haar. Er hatte eine gerade Nase und ein ebenmäßiges Gesicht. Er sprach Persisch mit ausländischem Akzent, liebte große Worte und großartige Gesten und gab seiner Stimme einen Tonfall, als stünde er auf einer Bühne.

Er war in Teheran geboren worden – als jüngster Sohn

Heshmats und des blauäugigen Lotfi –, und während seiner ganzen Kindheit lauschte er Lotfis Erzählungen über Europa.

»In Europa«, so hatte der blauäugige Lotfi immer gesagt, »sind die Menschen zivilisiert, und Juden werden als Menschen angesehen.«

Kyros entschied schon früh, daß er in Europa studieren wolle. In der Schule in Teheran lernte er Französisch und Englisch und bat seinen Vater jedes Jahr darum, ihn an einer Universität in Paris anzumelden. Er arbeitete als Bote an der Britischen Botschaft in Teheran und sparte all sein Geld für die Reise nach Europa. Aber in dem Jahr, als er zwölf wurde, als seine Pläne feststanden und seine englischen Banknoten in die Innenseiten seiner Hosen eingenäht waren, wachte Kyros eines Morgens auf und entdeckte, daß seine Träume zerronnen waren: In Europa war der Krieg ausgebrochen, und die Deutschen waren dabei, die Juden auszurotten.

Kyros der Erhabene blieb in Teheran und beobachtete die Besatzungssoldaten auf den Straßen. Er sah die Amerikaner – groß und gutaussehend und voller Selbstvertrauen, die ihre Dollars ausgaben und sich dafür Frauen, Nahrung und den Groll der Mullahs einhandelten. Er sah sie in leeren Lebensmittelläden herumlungern, wo sie hausgemachten Arrak tranken. Sie standen in Dreier- oder Vierergruppen beisammen, und irgendwann nahm dann einer von ihnen eine Postkartensammlung, gefaltet wie ein Akkordeon, heraus, die er auf dem Ladentisch auseinanderzog. Auf den Fotos waren lebendige »Hooris« abgebildet, die Geister wunderschöner Frauen mit bemalten Augen und vielversprechender Kleidung, mit prallen Brüsten und einladend vorgeschobenen Lippen. Kyros hätte sein Leben dafür gegeben, eine dieser Frauen zu treffen.

Er trat an die Soldaten heran, und es gelang ihm, sie mit seinem Englisch zu beeindrucken. Er bot ihnen einen Handel an: Im Tausch gegen Postkarten würde er ihnen Seidenstrümpfe und Parfüm beschaffen, das er aus dem Laden seines Vaters gestohlen hatte. Wenn die Besatzungszeit zu Ende wäre, dann würde er vor seinen Freunden angeben, daß er von jeder Frau in Hollywood ein Bild besäße.

Er war in der zehnten Klasse und kämpfte sich durch den Mathematik- und Physikunterricht, als er erfuhr, daß Franklin Roosevelt, der Präsident der Vereinigten Staaten, sich zu einer Konferenz mit Churchill und Stalin in Teheran aufgehalten hatte. Kyros war über diese Nachricht so entzückt, daß er vergaß, sein Halbjahresexamen in Naturwissenschaften abzulegen. Statt dessen ging er zu den Basaren – dort erfuhr man immer das Neueste darüber, was in der Stadt vor sich ging – und hörte den Händlern zu, die über die Teheraner Konferenz sprachen. Die Alliierten, so wurde gesagt, hätten erkannt, daß Irans Wirtschaft durch die Besetzung zerstört worden war, und sie hätten versprochen, so weitgehend wie möglich zu helfen. Noch wichtiger war jedoch, daß sie Irans Wunsch nach Unabhängigkeit anerkannten und ankündigten, sich innerhalb von sechs Monaten nach dem offiziellen Ende des Krieges aus dem Iran zurückzuziehen.

»Es sind die Amerikaner« – darüber waren sich alle Händler einig. »Die Amerikaner zwingen die Russen, das Land zu verlassen. Die Briten würden hierbleiben, aber sie können es sich nicht leisten.«

Als Heshmat endlich ihren Sohn im Basar gefunden hatte, war das Herbstsemester zu Ende, und Kyros der Erhabene war durch alle Examen gefallen. Wutentbrannt verbot Heshmat ihm den Aufenthalt bei den Händlern und schwor, daß sie ihn so lange zu Hause behalten würde, bis er alle seine Träume von Amerika vergessen hätte. Sie war eine starke Frau und sehr streng zu ihren Kindern, und sie hätte ihre Drohung auch wahr gemacht, aber wie immer schaffte es Kyros, sie zu entwaffnen.

»Ich kann nicht an winzige Moleküle und lächerliche Multiplikationen denken, wenn direkt vor meinen Augen eine neue Weltordnung geschaffen wird«, sagte er.

Zwei Tage später war er wieder im Basar und diskutierte mit seinen Freunden, den Händlern.

Nach der Teheraner Konferenz zogen die Vereinigten Staaten und England ihre Streitkräfte aus dem Iran zurück. Die Sowjetunion weigerte sich, das Land zu verlassen. Während der Kriegsjahre hatte sie eine kommunistische Partei, die Tudeh, im Iran aufgebaut, und jetzt sollte diese Partei als ein Mittel benutzt werden, um Zugang zur Regierung des Landes zu bekommen. In dem Jahr, in dem Kyros der Erhabene sein Abschlußexamen machte, setzte die Rote Armee in Kurdistan und Aserbeidschan Marionettenregierungen ein und verkündete deren Unabhängigkeit vom Rest des Landes. Zum ersten Mal, seitdem er zum König erklärt worden war, zeigte Mohammed Reza Schah Führungsstärke: Er sandte Truppen aus, um Aserbeidschan von Stalin zurückzuerobern.

Die Truppen hatten Teheran nur hundertfünfzig Kilometer weit hinter sich gelassen, als russische Panzer ihnen den Weg versperrten.

»Reza Schah hatte recht.« Mit diesen Worten ging der blauäugige Lotfi in den Tagen und Wochen nach der Niederlage in Aserbeidschan im Hause auf und ab. »Er wußte genau: wenn Hitler den Krieg nicht gewänne, dann würde

Stalin sich den Iran einverleiben und so handeln, als hätte es uns nie gegeben.«

Ein Jahr lang regierte im Iran die Tudehpartei. Kyros vergaß erneut seine täglichen Pflichten und verbrachte viele Stunden damit, die neuesten Nachrichten zu verfolgen. Der kalte Krieg hatte begonnen. Die Amerikaner konnten es sich nicht leisten, den Iran an Stalin zu verlieren. 1946 bat der Schah die Vereinten Nationen, ihn vor den Sowjets zu schützen. Die Vereinigten Staaten stellten sich Stalin entgegen und erzwangen schließlich den Abzug der Roten Armee aus dem Iran.

Dies war nur ein Teilerfolg. Die Sowjets verließen mit ihren Panzern das Land, aber sie ließen eine kommunistische Partei zurück, die die einzige organisierte und die stärkste politische Kraft im Iran darstellte. Dennoch war Kyros der Erhabene über das Ergebnis begeistert und verliebte sich von neuem in Amerika, das den Abzug der Roten Armee erzwungen hatte.

Damals wäre er nach Amerika gegangen, aber Heshmat hinderte ihn daran. Sie wollte, daß er die Universität von Teheran besuchte. Er sollte Arzt werden, Leben retten, der Stolz seiner Eltern sein. Aber Kyros verließ schon im ersten Semester die Universität und wollte nie wieder dorthin zurück. Er sei nicht bereit, sich den Zwängen einer akademischen Ausbildung zu unterwerfen. Er befasse sich zu intensiv mit dem Leben, so erklärte er, sei zu verliebt in die weltlichen Freuden, sei, wie er begeistert beteuerte, Salomon dem Mann allzu ähnlich.

Er verließ die Universität und stürzte sich statt dessen ins Geschäftsleben. Mit Geld, das er von Pfau geliehen hatte – der blauäugige Lotfi hatte Kyros sein Versagen als Akademiker nicht verziehen und weigerte sich deshalb, ihm Geld zu geben –, kaufte er ein Stück Land und baute das erste zweistöckige Mietshaus in Teheran. Er zog ins obere Stockwerk ein und vermietete die anderen Wohnungen. Er spazierte in der Stadt herum, gekleidet in ein beigefarbenes Tweedjackett mit Armflicken aus Leder, einer braunen Krawatte und braunen Lederhandschuhen mit Löchern darin. »Wie die Rennwagenfahrer in Hollywood«, so erklärte er seinen Freunden, die sich über seine seltsamen Handschuhe wunderten. Er warte nur darauf, daß Heshmat ihm verzeihen und der blauäugige Lotfi ihm seinen Segen geben würde; dann, so sagte er, würde er nach Amerika gehen.

Kyros der Erhabene traf Laa-Laa in dem Jahr, als das Mietshaus fertiggestellt wurde. Es war Winter, und er hielt gerade sein Nachmittagsschläfchen, als es an die Tür klopfte. Er überlegte, ob er die Tür öffnen solle, und entschied sich dann dagegen. Die Flure waren eiskalt, und es gab keine leeren Wohnungen zu vermieten.

Aber zehn Minuten später hatte das Klopfen noch immer nicht aufgehört, und Kyros ging schließlich zur Tür. Wieder hatte es zu schneien begonnen. Der Wind heulte durch die Flure.

Laa-Laa kam herein, zusammen mit einem Schwall kalter Luft, über und über mit Schneeflocken bedeckt.

Sie war jung und so schön, daß Kyros fürchtete, sie würde, wenn er nur ein einziges Mal mit der Wimper zuckte, möglicherweise verschwinden. Sie trug ein dünnes Sommerkleid aus gelber und rosafarbener Chiffonseide, das Oberteil sehr eng und der Rock weit ausgestellt; dazu weiße Schuhe und einen großen Sommerhut. Sie stellte ihren Pappkoffer ab und lehnte sich gegen die Wand, um Atem zu holen. Ihre Augen strahlten. Ihre Haut war feucht vom Schnee.

Es schien, als habe sie ihr Heim an einem warmen Sommertag verlassen und sei auf der Straße vom Winter überrascht worden.

Sie nahm den Hut ab. Ihr Haar hatte die Farbe karamelisierten Zuckers.

»Ich brauche ein Zimmer«, sagte sie in ihrem besten Persisch.

Kyros der Erhabene verstand sie nicht.

»Ich brauche ein Zimmer«, wiederholte sie in Russisch.

Kyros erkannte die Sprache und verfluchte sein Pech. »Verflucht!« rief er in Farsi. »Sie ist der Feind.« Dann wandte er sich in Persisch an sie. »Ich habe nichts frei«, sagte er und wollte schon gehen. Sie ergriff seine Hand.

»Ich habe nichts frei«, sagte er in Französisch und dann noch einmal in Englisch.

Sie legte seine Hand zwischen ihre Beine, dorthin, wo sie warm und nackt war, und dann küßte sie ihn, bis er dachte, er würde vor Hitze zerschmelzen. Er riß das Oberteil ihres Kleides auseinander, hob sie, während ihre Beine seinen Leib umklammerten, in die Höhe, und als er schließlich bemerkte, daß der Nachbar durch einen Türspalt starrte, war Kyros der Erhabene bereits heftig verliebt und Laa-Laas Zauber verfallen.

Er heiratete sie nicht – er konnte schließlich nicht eine Feindin heiraten –, aber sie lebten drei Jahre lang zusammen, und jeden Monat drohte sie, ihn zu verlassen. Kyros war so sehr in Laa-Laa verliebt, daß er aus Angst, sie könnte des Nachts verschwinden, kein Auge mehr zumachte. Um seine Liebe zu beweisen, überschrieb er ihr das Gebäude. Wenig später fand Laa-Laa einen anderen Liebhaber.

Sie brachte den Mann mit in Kyros' Wohnung und ließ alle Schlösser auswechseln. Es war Winter, und Kyros der

Erhabene trommelte so heftig mit den Fäusten an die Tür, daß sie zu schmerzen begannen.

Er trug sein beigefarbenes Tweedjackett und seine Rennfahrerhandschuhe. Er kauerte sich im eiskalten Wind zusammen und wanderte in den Straßen umher, bis der Schmerz über Laa-Laas Verrat von seiner Brust in seinen Bauch gewandert war. Er konnte seinen Eltern nicht gegenübertreten. Statt dessen stand er plötzlich vor Pfaus Tür. Er war blaß, und sein Lachen klang viel zu laut.

»Verdammte Russen!« fluchte er, als er in ihr Zimmer trat. »Sie führen dich *jedesmal* an der Nase herum.«

YASMIN schloß, schwach und erschöpft von der Geburt, die Augen, und Naiimas Worte rannen ihr wie Gift durch die Adern.

»Wir haben einen Sohn!« hatte Naiima geschrien, als wäre sie selbst die Mutter des Kindes. Dennoch sagte sich Yasmin, daß sie sie gewähren lassen müsse.

»Ruf die Amme«, befahl Naiima einer Cousine, die bei der Geburt ebenfalls anwesend war. »Sag ihr, sie solle schnell herkommen und Besharat Khans Erben stillen.«

Schon viele Monate vor der Geburt hatte sie die Hebamme ausgesucht und ein Dutzend schwangere Frauen befragt, die ungefähr zur selben Zeit wie Yasmin ein Kind gebären sollten; sie wollte eine gesunde Frau, eine kräftige Erstgebärende, die noch nicht durch andere Kinder geschwächt war und die sich bereit erklärte, sich mit Naiima zu verbünden, um das Kind von seiner natürlichen Mutter fernzuhalten. Sie hatte Besharat nichts von der Hebamme erzählt: Sie hatte Angst, daß er nicht einverstanden wäre und darauf bestehen könnte, daß Yasmin ihr Kind selbst stillen sollte.

»Aber es ist unmöglich«, begann sie jetzt mit ihm vor allen Anwesenden zu streiten. »Diese Frau ist eine *Fremde*. Wenn ihr Sohn ihre Milch trinkt, dann wird auch er ein Fremder werden. Er wird zu einem Christenanbeter, einem Judenhasser heranwachsen. Sie wird ihn mit ihrem Gift erfüllen, und er wird im Haß gegen dich und die deinen aufwachsen.«

Yasmin tat, als schliefe sie, hörte aber zugleich ganz genau zu. Sie betete insgeheim, daß es Naiima gelingen möge, Besharat zu überzeugen.

Doch plötzlich fühlte sie etwas Warmes auf ihrer Brust: Besharat der Bastard hatte Naiima den Jungen aus den Händen genommen und ihn auf die Brust seiner Mutter gelegt.

Er ließ Yasmin in dem Zimmer im ersten Stock schlafen, besuchte sie morgens, mittags und abends, und obwohl er nicht länger mit ihr schlief – eine stillende Frau konnte nicht schwanger werden –, behandelte er sie sanft und mit Freundlichkeit. Er verbot ihr nur, mit dem Kind Französisch zu sprechen: Die Mutter könne den Geist des Kindes gegen seinen Vater vergiften, so hatte Naiima gesagt, und Besharat hatte ihr zugestimmt. Yasmin wurde gebeten, mit dem Säugling nur Persisch zu sprechen, so daß Naiima, wenn sie lauschte, sie verstehen konnte. Nachts durfte das Kind im Bett seiner Mutter schlafen.

Langsam, während der Säugling größer und kräftiger wurde, fühlte Yasmin, wie in ihrem Herzen die Liebe wuchs, und sie merkte, daß sie immer seltener daran dachte, den Iran zu verlassen. Nach zehn Jahren der Gefangenschaft gehörte sie schließlich doch zur Familie, und sie konnte den Gedanken, allein zu leben, nicht länger ertragen. Sie sprach mit den Dienstmägden, dem Koch, den Verkäufern, die mit ihrer Ware, die sie ihrem mageren Esel aufgeladen hatten, an die Tür kamen, und mit den Straßenhändlerinnen, die ihre billigen Waren auf dem Rücken trugen. Am häufigsten redete sie mit Pfau, die regelmäßig ins Haus gerufen wurde, immer mit dem Auftrag, für Besharats Ehefrauen Schmuckstücke mitzubringen. Nach und nach hörte Yasmin auf, die Abendnachrichten zu verfolgen. Nun schloß sie abends, anstatt auf Mossadeghs plärrendes Radio zu hören, die Fenster, schaute ihrem schlafenden Kind zu und wünschte, sie könnte seine Träume sehen.

Sie stillte ihr Kind, bis es zwei Jahre alt war. Im selben Sommer, in dem die Russen Aserbeidschan verließen, wurde sie wieder schwanger.

»Gib mir den Kleinen«, flehte Naiima ihren Mann mit Tränen in den Augen an. »Du hast der Fremden zwei Kinder geschenkt. Zumindest eines davon gehört mir.«

Besharat der Bastard erinnerte sich an den Schwur, den er vor langer Zeit Naiima und Gott geleistet hatte: Als Ehemann einer unfruchtbaren Frau konnte er eine zweite Frau heiraten, vorausgesetzt, er würde beiden Frauen gleichermaßen gerecht, schliefe mit beiden, bis sie alt wären, und zwänge die natürliche Mutter, die Kinder mit der anderen Ehefrau zu teilen. Er nahm Yasmin den Jungen fort und gab ihn Naiima.

Yasmin kämpfte mit Besharat um das Kind. Sie kämpfte mit Naiima und Assal und mit allen ihren Verwandten, aber schließlich, das war jedermann klar, würde sie verlieren. Naiima zwang den Jungen, aus Yasmins Zimmer in ihr eigenes umzuziehen. Den ganzen Tag lang war sie um ihn herum und verhinderte selbst den geringsten Kontakt zwischen Mutter und Kind. Nachts, wenn der Kleine bitterlich weinte, stand Naiima in der Tür und verweigerte der Mutter den Zutritt.

Yasmin ging auf Naiima los: mit Worten, mit Händen und mit ihrem Zorn. Die beiden Frauen wälzten sich wie zwei kämpfende Löwinnen auf dem Boden, bis sie beide bluteten und die Mägde sie trennten.

»Paß auf!« rief Naiima dem Jungen jedesmal zu, wenn Yasmin in seine Nähe kam. »Die Frau da ist gewalttätig.«

Besharat der Bastard beobachtete den erbitterten Kampf zwischen den beiden Ehefrauen und weigerte sich einzugreifen. In einigen Monaten, so sagte er sich, würde Yasmin wieder ein Kind bekommen, sich vorwiegend mit dem Säugling beschäftigen und dann mit Naiima Frieden schließen.

»Du begehst ein unverzeihliches Verbrechen«, warnte Pfau Besharat jedesmal, wenn sie in sein Haus kam und die Streitereien miterlebte. »Du ziehst einen Fluch auf dich, der dich und deine Kinder auf ewig verfolgen wird.«

Yasmin bekam ein Mädchen – dunkel wie Besharat, aber mit veilchenfarbenen Augen.

Besharat der Bastard war überglücklich und versprach Yasmin, daß Naiima dies Kind nie berühren dürfe. Zwei Jahre später, als die Kleine der Muttermilch entwöhnt war, brach er sein Versprechen.

»Wie du willst«, hatte Naiima listig zu ihm gesagt. »Laß du deine Tochter nur von einer Fremden aufziehen, aber vergiß nicht: Niemand wird ein Mädchen heiraten, das von einer Christusanbeterin erzogen worden ist.«

Besharat der Bastard schwängerte Yasmin ein drittesmal und überließ Naiima seine kleine Tochter.

Als Pfau davon erfuhr, eilte sie zu Yasmin. »Yasmin«, rief sie, »du darfst Naiima nicht einfach nachgeben! Du mußt mit ihr, mit Besharat kämpfen.«

Yasmins Gesicht war kalt, blaß und verhärtet. Sie hatte gekämpft – und verloren. Jetzt dachte sie nur noch an Flucht.

»DU MUSST MIR HELFEN«, beschwor Yasmin Pfau, als diese sie aufsuchte, um ihr zu raten, sich Naiima nicht zu unterwerfen. Yasmin ging zur Tür und vergewisserte sich, daß dort keine Lauscher standen. Aber nicht einmal Naiima hätte es gewagt, Pfau zu belauschen.

Yasmin kam zurück und setzte sich dicht neben Pfau. Ihre Lippen waren blaß, ihre Augen fast farblos.

»Ich muß dieses Land verlassen«, flüsterte sie, offenbar selbst schockiert über das Geständnis. Sie betrachtete ihren Bauch. Sie war im dritten Monat schwanger. »Sobald dieses Kind geboren ist, muß ich fliehen.«

Sie wartete auf eine Reaktion. Sie dachte, Pfau würde erstaunt oder erschreckt oder wütend sein. Pfaus Gesicht aber blieb vollkommen unbewegt – als lausche sie einer Geschichte, die sie schon viele Male zuvor gehört hatte.

»Ich brauche Geld«, fuhr Yasmin fort. Sie hielt Pfau ihren Hochzeitsring hin. »Bring mir Bargeld«, bat sie, »im Austausch gegen diesen Ring. Ich kann ihn, solange ich hier bin, nicht abnehmen, aber ich werde ihn, bevor ich gehe, für dich zurücklassen, das schwöre ich.«

Pfau schüttelte mitleidig den Kopf. Seit Jahren hatte sie – wie alle anderen auch – gewußt, daß Yasmin an Flucht dachte. Es war die natürliche Reaktion, aber Besharat der Bastard hatte gut vorgebaut.

»Du könntest nie fort«, sagte Pfau zu Yasmin. »Selbst wenn du Geld und einen Paß hättest, könntest du nicht über die Grenze kommen: Jede Perserin braucht, um das

Land verlassen zu können, eine schriftliche Erlaubnis von ihrem Mann oder ihrem Vater.«

Yasmin wußte über das erforderliche Zustimmungsformular Bescheid. Sie hatte davon in Mossadeghs Radio gehört.

»Alles, was ich von dir will«, entgegnete sie, »ist ausreichend Bargeld, um nach Paris reisen zu können.«

»Yasmin«, bat Pfau sie inständig, »gib nicht deine Kinder auf. Gib deinen Mann nicht auf. Die Erinnerung an die Familie wird dich bis ans Ende deines Lebens verfolgen. In deinem Herzen wird ein Loch von der Größe einer Babyfaust sein, das du niemals füllen kannst.«

Yasmin zog ihre Hand von Pfau fort und war sofort wieder verschlossen, hart und unerreichbar.

Pfau fühlte sich alt und erschöpft. Sie stand auf und verließ Yasmin ohne ein weiteres Wort. Yasmin hörte, wie sich hinter ihr die Tür schloß, aber sie schaute sich nicht um. Sie hatte Pfau vergessen. In ihrem Geist sah sie die Landkarten vor sich, die sie als junges Mädchen in Europa so häufig studiert hatte, und sah sich selbst frei und ungehindert aus Besharats Haus und über die persische Grenze laufen, im Wintermantel und in hochhackigen Schuhen.

1947 verließ Prinzessin Foziyeh den Schah: In dem Augenblick, als die sowjetischen Truppen den Iran räumten, nahm die Königin ihre einzige Tochter und brachte sie ins »zivilisierte Ägypten« zurück. Wenig später suchte Mohammed Reza Schahs Zwillingsschwester, Ashraf, ihm eine andere Ehefrau: die Prinzessin Soraya, Tochter eines lurischen Stammesfürsten und die vollkommenste Schönheit, die seit Menschengedenken im Iran gelebt hatte. Sie war sechzehn Jahre alt, unschuldig und hinreißend. Sie hatte eine weiße Haut, hohe Wangenknochen, schwarzes Haar, smaragdgrüne Augen und das Auftreten einer Königin. Sie liebte Krokodile: Man erzählte sich, daß sie sie als Haustiere in ihrem Palast halte.

Also heiratete der Schah Soraya, verließ seinen Palast, um sich in seinem Land umzuschauen, und entdeckte, daß der Iran unter einer Hungersnot litt: 1945 hatte es keine Lebensmittel und keine Arbeit gegeben. 1950 gab es nicht einmal mehr Brot.

Aber die Armut, das wußte Mohammed Reza Schah, war weitgehend künstlich erzeugt. Der Iran hatte Öl – Öl, das von den Engländern gebohrt, raffiniert und kontrolliert wurde und das von den Kadscharen aus der Hand gegeben worden war. Die Briten holten sich achtzig Prozent des Gewinns aus dem Verkauf des iranischen Öls. Jetzt, da das Land nahezu verhungerte, hieß es in England, daß man ein allzu großes Risiko eingehe, wenn man dem Iran Geld leihen würde.

Der Schah fuhr nach England und fragte sehr höflich bei der Regierung an, ob man nicht die Profite aus der Ölförderung etwas gerechter teilen könne. Er schlug eine Fünfzig-zu-Fünfzig-Regelung vor. Die Briten lachten ihn aus: Es sei die Anglo-Iranische Ölgesellschaft, sagten sie, die nach Irans Öl bohre, es raffiniere und es verkaufe. Ohne die englische Technologie würde Iran sein Öl im Boden lassen und sogar seinen zwanzigprozentigen Anteil aufgeben müssen.

Der Schah kam mit leeren Händen zurück und richtete sich auf eine Hungersnot ein. Er habe sein Bestes getan, so erklärte er seinem Volk. Mehr sei ihm nicht möglich.

Doch im Parlament rief der Erzfeind des Schahs, Ministerpräsident Mossadegh, zum Kampf auf: 1944 hatte Mossadegh einen Gesetzesantrag eingebracht, durch den der

Regierung des Iran verboten wurde, irgendwelche Ölverträge mit einer ausländischen Macht ohne vorherige Zustimmung des Parlaments abzuschließen. Jetzt, da der Schah zögerte, den Engländern die Stirn zu bieten, stellte Mossadegh sich vor die Nation und schrie die Worte heraus, die die ganze Welt in Aufruhr versetzten.

»*Verstaatlicht* das Öl!«

Yasmin bekam noch ein Mädchen, aber als man ihr diesmal das Kind zum Stillen brachte, da weigerte sie sich mit aller Kraft: Sie preßte die Hände auf die Brüste, schloß die Augen und biß sich, als das Kind in ihrem Schoß nach Milch schrie, verzweifelt auf die Lippen. Besharat der Bastard kam herein und befahl ihr, sich wie eine Mutter zu verhalten, aber Yasmin blieb hart. Besharat versuchte, sie zu zwingen, aber vergeblich. Selbst nachdem man Yasmin gewaltsam die Hände von der Brust weggerissen hatte, wehrte sie sich noch so heftig, daß das Kind sich erschreckte und nicht trinken konnte. Der Kampf währte zwei Tage lang. Dann gab Besharat der Bastard nach und stellte eine Amme ein.

»Du bist keine Mutter«, sagte er zu Yasmin. »Du bist eine Hexe.«

Yasmin gab ihre Kinder auf und zog wieder in ihr altes Zimmer im dritten Stock. Das Zimmer war klein und trostlos und völlig verstaubt. Es war ihr gleichgültig. Sie würde ohnehin nicht lange bleiben.

Im Parlament bekam Mossadegh die Unterstützung der Abgeordneten für seinen Plan, das Öl zu verstaatlichen. Er trat vor und forderte den Schah auf, zu diesem Thema einen klaren Standpunkt zu äußern.

Für Mohammed Reza Schah endete diese Konfrontation

mit einer Niederlage. Nationalisierung, so sagte er, sei illegal und würde die Briten verärgern. Sie sei auch unklug, denn ohne ausländische Fachleute würde dem Iran auch noch das wenige Einkommen entgehen, das man dem Land jetzt zugestand.

»*Verräter!*« hörte Yasmin jetzt Mossadeghs Stimme im Radio. Der Ministerpräsident beschuldigte den Schah, ein Feigling zu sein und die Briten auf Kosten seines eigenen Volkes zu bevorzugen. Öl, so sagte er, sei für den Iran mehr als eine Einkommensquelle. Es sei ein Symbol des nationalen Stolzes, der nationalen Integrität, der menschlichen Würde.

»*Laßt uns verhungern!*« schrie er während seiner heftigen und spektakulären Reden. Bisweilen wurde er so erregt und zornig oder auch von seinen Visionen derart überwältigt, daß er bewußtlos zu Boden fiel und von seinen Helfern hinausgetragen werden mußte.

»Und wenn wir alle verhungern! Jagt die Engländer hinaus, und laßt sie ihre Ingenieure mitnehmen. Eine Generation von Persern wird sich opfern, damit wir unsere Bodenschätze wiedergewinnen.«

Später empfing er bei sich daheim Journalisten und Fotografen. Yasmin sah, wie sie, einer nach dem anderen, in sein Haus kamen, hörte, wie Mossadegh ihnen seine nationalistischen Forderungen entgegenschrie. Meist erschien er in seinem Pyjama, saß mit gekreuzten Beinen auf dem Bett und sprach so feurig, daß Yasmin spürte, wie die Straße bei seinen Worten zum Leben erwachte. Es mache wenig aus, sagte Mossadegh, daß zwei oder drei Generationen von Persern sehr arm sein würden. Es mache sogar noch weniger aus, daß die Engländer nicht da wären, um das Öl aus dem Boden zu pumpen. Das Öl solle nur ruhig im Boden bleiben. Eine Zeit würde kommen, in der der Iran seine eigenen Experten ausbilden und seine eigenen Kinder zu den Herren des Landes machen würde.

Seine Reden waren von einer leidenschaftlichen Aufrichtigkeit getragen; wenn er sprach, schüttelte er seinen kahlen, konisch geformten Schädel aufgeregt hin und her, und sein Gesicht rötete sich, wenn er seine engagierten Ideen vortrug. Es gelang ihm, die Sympathie selbst seiner schärfsten Kritiker zu gewinnen. Das Parlament hatte er bereits für seine Ideen gewonnen. Jetzt begann er, das Volk auf seine Seite zu ziehen.

Im März 1952 rief Mossadegh die Arbeiter der Abadan-Raffinerie zum Streik auf und übernahm das Amt des Premierministers. Eifrig auf den Erfolg bedacht, tat er sich mit der einzigen organisierten politischen Kraft des Iran zusammen: der kommunistischen Tudehpartei, die seine Feindschaft den Briten gegenüber teilte. Es war ein verzweifelter Schachzug – eine klare Allianz mit dem Erzfeind Sowjetunion –, aber in der Hitze der Schlacht hatte Mossadegh seine nationalistischen Träume aus den Augen verloren und wollte vor allem gewinnen. Er enteignete die Anglo Iranian Oil Company und schickte die englischen Ingenieure heim.

Die Engländer wollten verhandeln. Mossadegh lehnte ab. Er regierte jetzt das Land, und er verzichtete darauf, sich auch nur einen Anschein von Kompromißbereitschaft zu geben. Er ließ den Schah in seinem Palast gefangensetzen und umgab ihn mit Truppen, die ihm, Mossadegh, völlig ergeben waren. Er schickte Mitglieder der königlichen Familie – unter ihnen Ashraf, die Schwester des Schahs – ins Exil nach Europa und Amerika. Aus Angst, daß man ihn ermorden könnte, ließ er entlang der Palaststraße und um sein Haus herum Soldaten patrouillieren.

»Bald gibt es Krieg«, warnte Besharat der Bastard seine

Gäste, die im ersten Stock seines Hauses saßen. Das ganze Jahr über war das Haus voller Nachbarn und Freunde und neugieriger Verwandten gewesen, die das, was sich in Mossadeghs Haus ereignete, aus nächster Nähe beobachten wollten. Besharat der Bastard war so überzeugt von seiner Schreckensvision, daß er bereits vorsorglich Schritte unternommen hatte, um sein Haus gegen die Tudehpartei und die Invasion der britischen Armee zu schützen. Er hatte überall auf den Mauern, die das Haus umgaben, Stacheldraht anbringen lassen. Er hatte vor jedem Fenster Rolläden einbauen lassen, hatte stabile Schlösser und hölzerne Balken für jede Tür gekauft. Er hatte sogar seinen Keller mit Nahrungsmitteln und Vorräten gefüllt, von denen die Familie drei Monate lang leben konnte.

Yasmin wischte mit der Hand die dicke Staubschicht vom Fensterglas; sie beobachtete, wie die Soldaten um Mossadeghs Haus herum Wache standen, und fragte sich, wann sie ihre Gewehre wohl in Anschlag bringen würden. Auch sie rechnete mit einem Krieg; im Iran würde ein Chaos ausbrechen, in dem Polizei und Armee jede Kontrolle über das Volk verlieren würden. Und dann würde sie endlich fliehen können – in ihren hochhackigen Schuhen und ihrem Wintermantel, denn in Rußland war es immer kalt –, sie würde durch die Straßen von Teheran rennen, die Grenzen der Stadt überschreiten und den ganzen Weg in Richtung Norden nach Rußland zurückmarschieren, wo sie vor vielen Jahren in einem Schiff aus Frankreich angekommen war.

BESHARAT DER BASTARD kehrte nur eine Stunde nachdem er in sein Büro gegangen war, wieder nach Hause zurück. Er sprang aus dem Wagen und entließ den Chauffeur.

»Ich werde dich ein paar Tage nicht brauchen.«

Er nahm dem Mann die Autoschlüssel ab und drückte ihm eine Handvoll Geldscheine in die Hand, die einen Wochenlohn bei weitem überstiegen. Dann drängte er den Chauffeur zur Eingangstür und schloß die Pforten.

Eilig ging er ins Haus und rief nach Naiima.

»Schick die Mägde heim!« brüllte er und rannte in die Küche und hinaus auf den Hof, wo die Bediensteten arbeiteten. Naiima lief aufgeregt hinterher und hörte, wie er den Mägden und dem Koch befahl, das Haus sofort zu verlassen. Er gab ihnen allen reichlich Geld – Bestechungsgeld, dachte Naiima, das den Ärger des Personals gegen ihren Herrn beschwichtigen und vielleicht sogar ein Gefühl der Loyalität hervorrufen sollte. Als alle Dienstboten das Haus verlassen hatten, verschloß Besharat der Bastard die Tür und verbarrikadierte sie mit dicken Holzstangen. Er nagelte alle Fensterläden zu und befahl seinen Kindern, sich von den Spalten in den Türen und Fenstern fernzuhalten: Die Mitglieder der Tudehpartei galten als skrupellose Kämpfer, die auch Unschuldige nicht schonten. Wochenlang waren diese Leute auf den Straßen umhergelaufen und hatten die Bürger eingeschüchtert, um ihre Unterstützung zu bekommen. Vor jedem Haus blieben sie stehen und schoben die Klingen ihrer Schlachtermesser durch die Risse in den Türen und Fenstern. Viele arglose Bürger kamen dabei zu Tode.

Besharat der Bastard leerte den Safe, der in seinem Zimmer stand, und versteckte den Inhalt in Mehlsäcken, die er in seinem Keller gehortet hatte. Er rollte die teueren Teppiche auf dem Boden und an den Wänden zusammen und zerrte sie drei Stockwerke hinauf in einen Speicherraum unter dem Dach. Schließlich rief er die Familienmitglieder zusammen und verkündete seine schreckliche Neuigkeit.

»Der Schah ist geflohen«, sagte er mit zitternder Stimme. »Es wird ein Blutbad geben.«

Im Sommer 1953 befand sich die Zwillingsschwester des Schahs, Ashraf, bereits im Exil in Europa, als Mitglieder des CIA an sie herantraten. Sie baten sie, heimlich in den Iran zurückzukehren und sich in den Palast hineinzuschmuggeln, um dem Schah, der dort streng von Mossadeghs Soldaten bewacht wurde, eine Botschaft zu überbringen. Ashraf war sofort einverstanden; sie war immer die Mutigere und Skrupellosere des Zwillingspaares gewesen. Sie kehrte mit Hilfe von Freunden in den Iran zurück, suchte die Königin Soraya auf und überreichte ihr einen Brief, dessen Inhalt niemals vollständig bekannt wurde. Zwei Wochen später bestiegen der Schah und Soraya ein kleines Flugzeug und verließen bei Nacht und Nebel ihr Land. Sie flohen über Bagdad nach Rom. Nach ihrer Flucht unterwanderte der CIA den Iran und versuchte, die Russen zu bekämpfen.

Der CIA brachte keine Truppen – er stellte seine eigene iranische Armee auf. Man bezahlte halbverhungerte, arbeitslose Perser dafür, daß sie zur Unterstützung des geflohenen Schahs demonstrierten. Man sicherte sich die Unterstützung Shaabans, des Führers der Arbeitergewerkschaft in Teheran. Shaaban trug ganze Stapel von Geldscheinen mit sich herum, die er an alle, die sich zur Monarchie bekannten, verteilte. Durch das viele Bestechungsgeld wurde soviel Unruhe gestiftet, daß Mossadegh Angst bekam.

»Der CIA ist gekommen, um mich zu töten«, jammerte er.

Er war nicht länger der kühne Mann mit dem furchtlosen Herzen; er, der so oft in den Gefängnissen Reza Schahs gesessen hatte und der bereit gewesen war, drei Generationen von Persern dem Nationalstolz zu opfern, rannte nun nach Hause und umgab sich mit bewaffneten Soldaten. Auf den Straßen tobten derweil heftige Kämpfe zwischen der Tudehpartei und den neuen Anhängern des Schahs.

Im Hause Besharats des Bastards hatte Yasmin seit drei Nächten nicht geschlafen. In Straßenkleidung und Schuhen stand sie Stunde um Stunde am Fenster und beobachtete alles, was sich auf der Straße abspielte. Sie hatte kein Geld; seit dem Tag, an dem Pfau sie vor der Flucht gewarnt hatte, hatte Yasmin die Juwelenhändlerin nicht mehr gesehen. Aber sie redete sich ein, daß sie den Ring auch irgendwo anders verkaufen könnte und dadurch gewiß genug Geld zusammenbekäme, um ein paar Wochen lang Lebensmittel und noch eine Fahrkarte für die Reise nach Frankreich kaufen zu können.

Vor allem zwang sie sich, ihren Kindern aus dem Weg zu gehen.

Am Morgen des 19. August 1953 sah Yasmin amerikanische Panzer die Palaststraße entlang- und auf Mossadeghs Haus zurollen.

»Mein Gott, es ist soweit!« schrie Naiima im unteren Stockwerk und rannte kopflos im Kreis herum wie eine Tanzmaus.

Auf der Straße brach eine Schießerei aus. Von ihrem Fenster aus sah Yasmin Mossadegh auf das Dach seines Hauses klettern und wie ein Dieb in der Nacht davonlaufen. Sie sah die Soldaten der Tudehs vor den amerikanischen Panzern fliehen. Schutzsuchend kletterten sie die Wände des Hauses von Besharat hoch, zwängten sich durch den Stacheldraht und landeten mit zerfetzter Kleidung und blutig gerissener Haut in seinem Garten. Sie rannten durch die vertrockneten, staubigen Rosengärten und brachen die Haustür auf. Yasmin war bereit. Sie ergriff ihren Mantel und rannte, so schnell sie konnte, davon.

Im unteren Stockwerk hörte sie das Weinen ihrer Kinder. Durch einen Schleier hindurch sah sie Besharat den Bastard, der seinen Sohn und die ältere Tochter an der Hand faßte und sich vor den eindringenden Tudehsoldaten zu retten versuchte.

»Yasmin!« In seiner Stimme klang dasselbe Drängen, mit dem er in Paris zu ihr gesprochen hatte. »Yasmin!«

Sie lief zur Tür hinaus.

Auf der Straße kämpfte sie sich ihren Weg durch die Menschenmassen hindurch, fast blind vor Angst und Staub, wie betäubt durch das Krachen der Schüsse und das Dröhnen der Panzer, die auf sie zurollten.

»Zurück!« Jemand schrie sie an, aber sie rannte immer weiter. »Zurück!«

Aus einem Panzer wurde ein Geschoß abgefeuert. Durch die Wucht der Explosion wurde Yasmin einige Meter weitergeschleudert und landete irgendwo im Rinnstein. Ein Feuerball explodierte vor ihren Augen. Yasmin hörte das Schreien der Verwundeten und fühlte die sengende Hitze der Flammen, die sie umgab. Mossadeghs Haus war nur noch eine Ruine. Die Tudehpartei floh vor den Gegnern.

Auf dem Straßenpflaster liegend, beobachtete Yasmin das Kampfgeschehen auf der Palaststraße und begriff zum ersten Mal, seit sie Paris verlassen hatte, daß sie nie wieder nach Hause zurückkehren konnte. »Es gibt keinen Zweifel«, flüsterte sie vor sich hin, »alles ist zerstört.«

Sie sah die Straßen, die nirgendwohin führten, die Gebäude, in denen Ratten hausten, die Denkmäler, die zerstört waren. Sie sah die Kriegsverletzten, die Schmerzen in Körperteilen spürten, die sie gar nicht mehr hatten, Frauen, die vor den Lebensmittelläden Schlange standen und vor Hunger tot umfielen. Sie sah die Wohnung ihrer Eltern, voller Spinnweben, und die mottenzerfressenen Kleider ihrer Mutter.

Es war zu spät. Sie hatte zu viel gesehen. Sie stolperte in das Haus Besharats des Bastards zurück und nahm ihre Gefangenschaft an.

KYROS DER ERHABENE hatte ein Jahr lang bei Pfau gelebt – bis Laa-Laa Heshmat das Mietshaus verkaufte, das sie von Kyros gestohlen hatte. Kyros mietete seine alte Wohnung von seiner Mutter zurück, aber überall sah er Dinge, die ihn an Laa-Laa erinnerten. Er haßte sie, und zugleich fehlte sie ihm. Er hätte sie wieder aufgenommen und, wie er wußte, sogar geheiratet, um sie daran zu hindern, ihn zu verlassen, aber sie kam nicht wieder, und Kyros fühlte einen wachsenden Groll in sich aufsteigen. Doch statt gegen Laa-Laa richtete er seinen Zorn gegen die Russen. In den Monaten nach Mossadeghs fehlgeschlagenem Putsch, als die Amerikaner den Schah heimbrachten und ihn wieder zum König machten, beobachtete Kyros das Zusammenbrechen der Tudehpartei und anderer kommunistischer Sympathisantengruppen mit unverhohlener Freude. Er redete sich ein, daß der Schah *ihn* rächen wolle.

Der Schah war in den Iran zurückgekehrt – entschlossen, seinen Thron nicht noch einmal zu verlieren. Er nahm Mossadegh gefangen und setzte ihn unter Hausarrest –

wenn er ihn tötete, so fürchtete er, würde er einen Märtyrer schaffen. Dann machte er sich daran, das Land von Oppositionellen zu reinigen. Unter Anklage der Verschwörung und Aufwiegelung ließ er tausend Armeeoffiziere gefangennehmen. In den Städten setzte er Militärgouverneure ein, die jedes Haus nach Kommunisten durchsuchen sollten. Tag für Tag wurden neue Verdächtige aufgespürt und ins Gefängnis geworfen. Die Gerichtsverhandlungen waren kurz, die Urteile standen von vornherein fest. Verteidiger, die auf seiten ihrer Klienten standen, gingen das Risiko ein, ebenfalls unter Verdacht zu geraten. Richter, die keine entsprechend harten Urteile fällten, wurden selbst verfolgt und mißhandelt.

Während dieser Säuberungsaktionen fühlte Kyros der Erhabene, daß sein Zorn allmählich verrauchte, und er merkte, daß seine Wunde zu heilen begann. Er verachtete Rußland noch immer, aber er vergaß Laa-Laas Verrat und ging zurück, um in dem Haus, das sie durch den Verkauf seiner Wohnung erworben hatte, nach ihr zu suchen. Sie lebte dort mit ihrem neuen Liebhaber. Das Paar hatte dem Hauspersonal aufgetragen, Kyros zu verprügeln, wenn er jemals käme, um Laa-Laa zu besuchen.

Kyros der Erhabene konnte sich von der Demütigung, von Laa-Laas Dienstmädchen fortgejagt worden zu sein, nie mehr erholen. Dennoch blieb er im Iran. Er wußte, daß er niemals fortgehen würde. Er liebte Amerika noch immer, aber er konnte den Gedanken, nicht mehr in Laa-Laas Nähe zu sein, nicht ertragen.

Er fühlte sich zu der immer größer werdenden Zahl von Amerikanern hingezogen, die nach 1953 in den Iran kamen. Es waren meist technische und militärische Berater. Sie brachten ihre Familien mit und lebten in den vornehmsten Stadtteilen. Sie holten ihre Musik, ihre Schulen, ihre

Filme ins Land. Als das erste Kino in Teheran eröffnet und als erstes ein amerikanischer Western gezeigt wurde, da hatte Kyros der Erhabene das Gefühl, wiedergeboren worden zu sein.

Er hatte den Film bereits siebenmal gesehen und saß inmitten einer Gruppe abenteuerlustiger junger Leute, die ihre eigenen Stühle mitgebracht hatten – in dem Kino gab es keine Sitze. Plötzlich stürmte eine Mutter herein und zerrte ihren Sohn aus dem Zuschauerraum. Innerhalb weniger Minuten war das Kino voller aufgeregter Eltern, die versuchten, ihre Kinder vor dem Bösen zu bewahren: Der Mullah für diesen Bezirk, so erfuhr Kyros später, hatte Filme für unheilig erklärt.

»Die Bilder auf der Leinwand«, so hatte der Mullah an jenem Tag in seiner Nachmittagspredigt erklärt, »werden dadurch lebendig, daß aus den Menschen im Zuschauerraum die Seelen herausgezogen werden.«

Es hatte keinen Sinn, dies in Zweifel zu ziehen: Der fragliche Mullah hatte sein Urteil von einem Vorgesetzten bestätigen lassen, der seinerseits im Schlaf Gott höchstpersönlich befragt hatte.

»Es ist doch wohl klar, daß es so sein *muß*«, hatte der vorgesetzte Mullah seine Theorie verkündet. »Wie sonst wäre es möglich, daß diese amerikanischen Schauspieler plötzlich Persisch sprechen?«

So wurde das Kino also geschlossen, und es wäre geschlossen geblieben, wenn nicht viele gebildete junge Männer gegen die Schließung protestiert hätten. Schließlich siegte beim Eigentümer des Kinos die Geldgier; auch in Zukunft sollten Filme gezeigt werden. Bei der nächsten Vorführung war das Kino bis zum letzten Platz besetzt. Getrieben von Neugierde, war jeder, der Gefahr ein wenig reizvoll fand, herbeigeeilt, um herauszufinden, ob die Seelen der Zuschauer tatsächlich in die Gestalten auf der Leinwand hineinwanderten.

Am Tag der ersten Vorführung stand Kyros der Erhabene beim Spielen der Nationalhymne auf. Danach wurde der Film gezeigt, ohne daß es einen Zwischenfall gegeben hätte. Als die Lichter angingen, nahm jeder seinen Stuhl und sein mitgebrachtes Essen und ging auf die Straße hinaus. Draußen warteten schon die Schaulustigen, um das Ergebnis des Experiments zu erfahren. Die Menschen standen schwatzend in Gruppen beisammen, als der Kinobesitzer auftauchte mit einer Miene, als hätte ihn ein Skorpion gebissen.

»Gott helfe mir«, flüsterte er Kyros dem Erhabenen ins Ohr. »Da sitzt eine Leiche im Vorführraum.«

Nach diesem Zwischenfall wurde das Kino ein für allemal geschlossen, und Kyros der Erhabene spürte in seinem Leben eine Leere, die er nicht auszufüllen vermochte. 1960 ging er, da er sich vor allem wünschte, die Faszination, die das Kino auf ihn ausgeübt hatte, noch einmal erleben zu können, zur American Community School in Teheran, um dort einen Kurs in Theater- und Schauspielkunst zu belegen. Die Schule, so sagte man ihm, biete derartige Kurse nicht an. Das Fach, das seinen Wünschen noch am nächsten käme, sei der Geschichtsunterricht. Kyros der Erhabene schrieb sich für einen Geschichtskurs ein und traf »Miss Jansen aus Hollywood«.

Sie war die Geschichtslehrerin der Schule und hatte sich für drei Jahre nach Teheran versetzen lassen. Sie war nicht so schön oder strahlend oder leidenschaftlich wie Laa-Laa. Sie hatte einen flachen Busen, dünne Beine und stumpfes blondes Haar.

Kyros der Erhabene wußte, daß sie nicht hübsch war,

aber er fühlte sich dennoch zu ihr hingezogen: Sie war Amerikanerin, und er redete sich ein, wenn er sie heiratete, dann könnte er Laa-Laa vergessen und den Mut finden, den Iran zu verlassen.

Er lud Miss Jansen in sein Haus ein und zeigte ihr die Postkarten, die er während des Krieges gesammelt hatte. Sie brachte ihr Grammophon mit und spielte ihm ihre amerikanischen Platten vor. Sie gingen miteinander ins Bett. Sie sagte ihm, er sei wunderbar, »besser«, so brüstete sich Kyros später gegenüber seinen Freunden, »als amerikanische Männer«. Er wußte, daß sie ihm schmeichelte, daß sie, bis sie mit ihm geschlafen hatte, Jungfrau gewesen war und daher keine Möglichkeit hatte, ihn mit anderen zu vergleichen. Er liebte ihre freundliche Art.

»Miss Jansen aus Hollywood« – so stellte er sie seinen Freunden vor –, »dem Land der Mogule und Filmstars.«

Er besuchte seine Mutter und erklärte ihr, er werde Miss Jansen heiraten.

»Aber sie ist eine *Christin*!« rief Heshmat aus. »Juden heiraten keine Christinnen.«

Kyros der Erhabene heiratete »Miss Jansen aus Hollywood« und sagte ihr, er würde mit ihr nach Amerika ziehen. Man schrieb das Jahr 1964, und die Welt stand, wie Kyros gern behauptete, kurz vor ihrer Erneuerung.

RUHOLLAH DIE SEELE GOTTES wurde zu Hause geboren, in einer kleinen, aus Steinen und Schlamm gebauten Hütte im Dorf Khomein. Sein Vater, ein Mullah, war arm, aber mächtig. Er behauptete, ein direkter Nachfahre des Propheten Mohammed zu sein.

Ruhollah wurde in die Wirren der verfassungsmäßigen Revolution hineingeboren. 1921 zog er von Khomein nach

Qom, wo er Theologie studierte und das Predigen lernte. Während des Studiums hörte er von einem Kosakensoldaten namens Reza Khan, der an die Spitze der persischen Regierung aufgestiegen war. Ruhollah die Seele Gottes mochte weder die Kosaken noch die Regierung. Schon jetzt fühlte er, daß er Reza Khan verabscheuen würde.

Er blieb in Qom und setzte seine Studien fort. Er beobachtete mit wachsendem Unbehagen, wie Reza Schah durch Museen und Basare hindurch Straßen ziehen und religiöse Schulen schließen ließ und die Jugend des Iran – die Soldaten der Mullahs – in seine Armee einzog. In der Moschee und in religiösen Zirkeln begann Ruhollah gegen Reza Schah zu wettern. Mit dreißig heiratete er Batoul, die dreizehnjährige Tochter eines mächtigen Mullahs in Teheran. Später erhielt er den Titel Ayatollah – Zeichen Gottes. Als Reza Schah ein Gesetz erließ, das besagte, daß jeder Bürger sich einen Nachnamen wählen müsse, nannte Ruhollah die Seele Gottes sich Khomeini.

Er sah voller Schadenfreude zu, wie Reza Schah sich selbst schadete, indem er sich gegen die Russen stellte. Er sagte sich, daß er selbst es anders machen würde: Reza Schah hatte nur Macht über eine Armee. Ruhollah die Seele Gottes würde Himmel und Hölle in Bewegung setzen können.

1941 veröffentlichte Ruhollah ein Buch: »Geheimnisse ohne Schleier«, in dem er die Monarchie und deren Anhänger angriff. Während der nächsten zehn Jahre vertrat er eine strikte Anwendung der islamischen Religionsgesetze auf das alltägliche Leben der Bürger und predigte, daß die Geistlichkeit sich ebenso um politische wie um soziale Fragen kümmern müsse. Er predigte zehn Jahre lang, mußte aber in den 50er Jahren feststellen, daß seine Stimme von den lautstarken Protesten Mossadeghs übertönt wurde. Ruhollah die Seele Gottes wurde unruhig und ungeduldig. Er war von dem Gedanken besessen, den Iran unter seine Kontrolle zu bringen, aber die Amerikaner brachten den Schah zurück.

In den zehn Jahren nach Mossadeghs Putsch wurde der Iran durch das Öl zu einem reichen Land. Der Schah bestand nicht auf einer staatlichen Kontrolle: Er teilte die Profite gleichermaßen mit einem Konsortium von britischen, europäischen und amerikanischen Firmen. Dennoch stieg Irans Anteil an den Profiten von 34 Millionen Dollar pro Jahr auf 437 Millionen Dollar. Mit dem Geld baute der Schah seine Armee wieder auf, richtete Schulen und Krankenhäuser ein, ließ Straßen und Dämme bauen. Er schuf Arbeits- und Ausbildungsplätze und eine Organisation der öffentlichen Gesundheitspflege. Endlich, so sagte er, sei der Iran jetzt wieder auf dem Weg des Fortschritts.

Aber die Erwartungen der Menschen wuchsen schneller, als der Schah sie erfüllen konnte. Wer am Glück teilhatte, zog aus seiner Hütte aus und ließ die Armut hinter sich. Über Nacht wurde eine Klasse von Millionären geschaffen, die in Herrenhäusern wohnten, amerikanische Autos fuhren und jeden Sommer Einkaufstouren nach Paris und Rom unternahmen. Die Menschen hörten auf, die religiösen Gesetze zu beachten. Sie gingen nicht mehr in die Moschee. Sie begannen, das Weihnachtsfest zu feiern: Sie mochten den Weihnachtsbaum und die Lichter und den lustigen alten Mann im roten Mantel.

In den Provinzen hörten Bauern und Schafhirten und in den kleinen Städten die Händler von dem neuen Reichtum, banden sich alles, was sie besaßen, auf den Rücken und strömten in die Städte. Sie sahen die prächtigen Bauten, aber als sie für sich selbst nach einer Bleibe suchten, wurden sie in die Slums mit Hütten aus Wellblech und Pappe abgedrängt, in das frühere jüdische Getto, das von den Juden verlassen worden war.

»Schaut euch um!« donnerte Ruhollah die Seele Gottes in der Moschee. »Der Schah hat den Muslimen nur Kummer und Schande und moralischen Verfall gebracht. Er hat sich mit den Ungläubigen zusammengetan und sich auf Kosten anderer bereichert.«

Die königliche Familie – mit ihren dreiundsechzig Prinzen, Prinzessinnen und Cousinen – war die reichste Familie im Iran. Die Pahlewi-Stiftung, der Prinzessin Ashraf vorstand, besaß Aktien der ertragsstärksten Firmen und ließ nur solche Mitglieder zu, die ihr gefielen. Die Verwandten des Schahs hatten die Kontrolle über die Finanzen des Iran. Sie handelten willkürlich und nahmen sich, was sie wollten, ohne sich jemals die Mühe zu machen, ein entsprechendes Gesetz zu erlassen. So gingen sie etwa in den Wäldern des Nordens zur Jagd und entdeckten dort ein wunderschönes Fleckchen Erde, auf dem sie eine Villa bauen wollten. Aber sie dachten nicht daran, das Land zu kaufen und zu bezahlen. Sie konfiszierten einfach Hunderte von Quadratkilometern – damit sie dort ungestört leben konnten.

»Schaut euch um!«

Nachdem seine Ehe kinderlos blieb, ließ sich der Schah 1958 von Soraya scheiden, nahm sich eine dritte Frau – Farah – und wurde Vater eines Sohnes. Im Vertrauen auf seine Macht ging er mit größerer Härte gegen die Geistlichen vor. Er nahm ihnen ihr Land weg, um es den Bauern zu geben, stellte engere Beziehungen zu den Vereinigten Staaten her und gab den Frauen das Wahlrecht.

1964 rief Ruhollah die Seele Gottes zu Demonstrationen gegen den Schah auf. Über Nacht füllten sich die Straßen mit den Schülern des Mullahs. Khomeini wandte sich an die Massen und ließ seinem Zorn freien Lauf.

»Ich beschwöre Euch«, warnte er den Schah in einer flammenden Rede, »respektiert die religiösen Machthaber.«

KYROS DER ERHABENE sah den religiösen Aufruhr der Massen und kam zu der Überzeugung, daß er den Iran verlassen müsse. Der Schah hatte Khomeinis Stimme zum Schweigen gebracht und ihn ins Exil in die Türkei geschickt. Aber Khomeini ging in den Irak und nahm von dort aus wieder Kontakt mit seinen iranischen Anhängern auf. Während der sechziger und siebziger Jahre verbreiteten sie seine Botschaft im ganzen Land. Sie hielten in den Moscheen religiöse Zusammenkünfte ab und begannen später, die auf Kassette aufgenommenen Predigten des Imam zu verteilen. Der Schah, so wiederholte Khomeini beharrlich, müsse gestürzt werden.

»Früher oder später«, warnte Kyros seine Verwandten in einem stillen Zimmer, wo sie die Spione des Schahs nicht belauschen konnten, »früher oder später werden die Mullahs den Schah besiegen. So ist es immer gewesen, und wenn es wieder geschieht, dann möge Gott den Juden helfen.«

Kyros der Erhabene sagte seiner Frau, daß sie jetzt nach Amerika auswandern würden, und kaufte zwei Flugtickets nach Hollywood. Alles war gepackt, und man wollte gerade aufbrechen – da tauchte Laa-Laa plötzlich wieder auf.

Es war im Winter des Jahres 1965, und »Miss Jansen aus Hollywood« hatte den Tag damit verbracht, Souvenirs einzukaufen. Als sie heimkam, schwebte ein leichter Parfümduft in der Luft. Sie ging den Flur entlang und fühlte ein lastendes Schweigen. Es war ihr, als würde sie, ohne eingeladen worden zu sein, das Haus eines Fremden betreten. Die Tür, die zum Wohnzimmer führte, war aus geschnitztem Eichenholz, in das eine Scheibe aus geschliffenem Glas eingesetzt war. Durch das Glas hindurch sah »Miss Jansen aus Hollywood«, wie ihre Zukunft und ihr Glück zerstört wurden.

Im Zimmer stand, reglos und blaß, ihr Mann Kyros. Er starrte auf eine Frau im Sommerkleid, die betörende Augen und feuerrote Lippen hatte. »Miss Jansen aus Hollywood« hatte Laa-Laa nie zuvor gesehen. Sie nahm das Entsetzen im Gesicht ihres Mannes wahr und erkannte die Feindin.

Wie versteinert blieb sie im Flur stehen. Sie fühlte eine seltsame Hitze in sich aufsteigen – als fehle ihr plötzlich die Luft zum Atmen, als stehe sie neben einem glühendheißen Ofen. Schweiß rann ihr von den Schläfen über Gesicht und Kinn. Sie zog den Mantel aus Lammleder aus, aber ihr Kleid klebte am ganzen Körper.

Kyros der Erhabene trat so nahe an Laa-Laa heran, daß ihre Gesichter sich fast berührten. Er hob eine Hand, um sie zu streicheln. Sie schloß die Augen. Er wollte sie küssen, hielt sich dann aber in letzter Sekunde zurück.

Abrupt drehte er sich um und verließ den Raum. Er ging an Miss Jansen vorbei, ohne sie wahrzunehmen. Im Zimmer stand reglos Laa-Laa, fassungslos über die unerwartete Zurückweisung. Als sie sich schließlich wieder soweit in der Gewalt hatte, daß sie das Haus verlassen konnte, hatte ihr Gesicht alle Schönheit verloren. Langsam ging sie an Miss Jansen vorbei, öffnete die Tür und trat hinaus. Es war kalt. Laa-Laa begann in ihrem Sommerkleid zu frösteln.

In den Tagen und Wochen, die der Begegnung mit Laa-Laa folgten, wurde Kyros der Erhabene krank und ungeduldig. Er blieb fortwährend im Haus, als hätte er Angst davor, Laa-Laa auf der Straße zu begegnen. Es war, als wüßte er, daß er nicht die Kraft hätte, ihr ein zweites Mal zu widerstehen. Am Morgen seiner geplanten Abreise nach Amerika ließ er seine ganze Familie zum Abschied in sein Haus kommen. Er umarmte seine Brüder und Schwestern, seine Neffen und Nichten. Er weinte an Pfaus Schulter. Dann saß er neben seiner amerikanischen Frau in einem Taxi, fuhr zum Flughafen und schaute, als sie im Flugzeug saßen, nicht ein einziges Mal nach unten, um sein Haus und sein Land vom Fenster aus noch einmal zu sehen. Man schrieb das Jahr 1965. Für den Iran begann ein Jahrzehnt der Fülle, aber Kyros der Erhabene wußte, daß er niemals zurückkommen würde.

BESHARAT DER BASTARD wurde während des Ölbooms reich – so reich, daß er sechs Männer einstellte, die ausschließlich damit befaßt waren, seine Buchhaltung zu machen. Am Anfang hatte er importierte Zigaretten verkauft, aber nach Mossadegh betrieb er einen blühenden Handel mit elektronischen Haushaltsgeräten, Autos und Industriemaschinen. Für alles, was er verkaufte, gab es im Iran einen riesigen, aufnahmebereiten Markt. Ein zwölfstöckiges Hochhaus diente ihm jetzt als Firmensitz; er sorgte für den Lebensunterhalt von dreihundert Familien, bestach zahllose Beamte und ließ eine ganze Hafenanlage an den südlichen Küsten des Iran ausschließlich für seine Produkte reservieren. Und doch betete er jeden Abend, wenn er das Büro verließ und auf dem Rücksitz seines Mercedes saß, der von einem Chauffeur gefahren wurde, daß er noch in derselben Nacht im Schlaf sterben möge.

1953 war Yasmin nach ihrem kurzen Fluchtversuch freiwillig zurückgekommen und hatte wieder mit Naiima zu kämpfen begonnen. Sie gewann zwar nie die Oberhand, aber sie schaffte es, das ganze Haus mit ihrem Haß zu vergiften, und am Ende vergällte sie Besharat alle Freude, die seine Kinder ihm vielleicht hätten bereiten können. Sein Sohn und seine Töchter wuchsen in einer Atmosphäre von Feindschaft und Intrigen auf, waren der Gegenstand erbarmungsloser Kämpfe und Zeugen menschlicher Grausamkeit. Die Mädchen heirateten so bald wie möglich. Der Junge blieb – Naiima brachte ihn dazu zu bleiben –, aber er zog sich von den beiden Frauen zurück, mied sogar den Kontakt mit seinem Vater und trug seinen Namen nur widerwillig. Yasmin beobachtete ihn, biß vor Wut die Zähne fortwährend zusammen und verlor dadurch einen Zahn nach dem anderen. Die Frau, die einst den Männern mit ihrer Schönheit den Kopf verdreht hatte, war im Alter von vierzig Jahren verbittert, zahnlos und alt.

Naiima ihrerseits fraß ihren Haß in sich hinein und wurde dick – sie ging so auseinander, daß sie die Treppen im Haus in der Palaststraße nicht mehr bewältigen konnte. Sie diente Besharat mit bedingungsloser Hingabe, erfüllte alle seine Wünsche, nahm alle seine Beleidigungen hin. Sie befolgte die Reinheitsriten mit derselben religiösen Strenge wie in der Vergangenheit, legte sich, selbst wenn er sie demütigte, zu ihm ins Bett. Bis zur Menopause versuchte sie, schwanger zu werden, probierte es mit Zaubertränken und Zaubersprüchen und besuchte sogar, ohne Besharat den Bastard um Erlaubnis zu bitten, das russische Krankenhaus.

Yasmin erfuhr von Naiimas Besuchen im Krankenhaus.

Sie erzählte Besharat, daß sie Naiima mit den Ärzten am Telefon hatte sprechen hören, sie früh am Morgen fortgehen und am Nachmittag völlig erschöpft, blaß und verweint hatte wiederkommen sehen. Besharat der Bastard glaubte Yasmin, aber er wurde nicht zornig; er hatte Mitleid mit Naiima, rief sie in jener Nacht in sein Zimmer und sagte ihr, es sei nun vorbei, er würde sie so akzeptieren, wie sie sei – eine Frau, obwohl sie keine Kinder haben konnte, eine Freundin, obwohl sie ihn anlog, eine Ehefrau, obwohl sie seine Leidenschaft für Yasmin zerstört hatte. Sie waren zusammen alt geworden. Sie war seine Geliebte und seine Gefängniswärterin.

Aber mochte er in seinem Leben noch so viele Tragödien erlebt haben – am stärksten litt Besharat der Bastard unter dem Staub. Es war wie ein Fluch. Zuerst war der Staub in seinem Haus in der Tulpenstraße durch alle Ritzen gedrungen, und jedes Jahr war er dichter und schwärzer geworden. In jeder Ecke und auf jedem Regal lag Staub; er sammelte sich in den Fransen der Teppiche, in den Falten der Gardinen, zwischen den Bettüchern. Die Dienstmädchen schrubbten und wischten von morgens bis abends, aber das Haus war immer schmutzig. Abends waren die Möbel vollkommen blank, aber am nächsten Morgen verstaubt und stumpf. Die Mägde fegten die Fußböden, aber sobald sie ihre Besen fortstellten, legte der Staub sich wie eine Decke darauf. Naiima schrie die Mädchen an, und Besharat schrie seine Mutter an, aber niemand konnte den Staub vertreiben. Yasmin wusch sich viermal am Tag; nackt stand sie in ihrem Badezimmer und rieb sich die Haut mit einem feuchten Schwamm ab – aber in dem Augenblick, in dem sie das Bad verließ, spürte sie auf ihrer Haut wieder den Staub.

»Es kommt von der Straße«, hatte Naiima erklärt. Die Tulpenstraße war jetzt voll von Menschen. Fußgänger liefen hier- und dorthin, Verkäufer und Bettler und immer mehr Autos wirbelten den Boden auf. Teheran hatte sich nach Norden hin ausgedehnt, und die Häuser in Besharats Nachbarschaft waren in Läden und Garagen und Cafés verwandelt worden. In Besharats Garten wollten die Blumen einfach nicht blühen, und die Statuen, die er einst so stolz nach europäischem Vorbild hatte anfertigen lassen, waren zerfressen und verrottet. Die Teiche waren voller Moos, und alles Gift der Welt vermochte die Frösche nicht umzubringen. Besharat der Bastard zog um, aber der Staub folgte ihm überallhin.

In der Palaststraße lebten seine Nachbarn in glänzend sauberen Zimmern und badeten in schimmernden Becken, aber wenn Besharat einen Hahn öffnete, floß nur graues und trübes Wasser heraus. In Vanak züchtete der blauäugige Lotfi Orchideen und exotische Pflanzen in seinem Garten, während Besharat der Bastard sämtliche Gärtner entließ; bei ihm wollte kein Zweig grünen, und die Bäume und Sträucher blieben kahl. Selbst als er in den Norden Teherans, nach Zafaraniyeh, umzog, waren die Fensterscheiben so blind von Staub, daß am Tag in allen Zimmern elektrisches Licht brennen mußte.

Entsetzt über seine Hilflosigkeit und überwältigt von einer Bitterkeit, die er nicht abschütteln konnte, zog sich Besharat der Bastard 1965 aus dem Arbeitsleben zurück und trat nie wieder an die Öffentlichkeit. Die Türen seines Hauses blieben für Besucher, die Fenster wegen des Staubes verschlossen, und Besharat selbst saß allein an dem Schreibtisch, vor dem vor vielen Jahren die Mutter der Jungen um Essen gebettelt hatte.

NARGESS DIE WÄSCHERIN war Anfang der sechziger Jahre nach Teheran gekommen. Sie kam mit ihrem Mann, einem Maurer, und drei kleinen Söhnen. In Teheran gebar sie ihren vierten und letzten Sohn, den sie Mehr-Allah – die Liebe Gottes – nannte, denn als sie ihn empfing, war sie fast vierzig, und sie meinte, es sei ein Wunder geschehen.

Nargess die Wäscherin war mit großen Erwartungen nach Teheran gekommen. Sie war entschlossen, ihren Mann endlich zum Arbeiten zu bewegen und ihre Söhne auf eine religiöse Schule zu schicken. Sie würde ein Haus kaufen, reich werden und Dienstmädchen einstellen, die dann von früh bis spät die Kleider von Nargess waschen müßten. Sie würde zu arbeiten aufhören, jeden Tag in der Sonne sitzen und sich vom Neid der Welt das Herz wärmen lassen. Statt dessen sah sich Nargess die Wäscherin gezwungen, im Pit zu wohnen, in einer verlassenen Hütte, die einst einem Juden gehört hatte. Seit dem Augenblick ihrer Ankunft bis zu ihrem Auszug aus dem Pit zwanzig Jahre später war Nargess überzeugt, daß es eine Schande sei, in einem Haus zu wohnen, das von Ungläubigen bewohnt gewesen war. Sogar aus den Wänden, so meinte sie, strömte der ekelhafte Geruch der Juden. Die Fußböden blieben, gleichgültig wie oft man sie schrubbte, immer schmutzig. Im ganzen Viertel herrschte ein übler Gestank – und es war der Schah, der für all das verantwortlich war.

Sie gab dem Schah die Schuld dafür, daß er sie nicht reich genug machte, um in einem anderen Stadtteil leben zu können, beschuldigte seinen Vater, daß er die Juden aus dem Getto hinaus und es zugelassen hatte, daß Muslime an ihre Stelle rückten. Seit sie in Teheran lebte, ging es ihr gewiß besser. Aber andere mit einer vergleichbaren Vergangenheit waren inzwischen unglaublich reich: Es gab einen Schafhirten, dem jetzt Fabriken gehörten, einen Lastwagenfahrer, der zum Intendant des iranischen Fernsehens aufgestiegen war. Es gab Juden – Juden! –, die auf den Hügeln von Shemiran lebten, in Häusern mit schmiedeeisernen Toren und Garagen für sieben Autos, während gottesfürchtige Muslime als Dienstboten für sie arbeiten mußten.

Nargess die Wäscherin war überzeugt, daß der Schah es darauf angelegt habe, den Islam zu zerstören. Es schrie zum Himmel, was er für die Juden tat: Er ließ es zu, daß sie reich wurden, und erlaubte, daß sie Geld, das im Iran durch persischen Schweiß verdient worden war, nach Israel schickten und damit das zionistische Reich unterstützten, das auf die Zerstörung des Islam hinarbeitete. Es war nicht nur seine verletzende Art, mit der Geistlichkeit umzugehen, oder einfach die Tatsache, daß er ein korruptes und unheiliges Leben führte – in ausländischen Kasinos oder in seinem Palast dem Glücksspiel frönte, mit untreuen Ehefrauen schlief, wenn er in den Skiurlaub nach Frankreich fuhr. Es war nicht nur der beschämende Lebenswandel seiner Schwester Ashraf, die die Ehemänner wie die Unterwäsche wechselte, mit jedem jungen Mann, den sie in ihr Bett zerren konnte, schlief und später die »guten« mit amerikanischen Corvette-Autos belohnte. Daß sie jedes ertragsstarke Unternehmen im Lande enteignete, es dann selbst übernahm und sich im selben Atemzug mit ihren »humanitären Anstrengungen für die Armen und Unterprivilegierten« brüstete. Nicht nur, daß der Schah den Import von Waschmaschinen erlaubte – Metallkästen, so hatte Nargess von ihren Söhnen gehört, die die Arbeit der Menschen verrichteten. Sie hatte solche Maschinen noch nie gesehen, und sie konnte sich nicht vorstellen, daß sie echt waren. Der Schah, so hatte Nargess zu ihrer Empörung erfahren, war sogar noch weiter gegangen: Er hatte das Fernsehen zugelassen.

Nargess die Wäscherin hatte ein einziges Mal ferngesehen, als sie gerade nach Teheran gekommen war – noch bevor sie erfahren hatte, daß das Fernsehen gotteslästerlich sei –, und sie war von den seltsamen Bildern so verwirrt und bezaubert gewesen, daß sie stehenblieb und den Mann anstarrte, der in dem Kasten saß und mit ihr sprach. Dann plötzlich war ihr bewußt geworden, daß sie unverschleiert war – mitten im Wohnzimmer des Hauses, in dem sie die Kleidung wusch –, daß man ihr Haar sehen konnte, daß ihre Ärmel hochgerollt waren und das Fleisch ihrer Arme weißlich schimmerte. Sie hatte laut aufgeschrien, war fortgerannt und hatte die ganze Nacht lang vor Schmach und Schande geweint.

Ihr Mann hatte ihr verboten, in dem Haus mit dem Fernsehapparat zu arbeiten, aber mit demselben Problem, so mußte Nargess bald feststellen, war sie auch in vielen anderen Häusern konfrontiert. Andere Dienstmädchen bestätigten ihr Mißtrauen gegen dieses Teufelsgerät.

»Der Mann im Kasten«, flüsterten sie, »starrt einen an, als wäre man eine läufige Hündin.«

Nargess die Wäscherin schaute in ihrem ganzen Leben nie wieder einen Fernsehapparat an, aber später, als sogar gläubige Muslime sich soweit hatten verhexen lassen, Fremde mit dem bösen Blick in ihre Privatgemächer zu lassen, hörte sie davon, daß der Schah auch unverschleierten Frauen in Fernsehapparate und somit in jedermanns Wohnung Zugang verschafft hatte.

In fast jedem Haus, in dem sie arbeitete, traf Nargess die Wäscherin auf Pfau. Sie hatte Pfau – diese uralte Frau mit der verschrumpelten Haut und den knorrigen Gelenken, die sich in die Farben des Teufels kleidete – zuerst im Pit bemerkt, als diese eines frühen Morgens auf der Straße vor Nargess' Haus stand. Nargess die Wäscherin hatte in ihrem Leben nicht viele Juden gesehen, aber sie konnte sie allesamt an ihrem Geruch erkennen.

»Verzieh dich, alte Hexe!« hatte sie Pfau durch die halbgeöffnete Tür des Hofes hindurch zugerufen, wo sie um diese Stunde immer zu sitzen pflegte, um zusammen mit ihren Söhnen den Morgentee zu trinken. Am selben Morgen, etwas später, als sie in einem Haus in Schemiran Kleider wusch, hatte sie aufgeschaut und Pfau im Hof an sich vorbeigehen sehen.

»Gott helfe mir!« hatte sie gerufen. »Die Alte da ist ein Gespenst!«

Sie begegnete Pfau auch in anderen Häusern, auf der Straße, zu Hause im Pit. Sie fragte die anderen Dienstmädchen nach der seltsamen Frau. Sie bestätigten, daß Pfau Jüdin sei, erzählten, daß sie für den Schah und seine Verwandten arbeite und daß sie enorme Schätze besitze.

»In ihrem Haus in Niavaran«, sagten sie zu Nargess, »hat sie eine Truhe voller Juwelen, die sie noch nicht einmal abschließt.«

Nargess die Wäscherin steigerte sich in ihre Phantasien über Pfau immer mehr hinein. Sie dachte wieder und wieder an die Juwelen in der offenen Truhe, die dort nutzlos herumlagen und – da war sich Nargess sicher – bestimmt hilflosen Gläubigen, wie sie selbst eine war, gestohlen worden waren. Wenn sie Pfau sah, wie sie in ihrer leuchtendbunten Verkleidung und mit den goldenen Armreifen im Pit herumlief, die Muslime anlächelte, die sie von der Straße her kannten, dann konnte sie ihren Zorn kaum beherrschen. Gläubige kamen zu ihr – einer Jüdin, deren Leben, nach den Worten einiger Mullahs, weniger wert war als das eines Hundes – und baten sie, ein gutes Wort einzulegen, mit ihrer persönlichen Freundin, der Ehefrau des Wohnungsministers, zu sprechen, zu helfen, einen bestimmten Namen auf eine Warteliste für leerstehende Wohnungen zu setzen oder den Innenminister dazu zu bewegen, einen Telefonanschluß zuzulassen, nachdem die Bewerber bereits vier Jahre lang darauf gewartet hatten.

Das nächste Mal, als Pfau in den Pit kam, stellte Nargess die Wäscherin sich ihr in den Weg.

»Was willst du hier?« fragte sie Pfau, die wieder einmal vor ihrem Haus stand. »Warum kommst du hierher?«

»Ich habe in diesem Haus gelebt«, entgegnete Pfau lächelnd. »Ich habe im selben Zimmer gewohnt wie du. Ich komme hierher, um das nicht zu vergessen.«

Nargess die Wäscherin war eine gute Muslimin und eine ehrliche Dienstmagd. Aber angesichts all der Reichtümer, die sie sah, fiel es ihr schwer, ihre eigene Armut zu akzeptieren – und sie fand nichts, was den Reichtum anderer Menschen hätte rechtfertigen können. Eines Morgens folgte sie Pfau bis zu ihrem Haus in Niavaran. Sie wartete draußen, bis Pfau ihren Tee getrunken hatte und zu ihrer Arbeitsstelle gegangen war. Dann brach sie das Türschloß gewaltsam auf und schlüpfte ins Haus.

Das Haus war klein, im europäischen Baustil, ohne einen Hof. Es gab einen Vorgarten, in dem Pfau Pfefferminz und Jasmin angepflanzt hatte. Innen führte ein langer, schmaler Flur, in dem ein persischer Teppich lag, in eine kleine Küche mit einem Gaskocher und einem Kühlschrank. Es gab zwei Zimmer – eines leer, das andere nur mit einem Bett und einem Radio möbliert. Neben dem Bett stand eine hölzerne Truhe ohne Schloß.

»Da!« Nargess die Wäscherin hatte das Gefühl, ihr Herz

werde zerspringen. Sie packte den Deckel der Truhe und riß ihn hoch.

Sie starrte auf den Inhalt und erfühlte dann mit den Händen, was ihre Augen nicht glauben wollten. Sie riß mehr und mehr heraus. Sie leerte die Truhe bis auf den Grund und hielt dann verwirrt inne.

Vor ihr lagen Kleidungsstücke, abgetragen und wertlos und alt, Männerhosen und -hemden und Mäntel, ein Dutzend Hüte, einige Taschentücher. Nargess fand eine Flasche Parfüm, die niemals geöffnet worden war, seidene Halstücher, die auseinanderfielen, wenn man sie berührte, hauchdünne Strümpfe, noch immer in der Packung, ein weißes Leinengewand. Es gab Kämme mit blauen emaillierten Griffen, eine kleine Vinylplatte mit dem Bild einer riesigen weißen Kirche in der Mitte, Flaschen mit Nagellack und Puder, einen gelben, aufziehbaren Vogel, der in einem Käfig sang. Nargess fand auch alte Schulbücher und Bilder von Frauen in altmodischer Kleidung, Spitzenschleier und silberne Bürsten, Spieluhren, die leise fremdländische Weisen spielten, Chinapuppen mit langen angemalten Augenwimpern und Spiegel, so schön, daß sie lügen konnten.

Nargess die Wäscherin starrte auf all den Plunder, der vor ihr ausgebreitet lag, und schämte sich zum ersten Mal in ihrem Leben ihres eigenen Hasses.

DIE TAGE IN TEHERAN waren lang und laut. Der gewaltige Verkehrslärm übertönte alle anderen Geräusche. Es gab keine Morgendämmerung, keinen Augenblick der Schönheit und des Friedens, wenn die Nacht verblaßte, die Sonne am Himmel emporstieg und die Luft wie in Isfahan vom Duft der Jasminblüten schwer war. In Teheran war die Sonne stechend, ungeduldig und ohne

Liebreiz. Die Nacht löste sich ins Tageslicht auf, und es gab keine Möglichkeit der Flucht vor dem Lärm, dem Gedränge und dem irrsinnigen Hetzen der Menschen, die fortwährend hastig irgendein Ziel verfolgten. Stunden vergingen, und der Tag war noch immer jung. Mehr und mehr Menschen strömten auf die Straßen, und die Autos blieben in endlosen Verkehrslawinen stecken. Die Läden schlossen nicht vor Mitternacht. Die Telefonverbindungen waren immer überlastet. Jeder Haushalt wurde von Straßenhändlern belästigt. Bettler zupften an den Ärmeln der Passanten und verfluchten diese, wenn die Almosen zu klein ausfielen. Kinder kletterten auf die Karosserien der Autos und bettelten darum, amerikanische Zigaretten verkaufen zu können. Endlich wurde es dunkel, aber die Straßen waren noch voller Leben, der Verkehr floß immer noch zäh. Die Menschen schliefen vor Erschöpfung ein, schreckten aus dem Schlaf auf und erkannten, daß es schon wieder Tag war.

Kyros der Erhabene schrieb immer wieder warnende Briefe aus Hollywood.

»Ihr müßt den Iran verlassen«, flehte er Heshmat und Pfau an. »Früher oder später wird der Schah gestürzt werden. Ihr müßt das Land verlassen, bevor die Mullahs an die Macht kommen.«

Er hatte niemals den Vorfall im Kino vergessen – die Tatsache, daß ein einziger Mullah einen Bannfluch gegen Filme aussprach, hatte das Mißtrauen einer ganzen Stadt hervorgerufen, das erst im Laufe von Jahren abgebaut werden konnte. Das war der Moment, so erkannte Kyros später, als er die überwältigende Macht der Geistlichkeit im Iran erkannte: die Behauptung eines einzigen Mullahs, daß das Anschauen von Filmen zum Tode führe – für alle Absolventen der medizinischen Fakultät von Teheran eine vollkommen absurde Behauptung –, war tatsächlich vor den Augen der Skeptiker, die sich damals in dem Kino in der Tulpenstraße eingefunden hatten, wahr geworden. Kyros der Erhabene erinnerte sich daran, wie er an jenem Nachmittag in der Gasse gestanden hatte, gefangen in der Panik, die, sobald die Nachricht vom Tod sich in der Menge ausgebreitet hatte, sofort ausbrach. In dem Augenblick, in dem jemand gerufen hatte: »Ein Toter! Ein Toter im Kino!«, war der gesamte südliche Teil Teherans lebendig geworden. Eine wilde Menschenmenge hatte das Kino verwüstet und die Leiche – die schon steif im Stuhl saß – hoch über die Köpfe gehoben. Eine Prozession von Menschen war mit dem Schrei »Ein toter Mann im Kino!« die Tulpenstraße entlanggezogen.

Danach war es so, als hätte ein bösartiger Wind in Kyros' Kopf zu wehen begonnen, zunächst sanft, aber dann immer heftiger. Kyros fühlte sich verschwitzt und unbehaglich und immer gehetzter. Die Luft in Teheran schien wie Blei auf ihm zu lasten. Die Nacht hatte ihren Glanz verloren. Die Straßen mit ihren vertrauten Bildern erschienen ihm plötzlich überfüllt und häßlich. Kyros der Erhabene war nicht länger das Kind, das er gewesen war, als er zuerst davon geträumt hatte, im »zivilisierten Westen« zu leben. Laa-Laa hatte seine Unschuld zerstört und ihn zum Mann gemacht. Hollywood war nicht länger der Traum eines Kindes, sondern erschien ihm jetzt als sicherer Hafen.

Es war jener seltsame Wind, der bewirkt hatte, daß er »Miss Jansen aus Hollywood« heiratete – obwohl sie keine Jüdin und nicht hübsch war und obwohl er nicht einmal in sie verliebt war. Es war der Wind, der ihm geholfen hatte, Laa-Laa zu widerstehen, als sie zurückgekommen war, um ihm ewige Treue zu schwören.

Kyros hatte den Iran verlassen, und selbst jetzt, da er von dem erstaunlichen Fortschritt und Aufschwung in seinem Land hörte, spürte er den Wind und konnte den ekelhaften Geruch von Leichen auf Kinositzen nicht abschütteln.

1971 beging der Schah die 2500-Jahr-Feier der Monarchie im Iran. Er lud die Staatsoberhäupter von neunundsechzig Nationen ein, empfing sie mit wahrhaft königlichem Pomp in Persepolis und verbrauchte in einer Woche zweihundert Millionen Dollar. Zur gleichen Zeit starben in der Provinz Fars, wo die Feiern stattfanden, und in den benachbarten Provinzen Sistan und Belutschistan massenhaft Iraner an Hunger.

Vom Irak aus sandte Ayatollah Khomeini als Reaktion auf die Feier eine Botschaft: »Jeder, der weiß, was der Prophet über die Regierung im Islam gesagt hat, wird erkennen, daß der Islam dazu bestimmt ist, die Paläste der Tyrannei zu zerstören ... Sollen denn Millionen aus dem Vermögen des Volkes für diese absurden Feiern vergeudet werden?«

Die Botschaft, die sich unter den oppositionellen iranischen Studenten in den Vereinigten Staaten rasch verbreitete, erreichte auch die Gläubigen im Iran.

1973 wurde der Schah Vorsitzender der OPEC; er verlangte vom Westen höhere Preise. Er sprach davon, im Iran eine neue petrochemische Anlage bauen zu lassen, vom Westen unabhängig zu werden und Erdölprodukte im Iran herstellen zu lassen, anstatt sie im Ausland zu kaufen.

Im eigenen Land beschnitt er die »Spenden« der SAVAK für die Geistlichkeit, denunzierte die Mullahs als »mittelalterliche schwarze Reaktionäre« und verschaffte Juden,

Christen und Bahais zu immer höheren Ebenen des öffentlichen Lebens Zutritt. Er sprach davon, die Basare niederreißen und Schnellstraßen quer durch die alten Stadtzentren zu bauen, »von Würmern zerfressene Läden« abzureißen, um sie durch Supermärkte zu ersetzen. Er ersetzte sogar den islamischen Kalender durch einen neuen. Er fühlte sich als das Licht der arischen Rasse, als Irans politischer und geistlicher Führer.

»Wir haben unser Land zur wahren Hegemonie geführt« – dieses Zitat Seiner Majestät las Kyros in der Tageszeitung *The Guardian*. »Jedermann steht hinter dem Monarchen, mit ganzer Seele und ganzem Herzen.«

Der böse Wind legte sich nicht. Schließlich ereignete sich die Tragödie, die Kyros der Erhabene immer erwartet hatte: 1977, gerade als der Schah das wahre Ausmaß der Opposition gegen sein Regime erkannt hatte, brannte in Abadan ein überfülltes Kino ab. Gefangen hinter Türen, die kurze Zeit nach Beginn des Films von außen verschlossen worden waren, saßen dort vierhundert Männer und Frauen, deren Seelen in die Bilder auf der Leinwand eingegangen waren. Ohne das eigentliche Ausmaß ihrer Tat zu begreifen, löschten die städtischen Angestellten das Feuer, öffneten die geschlossenen Türen – und ließen Hunderte angemalter Puppen in die Welt ausschweifen, denen jetzt ein ewiges Leben geschenkt worden war und die ihre Aufgabe darin sahen, den Iran an seinen seit langer Zeit im Exil lebenden Propheten zurückzugeben.

SPÄTER, so erinnerte sich Pfau, wußte es jeder besser: Der Schah hätte sich anders verhalten sollen. Er hätte die Schwierigkeiten seines Landes erkennen und darauf reagieren müssen, bevor es zu spät war. Er hätte die Drohungen gegen sein Regime ernster nehmen und die Opposition ausschalten sollen, bevor sie wirklich überwältigende Ausmaße annahm. Er hätte gerechter sein sollen, weniger korrupt, demokratischer, weniger darauf versessen, den Iran zu verwestlichen. Später schaute jedermann zurück und erkannte die Vorboten des Unheils, aber bis zum endgültigen Ende der Pahlewi-Dynastie hielten nur wenige Iraner deren Untergang für möglich.

1977 wurde Jimmy Carter mit seinem Engagement für Demokratie und Menschenrechte zum Präsidenten der Vereinigten Staaten gewählt. Er las die Menschenrechtsberichte des Iran und fand darin Hinweise auf Unterdrückung und Folter. Die Unterdrückung des Volkes war mit der direkten Zustimmung und der klaren Unterstützung der Vereinigten Staaten und des Westens betrieben worden. Die Folter war unter der Oberaufsicht des CIA eingeführt worden. Jetzt plötzlich bat Carter den Schah, seinen harten Griff zu lockern und die Menschenrechte seiner Untertanen wiederherzustellen.

Mohammed Reza Schah hatte Carter nie gemocht. Er glaubte nicht, daß dieser Präsident fähig wäre, die Grundprinzipien der Macht in der dritten Welt zu verstehen. Er erklärte Carter, daß er, der Schah, mit schweren Angriffen von seiten der Mullahs zu rechnen habe. Er erzählte ihm von dem Wunsch der Russen, sich den Iran einzuverleiben, von der Bedrohung durch einen Krieg von seiten Saddam Husseins im Irak.

»Mein Volk«, sagte er, »*will* keine Demokratie. Es *versteht* die Demokratie nicht.«

Das wichtigste, so sagte er, sei jetzt, das Land so schnell wie möglich zu modernisieren. Dies könne man nur durch eine Diktatur erreichen. Später, wenn im Iran jedermann schreiben und lesen könne und die Menschen die Fähigkeit erworben hätten, sich angemessen über Politik zu informieren, dann würde der Schah ihnen das Recht auf Selbstbestimmung geben.

Carter jedoch übte immer stärkeren Druck aus und drängte den Schah in eine Zwickmühle. Der Monarch hatte den Iran fünfundzwanzig Jahre lang allein regiert und wußte, daß er das System nicht über Nacht verändern konnte. Aber er wollte die Vereinigten Staaten nicht vor den Kopf stoßen, und er dachte in jenen verrückten, fiebrigen Monaten der späten siebziger Jahre, daß vielleicht alles möglich wäre, daß sein Thron der Kraft der Opposition widerstehen könne, daß seine Untertanen ihn liebten und für ihn kämpfen würden, daß seine Armee ihm treu bliebe. Und plötzlich – zum Entsetzen seiner engsten Freunde – baute der Schah die Schranken gegen freie Meinungsäußerung und politische Aktivitäten ab.

Er entließ eine Reihe politischer Gefangener aus dem Gefängnis. Er ließ es zu, daß sie über die Qualen berichteten, unter denen sie gelitten hatten, erlaubte den Zeitungen, Kritik am Regime und selbst am Schah persönlich abzudrucken. Er gestattete dem Roten Kreuz Zugang zu seinen Gefängnissen und entließ Hoveyda, seinen langjährigen Premierminister und engsten Verbündeten, um ihn durch einen liberaler gesinnten Mann zu ersetzen. Während des Sommers 1977 ließ er zu, daß sich politische Parteien formierten und in aller Öffentlichkeit aktiv wurden. Die Nationalisten schlossen sich den Kommunisten an, die sich wiederum mit den islamischen Marxisten zusammentaten. Sie alle verfolgten das eine gemeinsame Ziel: den Schah zu stürzen. Sie waren sich der Macht der Religion bewußt und einigten sich, als Symbol der Vereinigung der Menschen einen geistlichen Führer einzusetzen: Ayatollah Khomeini. Fast jeder kannte ihn und war bereit, seine führende Position zu unterstützen.

Im Januar 1978 befahl Khomeini die Schließung der Basare und wiegelte die Studenten der Theologie auf, durch die Straßen von Teheran zu marschieren und seine Rückkehr zu fordern. Im Laufe des Jahres gab es viele Demonstrationen. Khomeini war allgemein bekannt; er war Imam geworden und hatte den Status eines Heiligen.

»Es ist Zeit zu gehen«, sagte Pfau, als sie Heshmat das nächste Mal besuchte, und wiederholte Kyros Worte. »Für mich ist es zu spät, aber *du* mußt gehen, solange es noch möglich ist.«

Sie sprachen nur flüsternd miteinander, ohne daß die Diener, die fast alle den Aufruhr unterstützten, es hören konnten.

»Pack soviel wie möglich zusammen, und rechne nicht damit, daß du jemals zurückkommst.«

Am nächsten Tag hüllten sich die Frauen des Iran – Frauen, die vom Schleier befreit worden waren, denen man erlaubt hatte, sich von ihren Ehemännern scheiden zu lassen, denen Schutz gegen ihre Väter gewährt worden war und die sogar wählen konnten – in schwarze Tschadors und demonstrierten zu Zehntausenden dafür, daß der Schleier wiedereingeführt werden sollte.

»Es sind die Amerikaner«, schimpfte Heshmats ältester Sohn, als er sein Heim und sein Geschäft verließ, um, wie er sich selbst einredete, in ein nur vorübergehendes Exil zu gehen. »Die Amerikaner wollen, daß der Schah verschwindet. Er ist zu unabhängig, zu frech geworden, und das gefällt ihnen überhaupt nicht. *Sie* haben den Mullahs diese Idee in die Köpfe gesetzt.«

Mag sein, dachte Pfau. Aber überall im Iran sah man Frauen dafür demonstrieren, ihre Tschadors tragen zu dürfen, man hörte sie Khomeinis Namen skandieren, während sie ihre Schleier vor dem Gesicht festhielten.

Die Demonstrationen wurden größer und gewalttätiger. Die Polizei begann zu schießen. Um die Toten zu betrauern, verlangte Khomeini noch mehr Demonstrationen, und jedesmal gab es neue Tote und Verletzte. Die Generäle des Schahs wollten unbedingt aktiv werden: Die Zeit, Khomeini Einhalt zu gebieten, sagten sie, sei jetzt gekommen.

Aber der Schah konnte sich nicht entschließen.

Gequält, hager und bereits jetzt besiegt, rief er den amerikanischen und den britischen Botschafter fast täglich in seinen Palast. Er bat sie um genaue Anweisungen.

»Was soll ich tun?« bedrängte er sie. »Was soll ich nach Meinung Ihrer Regierungen tun?«

Die Botschafter gaben ihm widersprüchliche und unklare Ratschläge. Der Schah erkannte bald, daß beide Regierungen ihn als Herrscher des Iran bereits abgeschrieben hatten und daß sie unter den Oppositionellen nach Verbündeten suchten. Seine Generäle knieten vor ihm nieder, schworen ihm Treue und versprachen, einige tausend Männer, die für die Revolution verantwortlich waren, zu eliminieren. Dies sei ein Opfer, das es wert wäre, gebracht zu werden. Ohne den Schah würden die Mullahs oder die Kommunisten Millionen von Menschen umbringen. Irans Feind Saddam Hussein würde das Land besetzen und keine Gnade zeigen.

Der Schah rief die Botschafter wieder und wieder in den Palast.

»Wie viele Tote«, fragte er, »würde Jimmy Carter hinnehmen, um einen unschätzbar wertvollen Verbündeten zu retten?«

Die Generäle erkannten, daß der Schah krank war und den Willen zu kämpfen verloren hatte. Es war für ihn unendlich schmerzlich, das Ausmaß des Hasses gegen sein Regime erkennen zu müssen, den Druck zu spüren, der von den USA auf ihn ausgeübt wurde, wahrzunehmen, daß er zu Hause und im Ausland sämtliche Unterstützung verloren hatte und sie nicht mehr wiedergewinnen konnte. Die Generäle hegten den Verdacht, daß die Krebsbehandlung, der er sich unterzog, sein Urteilsvermögen schwächte und ihn in seiner Meinung, was zu tun sei, schwanken ließ. Der Schah war so tief deprimiert, daß er sich sogar weigerte, die Zeitungen zu lesen, die ihn nicht mehr als den »König der Könige« und das »Licht der arischen Rasse«, sondern einfach nur als »den Schah« bezeichneten. Die Generäle wußten, daß seine engsten Freunde, seine Armee, seine Wächter ihn betrogen. Jeden Tag beobachtete der Schah mit Schrecken das Abbröckeln seines Thrones, aber sein eigentliches Interesse galt der Frage nach seiner Rolle in der Geschichtsschreibung, und er entschied ein für allemal, daß er nicht gegen sein eigenes Volk vorgehen werde.

Eine Zeitlang versuchte er, die Massen zu beschwichtigen, indem er immer mehr Zugeständnisse machte. Er gab vor, von den Leiden und Entbehrungen seines Volkes nichts gewußt zu haben. Er wandte sich gegen seine treuesten Freunde, schob ihnen für die Bestechlichkeit und Grausamkeit seiner eigenen Regierung die Verantwortung zu, entließ sie von ihren Posten und schickte sie ins Gefängnis oder ins Exil. Er trat im Fernsehen auf, erschöpft und krank und kummervoll, und zum erstenmal in zwei Jahrzehnten sprach er so zu den Menschen, als könnten sie ihn verstehen. Er benutzte nicht das königliche Wir, nannte sich nicht König der Könige. Er appellierte an Geduld, Kompromißfähigkeit, Glauben. Er warnte vor innerer Spaltung und Chaos, die das Land schwächen würden. »Gebt den Plänen der Fremden nicht nach«, warnte er. »Laßt nicht zu, daß der Iran von den Russen verschluckt wird. Laßt nicht zu, daß ein Krieg den Mittleren Osten zerstört.«

Von Paris aus, wohin er seine Zentrale verlegt hatte, entgegnete Khomeini, daß die Zeit für einen Kompromiß vorüber sei. Der Schah müsse gehen, wetterte er, gleichgültig, welche Kämpfe das unter den Gläubigen verursachen würde. Er, Khomeini, scheue sich nicht, für seinen Sieg viele Menschenleben zu opfern: Jeder Tote werde zum Märtyrer und könne andere inspirieren, für die gute Sache zu sterben.

Am Freitag, dem 8. September 1978, riefen die Mullahs zu einem Sitzstreik auf dem Jalehplatz in den Slums von Teheran auf. Wieder einmal änderte der Schah seinen Standpunkt und erlaubte ein gewaltsames Eingreifen. Seine Armee eröffnete das Feuer – und wurde für immer und ewig in einem Meer von Blut ertränkt.

PFAU schaute aus dem Fenster ihres Hauses in Niavaran. Es war frühmorgens, der erste Januar des Jahres 1979. In der Nacht zuvor war Schnee gefallen, und die Straße war ruhig. Ein Mann im Pyjama öffnete seine Haustür. Er wurde von drei Männern mit Maschinengewehren gepackt. Sie erschossen ihn, zündeten seine Leiche an und rannten dann fort.

Überall in Niavaran hörten die Menschen das Maschinengewehrfeuer und sahen die Flammen. Niemand verließ das Haus. Dies waren die letzten Tage des Schahs; die Herrschaft des Terrors hatte begonnen.

In den drei Monaten, bevor der Schah nach Ägypten floh, hatten sich mehr als hunderttausend Perser in den Westen abgesetzt. Unter ihnen waren Pfaus Tochter und die Enkelkinder – sie wollten sich Kyros dem Erhabenen in Hollywood anschließen –, alle ihre jüdischen und die meisten ihrer muslimischen Freunde. Heshmat hatte Pfau angefleht, mit ihnen zu kommen.

»Ich bin hier *geboren* worden«, hatte Pfau entgegnet. »Meine Tochter wurde hier begraben.«

Sie hatte ein Jahrhundert von Krieg und Aufruhr überlebt. Jetzt würde sie auch dem Ende gefaßt ins Auge sehen.

Der Schah verließ sein Land am 16. Januar 1979. Zwei Wochen später kehrte Khomeini in den Iran zurück. Fast sofort beschlagnahmten die Führer der Revolution den Besitz der Reichen. Pfau verlor alles außer dem Haus, in dem sie lebte.

Dennoch blieb sie in Teheran – allein. Nur Naiima kam alle paar Wochen einmal vorbei, um sie zu besuchen. Sie kannten einander seit vielen Jahren – seit dem Tag, an dem Pfau zuerst das Diamanthalsband gebracht hatte, das Besharat Yasmin aus Anlaß der Geburt ihres Sohnes geschenkt hatte. Naiima hatte Pfau immer abgelehnt, aber jetzt, da sie allein waren und der Bürgerkrieg um sie herum wütete, suchte Naiima Pfaus Gesellschaft. Besharat der Bastard, so erzählte sie Pfau, weigere sich, sein Haus zu verlassen. Er hatte Naiima bereits gewarnt, daß die Revolution sie alle zerstören werde. Naiimas Dienstboten hatten, einer nach dem anderen, gekündigt und waren dann wieder an ihre Haustür gekommen – die Frauen in Tschadors, die Männer mit Bärten –, um Naiima vor dem Tag zu warnen, an dem sie für ihre Sünden zur Verantwortung gezogen werden würde.

»Ich kann Besharat nicht zum Fortgehen überreden«,

jammerte Naiima. »Es bricht mir das Herz, ihn so resigniert zu sehen, so ohne jeden Willen, sich zu schützen. Dieser Mann war einmal ein Löwe. In den Tagen seines Ruhms konnte es niemand mit seinem Mut und seiner Klugheit aufnehmen.«

Auf den Straßen führten bewaffnete Banden – revolutionäre Räte – Verfolgungsjagden und standrechtliche Erschießungen durch. Verdächtige wurden in ihren Wohnungen gefangengenommen oder in Lastwagen gezerrt, um dann wenig später haufenweise abgeurteilt und hingerichtet zu werden.

»In Revolutionsgerichtshöfen ist kein Platz für Rechtsanwälte«, hatten die Führer der Revolution erklärt. »Sie zitieren fortwährend irgendwelche Gesetze, um Zeit zu schinden, und dies ist für die Geduld der Menschen eine allzu große Belastung.«

Am 15. Februar ließ Khomeini seine ersten offiziellen Hinrichtungen durchführen: Die Opfer waren vier der engsten Mitarbeiter des Schahs, die er verraten und – in einem letzten Versuch, den Thron zu retten – der Opposition übergeben hatte. Unter ihnen war Nassiri, ein General, der dem Schah seit Beginn seiner Regierungszeit gedient und in den 50er Jahren für ihn gegen Mossadegh gekämpft hatte. Nassiri wurde auf das Dach der früheren Mädchenschule in Teheran geführt und dort durch einen Kopfschuß hingerichtet. Sein Bild erschien zusammen mit dem des Premierministers Hoveyda auf der ersten Seite der Abendzeitung.

Tausende von Hinrichtungen folgten. Khomeini erteilte seinem Volk einen Auftrag: die Revolution Gottes gegen seine Feinde zu verteidigen, die Korruption der Reichen und Ungläubigen zu beenden, den Einfluß der früheren Anhänger des Schahs auszuschalten. Viele arbeitslose junge Männer schlossen sich den Revolutionsgarden an. Man steckte sie in schlichte grüne Uniformen mit gelbblauen Abzeichen, die an den Brusttaschen zu befestigen waren. Man gab ihnen Waffen – Waffen, die konfisziert worden waren, als die Armee sich der Revolution angeschlossen hatte – und sandte sie aus, um Verdächtige festzunehmen. Aber die eifrigen Revolutionäre wurden im Gebrauch der gefährlichen Waffen nicht angeleitet, und sie verstanden die tödliche Macht ihrer Werkzeuge nicht. Jeden Tag starben durch Zufall ein Dutzend Kinder beim Spiel mit Handgranaten und Maschinengewehren. Viele arglose Erwachsene wurden von Kugeln getroffen, die versehentlich aus Waffen in den Händen junger Leute abgefeuert wurden. Man nannte die Toten Märtyrer – Helden der Revolution.

Auf Teherans Behascht-e-Zahra-Friedhof war die Schlange der Menschen, die ihre Toten begraben wollten, einen halben Kilometer lang. Trauernde trugen die Leichen ihrer Verwandten zu den Pforten des Friedhofs und mußten dann viele Stunden lang warten, bis endlich die Totengräber Zeit hatten, die Leichen unter die Erde zu bringen. Bei Einbruch der Nacht war die Schlange der Wartenden noch immer unendlich lang. Die Lebenden ließen die Toten draußen vor den Toren von »Zahras Himmel« liegen und kehrten in ihre Häuser zurück. Am nächsten Tag ging das Warten weiter, und dennoch wurden viele enttäuscht: Die Beerdigungsunternehmen verweigerten allen, die im Zuge der Revolution hingerichtet worden waren, das Begräbnis. Feinde des Islam, so sagten sie, verdienten kein muslimisches Begräbnis.

NAIIMA konnte im Schlaf die Jeeps vorbeirollen hören. In ihrer Straße patrouillierten die Revolutionswächter, jeder einzelne bis an die Zähne bewaffnet. Sie kamen nach Zafaraniyeh, sprengten die Pforten des Hauses von Besharat dem Bastard und rumpelten in ihren Wagen durch den verlassenen Garten mit den ausgetrockneten Blumenbeeten, in dem schon seit Jahren nichts mehr gewachsen war. Sie sprengten die Haustür mit solcher Wucht aus den Angeln, daß der Staub in dichten Wolken aufwirbelte. Naiima hörte das gewaltige Getöse und schreckte aus ihrem Bett hoch.

»O Gott«, flüsterte sie. »Jetzt ist es soweit.«

Sie rief nach der Dienstmagd, damit sie ihr aus dem Bett helfe. Sie konnte die Wächter durch das Haus laufen hören; sie rüttelten an jeder Tür und riefen wütend Besharats Namen. Naiima rief noch einmal nach ihrer Magd. Plötzlich fiel ihr ein, daß die Frau gegangen war – daß sie, wie alle anderen Dienstboten, gekündigt hatte. Nur Mirza Mohammed der Koch war bei Besharat geblieben, aber er war ein strenggläubiger Mann und würde niemals das Schlafzimmer einer Frau betreten.

Die dicke Naiima begann heftig zu kämpfen und wälzte sich schließlich mit eigener Kraft aus dem Bett. Als sie zum Stehen kam, stieg eine dicke Staubwolke auf. Ihr Nachthemd bestand aus zwei großen Bettlaken, die oben und seitlich zusammengenäht waren. Ihr Haar war lang und weiß und hing zottelig um ihr aufgedunsenes Gesicht. Der Schweiß der Angst und der Erschöpfung rann ihr über Stirn und Wangen. Sie nahm ihre Krücken und humpelte aus ihrem Zimmer im ersten Stock. Ihre Füße, fleischig und rund, ließen Elefantenspuren im Staub zurück.

Ein Dutzend Revolutionswächter stürmten die Marmortreppe in den zweiten Stock hinauf. Die anderen Männer hatten sich im Haus verteilt, durchsuchten das Wohnzimmer, die Küche, den Hof, die Badezimmer. Sie stachen mit ihren Dolchen in alle Ritzen, leerten Schränke und Schubladen, rissen die Stoffbezüge von den Möbeln, schlitzten Gardinen und Teppiche auf und schlugen Löcher in die Belüftungsrohre und in die Decke. Sie suchten nach Beweisen für etwas Unrechtmäßiges – gehortetes Geld, eine Flasche Whiskey, die von den Tagen der Korruption übriggeblieben oder für das Achtzigfache ihres ursprünglichen Werts auf dem schwarzen Markt erworben worden war, Bilder des Schahs und seiner Familie, die einst in jeder Wohnung hatten hängen müssen, um die Loyalität zur Krone zu beweisen. Jetzt waren sie ein Zeichen des Widerstandes gegen den Imam. Die Revolutionswächter öffneten die Türen zu völlig verstaubten Zimmern, die in zwanzig Jahren nie benutzt worden waren, und spielten im Hause Besharats des Bastards die Herren.

»Halt!« schrie ein Wächter, als er Naiima im Türrahmen auftauchen sah. Naiima erkannte Mustafa den Orchideenzüchter – den Gärtner, den Besharat einst für den Garten in der Tulpenstraße eingestellt hatte. Naiima erstarrte. Die Wächter rannten die Treppen hinauf in den zweiten Stock. Sie fanden das Zimmer Besharat des Bastards und stießen die Tür auf.

»Aufstehen! Aufstehen! Du bist festgenommen!«

Dort stand Besharat der Bastard in einem eleganten dreiteiligen Anzug, die schweren Lederschuhe blitzblank geputzt, das Gesicht rasiert, das Haar – dünn und ergraut – ordentlich zurückgekämmt. Er stützte sich auf den geschnitzten Schreibtisch mit den Löwenköpfen und rührte sich nicht, als die Wächter in sein Zimmer stürmten. Sie hielten ein Maschinengewehr an seine Brust.

»Bist du Besharat der Jude, Sohn der Assal aus dem Pit?«

Besharat der Bastard senkte zustimmend den Kopf.

»Du bist gefangengenommen wegen Verdacht des Zionismus und der Korruption.«

Ein Wächter gab ihm von hinten einen Stoß, und Besharat der Bastard setzte sich in Bewegung. Er konnte nur mit großen Schwierigkeiten gehen – seine Gelenke waren, da er sich nicht genügend bewegte, verkümmert, der Anzug, den er seit Jahren nicht getragen hatte, schlotterte ihm lose um den Körper. Besharat stieg die Stufen der Treppe hinab und sah Naiima; ihr weißes Gesicht war mit einer dicken, schweißnassen Staubschicht bedeckt. Ihre dicken roten Hände umklammerten die Zipfel ihres Tschadors unter dem Kinn.

»Besharat!« jammerte sie, als ihre Blicke sich trafen. »Mein Besharat!«

Sie sah ihn die Treppe hinuntersteigen. Er war dünn, alt und hilflos. In seinen Augen sah sie eine Welt des Kummers.

»Beweg dich!« Der Anführer der Wächter stieß Besharat mit dem Lauf seines Gewehrs in den Rücken.

Am Fuß der Treppe kniete Mirza Mohammed, der Koch, vor seinem alten Herrn nieder und küßte ihm die Hand.

»Aga«, schluchzte er, »ich habe ihnen gesagt, daß sie nicht recht haben. Gestern hat mich das Komitee angehalten und über Sie ausgefragt, und ich habe ihnen gesagt, Sie hätten nie einer Menschenseele etwas zuleide getan. Aga, diese Männer sind gewiß keine Muslime; sie sind die Feinde des Islam. Aga, sie sind schlimmer als der Schah, schlimmer als die SAVAK.«

Mustafa der Orchideenzüchter drückte den Lauf seines Gewehrs gegen Mirza Mohammeds Nacken und schoß ihn auf der Stelle nieder.

»Los, weiter«, drängte er Besharat noch einmal.

An der Tür blieb Besharat der Bastard einen Augenblick lang stehen. Naiima jammerte hinter ihm her. Besharat betrachtete den zerfetzten Haufen von Blut und Fleisch, der einst Mirza Mohammed gewesen war, dann suchte er mit seinen Blicken den oberen Teil der Treppe ab. Er sah niemanden.

Er stolperte den Steinweg entlang, der durch den Garten hindurchführte. Ein Jeep wartete auf ihn. Verfolgt vom Staub und von Naiimas schrillem Geschrei grüßte Besharat ruhig und gefaßt die Wachen. Gerade als er ins Auto einsteigen wollte, drehte er sich noch einmal um, schaute am Haus empor und erblickte Yasmin, die ihn von ihrem Fenster aus beobachtete.

Einen Augenblick lang starrten sie sich an. Besharat der Bastard hob eine Hand und winkte: Er bat Yasmin um Vergebung.

Yasmin sah einen hochgewachsenen Fremden vor sich, der, gutaussehend und arrogant und zugleich ein wenig unsicher, vor dem Appartement ihrer Eltern in Paris stand und an einem strahlenden Morgen zu ihr herüberwinkte, während sie in dem weißen und lavendelfarbenen Kleid, das sie zu ihrer Hochzeit getragen hatte, aus der Tür trat. Ihre Mutter weinte hinter ihr her.

»Mein Kind«, hatte sie geschluchzt. »Ich werde dich niemals wiedersehen.«

»ZIONISTISCHER VERBRECHER von den Wächtern der Revolution hingerichtet.«

Pfau starrte auf die Überschrift der Abendzeitung und spürte, wie sich ihr Magen zusammenkrampfte. Sie ging zum Hause Besharats des Bastards.

»Ya-Allah! Ya-Allah!« rief sie durch den staubigen Korridor, aber es kam keine Antwort. Naiima war nicht zu Hause. Nach längerem Rufen fand Pfau Yasmin in ihrem Zimmer.

Pfau trat unaufgefordert ein. »Ya-Allah, Yasmin.«

Yasmin hatte am Fenster gestanden und wandte ihr jetzt das Gesicht zu. Tränen strömten über ihre Wangen.

»Ich habe die schlechte Nachricht gehört. Ich bin gekommen, um dir mein Beileid auszusprechen, zu sehen, ob ich dir helfen kann bei der Totenwache und bei der Beerdigung.«

Yasmins Augen waren wie aus Glas. In ihrem zahnlosen faltigen Gesicht war keine Spur der Schönheit mehr, auf die sie einst so stolz gewesen war.

»Ich dachte, wir könnten nach Evin gehen und die Leiche zurückfordern«, fuhr Pfau unbeirrt fort. »Vielleicht können wir eine Grabstätte in dem alten jüdischen Friedhof bekommen.«

Yasmin wandte Pfau den Rücken zu und starrte aus dem Fenster. »Tu, was du willst«, sagte sie. »Er hat es einfach auf sich zukommen lassen.«

Wenige Stunden später kam Naiima zurück. Sie stampfte, unter dem Gewicht ihres Körpers keuchend, ins Haus. Als sie Pfau sah, brach sie in Tränen aus.

»Pfau, Pfau«, schluchzte sie und bemühte sich, schneller zu gehen. »Sie haben ihn *getötet*. Sie haben meinen Besharat *getötet*.«

Sie packte Pfaus Hand mit ihren schweißnassen Fingern.

»Ich war dort, weißt du«, begann sie noch einmal, als ihre Tränen versiegt waren. »Als es geschah, war ich im Gefängnis und habe um sein Leben gebettelt. Ich habe ihnen Dollars versprochen, und plötzlich kommt ein Wächter herein und sagt, er sei gerade erschossen worden.« Wieder begann sie zu weinen. Sie ging zum Treppenabsatz und rief nach Yasmin.

»Komm herunter! Jetzt sind wir beide Witwen.«

Sie setzte sich auf den Boden. Ihr Gesicht war purpurrot. Es sah fast so aus, als würde sie auf der Stelle ersticken.

»Und jetzt, da er tot ist«, jammerte sie, »jetzt, Pfau, da er tot ist, gibt es nicht einmal einen Sohn, der ihn begräbt. Er gab alles dafür her, ein Kind zu haben. Aber jetzt haben alle das Land verlassen, und am Ende ist niemand da, um ihn zu begraben. Das war immer seine größte Angst, weißt du, daß er keinen Sohn haben würde, der ihn begraben könnte. Ich kann in dieser Stadt nicht einmal zehn Männer zusammenbekommen, die für seine Seele beten.«

Sie rief noch einmal zu Yasmin hinauf.

»Komm herunter, Yasmin«, jammerte sie. »Es ist alles vorbei. Wir brauchen nicht länger Feinde zu sein.«

Sie wandte sich Pfau zu.

»Die Sache ist die, weißt du, daß er Israel niemals Geld hat zukommen lassen. So einfach ist es. Er war kein Zionist. Israel war ihm vollkommen gleichgültig. Jetzt haben sie ihn getötet, weil er angeblich Zionist gewesen sein soll. Es ist wie in den alten Tagen, weißt du, als sie behauptet haben, daß Juden keine Perser wären. Sie denken, wir seien alle israelische Spione, die nur hier leben, um Geld zu verdienen und dann an Moshe Dayan zu schicken.«

Sie wollte Yasmin ein drittes Mal rufen, zögerte aber

dann. Sie sah Pfau mit hellen Augen an. Sie hatte einen Gedanken, eine Frage, die seit dem Augenblick an ihr nagte, als sie erkannt hatte, daß sie unfruchtbar war, daß Besharat der Bastard sich eine andere Frau nehmen und Kinder mit ihr haben würde.

»Glaubst du, daß er – am Ende, als alles andere nicht mehr von Bedeutung war – an *sie* gedacht hat?«

In der Küche machte Pfau einen Kräutertee, den sie Naiima einflößte. Naiima wurde müde. Nach einer Weile streckte sie sich, den Kopf in Pfaus Schoß, auf dem Boden aus und schlief.

Die Nacht brach herein. Das Haus war still. Naiima träumte von ihrem Mann.

Er war groß und bleich und, wie er dort in Handschellen in seinem Wintermantel stand, von Angst und Schrekken wie gelähmt. Die Wächter zwangen ihn, sich an eine Wand zu stellen. Irgend jemand brüllte einen Befehl. Gewehrkugeln prasselten gegen die Mauer.

Besharat der Bastard sah seinem Tod stehend und tapfer ins Auge, aber als er zu Boden sank, wandte er sich Naiima zu, und bevor seine Augen für immer brachen, erblickte sie in seinen geweiteten Pupillen eine junge Frau mit weißer Haut und kupferfarbenem Haar, die Naiima mit ihren veilchenblauen Augen triumphierend anlächelte.

ES WAR SOMMER, und die Luft roch nach Teer und Holz und Schießpulver. Gegen sechs Uhr am Morgen war die Sonne bereits brennend heiß. Um sieben Uhr, als Pfau aufwachte, klebte ihr Nachthemd an ihrer Haut, und ihr Magen krampfte sich in der Hitze zusammen.

Sie hatte die Nacht auf dem Dach verbringen wollen, um ihrem Schlafzimmer, in dem die Wände die Hitze des Tages verströmten, zu entrinnen. Vor dem Sieg Khomeinis hatten die meisten Menschen in Teheran im Sommer auf den Dächern geschlafen. Jetzt wagte es niemand mehr, die Nacht im Freien zu verbringen.

Pfau wusch sich das Gesicht. Sie dachte daran, etwas zu essen, aber es war zu heiß. Sie stellte das Radio an: »Revolutionäre Nachrichten von der Front.«

Das Chaos, das nach dem Sturz des Schahs in der iranischen Armee herrschte, hatte im Jahre 1980 Saddam Hussein genutzt, um in den Iran einzudringen. Der Krieg sollte zehn Jahre lang dauern und Hunderttausende Menschenleben fordern. Jeden Tag behaupteten jeweils beide Seiten, einen vollständigen bedingungslosen Sieg über den Feind errungen zu haben.

Pfau ließ das Radio an und ging hinaus. Sie lief ziellos an rußgeschwärzten Mauern und an den Ruinen der Häuser vorbei. Um die Posten der Revolutionsgarden machte sie einen großen Bogen; dort wurden Passanten von bewaffneten Männern willkürlich zur Rede gestellt und durchsucht. Sie sah die Altäre – Brautaltäre, die an jeder Straßenecke für junge Männer errichtet wurden, die im Krieg gestorben waren. Dies war Khomeinis Anerkennungsgeschenk an Familien, die ihre Söhne im Kampf gegen Saddam Hussein verloren hatten: ein Brautaltar für die Toten und einen Sack voll Reis für seine Eltern.

Drei Straßen von ihrem Haus entfernt hörte Pfau Händeklatschen und lauten Kindergesang. Sie bog um eine Straßenecke und kam an ein zerbombtes Haus.

Dort sah sie vier Jungen – drei halbwüchsige und ein Kind. Sie waren nackt, ihre Füße waren aneinandergekettet, die Hände hinter dem Rücken gefesselt. Um sie herum tanzten ein Dutzend Mädchen im Kreis. Sie waren gekommen, um zu feiern: Gleich würden sie einer Hinrichtung zusehen können.

Die Jungen, so erfuhr Pfau, waren des Verrats angeklagt: Sie hätten, so wurde behauptet, es darauf angelegt, der Revolution des Islam Schaden zuzufügen. Einer hatte etwas Beleidigendes über den Imam gesagt. Zwei hatten sich den Mujahedin angeschlossen. Der Jüngste, kaum zehn Jahre alt, war von der Kriegsfront geflohen und zu seiner Mutter gelaufen.

»Mama«, weinte er jetzt vor seiner schluchzenden Mutter, die die drei Männer der revolutionären Garde um das Leben ihres Kindes anflehte, »sag ihnen, daß ich diesmal dableiben werde.«

Er war so verängstigt, daß er die Kontrolle über seinen Darm verloren und sich beschmutzt hatte. Die anderen Jungen zitterten so sehr, daß das Rasseln der Kette, die ihre Knöchel miteinander verband, das Singen der Mädchen fast übertönte.

Der Führer der Garden rief einen Befehl, und der Gesang der Mädchen verstummte. Das Maschinengewehr in der Hand, trat der Revolutionswächter vor und sprach ein arabisches Gebet.

»Lang lebe der Imam!« schrie er zúm Schluß.

»Lang lebe der Imam!« wiederholten seine Freunde.

Der kleine Junge streckte die Arme nach seiner Mutter aus und begann zu laufen. Er machte einen Schritt, stolperte dann über die Kette und fiel zu Boden.

Maschinengewehrsalven ertönten. Pfau sah, wie das Blut der Kinder in den schmutziggelben Himmel hochspritzte, sah, wie ihre Körper zuckend zu Boden fielen. Sie hörte die Eltern, die das letzte Wort, den letzten Atemzug ihrer Söhne vernahmen, schreien und weinen.

»Mein Volk«, hatte der Schah gesagt, *»will die Demokratie nicht.«*

Der Führer der revolutionären Garden legte sein Maschinengewehr fort.

»Lang lebe der Imam!«

»Lang lebe der Imam!«

»Tod den USA!«

»Tod den USA!«

»Tod den Anhängern des Zionismus!«

Dann folgte ein Augenblick der Stille, in dem die Blicke Pfaus und des Revolutionswächters sich trafen. Sie merkte, daß sie alle Angst verloren hatte, und begriff, daß sie handeln mußte, daß sie jetzt sagen mußte, was sie dachte, und wenn es vor ihrem Tod das letzte Mal wäre. Sie ging, vollkommen gefaßt, zur Hinrichtungsstätte, ergriff mit ruhiger Hand ein Maschinengewehr und drückte den Lauf gegen die Brust des Mannes. Sie schoß nicht.

»Tod dir, du Bastard, und deinen elenden Brüdern.«

EPILOG

1982

IM FRAUENGEFÄNGNIS, wohin die Wächter Pfau gebracht hatten, befahlen die Mullahs die Hinrichtung: Pfau war eine Vertraute des Schahs gewesen. Sie hatte der königlichen Familie geholfen, das Volk des Iran zu berauben, indem sie im Palast Juwelen verkauft hatte. Zweifellos hatte sie für die SAVAK spioniert. Gewiß war sie Zionistin. Ihre Kinder waren in Amerika, ihre Freunde waren allesamt der Korruption angeklagt, und sie selbst hatte einen Revolutionswächter bedroht und den Verrat offen hinausgeschrien. Die Mullahs sandten Mehr-Allah, den Wächter, aus, damit er Pfau aus dem Gefängnis herausführe und sie an einem Ort töte, wo niemand ihren Körper suchen würde.

»Wie alt *warst* du also?« fragte Mehr-Allah, und Pfau begriff, daß sie hingerichtet werden sollte. Sie verließ, verfolgt vom schrillen Gelächter einer anderen Gefangenen, die Zelle, und als sie den harten Boden unter ihren Füßen spürte, flehte sie Gott an, er möge ihr eine Fluchtmöglichkeit zeigen.

Der Wächter führte sie einen grauen Zementkorridor hinunter und dann in einen anderen Flur hinein. Zu ihrer Rechten war eine kahle Wand, zu ihrer Linken lagen in großem Abstand voneinander die Zellen der Gefangenen. Sie erreichten eine Stahltür. Mehr-Allah schlug mit seinem Gewehrkolben gegen das Metall und sagte seinen Namen. Die Tür öffnete sich. Zum erstenmal seit drei Wochen atmete Pfau frische Luft.

Es war Nacht, und der Mond lächelte sie an.

Sie überquerten einen leeren Hof. Irgend jemand fuhr in einem Auto vor, und Mehr-Allah öffnete Pfau die Tür. Dann schickte er den Fahrer nach Hause. Er brauchte keinen zweiten Mann. Pfau war zu gebrechlich, um irgend jemandem gefährlich zu werden.

Als er aus dem Gefängnishof hinausfuhr, schaute Mehr-Allah in den Rückspiegel. Pfau weinte.

»Hast du Angst?« fragte er.

Sie antwortete nicht.

Er fuhr in die Altstadt und brachte den Wagen direkt vor dem früheren jüdischen Getto zum Stehen. Die Straßen waren verlassen und standen unter Kriegsrecht, aber überall lungerten Revolutionsgarden herum. Zweimal traten sie an den Wagen heran und überprüften Mehr-Allahs Identität.

»Ich muß sie erledigen«, erklärte er ihnen mit einem Blick auf Pfau.

Er saß bei geschlossenen Fenstern im Wagen und rauchte eine Zigarette. Er öffnete das Seitenfenster nur, um den Stummel wegzuwerfen.

»Mein Sohn ist heute gestorben«, sagte er unvermittelt. »Er ist auf eine Mine getreten.«

Pfau versuchte, im Rückspiegel das Gesicht Mehr-Allahs zu erblicken. Sie sah nur seine Augen.

»Warum hast du ihn in den Krieg geschickt?«

Mehr-Allah antwortete nicht sofort. Schließlich seufzte er und meinte: »Weil ich *glaube.*«

Er nahm sein Maschinengewehr von der Schulter und legte es auf den Beifahrersitz. Dann stieg er aus und öffnete Pfaus Tür.

Klein und zerbrechlich stand sie vor ihm.

Er öffnete ihre Handschellen. Er wollte sie laufenlassen.

»Geh nicht nach Hause«, sagte er zu ihr. »Geh nirgendwo hin, wo man dich kennt.«

Mehr-Allah hatte für die heilige Sache viele Menschen getötet. Er wußte, daß er noch mehr töten würde. Aber an dem Tag, an dem er um sein totes Kind trauerte, konnte er nicht hassen, konnte er die Tränen einer alten Frau nicht ertragen.

Pfau legte eine Hand auf Mehr-Allahs Brust.

»Gott segne dich«, sagte sie.

Mehr-Allah, der Revolutionswächter, sah, wie seine Feindin zu einer Freundin wurde.

»Gott segne dich«, antwortete er.

Pfau lief in der leuchtendblauen Morgendämmerung durch das Getto und in den Pit, wo sie sofort das Haus von Zilfa der Rosenfrau erblickte: Es stand noch immer dort, unversehrt zwischen zwei von irakischen Bomben zerstörten Gebäuden. Pfau trat näher heran. Die Tür stand offen, und im Hof türmte sich der Müll. Aber die Mauern des Hauses waren mit blauen Sternen bemalt.

Im Schlafzimmer sah Pfau den Alkoven, wo Zilfa die Rosenfrau einst ihr Bett für die Hochzeit mit Monsieur Jean hatte aufbauen lassen. Pfau setzte sich nieder, lehnte sich gegen eine Wand und schlief unter den allmählich verblassenden Sternen ein.

Sie war jung, gerade erst eine Frau, und ihre Augen hatten die Farbe von Reisfeldern in der Morgendämmerung. Sie stand vor einem blinkenden Spiegel in der Sonne, gekleidet in ein weißes Gewand und einen schimmernden Schleier. Ihr Körper war hochgewachsen und schlank und anmutig. Ihr dunkles Haar glänzte seidig, und ihre Haut schimmerte weiß und weich.

Hinter sich spürte sie einen Schatten und wandte sich um. Vor ihr stand ein junger Mann. Es war Salomon, der gekommen war, um seine Braut zu sehen. Er hob den Schleier von Pfaus Gesicht.

»Du *bist* schön«, flüsterte er, und dieses Mal wußte Pfau, daß er die Wahrheit sagte.

Salomon der Mann hob den Schleier über ihre Köpfe – und schuf so einen Baldachin aus Licht und Schatten, unter dem sie vermählt werden würden. Die Sonne, die durch den Schleier hindurchschien, war fast weiß.

Salomon berührte Pfaus Hand.

»Ich bin um *deinetwillen* zurückgekommen.«

Ein Luftzug riß den Schleier empor.

»Laß nicht los!« rief Pfau warnend. Ohne einen Baldachin würden sie nicht heiraten können.

Der Wind riß den Schleier aus Salomons Hand.

»Schau!« lachte Salomon der Mann. Der Schleier schwebte über die Mauern des Hauses von Zilfa der Rosenfrau, tanzte über die Dächer der benachbarten Häuser hinweg und in den strahlenden blauen Himmel hinein, wo er sich in eine kleine weiße Wolke verwandelte und schließlich verschwand.

Grönland im 15. Jahrhundert: Das Leben in der einzigen noch von den Nachkommen der Wikinger bewohnten Siedlung wird immer schwieriger. Mit dem Ausbau der Handelswege sind die seltenen englischen Schiffe nicht mehr auf grönländischen Fisch angewiesen und diktieren ständig höhere Preise für ihre Waren.

Eines Tages landet ein englisches Handelsschiff mit einem schwerverletzten Mann an Bord in der Bucht der Ostsiedlung. John Greene, Sohn eines mächtigen Kaufmanns aus Bristol, wird zu Bauer Halldor gebracht, dessen Tochter Ingunn die Pflege des Fremden übernimmt. Mit der Zeit lernen Ingunn und John, sich zu verständigen, und schließlich verlieben sie sich ineinander. Als Ingunn den Mann ihres Herzens nach anfänglichen Schwierigkeiten schließlich heiraten darf, zahlt sie einen hohen Preis: Sie muß Grönland verlassen und sich auf eine weite, gefährliche Reise begeben – in eine Welt, die ihr völlig fremd ist ...

ISBN 3-404-14437-6

BASTEI
LÜBBE

Nr. 92050

Fadia Faqir

WIE SÄULEN AUS SALZ

Ein Dorf in Jordanien. Von der jungen Witwe Maha wird erwartet, daß sie sich den Wünschen ihres tyrannischen Bruders beugt. Doch sie wehrt sich – und versetzt das ganze Dorf in Aufruhr. Denn Frauen, die ihre Stimme erheben, sind vom Teufel besessen … In der großen Erzähltradition des Orients verwebt Fadia Faqir die Stimmen zweier jordanischer Frauen kunstvoll mit der Mär des Geschichtenerzählers von der Dämonin Maha.
»Ein überaus farbenprächtiger und intensiver Roman.«
Salzburger Nachrichten

BLT
Mit der Welt
auf Buchfühlung

Im Jahre 1194 wird am zweiten Weihnachtstag auf dem Marktplatz von Jesi ein Kind geboren: Friedrich, der Sohn des Kaisers Heinrich und seiner Frau Konstanze. Wild und ungebändigt wächst der Junge in den Gassen von Palermo auf, regiert später als Friedenskaiser das Römisch-Deutsche Reich und stirbt 1250 nach einem erfüllten Leben – und jahrelanger Auseinandersetzung mit dem Papst.

Im Jahre 1284 verkündet ein würdiger alter Mann mit schneeweißem Haar auf dem Marktplatz von Köln: »Ich bin Friedrich der Staufer. Ich bin nicht, wie ihr glaubt, vor vielen Jahren gestorben, sondern nach einer langen Pilgerfahrt aus dem Heiligen Land zurückgekehrt, um Frieden zu bringen.« Die Zuhörer sind erstaunt, welche Einzelheiten aus dem Leben des Kaisers der Unbekannte kennt. Der Mann kann kein Betrüger sein! Aber wer ist er dann?

ISBN 3-404-14431-7

BASTEI
LÜBBE